HEYNE BÜCHER

SCIENCE FICTION

Herausgegeben
von Wolfgang Jeschke

Von **Michael Bishop** erschien in der Reihe
HEYNE SCIENCE FICTION & FANTASY:

Die seltsamen Bäume von Ectaban · 06/3610
Gestohlene Gesichter · 06/3654
Nur die Zeit zum Feind · 06/4095
Transfigurationen · 06/4331
Dieser Mann ist leider tot · 06/4785
Die Einhorn-Berge · 06/4788
Die Alpträume der Stevie Crye · 06/4810
Brüchige Siege · 06/5923
Das Herz eines Helden · 06/5967 (in Vorb.)

ATLANTA-ZYKLUS:

Die Cygnus-Delegation · 06/3743
Flammenaugen · 06/3844
Die Jahre in den Katakomben · 06/3893

MICHAEL BISHOP

Brüchige Siege

Roman

Aus dem Amerikanischen
übersetzt und mit
Anmerkungen versehen von
HENDRIK P. und MARIANNE LINCKENS

Baseball-Fachberatung
KLAUS FRITSCHE

Deutsche Erstausgabe

WILHELM HEYNE VERLAG
MÜNCHEN

HEYNE SCIENCE FICTION & FANTASY
Band 06/5923

Titel der amerikanischen Originalausgabe
BRITTLE INNINGS
Deutsche Übersetzung von Hendrik P.
und Marianne Linckens
Baseball-Fachberatung durch Klaus Fritsche
Das Umschlagbild ist von doMANSKI

Umwelthinweis:
Dieses Buch wurde auf chlor- und
säurefreiem Papier gedruckt.

Redaktion: Wolfgang Jeschke

Amerikanische Erstausgabe by Bantam Books,
a division of Bantam Doubleday Dell Publishing Group, Inc.,
New York
Mit freundlicher Genehmigung des Autors
und Thomas Schlück, Literarische Agentur, Garbsen
(# 33994)

Printed in Germany Februar 1998
Umschlaggestaltung: Atelier Ingrid Schütz, München
Technische Betreuung: M. Spinola
Satz: Schaber Datentechnik, Wels
Druck und Bindung: Ebner Ulm

ISBN 3-453-13310-2

Für Jeri, Jamie und Stephanie
in Liebe

und

für meine Mutter,
Maxine Elaine Willis,
mit verspätetem Dank,
daß sie mich die Liebe zum Lesen gelehrt hat,
und für die vielen Fangspiele im Hinterhof
in Mulvane, Kansas

und

eingedenk meines Vaters,
Lee O. Bishop (1920–1989),
der mich mitnahm zu den Memphis Chicks,
und der mich in Gedanken
(glaube ich)
als Shortstop bei den Ganz Großen sah.

Prolog

Nachdem ich eine Woche lang Jagd auf ihn gemacht hatte (die Hälfte meines Jahresurlaubs beim *Ledger-Enquirer* in Columbus), erwischte ich Danny Boles an einem windigen, frühen Apriltag an einer High-School in Ost-Alabama. Daß ich ihn fand, verdanke ich seinem legendären Wohnmobil, das er in einer versteckten Anspielung auf seinen Job *Kit Carson** getauft hatte; es parkte auf dem Asphalt über dem vergammelten Sportgelände.

Ich hielt direkt neben dem Wohnmobil, kletterte aus dem Wagen und spähte durch das Fenster auf der Fahrerseite. Eine leere Fast-Food-Tüte und eine abgegriffene Kladde lagen auf der Sitzbank. Ich probierte den Türgriff. Abgeschlossen. Vom Baseballplatz drangen schwach die Stimmen von zwei, drei Spielern herüber und der scharfe Ruf eines Coach: *»Na los, Jungs, sprecht euch ab!«*

Obwohl es erst knapp vor fünf war, kroch bereits eine abendliche Kälte über den rostroten Acker hinter dem maroden Centerfield-Zaun.* Ein Falke segelte über den gepflügten Lehm, er hatte rote Schultern; schwer zu sagen, ob er hungrig oder nur neugierig war. Ich sah ihm zu, als ich auf der Suche nach Boles den Hang hinunterstakste.

Bei dem kümmerlichen Werktagspublikum stach Boles sofort ins Auge. An jeder Base Line gab es die

---

* Siehe ANHANG; dieser umfaßt Allgemeine Anmerkungen sowie im Anschluß daran alle Anmerkungen und Erläuterungen zum Baseball.

offenen Alusitze, doch Boles lehnte am Zaun halbwegs zwischen First Base und dem rechten Foul Marker, einem Metallpfosten, auf dem sich ein blaßblauer Wimpel regte. Boles trug verschossene Kattunhosen, ausgetretene Mokassins und, als sei es Juli, ein Hawaiihemd mit kurzen Ärmeln. Ein scheinbar zerbrechlicher Mann mit strähnigem Haar, die Unterarme auf dem Geländer, verfolgte Boles den Nachwuchs. Die meisten hätten ihn für den Großvater eines Spielers gehalten.

Mit gespielter Gleichgültigkeit schlenderte ich an den First-Base-Sitzen vorbei, ging auf Zehenspitzen um Boles herum und pflanzte mich neben ihn. Ich zögerte, ihn bei der Musterung der eifrigen Kids zu stören, die auf dem Spielfeld verteilt waren. Ich zögerte auch, mit meiner Profession herauszurücken, denn es hieß von Boles, er könne Reporter auf den Tod nicht ausstehen.

Als die schwerfällige Hälfte des ersten Innings* getan war und die Mannschaften mit indifferenten Mienen die Plätze tauschten, da sagte ich: »Mr. Boles, Sie sind ein anspruchsvoller Mann, wenn es um neue Talente geht.«

Er sah mich mit verengten Augen an, als hätte ich ihn mit einem Stock gepiekst.

»Wenn da nicht *Kit Carson* gestanden hätte«, sagte ich mit einer Geste in Richtung Parkplatz, »ich wär bestimmt weitergefahren. Das ist das traurigste aller traurigen Nester, die ich in den letzten fünf Tagen besucht habe.«

Boles Augen entspannten sich, sie wurden ein, zwei Nummern größer, jede Iris ein winziges Zahnrädchen. Die Aprilsonne schien von hinten durch seine Segelohren. Auch wenn er so aussah, als könne man ihn mit einer Spargelstange erschlagen: Boles flößte mir Angst ein. Wieso? Die grellbunten Hemdsärmel reichten bis an die Ellbogen und verliehen ihm das Aussehen eines zerbrechlichen Gnoms mit schlechtem Haarschnitt. Vielleicht war es sein Ruf, der mich einschüchterte, oder die Härte von Feuerstein in den eng stehenden Augen.

Beinah gleichgültig wandte Boles den Blick ab. Ein Pitcherwechsel* während des Innings fesselte seine Aufmerksamkeit. Ein langarmiger schwarzer Junge mit den Oberschenkeln eines Schlußmanns beim Football betrat den Pitcherhügel und warf sich beim Aufwärmen in Weißglut.

Leider, mit einem Schlagmann an der Plate, waren die Würfe dann zu hoch, zu weit außerhalb oder landeten im Dreck. Er schenkte den ersten zwei Schlagmännern einen Walk, warf einen wild schwingenden Schlagmann ›aus‹, verschenkte den dritten Walk, warf noch einen Schlagmann durch ein Dutzend Würfe ›aus‹ (darunter etliche, die einen sicheren Walk bedeutet hätten, wenn der Schlagmann sie ignoriert hätte) und verlor endgültig die Kontrolle, als ein knapp über das Infield* geschlagener Ball bis zum rechten Centerfield-Zaun rollte und den Gegner zwei Bases weiterbrachte. Der nächste Wurf traf den Schlagmann zwischen die Rippen, der Junge schritt auf dem Hügel herum, schimpfte und peitschte sich immerzu den Handschuh ans Bein.

»Wenn er sich nur ein bißchen in der Gewalt hätte«, sagte ich.

Mit einem Zeichen gab der Manager dem Rightfielder und dem wütenden schwarzen Jungen zu verstehen, die Plätze zu tauschen.

Jetzt erst sah Boles mich wieder an. *»Genau da hätte er erst mal spielen sollen. Wenn der Junge ein Pitcher ist, dann stellt Incredible Hulk Servietten her.«*

Wiewohl sein Blick mich versengte, setzte mir seine Stimme am meisten zu. Ich hatte vergessen, daß man ihn vor Jahren an Kehlkopfkrebs operiert hatte; Boles hatte keine Stimmbänder mehr. Er redete mit Hilfe einer Verstärkeranlage, das schnurlose Mikrophon hielt er über dem Adamsapfel an den Hals. Die Stimme aus dem Verstärker war leidlich zu verstehen, aber sie klang mechanisch. Hörte man ihm zu, hatte man das Gefühl, sein Gesicht sei nur eine Gummimaske, um das metallene Konterfei und den künstlichen Sprechapparat eines Roboters zu kaschieren.

»Wer, zum Teufel, sind Sie überhaupt?«

»Pardon, Mr. Boles.« Ich faßte mir ein Herz. »Ich bin Sportreporter.«

»Ach ja? Für wen?«

»Columbus-Blatt. Columbus, Georgia.«

Boles nickte und steckte das Sprechgerät weg.

»Vor ein paar Wochen hab ich bei Ihnen in Atlanta angerufen«, sagte ich. »Es geht mir um eine ausführlichere Biographie. In Buchlänge. Ihre Frau wollte meine Nachricht weiterleiten. Sie gab mir den Rat, inzwischen nach Ihnen Ausschau zu halten, bei High-School-Spielen hier im Chattahoochee Valley. Sie meinte, wir sollten das Projekt von Mann zu Mann bereden.«

»Sir«, fügte ich hinzu.

Boles legte den Finger an die Lippen. Dann fuhr der Finger in einer jähen Bewegung an die meinen. Er war nicht hier, um zu konferieren; wenn ich seine Kooperation wollte, hielt ich jetzt besser den Mund. Nach der Wertungstafel im Rightfield waren vier Innings gespielt. Wie viele Innings hatten High-School-Spiele? Sieben? Neun?

Trotz Windjacke und Wollhosen fror ich mir eine Gänsehaut mit mammutgroßen Brubbeln, derweil Boles, gebräunt und zäh in seinem Hawaiihemd, für weitere vier bis sechs Innings gewappnet schien.

Zu meiner Überraschung wartete er nur noch zwei schwache Ground-outs* ab, dann löste er sich vom Zaun, winkte mir, ihm zu folgen, und humpelte in Richtung Parkplatz. Er sah sich nicht mehr um. Ungeachtet der hakelnden Gangart, kam er zügig voran. Er ging um sein Wohnmobil herum und schloß die Fahrerseite auf.

»Das Spiel ist noch nicht zu Ende«, sagte ich.

Er drehte sich um, das Mikro am Adamsapfel. *»Für mich zählen die Spieler, nicht die Spiele. Ich brauche keine belanglosen Gesamtresultate, um die Spreu vom Weizen zu trennen.«* Selbst mit der flachen, mechanischen Stimme klang *Gesamtresultate* so, als handle es sich um eine Krankheit. *»Außerdem waren Sie ganz wild drauf, endlich da fortzukommen. Hab ich recht?«*

»Jawoll, Sir«, gab ich unumwunden zu. Die Aprildämmerung hatte sich wie eine Wellblechtür über uns geschlossen.

Boles sagte: *»Gehen Sie nach hinten. Ich mache Ihnen auf. Wir nehmen einen Schluck und kauen die Sache durch.«*

Es dauerte keine Minute, und er hatte mich in die Wohnschlafküche seines Wohnmobils gelassen. Wir saßen uns gegenüber in einer engen Zelle mit Tisch, die sich zur Nacht zweifellos in eine rückgratverkrümmende Koje verwandeln ließ. Aus Plastiktassen schlürften wir Early-Times-Kentucky-Whiskey. *Kit Carson*, geschwängert mit dem Fettgeruch von Hamburgern und dem Limonenduft von Aftershave, kam mir wie eine stickige Luftschleuse vor. Vielleicht lag es an dieser Wärme aus Mief und Alkohol, daß Boles in dem dünnen Hemd herumlief. Ich zog die Windjacke aus.

»Ich hab dafür gesorgt, daß Sie mich finden«, sagte Boles.

»Wie das?«

»Sonst, wenn ich auf Tour bin, parke ich diesen Wohnsarg so, daß die Konkurrenz ihn nicht gleich sieht.«

»Die Konkurrenz?«

»Andere Scouts. Ich bin bekannt wie ein bunter Hund. Sobald ich irgendwo auftauche, glauben die, ich habe Wit-

terung aufgenommen, womöglich einen neuen MVP im Visier.«*

Ich scheute mich nicht, ihm Honig um den Mund zu schmieren. »Sie haben über vierzig Großligaspieler unter Vertrag genommen, hab ich recht?«

»Sechsundvierzig. Deshalb verstecke ich Kit vor der Konkurrenz. Ich parke hinter einer Sporthalle, einem Müllcontainer. Manchmal nehm ich auch einen Mietwagen.«

»Sie verzichten auf Kit Carson?«

»Sonst kommen mir die Burschen zuvor. Heute bin ich bloß hier« – er winkte mit der Tasse und meinte den Parkplatz – *»damit* Sie *nicht das Handtuch werfen, wenn Sie erst ein, zwei Jahre vergeblich hinter mir her sind. Richtig?«*

»Warum wollten Sie, daß ich Sie finde? *Wollen* Sie denn reden?«

»Ich will mich zur Ruhe setzen. Mit Reden läßt sich vielleicht die Gans mästen, die uns das leichter macht.« Er lächelte. *»Wer weiß, vielleicht schafft Reden auch Ordnung in meinem Kopf.«*

Boles sagte, er habe eine Geschichte zu erzählen. Er traue sich aber nicht zu, sie wie ein professioneller Schriftsteller zu erzählen. Also schlug er vor, ich solle den Ghostwriter für ihn machen, und zwar für die Hälfte aller Vorschüsse, plus dreißig Prozent aller Tantiemen, Nebenrechte, Lizenzgebühren und anderer Einkünfte. Er hatte zu viele Anfänger-Verträge studiert, als daß man ihn noch über den Tisch hätte ziehen können. Zudem hatte er, umsichtig wie er war, meine Arbeit recherchiert, sowohl was das Columbus-Blatt betraf als auch die *Sports Illustrated*, die vor Monaten meinen Beitrag über die erste Schiedsrichterin der National League gebracht hatte. Sein Urteil: Ich sei zwar kein Shakespeare, aber meine Arbeit sei okay.

»Mr. Boles, das freut mich zu hören, aber ich hatte nicht vor, mir ein Buch erzählen zu lassen. Ich bin Interviewer und Analytiker.«

»Dann interviewen Sie. Analysieren Sie.«

»Sir, ich möchte ein Buch schreiben, das der Fährte eines Scouts der Major-League folgt, ein Buch, das auf eigener Beobachtung beruht, ein Buch aus erster Hand.«

»Heißt das, der Strohkopf, der Ihnen erlaubt, ihm auf die Finger zu sehen, ist nicht am Profit beteiligt?«

»Mr. Boles ...«

»Alles, was er davon hat, ist das zweifelhafte Vergnügen Ihrer Gesellschaft?«

Ich biß mir auf die Zunge. Ich machte mir nicht viel aus Boles Ausdrucksweise, doch seine Einschätzung meiner Absicht – ein Buch von *mir*, das Geld für *mich* – traf ins Schwarze.

»Nichts für ungut, junger Freund, aber Ihrer Persönlichkeit fehlt es an Glanz, um mich auf so was einzulassen.«

»Na ja, da wäre noch der Ruhm.«

Boles wandte abrupt den Blick ab.

»Das Buch, das mir vorschwebt hat den Arbeitstitel *The Good Scout.* Der gute Scout sind Sie. Es soll die Chronik eines ganzen Jahres werden, in dem Sie unterwegs sind, als Scout für die Atlanta Braves. Außerdem ...«

»Sie wären also ein Jahr lang mit mir unterwegs, würden alles aufschreiben, und das ganze Geld wär für Sie. Aber das wär nicht das Buch, das mir vorschwebt. Ah-ah.« Er kippte noch einen Fingerhoch Early-Times und verrenkte sich fast, um das Kofferradio einzuschalten, das auf dem schmalen Sims über ihm stand. Die von Statik zerrissene Übertragung eines Baseballspiels plärrte in unsere Unterhaltung. Boles schien dem Spiel mühelos zu folgen, selbst noch als er seine eigenen literarischen Absichten umriß und meine unkonzentrierten Einwände parierte.

Andere Schreiber, meinte er, hätten da schon viel Gutes über Major-League-Scouts geschrieben – Artikel in Illustrierten und Zeitungen, sogar ganze Bücher; über manche Sandplatz-Propheten, die das Spiel ungeheuer bereichert hätten. Das Feld sei bestellt und die Ernte eingefahren. Ich hielt dagegen, daß ein erstklassiger Schreiber und die typischen Methoden und Eigenarten eines ausgesuchten Scouts das Thema durchaus wieder beleben könnten. Boles schüttelte den Kopf. Tja, sicher, vielleicht könne ich ein interessantes und auch *farbiges* Buch über seine Karriere schreiben (da brauche es schon einen blutarmen Lohnschreiber, um aus seiner Story das totale Gähnen zu machen), aber es wäre nun mal kein *bahnbrechendes* Buch – keines, das sich ganz und gar von allem abhebe, was je über die patriotische Vergangenheit Amerikas publiziert worden sei.

Verärgert sagte ich: »Wovon reden Sie, Mr. Boles? Was genau soll ich für Sie schreiben?«

»Schon mal von der CVL gehört? Von Mr. Jordan McKissic? Von den Highbridge Hellbenders? Von Jumbo Clerval? Von einem siebzehnjährigen Shortstop namens Danny Boles?«*

Danny Boles, ja. Ansonsten Fehlanzeige. In Wahrheit stufte ich den Rest des Katalogs als Kauderwelsch ein. Später erst sollte ich imstande sein, die einzelnen Namen als solche zu erkennen und zu identifizieren. Später erst sollte ich erfahren, daß CVL für Chattahoochee Valley League stand, und daß die CVL unter älteren südlichen Kollegen insgeheim den Stempel des Mysteriösen trug.

»Das stimmt. Früher war ich mal Shortstop in einer drittklassigen Liga, ein vielversprechender Aufsteiger. Die Liga, in der ich spielte, überstand sechs Spielzeiten, von 1938 bis 1943, und die letzte Saison war das einzige Jahr, in dem Jung Danny Boles professionell gespielt hat. Genau darüber will ich schreiben, Sportsfreund; und dabei sollen Sie mir helfen.«

Das High-School-Spiel war zu Ende. Das einheimische Team hatte verloren. Man konnte das Gejohle der auswärtigen Jungs in ihrem Unterstand hören. Palavernde Fans sickerten auf den Parkplatz, strebten zu ihren Fahrzeugen und sammelten sich um das Wohnmobil. Im grünlichen Licht der Sicherheitslampen, die eben aufgeglüht waren, sahen die Partisanen der einheimischen Mannschaft wie Dämonen aus: ausgezehrt und unwirklich.

Ich stöhnte innerlich. Boles wollte, daß ich über seine kurze und unbedeutende Karriere im Zweiten Weltkrieg schrieb. Das klang nach Kosmetik. Da war er nun der nachweislich erfolgreichste Major-League-Scout aller Zeiten, doch der nagende Wunsch nach Legitimation ließ ihm diese Spielzeit publikumswirksamer erscheinen als seine nahezu mythischen Leistungen als Scout. Schade.

Boles bemerkte mein Zögern und zog ein Ohrläppchen lang. *»'43, Ende der Saison, da wurde ich aufgerufen, aber eine Verletzung an genau dem Tag, als Mr. Jay-Mac mir die frohe Botschaft überbrachte, vereitelte alles.«*

»Eine Verletzung?«

»Die Phillies wollten, daß ich für sie am Short übernehme, aber eine Verletzung durch Spikes ... He, Sie haben mich doch hier raufhinken sehen.«

Hatte ich; doch weil Boles immer noch munter drauflosmarschieren konnte, hatte mich sein Handicap nicht sonderlich berührt. In seinem Alter lief man ohnehin nicht mehr wie ein Whippet.* Was er für Ambitionen gehabt hatte, bevor ihn die Philadelphia Phillies 1948 als Scout unter Vertrag genommen hatten, daran hatte ich keinen Augenblick gedacht.

»Nicht, was mit mir passierte, war so bedeutsam an dieser Kriegs-Saison«, sagte Boles, *»sondern vielmehr das Schicksal meines Zimmergenossen, Jumbo Clerval, und das der ganzen unseligen Liga. Die Story stellt alles in den Schatten, was Sie je gehört haben.«*

Sorry, das bezweifle ich. Auch, daß die Phillies

('44 wurden sie für zwei unselige Spielzeiten in Blue Jays umbenannt, lange bevor es in Toronto ein Team gab, an dem dieser Spitzname hängenblieb) – also daß die Phillies ausgerechnet ihn als Spieler haben wollten. Jedenfalls gelingt es nicht vielen Spielern, auf Anhieb von einem drittklassigen Club in ein Team zu springen, das in der großen Show mitmischt. Folglich tat ich seine Behauptung als nicht verifizierbare und plumpe Aufschneiderei ab.

Dann drehte er den Spieß um. *»Frage mich, warum ich ausgerechnet Sie an mich heranlasse, Sportsfreund. Ich meine, wo schon ein Dutzend Sportreporter hinter mir her waren. Die Burschen waren auch nicht übel. Nein, Ihnen hab ich Rauchzeichen gegeben. Haben Sie eine Ahnung, wieso?«*

Ich war verdattert.

»Weil Ihre Arbeiten den Namen Gabe Stewart tragen.«

»So heiße ich, Mr. Boles.«

»Danny. Ist zu eng hier, um auf Distanz zu bleiben.«

»Okay, Danny.«

»Ausschlaggebend war Ihr Name, Gabe. Als die Phillies mich '43 haben wollten, da machte da ein Bursche namens Gabby Stewart den Shortstop. Sein Schlagschnitt lag bei 0.200. Im Fangen war er nicht ganz so gut. '44 hat Freddy Fitzsimmons ihn dann ans Third Base gestellt. Stewart konnte seinen Schnitt um neun oder zehn Punkte heben, aber im Jahr darauf war er von der Bildfläche verschwunden; ob eingezogen oder zurück in die Minor-League, kann ich nicht sagen. Hab nie wieder von ihm gehört. Trotzdem war er mein Favorit bei den Phillies. Sein schwacher Schlag und sein unsicherer Handschuh veranlaßten jedenfalls das Management, es mit zwei Segelohren zu versuchen, die einem hageren Bürschchen aus Oklahoma gehörten. Sie sind nicht etwa mit Gabby verwandt?«*

»Mein Vorname ist Gabriel. Stewarts gibt es wie Sand am Meer.«

Boles lachte lautlos; er hatte das Mikro von der

Kehle genommen. Die Krähenfüßchen um die Augen bekamen Zuwachs. Die Schultern hüpften wie bei einem Marionettenskelett.

Schließlich sagte er: *»Erst mein Buch nach meinen Vorstellungen, dann Ihres nach Ihren. Ich beteilige Sie an meinem, und Ihres ist ganz für Sie, vom ersten Wurf bis zum finalen ›Aus‹. Abgemacht?«*

»Abgemacht«, sagte ich überrascht. Das war mehr, als ich erwarten konnte.

Wir schüttelten uns die Hand. Das Baseballspiel im Radio tauchte weg wie ein pfeifender Tümmler. Bei etlichen Early-Times vereinbarten wir eine Reihe von Sitzungen, bei denen Boles auf Band reden sollte.

Ein paar Tage später, beflügelt durch die Aussicht auf einen lukrativen Buchvertrag, schwebte ich in das Büro des Chefredakteurs und kündigte beim *Ledger-Enquirer*.

1

WENN ICH SO ZURÜCKBLICKE, dann war die Zeit als Minor-Leaguer so etwas wie eine Kette aus B-movies*. Billiger Kitzel. Billige Busse, billige Hotels, billige Stadien, billige Sitze, billige Ausrüstung, billiges Talent.

Cheap-cheap.

Klingt wie'n Oster-Küken, eh? Oder wie der mechanische Schaffner in der U-Bahn zum Atlanta-Airport. Was höre ich die Leute sagen? Eine ›Roboterstimme‹? Tja, eine Roboterstimme. Sorry, kann's nicht ändern. Immerhin, mit dem Gerät an der Kehle kann ich reden. Es gab Durststrecken in meinem Leben, da hatte ich nicht einmal *diese* Stimme. Mama damals hätte das SF-Ding als ein Geschenk Gottes betrachtet. So schrecklich ich klinge, hätte sie Geld bezahlt, um mich so reden zu hören.

O ja, B-movies. Zweite Garnitur, wollte ich damit sagen. Nicht wie *Gone With the Wind* oder *For Whom the Bell Tolls*[1], nichts von dem intellektuellen Scheiß. Manche waren allerdings ganz hübsch. Mit wenig Geld gemacht, aber nicht schlampig. Monster-Kintopp. Fesche Musicals. Gangster-Shows. Man kriegte was fürs Geld.

So wie abends auf dem Baseballplatz von Highbridge, McKissic Field, wenn die Hellbenders gegen die Mudcats oder die Boll Weevils antraten. Da ging es zur Sache. Die Hälfte von den Klamotten und Dreiviertel von dem, was man futterte, war rationiert.

---

[1] Vom Winde verweht / Wem die Stunde schlägt

Nicht so die Movies, auch nicht der Baseball. Von beidem gab es mehr als genug, und die Leute strömten nur so – immer aus demselben Grund: um den Krieg zu verdrängen, besonders die schlimmen und konfusen Nachrichten, und wegen des Kitzels natürlich. Um sich in etwas zu verlieren, was nichts mit dem Durcheinander aus deprimierenden Meldungen zu tun hatte.

Juni '43 trat ich in die CVL ein, die Chattahoochee Valley League, schnurstracks aus dem High-School-Team in Tenkiller, Oklahoma, nahe am Tenkiller Lake im Cherokee County. Mein County lag in dem alten Rothaut-Territorium, das der Kongreß für die Cherokees reserviert hatte, jenes Land der Verheißung in Ost-Oklahoma, wohin die Blauröcke sie im Winter 1838/39 getrieben hatten. Auf dem *Pfad der Tränen.* Wie auch immer, in meinen Adern fließt ein Achtel oder ein Sechzehntel oder ein Zweiunddreißigstel Cherokeeblut, irgendein verwässerter Bruchteil wie bei einem indianischen Octoron*.

Mein Weg von Tenkiller nach Georgia sollte den *Pfad der Tränen* umkehren. In mancherlei Hinsicht. Ich war froh, aus Oklahoma herauszukommen, froh, unten in Highbridge in einer echten Profi-Riege für richtiges Geld zu spielen. Das brachte mehr, als den Besen in einer Fabrik zu schwingen. Oder auf dem Grat eines dampfenden Atolls in einen Bunker voller Japse zu spazieren.

Und ließ einen die Arbeitslosigkeit verschmerzen.

Drei Jahre hatte ich für die Tenkiller Red Stix gespielt, das einzige Team, auf das ich es in der High-School abgesehen hatte. Als Oberschüler im zweiten Jahr war ich Lückenbüßer auf allen Positionen und Ersatz-Schlagmann. Im dritten Jahr ging es los.

Mein Idol war Phil Rizzuto, der Yankee-Shortstop. Seine ersten zwei Jahre bei den Yanks waren mein drittes und viertes auf der Tenkiller High-School. Die

Teamkameraden nannten mich Scooter, weil die Yankee-Fans Rizzuto so nannten. In Wahrheit sagten sie Sc-Scooter zu mir, denn ich stotterte immer, wenn ich redete.

Damit konnte ich leben. Indem sie mich Sc-Scooter nannten, machten sie sich zwar über mein Handicap lustig, zollten mir aber auch ihren Respekt. Ich schlug wie Scooter. Ich fing und hielt wie Scooter. Ich konnte einfach Baseball spielen.

Gar nicht leiden konnte ich, daß mich ein paar Schulkameraden, die kein Baseball spielten, Dumbo nannten. Um nicht zu stottern, hab ich manchmal einfach den Mund gehalten. Dann starrte ich bloß jeden an, der mit mir reden wollte. Und wurde für stumm verkauft; boshafter gesagt, für dumm. Denn, als ich noch nicht im Baseball-Team war, da war jeder in Tenkiller schon mal rüber nach Muskogee* oder rauf nach Tahlequah gewesen, um sich *Dumbo* anzusehen, einen Disney-Streifen[1] über einen knuffigen, kleinen Elefanten mit enorm großen Ohren. Ein wirklich lustiger Film. Zum Totlachen. Und ich gab die perfekte Nulpe ab, der man ungestraft den *Dumbo* anhängen konnte, weil ich nicht reden konnte oder wollte, und weil ich dieses gräßliche Paar Ohren hatte. Ha-ha. Je größer ich wurde, um so mehr holte ich meine Ohren ein, aber als pickliges Kerlchen, das grade mal in der Pubertät war, sah ich doof aus.

Damals sagten die Kids nicht Spasti, sondern Doofmann. Ein Doofmann war dasselbe wie ein Spasti. Meine Schulkameraden sahen in mir den ungekrönten König der Doofmänner. Die Kameraden, sogar welche aus dem Team, spielten mir Streiche – steckten mir Leguane in den Spind oder kaputte rohe Eier in den Unterleibsschutz. Die Mädchen kicherten hinter lackierten Fingernägeln. Das eine Mal, als ich meinen

[1] *Dumbo, der fliegende Elefant*, USA 1941

ganzen Mut zusammennahm und ein Mädchen zum Tanz aufforderte – sie war halbwegs hübsch, nicht atemberaubend – da stammelte ich wie *Sylvester the Cat* und wurde rot wie ein Feuerwehrauto.

»Du bist süß«, gestand sie mir, »aber ich muß noch für die Mathe-Arbeit pauken.« Und dann prustete sie vor Lachen.

Ich wollte raus aus der Provinz. In dem Moment, wo ich aus Cherokee-County raus war, würden meine ganzen Probleme *ffffst* sein, wie ein ausgeblasenes Streichholz. Ich würde Arkansas oder Texas betreten und mich in Clark Gable verwandeln. (Oder Alan Ladd, der mehr meine Größe hatte.)

Von einem Einfaltspinsel ist die Rede.

Meine Chance, aus Tenkiller herauszukommen, rührte daher, daß ich den Shortstop für die Red Stix spielte. Bei uns trugen alle Teams – Laufen, Ringen und Basketball – den Spitznamen Red Stix. So hatte eine abtrünnige Bande von Rothäuten geheißen – Creeks, nicht Cherokees, doch die Creeks gehörten auch zu den *Fünf Zivilisierten Nationen** – die am Horseshoe Bend in Alabama gegen General Jacksons Tennessee-Miliz gekämpft hatten. Die Staffelhölzer unseres Lauf-Teams waren rot, und unsere Baseball-Teams hatten rote Schläger, auch wenn es nicht eben leicht war, sie im Schuß zu halten. Die Farbe meines Schlägers zum Beispiel blätterte immer ab, so daß man die Maserung vom Holz sah. Ich bekam jede Menge Bälle, nur der Griff blieb die Saison über rubinrot.

Im Frühling '43 traten die Red Stix wie immer gegen die Riegen der umliegenden Schulen an, selbst gegen Monsterschulen mit weit mehr Schülern. Einmal haben wir's einem hochnäsigen Team von Fort Smith, Arkansas, besorgt. In diesem April und Mai kämpften wir jeden Dienstag- und Samstagnachmittag und kamen auf fünfzehn Siege und drei Niederlagen. Die Leute in Tenkiller liebten uns. Wir waren Helden für sie. Bald jeder arbeitende Spießer aus der Stadt knapste sich die Zeit ab, um unsere Spiele zu sehen, selbst wenn er die Stunden nacharbeiten mußte.

Tenkiller ist typisch für Ost-Oklahoma: Lebensmittelladen, Friseur, Kosmetikstudio, Apotheke, ein Depot für Saatgut und Futter, ein Eisenwarenladen und ein Dutzend Schlosser. Unsere Hauptindustrie war damals Deck Glider, Inc. Deck Glider gehörte einer Firma in Tulsa, der H. C. Hawkins Company. Vor dem Krieg stellte das Deck-Glider-Werk Hochleistungs-Bohnermaschinen her. Ma hat seit Herbst '37 in dem Werk gearbeitet. Ihre Nachtschicht störte Daddy so sehr, daß er eines Tages auf und davon war.

Wie dem auch sei, nachdem Daddy ohne Lebewohl oder künftige Adresse fort war, da mußte Ma arbeiten, damit wir was auf dem Teller hatten. Bis Pearl Harbor hatte sie sich zum Vorarbeiter hochgearbeitet. Das Problem war, nachdem FDR* den hinterlistigen Nipponesen den Krieg erklärt hatte, da erklärte uns das WPB*, daß Bohnermaschinen nichts zur Verteidigung beitrügen. Dasselbe galt für Toaster, Staubsauger, Kaffeemaschinen, Verkaufsautomaten, Zahnpastatuben und eine Menge anderer Erzeugnisse, die Metall oder Plastik enthielten. Also schnitt uns das WPB von den Materialien ab, die wir zur Produktion des *Deck Glider* brauchten. In Wahrheit war die Herstellung einer Bohnermaschine *illegal.* Schon das Horten von alten Zahnpastatuben war mit Geldstrafe belegt.

Mama kriegte fast die Panik. Wie sollte sie uns über Wasser halten, wenn die Fabrik zumachte? Was Jobs für Frauen anging, hatte Tenkiller nicht viel zu bieten. Die Stadt hatte schon alle Carhops*, Kellnerinnen, Telefonistinnen und Sekretärinnen, die sie brauchte. Außerdem war jeder von diesen Jobs schlechter bezahlt. Mama mußte jeden Monat für das Haus bezahlen. Es gab Männer mit einem Hausstand, der viel größer war als unsrer, die hatten noch mehr Angst als Mama.

Dann kam ein Abteilungsleiter von H. C. Hawkins in Tulsa vorgefahren und hat sie alle beruhigt. Die Muttergesellschaft – der alte Mr. Hawkins hatte Köpfchen – hatte mit Uncle Sugar* ein paar Rüstungsverträge unter Dach und Fach gebracht. Deck Glider, Inc. würde für einen Monat dicht machen, um die Maschinen und Montagebänder auf das Bohren von Getriebelagern für Panzerabwehrgeschütze umzustellen. Keiner würde entlassen. Vielleicht müßte man sogar anbauen und noch Arbeiter von auswärts einstellen. Ansässige Bauunternehmer müßten dann für diese Leute Wohnraum schaffen. Das Pendeln – selbst mit Fahrgemeinschaften und trotz Sonderzuteilungen an Sprit und Reifen für Rüstungsarbeiter – galt als unpatriotisch.

Als Ma mir erzählte, wie die Hawkins Company die Jobs gerettet hatte, da hat sie geweint. »Hier ist wieder Boomer-Sooner-Land*, Danny. Die Streitkräfte brauchen *massenweise* Panzerabwehrkanonen.«

Doch selbst als Deck Glider ein Rüstungsbetrieb war, teilte sich ein Kern aus alten Arbeitern – Tenkiller-Urgestein sozusagen – die Arbeit so ein oder tauschte die Schicht mit zugezogenen Kollegen, daß er den Heimspielen der Red Stix beiwohnen konnte. Das Werk arbeitete in drei Schichten zu je acht Stunden. Mama arbeitete tagsüber, sechs Tage die Woche. Immerhin hatte unser Spielfeld unüberdachte Sitze hinter dem Catchernetz*, die für die Deck-Glider-Belegschaft reserviert waren. Ma ließ kein Heimspiel aus und verschenkte keine einzige Stunde bezahlter Arbeit, und das, wo sie doch immer Tagesschicht hatte. Sie tauschte oder fing eben früher an. Und Ma war nicht verrückter auf die Red Stix als Mr. Neal, der

Friseur, oder Tom Davenport, der Eigner einer windigen Ölgesellschaft, oder sonst jemand in Tenkiller. Es waren die Red Stix, die diese Beifuß-Gesellschaft* zusammenschweißten, nicht etwa Deck Glider oder die hiesigen Kirchen …

Jeden Sonntagmorgen las LaGuardia*, der Bürgermeister von New York, seinen Stadtkindern über Radio die Comicstrips vor. Eine Station in Muskogee schnappte die Sendung auf und gab sie an uns tumbe Okies und Arkies* weiter. Einmal hab ich ihn gehört. Ich kannte sein Gesicht aus einer Movietone-Wochenschau. Ich hatte gesehen, wie er Zivilschutzübungen leitete, wie er Luftschutzwarte beaufsichtigte und Ähnliches. Er trug einen weißen Stahlhelm, fuchtelte mit den Armen und machte viel Theater und erinnerte mich an Lou Costello, die kleine Ulknudel von *Abbott und Costello**, dem Komikerpaar. Im Radio klang er irgendwie weibisch. Wie hatte ein Bursche, der so aussah und so redete wie er, es bloß fertiggebracht, Bürgermeister von New York zu werden? Gil Stone, der Bürgermeister von Tenkiller, trug Hemden mit Passekragen, Stiefel aus Schlangenleder und Latzhosen aus Kattun.

Dann las ich in der *Tulsa World*, daß eine Clique aus Politikern den Major-League-Baseball auf unbestimmte Zeit einfrieren wollte. LaGuardia hat getobt. Er hat die Schurken aufs Korn genommen: »Unser Volk nimmt die Rationierung von Zucker und Schuhen hin, aber diese Männer in Washington sollen die Finger von unserem Baseball lassen!« Bravo, LaGuardia. Ein Kerl, der sich für Baseball einsetzte, verteidigte Amerika besser als irgendein Klugscheißer im Kongress, vielleicht sogar besser als ein Rekrut, der unten in Alabama oder Missisloppy* Küchendienst machte.

Klar, bei mir ging Baseball über alles. Und Bürgermeister LaGuardia, auch wenn er noch so aussah wie

Lou Costello, las den Kids im Radio vor, was sie gern hörten, und hatte den Baseballbremsern tüchtig eine auf die Mütze gegeben. Ich hab nie an die drei Major-League-Vereine in seiner Stadt gedacht, und daß sein Eintreten für Baseball wahrscheinlich genauso viel mit Geld und Habgier zu tun hatte wie mit seiner Liebe zu dem Spiel. Vielleicht war er auch mit der Yankee-Nadelstreifen-Mafia verheiratet: mit DiMaggio*, Crosetti und Rizzuto. Wer weiß?

Okay, okay. Wie schaffte ich es von einer Beifuß-Stadt wie Tenkiller zu einer Erdnuß-Stadt wie Highbridge? Von den Red Stix zu den Hellbenders, einer zusammengewürfelten Truppe in den unteren Minor-Leagues? Wie es aussah, hob der Krieg die Nachwuchsnester der großen Ligen aus. Das Wehrpflichtgesetz oder die Einberufung räumte so viele kerngesunde Jungs aus dem Feld, daß die Minor-Leagues nahezu ausstarben.

Aus zwei Gründen war ich trotzdem Kandidat für einen dieser Nachwuchsvereine, falls sie denn überlebten.

Erstens war ich ein prima Baseballspieler. Wie Dizzy Dean immer sagte: »Man gibt nicht an, wenn man wirklich gut ist.« Ich *war* gut. In den zwanzig Spielen, die die Red Stix im Frühling bestritten hatten – zwei waren richtige Schaukämpfe –, da ist mir nur ein Fehler angekreidet worden. Eben dieser Paß, über den man streiten kann. Unser Spielschreiber gab mir die Schuld, weil ich den harten Treibball mit dem Handschuh niederschlug und Toby Watersong zuschaufelte, der daraus ein erzwungenes ›Aus‹ am Second machen sollte. Toby mußte ein bißchen hinlangen und verpaßte den Ball. Vielleicht war es mein Fehler, vielleicht seiner. Na ja, Spielschreiber war an dem Tag zufällig Tobys Onkel. Und was heißt das? Gar nichts, hab ich mir gesagt. Und bin immer noch der Meinung.

Man hört 'ne Menge über gute Feldspieler, die keine Punkte machen: fabelhafte Leute, was das Aufnehmen von Bodenbällen und das Erreichen von Double Plays* angeht, die aber am Home Base leer ausgehen. *Ich* konnte treffen. Diesen Frühling hatte ich sechsunddreißig Volltreffer bei fünfundsiebzig Schlägen, das Spiel gegen die halbprofessionelle Riege der Ölgesellschaft eingeschlossen, das für unsere Schnitte nicht zählte. Ein 0.480-Schnitt, der siebzig Punkte höher lag als die Bestleistung von Ted Williams*, der als erster Major-Leaguer nach Rogers Hornsby* die 0.400 überbot.

Nicht, daß ich die Red Stix im Schlagen geführt hätte. Das tat Franklin Gooch. Goochie warf, spielte im Centerfield und rannte wie ein Hase. Er übertraf mich um mehr als dreißig Punkte. Am Tag nach seinem Abschluß meldete er sich freiwillig zur Marine. Juni '45 starb er auf dem Kunischi-Grat von Okinawa: Der japanische Heckenschütze schoß ihm mitten ins Auge. Ich habe noch immer den Feldpostbrief von Goochie, den er kurz vorher geschrieben hat.

Tut mir leid, daß ich abschweife. Aber Goochies Story paßt irgendwie hier rein. Also der zweite Grund, warum ich neben der tollen Statistik ein sicherer Kandidat für die Minor-Leagues war, hatte mit meinem Alter zu tun: Achtzehn wurde ich erst *nach* der Saison von '43. Ich habe im November Geburtstag. Und auch als lediger High-School-Absolvent war ich noch kein Leckerbissen für die Army. Selbst mit achtzehn würden sie mich wahrscheinlich 4-F mustern: untauglich für den Wehrdienst.

Ich hatte nämlich ein Sprachproblem. Manchmal tat ich einfach nicht den Mund auf. Und wenn ich d-d-doch redete, dann st-stotterte ich. Was dabei herauskam, waren Satzfetzen, wie bei einem Maschinengewehr mit Ladehemmung. Die Pausen waren manchmal endlos, selbst wenn Coach Brandon mich anbrüllte (oder gerade dann). So bahnte ich mir meinen Weg durch die Schule, Nackenhaare gesträubt und hellwach wie ein Schießhund. Ansonsten war ich körperlich ganz normal, nur mein Sprachproblem trieb die Leute zur Verzweiflung. Mama meinte, wenn die Army-Ärzte keine körperliche Ursache fänden – eine Gaumenspalte schied aus, und die gequetschten Stimmbänder hätten viel früher behandelt werden müssen – dann würden sie mich ausmustern: als Grenzfall sozusagen. Ein GI muß einfach eine Stimme haben, sonst kann er ja nicht mal »Aufpassen!« brüllen, wenn der Infiltrant die Granate in das Schützenloch eines Kameraden wirft.

Und noch etwas verhalf mir nach Highbridge. Ein Gespann, das keines unserer Red-Stix-Heimspiele ausließ, bestand aus Colonel und Mrs. Clyde Elshtain. Der Colonel hatte sich als Versorgungsoffizier in den einstweiligen Ruhestand versetzen lassen, um bei Deck Glider, Inc. den großen Beschaffungsspezi zu machen. Mama meinte, der Colonel habe ein paar Fäden gezogen, um die Umstellung der Tenkiller-Fabrik zu besiegeln. Der eigentliche Baseballfan war aber die Lady. Mrs. *Tulipa* Elshtain. Großes Ehrenwort, so hieß sie.[1] Lady Tulipa war über fünfzig, sie spazierte und parlierte herum wie eine ›vom Winde verwehte‹ Schönheit. Selbst in Oklahoma blieb sie ein Mitglied des konföderierten* Magic-Club. Bei den Red-Stix-Spielen vergaß sie dann die Lady und johlte und buhte wie ein Seemann beim Preisboxen.

»Los, Goochie, schlag 'nen Vierer! Schick ihn in den Mississippi!«*

Miss Tulipa und der Colonel pflegten ganz oben in der offenen Tribüne für Deck Glider zu sitzen, neben Mama. Bei den Spielen legten sie es darauf an, Mama – die arme, schuftende und im Stich gelassene

---

[1] *tulip* (*† tulipa*) = Tulpe

Mrs. Boles – zu ihrem Komplicen und Mitstreiter zu machen.

»Ich bin ihr gutes Gewissen«, sagte Ma, nachdem die Elshtains damit angefangen hatten. »Eine schicke Sportsfreundin, aber keine zum Einladen.«

Colonel Elshtain gehörte zum Management, Ma zu den Arbeitern. Wenn Miss Tulipa in die Tribüne stieg, dann trug sie Spitzenbluse, Tulpenrock, und entweder ein Samtbarret oder einen extravagantem Strohhut mit Pfauenfedern. Mama trug Overall und Kopftuch.

»Ja, richtig so, Scooter!« schrie dann Miss Tulipa. *»So mußt du schlagen, Blödmann!«*

Schließlich luden uns die Elshtains doch noch ein. In dem zweigeschossigen Vorkriegshaus mit Säulen hatte früher ein Reicher gewohnt, ein entwurzelter Cherokee namens Trenton Cass. Die Cass-Villa, sagt noch jeder. Mama gab mit Absätzen an, mit halblangen Nylons, und ihrem hübschesten Tupfenkleid, das immerzu an ihr kleben blieb. Ich trug lange Khaki-Hosen, Hosenträger aus dem Laden und meine Sonntagskrawatte.

Bei diesem besonderen Dinner nach dem Kirchgang – ich seh es noch vor mir –, da gab es eisgekühlte Shrimps als Vorspeise, weißen Spargel und ein Gericht aus Reis und Hühnchen, das Miss Tulipa *Country Captain* nannte, und zum Nachtisch Orangensorbet und Heidelbeeren. Ich weiß nicht, woher die Elshtains die ganzen Zutaten nahmen, oder um wie viele Rationen sie in Rückstand gerieten, aber ich hatte noch nie so erstklassig gespeist. Ich schlang alles hinunter, sogar den Spargel, ein etepetetes Gemüse, aus dem ich mir nie was gemacht hab, und das ich auch nie wieder gegessen hab. (Babe Ruth* behauptete, wenn er Spargel gegessen hatte, würde sein Urin so stinken.) Es gab auch Wein, aber nicht für mich.

»Du spielst so selbstverständlich«, sagte Miss Tulipa beim Nachtisch. »Wie fändest du es, einem professionellen Team zur Meisterschaft zu verhelfen?« Ihre Stimme war wie Coca-Cola: süß und schaumig und prickelnd.

Bis jetzt hatte hauptsächlich Mama die Unterhaltung bestritten. Ich sah sie an. Aus der Bibliothek nebenan drang die Kammermusik des Colonels, oder genauer das kratzige Gefiedel eines Grammophons. Wie Miles Standish* wollte ich für mich selbst sprechen.

»Ich m … ich m …«

»Nimm dir Zeit, Daniel« sagte Miss Tulipa.

»Ich m-m-möchte gerne in der M-M-Major-League spielen«, platzte ich heraus.

Miss Tulipas Lächeln glitzerte wie der Lüster über dem Tisch. »Aber natürlich möchtest du das.«

»Er ist noch ein Kind«, sagte Ma. »Er braucht eine solide Arbeit.«

Der Colonel entschuldigte sich bereits und zog sich in die Bibliothek zurück, doch Miss Tulipa nickte. »Eichen fangen als Eicheln an und Major-Leaguers als Minor-Leaguers. Alles muß reifen, Daniel.«

Ich begriff, was sie meinte. Daß ich in die Major-League wollte, hieß noch lange nicht, daß ich dort auch anfing. Also sperrte der Doofmann mit dem Sprachproblem den Mund auf. Die Zunge fühlte sich an wie ein runzliger Waschlappen. Mama sah meine Panik, meine Unterlippe, die wie Gelee bebte.

»Sie meinen, er sei gut genug für den Profi-Baseball?«

»Laurel, Laurel, meine Liebe, der Junge ist *begabt*. Ihm die Chance zu verwehren, sein Talent zu entwickeln, wäre grausam. Man stelle sich vor, aus DiMaggio wäre bloß wieder ein Fischer von San Francisco geworden?«[1]

---

[1] Anspielung auf die italienische Gemeinde des Stadtteils *Fisherman's Wharf* (Fischereihafen)

»Er wäre bestimmt ein guter Fischer geworden.«

»Natürlich, Laurel. Aber er wäre doch praktisch unsichtbar geblieben. Der Verlust für unser nationales Erbe, nicht auszudenken.«

»Viele Wenn und Aber«, sagte Ma. »Warum sich so viele Gedanken machen.«

Miss Tulipa schwieg ein Weilchen, dann sagte sie: »Daniel sollte bei den Hellbenders in meiner alten Heimatstadt unterschreiben. Mein Bruder Jordan« – Tulipa sagte *JAR-dan* – »wird ihm fünfundsiebzig Dollar pro Monat zahlen, fünfundzwanzig mehr als er als einfacher Soldat bekäme. Jordan wird sich auch um Unterkunft und Ausbildung kümmern. Dieser verdammte Krieg hat die Major-Leagues förmlich dezimiert. Wenn Daniel gut ist, könnte er schneller den Flanell der Major-League tragen als Sie denken, liebe Laurel.«

Colonel Elshtain, der jetzt ein echtes Ascot-Halstuch* trug, kam ins Eßzimmer zurück. »Die Army hat den Sold erhöht. Daniel würde *sechzig* im Monat verdienen, auch als gemeiner Soldat. Und Privilegien, wie …«

»Bitte, Clyde. Falls du vorhast, aus ihm einen Soldaten zu machen, vergiß nicht, daß er womöglich untauglich ist.«

»Wo liegt das Problem? Er wird doch noch mit einem Karabiner umgehen können.«

»Du vergißt sein … sein *Handicap*.«

»Schick ihn zur Marine. In deine eigene Kaserne, nach Camp Penticuff. Die Ausbilder werden ihn schon kurieren.«

Miss Tulipa explodierte. »Wie viele junge Männer willst du *noch* als Kanonenfutter verschiffen? Willst du sie alle loswerden?«

»Bei uns steht jetzt mehr auf dem Spiel als irgendein Minor-League-Wimpel.« Die Lippen des Colonel waren so bleich wie zwei tagealte Fischköder.

»Wenn das patriotischer Eifer ist«, sagte Miss Tulipa, »dann frage ich mich, wieso du immer noch im einstweiligen Ruhestand bist?«

Der Colonel reckte das Kinn. »Vielleicht sollte ich das ändern.« Er kehrte zu seinem schrägen Grammophon zurück und ließ die Paneeltüre zwischen sich und uns gleiten. Man konnte die Musik noch hören, die wie ein Pulk schläfriger Hummeln die Tonleiter rauf- und runtersummte.

»Laurel, was meinen Sie?« sagte Miss Tulipa und war wieder ganz die charmante Schöne aus dem Süden. »Würden Sie Daniel erlauben, den Vertrag zu unterzeichnen, falls Jordan ihn für talentiert hält?«

»Danny wäre High-School-Absolvent«, sagte Mama. »Er kann dann tun und lassen, was er will.«

Ich kämpfte um die letzte Frage, die ich am Tisch der Elshtains gestellt habe. »Welcher N–N-Nachwuchsverein?«

»Wie bitte?« sagte Miss Tulipa. »Oh. Der Verein. Die Hellbenders gehören zu Philadelphia. Spielt das eine Rolle?«

Kaum. Soweit ich wußte, hatte sich noch kein Verein für die Red Stix interessiert. Trotzdem traf mich der Name Philadelphia wie ein Medizinball mit Betonfüllung. Philadelphia hatte zwei große Ligavereine, die Athletics in der American League und die Phillies in der National League. Beide Vereine stanken zum Himmel. Sie kamen seit Jahren regelmäßig in die Endrunde, die Athletics seit drei Jahren und die Phillies seit fünf. '42 hatten die Phillies als einziger Major-League-Verein über hundert Spiele verloren. Wenn es eine amerikanische Stadt gab, die den Namen Loserville verdiente, dann war es Philadelphia.

»Oh«, sagte Miss Tulipa. »Welches *Team?* Die Phillies. Deine Möglichkeiten bei den Phils sind grenzenlos.«

Bingo. Gabby Stewart war leichter vom Short zu verdrängen als Rizzuto bei den Yankees oder Pee Wee Reese in Brooklyn bei den Dodgers. Trotzdem, lieber hätt ich mich den Japsen ergeben als nach Philadelphia zu gehen, fast.

Ma und ich verließen die Cass-Villa, und ich tröstete mich mit dem Gedanken, daß ich in Highbridge wenigstens nicht für die Phillies spielen würde, sondern für die Hellbenders, ein Team, das sich angeblich mit Klauen und Zähnen hochkämpfte.

2

IM APRIL '43, ZWEI WOCHEN, bevor die Hellbenders ihre reguläre Saison eröffneten, kam Jordan McKissic – für jedermann in Highbridge *Mister JayMac,* wie ich später erfuhr – in einem Pullmanwagen* nach Oklahoma gedampft. Er wollte sich zwei Spiele der Red Stix ansehen, eines an einem Samstag, eines am Dienstag darauf, um dann nach Georgia zurückzukehren. Mister JayMac kam mit dem Zug, weil das ODT* Vergnügungsfahrten untersagt hatte. Zwar hätte man die Fahrt ohne weiteres als Geschäftsreise eines Scouts deklarieren können, doch es gab patriotische Politiker – wie die Schurken, die LaGuardia aufs Korn genommen hatte – die dem Profi-Baseball dieses Recht absprachen.

Dreiundvierzig war das Jahr, in dem das ODT den Major-Leagues verbot, zum Frühjahrstraining in den Süden zu fahren. Mit Ausnahme der Cardinals, die in St. Louis trainierten, durfte nur noch östlich vom Mississippi und nördlich von Potomac und Ohio trainiert werden. Schlauberger nannten das die Landis-Eastman-Linie*, nach dem ersten Baseball-Dezernenten und dem Burschen an der Spitze des ODT. Mister JayMac war ein Wichtigtuer in der Musterungskommission des Hothlepoya County unten in Highbridge. Er trug das Seine zur nationalen Verteidigung bei, indem er auf Cadillac und farbigen Chauffeur verzichtete und sich dem Dampf und Kohlenstaub einer Lok und dem Gedränge im Personenzug aussetzte.

In Tenkiller wohnte er dann in der Cass-Villa. Zu Gesicht bekam ich ihn erst an diesem Samstag, als er mit Mama und seinen Gastgebern in die offene Tribüne für die Belegschaft von Deck Glider stieg. Er fiel auf unter diesem Publikum. Er war fast sechzig – also zwei Jahre jünger als ich jetzt bin – aber groß, fit und machte was daher. Weiß in Weiß gestreiftes Frackhemd, altmodische Leinenhosen mit Bügelfalte und purpurrote Hosenträger. Das Haar war eisengrau und an den Schläfen und im Nacken kurzgeschnitten. Die melierte Locke, die ihm in die Stirn fiel, erinnerte mich an den Flügel eines Steinkauzes. Noch vom Short aus konnte ich den schrecklichen blauen Schimmer in diesen Augen sehen; das Blau war schärfer als das in Miss Tulipas Augen, es war ein Blau wie von Saphirstaub, eingelagert in zwei verzinkte Kriegspfennige. Er beobachtete mich von der Tribüne aus, mich und Toby Watersong, Franklin Gooch und jeden anderen aus beiden Teams. Wann immer ich konnte, sah ich zu ihm hin. Mister JayMac war das ›Große Pokergesicht‹, das über dem Gewimmel hockte, wie ein Richter am Obersten Bundesgericht, geheimnisvoll und kalt. Forschend.

Ich spielte gut an diesem Samstag, Gott sei Dank, ich hatte zwei Singles* und am Short gelang mir ein selbständiges Double Play. Irgendwie hatte ich erwartet, Mister JayMac würde nach dem Spiel herunterkommen und reden, mir womöglich ein Angebot machen, doch er und die Elshtains verschwanden. Kein Blick, kein Nicken. Vermutlich kehrten sie schnurstracks zur Cass-Villa zurück. Auf der Tribüne sagte Mama, Miss Tulipa und der Colonel hätten das Team so unterstützt und mir so viele Komplimente gemacht wie noch nie zuvor, doch Mister JayMac wären kaum zwei Worte über die Lippen gekommen.

»Einen höflichen Gentleman aus dem Süden hab ich mir anders vorgestellt«, meinte Ma. »Der Mann hatte Augen wie ein hungriger Wolf.«

Sonntags trainierten die Red Stix nie, und Mister

JayMac ging nicht mit den Elshtains zur Kirche. Am Montag dann beobachtete er uns aus den Sitzreihen an der Third Base Line*, verfolgte jeden Wind Sprint*, jedes Pepper Game* und registrierte jeden ungenauen Abtropfer*. Ich spürte, wenn er mich aufs Korn nahm, ich spürte es ganz deutlich, es war wie ein Frösteln. So ähnlich mußte sich eine hoffnungsvolle Teilnehmerin an einem Schönheitswettbewerb fühlen.

Bei diesem Training verpatzte ich einen gemütlichen Kullerball am Short, dann wollte ich den Runner* ›aus‹ werfen und überwarf Jessie Muldrow am First. Schlecht. *Schleeecht.* An der Home Plate* schwang ich zu heftig, verdrillte einmal den Ball, so daß er nach hinten über den Zaun ging, und schlug ihn beim zweiten Mal steil in die Höhe. Hundsmiserabel. Nicht mal die Phillies hätten mich gewollt. Bei der dritten Schlaggelegenheit war Mister JayMac auf und davon. Ich ging aufs Schlagmal, und lief bei einem schwach geschwungenen Abtropfer aus schierer Bestürzung los. Na, wenn schon. Mama sollte lieber mit Colonel Elshtain reden, ob Deck Glider nicht einen Fließbandjob für mich hatte.

Dienstagnachmittag, bei dem Spiel gegen Checotha, vergaß ich die Zuschauer, die Bench Jockeys* im anderen Unterstand, die Hunde, die auf der Cookson Road kläfften, einfach alles bis auf die seildicken Nähte auf jedem Ball, der angeschwebt kam. Ich weiß nicht, wieso, aber der Ball kam mir so groß wie der Mond vor. Ob beim Schlagen oder im Feld, ich konnte ihn nicht verfehlen. Was Mister JayMac und mich anging, hätte er statt auf der Tribüne ebensogut in Belgisch-Kongo sein können. Ich spielte großartig. Als die Jungs von Checotha später in ihren Bus stiegen, sahen sie aus wie kümmerliche und eingefallene Hartriegelstümpfe.

Auch nach diesem Spiel ließ Mister JayMac nichts von sich hören. Jetzt, nach getaner Arbeit, kehrten meine Gedanken zu ihm zurück, zu meinem Ticket nach Hauptsache-raus-aus-Tenkiller. Als er sich immer noch nicht blicken ließ, dachte ich: Du kannst mich mal, Mister.

Kurz nach dem Abendessen kreuzte dann Mister JayMac in der Cody Street auf. In unserer Villa-Stuck war gerade mal Platz für eine Couch, zwei Betten, einen schäbigen Tisch, das Klosett und das billige Radio, das wie ein Kapellchen aussah. Bei uns schien es immer nach Kohl und Eiern zu riechen.

Mister JayMac kam nicht mal auf einsachtzig, doch in dem Buttermilchmantel mit den sonnensegelgroßen Revers und Taschen *füllte* er unser Haus, so wie das Filmschauspieler manchmal mit der Leinwand tun. Mama holte ihm einen Stuhl aus der Küche und bat ihn, Platz zu nehmen. Sie wollte nicht, daß er so *bedrohlich* wirkte. Ma und ich kauerten uns aufs Sofa, nahmen uns aus wie zwei Kinder im Wartezimmer des Zahnarztes.

»Ma'am«, sagte Mister JayMac, »ich fahre morgen nach Highbridge zurück. Ihren Sohn würde ich gerne mitnehmen.« Er sah mich nicht mal an dabei. Seine ganze edle Artigkeit zielte auf Mama. »Mein Verein, die Hellbenders, brauchen den Jungen dringend.«

»So dringend wie die Red Stix. Und erst muß Danny die Schule beenden.«

»Verstehe, Ma'am«, sagte Mister JayMac.

»Er geht jetzt fast zwölf Jahre zur Schule«, sagte Mama. »Soll er wegen der läppischen zwei Monate auf das Diplom verzichten?«

»Na ja, so gesehen. Ein vernünftiger Standpunkt«, sagte Mister JayMac.

»Er braucht seine Schulbildung.«

»Was die Skulptur für den Marmorblock ist«, sagte Mister JayMac, *»das ist die Bildung für die Seele.«**

»Ja, Addison hat recht.«

»So ist es«, sagte Mister JayMac. »Aber Bildung

gibt es hier und dort. Wenn Danny morgen nicht mit nach Highbridge kommt, dann verpaßt er die Chance, mit uns zu trainieren, und er verpaßt den Eröffnungsmonat unserer Saison.« Er fuhr mit der Hand unters Revers und zog ein geschnürtes Papierbündel heraus. »Hier ist ein Vertrag, Mrs. Boles.« Er löste die Verschnürung und händigte Ma ein amtlich aussehendes Formular aus, auf dem oben eine Büroklammer saß. »Zusammen mit einem Scheck über fünfundsiebzig Dollar, sein erster voller Monatslohn.« Hätte er mir eine Vipernatter ins Hemd gesteckt – der Schauder, der mich durchrieselte, wäre der gleiche gewesen. »Aber, Mrs. Boles, Sie müssen meine Vollmacht gegenzeichnen und Danny mitfahren lassen.« Er langte hinüber und tippte auf den Scheck.

Ich war ein Sklave aus freien Stücken, ich wollte verkauft werden. Schule bestand aus Unterricht und Gähnen, kichernden Mädchen und Schlaumeiern, die saudumme Witze rissen.

Mama starrte auf den angeklammerten Scheck. »Coach Brandon sagt, ein paar Nigger bekämen fast das Doppelte.«

»Schon möglich«, sagte Mister JayMac. »Ich wage aber zu behaupten, daß diese Jungs mehr Fans haben als Danny zur Zeit.«

»Tja, er kann jetzt sowieso nicht fort«, sagte Mama. »Und wenn er kann, sind fünfundsiebzig zu wenig. Das reicht grade mal für Kaffee und Kuchen. Ob Anfänger oder nicht, kein farbiger Junge soll besser abschneiden als Danny.«

Meine Ma, der John L. Lewis* unter den Baseball-Agenten. Alles, was ihr fehlte, waren Johns Augenbrauen. Mister JayMac zerriß den Scheck, und ich hätte fast meine Zunge verschluckt. Lauter Fetzen. Meine ganze Karriere.

»Mrs. Boles, Sie kennen kein Pardon.« Mister JayMac nahm den Vertrag wieder an sich. »Ich erhöhe um fünfundzwanzig und schicke Ihnen beiden einen neuen Vertrag. Vergessen Sie den hier, Mrs. Boles.« Endlich sah er mich an. »Wir schicken dir ein Ticket. Du kommst, sowie du dein Diplom hast, verstanden?«

Ich wollte antworten. Ich wollte sagen: »Jawoll, Sir«, doch es hörte sich an wie das Vaterunser auf Gullah.[1]

Wie versprochen kam zwei Wochen später der neue Vertrag. Ma und ich unterschrieben beim Notar mit Coach Brandon und den Elshtains als Zeugen. Zwei, drei Tage später verkündete Mr. Ogrodnik mein Glück in der Sporthalle. Die Kids ließen mich hochleben, unter ihnen hübsche Mädels und Angebertypen. Hätte ich den Schneid gehabt, hätte ich die Hälfte der Heuchler in die Luft gejagt, obwohl ich sagen muß, daß mir der Jubel gefiel.

Franklin Gooch nannte mich einen glücklichen Bastard. Als wir den Krieg gewonnen hatten, kehrten Burschen wie DiMaggio, Williams und Greenberg heim und die daheimgebliebenen Ersatzspieler verschwanden spurlos von der Bildfläche. Nur echte Talente überlebten.

»Du«, sagte Goochie, »bist ein echtes Talent.«

Goochie war schon achtzehn. Im Frühjahr '42 war der jüngere Bruder seiner Mutter auf dem Kreuzer *Houston* ums Leben gekommen – das war bei der Schlacht in der Javasee* gewesen. Goochie wollte zur Marine gehen, um ein paar Japse zu skalpieren. Goochie gönnte mir meinen Start im Profi-Baseball, war zwar neidisch, nannte mich aber keinen Drückeberger. Er hatte ein anderes Eisen im Feuer; zu dumm, daß es ihn in die Hände der Grabregistratur auf Okinawa trieb.

---

[1] gemeint ist das Englisch, wie es die in den Küstenregionen von South Carolina, Georgia und Nord-Ost-Florida lebenden Schwarzen sprechen

3

DIE EISENBAHN NAHM KEINE NOTIZ von Tenkiller. Also bestieg ich den Zug in Tahlequah. Mister JayMac hatte mir das Ticket geschickt.

An der geteilten Windschutzscheibe von Colonel Elshtains Auto steckte eine C-Zuteilung für Sprit – angeblich weil sein Job bei Deck Glider so wichtig für die nationale Verteidigung war. In Wirklichkeit, glaube ich, hatte er Freunde im Kriegsministerium, die wiederum Leute im Preisüberwachungsamt[1] kannten. Egal, mit diesem C-Schein bekam er soviel Sprit, wie er haben wollte, und er und Miss Tulipa brachten Ma und mich in dem 1939er Hudson Terraplane zum Bahnhof nach Tahlequah. (Das Auto war ein Traum aus Chrom und Elfenbein. Es hatte sogar Radio.) Mein Gepäck bestand aus einem Seesack voller Kleidung. Der Griff meines Lieblingsschlägers – ich hatte ihn von Coach Brandon bekommen – ragte aus der Verschnürung, und der Sack steckte im Kofferraum des Hudson. Hinten auf dem Rücksitz neben Mama kam ich mir teilweise vor wie ein reicher Pinkel und teilweise wie ein Mörder, den man stilvoll zum Galgen chauffierte.

Auf dem Bahnsteig machte Mama eine gallenbittere Miene. In Wahrheit kniff sie die Lippen bloß zusammen, um nicht loszuheulen. Ich war froh, daß sie sich so zusammennahm. Kein Siebzehnjähriger wollte, daß seine Mama ihn vor aller Welt mit Tränen

---

[1] *Kriegsministerium* (Departement of War) und *Preisüberwachungsamt* (Office of Price Administration) gab es nur bis 1947.

überschüttete. Und der Bahnhof wimmelte vor Menschen. Tahlequah sah aus wie Tulsa.

Rekruten in Zivil, die nach Camp Gruber oder Fort Sill wollten. GIs, die aus dem Urlaub kamen, auf dem Rückweg nach Chaffee, Benning, Polk oder Penticuff. Pappkoffer und Seesäcke. Die Eltern und Mädchen zwischen den albernden Rekruten und Soldaten. Alle diese Burschen benutzten die normalen Personenzüge und nicht die Schnellzüge für den Truppentransport. Zivilisten wie mich konnte man an den Fingern abzählen.

Einige GIs schlängelten sich ziellos durch den roten Ziegelsteinbau. Trupps von Kameraden. Manchmal blieben sie in unserer Nähe stehen und besahen mich von oben bis unten. Ich war nur Zielscheibe für ihren Spott – Soldaten aus rosa Mäusespeck waren Tretminen. Kaum auszudenken, mit diesen rüden Flegeln in einem Abteil zu sitzen. Die mit den Streifen am Ärmel machten mir die meiste Angst; ich schwitzte Cherokeepisse.

»Du kleiner Schuft«, sagte Mama, »vergiß nicht zu schreiben.«

Ich war knapp einssechzig, aber Audie Murphy, der später nachkam, kehrte als meist dekorierter Soldat aus dem Krieg zurück, und der war auch kein Grobian. Was mich anging, ich war tipptopp in Form. Wenn ich in der Chattahoochee-Hitze Baseball spielen konnte, warum wollten diese Klugscheißer von Infanteristen nicht glauben, daß ich durchs Artilleriefeuer der Japse stürmen konnte? Warum nahm Mama an, ich würde unter der Sonne von Georgia verdunsten und ihr nicht mal eine Karte schicken?

»Ich kann nicht zusehen, wie du abfährst. Mach's gut. Und halt die Ohren steif.«

Zwei Nonnen kamen lächelnd auf uns zu. Nur, daß es keine Nonnen waren, sondern kuschelbusige Mädels in Rotkreuztracht. Sie schoben einen Hospitalwagen, der mit lauter Schnickschnack beladen war, wie Stewardessen auf einem Delta-Flug. Sie hielten mich für einen Rekruten. Wollten mir Magazine, Tootsie Rolls und Lucky Strikes geben.

»Er will nichts«, sagte Mama. »Danke.«

Die Rotkreuzschwestern trollten sich, aber nicht die neugierigen Soldaten. Als Mama mich auf den Mund küßte, so richtig lieb und feucht, da machten sie einen Kicheraufstand. Ma überließ mich den Elshtains und ging. Ich hoffte, der Colonel würde die Burschen zusammenstauchen wegen ungebührlichen Betragens in der Öffentlichkeit und weil sie sich auf andrer Leute Kosten amüsierten, aber Pustekuchen. Soldaten auf Urlaub genossen Privilegien, waren die verlorenen Söhne im feinen Kaftan. Zu Recht vielleicht. Vierzehn Wochen Grundausbildung war kein Pappenstiel, und 'ne Menge von ihnen, wie Goochie, kehrten als Nummer heim, als Gefallene, die nicht mehr aufstanden. Colonel Elshtain zeigte Verständnis. Er hatte im Ersten Weltkrieg gedient, *dem Krieg, der allen Kriegen ein Ende setzen sollte*, und er hatte Verständnis.

Dann gingen auch der Colonel und Miss Tulipa, und ich war allein mit all den gewieften Helden und lächelnden Rotkreuzschwestern. Eine Rotkappe dirigierte uns – zumindest gingen alle, wo ich auch hinging – zu unseren Personenwagen, und Träger mit Handkarren luden unsere Säcke in die Gepäckwagen. Wie dem auch sei, diese Bahnfahrt von Oklahoma nach Georgia ließ mich die Menschheit mit neuen Augen sehen. Bis ich aus dem Zug sprang, hätte ich schwören können, die Verteidigung der Vereinigten Staaten lag in den Händen von sadistischen Kretins. Schießwütige Scheißkerle, die in New York State und in Louisiana farbige Ausbildungslager terrorisierten. Menschentiere, die zwei Monate später in L.A. den Hat-Dance* mit Zoot-Suiters tanzten. Als Zivilist kam ich mir vor wie eine Weichschildkröte, ein gefundenes Fressen für diese Raubtiere. Ich war freigestellt, nicht etwa weil ich ein Angsthase, sondern weil ich noch keine achtzehn war. Wenn man das letzte Jahr seiner Kindheit mit drittklassigem Baseball beschließen will – ist man dann ein Feigling?

Wie Vieh wurden wir in den Zug gepfercht. Im Klo hatte jemand ein internes Cartoon auf den Spiegel geklebt – ein GI steht draußen vor einer Pullman-Toilette, in Unterwäsche und mit seinem Rasierzeug. Er befingert sein Stoppelkinn. »*Großer Gott*«, stößt er hervor. *»Ich muß den Kerl neben mir rasiert haben!«* Alle Sitze waren besetzt; alle Gänge verstopft.

Einmal bloß war ich aufgestanden, schon saß ein Sergeant auf meinem Platz. Also quetschte ich mich durch die tickernden Wagen, bis ich den einzigen freien Platz in den letzten fünf Pullmans fand. Ich saß neben einem PFC*, dessen Kopf wie die Bowlingkugel auf dem Hals des Burschen in dem Cartoon aussah. Ein Koloß mit dem Gesicht eines Pekinesen.

»Wer sagt dir, daß hier noch frei ist?« wollte er wissen.

»Fick dich ins Knie«, wollte ich sagen, doch das provozierende Knurren in der Stimme des PFC raubte mir allen Mut. (Nicht, daß ich haufenweise davon gehabt hätte.)

Der PFC sagte: »Hübsche Ohren, Bauerntölpel. Kriegt man bei euch am Meter, wie?«

Ich machte »Dah« wie der Bauerntölpel, zu dem er mich stempelte, und legte die Hand an den Adamsapfel, um mein Sprachproblem zu signalisieren.

»Tonsilitis?« sagte er. »Streptokokken? Doch nichts Ansteckendes mit der Stimme?«

»Ich st-st-stottere.«

»Klaro. Und blind bist du auch, sonst hättest du mitgekriegt, daß ich den Platz für Pumphrey freihalte.«

»P-P-Pum …?«

»P-p-pum dich«, spottete er. »Wie heißt du? Hätte zu gern deine ganze Bauernsippe k-k-kennengelernt.«

Er kam bestimmt aus einer richtigen Metropole wie Coffeyville* oder Enid*, und *ich* war der Bauerntölpel.

»B-B-Boles«, sagte ich. »D-D-Danny Boles.«

»Von wo?«

»Tenkiller, Oklahoma.« Kein Stottern. Her mit der Medaille. Jetzt werd' ich Rundfunksprecher.

»Okay, Boles, du dämlicher Okie, beweg deinen kümmerlichen Arsch, bevor ich dir Feuer mache.« Der Kerl stieß mir den Ellbogen in die Seite. Seine Nase schwebte vor mir wie ein Liftknopf, doch mein Daumen traute sich nicht. »He, du sitzt ja immer noch auf Pumphreys Platz.«

»A-aber wo soll ich d-d-denn hin?«

Er lachte. Das war zu eckig für seinen Kopf: ein Kind, so unschuldig wie eine Flasche Wasser. Er setzte den Daumen in die Delle hinter meinem Kinn, um mir die Richtung zu zeigen. Ich fuhr hoch und stolperte in den Zwischengang – in dem sich das Fußvolk drängte, Landratten, die sich an die Reling klammerten.

Ich ging in Fahrtrichtung. GIs, Rekruten und bewaffnete Militärpolizisten hockten eingeklemmt in den Sitzen, nicht ein einziger weiblicher Lichtblick. Jeder Wagen roch nach eingetrocknetem Schweiß, versengtem Khaki, Zigarettenqualm und bröckelnder Stiefelpolitur.

Zwischen zwei Wagen machte ich schließlich Halt. Eigentlich hätte ich in einem Ziehharmonikabalgen stehen müssen, der vor Wind und Kohlenstaub schützte, doch das Zugpersonal hatte ihn nicht aufgespannt. Ich stand über der Kupplung. Der Wind tat gut. Auch das Alleinsein. Sanfte Hügel, Hartriegel und Judasbäume, die noch Farbe zeigten mitten unter den Tannen. Je weiter wir von Cherokee-County fortdampften, desto hübscher wurde die Landschaft. Das Indianerterritorium war ziemlich flach und bot wenig Schatten. Hatte der Kongress das so gewollt? Wahrscheinlich.

Ein paar Minuten stand ich so da, als aus dem Wagen weiter vorne ein Milchgesicht von GI polterte. Er runzelte die Stirn und klopfte seine Taschen ab. »Hast du mal 'n Stengel, Kleiner?« schrie er.

»N-nein, t-t-tut mir leid.«

»Fick dich ins Knie!« schrie er. Ob er meinte, ich hätte 'ne Rotkreuzschwester um ihre Zigaretten erleichtert und wollte ordentlichen GIs wie ihm nichts abgeben? Ich starrte ihn bloß an. Womöglich hatte ihm ein 4-F-Zivilist das Mädchen ausgespannt, oder ein Rekrut hatte ihm die Koje gestutzt.[1] Solche Gemeinheiten brannten wie Äthylalkohol in der Schnittwunde. Mein Blick wurde noch starrer. Ich hob die Fäuste an die Rippen. Der Junge sah, wie sie bebten. Er spuckte auf die Gleise, grade so, als ob nichts wär, und kehrte in den Wagen zurück, aus dem er gekommen war. Das hätte mich aufbauen können. Ich hatte Härte gezeigt, und ein GI hatte klein beigegeben. Das Problem war nur, er hatte ausgesehen wie ein Kid von Campbell's Soup.

Ich fing an zu weinen. Die Plattform, der Wind und der Radau waren meine Rettung. Ich konnte doch nicht mit Tränen im Gesicht nach drinnen gehen. *Bis Georgia* hätten die GIs mich gehänselt.

Unser Zug war kein Schnellzug. Er kroch durch jedes gottverlassene Nest, das ihm in die Quere kam, und kam in jedem Kaff, das mindestens zwei Buchstaben im Namen hatte, mit immer der gleichen rasselnden Kettenreaktion zum Stehen. Fahrgäste han-

---

[1] *Koje stutzen* (to short-sheet a bed) = ein Bettuch so falten und einstecken, daß es Ober- und Unterbettuch simuliert; will man sich hineinlegen, stößt man mit den Füßen in die Falte …

gelten sich nach vorn oder hinten zwischen den Wagen, doch ich hing am Geländer über der Kupplung und ignorierte sie.

Es dauerte anderthalb Stunden bis Fort Smith und allein dreißig Minuten, um Fort Chaffee zu passieren, den Posten südöstlich davon. Rekruten raus, GIs rein. Eine Art Dos-à-dos* neben den Gleisen. Endlich ratterten wir wieder durch Arkansas.

Später saß ich mit drei anderen Burschen im Speisewagen. Anscheinend Einzelgänger wie ich. Ein Marinesoldat auf dem Weg nach Pensacola und zwei Rekruten. Wir waren uns fremd, doch die drei brachen eine nette Diskussion vom Zaun: über den Ruf (*Wert* hätte der alte Diz gesagt) der Cards ohne Enos Country Slaughter* und der Dodgers ohne Pistol Pete Reiser, der volle Kanne in die Outfield-Bande rannte und sich total verausgabte.

Mein Lieblingsthema. Nur daß meine Stimmbänder klemmten. Ich gestikulierte, nickte, grunzte und grinste wie ein nackter Schimpanse. Die drei – die nettesten Soldaten, die mir bis jetzt über den Weg gelaufen waren – müssen mich für einen Ausreißer aus der ›Anstalt für taubstumme Bauerntölpel‹ in Oklahoma gehalten haben. Ich zahlte und taumelte wieder auf die Plattform hinaus.

Und blieb da, wo meine Nieren sich bald anfühlten wie umgeschnallte Cocktail-Mixer. In den Feldern, die vorüberflogen, konnte ich Stangenbohnen ausmachen, grüne Bohnen, Luzerne, Baumwolle. Der Boden erinnerte an dunkle Schokoladentorte. Wir fuhren tiefer in den erzkonservativen Süden hinein. Die Luft wurde dicker, die Gerüche wurden komischer, die fremden Feldfrüchte machten mir irgendwie angst.

Ein Soldat kam auf die Plattform. Ich beugte mich übers Geländer, doch er blieb. Ich spürte den Blick im Rücken, wie er durchs Hemd sickerte und die Arme hinaufkroch – wie Kerosin in einem Haufen Putzlumpen. Schließlich drehte ich mich um.

Ein älterer Bursche. Streifen am Ärmel, Bänder an der Brusttasche, dicke Lippen. Die Hautfarbe erinnerte an Dosenschinken. Ein Sergeant. Bestimmt ein Veteran aus irgendeiner Schlacht. Ich entspannte mich. Kampferprobte Unteroffiziere zeigten sich in den Ausbildungslagern von der harten Seite, bei Kids und Frauen und gutmütigen Zivilisten waren sie Teddybären.

»Du heißt Boles?« schrie der Sergeant. Ich nickte erschrocken. »Ich bin First Sergeant Pumphrey. Private Overbeck hat mir von dir erzählt! Hat dich haargenau beschrieben! Du kommst aus Tenkiller, Oklahoma?«

»J-J-Jawoll, Sir!« schrie ich zurück. Die Plattform rüttelte, aber ich bebte nicht bloß deswegen.

»Sergeant!« korrigierte er mich. »Kein Officer! Kein Gentleman! Und bestimmt kein geiler Sir!«

»J-J-Jawoll, Sir!«

Pumphrey machte eine Geste, die den Zug meinte, die blitzenden Geleise und vorbeiziehenden Baumwollfelder. »Das ist Mist! Komm mit!« Er riß mich in die jähe Stille des Abteils.

Meine Ohren japsten förmlich nach dem Lärm von draußen. Pumphrey stieß mich durch den ganzen Wagen, dann durch den zweiten und so fort bis in einen Wagen mit Toilette. Pumphrey schubste mich hinein. War er schwul? Coach Brandon hatte uns Jungs im Hygieneunterricht der fünften Klasse vor dem ganzen Scheiß gewarnt, aber ich kapierte immer noch nicht. Damals hielt die Hälfte der männlichen Oberschüler das Wort *Hygiene* für etwas Schmutziges.

Wir hatten die Toilette fast für uns. Der einzige andere Bursche, der noch hier war, saß mit dem Steißbein auf dem hinteren Rand der Klobrille, die Zehen über dem vorderen Rand und die Arme um die Knie, damit die Schuhe nicht abrutschten und ihn unsanft weckten. Sein offener Mund fauchte leise. Pumphrey ignorierte ihn wie einen Wasserklecks und bugsierte mich rücklings gegen ein Waschbecken.

»Ich kenne deinen Dad, Boles«, sagte er. »Bis vor zwei Wochen haben wir zusammen Dienst geschoben, Aleuten*, Luftstützpunkt der Army, selber gottverdammter Nachschubverein. Schon mal von Otter Point gehört?«

Ich schüttelte den Kopf.

»Ist auf Umnak.* Kalt wie 'n Eisbärschwanz. Windiger als Chicago. Nebliger als 'ne Trockeneisfabrik.«

Ich hatte keinen Schimmer, was Pumphrey vorhatte. Er schien mir oder Daddy die Schuld für das Wetter auf den Aleuten zu geben, immer vorausgesetzt, er sagte, was Daddy anging, die Wahrheit und log nicht das Blaue vom Himmel herunter. Seine roten Lippen flatterten. Sie zogen und woben Speichelfäden.

»Kalt, kalt, kalt«, sagte er. »Das Öl da oben wird zu Erdnußbutter. Man braucht Lötlampen, um die Bombertriebwerke aufzutauen. Wenn die Gischt über die Scheibe der Kanzel geht, dann sieht man wie durch Bergkristall. Ein Tropfen von dem Hochoktansprit auf der Haut – wenn du so dämlich bist, sie offen mit dir rumzutragen – und du kriegst 'ne Blase so groß wie 'ne Walnuß. Kapierst du?«

»J-J-Jawoll, Sir.« Was war daran zu kapieren?

»Einmal, da seh ich, wie die Augenlider von deinem Alten zufrieren. Hab ihn in der Wellblechbaracke aufs Feldbett gestreckt, Gesicht nach unten zwischen Streben und Gurten. Dann hab ich ihm 'ne Tasse heißen Kaffee unter die Augen gehalten. Hab immer gesagt ›Laß die Hände weg, wenn du nicht zeitlebens mit 'nem Finger rumlaufen willst, der am Augapfel klebt!‹ Geht das in deinen Kopf, Kleiner?«

Ich nickte. Und zwar tüchtig.

»Ich will damit nur sagen, wie gut ich deinen Papa kannte, Boles«, sagte Sergeant Pumphrey. »Du siehst ihm ähnlich. Wenn du erst die Ohren eingeholt hast, könnte man dich glatt für seinen Sprößling halten.«

Ich hatte Daddy als kräftigen, gutaussehenden Mann in Erinnerung. Okay, ich war gut im Baseball. Aber daß ich ihm *ähnlich* sah, das hatte noch keiner behauptet. Im Gegenteil, es hatte immer geheißen, ich würde ihm *überhaupt* nicht ähneln. Und wer kennt nicht die Geschichte vom häßlichen Entlein?

Pumphrey ließ meinen Arm los und stieß sich von mir ab. »Frage ist nur, wie weit geht diese Ähnlichkeit?«

Das schien der richtige Moment, von hier zu verduften. Pumphrey war erregt, ging hin und her und stellte Fragen. Ich versuchte auszubrechen.

Bamm! Pumphrey schlitterte zwischen mich und die Tür, und er war so aus dem Häuschen, daß er mich fast mit seinen Lippen betatscht hätte.

»Bleib hier! Dickie[1] Boles ist das mieseste Stück Soldat – das mieseste Stück Mensch – mit dem ich Dienst geschoben hab. Ein Drückeberger und Hinterfotz. Gott gebe, du kommst nach deiner Mama.«

»Hat er m-m-mich m-m-mal erwähnt?« sagte ich.

»Weiß nicht. Kann sein. Hat mal so was gesagt wie, er hätte vielleicht einen Sohn gezeugt. *Vielleicht.* Als hätte ihn das zum Bundesgenossen von Gottdaddy gemacht. Ansonsten, mein Jungchen, war er vollauf damit beschäftigt, Dienstpläne zu frisieren und sich bei Munitionsladungen zu verrechnen.«

»Ist er n-n-noch da oben?«

»O ja. Ja.« Pumphrey kicherte. »Es gibt Ossifers[2] auf Umnak, die meinen, er würde besser den Rest seines Lebens auf Otter Point bleiben. Allen zuliebe hier

---

1 Kurzform für Richard

2 *ossifer* = Verballhornung von *officer*

unten in den freien Achtundvierzig.«[1] Pumphrey trat wieder zur Seite, und ich wollte Hals über Kopf aus der Tür.

»Bleib!« Er packte mich, atmete mir Likör oder Schnaps ins Gesicht, irgendwas Süßes und Widerliches. »Nicht so schnell, Jungchen!« Ich rang nach Luft. Was hatte der verrückte Kotzbrocken vor? »Wieviel Geld hast du, Boles?«

»G-G-Geld?«

»Ehja, G-G-Geld. Bares. Dein verfluchter Dad hat uns ständig angepumpt. Wollte aber nie was zurückzahlen. Wieviel hast du?«

Ich hatte den Zug mit fünfzig Dollar in bar bestiegen, das war die Hälfte von meinem ersten Scheck. Ich hatte noch alles, was ich nicht ausgegeben hatte.

Pumphrey wirbelte mich herum, stieß mich an die Wand und fingerte mir die Geldbörse aus der Gesäßtasche. Er hielt mich fest, zählte das Geld und stopfte es sich in die Brusttasche. Die Börse schmiß er in ein Waschbecken.

»Zu wenig, Jungchen. Knapp fünfzig von dem, was dein Alter mir schuldet.«

»Ich m-muß doch nicht für m-m-meinen Vater aufkommen.«

»Kann schon sein. Aber ich krieg noch fünf Dollar. Laß dir was einfallen.«

»Sie st-stehlen. Sie sind ein v-v-verdammter Dieb.«

»Schulden eintreiben ist noch kein Diebstahl, du Dummchen!« Pumphrey riß mich von der Wand weg und stieß mich wieder zurück. Meine Lippe platzte.

---

[1] *die freien Achtundvierzig*: Die Union umfaßte derzeit nur 48 Bundesstaaten. Das den Russen 1867 abgekaufte Territorium Alaska (nebst Aleuten) hatte seit 1912 eine beschränkte Selbstverwaltung und wurde erst 1959 als 49. Bundesstaat in die Union aufgenommen.

Ich schrie auf. »Sei still, Junge. Die Rechnung ist noch nicht beglichen. Wir werden das ändern.«

Pumphrey bugsierte mich rücklings in die Kabine neben dem schlafenden GI, knebelte mich mit einem Taschentuch und wirbelte mich wieder herum. Als er mir die Hose runterriß und dabei die Unterhose mitnahm, da ahnte ich erst, was er im Schilde führte und stieß mit dem Ellbogen nach hinten. Er zeigte mir die Klinge seines Taschenmessers und erklärte, er würde mir die Leber aus dem After holen, falls ich so was noch einmal machte; dann beugte er mich über die offene Kloschüssel. Was er dann machte, dauerte vielleicht zwei Minuten und brannte wie Feuer.

»Du bist immer noch in meiner Schuld«, sagte Pumphrey und riß mir die Hosen wieder hoch. »Neun mehr würden Daddy nicht schaden und mir auch nicht.«

Ich fing an zu heulen.

»Hör auf, Boles. Kein Sterbenswörtchen oder dein kleiner Arsch gehört mir für immer.«

Er ging. Ich nahm meine Geldbörse an mich, wusch mir Gesicht und Hände und stand vor dem Spiegel und erkannte mich nicht wieder. Der PFC auf der Klobrille – ich sah den mißlich verschränkten Typen im Spiegel – hatte die ganze Vergewaltigung verschlafen und schnarchte wie ein asthmatischer Seelöwe.

4

Manche Menschen finden es beruhigend, in einem Zug zu schlafen; so als lägen sie unter einem dünnen Dach, auf dem der Regen trommelt. Bei mir ist das nicht so. Mich erinnert das Klickerdiklack der Spurkranzräder auf den Geleisen an das Ticken eines Weckers, der jeden Moment losschrillen kann. Mein Zug konnte jeden Moment entgleisen …

Ich starb fast vor Erniedrigung, doch wenn es Alarm gegeben hätte, ich wär wie ein Springteufelchen auf den Beinen gewesen. (Nachdem ein paar Soldaten in Camp Robinson aus- und ein paar andere in Little Rock umgestiegen waren, hatte ich mir eine Koje erobert.) Weinend war ich eingedöst. Ich träumte von Daddy, von Richard Oconostota Boles.

Daddys Sippe kam aus dem heutigen Pickens County in Georgia, zusammen mit dem kläglichen Rest der von der Cholera heimgesuchten Cherokees. Schon meine Ur-Ur-Urgroßeltern von Daddys Seite, vollblütige, eingeborene Amerikaner, waren also auf dem *Pfad der Tränen* gewesen … Sie kamen nach Oklahoma – ins US-Indianer-Territorium – und siedelten da, wo heute die Stadt Checotah liegt.

Mama Laurel war eine norwegische Helvig, durch und durch eine weiße Farmerstochter; sie und Daddy begegneten sich bei einem protestantischen Picknick am Tenkiller Lake, wo er für einen Wells-Fargo-Vertreter* aus Muskogee schreinerte. Daddy war neunzehn, als ich geboren wurde, sieben Jahre jünger als Mama. Sie hatten es nicht leicht. Das Geld blieb knapp, und mein Vater hatte eine schmerzliche

Schwäche für Kneipen und Frauen. Mama hielt ihm zugute, daß er so jung geheiratet hatte – mit siebzehn, als er gerade mal so alt wie ich war, als ich diesen Zug bestieg, um Oklahoma zu verlassen. Außerdem betete sie ihn an, auch wenn er bloß den Verstand eines cleveren Zehnjährigen und das Gefühlsleben eines Gürteltiers hatte.

Daddy spielte Stegreifbaseball, wann immer er konnte, zahlte gutes Geld für schlechten illegalen Whiskey und verdrehte all den ›schlimmen‹ Mädels in und um Muskogee den Kopf. Er baute Ställe, Räucherkammern und Getreidesilos für die Leute und lernte bei einem ansässigen Pierce-Arrow-Händler das Handwerk des Automechanikers. Er liebte Autos. Na ja, eigentlich mehr die Motoren – die Schmiermittel und Kolben und Riemen.

Ein Jahr, bevor die Wertpapierbörse in den Keller ging, fuhr Daddy mit einem Einachser von Farm zu Farm und verhökerte Ful-O-Pep-Mash, ein Hühnerfutter mit Fischlebermehl. Das Zeug sollte Hennen dazu animieren, baseballgroße Eier zu legen. Mama erzählte, Daddy habe den Leuten immer einen richtigen Baseball gezeigt, als ob das ein Beweis gewesen wäre. Und die erste Runde mit dem Einachser war dann auch ein Erfolg. Bei der zweiten brauchten die Farmer allerdings nur ihre Zwergeier neben Dads Baseball zu halten, und die Sache war gegessen. Für einen Pitcher* mit ›Tennisarm‹ mochten die Eier gerade richtig sein, für Farmer waren sie ein Reinfall. Nicht lange, und Daddy gab das Futtergeschäft auf und verlegte sich aufs Reparieren von Landmaschinen.

Mama hatte damals keinen Job. *Ich* war ihr Job – ein Perpetuum mobile mit Lautsprecheranlage.

Wie dem auch sei, der Markt stürzte ab, die Depression schlug zu und die Great Plains* verwandelten sich in Staubbecken. Stürme fegten selbst über unsere östlichsten Prärien. Und über die Hügel rings um Tenkiller. Tobsüchtige Mammutgespenster. Die Sonne war ein verrosteter Mülltonnendeckel hinter einer gewaltigen, mit Tee besudelten Gardine. Wir wohnten am Rand von Tenkiller. Purer Sand floß durch jede Ritze des Wohnschuppens, den Daddy von Mr. Neal gemietet hatte, bedeckte jede Fensterbrüstung, jeden Sims und jeden Türsturz. Zwängte sich unter jede Türschwelle. Unser Zahnfleisch blutete. Wir bohrten in unseren Nasen nach Popelperlen. Das Land trocknete allmählich aus, die Jobs taten es rapide. Die Leute kamen in Bewegung.

Eines staubfreien Tages spielte Dickie Boles Baseball mit mir. Er zeigte mir, wie man fing und wie man warf. Ich stand vor der Rückwand von Tenkillers leerem Eissilo und schleuderte einen Spaldeen* dagegen. (Einen von diesen rosaroten hohlen Hartgummibällen, mit denen Stadtkinder Stockball* spielen.) Das Aas prallte schneller zurück als Licht. Ich spielte ihn mit bloßen Händen, änderte schnell die Stellung und schleuderte ihn so hart wie möglich an die Ziegelwand zurück.

Daddy ließ mich das machen, bis ich fast tot umfiel. Mit sieben konnte ich dann eine halbe Stunde lang gegen die Wand spielen, schiefe Abpraller und alles inbegriffen, ohne einmal den Ball zu verlieren oder einen einzigen Wurf zu verjubeln.

»Wenn du das kannst«, sagte Daddy, »dann spielst du sie alle.«

Daddy brachte mir auch das Schlagen bei. Dazu mußte ich in die Sparrow Alley[1], die Gasse zwischen Cherokee Feed Store und Schlatt's Small Appliances[2]. In den Spalten oben in der Wand des Lebensmittelladens nisteten Hunderte von Haussperlingen und

---

1 Sperlingsgasse

2 *Small Appliances* = Haushaltswaren(laden)

Zaunkönigen. Ein Wohnsilo für Singvögel. Die Vögel zirpten und schimpften. Wenn man nicht aufpaßte, kriegte man das eine oder andere weiße Bömbchen ab.

In unseren Spielen stand der Pitcher halbwegs in der Gasse und der Hitter* an der Mündung zur Straße. Als Schlagstock diente ein Besen- oder Mopstiel. Daddy fing immer damit an, den Spaldeen aus der Unterhand zu werfen. Es dauerte nicht lange, dann ging er zu einem mäßigen Armschwung und einem Dreiviertelansatz über. Ich mußte so viele Bälle entlang einer gedachten Wäscheleine zum Zentrum schlagen, wie ich konnte. Der Spaldeen durfte Daddy höchstens um ein Fuß verfehlen. Ging er vorher an die Wand, war das ein ›Aus‹. Passierte es hinter Daddy, war das ein Hit. Dasselbe galt für ungefangene Speerbälle entlang der ›Wäscheleine‹. Rollbälle waren Fouls, aber Steilbälle beendeten das Inning, auch wenn es eben erst begonnen hatte. Ein Home Run mußte zum anderen Ende der Sparrow Alley hinaus, in der Luft, versteht sich.

Die *Boles & Son Jes-for-Fun Oklahoma World See-ries*[1], so nannte Daddy unsere Spiele. Wenn kein Staubsturm dazwischenkam, spielten wir, bis es dunkel wurde. Gewöhnlich gewann Daddy. Wenn *ich* gewann, war ich stolz wie ein Hahn und eingebildet wie ein Pfau. Dann gab ich mächtig an bei Mama. Heute weiß ich, daß ich nur gewann, weil Daddy mich gewinnen ließ. Meistens jedenfalls. Besonders nach einer Zechtour, wenn er mich richtig fertigmachen wollte, dann war er leicht zu schlagen, da kannte ich kein Pardon.

Nach den ersten Home Runs verlor er das Spiel absichtlich oder zerbrach den Stock auf seinem Knie und nannte mich eine arrogante Rotznase. Ich ging ihm aus dem Weg, wenn er getrunken hatte, auch

---

[1] *jes* = just

wenn er dann ziemlich harmlos und gar nicht gemein war, *bis* ich in Führung ging und er kapierte, wie miese er reagierte. Es war schon komisch, aber kaum war die Prohibition überall vorbei, nur nicht in Oklahoma, da schwor Daddy dem Alkohol ab. Vorübergehend. Wenn ich im Gassenbaseball einen Home Run schlug, lachte er und nannte mich »Tenkiller's Ty Cobb«*.

Dick Boles war nicht Jesus Christus, doch meine Kindheitserinnerung wollte überhaupt nicht zu dem Bild passen, das Sergeant Pumphrey an die Wand gemalt hatte – Dad sei der schäbigste Typ, mit dem er je das Pech gehabt hätte, Dienst zu schieben. Bis ich elf oder zwölf war, war Dick Boles ein solcher Superdaddy gewesen, wie ihn sich ein Junge nur wünschen kann.

Viele Leute, deren Farmland ruiniert war, beluden ihre Pick-ups und machten sich auf den Weg nach Kalifornien ins San Joaquin Valley: *Okies*. Will Rogers* meinte, in beiden Staaten sei der IQ-Level sprunghaft gestiegen. Wer weiß? Die Boles gingen jedenfalls nicht fort. Daddy liebte Oklahoma, und Mama hatte ringsum immer noch Verwandtschaft – hauptsächlich in Muskogee und Tulsa. Jobs waren allerdings ein Problem, und '35 machte Daddy sich für acht Monate unsichtbar. Mama wußte, daß er nicht tot war, denn er ließ ihr über eine Kusine in Tahlequah monatlich zwanzig Dollar schicken. Ich ging inzwischen zur Schule, und Mama war Verkäuferin bei Rexall.

Es stellte sich heraus, daß Daddy beim Civilian Conservation Corps* angeheuert hatte. Sie stellten nur Ledige ein, und Daddy muß sie irgendwie beschwindelt haben. Die meiste Zeit verbrachte er damit, Windbrecher in Kansas zu pflanzen, und wohnte in einem Camp zwischen Coffeyville und Independence. Das CCC finanzierte seinen Bedarf an Alkohol und Nahrung und sorgte dafür, daß er sich den Arsch aufriß. Dafür bekam er vierzig Dollar pro Monat und frische Luft und Sonne, soviel er wollte, sofern die Staubstürme ausblieben. Im September schlich Daddy sich davon und kam schnurstracks nach Hause. Einer von seinen Bossen hatte sich wie General Black Jack Pershing* persönlich aufgeführt, und – Daddy hatte zu wenig Gelegenheit gehabt, an Automotoren herumzuklempnern.

1937 oder '38 kam Deck Glider nach Tenkiller. Vielleicht auf Colonel Elshtains Betreiben und dank seiner Beziehungen. Ein paar Monate später hörte Mama bei Rexall auf und ging auf gut Glück nach Deck Glider. Ihr Nettolohn verdoppelte sich. Um diese Zeit muß Daddy angefangen haben, zu dem Nichtsnutz zu verkommen, den Pumphrey aus Otter Point kannte. Daddy wär auch bei Deck Glider untergekommen, doch nur schon der Gedanke, hinter Mauern über Kontaktbürsten für Rücklaufbremsen zu hocken, ließ ihn durchdrehen. Er dachte, Mama würde das nicht lange durchhalten, und flehte sie an aufzuhören. Sie wollte nicht. Er schmuggelte Schnaps von Fort Smith herüber oder kaufte das Zeug von ansässigen Schwarzhändlern und hatte drei- oder viermal die Woche eine Fahne. Er und Mama führten Krieg. Oft genug wurde ich wach, wenn sie wie Papageien aufeinander einkreischten und mit Stühlen herumschubsten. Ich erinnere mich an die Kratzer am Boden, die morgens wie gelbe Farbstriche glänzten.

In dem Sommer, als in Europa der Zweite Weltkrieg ausbrach, da war Daddy plötzlich wieder verschwunden. Was nun? fragte ich mich. Was nun? Seit Monaten waren wir nicht mehr zur Sparrow Alley gewesen. Ich feuerte Prallbälle an das alte Eissilo, noch und nöcher – bis meine Arme sich wie Fallfenstergewichte anfühlten. Ein Ventil sozusagen. Therapie, würde ein moderner Psychiater sagen.

Mama und ich erwarteten Daddy jeden Augenblick

zurück, so hungrig und schwanzwedelnd wie nach der unglücklichen Freilandkur beim CCC, doch während die Tage verstrichen und die Nachrichten von Übersee immer bedrohlicher wurden, stellten wir das Warten ein. Er schickte kein Geld, wie er das vorher gemacht hatte, und alle seine Kusinen in erreichbarer Nähe gaben vor, keinen Schimmer zu haben, wo er abgeblieben war. Vielleicht hatten sie wirklich keinen, doch Mama hatte da ihre Zweifel.

Nichtsdestotrotz, in meiner Pullman-Koje träumte ich von ihm.

Aleuten. Ein windiger Flugplatz. Mein Red-Stix-Team muß gegen eine Meute Soldaten antreten. Wir Tenkiller-Urgestein tragen unseren regulären Baseball-Flanell, aber die Soldaten haben sich gegen die Kälte gewappnet: Boots, Jacken mit Kapuze, Handschuhe wie Küchenfäustlinge in Army-Gelbbraun. Ein Auswärts-Spiel eben. Das einheimische Team setzt die Bedingungen fest. Ich hopse am Short herum und schlage mit den Armen, um mich warmzuhalten. Ich hasse es, gegen Soldaten zu spielen, weil sie älter und erfahrener sind. Und hier oben auf den Aleuten dürfen sie als letzte schlagen.[1]

Mitten in einem ziemlich langen Inning. Kommt mir vor, als hätte ich schon eine Woche gespielt. Otter Point: zwei, Tenkiller: null. Abgesehen vom Pfeifen des Windes ist mein Traum lautlos. Die Burschen machen den Mund auf, aber nichts kommt rüber. Ich kann nicht sagen, ob der Wind die Stimmen verschluckt oder darüberschwebt wie die Pianoklänge bei einem Stummfilm mit Buster Keaton.

Nicht lange, und ich scheine allein zu sein. Ich habe zwar Mitspieler, doch sie stecken in Nebelschleiern.

---

[1] Das ist ein Heimvorteil.

Sie sind Gespenster in flaumigen Zwangsjacken. Ich bin der einzige Red Stix mit einem klaren Umriß und einer gewissen Bewegungsfreiheit, der einzige Red Stix, der mit Enthusiasmus spielt, aber ich … na ja, ich habe Angst.

Meine Spikes schlagen Feuer – als sei der Vierte Juli*, wate ich durch einen Teppich aus Feuerwerk. Der Flugplatz ist ein großes Schachbrett aus gelochten Stahlmatten. Die Matten, die die Ingenieure auf Umnak über die Tundra gedeckt und fest miteinander verriegelt haben, bilden die Rollbahn für die *Flying Fortresses* und *Liberators*[1], unsere aus dem Boden gestampften Bomber. In den Wochenschauen nennt man diese Technik ›Marsden matting‹.

Von jetzt an fliegt mir jeder geschlagene Ball zu, jede Chance. Bodenbälle hüpfen mir zu wie Steine mit Schlagseite. Hochflieger und Tiefflieger sind die Schlimmsten. Jedesmal, wenn ich zuspringe oder in Stellung gehe, fahren meine Spikes in die Löcher und ich stürze. Die Kanten der Matten schlitzen mir die Haut auf. Meine Hände bluten, die Knie sehen aus wie Tomatenmark.

»L-L-Los, Jungs!« brülle ich. *»Ihr m-m-müßt mir helfen!«* Der Wind blies meine Worte nach Sibirien. Ich höre sie nur, weil ich sie in eine schreckliche Wirbelwindbö schreie.

Stunden später mache ich das letzte ›Aus‹ im Inning und strauchle selbst in den Schlagraum. Die anderen Red Stix sind verschwunden. Es ist an mir, die drohende Niederlage abzuwenden – die Umnak-Bande muß schon ein Dutzend Mal gepunktet haben beim Schlagen – doch die Kälte frißt sich ins Fleisch. Die Finger sind wie spröde Möhren. Zwei oder drei brechen ab, als ich den Schlagstock aufnehme.

---

[1] *Flying Fortresses* (Fliegende Festungen) = B-17-Bomber / *Liberators* (Befreier) = B-24-Bomber

Ich versuche, mich gegen den Otter-Point-Pitcher zu verankern. Er blockiert mich mit einer Innenkurve. Der Ball rotiert wie ein Stück Packeis. Als ich ihn ›aus‹ schlage, hauptsächlich um mich zu schützen, zersplittert mein Daumen. Jetzt halte ich das Schlagholz nur noch mit einem Finger und dem Handballen. Wie soll ich den Ball führen, selbst wenn ich ihn treffe? Brillante Aussichten. Ich scheine auseinanderzufallen, Stück um Stück, wie ein Eisberg. *D-D-Daddy!* schreie ich.

Der Otter-Point-Pitcher verschwindet. Auch die Burschen hinter ihm in den armygrünen Parkas und Guttaperchaboots. Genau wie die Red Stix. Einfach fort. Ich stehe an der Home Plate, eine perforierte Stahlmatte am Ende einer stählernen Rollbahn. Die Rollbahn sieht aus wie ein Ozean, ein Ozean aus ›Marsden matting‹. Er leckt an den Ausläufern einer plattgedrückten Gebirgskette.

Zwischen zwei Gipfeln taucht ein Flugzeug auf. Die Tragflächen schaukeln im Nebel, während es herunterkommt. Eine P-40 Warhawk mit dem Tigermaul auf der Schnauze, wie die von Chenault und den Flying Tigers. Sie kommt direkt auf mich zu.

Hinter der P-40 spalten Blitze den Himmel. Feurige Zickzackschlangen. Ein Donnerschlag kracht in das lange stählerne Sieb der Rollbahn, das erste Geräusch außer dem Wind, das ich wirklich höre. Mehr Schläge. Sie dämpfen einander und verschmelzen zu einem einzigen flachen, murmelnden BUUUUM! Die Landebahn wirft Wellen. Wenn mich die P-40 nicht unterpflügt, dann werden mich die Stahlmatten von den Füßen reißen und aus mir eine Waffel machen. Doch ich erstarre zur Salzsäule. Der Pilot der Warhawk fährt nicht das Fahrgestell aus, er will gar nicht landen. Er kommt im Tiefflug auf mich zugerast, ein paar Fuß über dem Boden, knapp vor der vordersten Stahlwelle. Wenn er nicht hochzieht, werden die Propeller Goulasch aus mir machen, das ist so sicher wie das Amen in der Kirche.

Dann erkenne ich den Pilot im Cockpit. Er sieht aus wie mein Vater, wie Richard Oconostota Boles, aber es ist eine entstellte Version des Gesichts. Die Augen treten aus dem Kopf. Die Lippen sind zu einem hämischen Grinsen verzogen. Die Nase ist abgeflacht wie bei einem Mops. Kurz bevor er den Steuerknüppel zurückreißt und Richtung Meer davondonnert, da zwinkert er mir zu – *zwinkert mir zu*, ich kann es nicht fassen.

Dann bäumt sich die erste rasselnde Welle des Bodenrosts vor mir auf. In dem albernen Versuch, dem Waffeleisen zu entgehen, reiße ich die Arme über den Kopf. Das weiße Rauschen des Windes klingt wie ein Klagelied auf mein Schicksal. Ich kann nicht feststellen, ob es mir in den aufgerissenen Mund strömt, oder ob es aus meiner Kehle dringt. Einerlei, es paßt zu unserem Los. Immerhin hat Daddy gezwinkert.

Ich fuhr jählings aus dem Schlaf, den Widerhall der Gleisgeräusche in der Brust: *klickerdiklack, klickerdiklack.* Baseball war nicht das ganze Leben. Ich kannte den Ausdruck in Daddys Gesicht, das sich in dieser P-40 auf mich gestürzt hatte. Früher hatte er mich schon einmal so angesehen. Und gezwinkert hatte er auch damals. Ich saß in der Koje und grub diese alte Erinnerung aus, die ganze lausige Angelegenheit.

Als ich dreizehn war, eines frühen Morgens, schimpften Richard Oconostota Boles und die frühere Laurel Helvig aufeinander ein und schubsten mit den Stühlen. Schon wieder. Ich mußte mir das Wohnzimmer vergegenwärtigen, damit ich mir auf dem Weg zum Klo nicht die Zehen stieß. Das Geschimpfe wollte nicht aufhören. Die Stimmen verschmierten sich zu einem zornigen Gebrüll. Sofafüße ratschten, Stühle klapperten.

Für gewöhnlich, wenn meine Leute stritten, sank irgendwann der Lautpegel. Und wenn es nur eine Atempause war. Nicht diesmal. Der Lärm schwoll derart an, daß ich mich fragte, ob sie sich Verstärkung geholt hatten. Dann, über den tobenden Stimmen, hörte ich einen Sturm von Flügelschlägen und weichen Kollisionen – wie wenn man einen riesigen Ventilator vor die Sparrow Alley gesetzt hätte. Hatte Daddy im Vorderzimmer einen Schwarm Fledermäuse freigelassen?

»Zerreiß noch eins, Dickie, und ich bring dich um!«

»Versuch's mal! Ja, versuch's doch!«

Mein Fuß war eingeschlafen, doch weil ich mit eigenen Augen sehen wollte, was es mit dem Krawall auf sich hatte, humpelte ich ins Vorderzimmer. Auch weil ich dachte, sie würden sich bei meinem Anblick so schämen, daß sie damit aufhörten.

Ich kam in ein unheiliges Durcheinander. Daddy hatte mit Mamas *Life*-Illustrierten Jack-the-Ripper gespielt. Schwarzweiß-Fotos von Hitler, Shirley Temple*, Lou Gehrig* und Wer-weiß-was lagen kreuz und quer am Boden. Lauter Faltseiten. Daddy hatte sie rausgerissen und im ganzen Zimmer verteilt. Die auf dem Lampenschirm wippte noch. Marian Anderson* im Lincoln Memorial* baumelte zwischen zwei Jalousierippen. Ich erfaßte jedes Detail, denn es sah aus, als sei in dem Zimmer eine Handgranate explodiert.

»Na, prima«, sagte Mama. »Jetzt hast du Danny aufgeweckt.«

»Hau ab!« brüllte Daddy. »Geh wieder ins Bett!«

Ich stand da in meinen zu kurzen Pyjamahosen, und Daddy rollte eine Illustrierte und benutzte sie als Wurfgeschoß. Sie fledderte auf und schlitterte mir vor die Füße. Überall lagen *Life*-Ausgaben ohne Umschlag herum – wie Trittsteine zur Klapsmühle.

»Brüll *mich* an, wenn es dir Spaß macht!« sagte Mama. »Na, los! Aber laß deinen Sohn in Ruhe!«

»Der mein Sohn? Hast du keine Augen im Kopf. Er sieht mir nicht ähnlich. Kein bißchen sieht er mir ähnlich.«

»Was soll das heißen?«

»Danny sieht nicht aus wie ich, er hat auch sonst nichts von mir. Bestimmt irgend so ein schnöder Pinkel, der ihn gemacht hat, als ich nach Tahlequah war, um ein paar Kröten zu verdienen.«

»Was für ein Unflat! Ein erwachsener Mann würde sich schämen, so was zu sagen.«

»Ich schäme mich ja. Weil mein Sohn nicht mein Sohn ist. Meine Frau hat sich von wer-weiß-wem schwängern lassen.« So rosarot, wie Daddys Gesicht war, so betrunken war er.

»Du lausige Rothaut!« schrie Mama und stürzte sich auf ihn. Eine Illustrierte schoß unter ihren Füßen heraus. Mama kippte, ehe sie die Arme werfen konnte. Daddy fing sie auf, riß sie aber seitüber und ließ sie wie einen Kartoffelsack aufs Sofa plumpsen. Unter Fluchen und Weinen ging sie wieder auf ihn los. Doch Daddy erwies sich als ein noch schlimmeres Monster als er schon unter Beweis gestellt hatte.

Ich griff an und wäre fast auf einer Fotoseite ausgerutscht. Daddy hielt mich mit einer Hand auf Abstand. »Du lausige Rothaut!« sagte ich. Ein Fluch von Mama stand mir gut zu Gesicht. Ich wollte dasselbe noch einmal sagen, als er mir mit dem Handrücken an den Hals schlug.

Ich brach zusammen. Es fühlte sich an, als hätte er mich geköpft. Wenn ich zurückblicke, seh ich mich flattern wie ein Huhn, dem man das Genick gebrochen hat. Ich wollte schreien, brachte aber nicht mal ein Gurgeln heraus.

Das gedunsene Gesicht von Daddy kam herunter, um sich zu vergewissern. »Er sieht mir überhaupt nicht ähnlich, Laurel. Und er ist auch sonst ganz anders.«

»Baseball«, sagte Mama vom Sofa aus. »Du hast ihm beigebracht, wie man Baseball spielt. Er macht das wie du.«

»Vielleicht. Aber das ist ein Trick.« Daddy knipste mir lüstern mit dem Auge. »Okay, kleiner Bastard, ich behalte Mamas Geheimnis für mich.«

Er riß die Tür auf und schlug sie hinter sich zu, und nahm nicht mal Wäsche zum Wechseln mit. Ende August, Anfang September: Hitler spuckte den Völkern Europas in die Suppe. Das Radio war voll davon. Wie wenn ein Kampf zwischen deinen Eltern in hausgroßen Lettern an den Himmel gekritzelt wird.

»Dick! Komm zurück!« rief Mama meinem Daddy hinterher, der eben gesagt hatte, daß er mein Daddy nicht war. Endlich bemerkte sie, daß ihr Kind verletzt am Boden lag.

Mein Kehlkopf hatte dicht gemacht. In einem Wust aus Schwarzweiß-Portraits, Stilleben und Kriegsszenen setzte ich mich auf. Abgesehen von dem Mal an der Kehle, muß ich ganz okay ausgesehen haben. Wer atmet *ist* okay. Nur daß ich für die nächsten zwei Jahre kein Wort herausbrachte. Und als ich wieder anfing zu reden, da st-st-stotterte ich.

Ich kletterte aus meiner Pullman-Koje, zog mich an und ging zwischen vorgezogenen Kojengardinen dahin, wo ich mich am liebsten aufhielt – hinaus auf die Plattform über der Kupplung. Die Hütten der armen Weißen und Farbigen, die ihre Pacht mit einem Großteil der Ernte bezahlten, klickten vorbei wie alte Fotos (oder Negative). Sie sahen so verlassen aus, wie ich mir vorkam. Mein Kehlkopf hatte wieder dicht gemacht. Als die Lok gellend in die Kurve auf einem von Kudzu* überwucherten Hügelkamm preschte, versuchte ich mitzuhalten, zu heulen wie dieses rasende Ungetüm.

Ich brachte nichts heraus.

5

Die Nacht zwischen den Wagen wollte kein Ende nehmen. Ich rechnete jeden Augenblick mit Pumphreys Erscheinen. Endlich ging die Sonne doch noch auf, und wir ratterten auf einer schwankenden Gerüstbrücke über den Chattahoochee River. Georgia. Anfang Juni, aber schon brütend heiß. Die Geleise sahen aus wie Rinnsale aus Quecksilber. Immer wenn wir in einem Städtchen hielten oder in einem vor Unkraut starrenden Rangierbahnhof, dann bekamen wir es mit ganzen Windhosen aus Kriebel- und Zwergmücken zu tun.

Oklahoma war heiß – die Staubstürme waren wie Reibeisen – doch Georgias Hitze kam angerollt wie der Qualm eines Altreifenfeuers. Früher hatten hier Wälder gestanden, doch Holzhändler und Erdnußfarmer hatten die Bäume gefällt und aus Georgia eine Lehmwüste gemacht. Wir keuchten durch ein Gesprengsel aus Rasthäusern, Motels und Reklametafeln: Highbridges Randbezirk. (Die meisten Motels und Rasthäuser waren der Benzinrationierung zum Opfer gefallen.) Camp Penticuff lag sechs, sieben Meilen südöstlich der Stadt. Die Panhandle-Seminole-Eisenbahnlinie, auf der wir gekommen waren, machte einen Schlenker durch diesen Posten. Zivilisten stiegen in der Stadt aus, die Soldaten fuhren weiter.

Als ich aus dem Zug kletterte, sah ich endlich ein paar der Nicht-Militär-Typen, die an Bord gewesen waren. Sie standen in Gruppen auf dem Bahnsteig, fächelten sich Luft zu und begrüßten Freunde. Fragte sich nur, wo sie sich die ganze Zeit versteckt hatten. An Bord hatte ich fast nur Uniformen gesehen – eine gottverdammte Uniform zuviel. Die ganzen Schilder, die einen baten, den Aufenthalt im Speisewagen nicht unnötig auszudehnen und etwaige Reiseverzögerungen zu entschuldigen, machten deutlich, wie sehr der Eisenbahngesellschaft an militärischer Fracht gelegen war und wie wenig an überflüssigen Zivilisten wie mir.

Am Bahnhof von Highbridge bekam ich Muffensausen. Ich hatte gedacht, Mister JayMac würde mich abholen, doch von einem Mister JayMac war weit und breit nichts zu sehen. Was nun? Hätte mir jemand beweisen können, daß Pumphrey in Alabama ausgestiegen war, ich wär mit den Rekruten ins Camp gefahren.

Statt dessen spazierte ich ins Bahnhofsgebäude. Der Seesack war meine Rettung – genau genommen der rote Baseballschläger, der oben aus der Verschnürung ragte.

»Dubo?« sagte eine hohe Stimme im Halbdunkel. Ich sah mich um wie der leibhaftige Tolpatsch. *»Du Bo?«* Lauter diesmal. Ich drehte mich um meine Achse und sah nach unten. Barfuß und mit hängenden Schultern stand da ein zwölf oder dreizehn Jahre alter Bengel, der mit Schokoladenaugen zu mir aufstarrte. Er trug ein schlotterndes Männerhemd und glänzende Baumwollhosen. Ein kleiner schwarzer Zambo.* Um ihn als Farbigen oder Pickaninni* zu bezeichnen, hätte ich alle Register ziehen müssen. Wir waren eine Handvoll Jahre auseinander, doch in unserem Alter war das soviel wie eine Generation. Was wollte er? Ein Almosen? *»Du Danny Bo?«* rief er, als wär ich taub wie ein Preßlufthammer-Jockey.

Heiliger Strohsack. Jemand in Highbridge – ein barfüßiges Niggerkind aus *Onkel Toms Hütte* – kannte meinen Namen. Halbwegs jedenfalls.

»Jukli.« Er streckte die Hand aus – zum Gruß, dachte ich. Also langte ich hin. Argwohn kräuselte das bis dahin stoische Gesicht. Mein Händedruck wurde nicht erwidert. Die Hand entglitt mir wie ein Stück rohe Leber und fand zu meinem Seesack. Nichts anderes hatte er im Sinn gehabt. Er war mein Empfangskomitee, das mich zu Mister JayMac bringen sollte. Sollte ich das nun als Abfuhr oder Ehre betrachten?

»Kommit«, nuschelte der Kleine und schleifte mein Gepäck durch den Warteraum zur Straße. Draußen am Bordstein dräute ein rostiger brauner Bus mit weißen Partien, eine Flying Fortress ohne Tragflächen. Der Junge sprang die Stufen hoch und verschwand im Innern.

HIGHBRIDGE HELLBENDERS stand in gewellten Schriftzügen auf der weißen Seite. Darunter ganz gerade und in kleineren Buchstaben: TERRORS OF THE CVL.[1] Auf dem Rand des vorderen Kotflügels stand: *The Brown Bomber,* was wohl der Spitzname des Blechkastens war.

»Also, Mr. Boles, wollen Sie nun fahren oder staunen?« sagte eine tiefe Stimme am Steuer. Sie gehörte einem gut gebauten Farbigen Ende Zwanzig. Die eine Pranke lag auf dem Steuer, die andere auf dem Türhebel. Um ihm zu zeigen, daß ich nicht sprechen konnte, faßte ich mir an den Hals und schüttelte den Kopf. Ob Nigger oder nicht, er sollte nicht denken, daß ich eingebildet war.

»So heiser?« sagte er. »Dammich. So heiser im Sommer is mit das Schlimmste.«

Ah-ah. Ich winkte ab und tippte mit dem Finger auf die Zungenspitze. Passanten drehten den Kopf.

»Kommen Sie, Mann«, sagte der Fahrer. »Stecken

---

[1] DER SCHRECKEN DER CHATTAHOOCHEE VALLEY LEAGUE

Sie die Zunge weg, ich soll Sie zum Massageraum bringen.«

Ich kletterte an Bord. Der Junge war mit dem Sack ganz nach hinten gegangen. Hinter einer Rückenlehne lugte sein Schopf wie ein wolliger schwarzer Kaktus heraus.

»Sie können nicht reden, eh?« sagte der Fahrer. Ich schüttelte den Kopf. »Kein Problem. Einfach hinsetzen und zuhören.«

Ich glitt in den Sitz schräg seitwärts des Fahrers; ich schwitzte derart, daß ich einen Rorschach-Fleck* hinterließ. Aber abgesehen von dem Mann und der halben Portion hatte ich den Braunen Bomber für mich.

»Der Junge dahinten ist Euclid«, sagte der Fahrer. »Euclid. Wie dieser griechische Geometer.«

Jukli, überlegte ich. Jukli hörte sich fast wie Euclid an.[1]

»Ich bin Darius Satterfield.« Der Ai-Laut in Darius geriet so lang wie er rund war.[2] »Euclid ist mein Bruder. Das reicht fürs erste, Danl.«

Danl, nicht mehr Mr. Boles. Ein reinblütiger weißer Junge hätte Anstoß genommen, doch mir kam erst gar nicht der Gedanke, daß Darius sich da was rausnahm. Außerdem hatte noch nie ein Mensch – ob schwarz, weiß oder getupft – *Mister* Boles zu mir gesagt.

Darius fuhr los. Der Bahnhof fiel hinter uns zurück. Fabriken und Autos zogen vorbei. Manche Straßen wurden von riesigen Moor- und Virginia-Eichen gesäumt. Auf dem Weg zum östlichen Rand von Highbridge war zwischen Mühlhäusern und Hütten immer mal wieder ein Blick auf das flache Land zu erhaschen. Ein paar Soldaten schlenderten vorbei, hauptsächlich sah ich weiße Zivilisten – zumindest

---

1 *Euclid*: 'ju:klid

2 *Darius*: dq'raiqs

bis wir zu einem Marktplatz kamen, wo farbige Frauen Körbe auf dem Kopf trugen: mit Tomaten, Okra*, Bohnen und Kürbissen. Ganz in der Nähe hatten sich staubige Parzellen mit gedeckten Einspännern gefüllt, Wagen mit zwei oder vier Rädern, vor denen Pferde oder Maultiere scharrten, ich sah sogar zwei Ochsenkarren.

Ich kam mir vor wie ein Fremder in Tanganjika. Darius war ein schweigsamer Fremdenführer, und Euclids Kopf war außer Sicht gerutscht. Egal, alles an Highbridge – die Stadt wie die ländlichen Flecken – versetzte mich in Staunen. Das ganze Szenario, die Gerüche, die Menschen – ich war ein Ausländer.

Schon 1943 zählte Highbridge nahezu 10000 Einwohner, nicht mitgerechnet die fünf- oder sechstausend Soldaten, die WAACs* und das Personal von Camp Penticuff. Die Einheimischen verdienten tüchtig an den Infanteristen. Am Penticuff Strip, der aus dem alten Geschäftsviertel nach Südosten abzweigte, gab es Pfandleihen, Kneipen, Tanzlokale, Tätowiersalons, sogar ein paar Zwei-Dollar-Puffs. Jobs boten ein paar Restindustrien aus Vorkriegstagen: Fleischfabriken, Textilfabriken, Gießereien. Immerhin, das Eisenwerk stellte jetzt Torpedos her und eine Kistenfabrik Laufroste für Schützengräben. Die Erdnuß war zwar der tragende Faktor der hiesigen Wirtschaft, doch auf Vieh, Pekannuß und Baumwolle hätte die Region nicht verzichten können.

Auf einer einzigen Fahrt vom Bahnhof in die Stadt bekam man nicht alles zu Gesicht. Betrachtete man Highbridge als eine verschlafene, womöglich von Malaria geplagte Stadt, dann kam man sich überlegen vor – auch wenn man wie ich aus einer unbedeutenden Stadt in Oklahoma stammte. Tenkiller, so überlegte man, war immerhin eine gestandene Grenzstadt, doch Highbridge, das eher an den Außenposten einer afrikanischen Kolonie erinnerte, umgab sich mit der Aura einer Großstadt, indem es zum Beispiel einen professionellen Baseballclub sponserte.

Nach knapp fünfzehn Minuten lenkte Darius den Braunen Bomber auf einen Parkplatz am McKissic Field. Das Stadion ragte empor: hohe Holzwände, Zuschauertribünen wie Gerüstbrücken, Masten mit Lampen, die wie Facettenaugen über dem Vereinshaus und dem Outfield wachten. Selbst im Bus war das Knallen der Schlaghölzer zu hören, die Einschläge von Pferdeleder in Handschuhleder, die Rufe der Spieler. Bereits beim Anblick des äußeren Skeletts von McKissic Field fragte ich mich, ob die New York Yankees ein vergleichbares Stadion hatten.

»Komm mit«, sagte Darius. »Die morgendliche Schwitzkur von Mister JayMac ist gleich zu Ende.« Ich wollte nach hinten zu Euclid, um meinen Sack zu holen, weil ich dachte, ich würde vielleicht meinen Handschuh brauchen, aber Darius schüttelte den Kopf. »Ne, ne, Danl. Heute wird bloß zugeguckt. Sei bloß froh, daß du nicht gezwungen bist, es mit den Kerls da draußen aufzunehmen.«

Darius lotste mich durch einen Eingang bei den Sitzen an der Third Base Line. Wir duckten uns durch einen niedrigen Betontunnel und tauchten in die blendende Sommerhelle des Baseballplatzes hinaus.

Rasen, den man nicht für möglich hielt, tipptopp gepflegt und grün, der ganze Stolz einer Platzmeisterei. Selbst die Reklame an den Banden wirkte magisch: Schilder der hiesigen Warenhäuser, *Octagon Laundry Soap, Obelisk Self-Rising Flour, War Bonds, Old Golds, Shelby Razor Blades, 666 Cold Medicine.* Das meiste, was da angepriesen wurde, kann man längst nicht mehr kaufen, aber in dem Augenblick damals, da machte es mich ganz närrisch. Am liebsten wär ich über den Outfield-Rasen gerannt (ich, ein Shortstop) und wär grapschend an *Feen-A-Mint* oder *Moroline Petroleum Jelly* hochgesprungen. Ich wollte den Ball gegen die bunten Bilder spielen. Und gleich nach dem Spiel wollte ich in die Stadt rennen, um mich mit Kaugummi, Cola, Seife, Zigaretten und Weißderhimmel einzudecken.

Du lieber Himmel, McKissic Field war das Paradies!

Auch wenn es einfach nur so war, daß kein anderer Platz der CVL neben dem von Mister JayMac bestehen konnte (mal abgesehen von dem in LaGrange). Auch wenn sich sehr bald herausstellte, daß nicht einmal McKissic Field das Land der Verheißung war. Womit ich sagen will, daß das Infield Beulen hatte; daß es schattige Ecken gab, in denen ein Feldspieler verlorengehen konnte, und daß es verzogene Schemel in den Duschräumen und gesplissene Bänke auf den Tribünen gab. An diesem Morgen aber war ich überwältigt von diesem Stadion.

Nahe der Third Base Line donnerte Darius mit der Faust an eine niedrige Wand und schlenderte über den Infield-Rasen. Er hob einen Catcherhandschuh auf und winkte dem Spieler, der am Schlagkäfig* lungerte. Der Spieler – Peter Hay, genannt Haystack, was ich aber damals noch nicht wußte – folgte ihm zum ›Stierpferch‹*, wo Darius in die Hocke ging, um Hays Aufwärm-Bälle zu fangen. Nicht lange, und Darius klatschte in den Handschuh, um Hay anzufeuern; er feuerte die Bälle härter zurück als Hay sie warf. Hay strengte sich an, mehr aus sich herauszuholen. Eine erstaunliche Szene: ein Schwarzer, der auf einem Baseballplatz in Süd-Georgia einen älteren weißen Spieler trainierte, ohne dabei mit wilden Flüchen zu sparen.

»Wenn *mich* ein Nigger so anmachte, ich würd ihm die Eier abschneiden.«

Erst jetzt bemerkte ich die Frischlinge – drei Burschen in Straßenkleidung – in den Sitzreihen hinter mir. Der Junge, der eben geredet hatte, kauerte zwischen zwei Gleichaltrigen, alle blinzelten sie wie Maulwürfe, jeder so nervös und großspurig wie der andere. Der geredet hatte, trug dreckige Boots und einen groben Overall; er hatte Arme wie ein Hufschmied. Und außerdem einen ziemlich vorlauten Fünfuhrfrühbart.

»Würdest du dich von einem Nigger so runtermachen lassen?« sagte er an meine Adresse.

Ich drehte mich halb um. Ich zuckte die Achseln.

»Bist du Baseballspieler?« fragte er. »Oder hast du dich bloß verlaufen?«

»Der Nigger hat ihn mitgebracht«, sagte ein anderer. »Er hat sich nicht verlaufen.«

Die beiden trugen billige Sakkos und Krawatten. Sie waren größer als der Farmerjunge; wie *Esquire*-Models nahmen sie sich neben ihm aus – oder als hätten sie den Tag mit dem Sonntag verwechselt und McKissic Field mit einer Konzerthalle. Später fand ich heraus, daß sie Heggie und Dobbs hießen. Der Farmerjunge mit dem Stoppelbart war ein Aufschneider aus Süd-Georgia mit Namen Philip Ankers.

»Und häßlich ist er auch noch«, sagte Ankers und sah mich dabei an. »Der Nigger kann reden und tun, was er will, das ändert nichts daran, daß er häßlich ist.«

Gut möglich, daß es sich bei den Knilchen um Rekruten auf Urlaub handelte.

»Wie heißt du?« fragte Ankers.

Ich klopfte mir mit gestreckten Fingern an die Kehle und stieß ein paar gurgelnde Laute aus. Vorsichtshalber blieb ich, wo ich war, drei Sitzreihen unter ihm.

»Was ist, Dorftrottel? Hast du 'ne Socke verschluckt oder bloß deinen Namen vergessen?«

Ich zeigte ihm den Mittelfinger und rechnete damit, daß er mit seinen beiden Kleiderständern runterkam, um mir die Socke aus dem Hals zu prügeln.

Doch Ankers lachte und sagte: »Verpiß dich, Trottel.« Die Kleiderständer kicherten. Als die drei sich wieder dem Training widmeten, rückte ich ein paar Fuß weiter, um den Rücken freizuhaben.

Auf dem Pitcherhügel stand Mister JayMac und pfefferte Schlag-Übungsbälle in eine Maschendraht-Abschirmung. *Mannomann*. Mister JayMac war ganz gut im Schuß, klar, aber der Anblick dieses alten Burschen, wie er den eigenen Leuten einen Strike* nach dem anderen reinwürgte, das tat weh. Er wurde manchmal laut (nicht zu oft), doch vom Staub an den Hosenumschlägen und vom Dreck an den Schuhen nahm er keine Notiz. Wenn er einen schwingenden Schlag provoziert hatte, ließ er den Glotzkopf drei Runden drehen. Niemand, so Mister JayMac, sollte ungestraft gegen ihn anstinken. Er war kein Bob Feller.* Auch kein Lefty Grove.* Tatsache war aber, daß nur wenige Hellbender ins Outfield schlugen, und nicht einer schlug über den Zaun.

Auf Mister JayMacs Befehl wechselten die Spieler in den Schlagraum oder aufs Feld. Und wie sie spurten! Nicht lange, und ich war bereits dabei, den Shortstop zu taxieren. Die Nummer auf seinem Trainingshemd, das auch bei Auswärtsspielen getragen wurde, war die Sieben. Ich hatte nicht vor, dem Burschen Konkurrenz zu machen, es sei denn, er produzierte nur noch Luftwirbel an der Home Plate. Er war im Feld gut, warf gut und konnte denken. Er war mindestens doppelt so alt wie ich, Mitte dreißig, vielleicht älter. Silberne Blitzer an den Schläfen, Kerben von der Nase zu den Mundwinkeln. Bei jedem Wurf kauerte er sich derart zusammen, daß man sich fragte, ob er genug Gelenkschmiere hatte, um sich wieder aufzudröseln und das Richtige zu tun. Es gelang ihm jedesmal, und zwar mit Anmut: ein märchenhafter Shortstop.

Noch etwas ist mir von diesem Training in Erinnerung geblieben, und zwar wie schlecht die Jungs das First Base spielten. Mister JayMac setzte da mindestens vier Leute ein, aber nicht einer konnte mit dem First-Base-Handschuh umgehen. Diese Lederklaue jagte ihnen Angst ein. Ein Bursche, Norm Sudikoff, bewegte sich fast wie ein Gazelle, verwandelte aber fast jedes sichere ›Aus‹ in einen Regelverstoß. Mein Freund Goochie hätte diesen Schafsköpfen eine Lektion erteilt.

Was mich anging, wär ich lieber sechs oder sieben Zoll größer gewesen. Wenn ich schon Nummer Sieben nicht vom Short vertreiben konnte, hätte mir wenigstens ein Anfängerjob beim Ringelpitz der Joker gewinkt, die sich auf das Jo-jo* am First Base verstanden. Sonst verbrachte ich womöglich die ganze Saison auf der Reservebank. Rasch einen halben Fuß zulegen, hätte geholfen, aber da hätte ich mir auch wünschen können, daß mich ein Hollywood-Agent als Nachfolger von Gary Cooper ausguckt.

Um 12.00 Uhr mittags war das Training zu Ende. Darius hatte mich sofort hierhergebracht, um sich eine Extrafahrt zwischen Unterkunft und Stadion zu ersparen. Die drei hinter mir, waschechte Georgia-Jungs übrigens, hatte er zwei Stunden vor mir vom Bahnhof abgeholt; sie hatten in einem Zug gesessen, der von der Ostküste kam.

Jetzt kam Darius herüber, lauter Glitzer im schwarzen Kraushaar, die kaffeebraune Haut gerötet. »Macht, daß ihr zum Bus kommt, und setzt euch nach hinten. Die wollen kein junges Gemüse zwischen den Füßen.«

»Wer sagt das?« wollte Ankers wissen.

»Frag sie«, sagte Darius. »Meinen Segen hast du. Aber frag sie erst, wenn der Bus auch fährt, sonst könnt ihr zu Fuß zu Mister JayMac pilgern.«

Dobbs und Heggie murrten nicht, doch Ankers Augen schleuderten Blitze.

Im Bus setzten die drei sich ein oder zwei Reihen vor Euclid. Der Knirps las in einem *Plastic-Man*-Comic. Ich ließ mich neben ihn plumpsen, nicht etwa weil ich Eleanor-Roosevelt-Gefühle für die Schwarzen hegte, sondern weil er meinen Seesack hatte. Ich war Luft für ihn, er brütete über dem Comic, als gehe es da um komplizierte Geheimschriften.

Es dauerte vielleicht zwanzig Minuten, bis die Spieler samt Darius aus dem Stadion schwärmten und an Bord kamen. Mister JayMac schwang sich in den Sitz hinter Darius, offenbar sein Stammplatz, denn keiner hatte gewagt, sich dahin zu setzen. Jeder irrte erst herum, ehe er wie ein ausgelaugter Jagdhund auf einen Sitz sackte. Nummer Sieben, der Shortstop, bugsierte sich den Gang hinunter und ließ sich auf den langen Rücksitz fallen. Er spreizte die Arme auf die Rückenlehne und glotzte durch die Gegend.

»He, Darius«, rief er, »was sind das für handliche Kätzchen.« Er meinte die drei Georgia-Jungs.

»Hab mir die Namen nicht gemerkt, Mr. Hoey. Ich bin nur der Fahrer und kein Reisebegleiter.«

»Nun mal halblang, Darius«, sagte der Shortstop, »Sie sind mehr als ein Fahrer, Sie sind eine Hellbender-Institution.«

Die Hände auf dem Steuer, schien Darius keinen Appetit auf Hoeys Gesulze zu haben, und ließ ihn das wissen, indem er den Mund hielt. Von allen, die an diesem Morgen trainiert hatten, war er der einzige, der nicht die Kleidung gewechselt hatte. Im Innenspiegel an der geteilten Windschutzscheibe war nur die Kuppe von seinem Kopf zu sehen; das Haar funkelte vor Schweiß.

Mister JayMac grapschte nach der Eckstange des Fahrerplatzes und zog sich daran hoch. Er trug einen Schnürsenkelbinder und einen weißen Leinenmantel. Wenn wir nicht bald anfuhren, dann würden seine

Spieler soviel Wärmeeinheiten abstrahlen, daß auch der letzte an Bord an den Rand des Hitzschlags kam.

»Macht euch keinen Kopf, wer die Jungs sind«, sagte er. »Denkt lieber dran, wie hundsmiserabel ihr heute gespielt habt.« Er machte eine Pause, mehr um Eindruck zu schinden als um zu verschnaufen. »Ich bringe euch ein halbes Dutzend 4-F-Typen aus einer TB-Abteilung, die allesamt besser auf Zack sind als ihr heute morgen. Also, Gentlemen, befaßt euch lieber mit euren eigenen Problemen.«

Man hörte, wie Euclid die Comicseiten umschlug.

»Verstanden?« fragte Mister JayMac.

»*Jawoll, Sir!*« sagten fast alle in dem Bomber. So mußten sich die Rekruten in Camp Penticuff anhören.

»Versammlung im Salon direkt nach dem Abendessen«, sagte Mister JayMac. »Ich will jeden dabei haben. Klar?«

»Jeden?« sagte Hoey, der Infielder. »Auch Jumbo?«

»Ich sagte, *jeden*.«

»Und wieso war Jumbo nicht beim Training, Sir?« sagte Nummer Sieben. »Am Anfang hätten wir ihn brauchen können. Bei *den* Ersatzleuten wirkt er wie Nijinski.* Verglichen mit diesen Hampelmännern *ist* er Nijinski.«

»Halt die Luft an, Buck!« rief Norm Sudikoff.

»Jumbo Hank Clerval hatte in Alabama zu tun, er mußte persönlich erscheinen«, sagte Mister JayMac. »Heute abend ist er dabei, Mr. Hoey, nur keine Angst.«

Buck Hoey, der Shortstop, ließ nicht locker: »*Alabama?* Wie ist Jumbo nach Alabama gekommen?«

»Er hat sich meinen Wagen geliehen«, sagte Mister JayMac.

»Ihren Caddy?« sagte Hoey. »Wie kommt Jumbo zu diesem Privileg? Durch das Vier-zu-vier gegen Marble Springs? Verfluchte Scheiße, Sir, ich hab mal einen Hit nach dem anderen gegen diese Flaschen gespielt, und Sie haben mir nie ein Auto geliehen. Was ist mit Jumbo? Hat er die Musterungskommission gelinkt?«

Die anderen im Braunen Bomber zogen den Kopf ein; sie gingen förmlich in Deckung. Der einzige von uns, der, mal abgesehen von Hoey, mit alledem nichts am Hut hatte, war Euclid. Er blätterte vielleicht zum einundzwanzigsten Mal *Plastic Man* durch.

»Lassen wir das, Mr. Hoey«, sagte Mister JayMac.

»Jesus«, fing Hoey wieder an. »Man könnte meinen, der Kerl …«

»Es reicht, Mr. Hoey.«

Hoey hielt den Mund. Schien aber nicht besonders betreten zu sein. Eher fröhlich. Mister JayMac setzte sich. Darius ließ die Kupplung kommen, und wir holperten vom Parkplatz auf einen von Mooreichen gesäumten Boulevard hinaus. Ich begegnete Hoeys Blick. Hoey machte eine wegwerfende Geste, mit der er die ganzen eingeschüchterten Spieler vor uns meinte.

»Jemals soviel Hosenscheißer auf einmal gesehen?« fragte er.

Ich konnte ihn nur ansehen. Hoey war der Favorit, den ich aus dem Feld schlagen mußte, damit ich gewann. Mehr als Pech, daß er hager, zäh und gar kein Duckmäuser war.

»Was ist, Kleiner? Hast du 'ne Socke verschluckt?«

6

DARIUS FUHR UNS NACH MCKISSIC HOUSE, wo Mister JayMac allen Singles des Teams Unterkunft und Verpflegung bot – was er uns natürlich vom Monatslohn abhielt. In McKissic House sollte ich den ganzen Sommer über essen und schlafen, es sei denn, die Hellbenders spielten auswärts.

Gott sei Dank! dachte ich, als der Bus die halbkreisförmige Zufahrt hinaufdröhnte. Schon toll, daß ich mir nicht die Hacken schieflaufen mußte, um irgendwo unterzukommen – zumal so nahe an Camp Penticuff und wo der Wohnraum kriegsbedingt so knapp war, daß Mieter, die sich mit Verwandten und Freunden die Zimmer teilten, sage und schreibe die Todesanzeigen studierten, um freigewordene Zimmer zu ergattern.

Weil Mister JayMac im Cotton-Creek-Bezirk von Highbridge ein Dutzend oder mehr alte Mühlhäuser besaß, hatte er seinen Spielern diese Sorge vom Hals geschafft. Männer mit Familie in der Stadt mieteten, wie ich später erfuhr, diese Teersalbennäpfe für mindestens sechs Monate von Mister JayMac, und zwar von April bis September. Ab Oktober vermietete er die freien Häuser dann an durchreisende Militärs, aber maximal bis Ende März, damit rechtzeitig zur neuen Saison verheiratete Hellbenders hineinkonnten. In einer Militärstadt mit großem Wohnraumbedarf verfuhr Mister JayMac ziemlich anmaßend mit den Leuten, ja, man hätte ihn geradezu für habgierig halten können. Doch der Schein trog; es ging ihm nicht so sehr ums Geld – ob er nun an GIs oder Spieler vermietete –, sondern in erster Linie um das Wohl der jeweiligen Mannschaft für die anstehende CVL-Saison. Also war er für die meisten von uns kein Räuberbaron, sondern unser ganz privater Daddy Kriegsdollar.

Nur zwei Drittel der Hellbenders fuhr mit bis McKissic House. Darius fuhr zuerst in den Cotton-Creek-Bezirk und ließ die sechs, die sich dort eingemietet hatten, aussteigen. Buck Hoey, der neunmalkluge Shortstop, der sich über den First-Base-Mann* beschwert hatte, der nicht zum Training erschienen war, sprang als letzter aus dem Bus, und zwar in der Nähe eines blauen Holzhauses mit den meisten Sträuchern und dem hübschesten Anstrich in der ganzen Umgebung. Als Hoey fort war, atmete ich auf.

Was McKissic House anging, so hockte es abseits der Angus Road an einem Wäldchen inmitten des Anbaugebiets an der Südostecke von Highbridge; wie ein Kriegsschiff schwamm es zwischen den Magnolien- und dicht belaubten Pekanbäumen. Kuppeln, Türmchen, Giebel, eine Dachterrasse und zwei Feuertreppen. Es hatte allerdings nichts Majestätisches, keine Säulen. Folglich hatten Mister JayMacs Vorfahren es nach und nicht vor dem Bürgerkrieg gebaut.

Beim Anblick der Frontseite fielen einem die Augen aus dem Kopf. Ringsum eine Veranda mit frisch gestrichener Balustrade und einem halben Dutzend Schaukelstühle. Fensterläden und eine riesige Eichentür mit bunt gefächertem Oberlicht. Pflaumenblaue Vorhänge in den Fenstern und Schirmfarne in hängenden Körben. Das ganze Anwesen glänzte so weiß, als sei es aus Meerschaum erbaut.

Sowie die Zufahrt um das Haus bog, sah man, daß der hintere Teil das Versprechen der Vorderseite nicht hielt. Keine Fensterläden an den Seiten. Stellenweise überlappten sich die Bretter in schrägen Linien. Der Anstrich war rissig oder blätterte oder fehlte bereits. Eine vertrackte Hinterwand war zweifarbig, hell und darunter dunkel, wie wenn da ein unfertiger Küchenschrank an der Wetterseite einer Scheune gehangen hätte. Ich war noch immer angetan von dem, was ich sah. Es übertraf jede Bleibe, die ich kennengelernt hatte. McKissic House war derart groß und hatte so viele Anbauten, daß ich mir vorstellte, wochenlang darin herumzustreunen und immer noch auf neue Gänge zu stoßen und auf verborgene Winkel mit modrigen Skeletten von verhungerten Untermietern, die sich hoffnungslos verirrt hatten. McKissic House sprach zu dem sprachlosen Poeten in mir, setzte ihm einen ängstlichen Floh ins Ohr. Hältst du es in einem dieser Verliese aus? Einen ganzen Sommer lang?

»Für die Neuen«, sagte Mister JayMac laut vernehmlich vom Trittbrett aus. »Richtet euch so häuslich ein, wie ihr könnt. Abendessen um fünf Uhr dreißig, Versammlung eine Stunde später. Darius wird euch einweisen. Morgen, Positions-Check und ein interner Kampf, der letzte Klarheit schafft.«

Mister JayMac stieg aus, erklomm die Treppenflucht und verschwand in McKissic House. Alle, bis auf Darius, mich, Euclid und die anderen drei Neulinge, drängten nach ihm aus dem Bus.

»Husch-husch«, sagte Darius. »Ihr seid bestimmt ausgehungert. Kizzy wird euch schon vorher was machen.«

Ankers, Dobbs und Heggie sprangen aus dem Bus und die Stufen hinauf. Ich blieb sitzen.

Darius sagte: »Du bist auch taub, was?« Er besah mich im Rückspiegel.

Ich schüttelte den Kopf. Ich dachte wohl, Darius hätte mich bei der Hand genommen, mir gut zugesprochen. Statt dessen schloß er die Bustür und warf den ersten Gang ein; der Braune Bomber machte einen Satz von der Kieszufahrt unter die Pekan- und

Hartriegelbäume und holperte an einer der schäbigen Feuertreppen aus Kiefernholz vorbei zum Hinterhof. Um mir nicht das Genick am Blechdach zu brechen, verklammerte ich mich und mein kostbares Leben aus Leibeskräften mit dem Bus.

Darius bremste an einer mit Fliegendraht abgeschirmten Veranda unweit eines alten Wagenschuppens. Der verdreckte Draht wies Risse auf; die splissigen Stufen direkt zur Küche krängten mal hier- und mal dorthin. Die Dachrinnen waren durchgerostet; Teile hingen lose herunter und erinnerten an Spülrutschen in einer Kiesgrube. Die Dachtraufe hatte, wenn man von unten dagegensah, lauter saubere kleine Bohrlöcher, als hätte jemand Haken hineingedreht, um Töpfe mit Chrysanthemen oder Begonien aufzuhängen. Tatsächlich stammten die Löcher von Holzbienen und nicht von einem Blumennarren. Die einzige Augenweide zwischen Veranda und Wagenschuppen waren ein paar verrostete Pfannen, ein Komposthaufen und ein Traktor, den man für Kriegszwecke ausgeschlachtet hatte.

Durch den Fliegendraht war eine lange Reihe von Küchenfenstern zu sehen, dahinter und hinter einer Art Tresen tanzte der Kopf einer farbigen Frau mit ergrautem Haar. Die Wangen waren eingefallen, quellende Lippen und Augen, eine Schnabelnase. Das Haar war zu Rattenschwänzen geflochten, die hinten herunter und über die Schulter nach vorne fielen, mehr nach Art einer Squaw als einer Negermami. Aus dem Bus heraus schien sie einfach keinen Körper zu haben; der Kopf hüpfte in den Schwaden und dem Geschepper der Küche hierhin und dorthin.

»Kizzy«, sagte Darius. »Entweder macht sie dir was zu essen oder schnippelt dich in die Pastete. Ich würd's einfach mal probieren.«

In dem Augenblick gewahrte ich Mister JayMac; er

spazierte durch einen großen Victory-Garten* auf das alte Personalquartier zu: ein adretter kleiner Bungalow, umstanden von Hortensiensträuchern mit rauchblauen Blüten, die so groß waren wie Kohlköpfe; das rote Ziegeldach erinnerte eher an Spanien als an die Südstaaten.

»Da drüben ist das Büro«, klärte Darius mich auf. »Und das Schlafzimmer. Er und Miss Giselle brauchen ihre Ruhe.« Mister JayMac nahm sich sichtlich Zeit, und ich dachte, Darius würde vielleicht noch mehr erzählen, doch er sagte nur noch: »Steig aus, Danl. Na, los! Mach schon!«

Ich stand auf. Ich war am Ziel. Hier war mein neues ›Zuhause‹. Ob ich nun wußte, was ich tun oder wie ich einen Fuß vor den anderen setzen sollte, oder nicht…

»Heiliger Jesus«, sagte Darius. Er kam den Gang entlang, packte mich beim Arm und zerrte mich aus dem Bus und die maroden Stufen zur Küche hinauf. »Dieser junge Mann ist hungrig und sprachlos«, sagte er. »Gib ihm was zu futtern, Kizzy, aber erwarte kein Dankeschön.« Er rumste durch eine Schwingtür, die eher zu einem Wirtshaus paßte als zu einem viktorianischen Anwesen.

Durch eine andere Tür kam Euclid aus der Kantine und dem Clubraum dahinter, wo die Hellbenders, von Jungs wie mir bis zu graumelierten Käuzen wie Creighton Nutter, den Nachrichten lauschten und über die Besetzung von Attu* debattierten.

»Blödsinn«, sagte jemand. »Solln die Japse sich das Ding einmachen. So'n vereister Brocken ist nicht einen GI wert, geschweige denn fünfhundert.«

»Wenn du mich fragst«, meinte ein anderer Spieler, »ich würd die Truppen nach hier holen und den streikenden Bergleuten mal richtig Feuer unterm Arsch machen.«

»Was weißt du denn vom Bergbau, Fanning«, sagte

jemand anders. »Mein Dad hat Kohle abgebaut. Ohne Baseball wär ich Bergmann geworden.«

Ein Wort ergab das andere. Ich erinnere mich ausgerechnet an dieses Gespräch, weil mir jener Traum von Umnak und der prasselnden Flutwelle aus Marsden-Platten immer noch gegenwärtig ist. So oft ich die Augen schließe, kann ich diesen schwarzweißmilchigen Alptraum abspulen.

Euclid überließ mir sein *Plastic-Man*-Comic. Er kletterte auf den Schemel neben dem Holzofen und bat um etwas zu essen. Kizzy nahm ein leeres Marmeladenglas und füllte es randvoll mit Buttermilch, dann gab sie ihm noch einen Teller mit Tomatenscheiben und einen krümligen Brocken Maisbrot.

»Danbo auch, Tante Kiz«, sagte er.

»Warum ißt du nicht in der Kantine?« wollte Kizzy von mir wissen. »Da ist mehr Platz.«

Ich schüttelte den Kopf. Sie würden mir Fragen stellen, ganz wie Ankers, der Farmerjunge, vorhin im Stadion, und sie würden sich nur wieder über mein Schweigen ärgern oder lustig machen. Das eine war so unangenehm wie das andere.

Kizzy (falls sie wirklich Euclids Tante war, dann auch die von Darius) hatte Hände wie lange aschfarbene Makrelen. Sie säbelte mir einen Brocken Maisbrot ab und schüttete mir ein Glas Buttermilch ein, das noch größer war als Euclids Marmeladenglas. Ich stand an dem Tisch mit der Teigrolle mitten in der Küche und schlang Maisbrot und Buttermilch hinunter; die Bullerhitze des Holzofens trieb mir den Schweiß aus allen Poren. Die Tapete der Küche – Damen in bunten Gewändern und Herren mit Zylinder auf Oldtimer-Fahrrädern – schälte sich in den Dämpfen und Dünsten von Gemüse und Tee von den Wänden.

»Versammlung im Clubraum, halb sieben«, sagte Euclid. Er kleisterte sich einen Klumpen Erdbeermarmelade aufs Brot und keilte sich den ganzen Brocken in den Mund. »Haste gehört?«

Kizzy gab mir von allem, was sie dahatte, darunter eine Schüssel mit Blattgemüse, kaltem Huhn und Pfeffersoße. Zuletzt fand ich mich, in der einen Hand mein Comic und in der anderen einen grünen baseballgroßen Apfel, auf den Hinterhof bugsiert.

»Ich ruf dich zum Abendessen«, sagte sie.

Ich setzte mich in den rostigen Sattel des verschrotteten Traktors und las *Plastic Man* und verscheuchte Mücken. Ich konnte das Radio im Clubraum hören: Tanzmusik, Witzeleien über ein Herzblatt-Spiel, eine Soap-Opera und Kriegsnachrichten. Ich döste, die Fahrt mit der Eisenbahn saß mir noch in den Knochen. Ich wachte auf, blätterte rückwärts durch Euclids Comic. Ich döste wieder ein. Als ich aufwachte, kletterte ich aus dem Traktor und erkundete das Terrain. Ich hielt deutlichen Abstand zum Bungalow, vielleicht aus Respekt vor Mister JayMacs und Miss Giselles Privatsphäre oder einfach, weil ich Angst hatte, er würde mir eine Ladung Schrot verpassen, wenn ich sie störte. Schließlich saß ich wieder auf dem Traktor und döste. »Danbo«, sagte Euclid. »Abendessen.«

Ich hatte zwar keinen Appetit, setzte mich aber trotzdem zu den anderen, die in McKissic House wohnten. Wir saßen zu sechst an dem langen Tisch. Lon Musselwhite, der sechs Fuß vier große Leftfielder* und Größte in der Kantine, saß am Kopfende mit dem Rücken zur Küche. (Ehre, wem Ehre gebührt: Er war Mannschaftskapitän.) Der Stuhl am anderen Ende, mehr Thron als Gebrauchsmöbel, blieb leer, obwohl Kizzy den Platz gedeckt hatte. Vermutlich für Mister JayMac, der hier aufkreuzte, wann immer ihm danach war. Reese Curriden, der Third-Base-Mann, und Q. U. Parris, ein Pitcher mit Spitznamen Quip, holten, damit

Kizzy sich nicht totzuschuften brauchte, die Schüsseln mit Gemüse und die Fleischplatten aus der Küche.

»Keine falschen Hoffnungen«, sagte Reese Curriden an die Adresse von uns Neulingen. »Das ist nur zum Eingewöhnen. Nächste Woche seid ihr dran.«

»Mit Küchendienst«, sagte Quip Parris. Er war klein, weizenblond und lebendig wie ein Uhrwerk. Nicht lange, und ich begriff, daß er sich als den Nabel der Pitcherriege betrachtete. Er stammte aus Raleigh, North Carolina. Die Initialen standen für Quintus Uriah, was erklärt, warum ihn alle Quip nannten.[1]

Als fast alles aufgetragen war, klopfte Musselwhite mit dem Löffel ans Teeglas und sagte: »Senkt bitte alle den Kopf.« Alle senkten den Kopf. Kizzy kam mit drei Bananencremetorten zurück, die sie auf einem Gestell aus lackierten Holzstäben vor sich hertrug. Sie ächzte vernehmlich. »Liebster Herr Jesus«, sagte Musselwhite, »segne die Lady, die unsere Speisen zubereitet hat, und die Speisen und alle, die davon essen. Mach uns stark – auch damit wir unsere CVL-Gegner besiegen, so wie du unsere Streitkräfte stark machen mögest, damit sie die Nips und Krauts besiegen. Amen.«

»Amen«, sagte jeder am Tisch.

»Reicht die Erbsen weiter«, sagte Musselwhite.

Schüsseln gingen reihum, Kizzy fand schließlich Platz für das Gestell mit den baisergekrönten Torten.

»Okay, Jungs«, sagte Musselwhite, »dann stellt euch mal vor.« Er löffelte sich Erbsen, Tomaten, frittierten Kürbis, Eibisch, schwarze Bohnen, grüne Bohnen und Kartoffelpüree auf den Teller. Er klaubte sich mehrere Weichbrötchen und spießte sich ein paniertes Schweinekotelett, eine Scheibe Schinken und gegrillte Hühnchenbrust von der Platte. Ich folgte seinem Beispiel.

---

1 *Quip* bedeutet soviel wie *Schrulli*.

Die Spieler stellten sich vor. Außer von Reese Curriden und Quip Parris bekamen wir von Clarence ›Trapdoor‹ Evans, Burt Fanning, Lamar Knowles, Charlie Jorgensen, Sweet Gus Pettus, Vito Mariani, Jerry Wayne Sosebee, Rick Roper und Percy ›Double‹ Dunnagin zu hören. Zu den Neulingen in Highbridge zählten Philip Ankers, der Farmerjunge, der mich häßlich fand; Jefferson Dobbs alias Skinny und Junior Heggie, der schüchtern und bescheiden und vielleicht ein bißchen gescheiter war als die beiden anderen.

Lon Musselwhite zeigte mit dem Buttermesser auf mich. »Okay, Champion, und wer bist du?«

Durch eine der Durchreichen zwischen Küche und Kantine sagte Kizzy: »Er redet nicht, aber er hört auf Danny Bowes.«

Boles, wollte ich sie berichtigen; nicht *Bowes*.

»Warum, zum Teufel, redet er nicht?« sagte Musselwhite.

»Vielleicht hat er ein Gelübde abgelegt«, sagte Vito Mariani.

»Du meinst, *noch* so'n verflixter Papist?«* sagte Musselwhite. »Ah-ah. Ihm steht das Pfingstwunder auf die Stirn geschrieben.«

»Darius hält ihn für einen wiedergeborenen Shortstop«, sagte Quip Parris, »der sich fest vorgenommen hat, Hoey zu exkommunizieren.«

»Halleluja«, sagte Lamar Knowles, der Second-Base-Mann; er sagte es so leise, daß man es nicht überhören konnte.

»Vorsicht«, sagte Rick Roper, ein Reservemann. »Heggie könnte es auf dich abgesehen haben, wie Bowes auf Hoey.«

Boles, dachte ich. *Boles!* Ich wollte reden. Das Ergebnis war ein lautes Gurgeln, das schneller aus dem Mund war als die Hand es dämpfen konnte. Ich spürte, wie ich rot wurde, ich brannte, als hätte ich den ganzen Kopf in einen Eimer voll Einreibemittel getunkt.

Musselwhite machte eben den Mund auf, um etwas zu sagen, als der größte, beinah häßlichste Mann hereinpolterte, den ich je zu Gesicht bekommen hatte. Er mußte sich bücken, um dem Deckensturz zwischen Kantine und Clubraum zu entgehen. Er trug wie Ankers einen Overall. Den größten, den ich je gesehen hatte, genug Stoff, um alle Arbeiter auf einem Ölfeld in Oklahoma einzukleiden. Er trug ein weißes Hemd mit langen Ärmeln und eine braune Kappe, auf der ein verziertes ›H‹ für Highbridge prangte. Sein Gesicht war irgendwie aus dem Lot, wie zwei Kürbishälften, die man falsch wieder zusammengesetzt hatte. Es hatte auch die fleckige Farbe von einem Kürbis. Halb orientalisch kam er mir vor. Die Unterlippe schob auf beiden Seiten blasse narbige Inseln, die wie baumelnde Knöpfe aussahen. Die Augen standen in gelblicher Schmiere. Er wischte sie mit dem fleischigen Handrücken, dann wischte er die Hand am Overall ab. Die nackten Füße erinnerten mich an graue Gummigaloschen, doch es waren nur die Füße – die Füße eines Titanen, mit Schwielen, Adersträngen und eingewachsenen Zehennägeln.

Der Hüne zog den thronartigen Stuhl am Tischende zurück und ließ sich nieder. Noch im Sitzen war er gut ein Fuß größer als Musselwhite. Ein höllischer Auftritt. Ankers, Heggie und Dobbs waren zu Statuen erstarrt, Teeglas oder Gabel auf halbem Weg zum Mund. Ich muß genauso dagesessen haben.

»Gentlemen, das ist Jumbo Hank Clerval«, sagte Musselwhite. »Schön, daß du kommen konntest, Jumbo.«

»Danke.« Die Stimme des Riesen klang so dumpf wie ein Geschütz auf hoher See.

»Das sind die Neuen«, sagte Musselwhite. »Ankers,

Dobbs, Heggie und Bowes. Bowes ist ihr Sprecher, er versteht sich aufs Reden.«

»Er heißt Boles«, sagte Parris. »Mit ›L‹.«

»Nett, euch kennenzulernen«, sagte Jumbo und starrte her, als sei er wirklich neugierig. Er redete wie ein Südstaatler, französelte aber. Das dumpfe Grollen der Stimme klang dadurch seltsam melodisch. Jumbo – wie anders könnte ich ihn nennen? – wandte sich an mich. »Wie gefällt euch Highbridge, Mr. Boles?«

»Boles ist nicht mein Sprecher«, sagte Ankers. »Das bin ich selbst.«

»Wahrheit ist, Mr. Clerval, Danny kann überhaupt nicht reden«, sagte Junior Heggie mit einem Schluckauf in der Stimme. Alle, einschließlich Jumbo und mir, sahen Junior an, als hätte er bei einem Klavierabend gerülpst. Nicht, daß ich seine Erklärung nicht begrüßt hätte; wir waren so perplex, weil er den Mund aufmachte, wo er doch sonst so schüchtern war. »Aber Baseball spielen kann er, da bin ich sicher«, fügte Junior hastig hinzu.

»Er sieht so aus«, sagte Jumbo.

»Wie ein Schweinedünndarm mit Ohren«, sagte Trapdoor Evans.

Ich wurde wieder puterrot. Die ganze Gesellschaft mit Ausnahme von Heggie und Jumbo wieherte vor Lachen. Was Jumbo anging, so war mir nicht klar, ob er solche Sticheleien haßte oder nur den Humor eines Gußeisenkessels hatte. Aus meiner Sicht hatte Evans mich nicht verletzen wollen; er hatte sich auf meine Kosten lustig gemacht, mich verulkt, mehr nicht.

»Tut mir leid, Ihr Handycap, Mr. Boles«, sagte Jumbo. »Ich heiße Henry Clerval. Muscles« – er wies mit dem Kopf auf Lon Musselwhite –, »muß noch lernen, wie man richtig miteinander bekanntmacht.«

Mariani pfiff, was soviel hieß wie: »Mann, er hat dir eins drübergebraten, Muscles«, doch Jumbo quittierte das allgemeine Gekicher mit einem finsteren Blick.

»Ausgerechnet du mußt mir was von Emily Post* erzählen«, sagte Musselwhite. »Kommst hier rein mit der Kappe auf. Du zahlst zehn Cent in die Gemeinschaftskasse, mein Lieber.«

»Zehn Cent!« schrien alle. »Her damit! Her damit!«

Jumbos gelb verkleisterte Augen blickten von einem zum anderen. Sich barfuß an Kizzys Tisch zu setzen, war offenbar okay, aber die Kappe aufzubehalten, war tabu in McKissic House. So als wär man in einem Schweinestall großgeworden. Jumbo riß sie vom Kopf und stopfte sie unter die Tischkante, da wo sein Schoß war. Sein Haar war fettig und schwarz mit einem silberweißen Schopf mitten über der knotigen Stirn und nickelgrauen Strähnen um die verstümmelten Ohren. Himmel! dachte ich, wer dem in pechschwarzer Nacht in die Arme lief, der starb gleich zwölfmal an Herzversagen. Weder die Deckenlampen noch die schlampige Gesellschaft der übrigen Hellbenders konnten über das Unheimliche an Henry Clerval hinwegtäuschen. Ich war häßlich, aber den hatten Quotenblinde mit zwei linken Händen in einer Fleischfabrik zusammengeflickt.

Alle sagten Jumbo zu ihm, auch Musselwhite, und Musselwhite überragte gut die Hälfte des Teams. Es war schrecklich, zwischen diesen beiden Riesenkerls zu sitzen, von denen der eine, verglichen mit dem anderen, wie ein Zwerg wirkte. Ich wär am liebsten auf mein Zimmer geflohen, das Dumme war nur, ich hatte noch keins. Zu dem Zeitpunkt fand ich, daß es Schlimmeres gab, als daheim in Tenkiller an einem Fließband von Deck Glider zu stehen.

Auch wenn ich nicht Reißaus nahm, wollte mir das Essen doch im Hals stecken bleiben. Anders Jumbo. Er rückte seine zehn Cent heraus und langte zu, ohne auf das Gerede über Krieg, das Baseballgeschwätz oder das Gemecker über Geld- und Familiennöte zu achten, mit dem die anderen ihre Zeit vertaten. Er erbat sich jede Gemüseschüssel, die er nicht selbst erreichen konnte. Die mit Kartoffelpüree, Erbsen, Eibisch und Kürbis putzte er leer. Er trank einen Krug Wasser, verdrückte einen halben Kranz Maisbrot und ein Dutzend Brötchen, schnitt eine von Kizzys Banancremetorten durch und schluckte die eine Hälfte wie einen Becher voll Fusel. Als letzter gekommen, war er als erster fertig, legte seinen verkleckerten Schlabberlatz ab und starrte mit dem Blick eines zufriedenen Wiederkäuers in die Runde.

»Entschuldigt mich bitte«, sagte er mit seiner Fagottstimme zu Muscles.

»Was heißt entschuldigen?« Musselwhite nagte an seinem zweiten oder dritten Schweinekotelett. »Laß dich nur nicht aufhalten.«

»Gentlemen«, sagte Jumbo, dann entfaltete er sich zu voller Größe. Er duckte sich aus der Kantine und stieg die Foyertreppe hinauf. Die Stufen ächzten (aber nicht mehr als sie es bei Junior Heggie oder mir getan hätten); er verschwand und hinterließ eine Flotte von leeren Schüsseln, seinen glitschigen Porzellanteller und eine mehr oder weniger staunende Runde von Männern. Nicht einmal die alten Hasen – und das will was heißen – konnten sich an seine Erscheinung gewöhnen oder an die Show, die er bei Mahlzeiten lieferte.

»Der Große Donnerfuß«, sagte Reese Curriden.

»Du meinst Sudikoff«, sagte Trapdoor Evans. »Verglichen mit ihm ist Jumbo eine Fee. Besonders, wenn er mit den Zehen blinzelt.«

Sudikoff konnte sich nicht verteidigen; er war verheiratet und folglich nicht unter uns. Immerhin war er der erste Reservemann am First Base: der anmutige Tolpatsch, der im Training für Jumbo eingesprungen war.

Was die erste gemeinsame Mahlzeit in Highbridge angeht, kann ich mich an viel mehr nicht erinnern, nicht einmal daran, ob ich ein Stück von Kizzys Bananencremetorte abbekam, die im ganzen Bezirk gerühmt wurde. Jumbos Auftritt hat alles Weitere aus meinem Gedächtnis gelöscht.

7

Wenig später waren alle Hellbenders, auch die verheirateten, Mister JayMacs Ruf gefolgt und drängten sich im Clubraum. Auch unser Fahrer und inoffizieller Teammanager, Darius Satterfield, war mit von der Partie.

Der einzige, der durch seine Abwesenheit glänzte, war natürlich Jumbo Clerval, der – wie Buck Hoey diesen Nachmittag bemängelt hatte – offenbar einen merkwürdigen Sonderstatus genoß. Na ja, warum nicht? »Wann kommt ein Gorilla zum Abendessen?« »Wenn er Lust hat.«

Egal, der Clubraum platzte vor gereizten Spielern, auch ohne Jumbo. Der Schweiß rann mir aus den Achselhöhlen. Alle Gesichter glänzten und waren mit münzgroßen Flecken gesprenkelt, trotz des unentwegt quietschenden Deckenventilators. Auf Stühlen, Schemeln und selbst auf Sofalehnen und am Boden – überall lümmelten Spieler herum.

In knittrigen Kreppleinenhosen und einem durchgeschwitzten Hemd mit langen Ärmeln und Kragen hatte Mister JayMac sich zusammen mit Darius einen Weg zur Stirn des Clubraums gebahnt. Darius stellte eine Art Staffelei mit einem großen Papierblock auf, den man nach oben umschlagen konnte, eine Hilfe für Mister JayMac, wenn es darum ging, Ankers, Dobbs, Heggie und mir zu erklären, was es mit den Hellbenders und der CVL auf sich hatte. Was natürlich für die alten Hasen ein höchst langweiliges Wiederkäuen bedeutete, doch niemand beschwerte sich. Nicht mal Buck Hoey, der auf einem Sofa ganz hinten im Raum saß und eine Miene machte, die sagte: He, welch willkommene Erfrischung, wir sind ja so glücklich, das Ganze noch einmal zu hören.

»Gentlemen, Bauernlümmel und Mitläufer«, begann Mister JayMac, als Darius den Block installiert hatte. »Wie die meisten von euch wissen, haben wir in dieser Saison eine Hürde von siebenundsiebzig Punkten zu nehmen. Heute, nach gut einem Monat Baseball, den ein paar von euch als Spitzenleistung betrachten, liegen wir bei schäbigen sieben und acht, fünf Punkte hinter den Opelika Orphans, Jungs, denen ich nicht zugetraut hätte, einen Maulwurfshügel zu besteigen, ohne auf halbem Weg an Sauerstoffmangel zu verenden. Und diese winselnden Muttersöhnchen, wie Muscles sie nannte, haben fünf Punkte Vorsprung. Was sind wir also?«

»Hinter den Muttersöhnchen her«, sagte Buck Hoey.

Niemand lachte. Ähnlich wie Jumbo schien auch Buck Hoey einen Sonderstatus zu genießen; er durfte den Boss auf den Arm nehmen – ein bißchen jedenfalls – ohne aufs Zimmer geschickt zu werden. Mir wurde immer mehr bewußt, wie schwer es sein würde, Hoey aus seiner Position zu drängen. Und falls es mir gelang, würden die anderen mir den raschen Erfolg bestimmt übelnehmen.

Mister JayMac sah sich um. »Wo ist Jumbo? Hat er nicht mitgegessen?«

»Wie die Heuschrecken beim Pharao«, sagte Hoey.

Diesmal erntete er Gelächter.

»Und wo, zum Teufel, steckt er? Was macht er?«

»Er unterhält sich mit Graf VanDerWichs«, sagte Hoey, »und das kann laaange dauern ...«

Jetzt wurde eher zögernd gelacht, nervös irgendwie. Mister JayMac zog einen Mund wie jemand, dem ein Duft von verdorbenem Geflügel aus dem Kühlschrank entgegenweht. Dann schickte er Euclid in den zweiten Stock, um Jumbo aus seinem Apartment zu holen.

»Sooo lang«, sagte Hoey, als Euclid vorbeikam. Diesmal johlte ein halbes Dutzend von den Jungs, als ginge es um die Weltmeisterschaft im Schwachsinn.

»Herhören«, sagte Mister JayMac. Damals, das heißt im Laufe der nächsten Tage, fiel mir auf, daß Mister JayMac niemals ›Mund, Maul oder Klappe halten‹ sagte, Worte, die ich in meinem jungen Leben schon zu oft gehört hatte. »Herhören« gefiel mir besser.

»Jeder, der seinen Job bisher auf die leichte Schulter genommen hat, sollte jetzt die Ohren spitzen«, sagte er. »Wir nehmen ein paar Jungs auf, die wirklich spielen können. Ich habe es mit eigenen Augen gesehen. Kein Hörensagen also, sondern Tatsache.«

»High-School-Wunder«, sagte Buck Hoey.

»Schon möglich«, sagte Mister JayMac. »Aber ich habe keine Lust, mich in dieser Liga mit dem vierten Platz zu begnügen, besonders dann nicht, wenn sich gute Alternativen zur Mittelmäßigkeit bieten. Vielleicht ist das jetzt der Fall.«

Euclid kam zurück, mit Jumbo Clerval im Schlepptau. Jumbo hatte sich, wie es aussah, eigens für die Versammlung ›in Schale geworfen‹. Er trug riesige Florsheims mit diesen perforierten und geschweiften Schuhkappen, geflickte graue Hosen und einen blanken schwarzen Gehrock. Keine Kappe diesmal. Euclid spielte den Lotsenschlepper, und sowie er den Ozeanriesen im Hafen hatte, drehte er unter lautem Tuten ab und verließ den Raum. Jumbo ragte fast bis an die Bilderleiste. Er lehnte mit krummen Schultern an der Wand direkt gegenüber dem Durchgang, wo Buck Hoey auf einem Sofa mit lädierter Rückenlehne saß. Es sah so aus, als wolle Mister JayMac ihm etwas sagen, ja, ihn anschnauzen, aber er ließ es bleiben. Statt dessen nickte er uns vier Neulingen zu.

»Kommt nach vorne, damit euch alle sehen.«

Ankers, Dobbs, Heggie und ich schlängelten uns nach vorn und stellten uns neben die Staffelei. Ankers war wohl der einzige von uns, dem das Rampenlicht nichts ausmachte. Als Mister JayMac uns vorstellte, trat er vor und grüßte mit gekreuzten Händen, so wie ein Boxer im Ring sein Publikum grüßt.

»High-School-Clapsolventen«, sagte Hoey.

»Tatsächlich hat Mr. Ankers nur das zweite Jahr absolviert«, stellte Mister JayMac klar.

Die Hellbenders starrten Ankers an, als sei er eine Jahrmarktsattraktion. Wenn er nicht ein oder zwei Jahre später eingeschult worden war, dann konnte er höchstens fünfzehn sein, ein Knilch mit dem Stoppelbart eines Holzfällers.

»Also dann«, rief Mister JayMac, »begrüßt die Jungs nach Hellbender-Manier. Fertig? Hip, hip …«

»Hurra«, sagten die Regulären ohne Begeisterung.

Mister JayMac war nicht zufrieden. »Hurra!« wiederholten sie mit einem blassen Ausrufezeichen. »Noch einmal«, rief er. Die Antwort kam so laut, daß die Bedeutung des Hiphiphurra mehr oder weniger ins Lächerliche gezogen wurde. Doch Mister JayMac nickte und tippte mit dem Zeigestock auf die erste Seite des Blocks:

**HATTAHOOCHEE VALLEY LEAGUE /
CLASS C PROFESSIONALS.**

»Auch der letzte von euch sollte sich noch einmal klarmachen, wie verdammt glücklich ihr dran seid, daß ihr Baseball spielen dürft«, sagte er. »Sonst hättet ihr nämlich die Hosen voll wie all die anderen Grünschnäbel da draußen in Camp Penticuff, weil ihr mit ihnen als Reserveinfanteristen ausgebildet würdet. Oder ihr würdet auf einen Bunker voller blutrünstiger Jerries oder Japse zurobben.«[1]

---

[1] *Jerry* = Deutscher

»Wir könnten alle schon tot sein«, sagte Hoey.

»Jawohl, das könntet ihr!« dröhnte Mister JayMac. »Aber nein, gottlob habt ihr das Privileg, Baseball zu spielen, das Hobby der Nation, und werdet für diese Mühsal auch noch bezahlt!«

»Wird hier jemand *bezahlt?*« sagte Hoey.

»Hör auf damit, Hoey«, sagte Lon Musselwhite.

»Major-League-Baseball wird mit Duldung des Präsidenten fortgesetzt und dank des Zuspruchs unserer kriegsmüden Landsleute. Dem Minor-League-Baseball geht es schlecht. Bundesweit liegt die Nachwuchsförderung in Händen von zehn Trainingsligen in nur siebzig Städten, und, soweit ich von meiner Arbeit in der Musterungskommission weiß, braucht Uncle Sam noch mehr gesunde und kräftige Burschen, um die ausländischen Feinde der Demokratie zu besiegen.

Hört jetzt gut zu«, fuhr Mister JayMac fort. »Die Chattahoochee League, eine der jüngsten ringsum, ist eine Provinzliga dritter Klasse, aber wir machen trotz Krieg unseren Weg, weil wir die hartnäckigsten Kämpfer weit und breit sind und weil es den Leuten Spaß macht, uns zuzusehen. Würden Sie dem zustimmen, Mr. Nutter?«

»Jawoll, Sir.« Creighton Nutter war ein verheirateter Ersatzpitcher*, ein Bursche in den späten Dreißigern, der allmählich eine Glatze bekam.

»Hinzu kommt«, sagte Mister JayMac, »daß unsere acht Teams dicht beieinander liegen. Der Präsident und das Preisprüfungsamt wissen die Tatsache zu schätzen, daß unsere Liga nicht allzuviel Benzin und Reifenprofil verpulvern muß, wenn ein CVL-Team das andere drei- oder viermal aufsuchen muß. Letztes Jahr noch meinte der Justizminister, von allen Ligen, die er je besucht habe, sei die CVL die einzige, bei der die Nationalhymne nicht nur nach, sondern auch vor jedem Spiel ertöne. Ein Tribut an unseren Patriotismus.

Und laßt mich noch daran erinnern, daß Franklin Delano Roosevelt höchstpersönlich uns Baseballspieler als moralischen Halt und als Helden der Nation betrachtet. Ich kann ihm nur zustimmen. Zumindest was die guten Spieler betrifft. Die schlechten sind …«

»Verräter.« Jumbos vernichtendes Urteil dröhnte und hallte zwischen den Wänden.

Mister JayMac stockte, aber nur für eine Sekunde. »So ungefähr«, sagte er. »Wer das Steckenpferd der Nation schlecht reitet, spuckt auf das Sternenbanner. Ein armseliger Stümper wird den Baseball nicht absichtlich in Verruf bringen, doch es fällt verdammt schwer, ihm das zugute zu halten.«

»Amen«, sagte Lon Musselwhite.

Mister JayMac wandte sich an uns, die Neuen. »Mr. Boles, zählen Sie die Orte und die Namen der acht CVL-Teams auf.«

Meine Zunge schnellte an den Gaumen. Meine Augen flitzten wie Karpfen. Das letzte Mal in Mister JayMacs Gegenwart hatte ich wenigstens stammeln können. Das fiel ihm ein.

»Nennen Sie uns *ein* CVL-Team«, sagte Mister JayMac. »Nicht ausgerechnet die Hellbenders.«

»Nun mach schon«, rief Hoey richtig aufgebracht. »Oder bist du taubstumm?«

Darius sagte an Mister JayMacs Schulter: »Der Boles-Junge ist wirklich stumm, Sir. Er hat keine Stimme.«

Mister JayMac bedachte mich mit einem erschrokkenen, vernichtenden Blick. Als hätte er beim Ober ein Schwertfischfilet bestellt und statt dessen einen Panzerkrebs bekommen. Rasch genug sprang sein Blick von mir zu Junior Heggie, der jetzt sollte, was ich nicht konnte.

»Die Opelika Orphans«, sagte Junior Heggie.

»Nun gut«, sagte Mister JayMac. »Und die anderen sechs?«

Junior studierte seine Schuhspitzen. Er kam von der anderen Kante des Bundesstaates. Ihm wär's leichter gefallen, die sechs letzten britischen Premiers aufzuzählen.

»Darius, die Liste«, sagte Mister JayMac. Darius schlug das Blatt zurück und enthüllte die nächste Seite. General JayMac, Offizier der alliierten Streitkräfte bei der Einsatzbesprechung in einem geheimen Befehlsstand.

»Also gut, dann mal hersehen.« Er klopfte mit der vorderen Hälfte eines zerlegbaren Billardstocks auf das Blatt:

CHATTAHOOCHEE VALLEY LEAGUE

STADT	*EINW.*	*NAME*	*STADION*
		Georgia	
Highbridge	*14 012*	*Hellbenders*	*McKissic Field*
LaGrange	*15 301*	*Gendarmes*	*The Prefecture*
Marble Springs	*8 205*	*Seminoles*	*Seminole Park*
Quitman	*11 153*	*Mockingbirds*	*The Aviary*
		Alabama	
Cottonton	*4 251*	*Boll Weevils*	*The Fields*
Eufala	*7 908*	*Mudcats*	*Lakeview Park*
Lanett	*6 102*	*Linenmakers*	*Chattahoochee Field*
Opelika	*12 027*	*Orphans*	*Opelika Stadium*

Kein Team, zu dem Mister JayMac nicht etwas zu erzählen hatte: welchem großen Liga-Verein es angehörte, seine Stärken und Schwächen, und warum Highbridge, unser Talent vorausgesetzt, an erster Stelle stehen sollte.

»Gentlemen, nach fünfzehn Spielen an vierter Stelle hinter den Orphans, den Gendarmes und den Mudcats zu landen, das wäre ja noch zu verschmerzen. Nicht aber, daß wir uns diese Position mit dem Elendshaufen aus Cottonton teilen müssen. Cottonton! Ein Loch in der Straße! Die Hühner laufen da frei herum! Einmal hab ich erlebt, wie da eine Ziege – ein Tier – in eine Schiedsrichterentscheidung verwickelt war.« Er schlug mit der spitzen Queuehälfte auf den Papierblock. Dabei zerriß das Blatt, auf dem die CVL-Teams aufgelistet waren. »Die meisten Weevils sind ehemalige Halbprofis aus Fabrik-Teams. Zusammengekaufte Rowdies. Ein Gleichstand mit denen ist einfach absurd. Absurd!« Der Queue prügelte das Papier, daß wir Neuen, vielleicht ausgenommen Ankers, erschrocken zusammenfuhren.

»Beruhigen Sie sich, Mister JayMac«, sagte Darius.

Mister JayMac beruhigte sich. Aus dem wetternden General wurde ein nüchterner Lehrer – dank Darius, was vielleicht nur Junior Heggie und mir auffiel.

»Nun gut. Unter uns sind ehemalige Major-League-Spieler. Ich bitte um Handzeichen.«

Man hätte denken können, unter all den gestandenen Wandergesellen, die allmählich in die mittleren Jahre kamen oder schon darüber hinaus waren, daß darunter vielleicht fünf oder sechs in den großen Ligen am Schlag gewesen waren oder die Bank für sonst eine anspruchsvolle Position gedrückt hatten – aber nein. Nur zwei Männer hoben die Hand, und zu meiner Erleichterung war keiner von beiden Buck Hoey.

»Die Gentlemen kommen bitte nach vorne«, sagte Mister JayMac. Er klopfte mit dem Zeigestock auf den Boden, und zwei Burschen, auf die ich nie getippt hatte, schoben sich umständlich nach vorne. Ex-Major-League-Spieler! Selbst Ankers verlor die Ruhe.

»Jippi!« rief Hoey. »Nieten! Versager, die wieder ganz kleine Brötchen backen!« Er veräppelte sie nicht bloß; die Stiche pieksten.

»Nie-ten!« skandierten andere. »Nie-ten!«

»Lieber kleine Brötchen backen als große Bogen spucken«, meinte Creighton Nutter.

»Wer spuckt denn große Bogen? Du und Dunnagin, was die Major-League angeht, lügt ihr doch das Blaue vom Himmel herunter.« Gelächter. Musselwhite war der Captain, und Hoey der Mannschaftsclown.

»Es gibt Statistiken«, versetzte Nutter.

Nutter und Dunnagin, unsere Ex-Stars. Nutter erinnerte mich an den zweiten Frisör in einem Zweimannladen, der es endlich leid ist, immer die zweite Geige zu spielen. Seine Haut hatte die rötlichgelbe Farbe von Bucheckern, vermutlich das Erbe eines Farmers aus Nord-Georgia, in dessen Adern Cherokeeblut floß.

Dunnagin war acht- oder neununddreißig, ein Ire mit pechschwarzem Haar und Augen so blau, als ob es sich um Bohrkerne aus dem Himmel über Kanada handelte. Der Oberkörper sagte ›Gewichtheber‹; die Beine sagten ›Kranich‹. Beim Training am Morgen hatte er die volle Montur eines Catchers angehabt: Brustschutz, Schienbeinschutz, Maske und so weiter. Da schon war mir aufgefallen, daß seine Oberschenkel dünner waren als die Schienbeinschützer. Man hätte meinen können, er kippt gleich um, wie ein Turm aus ABC-Klötzen mit einem Klotz zuviel obendrauf.

»Für wen haben Sie gespielt, Mr. Nutter«, sagte Mister JayMac. »Und nennen Sie uns Ihre Bestleistungen.«

»Mord«, sagte Hoey. »Kleine Mädchen verführen.«

Nutter ignorierte die Stichelei. »1927 war ich in neunzehn Spielen am Wurf, und zwar für die Boston Braves. Sechsundsiebzig Innings.«

»Ach ja, und deine Bestleistung?« sagte Hoey. »Welchen Rekord hast du aufgestellt?«

Nutter warf Mister JayMac einen Blick zu, und Mister JayMac nickte. »Ich stand vier und sieben mit zwei Saves*. Mein ERA* war … 5.09.«

Totenstille. Kann sein, daß Hoey die Bestleistung von Nutter gekannt hatte, doch die meisten Hellbenders hörten sie zum ersten Mal.

»Vier und sieben«, sagte Vito Mariani, der selbst Pitcher war. »Nicht gerade umwerfend. Der Earned-Run-Durchschnitt ist auch nicht überwältigend.«

»Mr. Mariani, ich kenne keine Major-League, in der Sie einen ERA hätten«, sagte Mister JayMac. »Und es gibt zur Zeit keinen anderen Pitcher in Highbridge, der mehr Major-League-Siege zu verzeichnen hat als Mr. Nutter, während ihn die Braves unter Vertrag hatten. Zollen wir ihm also den Respekt, den er verdient.«

Ankers machte den Anfang, dann applaudierten alle. Nutter drückte das Kinn an die Brust, lächelte aber das Lächeln des verärgerten Frisörs, der eine andere Meinung über Roosevelts Wirtschafts- und Sozialpolitik hat als sein Kunde und dies für sich behält, weil er ans Trinkgeld denkt.

»Sehr gut, Mr. Dunnagin«, sagte Mister JayMac. »Sagen Sie uns, in welcher Eigenschaft Sie zu den Großen gestoßen sind und wie es Ihnen dort erging.«

Dunnagin stand da wie ein Marinesoldat in Rührt-Euch-Stellung. »Ich machte noch in die Windeln, als ich 1924 bei den St. Louis Browns anfing. Für die nächsten sechs Saisons, das heißt streckenweise, war ich Reservefänger und Ersatzschlagmann.«

»Woraufhin die Browns sich von Ihnen getrennt haben?« fragte Mister JayMac.

»Nein, Sir. 1929 lief Pas Geschäft auf Grund. Ich kündigte bei den Browns, weil die Familie mich brauchte, Gott hab sie selig.«

Hoey tat, als spiele er Geige. »Man stelle sich mal vor: Zwei Jahre vor meiner Geburt hatte Dunnagin bereits in einer Major-League gespielt. Er hatte *sechs* Jahre lang auf einer Liste der Browns gestanden! Und er war nicht gefeuert worden, er war ausgestiegen, um eine Familientragödie abzuwenden. Jetzt, ein Dutzend Jahre später, da versuchte er ein Comeback.«

»Sag den Jungs, wie man dich genannt hat«, sagte Hoey. Über seine pantomimische Einlage hatte niemand gelacht, also versuchte er es anders.

»Double«, sagte Dunnagin. »Die Kameraden bei den Browns nannten mich ›Double‹. Als ich das allererste Mal am Schlag war, das war gegen die Yankees, da hab ich Bullet Joe Bush einen Two-Bagger* verpaßt. Der Ball sauste in die Gasse zwischen Witt und Ruth. Na ja, dachte ich, der Anfang ist gemacht. Sieh dich vor, Cobb. Vorsicht, Ruth und Hornsby.«

»Weiter, Percy«, sagte Hoey. »Das ist noch nicht alles.«

»Später bedeutete ›Double‹ dann nicht bloß, daß ich regelmäßig Two-Baggers schlug«, sagte Dunnagin. »Hinzu kam, daß ich das verdammte Pech hatte, immer dann Bodenbälle für Double Plays zu liefern, wenn es so aussah, als würden die Browns Punkte machen.« Er starrte an Clerval vorbei ins Foyer, wo eine Standuhr die Stunde schlug.

»Mein Sohn, deine Bescheidenheit grenzt an Sadismus«, sagte Mister JayMac zu Dunnigan. »Erzählen Sie von Ihrem besten Jahr, Mr. Dunnagin.«

»1926 schlug ich 0.330«, sagte Dunnagin lakonisch und verzog keine Miene. »Bei vierundneunzig Schlaggelegenheiten hatte ich zwei Home Runs und vierzehn Double Plays. '27 und '28 war ich öfter am Schlag und mein Durchschnitt fiel in beiden Jahren um mehr als sechzig Punkte.«

»Was bedeutet, daß Sie bis auf drei immer noch alle Hellbenders in die Tasche stecken, die hier versammelt sind«, sagte Mister JayMac. »Beifall für Mr. Dunnagin.«

Diesmal war ich es, der als erster klatschte. Auch wenn er seine Catchermontur das letzte Mal für die

Browns umgeschnallt hatte, als der große Börsenkrach war, na und? Wir hatten fast eine Legende unter uns, einen Kerl, der über 0.300 geschlagen hatte, und das in einer großen Liga.

»Mit dieser Spitze«, sagte Mister JayMac, »haben wir soviel mit dem vierten Platz gemein, wie Patton* und Montgomery* mit von Arnim* und den Spaghettis – nichts für ungut, Mr. Mariani. Laßt euch von diesen Männern inspirieren und nehmt euch ein Beispiel. Danke, Gentlemen.«

Nutter und Dunnagin kehrten an ihre Plätze zurück. Junior Heggie machte Anstalten, ihnen zu folgen, doch Mister JayMac hielt ihn mit dem Zeigestock zurück. »Hiergeblieben. Wir sind noch nicht ganz fertig. Darius.« Er malträtierte wieder den Block. Darius schlug wieder um und enthüllte ein neues Blatt:

CVL-RANGLISTE
(Stand 3. Juni, 1943)

TEAM	SIEGE	NIEDERLN.	SIEGANTEIL*	RÜCKSTAND
Opelika	*12*	*3*	*.800*	*-*
LaGrange	*10*	*5*	*.666*	*2*
Eufala	*9*	*6*	*.600*	*3*
HIGHBRIDGE	*7*	*8*	*.466*	*5*
Cottonton	*7*	*8*	*.466*	*5*
Quitman	*6*	*9*	*.400*	*6*
Marble Springs	*5*	*10*	*.333*	*7*
Lanett	*3*	*12*	*.200*	*9*

»Nicht zu vergessen, Gentlemen«, sagte Mister JayMac, »wir haben noch nicht gegen die Gendarmes oder Linenmakers gespielt – gegen eins der besten Teams und gegen das absolut erbärmlichste. Also kann man sagen, wir haben gegen die Mittelmäßigen und die Verlierer verloren. Würde ich mir Sorgen machen, ich wäre am Boden zerstört. Aber ich habe mir längst eine biblische Weisheit zu Herzen genommen, daß man nämlich nicht eine Minute länger lebt, wenn man sich sorgt. Also schlafe ich wie ein frisch gewickeltes Baby.«

»Jesus«, sagte Hoey nicht besonders ehrerbietig.

»Wohlan«, sagte Mister JayMac. »Ich habe gebetet, und ich habe diese unverbrauchten, frischen Jungs hier aufgelesen.«

»Lobet den Herrn!« sagte Quip Parris. »Und wenn es Lahmärsche sind, was dann, Sir?«

Mister JayMac lächelte. »Wenn ihr Eier wollt, würde ich euch dann Skorpione vorsetzen?«

»Ich mag keine Eier«, sagte Burt Fanning. Alle anderen schwiegen, sogar Buck Hoey.

»Und damit, Gentlemen, beglücke ich Sie mit den Messieurs Ankers, Boles, Heggie und Dobbs«, sagte Mister JayMac. »Ganz ohne Zweifel werden sie dem einen oder anderen ein Dorn im Auge sein, aber ich gehe davon aus, daß sie wie eine belebende Spritze in den Lahmarsch dieses Teams wirken. Heißen wir sie noch einmal willkommen.«

Ein sprödes Geklatsche. Hoey, Jumbo und Parris klatschten erst gar nicht. Doch diesmal ließ Mister JayMac es dabei bewenden, daß man uns die kalte Schulter zeigte.

Er ließ Darius umschlagen. Ein Blatt ums andere kam zur Sprache. Eine Übersicht, welche CVL-Teams Ex-Major-League-Spieler hatten. Eine Karte von Highbridges Geschäftsviertel, eine vom Stadtteil Penticuff Strip und sogar eine von Camp Penticuff selbst, bis hin zu den Paradeplätzen, Kantinen, Hindernisparcours und Baseballplätzen. Würden alle eingezogen, die als Hellbenders nichts taugten? Wie auch immer, Darius blätterte und die Standuhr im Foyer zählte laut die Viertelstunden.

Zu guter Letzt Blaupausen von McKissic House.

»Okay«, sagte Mister JayMac. »Wer wohnt bei wem?«

Die Herberge verfügte im Parterre über zwei Zimmer, im ersten Stock über vier und im zweiten über eine winzige Mansarde. Und Neulinge lebten sich angeblich schneller ein, wenn sie einen alten Hasen zum Zimmergenossen hatten.

»Sir, bevor wir die Zimmer aufteilen«, meinte Sweet Gus Pettus, »sollten wir da nicht warten, bis feststeht, wer bleibt und wer geht?«

Mister JayMac musterte ihn bekümmert, er legte den Kopf schief. »Fairerweise ja. Aber ich weiß schon jetzt, wer bis morgen mittag nicht mehr unter uns weilt. Sie, Mr. Pettus. Und Charlie Jorgensen, Rick Roper und Bobby Collum. Mr. Collum hat in Cotton Creek gemietet, aber Sie sollten alle vier über einen neuen Job nachdenken und ausziehen.«

»Was denn?« schrie Rick Roper. »Was denn? Morgen soll Positions-Check sein, und Sie warten nicht mal ab, wie wir abschneiden?«

»Mr. Roper, Sie haben dieses Jahr siebzehn Innings am Short gespielt«, sagte Mister JayMac, »und haben dreimal so viele Fehler wie Mr. Hoey gemacht, der über hundert Innings hatte. Sie haben nicht ein einziges Mal getroffen, wenn Sie am Schlag waren.«

Roper schwieg. Pettus, Jorgensen und Collum waren daran zu erkennen, daß sie wie geprügelte Hunde dasaßen. Roper hockte sich hin und sah genauso aus.

»Was die Zimmerbelegung angeht«, sagte Mister JayMac, »so gehe ich davon aus, daß die vier Genannten morgen um diese Zeit nicht mehr unter uns sind. Wer eine Starthilfe für den neuen Lebensabschnitt braucht, bekommt den Lohn und einen kleinen Trennungsscheck. Ich bin kein herzloses Monster, Gentlemen.«

»Nein, das ist er nicht«, sagte Hoey. »Fragt Jumbo. Der Boss hat ihm sein Auto geliehen.«

Mister JayMacs Blick sprang zu Jumbo. »Und Sie, Mr. Clerval, warum mußte ich erst nach Ihnen schicken, damit Sie kommen?«

»Sir, ich bin eingeschlafen. Die Angelegenheit heute früh hat mich geschlaucht.«

»Was für eine Angelegenheit?« fragte Hoey.

»Etwas Persönliches«, sagte Jumbo. »Eine private Sache.«

»Er hat gebumst!« rief jemand.

»Ja, aber mit 'ner Mischtrommel«, meinte Hoey.

»Herhören«, sagte Mister JayMac. Niemand hörte her. »Schluß damit! Wir haben die Belegung zu klären und einige müssen umziehen.«

Heggie, Dobbs und Ankers kamen sofort unter, und zwar bei Knowles, Curriden und Musselwhite, und die Burschen, die ausgesondert worden waren, wurden schmählich übergangen. Doch keiner riß sich um mich.

»Und Dumbo bei Jumbo«, sagte Buck Hoey. »Das perfekte Paar.«

Dumbo. Der Spitzname, den mir die Schlauberger in Tenkiller verpaßt hatten. Hoey war nicht besser als der Schurke daheim, der mir 'ne Karte für *Dumbo* kaufen wollte, weil »es nie verkehrt ist, mit seiner Familie Kontakt zu halten, Kleiner«.

Jumbo besah mich aus seinen Bratapfelaugen. »Okay«, sagte er. »Mr. Boles kann mit auf *mein* Zimmer.«

Jumbos Zimmer war das einzige im zweiten Stock, das für Kostgänger zur Verfügung stand. Wenn man Mister JayMacs Wandkarte vertrauen durfte, war Zimmer ein großer Name für die kleine Bude. Nicht einer im Clubraum, der nicht zwischen Jumbo und mir hin und her guckte. Heiliger Bimbam. Er war ein Kerl von der Sorte, die einem schon im Traum nicht bekommen, und Mister JayMac wollte zulassen, daß er mich mit auf die Mansarde nahm.

8

Ich hatte Seesack und Schlagholz in der Küche gelassen. Als ich mein Gepäck holen wollte, hefteten sich Curriden und Parris, die diese Woche Küchendienst hatten, an meine Fersen und wollten, daß ich Geschirr spülte. Ich starrte sie verdrossen an. Baseballprofis und Spülen? War das nicht Kizzys Aufgabe? Ich war verbittert, weil man mich Jumbo Clerval ausgeliefert hatte, was aber nicht erklärte, warum Mister JayMac eine dürre alte Schwarze bloß fürs Kochen und Herumstehen bezahlte. Sie war doch die Haushälterin. Wozu eine farbige Hilfe, wenn sich bezahlte weiße Spieler überschlagen mußten, um der Hilfe zu helfen?

Kizzy las meine Gedanken. »Danl Bowes, ich immer nur koche. Hat einer in diesem Haus noch Hunger? Hast du noch Hunger?«

Wohl kaum. Noch ein Krümel und ich wäre geplatzt wie ein reifer Pickel. Ich schüttelte den Kopf.

»Dann krempelst du am besten die Ärmel hoch. Sonst ich fort zu Leuten, die meine Arbeit zu schätzen wissen.« Der Finger, mit dem sie nach mir stach, sah aus wie ein Wudu-Knochen. »Hast du gehört, Danl Bowes?«

Diesmal nickte ich. Ich war ja nicht taub.

Parris sagte: »Läßt du Kizzy im Stich, Boles, bist du so gut wie tot. Spricht sich rum, daß du sie verjagt hast, bist du tot.«

»Ich gerne koche«, sagte Kizzy, »aber ich hasse Hantieren mit dreckigen Kesseln und Pfannen, mit Kleister und Klecker von Überlaufen, weil Rand nicht mitklettert. Als Mister JayMac mich 'achtundreißig von Mrs. Lullworth gestohlen, er gesagt, ich habe mit dem ganzen Krempel nichts mehr am Hut. Ist das klar, Danl Bowes? Ich habe meine Rechte.«

»Du gehst jetzt«, sagte Curriden zu ihr. »Quip und ich und der unverschämte Bengel schaffen hier Ordnung.«

Kizzy wusch sich die Hände, raffte ihre sieben Sachen zusammen und humpelte zur Verandatür hinaus. Sie hatte ihren flippigen Hut aus den Roaring-Twenties aufgesetzt und trug eine picknickkorbgroße Handtasche im Arm. »Im Kühlschrank ist noch Torte«, rief sie über die Schulter. »Für alle Fälle.« Und fuhr in einem auf Hochglanz polierten Ford Model ›T‹ und dank Mister JayMacs Benzin-Coupons davon.

»Ein bißchen sehr auf ihren Vorteil bedacht«, sagte Curriden, als sie fort war. »Aber wer traut sich schon?«

Parris holte Junior Heggie, der mir beim Schrubben der Töpfe und beim Abtrocknen der Teller helfen sollte. Die Spüle taugte für Leute, die nicht größer als fünf Fuß waren. Ich verstand, warum Curriden wollte, daß wir Frischlinge den Abwasch machten. Selbst mir tat der Rücken vom gebückten Stehen weh, und Curriden war gut einen halben Fuß größer als ich.

Bis Heggie und ich fertig waren, hatte sich die Versammlung längst aufgelöst. Die Jungs, die in Cotton Creek wohnten, Hoey, Nutter, Sloan und vier andere, waren schon auf dem Weg zurück in den alten Mühlendistrikt. Mister JayMac chauffierte sie in seinem Caddy. Für die acht wurde es in dem Zweisitzer so eng wie in einer Sardinendose; Hoey hatte, wie einer zum Besten gab, auf Norm Sudikoffs Schoß gehockt wie Charlie McCarthy auf dem von Edgar Bergen.

»Siehst du«, sagte Parris zu mir, als wir davon hörten, »Hoey ist auch ein Blödmann.«

Jumbo wartete im Clubraum. Drei der Ausgemusterten saßen bei ihm und sahen mürrisch und ratlos drein. (Der vierte, Bob Collum, war mit Hoey und den anderen unterwegs nach Cotton Creek und würde seiner Frau erzählen, daß ihnen eine ungewisse Zukunft ins Haus stand.) Als ich dazukam, sahen die Ausgemusterten zu mir auf, als wär ich der Henker.

»Da geht's rauf«, sagte Jumbo. Er duckte sich ins Foyer und polterte zur Treppe. Ich folgte ihm so begeistert, wie man sich rheumatisches Fieber wünscht.

Einer der drei erhob sich von dem Pokertisch, an dem sie hockten, und versperrte mir den Weg: Roper, ein schlacksiger Bursche mit Augen wie zehnpencegroße Nagelköpfe und einem Atem, der entsetzlich nach Zigaretten stank. Nur daß ich zu dem Augenblick nicht wußte, wie er hieß. (In einer Beziehung hatte ich es leichter als die anderen – ich konnte Namen vergessen, ohne daß die Betreffenden es merkten.)

Roper ließ mir einen langen Arm über die Schulter fallen. »Wenn du nur einen Funken Verstand hast, Boles«, tönte er mir ins Ohr, »ich bin Ausschuß, verstehst du? Morgen ist Nagelprobe, und heute hat Mister Jesus mich gefeuert. Ich wohne bei Muscles, und schon bekommt dieser Ankersknilch meine Bleibe. Ist das fair?«

Ich konnte nicht den Kopf schütteln. Ropers Hand hielt meinen Nacken umklammert – sie fühlte sich an wie eine Klaue.

»Wir sind Fußvolk, Saisonarbeiter, dritte Garnitur«, sagte er und riß meinen Kopf herum, damit ich Pettus und Jorgensen sah. »Kanonenfutter. Ihr habt noch die Eierschalen hinter den Ohren und müßt für uns einspringen. Hoffentlich haltet ihr länger durch als wir.« Endlich ließ er los.

Pettus und Jorgensen musterten mich vom Spieltisch aus. Kaum aus dem Verein geflogen, flogen sie auch schon aus ihren Zimmern.

Wo würden Pettus und Jorgensen schlafen? Auf den Sofas? In den muffigen alten Sesseln? Sie taten mir leid. Sie sahen niedergeschmettert aus, wie Jungkühe, die jeden Moment todmüde umfielen. Roper tat mir nicht so leid. Ich sollte für den ganzen Zimmer- und Mannschaftsschlamassel herhalten. Was konnte ich dafür? Ich hatte ja auch nicht Pearl Harbour bombardiert.

Schuld war allein der Krieg. 1943 mußten die CVL-Teams mit Zwanzig-Mann-Listen auskommen; der einundzwanzigste mußte über die Klinge springen. In den meisten CVL-Städten erlaubte die Zwanzig-Mann-Liste dem Management einen finanziellen Spielraum, mit dem sich die Durststrecke zwischen den Saisons überbrücken ließ. Zwanzig-Mann-Listen kamen auch dem Bedürfnis der Wehrerfassungsämter entgegen, und sie förderten den Nachwuchs.

»So wahr ich Dick Roper heiße«, sagte Roper. »Auch wenn ich diesen Sauhaufen verlassen muß, ihr hört noch von mir.«

(Er sollte recht behalten. Im Spätsommer wurde er eingezogen – wohl mit ein Grund, warum Mister Jay-Mac ihn entlassen hatte – und kämpfte in der Neunten Armee in Europa. Heute ist er Kongressabgeordneter eines Distrikts in West-Georgia, die Reinkarnation eines Handlangers der nationalen Waffenlobby.)

Jumbo machte kehrt, um mich zu holen. Roper zog sich zu seinen Leidensgefährten am Pokertisch zurück. Falls Jumbo Mitleid mit ihnen hatte, zeigte er es nicht. Er packte mein Gepäck, das in seiner Hand zu einem Säckchen Murmeln wurde, und duckte sich ins Foyer zurück. Während ich ihm folgte, wurde mir klar, daß er mindestens sieben Fuß emporragte, vielleicht sogar sieben zwei. In Tenkiller war mir noch keiner über den Weg gelaufen, der auch nur annähernd so groß war. Sechs Fuß, das waren absolute Riesen. Ehrlich, Lon Musselwhite war der größte, den ich je gesehen hatte, bis Jumbo auftauchte, und Muscles hatte ich an diesem Morgen zum ersten Mal gesehen.

Jedenfalls war mir nicht geheuer bei dem Gedanken, hinter Jumbo die Treppe zu erklimmen. Die Treppe wurde zur Bohnenstange. Fie-fei-foh-famm.[1] Die Stufen quietschten. Als wir den ersten Stock und die Stufen zum zweiten erreicht hatten, erschien mir das Haus mit seiner schimmligen Vertäfelung, der welligen Bilderleiste und den unebenen Hartholzböden allmählich so hellhörig und kraus wie ein verwunschenes Schloß.

Schließlich betraten wir den zweiten Stock. Der Flur hatte die Form eines ›T‹. Wir gingen durch den ›Querbalken‹ zur Südwestseite des Hauses. Jumbo schloß die Tür auf und deutete mit einem Kopfnicken in den Raum. Das Zimmer war, abgesehen von der Küche, das heißeste, das ich in McKissic House kannte, und bei weitem das stickigste. Jumbo wies ohne ein Wort mit einem Handschlenker in die Ecke unter der Dachschräge. Er schleifte eine Zelttuchliege heran, unter der ich meine Sachen verstauen und auf der ich schlafen sollte: ein Feldbett aus Camp Penticuff, gekauft oder geklaut. Jumbo klappte es auseinander und stellte es auf.

Ich schielte zwar nicht nach einer Decke, hätte aber zu gerne ein Kissen und ein Laken gehabt. Die Vorstellung, mich vor Jumbo auszuziehen, ging mir gegen den Strich, aber da ich beim Schlafen gewöhnlich nur die Unterwäsche anbehielt, mußte ich wohl

---

[1] nach *fee-faw-fum,* dem ersten Knittelvers, gesprochen vom Riesen in dem Märchen *Jack the Giant Killer (Jack and the Beanstalk)* beim Anblick von Jack

oder übel Farbe bekennen – es sei denn, ich kniff und legte mich in voller Montur schlafen. Bei der Hitze verwarf ich diese Idee sofort wieder. Der erste schlechte Traum, selbst wenn ich darin im aleutischen Schnee oder auf vereisten Marsden-Matten stand, würde mich in ein schreckliches Fieber werfen. Aber ich konnte Jumbo nicht sagen, wie mir zumute war, was ich wollte und was nicht, warum ich am liebsten losgeheult hätte, und er fragte mich auch nicht. Wenigstens stand die muffige Liege dicht an einem Fenster mit Feuertreppe. Aber nicht deshalb ließ Jumbo mich hier kampieren; er war einfach zu groß für die Schräge.

Jumbos Bett hatte weiße Eisenpfosten, zwei Springfedersätze nebeneinander und darauf zwei alte Sperrholzplatten. Es sah nicht gerade bequem aus, zugegeben, aber unterwegs zur nächstbesten Matratzenfabrik hätte es meins um Längen geschlagen. Schwamm drüber. Das war Jumbos Zimmer, er war der Hausherr und ich der Gast. Aber warum bekam ich nicht *auch* ein Bett. McKissic House war weder ein Gefängnis noch ein Asyl für Landstreicher.

»Du wirst dich gewöhnen«, sagte Jumbo. »Nachher ist die Hitze ganz erträglich.«

Wumms! Es war zuviel: mein Status als Neuling, diese Mansarde, dieser abscheuliche Tolpatsch, mit dem ich auskommen mußte. Ich verlor die Fassung und schluchzte, so wie ich im Zug geschluchzt hatte. Alle trampelten auf mir herum, ich war total aus dem Häuschen. Bei jedem anderen hätte ich versucht, meine Gefühle zu verbergen, nicht so bei Jumbo.

Dann langte ich unter die Liege, zog den Red-Stix-Schläger aus dem Sack und stand da und funkelte und wrang den Griff. Ich hatte nicht vor, Jumbo zu verdreschen – er hätte vermutlich zurückgedroschen – nein, ich wollte bloß ein bißchen Sägespäne da rausquetschen, um damit meine Tränen aufzufangen.

Jumbo besaß einen staubverklebten Ventilator mit einem Schutzkorb aus Metall. Er stand auf dem Waschtischchen zwischen seinem Bett und meiner Liege. Er drehte den Ventilator in meine Richtung und schaltete ihn ein. Das Ding begann um seine Standachse zu pendeln und blies schwüle Luft. Wenn er gehofft hatte, das würde mich aufmuntern, hatte er sich geirrt.

Ich flennte weiter.

In seinem Gehrock und den geflickten Hosen sah er aus wie ein hünenhafter Abe Lincoln auf einem Foto von Mathew Brady.* Abe Lincoln setzte sich auf sein Bett. Er schien nicht zu schwitzen, schien eher auf bequeme Weise von innen heraus zu dampfen. Er verströmte einen lehmigen Geruch, einen Geruch, der etwas Besänftigendes hatte, aber auch etwas aufdringlich Dattelpflaumiges; der Geruch war nicht widerlich, er war nur so – anders.

Durch den Tränenschleier hindurch fiel mir auf, daß Jumbo einiges getan hatte, um die Mansarde wohnlich zu gestalten. Halbwegs wohnlich. An der Wand hinter seinem Bett stand ein Bücherregal aus Kieferbrettern und großen Konservendosen (lauter rote *Jeanne-d'Arc*-Bohnen). So wie man heutzutage die Regale mit Hohlziegeln aufstockt, hatte Jumbo es mit diesen Büchsen getan: drei Säulen zu je acht Büchsen, zwei pro Säule unter jedem Brett.

Das Regal war vollgestopft mit Büchern. Darüber hing dieser William-Blake-Druck:* Adam und Eva, wie sie von Engeln mit feurigen Schwertern aus dem Paradies vertrieben wurden. Das Bild sah aus, als hätte Jumbo es aus einer Illustrierten ausgeschnitten – aus *Life?* – und auf ein Stück Karton mit grünem Pappmachérahmen geklebt; Glas war aber nicht davor. Dann hatte er das Ganze mit einer Drahtschlaufe an einen Nagel gehängt.

Egal, auch die Bücher, der Ventilator und das Bild

konnten nicht darüber hinwegtäuschen, daß er in einem Brutkasten unter dem Dach hauste. Und jetzt hausten wir zu zweit hier.

Ganz früher steckten englische Adlige ihre verrückten Frauen und Töchter in solche Dachkammern und versteckten die Schlüssel in alten Schiffstruhen.

Sag was, dachte ich. Sag was, du Blödian.

Doch er schwieg. Er zog nicht mal den blöden Rock aus. Er saß nur da, vielleicht tat ich ihm leid oder brachte ihn in Verlegenheit oder er ärgerte sich, weil er mich aufgenommen hatte. Ich stürzte an seinem Bett vorbei und hinaus auf den Flur. Jumbo tat nichts, um mich aufzuhalten. Entweder wollte er sich nicht meinen Zorn zuziehen oder mein Abgang war ihm schnuppe.

Ich stolperte die Treppe hinunter. Im ersten Stock standen ein paar Spieler zwischen offenen Schlafzimmertüren, unter ihnen Heggie und Dobbs. Ich machte ihnen angst. So sicher wie das Amen in der Kirche – ein amoklaufender Halbwüchsiger mit seinem Baseballschläger auf der Suche nach etwas, das sich zertrümmern ließ.

Double Dunnagin schlappte in Duschlatschen und Bademantel aus seinem Zimmer. Er kapierte auf Anhieb, wie er mich von meinem störrischen, launischen Kummer abbringen konnte.

»He, Danny. Toller Schläger, muß ich sagen!«

»Schaff ihn hier weg mit dem Ding!« brüllte Mariani. »Der Idiot hat beide Hände dran.«

Dunnagin kam auf mich zu. Ich solle mal herzeigen. Ich zog den Schläger zurück, hob ihn. Alle auf dem Flur – Mariani, Parris, Heggie, Dobbs, Knowles, Curriden – waren verstummt. Dunnagin lächelte immer noch, blieb nicht stehen. Er sagte, er verstünde, daß die Ankunft in Highbridge an so einem brütend heißen Tag und die Zusammenlegung mit Jumbo einen Kerl wie mich auf die Palme bringen konnte. Er nahm mich beim Ellbogen – dabei hätte ich ihm mit einem Schlag den Kopf vom Rumpf trennen können – und führte mich in sein Zimmer. Sein Zimmergenosse, ein Pitcher namens Jerry Wayne Sosebee, tat entrüstet, als er mich sah.

»Um Himmels willen, Double«, sagte er, »bring den verrückten Knilch hier weg. Ich versuche gerade, mit meinem Scheckbuch klarzukommen.«

Doch Dunnagin, der keine Anstalten machte, mir das Schlagholz abzunehmen, hatte schon die Tür geschlossen. Sosebee stand auf. Er trug nur Khaki-Boxershorts und beäugte mich, als hätte ich die Cholera eingeschleppt. Seine Zimmerhälfte – das Zimmer war doppelt so groß wie Jumbos Schwitzkasten – war mit Fotos von Familienangehörigen, Haustieren und einem aufgebockten Ford-Sedan dekoriert. Er hatte die Wand an seinem Bett mit Varga-Girls* aus dem Esquire tapeziert. Obwohl ich halb weggetreten war, bekam ich Stielaugen.

»Der Knirps kriegt Stielaugen«, sagte Sosebee.

»Ist doch normal, oder?« sagte Dunnagin.

»Bring ihn hier raus, heilige Mutter Gottes!«

Dunnagin tanzte in die Hose und hangelte sich ins T-Shirt, salutierte mit dem Zeigefinger und lotste mich aus der Tür, die Treppe hinunter und nach draußen.

Auf Zehenspitzen ging es durch die Gemüsereihen eines Victory-Gartens, wobei Dunnagin das dicke Ende meines Schlägers hielt. Wir überquerten eine Rasenfläche unterhalb von Mister JayMacs Bungalow und landeten in einer Sommerlaube in der Nähe eines stattlichen Weihers.

Die Elshtains in Tenkiller hatten auch so eine Laube. Als Dad noch geschreinert hatte, hatte er solche Lauben für Leute aus der Stadt gebaut, die einen großen Garten hatten und das Bedürfnis, ihren Wohlstand zu zeigen. Im Süden schießen die Sommerlauben wie

Pilze aus dem Boden. Ich weiß nicht, warum. Sie machen nicht viel Sinn – blöde Dinger mit Dach aber ohne Wände, mehr zum Herzeigen als zum täglichen Gebrauch. Doch Dunnagin zog mich die Stufen hinauf und dirigierte meinen Hintern auf eine Bank im Innern der Laube. Das Schlagholz hielt ich zwischen den Knien, was aussah, als hätte ich einen gewaltigen Ständer. Dunnagin lachte. Ich legte ihn auf den Boden und schob ihn mit dem Fuß unter die Bank.

»Danke«, sagte Dunnagin und begann auf und ab zu gehen. Es war noch nicht ganz dunkel. Erst zwei Sterne funkelten am Himmel. Da waren diese typischen Hothlepoya-County-Gerüche, die aus der Stadt oder vom Land hereinwehten und miteinander stritten. Die gepflügte Erde, die wie fauliges Sackleinen roch. Der schwere, süße, keimige Duft aus der Goober-Pride-Fabrik, wo die Erdnußbutter gemacht wurde. Damals wurde Highbridge von letzterem förmlich heimgesucht, vor allem die Fabrikdistrikte an den Bahngleisen. In den Wohnvierteln, wo Traubenrüster, Ahornbäume und Eichen ein gut Teil des Gestanks aus der unbewegten Luft filterten, war es erträglicher. Seither muß ich bei der geringsten Spur dieses Geruchs zuerst an Sommerlauben und dann an Highbridge denken.

»Nur keine Panik, Danny«, sagte Dunnagin, während er barfuß auf und ab ging. Seine Hände steckten in den Gesäßtaschen. Haufenweise Platz war darin – er hatte so gut wie keinen Hintern. »Bis jetzt hat Jumbo noch keinen umgebracht. Er sieht aus wie der Sensenmann in Zeppelingröße und Schlacht–schiffgrau, aber, ich meine, he, ein Mensch ist er doch, oder?«

War er das? Schwer zu sagen.

»Seine Geschicklichkeit im Umgang mit anderen ist nicht so entwickelt wie sein Wortschatz, zugegeben, aber das braucht dich nicht zu erschüttern – du bist auch kein Mister Menschenfreund, wenn ich das richtig sehe, und selbst Harpo* hat 'nen größeren Wortschatz als du.« Er quetschte die Gummibirne einer imaginären Hupe: *Biep, bieb.*

»Sieh mal«, fuhr Dunnagin fort, »eigentlich müßtest du stolz sein, daß er dich genommen hat. Clerval war hier der einzige mit einem Einzelzimmer.« Er blieb stehen. Mein Blick klebte an seinen Füßen. Dunnagin redete erst weiter, als ich ihm ins Gesicht sah. »Mister JayMac hat ihm letztes Jahr diese Mansarde gegeben, da war Clerval noch kein Jahr bei uns, und eher hätte ich erwartet, daß Hitler auf 'ner koscheren Party in Miami aufkreuzt, als daß Clerval sich 'nen Zimmergenossen nimmt. Du solltest dich geehrt fühlen. Geradezu *auserkoren.*«

Ich bekam Augen so rund wie Radkappen. Irgendwie auserkoren kam ich mir schon vor, aber auserkoren wozu?

»Tja, er ist groß. Sechs Fuß zehn, sieben, vielleicht sieben zwei. Schwer zu sagen. Er läßt die Schultern hängen. Größer noch als Howie Schultz. Schultz macht den First-Base-Mann für Brooklyn. Die Sportreporter nennen ihn ›Kirchturm‹. Wurde vom Militär zurückgestellt, weil er zu groß war. Ein Grund, warum Mister JayMac es so eilig hatte, ihn unter Vertrag zu nehmen – Clerval, meine ich: Er wird nicht eingezogen. Außerdem ist er ein guter Outfielder. Ein bißchen langsam, mäßiger Aktionsradius, aber ein Champ, wenn es darum geht, schlechte Würfe aufzuschaufeln und Bälle aus der Luft zu pflücken, an die sonst keiner drankäm. Außerdem kann er pfeilschnelle Überwürfe stoppen und Bälle aus der Foul Line* schnappen, damit sie nicht reinkommen und Extra-Base Hits* machen.«

Ich zog mein Schlagholz unter der Bank heraus. Ich rollte den Griff zwischen den Handtellern, her und hin und hin und her.

»Tja, *und* schlagen kann er. Auf seine Weise. Letztes Jahr hat sein Schlagschnitt um 0.220 geschwankt – mäßig für Minor-Leagues und schlimm für einen Burschen mit Ambitionen. Doch er hat so einen schrecklichen Dreh heraus, daß die Schläge, die er macht, auch zählen. Manchmal hat er Zaunbrecher geschmettert, die uns niedergemacht hätten, wenn er nicht drübergekommen wär. *Niedergemacht*, verstehst du? Also hat Mister JayMac ihm ein Einzelzimmer gegeben. Er ist wertvoll, auch wenn er nicht ganz aus dem Holz ist, das die Major-Leagues brauchen.«

Dunnagin nahm mein Schlagholz und visierte damit den Abendstern an. Dann schwang er den Schläger ein paarmal. Was mich betraf, so erschlug ich Moskitos, einen ganzen Schwarm, der sich aus den seichten Ufern des Hellbender-Weihers rekrutierte.

»Da.« Dunnagin gab mir den Schläger zurück. »Zigarette?« Er schnippte zwei aus dem Päckchen, steckte mir eine zwischen die Lippen und gab mir Feuer. »Der Rauch vertreibt die Bastarde manchmal.« Er meinte die Moskitos. »Und beruhigt die Nerven.«

Ich paffte linkisch. Daheim in Tenkiller hatte Coach Brandon diese Angewohnheit verflucht. Hatte die Zigaretten Atemräuber genannt. Jetzt mit Dunnagin zu rauchen, kam mir fast wie eine Sünde gegen das Training vor.

»Old Golds«, sagte Dunnagin. »Mit diesem Apfelhonigzeug, das den Tabak feucht hält.«

Ich schmeckte nichts von ›Apfelhonig‹, rauchte aber weiter. Nach ein, zwei Minuten bekam ich einen Hustenanfall. Dunnagin nahm keine Notiz.

»Beim Dreitausendmeterlauf fingen die Jungs damit an, ihn Jumbo zu nennen. Sag bloß nicht Goliath, Nilpferd oder Potwal zu ihm. Auf keinen Fall Potwal. Wenn du Potwal zu ihm sagst, ist das, als hättest du nicht bloß ihn, sondern alle Potwale vor den

Kopf gestoßen. ›Jumbo‹ ist okay, weil das ziemlich neutral ist. Das heißt bloß, daß er groß ist, was ja auf der Hand liegt.«

Ich kam nicht aus dem Husten heraus; eine Lunte zischelte über die Zunge den Hals hinunter.

»Keine Ahnung, wie alt Clerval ist«, sagte Dunnagin. »Dreißig? Um die fünfunddreißig vielleicht. Manchmal humpelt er rum wie ein Krüppel. Manchmal tanzt er wie Astaire. Wenn Clerval gut drauf ist, wird selbst DiMaggio blaß vor Neid. Und ich erst recht.«

In der einen Hand hielt ich den Glimmstengel, mit der anderen kratzte ich an einem Mückenstich herum. Auf dem Hosenaufschlag waren schon Blutflecken, und die Fingernägel lösten Hautfetzchen ab.

»Hast du gesehen, wie er heute abend gegessen hat?« fragte Dunnagin. »Auf den ersten Blick sieht er aus wie ein barbarischer Fleischfresser. Irrtum. Er ist Vegetarier, ganz streng. Kein Huhn, keine Eier. Ißt aber 'ne Tonne Pflanzen pro Woche. Und Erdnußbutter von Goober Pride. Morgens vor dem Training und an Spieltagen vertilgt er ein halbes Glas voll. Ein Glück, daß er so nah an der Quelle sitzt, was?« Dunnagin rieb sich das Kinn. »Komm schon. Ich bring dich wieder nach oben. Clerval beißt nicht. Er beißt nur in Gemüse.«

Dunnagin ging vor; wir kehrten ins Haus zurück, stiegen die Treppe hinauf und standen schließlich vor Jumbos Tür. Dunnagin klopfte.

»Hank, was dagegen, wenn Klein Boles wieder reinkommt?«

Die Tür schwang auf. Im Rahmen stand Jumbo ohne Kopf und Schultern. Er ging in die Knie, und sein Halbprofil nahm uns in Augenschein.

»Kommen Sie, Mr. Boles.«

»Wir sehen uns morgen«, sagte Dunnagin. Verabschiedete sich wie ein Hindulehrer, berührte Stirn und Kinn und zeigte die Handfläche. Dann verduftete er in Richtung Treppe.

Jumbo hatte unser Zimmer verändert. Zwischen seinem und meinem Bereich hing jetzt eine locker geflochtene Grasmatte. Auf der Liege lag eine Steppdecke und ein Federkissen. Den Ventilator hatte er so plaziert, daß jeder von uns einen Viertelkreis mitbekam. Das Ding blies zwar nur heiße Luft, verhinderte aber, daß wir von den Moskitos angebohrt wurden wie texanische Ölfelder.

»Ich lese noch. Sag mir, wenn dich die Lampe stört.« Jumbo tauchte hinter die Matte, wo sein Schatten hängen blieb und mir die Tenkiller-Scheiße verdünnte. Ich setzte mich auf die Steppdecke, die er organisiert hatte und stierte auf die klobige Silhouette.

Dunnagins Anstrengungen, mich zu beschwichtigen, konnten mich jetzt nicht mehr beschwichtigen. Ich schob mir die Schuhe von den Fersen und rechnete jeden Moment damit, daß Jumbo die Grasmatte wegfegte, mich bei den Ohren packte und aus dem Fenster warf. Was er nie tat, doch manchmal schien er den Kopf zu heben und mich durch das Flechtwerk hindurch anzustarren, wobei aus seinen Augen – wie ich mir einbildete – eine dünne gelbe Lava sickerte.

Ich kippte angezogen auf die Liege. Mama Laurel, die Elshtains, Coach Brandon, Franklin Gooch und alle anderen in Tenkiller hätten ebensogut mit einer Rakete zum Mars sein können. Später wachte ich im Dunkeln auf. Der Ventilator schabte und pendelte, und Jumbo röchelte in tiefen, gleichmäßigen Zügen. Ich hörte mich selbst röcheln und ging wieder unter…

9

ALS ICH AM NÄCHSTEN MORGEN AUFWACHTE, schlief Jumbo noch. Mein Mund fühlte sich an, als hätte ihn jemand ausgeschmirgelt und mit Wattebäuschen ausgestopft. (Die eine *Old Golds* von Dunnagin?) Die Mückenstiche an den Fußgelenken und Fingerknöcheln sahen aus wie Rasiermesserschnitte, so sehr hatte ich gekratzt. Ich brauchte ein Bad.

Ich kramte ein Handtuch heraus und schlich an der Matte vorbei, die das Zimmer teilte. Jumbo lag in seiner extra-großen Unterwäsche auf dem Bettzeug – ein menschenähnlicher Gebirgszug im Morgengrauen – Knie, Hüften, Rippen, Schultern, Kopf. Er lag so unmöglich verdreht da, daß man unwillkürlich an bleibende Schäden dachte, doch sein Atem – sanft und röchelnd – sagte das Gegenteil. Der häßliche Tölpel war wirklich im Land der Träume.

Im Schlaf sah Jumbo aber noch häßlicher aus. Die Körperteile schienen nicht zusammenzupassen. Der blockartige Schädel mit dem strähnigen Haar schien irgendwie nicht zu dem bulligen Nacken und den breiten, abschüssigen Schultern zu gehören. Es lag nicht an den Proportionen – die waren mehr oder weniger okay, ich glaube, es war die Haut: Farbton und Textur waren irgendwie brüchig, nicht so, wie man es erwartete. Als ob man Brötchenteig und Kuchenteig und Lehm von östlich der Appalachen zusammenknetet, ohne die Anteile wirklich zu vermengen. Obwohl er schnarchte, erinnerte Jumbo mich unwillkürlich an einen Leichnam, vielleicht eines Kriegsopfers.

Im Bad erlangte ich meine Würde zurück. Ich sah nicht mehr nach Jumbo.

Ich stahl mich die Treppe hinunter in den Clubraum. Pettus, Jorgensen und Roper waren verschwunden.

Niemand hatte den Ständer mit dem Block fortgeräumt. Aufgeschlagen war die Karte vom Penticuff Strip mit all seinen Kaschemmen, Tätowierschuppen und ›horizontalen Erfrischungsstätten‹, deren Betreten uns Mister JayMac ausdrücklich verboten hatte, und zwar nicht, weil er ein Moralapostel sei, sondern weil er überzeugt sei, daß sich kein Hellbender mit auch nur einem Funken Schneid in diese Spelunken wagen könne, ohne in eine wilde Rauferei zu geraten.

»Diese Jungs von Camp Penticuff betrachten den Stadtteil als ihren privaten Freizeitpark«, hatte Mister JayMac doziert. »Nach ihrer Ansicht ist jedes kräftige, männliche Exemplar, das dort in Zivilklamotten aufkreuzt, ein muschischnorrender Drückeberger, dem man in die Eier treten muß. Wer dennoch hingeht, darf nicht erwarten, daß ich ihm das Krankenhaus oder die Kaution finanziere. Als erstes wird er gefeuert. Dann erfährt die Wehrerfassung, daß da jemand ist, der auf die Grundausbildung und einen raschen Kampfeinsatz wartet. Haben wir uns verstanden?«

»Jawoll, Sir!« war die einhellige Antwort.

An diesem Morgen hielt ich es allerdings für schrecklich doof oder rührend aufmerksam von ihm, diesen Lageplan für alle Bumslokale und Puffs, die wir tunlichst meiden sollten, so offen rumhängen zu lassen. Ich stand da im flauen Frühlicht und versuchte, mir den Plan und die markantesten Einzelheiten einzuprägen: *The Hot Spot, Corporal John's, The Wing and Thigh, Effie McGee's.* Ich hatte mich vom Zugang an der Market Street bis dreiviertel Pawnshop Row vorgearbeitet …

»Wenn du so früh schon auf bist, dann du kannst

mir beim Frühstück helfen, Mister Danl.« Ich war auf dem Absatz herumgewirbelt und stand da wie ein ertappter Einbrecher. Bevor die Küchentür Kizzy mit einem Pendelschlag verschluckte, sah ich noch den Wink ihrer gespenstischen Brötchenmehlhand. Als ob ich auf Kommando gehorchen würde. Über Nacht war Mr. Bowes zu Mister Danl degradiert worden. Und wieso sollte ich heute morgen wieder Küchendienst machen? Und was war mit gestern abend?

Mein Instinkt riet mir zu tun, was Kizzy wollte; ich tat immer, was Erwachsene sagten. Aber wär ich auf meinem Zimmer geblieben wie all die anderen Langschläfer, dann brauchte ich jetzt nicht zu hadern. Kizzy strafte mich für meinen Ben-Franklin-Zeig-ihnen-die-Zähne-Ethos*. Nicht fair. Folglich wandte ich mich wieder dem Plan zu.

Die Küchentür tat einen weiteren Pendelschlag. Ich tat, als ob ich nichts hörte und spurte mit dem Finger den Weg von *GI George's Camera Shop* zu einem Tanzlokal nach, das – Gott ist mein Zeuge – *Jitterbuggery* hieß.[1]

»Mr. Boles«, sagte eine schleppende weibliche Stimme, »Kizzy hat Sie eben um Ihre Hilfe gebeten. Kommen Sie sofort. Bitte.« Das ›Bitte‹ trug nur der Tatsache Rechnung, daß wir beide – die Sprecherin und ich – Weiße waren. Meine Verwirrung dauerte nur eine Sekunde, dann spurtete ich los. Knapp hinter der Küchentür – Junge, das roch vielleicht gut hier drin! – war die weiße Frau dabei, einen fettigen Brocken Speck aufzuschneiden.

Der Anblick von Speck machte mich stutzig. Fleisch war seit Ende März rationiert, und Ma und ich hatten uns redlich bemüht, die Kriegsanstrengun-

---

1 *Jitterbuggery* = Zappelsodom / Der *Jitterbug* (wörtl. Zappelwanze) wurde in den vierziger Jahren hauptsächlich zu Swingmusik getanzt.

gen zu unterstützen, indem wir kalte Getreidemahlzeiten aßen. Goochie hatte das ›Bauchpatriotismus‹ genannt. Er haßte Brei zum Frühstück, leere Paprikaschoten zum Lunch und zweimal die Woche Rührei zum Dinner. Aber in McKissic House schien man sich wenig zu kümmern.

»Du fettest bitte die Backbleche ein«, sagte die weiße Frau. »Dann halbierst du die Orangen und preßt sie aus. Die Saftpresse ist da drüben. Ein Krug reicht fürs erste. Sieh zu, ob du die Kerne raussieben kannst. Sie sind ungesund. Jeder Kern in einem Glas Orangensaft ist eine Schande.«

Diese Frau über Fünfzig sah um Jahre älter aus als Ma. Sie trug ein geblümtes Kleid, ganz in Blau und Violett, und darüber eine saubere weiße Schürze – wie eine Sennerin oder Rotkreuzschwester. Das Haar glänzte weißer und weicher als das Stück Schweinefleisch unter ihren Händen, doch ein Coiffeur hatte ihr eine Mädchenfrisur geschnitten, es hochgewölbt und nach hinten gerafft, so daß der Schwung die Ohren halb verdeckte; im Nacken wurde es von einer Kameespange gehalten. Sie hatte rosarote Lippen, dunkle Brauen und Augen wie blaue Glasmurmeln. Für mich war sie … der Sonnenaufgang mit Schürze.

Damit wir uns nicht falsch verstehen. Ich hatte mich nicht Hals über Kopf in sie verguckt. Es war nur so, daß mich ein Paradiesvogel in Kizzys Küche nicht minder verblüfft hätte, als diese Frau es tat. Sie gehörte so sehr in eine Wolke aus Brötchenmehl wie Vivien Leigh auf Knien und mit Schrubbürste in eine öffentliche Bedürfnisanstalt gehörte. Das war so gut wie alles, was ich zu diesem Zeitpunkt über sie wußte. Vielleicht vergiftete sie heimlich Kolibrizüchter. Eins stand fest – sie konnte kommandieren wie ein Spieß in Camp Penticuff.

Ich machte mich ans Einfetten der Backbleche, derweil Kizzy frisch gemahlenen Kaffee in einen Topf häufte, der fast die Größe einer Öltonne hatte. Die Sonne war noch nicht ganz am Himmel, und die Küche rumorte und dampfte bereits. Ich kam mir vor wie ein Galeerensklave.

»Ich bin Mrs. McKissic«, sagte die weiße Frau. »Giselle Crouch McKissic. Du darfst wie alle hier Miss Giselle zu mir sagen.« Sie hielt im rasend schnellen Aufschneiden des Specks inne. »Und wenn du nicht sprechen kannst, darfst du mich eben *im stillen* so nennen. Aber vielleicht benutzt du insgeheim einen Namen, der mehr nach deinem ordinären Geschmack ist. Ich kann das nicht verhindern, aber Sie würden Ihre Erziehung verleugnen, Mr. Boles.«

»Mister Danl ist ein guter Junge, Ma'am. Er kann nur nicht sprechen.«

»Ich weiß, daß er nicht sprechen kann«, sagte Miss Giselle, »aber er kann *denken*. Nicht unbedingt gut, aber frei und ohne jede Rücksicht auf die Gefühle der Erwachsenen. Stummheit kann ein schrecklich bequemes Versteck sein. Man muß nicht geradestehen für seine Gedanken, weder vor sich selbst noch vor anderen. Was wir alle sollten.«

»Sie denken viel zu zuviel, Ma'am«, sage Kizzy. »Der Junge hier ist in Ordnung.«

»Ein Urteil, das sich nur auf einen halben Tag Erfahrung stützt?«

»Ja, Ma'am. Mister Danl kam erst gestern.«

Miss Giselle sagte: »Genug eingefettet, Mr. Boles. Schmalz und Butter sind rationiert. Wollen Sie *alles* verbrauchen?« Unmöglich, dachte ich. Diese Küche schien von allem reichlich zu haben, von Tabasco-Soße bis Haferflocken. »An den Saft, bitte. Gleich drängt eine Herde in die Kantine.«

Ich ging zur Saftpresse. Das Ding sah aus wie ein gläserner Ku-Klux-Klan-Hut mit einem Wehrgraben ringsum. Ich halbierte die Orangen und preßte sie aus. Kizzy summte Melodien aus dem Radio – *Paper*

Doll und *Pistol packin Mama*, keine sentimentalen Spirituals und auch keine Großstadtschnulzen. Miss Giselle klopfte Eier in eine große Schüssel und schlug sie mit einem langen Löffel schaumig.

Darius kam aus seinem Zimmer über dem Wagenschuppen in die Küche. »Kizzy, Miss Giselle, Mr. Boles.« Er wartete.

»Ja«, sagte Miss Giselle. »Sie können sie zusammentrommeln.«

Darius stieß die Pendeltür zum Foyer auf. »Aus den Federn!« Er war schon auf der Treppe. »Aus den Federn, aber plötzlich, Gentlemen. Wer jetzt nicht futtert, wartet bis Mittag! Aus den Federn, aber plötzlich!« Ich hörte seine Faust an den Türen. »Aus den Federn, wird's bald?« Er stieg in den zweiten Stock. »Wer jetzt nicht futtert, wartet bis Mittag!«

Jemand brüllte: »Verdammt, Mann! Du bist der lauteste Nigger in der ganzen abgetakelten Konföderation!«*

Darius machte unbeirrt weiter. Wieder auf der ersten Etage, schrie er: »Aus den Federn!« Reveille in McKissic House. Es gefiel mir, daß ich dem Weckruf zuvorgekommen war, selbst dann noch, als ich mir die Wurfhand an einer Spindel der Saftpresse verletzte und meine Sonderpunkte einbüßte.

»Wenn Sie damit fertig sind, Mr. Boles«, sagte Miss Giselle, »tragen Sie die Flocken und die süße Milch für Mr. Clerval auf. Er kann tierische Proteine nicht ausstehen.«

»Er *sehr* pingelig«, sagte Kizzy.

»Ich bewundere das an ihm«, sagte Miss Giselle. »Bei Männern findet man selten so überzeugende Marotten.«

Darius kam in die Küche zurück. Von einem der Backbleche, die Kizzy aus dem Ofen gezogen hatte, nahm er sich ein Brötchen, schnitt es auf und strich Erdbeermarmelade hinein.

Miss Giselle schaute mit der sauersten Miene zu, die ich bis dahin in ihrem hübschen Porzellangesicht gesehen hatte. »Wer sagt, daß du das haben darfst?«

Darius aß auf und leckte sich die Finger. »Niemand, Ma'am. Gleich wird sowieso gefrühstückt. War bloß ein kleiner Vorschuß.«

Miss Giselle sah ihn nur an.

Darius biß die Zähne zusammen. »Sorry, Ma'am.« Er stelzte zur eingezäunten Veranda hinaus. An der Fliegendrahttür sagte er: »Die Flanellsachen fürs Training bei mir nach dem Frühstück, Danl. Weitersagen.« Er ging auf die Treppe hinaus. Die Drahttür knallte wie eine explodierende Tretmine.

10

Beim Training an diesem Morgen unterstützte ich Buck Hoey am Short. Heggie unterstützte Lamar Knowles am Second Base. Skinny Dobbs machte den ›Hühnerhund‹ für Trapdoor Evans im rechten Outfield. Philip Ankers, der wahrscheinlich Kühe mit Erdklumpen bepfeffert hatte, um das Werfen zu lernen, begab sich zum ›Stierpferch‹, um sich mit Nyland ›Turkey‹ Sloan, unserem zweiten Catcher, aufzuwärmen.

»Du brauchst nur noch an *mir* vorbei, Dumbo«, sagte Hoey, während wir im Infield standen und zusahen, wie Mister JayMac Übungsbälle ins Outfield schlug. Ich sah Hoey von der Seite an. »Roper ist fort. Roper, Pettus, Jorgensen – Restlohn, Bahntickets und Trennungsgeld, alle haben das Angebot angenommen. Auch Bob Collum. Mister JayMac ist auf Zack. Er kennt sie ganz genau, unsere Stärken und Schwächen. Auch deine, Dumbo. Hoffen wir, daß er recht hat.«

Aus dem rechten Outfield schoß Dobbs eine wahre Bazooka-Rakete auf Dunnagin hinter der Home Plate ab – kein Aufsetzer, die Sorte Treffer, die man nicht alle Jahre zweimal sieht.

»Zu früh, um eine Show abzuziehen, Mr. Dobbs!« brüllte Mister JayMac. »Wenn Sie sich den Arm ruinieren, dann kugele ich den anderen noch aus, bloß damit's nicht auffällt.«

»Jawoll, Sir!« brüllte Dobbs zurück. »Sorry, Sir!«

»Unsere Frauen sind dicke Freunde«, sagte Hoey. »Jetzt ziehen die Collums weg. Sieht aber aus, als hätte Mister JayMac ins Schwarze getroffen, was Dobbs angeht. So hat Collum nie geworfen. Und was ist mit dir? Bist du auch ein Joker? Oder schick ich dich nach Hause – mit 'ner Beule im Pokal und Dreck im Gesicht, was meinst du?«

Ich gab vor, die Feldspieler beim Fangen und Einwerfen zu beobachten. Aber ich tat nicht nur so, ich beobachtete sie wirklich, die Spieler und Mister JayMac.

Die meisten Manager trugen beim Training Baseballsachen. Nicht so Mister JayMac. Er zog sich an wie ein Mann, der unterwegs zum Drugstore an der Ecke ist, um eine Portion Bratwurst mit Rührei zu essen, hemdsärmelig aber ordentlich. Heute trug er keine gewöhnlichen Schuhe, sondern schäbige, alte Spikes. Der Boden an der Home Plate war locker, und Trainingsschläge erforderten einen festen Stand.

Den Mann mit Zeigestock von gestern abend hätte man für einen Manager halten können, der draußen die Bank drückt und seine Flasche Bourbon in einer Papiertüte versteckt. Doch am Morgen vorher hatte ich erlebt, wie hart er werfen konnte, und nun schmetterte er, daß es nur so klatschte. Ja, er postierte sich sogar vor den Catcher, um Einmal-Aufsetzer aus dem Outfield zu fangen. Es machte ihm Spaß, seine Spieler herauszufordern. »Anstrengen!« brüllte er. »Mehr Schweiß! Bewegung!« Er liebte den totalen Einsatz, Springen, Stürzen, Abrollen und Bälle wie aus dem Flammenwerfer zum First oder Home Base.

Selbst in langen Leinenhosen, der Dreck flog ihm aus den Aufschlägen, war Mister JayMac etwas Besonderes. Ich riß mir ein Bein aus, um es mit ihm aufzunehmen. Dasselbe galt für Junior am Second Base und für Dobbs rechts außen. Nicht nur, daß wir uns erste Sporen verdienen wollten, nein, wir wollten ihm auch gefallen – *ihm* Freude machen – Mister JayMac.

An den drei Duellplätzen, drei Neulinge gegen drei

alte Hasen, lieferten wir uns erbitterte Kämpfe. Mister JayMac testete jedes Rivalenpaar, immer wieder. *»Runner am First und Third, ein ›Aus‹, Boles und Heggie am Schlag«* oder *»Zweite Hälfte neuntes Inning, gleicher Punktstand, Runner am Second, Hoey and Knowles am Schlag«*, dann warf er den Ball hoch, täuschte in die eine und schlug in die andere Richtung, mit solcher Wucht, daß man hernach froh war, noch alle Zähne zu haben.

Mir kam mein Glanzjahr bei den Red Stix zugute. Und vor allem die abertausend Bälle, die ich gegen das Eissilo von Tenkiller gespielt hatte. Auf mehr Ballgelegenheiten konnte auch ein Minor-League-Profi wie Buck Hoey nicht zurückblicken. Acht bis neun pro Spiel ist das Höchste für einen Shortstop, hinzu kommen ein bis zu tausend beim Frühjahrstraining. Hoey hatte Talent und mehr Erfahrung aus echten Spielsituationen, aber ich hatte auch Talent und weit mehr Praxis – aus hundert kampferprobten Jahren im *Ye Olde Icehouse Loop*[1], dem legendären Einmannteam aus Tenkiller-Oklahoma. Abseits vom Spielfeld hatte ich kein Selbstvertrauen, doch auf dem Feld war ich gleich so vollgepumpt damit, daß die Hälfte gereicht hätte, um aus jedem Hanswurst einen Mussolini zu machen. So wahr mir Gott helfe.

An diesem Tag, nachdem er erledigt hatte, was immer er in Alabama zu erledigen gehabt hatte, *klebte* Jumbo förmlich am First Base. Seine Deckung besorgte Norm Sudikoff, einer von den Verheirateten, die ein Mühlhaus vom Boss gemietet hatten. Den ganzen Tag über hatte Jumbo ihn hinter sich, doch Sudikoff brauchte nur bei jedem vierten oder fünften Ball anzutreten, den Mister JayMac ins Infield schlug. Die meiste Zeit wartete er zwanzig Meter hinter dem

---

[1] etwa: *Die gute alte Eissilo-Endlosschleife*

Base im Foul Territory, während Jumbo vorturnte, wie man fing und warf.

Wenn Jumbo stand oder ging, sah er aus wie ein Wrack, dessen Scharniere zuviel Spiel hatten. Schultern, Ellbogen, Knie und Kopf schienen von ihm fort zu wollen. Wenn er sich mit lahmen Schultern von hier nach da begab, hatte man das Gefühl, er könne jeden Moment aus den Angeln gehen und auseinanderfallen. Sein Körperbau und sein krängender Gang ließen ihn hinfällig und gebrechlich wirken.

Aber auf dem Feld brillierte er. Er spielte ein tiefes First Base, fast am Outfield-Rasen. (So tief hatte nicht mal Howie Gooch gespielt, und Howie hatte eine Reichweite, die ich noch bei keinem anderen High-School-Spieler erlebt hatte). Dadurch gewann Jumbo Zeit, um hart geschlagene Bälle auf beiden Seiten abzufangen, selbst wenn der Pitcher das First manchmal abdecken mußte, um ein ›Aus‹ zu erreichen.

Vito Mariani – Speedy* in Person – deckte den Bereich am Pitcherhügel ab. Jedesmal wenn Mister Jay-Mac einen Runner zum First schickte, nachdem er einen Ball zu Jumbo geschlagen hatte, nahmen Jumbo und Mariani den Runner in die Zange. Dann gab es rote Staubfontänen. Mein Herz tat einen Sprung, so köstlich war die Technik und so aufregend der Wettlauf zum Base.

Aber Jumbo warf nicht immer zu Mariani. Manchmal sprang er in den Ball hinein, winkte Mariani ab und setzte mit wirbelnden Ellbogen und Knien über das Base, noch ehe der Runner überhaupt in die Gänge kam. Er hatte die wilde, unkontrollierte Geschwindigkeit einer durchgegangenen Dampflok. Furchtbar.

»Gehen kann er nicht«, erklärte mir Hoey nach einem dieser Spiele, »aber springen und laufen, das kann er.« Jumbos Handschuh schnappte zu wie eine Krebsschere und sein Arm funktionierte wie ein Katapult. Einmal, nachdem Mister JayMac trainingshalber einen Runner mit weniger als zwei ›Aus‹ ans Third Base gestellt hatte, da hätte Jumbos Rakete aufs Home Base Dunnagin fast zu Boden gestreckt.

Bei den Wettbewerben am Second und Short blieb Jumbo unparteiisch. Er schlenderte zum Base, reagierte instinktiv auf den Wurf, pflückte ihn aus der Luft oder schaufelte ihn vom Boden, scheißegal ob du ein alter Kämpe oder ein Neuling warst. Seine Kunststücke am First ließen jeden Spieler, der warf, wie einen Champ aussehen. Kaum, daß er mal einen Ball vorbeiließ.

Sudikoff dagegen war ein anmutiger zweitklassiger Spieler. Am Base hatte er Stil und bewegte sich leichtfüßig, aber er tat des Guten zuviel. Mit dem Ergebnis, daß viele Würfe im Dreck landeten – er kriegte sie nicht. Gelegentlich sah er aus wie ein Matador, der mit seinem roten Mantel eine Pirouette dreht, famos und elegant, doch der Ball flitzte an ihm vorbei und kullerte unter die Sitze. Sudikoff setzte sich in Szene, Jumbo gab eine solide Vorstellung.

Am Second steckte Junior Heggie Lama Knowles in die Tasche. Der Junge aus Valdosta* fing die Heuler aus der Mitte mit der Rückhand, drehte sich wie ein Barsch am Kiemenhaken und schleuderte ohne einen Spike im Boden, um sich abzustoßen, und mit weiter nichts als dem brennenden Wunsch zu treffen, über die Schulter zum First Base. Wie gesagt, er steckte Knowles in die Tasche.

Ich war gut, steckte Hoey aber nicht in die Tasche. Mein Einsatz muß ihm aber ein Stachel im Fleisch gewesen sein. Schließlich war Mister JayMac nach Oklahoma gefahren, um einen neuen Shortstop zu rekrutieren, so daß Hoey sich auf den Knien unter dem Fallbeil sah. Wenn *ich* gut spielte, *mußte* er gut spielen. Wenn ich einen Speerball aus der Luft blockte, drüberfiel und wieder auf die Füße kam, um den

Runner zu stoppen, dann mußte Hoey Vergleichbares bieten. Was er in der Regel auch tat. Doch die Hitze und Mister JayMac machten ihn bissig und klein. Er versuchte, mich zu Fehlern zu verleiten. *Was meinst du denn, wie weit es ein Dummfurz von Okie mit seinem Anfängerglück bringt?* Es wurmte ihn, daß ich nicht antworten konnte. Eine Schlammschlacht hätte ihm richtig gefallen.

»Du bist ein Schaumschläger, Dumbo. An deiner Stelle würde ich Mister JayMac sagen, er soll dir eins hinter die Löffel geben, aber das wär zu einfach.«

Hoey hatte Muffensausen. Er war ungefähr in Dunnagins Alter und nicht mal sechs Minuten, geschweige denn sechs Spielzeiten, in einer großen Liga gewesen. Mit Unterbrechungen zwischen '36 und '40, als er Ohio-Immobilien verscherbelt hatte, hatte er immer sein Geld mit Baseball verdient – und immer nur in Minor-Leagues gespielt: *Carolina League, Southern Association, Appalachian League, Sally League.* Eine Frau und vier vor Pearl Harbor gezeugte Plagegeister hatten ihn vor der Armee bewahrt, und ein klein bißchen weniger Talent, als er gebraucht hätte, (oder einfach nur Pech) hatten ihm den Sprung in die großen Ligen verwehrt. Der Kummer in seinem gutaussehenden Gesicht war nicht zu übersehen. Ich wollte den Knaben an die Wand spielen, aber ich wollte ihn nicht arbeitslos machen. Wie sollte er das Mrs. Hoey beibringen? Wie sollte er die vier kleinen Mäuler stopfen?

»Alle mal herkommen!« rief Mister JayMac. Sein Gesicht war gerötet und schweißnaß. Sein Hemd war komplett durchgeschwitzt. Das T-Shirt darunter sah aus wie ein durchsichtiges Trikot, und die Hose war oben so naß, als hätte er sich versehentlich in einen Waschtrog gesetzt. Wir umringten ihn auf dem Infield-Rasen, beeindruckt von seiner Energie, genauso wie er uns wollte. Doch das mußte man ihm lassen:

Er kauerte nicht im Unterstand mit einem Becher Fusel und einem Jesus-Fächer von *Stiffslinger & Sons' Christian Mortuary*.[1]

»Wie waren wir?« sagte Reese Curriden. Curriden hatte mit Unterstützung von Burt Fanning das First bespielt, und er hatte seine Sache gut gemacht. War nur zu hoffen, daß seine Kniesehnen hielten. Sonst mußte nämlich ein Pitcher oder All-round-Mann für ihn einspringen, und kein Ersatzmann konnte ihn wirklich ersetzen. Die Hellbenders waren keine *Georgia Light and Power Company.* Wie die meisten CVL-Vereine waren wir knapp an Ersatzleuten.

»Besser als gestern«, sagte Mister JayMac. »Euch scheint wahrhaftig wieder eingefallen zu sein, wozu« – er hielt einen schmutzigen Baseball hoch – »*das* hier gut ist. Gelobt sei Saint Doubleplay.«

»Zum Teufel mit Saint Doubleplay«, sagte Buck Hoey. »Wer spielt denn nun wo, wenn's um die Wurst geht.«

»Immer langsam«, sagte Mister JayMac. »Erst muß ich wissen, was die schlagende Zunft zu den Neuen sagt.«

»Wozu gibt es Spielberichte«, sagte Hoey. »Checken Sie unsere Durchschnitte. Knowles und ich sind nicht erst vor drei Stunden vom Milchwagen gefallen. Es ist, verdammt noch mal, zu heiß für die Kinderkacke.«

»Das hört man auch in Camp Penticuff«, sagte Mister JayMac. »Aber es *ist* nicht zu heiß dafür, nicht für die Rekruten. Des Menschen Zukunft ist ungewiß. Auch die Zukunft dieses Teams.«

»Wenn ich Kinderkacke sage, dann mit allem Respekt, Sir.«

Ringsum Gelächter.

»Ihren Respekt in Ehren«, sagte Mister JayMac, »aber er war nicht gleich herauszuhören.«

---

[1] *Christliches Beerdigungsinstitut Stiffslinger & Söhne*

»Sollen Trapdoor, Lamar und ich anfangen, uns die Hacken abzulaufen, um einen Rüstungsjob und eine neue Bleibe zu finden?« sagte Hoey.

»Hier und heute hat niemand etwas zu befürchten. Es geht nur um die nächste Besetzung. Machen wir einen Schaukampf, dann sehe ich klarer.«

»Jetzt?« sagte Peter Hay.

Die anderen nannten ihn Haystack. Er hatte gelbes Haar und schwankte wie ein Heuwagen. Mister JayMac ließ ihn immerzu laufen, aber Hay konnte werfen, und das war sein Stein im Brett. Sowie er *»Jetzt?«* gesagt hatte, hakten sich ein halbes Dutzend Hellbenders unter und skandierten:

»Huge Peter Haystack,
Please move your hulk.
Your gut goes by flat car,
Your butt goes by bulk.«[1]

Hay grinste nur und pflanzte Turkey Sloan die Faust auf den Kopf, so daß die Kappe eine Riesendelle bekam.

Sloan hatte den Vers angestimmt. Hatte im Nu das halbe Team hinter sich gebracht, indem er wie ein Chorleiter die Arme schwenkte. Und Mister JayMac ließ sie gewähren, betrachtete das Ganze als willkommenes Ventil.

Turkey Sloan unterstützte Double Dunnagin im ›Stierpferch‹ und kam mit den meisten Catcher-Aufgaben gut zurecht. *Turkey* hieß damals nicht, was es heute heißt – hirnloser Spasti: nach dem Truthahn, der den Kopf hebt und sieht, daß es regnet, und dann doch ertrinkt. Sloan hatte den Spitznamen bekom-

---

[1] Adaption: Großer Peter Heustapel,
Setzt Euch endlich in Marsch,
Euren Wanst trägt der Leiterwagen
Und Ihr Euren Arsch.

men, weil er Catcher* war, und weil Baseballspieler um die Jahrhundertwende anfingen, die Home Plate *Turkey* zu nennen, weil sie dachten, sie säh aus wie ein Servierteller bei Thanksgiving.

Egal, Sloan hatte den Körperbau eines Catchers – breite Schultern, kräftige Oberschenkel – und obendrein das freundliche Gesicht eines Teddybären. *Und* er war pfiffig. Das Team hatte ihn insgeheim zum Haus- und Hofpoeten befördert, denn er hatte nicht bloß ›Huge Peter Haystack‹ geschrieben. Woran seine Schwäche für die Knittelverse von *Mother Goose** und eine Menge Zeit zum Nachdenken nicht ganz unschuldig waren.

Ich sah mich um.

Außer mir gab es noch jemanden, der nicht lachte. Jumbo sah so verdrossen drein wie ein grollender Jehova. Man hätte meinen können, er sei in einem puritanischen Gottesdienst zur Welt gekommen, und zwar während der Strafpredigt, die ihrerseits von einem Requiem untermalt wurde. Man hätte meinen können, ein Witz, falls ihm je einer über die Lippen kam, könne nur mit ›Insofern als‹ beginnen oder einer ähnlichen Wortstelze.

»Nein, Mr. Hay, nicht jetzt«, sagte Mister JayMac, nachdem sich auch der letzte wieder beruhigt hatte. »In« – er sah prüfend auf die Uhr – »vierzig Minuten. Bis dahin ist Pause.«

Ein Jubel wie bei Schulkindern, die in die Pause entlassen werden.

Hoey sagte: »He. Wer spielt gegen wen? Die Regulären gegen die Hampelmänner?«

»Bei dem Veitstanz«, sagte Mister JayMac, »könnte es sein, daß der eine oder andere gegen sich selbst spielen muß.«

»Spaß beiseite. Wer wirft für wen?«

Mister JayMac ließ uns zappeln. Er wollte sich noch nicht festlegen.

»Raus damit, Mister JayMac«, sagte Parris. »Was sind schon vierzig Minuten. Benennen Sie die Pitcher.«

»Die Pitcher, die Pitcher!« schrie der ganze Haufen.

Mister JayMac beschwichtigte mit Gesten. »Sachte. Holt euch keinen Bruch. Die Neuen spielen mit ihren Leuten hinter ...«

»Ankers!« sagte Hoey.

»Gut gedacht.« Mister JayMac lächelte wie ein freundlicher Opa, der den Patronengurt voller Munition hat.

»Und für uns?« sagte Hoey. »Wer wirft für uns?«

Das hätte ich auch gerne gewußt. Gegen welchen Pitcher mußte ich nach der Pause antreten? Gegen Quip Parris? Gegen Nutter, der mal in der Major-League gespielt hatte? Gegen Mariani? Oder Jerry Wayne Sosebee, den Zimmergenossen von Dunnagin? Sie waren allesamt zähe Burschen, selbst der 4-F-Spaghetti mit dem perforierten Trommelfell.

Doch Mister JayMac sagte: »Darius Satterfield.«

»Ist nicht Ihr Ernst«, sagte Hoey erheitert.

»Darius Satterfield«, wiederholte Mister JayMac.

Hoey boxte gegen einen imaginären Tornado aus Mücken. »Heissa!«

Sudikoff, verurteilt mit Anfängern zu spielen, schrie: »Jesus, warum wollen Sie denn, daß der High-Speed-Nigger gegen die Milchgesichter wirft?«

»Gegen *dich*, meinst du wohl.« Auch wenn sich seine Spikes nur in den roten Lehm von Georgia bohrten, wandelte Hoey wie auf Kumuluswolken, er war ganz närrisch.

Mister JayMac sah ostentativ auf die Uhr. »Nur noch sechsunddreißig Minuten. Sammeln um zehn Uhr fünfzehn. Funf Cent Strafe für Nachzügler.«

»Ziemlich happig«, meinte Quip Parris.

»Ab in die Pause!« sagte Mister JayMac.

11

DIE MEISTEN HELLBENDERS STOLPERTEN ins Clubhaus, um sich mit einem Strahl aus dem Kühlwassertank zu erfrischen oder auf den Beton zu strecken. Muscles, Curriden und Charlie Snow, die Unermüdlichen, spielten irgendwo im schattigen Outfield ein Pepper Game.

Ein kleiner Pulk – einschließlich Junior und seinem Zimmergenossen Mariani – überquerte eben eine von Bäumen gesäumte Straße; ihr Ziel waren ein paar hübsche Läden auf der anderen Seite. Junior war auch ein Neuling, also folgte ich ihnen. Aus dem Laub der Eichen, Ulmen und Platanen schien die Musik einer fernen Brandung zu rieseln. Hinter der Ladenzeile herrschte die betuliche Atmosphäre einer Gartenlaubenkolonie: Geräteschuppen, eine Hundehütte, ein aufgebocktes Auto, Wäsche auf der Leine und ein Menge abgeteilter Victory-Gärten. Ein Garten starrte vor Bambusstangen mit Bohnenranken und hochgebundenen Tomatenpflanzen. Die Straße war ein Labsal in der sengenden Sommerhitze von Highbridge.

In der Zeile gab es einen Tante-Emma-Laden. Auf dem Metallschild über der Tür glänzte in großen roten Lettern

HITCH & SHIRLEEN'S
NEIGHBORLY MARKET.

Flankiert wurde das Schild von Coca-Cola-Reklamen, und in den Fenstern warben gerollte Plakate für *Fancy Pink Salmon, Dixie Crystals Pure Cane Sugar* und *Campbell's Vegetable Soup*. Bezahlen konnte man in bar plus Lebensmittelkarte. Als die anderen Hellbenders schon drin waren, stand ich noch auf dem Bordstein. Wie sollte ich mich verständlich machen? Wenn ich bloß mit dem Finger zeigte, sah ich aus wie ein Schwachkopf oder ein eingebildetes Arschloch.

Aber, Mann, ich hatte ja nicht mal zwei Cents dabei. Baseballklamotten hatten von Natur aus kein Portemonnaie eingebaut, und als ich McKissic House verließ, hatte ich nur an Baseball gedacht und nicht an einen Einkaufsbummel. Vier Burschen kamen mit Cokes und Twinkies* heraus und setzten sich auf den Randstein, mitten in das sachte Spiel der Laubschatten. Ich ging zaghaft an ihnen vorbei und betrat den Laden. Dobbs prostete mir mit der Flasche zu.

An einer Registrierkasse im Zuckerbäckerstil stand Junior und flirtete mit der Verkäuferin. Meine Augen mußten sich erst an das Halbdunkel gewöhnen. Derweil sah ich mich um. Sechs Doppelregale teilten den Laden. Vis-à-vis von der Kasse stand eine Kühltruhe für alkoholfreie Getränke mit Schmelzwasser im Bodenfach und Metallrosten für die Flaschen. An der Decke fietschten zwei Ventilatoren. Sie war aus Blech gepreßt, lauter quadratische Kassetten mit Schnörkelmuster. Es roch nach feuchtem Sägemehl und kaltem Aufschnitt. Schließlich waren meine Augen soweit, daß ich ein handgeschriebenes Schild lesen konnte, das an einem Regal schräg hinter der Kasse hing:

PLEASE!!! COUNT YOUR
CHANGE UND EXAMINE
YOUR POINT BOOK
BEFORE LEAVING WITH FOOD ITEMS.
MISTAKES CAN'T BE FIXED
LATER!!![1]

---

[1] BEVOR SIE UNSER GESCHÄFT MIT DER WARE VERLASSEN,
ZÄHLEN SIE BITTE IHR WECHSELGELD
UND PRÜFEN SIE
IHRE LEBENSMITTELMARKEN!
SPÄTERE REKLAMATIONEN SIND
AUSGESCHLOSSEN!!!

Jeder Hellbender, der in McKissic House logierte, hatte seine Lebensmittelkarten (War Ration Book Two) via Mister JayMac bei Kizzy abgegeben, damit sie für alle einkaufen konnte. Nur Spieler, die außerhalb wohnten, durften ihre Karten behalten. Wollte man also einen Imbiß oder ein Getränk, konnte man keine rationierten Sachen kaufen. Man mußte sich mit Schund zufriedengeben – Limo und Napfkuchen und dergleichen von Firmen, die sich ihre Zuckerzuteilung werweißwie ergaunerten – aber man konnte nur mit Geld und nicht mit Geld plus Marken bezahlen. Aber ich hatte kein Geld, und es sah ganz so aus, als könnte ich hier bloß von einem Fuß auf den anderen treten und mir lange Zähne holen.

»Danny!« rief Junior Heggie. »Danny, beweg deinen Hintern nach hier und sieh dir die heiße Fee an!«

Mein Blick schwenkte zur Registrierkasse. Die Verkäuferin dahinter war ein Mädchen mit Fuchsgesicht, rötlich blondem Haar und modischem Ohrclip, der an eine explodierende Perle erinnerte. Sie trug aufgerollte Jeans und ein Khakihemd mit militärischem Rangabzeichen am Kragen. Sie war keine fünf Fuß groß. Sie sah aus wie zwölf, doch der Ohrclip und wie sie die Hüfte ausstellte, das sah nach mehr aus. Na ja, der Clip vielleicht nicht. Jüngere Mädchen tun eine Menge, um älter auszusehen, aber sie ziehen bestimmt nicht Papis Hemd an, was hieß, daß mit dieser Fee nicht gut Kirschen essen war – daß sie eine potentielle Kriegswaise war, die mit dem Schicksal haderte. Mein Daddy ist in Übersee, vergiß das *ja* nicht, Kleiner.

»Wer is *das* denn?« sagte sie. »Ichabod Crane im Baseballdress?«[1]

---

[1] *Ichabod* (anglisiertes Hebräisch und männl. Vorname) = *Fort-ist-die-Herrlichkeit* (in 1 Sam. 4, 21–22 stirbt Elis Schwiegertochter bei der Geburt ihres Sohnes und ›nennt‹ ihn mit ihren letzten Worten *Ikabod*)

»Er redet nicht«, sagte Junior. »Heißt Danny Boles. Ist aus Oklahoma und ein Wunderknabe am Short.«

»Warum redeste nicht, Okie? Mir kannstes sagen.«

Der Sonnenbrand vom Training hat wahrscheinlich meine Schamröte verschluckt.

Junior faßte sich an den Kopf. »Du Schwachkopf! Ich sag doch, er redet nicht, also redet er nicht. Das ist wie 'ne Krankheit. Laß ihn zufrieden.«

»Hier ist kein Museum«, sagte sie. »Die Leute kommen rein, um zu kaufen, nicht um zu gaffen.« Dabei zog sie die Mundwinkel herab und stieß die Nase ostentativ in drei Richtungen.

»Bist du taub?« sagte Heggie. »Er *kann* nicht reden, kapierst du das nicht?«

»Nimm dein Twinkie, mein Sohn, und paß auf, daß die Mami nix merkt.« Ein wohlerzogenes kleines Ding, das südlichen Charme verströmte.

Junior teilte meine Sprachlosigkeit, er war wie geknebelt.

»Was für ein Mannsbild«, sagte das Mädchen. »Fix und völlig von der Kante, wenn ein weibliches Wesen nicht gleich auf die Knie fällt und ihm die Schuhe knutscht.« Jetzt sah sie *mich* an. Und was sie dann sagte, klang nicht so neunmalklug. »Wie jemand, der nicht sagen kann, daß er nix sagen kann. Als wär er nix weiter als 'ne Schachtel Waschpulver.«

»Ich hab nicht gesagt, daß er wie 'ne Schachtel Waschpulver wär«, sagte Junior. »Ich wollte dir bloß…«

»Heiliges Kanonenrohr«, schrie das Mädchen, »würdest du gefälligst 'ne Fliege machen? Du bist 'ne Schande für dein Geschlecht – das Schlimmste, was man einem Baseballspieler nachsagen kann.«

Creighton Nutter kam in den Laden zurück. Er schnappte sich eine Packung Zigaretten, die letzte *Regents*, und bezahlte aus einer Geldbörse, die er am Gürtel trug. Junior murmelte etwas – *Ziege*, glaub ich – und drückte sich an Nutter vorbei auf den Gehsteig hinaus, genauso fix und völlig von der Kante wie das Mädchen behauptet hatte.

»Ah, Sie sind ja wieder so freundlich in Ihrem *freundlichen* Markt«, sagte Nutter. »Prima.«

»Ziehen Sie Leine, Mr. Creighton«, sagte sie.

»Sie kann keine Baseballspieler leiden«, sagte Nutter an meine Adresse. »Glaubt sie zumindest. Wenn's nach ihr ging, wären wir alle in der Army.«

»Sie nicht«, sagte sie. »Sie sind zu alt. Sie hätten zehn Kameraden dabei und würden sie alle in die Luft sprengen, aus Versehen.«

»Miss Pharram«, sagte Nutter, »erlauben Sie, daß ich Ihnen Danny Boles vorstelle. Mr. Boles – die schöne Miss Phoebe Pharram.«

»Glauben Sie, ich wollte diesen spindeldürren Querkopf kennenlernen?« sagte Phoebe.

»Immer mit der Ruhe«, sagte Nutter. Er riß die Packung auf, klopfte sie auf den Finger und zündete sich die Zigarette an. Rauch wirbelte im Luftstrom des Deckenventilators. »Phoebe ist Mister JayMacs Großnichte, Tochter von LaRaina, der Tochter von Jude, seinem älteren Bruder. Hitch und Shirleen sind ihre Großeltern väterlicherseits, und dank einer besonderen Abmachung mit dem Team dürfen wir Hellbenders hier anschreiben lassen. Nimm dir, was du haben willst, und Phoebe wird es fein säuberlich notieren, und zwar in einem Extrabuch für uns.« Er nahm einen tiefen Zug, blies Phoebe den Rauch entgegen, stieß sich mit dem Ellbogen aus der Tür, daß der Fliegendrahtschirm wie eine leere Mausefalle hinter ihm zuknallte.

»Ich hasse den Namen Phoebe!« schrie Phoebe ihm nach. »Ich pinkle drauf!« Draußen kicherte jemand. »Ich *hasse* es, wenn Vor- und Nachnamen mit demselben Buchstaben beginnen!«

Gebannt stand ich da und sog sie in mich auf.

»Nenn mich Skeeter«, sagte sie.[1] »Ich kann Phoebe nicht ausstehen, und weder Shirleen noch ich hören auf *Ziege.*«

So oft ich an sie denke, denke ich natürlich an *Phoebe.* Das war so und ist so geblieben. *Skeeter* hätte aus diesem reizbaren kleinen Geschöpf etwas gemacht, das einem keine Ruhe läßt, bis man es erschlagen hat. Außerdem waren Mädchen, die so redeten wie Phoebe, damals ungefähr so selbstverständlich wie Kuhglocken in einem Episkopalchor.

»Verflixt, Ichabod.« Meine Bewunderung nagte an ihr. »Bring mir was, was ich hier reinschreiben kann. Oder hau ab.«

Ich beeilte mich, fischte mir eine Orangenlimo aus der Kühltruhe und aus dem Regal mit Süßigkeiten einen *Baby Ruth* und ging damit zu Phoebe, die sich gerade umdrehte, um die Hustenbonbons, die Pokerchips und die Haarspangen auf dem Wandregal zu zählen. Ich kreiselte den Boden der Limoflasche aufs Thekenglas.

»Ja?« sagte sie, ohne sich umzusehen.

Ich wartete. Phoebe ignorierte mich. Ich wurde zappelig. Die Pause mußte bald zu Ende sein. Ich benutzte die Limoflasche wie einen Glockenklöppel und poinkte damit gegen die reich verzierte Metallkasse. Phoebe fuhr auf dem Absatz herum. Die marmorgraugrünen Augen sprangen wie kleine Billardkugeln.

»Augen auf, Ichabod!« Sie langte über die Theke, schnappte mir die Flasche und den Schokoriegel aus der Hand, langte unter die Theke und knallte ein Buch auf die Theke und notierte alles – bis auf meinen Namen. Sie hatte ihn zweimal gehört und schon wieder vergessen. Sie sah, wie ich wartete, daß sie ihn hinschrieb.

»Okay, Ichabod«, sagte sie. »Für wen?«

Ich schlug mit der Faust auf die Theke. Phoebe

---

[1] Stechmücke

blinzelte. Ihr Gesicht wurde fahl wie ein Fischbauch, dann loderten ihre Augen. Nicht mal eine 45er Army hätte ihr lange imponiert. Es mußte sie wurmen, daß sie sich nicht mehr erinnerte, und ich konnte ihr nicht aus der Patsche helfen, weil … na ja. Patt eben.

Ich stürzte um die Theke herum, riß ihr den ›Big Red‹-Parker-Duofold-Füller aus der Hand und beugte mich über das Buch, um selbst meinen Namen zu schreiben. Der Duofold war ein unhandliches, ziemlich antiquiertes Exemplar, und ich schrieb meinen John Hancock* gerade so wie Hancock es getan hatte – in Blockschrift nämlich: DANIEL HELVIG BOLES. Dann ging ich wieder vor die Theke, grapschte mir ein Päckchen *Camel* und ließ es noch von Phoebe dazuschreiben. Wühlte ein paar Streichholzbriefchen aus einer Schachtel, griff die Limo beim Schlafittchen, drückte mir den *Baby Ruth* an die Brust und bugsierte mich Schulter voran aus der Tür, panisch besorgt, etwas fallenzulassen und zuletzt noch wie eine Glucke auszusehen.

»He, warte mal.« Ich stockte und sah über die Schulter. »Tut mir leid, daß ich Ichabod gesagt hab. Wer trägt schon gerne 'ne bepinkelte Decke überm Namen.«

Wie recht sie hatte. Die Tür knallte hinter mir zu, und ich setzte mich auf den Randstein neben Nutter, der drauflos qualmte wie eine Fabrik.

»Camels«, sagte Nutter, als er die Packung sah. »*Sie beleben meinen Geschmack. Sie sind gut zu meinem Hals. Sie sind genau das Richtige für mich.* Die Reklame paßt auch, wenn du dir welche aus Schmirgelpapier und Holzstaub drehst.«

Ich trank meine Orangenlimo, ich aß meinen Schokoriegel, ich rauchte eine *Camel*. Mir war, als hörte ich Phoebe mit einem Erwachsenen reden. Hitch? Shirleen? Gut so. Ein überempfindliches Mädel in dem Alter ließ man besser nicht mit so einem Laden allein. War schon riskant.

12

DARIUS, DER UNS HEUTE FRÜH im Braunen Bomber zum Training gefahren hatte, tauchte erst jetzt wieder auf. Er trug Spikes und Knickerbocker und ein enges T-Shirt, eine Art Unterhemd, das die Muskulatur des Oberkörpers nicht versteckte. Die Arme sahen aus wie Aale, die als Gewichtheber trainiert hatten. Er jagte Aufwärmwürfe zu Dunnagin.

Tja, sogar in Tenkiller hatte ich von Satchel Paige gehört. 1943, fünf Jahre bevor sich die großen Ligen in Gestalt der *Cleveland Indians* für ihn entschieden hatten, da war Paige schon eine Legende gewesen – als Pitcher in den Schwarzen Ligen oder in den Shows, mit denen die schwarzen Artisten über die Dörfer zogen. Es hieß, er werfe einen *unsichtbaren* Fast-Ball.* Manchmal soll Paige seine Feldspieler zusammengerufen und den Gegner nur durch Strikeouts* erledigt haben. Niemand soll so *unschlagbar* geworfen haben wie Satchel Paige. Ein schwarzer Sportreporter in Kansas City hat einmal Paiges rechten Arm ein ›Katapult aus Bronze‹ genannt.

Es gab andere schwarze Baseballspieler, die so talentiert waren wie Paige, doch Paige hatte Charisma, und Paige hatte Presse – die damals noch kaum Notiz nahm von farbigen Spielern. Und so erfuhr man nie von Hilton Smith, einem Pitcher der *Kansas City Monarchs*, der zwischen '40 und '46 womöglich der weltbeste Pitcher war. 1941 schlugen Stan Musial und Johnny Mize in einem Schaukampf gegen Smith – das heißt, sie *versuchten* gegen ihn zu schlagen – und beide behaupteten später, noch nie solche Curve-Bälle* erlebt zu haben.

Darius Satterfield, der nicht in der CVL spielen durfte, weil seine Haut zuviel Pigment hatte, hatte ungelogen das Zeug von Satchel Paige und Hilton Smith – ein Arsenal von Würfen nämlich, daß einem die Augen übergingen. Ich sah ihm nur beim Aufwärmen zu und wußte sofort, daß ich noch nie jemanden gesehen hatte, der so warf wie er. Nicht *einen.* Er warf wie ein austretendes Maultier oder ein Hase, der blitzschnell einen Ausweg sucht, je nach Erfordernis, war aber der einzige Spieler auf dem Platz, den Mister JayMac nicht Mister nannte.

Eine Reihe von Hellbenders taten sich schwer mit seiner Rolle – nicht mit dem Busfahrer oder Gepäckträger oder dem Sanitäter, der Arme und Beine verarztete (nach guter Niggertradition). Nein, was manche störte – nicht Hoey oder Dunnagin oder die meisten Anfänger, ob Dixies[1] oder Okies – es störte sie, daß sie mit ihm *spielen* sollten. Als könnten sie sich trotz Schlagholz oder Handschuh an dem Ball aus der Hand des Niggers irgendwie mit Afrika infizieren.

Get that nigger off the field! Die ekelhaftesten Querulanten im Team waren Trapdoor Evans, Jerry Wayne Sosebee, Norm Sudikoff und Turkey Sloan (ausgerechnet) und, wie sich bald herausstellte, auch Philip Ankers. Sie wollten Darius als Packesel, nicht als Mitspieler, und das einzige, was sie davon abhielt, den Nigger zu demütigen oder von anderen Teams zu maulen, die einen *richtigen Weißen* als Manager hatten, das war Mister JayMac. Er reagierte sofort mit Platzverweis, und seine Standpauke ließ keinen Zweifel daran, daß ein Verräter in den Reihen der Hellbenders es verdammt schwer haben würde, je wieder in Alabama oder Georgia zu spielen. Na ja, wenn die Quertreiber jung und fit waren, dann drehte Mister JayMac den Spieß einfach um, meist, indem er

---

[1] Südstaatler

ihnen mit dem Militär drohte, wo sie sich dann statt mit Afro-Amerikanern mit Japsen und Preußen herumschlagen konnten.

In *Dixieland* gab es Gesetze, die ausdrücklich untersagten, daß im organisierten Sport Schwarz und Weiß gegeneinander antraten. Gesetze, die verhinderten, daß farbige Star-Teams in den kleinen Städten von Alabama und Georgia aufkreuzten und die lokalen weißen Favoriten herausforderten, was sie in Wyoming oder Kansas, man kann ruhig sagen, gewinnbringend praktizierten. Hier waren farbige Teams auf Tourenwagen angewiesen, weil Schwarze nicht bei Weißen wohnen durften. Außerdem war es für weiße Dixie-Egos undenkbar, sich von Niggern das Fell über die Ohren ziehen zu lassen, und das vor aller Augen. Und nicht zuletzt schienen beide – Weiße und Farbige – zu begreifen, daß die Weißen, wenn sie erst in einer so beliebten Sache wie Baseball nachgaben, bald auch woanders nachgeben würden.

Im Süden spielten schwarze Baseballspieler für die professionellen Vereine von Atlanta, Memphis, Birmingham und Jacksonville und in Army-Teams wie denen von Fort Benning, Fort Stuart und Camp Penticuff. Und selbst da spielten sie nur gegen andere Farbige. Der *Krieg*? Wen kümmerte es, daß da alle Amerikaner ungeachtet ihrer Hautfarbe das gleiche Einheitskhaki trugen? Die Weißen sahen sich die Schwarz-gegen-Schwarz-Spiele an, weil das erstklassige Shows waren, aber im Ponce-de-Leon-Park von Atlanta, da kauften sie ihre Eintrittskarten an den Eingängen für Weiße und saßen auf Tribünen, die für den schwarzen Pöbel gesperrt waren.

Darius spielte nicht in der CVL, aber so sicher wie das Amen in der Kirche nahm er am Training und an den internen Kämpfen auf dem McKissic Field teil. Er fungierte quasi als Lieutenant-Commander von Mister JayMac, nur daß er gar nicht so oft antrabte, um einem zu sagen, was man zu tun hatte. Er machte das mehr *indirekt*. Er fragte einen, ob man *Hilfe* wolle, um eine Unglätte im Schwung oder einen Doppelansatz bei den Würfen zum First zu vermeiden. Meistens sagte Darius gar nichts und turnte es einem vor. Wenn er das Training leitete, hatte man immer das Gefühl, daß Mister JayMac, obwohl er Darius als seinen Vertreter abkommandiert hatte, für diese Aufgabe (fast) jeden anderen aus der Truppe hätte abzweigen können.

Wie dem auch sei, Mister JayMac hatte einen Kampf angeordnet – erste Garnitur gegen Rekruten und Ersatzspieler, und Darius sollte als erster Pitcher für die Regulären antreten. Die Regulären waren das Heimteam. Wir Frischlinge und Ersatzleute mußten in den Unterstand für das Gastteam und auf den Vorteil verzichten, die letzten am Schlag zu sein. Ich fand das zwar nicht gut, konnte es aber nicht ändern.

Creighton Nutter zog mich in unseren Unterstand, wo Mister JayMac die Aufstellung für beide Teams an den Pfosten gepinnt hatte. Wir bekamen Nutter als Manager, und Team A wurde von Mister JayMac geführt. Mister JayMac schien unseren Sarg schon bestellt zu haben. Nutter studierte die Aufstellung. Von Rechts wegen hätte *er* die Reihenfolge am Schlag bestimmen müssen, doch Mister JayMac hatte ihm die Arbeit abgenommen.

»Verdammt«, sagte Nutter. »Wir haben zwei Pitcher als Feldspieler und ein Baby auf dem Hügel. Gut, daß wir keine Zuschauer haben.«

Ich besah mir die Aufstellung genauer. Mister JayMac ließ mich als ersten schlagen. Ich hatte also keine Gelegenheit, mir vorher noch einen Schlagmann gegen Darius anzusehen.

»Na, wird's bald, Mr. Boles!« brüllte Mister JayMac. Er trug Harnisch und Maske, war Schiedsrichter und Manager in einer Person. Das schien unfair, doch als er Parris, einen von uns, rausschickte, um die Entscheidungen an den Bases zu treffen, war mir ein bißchen wohler.

Ich zückte meinen Red-Stix-Schläger, ging rüber zum Schlagraum und schwang das Holz ein paarmal. Die Sonne blitzte auf dem roten Lauf.

»Hast du das Ding in einen Kübel mit *Mercurochrome** getunkt, Dumbo?« brüllte Hoey vom Short aus.

Am Third produzierte Curriden ein geiles Grinsen. »Genauso läuft er an, wenn er scharf ist.«

»Würd er nur so groß«, sagte Dunnagin aus der Hocke hinter der Home Plate.

Noch ein bißchen Getue um mein importiertes Schlagholz, dann bellte Mister JayMac: *»Batter up!«*[1]

Ich ging in Stellung gegen Darius, mein Herz nahm zwei Stufen auf einmal. Zum ersten Mal als bezahlter Profi am Schlag. Darius holte aus, die Schulter tauchte weg, dann kam der Ball, so pfeilschnell, daß ich ihn kaum sah. Ich hörte nur das *Schwapp* in Dunnagins Handschuh.

»Erster Fehlschlag, Mr. Boles«, sagte Mister JayMac.

Hoey und die anderen Feldspieler zerrissen sich das Maul. »Du triffst nicht mal den Boden, wenn du von der Leiter fällst, Boles!« – »Komm schon, Dumbo, mach es wie die Dorsey-Brothers*, *swingen* mußt du!« – »Was'n los, Kleiner? Der Knüppel läßt dich ja richtig zur Ader.«

Darius erledigte mich in vier Würfen, gegen den zweiten Fast-Ball hatte ich wenigstens ausgeholt, dann ein Unterarmwurf, der wie ein Vogel über mich hinwegzog, und ein gepfefferter Slider* an der Außenecke, auf den ich losging wie mit dem Bajonett. Ich rammte das Schlagholz in den Boden, sonst hätte ich roten Georgia-Lehm gefressen.

---

1 *»Schlagmann antreten!«*

Der Spott verstummte: Ich war Schnee von gestern.

Auch Junior und Dobbs gingen baden: Junior, weil er ›versehentlich‹ zu Darius zurückschlug, und Skinny, weil er dreimal in die Luft prügelte, daß es einem beim Zusehen den Arm auskugelte. Wechsel nach sieben Würfen. Trübe Aussichten für die Mudville-Boys.[1]

»Die lautlosen Wunder«, sagte Muscles, der von links außen hereingetrottet kam, nachdem er den Handschuh geschmissen hatte. »War doch klar, Darius.«

Philip Ankers übernahm den Hügel für uns, für Team B. Ein fünfzehnjähriger Pitcher gegen gute Routiniers und gewiefte Veteranen. Keiner in Team A war jünger als dreißig, mit Ausnahme von Knowles, einem 4-F in den Zwanzigern mit demselben Millionen-Dollar-Problem, das schon Mariani und Frank-*I'll-Never-Smile-Again*-Sinatra vor der Army bewahrt hatte, ein perforiertes Trommelfell nämlich. Trotzdem sah Ankers – mit seinem Schmuddelbart und der Statur eines Bullterriers – älter aus als Knowles.

In seinem ersten Einsatz mußte Ankers sich gegen Hoey, Charlie Snow und Muscles behaupten. Er schien nur zwei Würfe zu kennen: Fast-Ball und Fadeaway. Den Fadeaway würde man heute Screw-Ball* oder Scroogie nennen, eine Wurftechnik, die man normalerweise nicht auf der High-School lernt. Aber Ankers beherrschte die Technik. Er ging ihn an wie einen Speed-Ball, aber nur mit drei Fingern. Sowie der Ball einen rechtsschlagenden Hitter erreichte, drehte er ab und floh vor dem Schlagholz. Bei diesen Bällen sahen Hoey und Snow wie Teilnehmer an einem Amateurwettbewerb aus. Beide schlugen ins Infield. Nur Musselwhite schlug einmal zum rechten Feldzaun und erreichte das Thirdbase, weil Ankers den Fehler gemacht hatte,

---

[1] etwa: die Jungs aus Kleckersdorf

ihm einen niedrigen Fast-Ball einwärts zu schicken. Muscles schlug linkshändig, und das war der perfekte Wurf für ihn, um abzusahnen. Ankers lernte aus dem Fehler. Von da an warf er bloß noch Fadeaways und unberechenbare Fast-Bälle.

Jumbo war der vierte am Schlag, doch er konnte Muscles nicht vom Third erlösen. Ankers schikanierte ihn mit Kamikazebällen, durchweg Fadeaway-Varianten. Jumbo ließ zwei vorbei, schlug zwei ins Foul Territory und, da er linkshändig schlug wie Muscles, verfehlte er schließlich einen Ball, der zur Außenecke abtauchte. Der Schwung riß ihn auf den Hintern, daß man meinte, das ganze Infield müsse beben. Ich dachte schon, wir brauchten einen Kran, um ihn wieder auf die Füße zu stellen, doch er wälzte sich auf alle viere und tat es von selbst.

Das Spiel nahm seinen Lauf. Darius ließ uns Jungs von Team B wie Komparsen aussehen; Ankers zog sich immer mit einem tödlichen Fadeaway aus der Schlinge. So kam es, daß Sloan ihn im vierten Inning *Fadeaway* nannte. Der Name fand Anklang, und Ankers sollte ihn nie wieder loswerden.

Die Nullpunkte stapelten sich. Der Mittag gähnte wie ein Ofen. Jedesmal, wenn Ankers wieder einer Enterbande von Team A ohne Blessuren entkommen war, winkte Mister JayMac seine Regulären aufs Feld und brüllte uns armen Würstchen *»Batter up!«* zu. Seine Klamotten sahen aus, als verfüge er über eine inwendige Dampfreinigung.

»Wir haben erst Ruhe«, knurrte Norm Sudikoff, »wenn ihn bei Fünf der Hitzschlag trifft.«[1]

Ich wunderte mich. Sollte ein Neuling wie Ankers mehr als fünf harte Innings werfen? Sollte uns Hellbenders der Rausschmiß eines Spaghetti ins Haus stehen? Und wie oft noch würde Darius mich zum Nar-

[1] im fünften Inning

ren machen? In der ersten Hälfte des siebten Innings, als ich das dritte Mal am Schlag war, schwang ich das Holz und durfte zum zweiten Mal die Stiche[1] auf einem so verhexten Ball zählen, der durch die Schlagzone* tauchte.

Ich kriegte die Panik. Zu erraten, was Darius als nächstes vorhatte, hätte einem nur das Hirn mariniert. Und weil das so war, mußte man eben hingucken und reagieren. Bis jetzt hatte ich scharf hingeguckt, aber unscharf reagiert.

»Der alte Red-Stix-Clown«, empfing mich Hoey. »Schwingen Sie den Taktstab, Maestro. Dirigieren Sie sich auf die Ersatzbank.«

Ich ging in Stellung. Darius schickte mir wieder so einen Kauderwelschball, und der Wurf erreichte, was er sollte, und trieb mich von der Home Plate ab. Der nächste war ein Curve-Ball an der Außenecke, nur knapp am Schwung vorbei. Fehlschlag. Ich reagierte schon besser. Der nächste Ball spießte mich auf, ein Hundert-Stundenmeilen-Geschoß. Ich mußte parieren. Der Ball traf den Griff und verendete nach einem halben Dutzend Hopsern zwischen Hoey und Curriden.

Berührt! Beim Durchziehen war der Lauf des Schlägers wie ein Kienspan gesplittert, wie ein Helicopter ins Outfield gewirbelt und im Gras gestrandet. Das Schlagholz war weiter gekommen als der Ball. Ich rannte mit fünf Zoll Schlagholz in der Faust. Hände und Unterarme prickelten von der Vibration. Hoey grapschte ins Gras und warf unkontrolliert zu Jumbo. Parris, der den Schiedsrichter am First machte, signalisierte mir freie Bahn, und nicht ein einziger A-Team-Spieler schrie, nicht mal Hoey.

Darius kam vom Hügel herunter und schlenderte rüber, um sich Jumbos Rückwurf zu holen. »Danl«, sagte er aus gut zwanzig Fuß Entfernung, »ich wette,

---

[1] Stiche der Ballnähte

du könntest schneller sein, als einem das Wort *Gott* rausrutscht.«

So atemlos, wie ich dastand, brauchte ich eine Minute, ehe ich kapierte, daß er mir ein Kompliment gemacht hatte.

Aber nach meinem Zufallstreffer passierte nicht mehr viel. Junior war mit drei Fehlschlägen ›aus‹, und Dobbs schlug einen schlappen Ball zu Knowles am Second.

Sudikoff war am Schlag. Er war ein Mordskerl, doch Darius war ihm haushoch überlegen. Wenn ich um die Bases herumwollte, dann nur auf eigene Faust und in der Hoffnung, daß der Catcher einen Ball durchließ, der Pitcher unkontrolliert warf oder jemand einen Bodenball im Infield verpfuschte. Doch trotz seines Lobs schien Darius nicht mit einem Stehlversuch* zu rechnen. Er warf nicht hart, sondern holte jedesmal weit und schwingend aus. Das funktionierte, weil er nach seinem zweiten Wurf zu Junior den Rückwurf von Dunnagin immer zu Jumbo rüberfegte und mich quasi lahmlegte.

Bei seinem ersten Wurf zu Sudikoff aber hatte ich genug Spielraum und machte in dem Moment, da er sich in den Wurf hineindrehte, einen Ausfall zum Second. Gott sei Dank stürzte Sudikoff sich auf einen nicht zu verfehlenden Ball und verfehlte ihn mindestens um Fußlänge, um mir Luft zu schaffen, und ich warf mich wie ein Hecht aufs Second, wo Hoey kniete und auf den Wurf wartete, der nicht kam.

Ich hatte Darius ausgenutzt, nicht Dunnagin, und als Darius den Ball zurückhatte, ging er vorüber und besah mich, als wär ich ein Katzenwels auf Beinen.

»Meine Rede«, sagte er.

Bei seiner nächsten Balz mit Sudikoff rückte ich vom Second ab und spurtete, sowie sein Armschwung den Wurf unwiderruflich machte, zum Third. Ich *raste*. Sudikoff ließ einen niedrigen Fast-Ball vorbei – einen hatte er zu meinen Gunsten schon verfehlt – und Dunnagin sprang wie ein Frosch vor die Home Plate und feuerte den Ball zu Curriden am Third.

Alle B-Team-Kameraden sprangen von der Bank auf, um meine Rutschpartie zu sehen. Dunnagins Wurf hätte mich ›aus‹ gemacht, aber meine Schuhspitze, die sich um die Base-Ecke hakte, unterlief Curridens Abschlag.

Nutter, der Coach am Third, gab das Safe-Zeichen.* Von draußen hinter der Home Plate signalisierte Mister JayMac Zustimmung. Auf der B-Bank brach Jubel aus, die Jungs vom A-Team stöhnten.

Darius tänzelte wie ein Hampelmann vorüber, um sich den Ball von Reese Curriden zu holen. Ich seh ihn heute noch grinsen. Er *freute* sich. »G, O, Doppel-T«, sagte Darius. Von da an warf er ohne auszuholen. Ich wär verrückt gewesen, wenn ich versucht hätte, ihm die Home Plate zu stehlen, oder einem Catcher von Dunnagins Format. Wie auch immer, ich hatte keine Chance. Sudikoff auch nicht, sein dritter Fehlschlag hatte einen Schwung, von dem Chiropraktiker nur träumen konnten.

Sudikoff schleuderte den Schlagstock weg. »Mieser, verdammter Nigger!«

Darius mußte ihn gehört haben, doch er sagte kein Wort und ging erhobenen Hauptes zum Unterstand des A-Teams.

Jetzt erst gewahrte ich jemanden auf der Tribüne hinter unserem Unterstand: Phoebe Pharram, Mister JayMacs Großnichte.

Während ich so tat, als hätte ich sie nicht gesehen, war mein erster Gedanke: *Hatte sie meinen Treffer gesehen? Hatte sie gesehen, wie ich das Second gestohlen hatte? Und ins Third gerutscht war wie der berühmte Mike ›King‹ Kelly persönlich?*

Zu dumm. Phoebe war minderjährig und obendrein blutsverwandt mit meinem Boss. Warum, in

Amors Namen, sollte sie es auf mich abgesehen haben? ›Ichabod‹ hatte sie mich genannt – so hieß das arme Würstchen der Reichen in einer alten amerikanischen Kurzgeschichte. Ich war nicht nur ein armes Würstchen, ich konnte auch nicht sprechen. Außerdem war mein Spitzname ›Dumbo‹.

Das Spiel nullte weiter vor sich hin.

Aber in der zweiten Hälfte des achten Innings schickte Jumbo einen Ball von Fadeaway alias Ankers regenbogenhoch über die rechte Bande hinweg, und Fadeaway raufte sich die Haare, was den anderen vier weitere Schnelläufe als Sahnehäubchen auf einer Serie von Walks* und Hits* bescherte, zu der auch ein Three-Base Hit* von Darius gehörte.

Fadeaway peitschte sich den Handschuh ans Bein. Sein Gesicht nahm diesen komischen Ausdruck an, der an einen Kanister erinnert, der inwendig Unterdruck hat. Der Junge fing an zu flennen. Mister JayMac kam zum Hügel.

»Dieses blöde Walroß!« Fadeaway deutete mit dem Kopf zu Jumbo. »Der und dieser *verdammte* Großkotz von Nigger!«

»Klappe und auf die Bank.« Mister JayMac ersetzte ihn kurzerhand durch Quip Parris. Parris warf die nächsten drei Schlagmänner ›aus‹. Darius trabte aber dank eines Sacrifice Fly* von Hoey zur Home Plate, und nach acht vollen Innings stand es sechs zu gar nichts.

Dabei sollte es bleiben, auch wenn ich in der ersten Hälfte des neunten Innings Charlie Snow in die Wüste schickte, und zwar mit dem bestgeschlagenen Ball im Spiel gegen Darius.

Zu guter Letzt glänzte Darius vor Schweiß. Der Schweiß umschloß ihn und schmierte ihn. Er hätte noch einmal neun Innings werfen können – oder noch achtzehn oder siebenundzwanzig – und das ohne mit der Wimper zu zucken. Darius glitzerte wie ein Juwel.

13

Im Clubhaus bekamen Junior, Fadeaway, Dobbs und ich von Mister JayMac die Spinde zugewiesen. Meins hatte Bob Collum gehört, einem beliebten Spieler, der zusammen mit Sweet Gus Pettus, Roper und Jorgensen gefeuert worden war. Wir pellten die Kreppstreifen mit dem verblaßten Namen ab und klebten die neuen mit unserem Namen hin. Mein Spind lag zwischen ›Curriden‹ und ›Jumbo‹. Curriden saß neben mir und nahm die Steigbügelsocken ab, dann schälte er sich aus dem lehmbefleckten Unterleibsschutz. Jumbo war wie vom Erdboden verschluckt.

»Du hast deine Sache gut gemacht, Dumbo«, meinte Curriden. »Ein Schlag ins linke Feld und ein Liner* zum Zaun.«

Ich nickte stumm, und ebenso stumm verfluchte ich Hoey, weil er mir wieder diesen Spitznamen angehängt hatte.

»Der einzige Base Hit, den Darius euch gegönnt hat«, sagte Curriden. »Für die B-Jungs warst du heute die schwere Artillerie.«

Ich grinste verlegen und zog mein durchgeschwitztes Hemd aus. Hinter uns rauschte eine Dusche. Dunnagin stand darunter und summte *I'm Getting Tired So I Can Sleep*, und das in einer Tenorlage, die so gefühlvoll war, daß sie jedem zweiten Big-Band-Solisten das Wasser reichte. Für unsere Ohren klang er schöner als eine Klarinette.

»Keiner will gegen Darius schlagen«, sagte Curriden. »Wenn er weiß wär und jeden Tag werfen dürfte, würd er im Jahr fünfunddreißig CVL-Spiele gewinnen. Was sag ich? Vierzig. Und du lausiges Kerlchen schlägst 'nen Liner an Snow vorbei und rauf ans *Feen-A-Mint*-Schild. Das hat bei Darius noch keiner geschafft, Dumbo. Kein Scheiß, ehrlich.«

Ich sah mich um. Waren Darius und Jumbo in ihren Baseballsachen nach McKissic zurück? Himmel! Das durchgeschwitzte Flanellzeug wiegt 'ne Tonne. Und *riecht* ...

Curriden stand splitternackt auf. »Darius duscht auf der Besucherseite – sonst müßte er warten, bis wir fertig sind.«

Ich zeigte auf Jumbos Spind.

»Jumbo?« sagte Curriden. »Da ist nur 'n Ersatz-Handschuh drin. Und Wickelzeug. Er duscht nicht hier. Geht lieber zu Fuß nach McKissic.«

»Irgendwas stimmt nicht mit ihm«, meinte Turkey Sloan von Fadeaways Bank aus. »Er ist anders als wir.« Sloan fixierte mich. »Bis du süßes Ärschchen hier aufgekreuzt bist, war er der einzige mit 'nem Zimmer für sich.«

Mit ihm stimmte was nicht? Wie meinte Sloan das?

»Ich glaub, das ist so 'ne seltene Mißbildung, mit der man geboren wird«, sagte Sloan, als hätte er meine Gedanken gelesen.

»Oder 'ne Kriegsverletzung«, sagte Hoey. »Aus dem letzten Krieg. Wie dieser Bursche bei Hemingway.«

»Die Deutschen haben ihm den Pimmel weggeschossen?« sagte Parris. »Ach was, ich sage, der arme Kerl ist das Opfer eines Autounfalls.«

Betretene Stille. Hoey packte Parris und gab ihm eine Kopfnuß. »Wie steh ich denn jetzt da? Da komm ich mir ja ganz herzlos vor.«

Parris wand sich frei und nahm Abstand. »Man soll sich so vorkommen wie man ist – sonst hält man sich noch für Albert Schweitzer. Oder für Jack Benny.«*

»Oh, Rochester«, sagte jemand mit Bennys Radiostimme: *»Oh, Rochester.«*

Jemand anders ahmte die sandige Stimme des Farbigen nach, der Rochester spielte: *»Yes, boss?«*

Dieses Hin und Her ringsum nahm kein Ende. Ich konnte nicht mitmachen. Selbst wenn ich eine Stimme gehabt hätte, wär ich außenvor geblieben wie das zugezogene Kind aus dem Nachbarhaus.

Ich ging zur entferntesten Dusche und drehte mich so, daß die anderen nur meine magere Rückseite sehen konnten. Und die Segelohren.

»Paß auf, Okie«, meinte Mariani. »Laß nicht die Seife fallen. Wenn du dich bückst, kommt Norman nämlich auf dumme Gedanken.«

»Fick dich ins Knie, Itaker«, sagte Sudikoff.

»Baby, das ist nicht dein Ernst«, säuselte Mariani.

Laß nicht die Seife fallen. Für eine Sekunde war ich wieder mit Pumphrey in dieser Toilette. Ich wusch mich so schnell ich konnte, zog mich an und verdrückte mich.

Draußen erging ich mich unter der Tribüne hinter der Home Plate – im Konzessionsbereich, einer regelrechten Höhle für Hot-Dog-Buden und Programmverkäufer. Schattig. Einigermaßen kühl. Ringsherum Stützwerk, Maschendrahttore und lauter behagliche Nischen für Verkaufsstände.

Dann gewahrte ich Phoebe – neben einem dusteren Glaskasten in der Hauptschneise. Wenn man durch die Drehkreuze am Parkplatz kam, wurde man an dem Bassin vorbeigeschleust. Es war einen Meter lang und zwei Fuß hoch und stand auf einem bauchhohen Podest. Phoebe stieg die zusammengeschobenen Holzstufen zum Rand hinauf.

»Hallo, Daniel Helvig Boles.« Ihre Stimme hallte.

Ich hob die Hand: *How, squaw.* Hatte Mister JayMac das Stadion mit tropischen Fischen ausgestattet? Mußte Phoebe sie füttern?

»Kommal, Boles.« Sie winkte mich rüber. »Ich beiß nicht. Und wenn du vorsichtig bist, beißt Homer auch nicht.«

Ich ging rüber. Selbst ohne Schemel reichte ich ihr bis zur Nase. Das Wasser in dem Bassin war in Bewegung. Am Boden war Sand. Darüber pendelte ein dünner Streifen Rinde. Ein paar schlanke Farne, die aussahen wie Seegras am Stiel, tanzten Hula-Hula.

»Kennste Homer schon?«

Ich schüttelte den Kopf.

»Da, *kuck*«, sagte sie. »Du mußt kucken, wenn du ihn sehen willst. Ich nehm ihn nicht extra raus, damit er dir Pfötchen gibt.«

Ich beugte mich über den Rand. Ich starrte. Der schmale Streifen Rinde, der in der fingrigen grünen Düsternis schwebte, hatte Augen. Das eine Ende von dem geheimnisvollen Ding sah aus wie ein Schwanz.

»Da«, sagte Phoebe. »Das isser.«

Ich starrte die Kreatur unverwandt an. Sie sah wirklich aus wie ein Stück Rinde. Mit Beinen. Mit Augen. Wie aus Epoxidharz, Maulbeerrinde und Hickoryzweigen gebastelt.

»Weißte auch, *wasde* da siehst?«

Mein Blick saugte an diesem Wesen. Was immer es war, eins stand fest: Es wäre unverzeihlich gewesen, ihr meine Unwissenheit zu verraten.

»Ich *weiß*, daß des nicht weißt«, sagte sie tadelnd.

Ich klopfte mir seitlich an den Kopf, um ihr zu zeigen, daß die Information dort sicher aufgehoben war. Ich streifte verzweifelt durch mein Smithsonian Institut.

»Unsinn. Du weißt *gar nix*, hab ich recht, Dumbo?«

Dumbo! Da hätte sie lieber *Ichabod* gesagt. Noch einmal, und ich würde sie erwürgen.

»Homer ist das Maskottchen von eurem blöden Team, du Blödmann. Ein *Hellbender.* Schon mal was von 'nem Hellbender gehört, Okie-Boy?«

Wollte Phoebe Pharram mich vorführen, so wie manche Pitcher das tun, wenn sie einen ›aus‹ gemacht haben? Ich war nur um Froschhaaresbreite davon entfernt, sie in das Aquarium zu schmeißen.

»Ich wette, für dich isn Hellbender 'ne schwarze Seele, die Mr. Pferdefuß in den Schwitzkasten nimmt«, sagte Phoebe.

Ich sah sie an, eins meiner Augen wollte sich zukkend verengen.

»Ein *Hell*bender. Kapiert?«

Ich schlug die Faust ans Glas und wandte mich zum Parkplatz.

»Warte mal, Boles!« rief sie. »Ich hab das nicht so gemeint. Meistens krieg *ich* eins aufs Dach, nicht umgekehrt. Meistens gib ich nur zurück, was ich kriege. Ist schon Gewohnheit. Wenn einer nicht reden kann oder will, dann denk ich, er gibt mir eins drüber, bevor er's wirklich tut. Ich geb ihm gleich Saures, auch wenn da nichts war. Verstehst du?«

Ziemlich witzig, daß ich das gleich verstand. Es machte Sinn. Irgendwie schon. Ich ging zurück und besah mir Homer noch einmal. Meine Segelohren spiegelten sich im Glas, doch Phoebe hörte nicht auf zu reden. Mein Aussehen schien sie nicht abzuschrecken.

»Homer isn Riesensalamander«, sagte sie.[1] »Den hier hab ich innem Bach gefunden, da war ich neun. Onkel JayMac hat mir 'nen Dollar dafür gegeben und ihn hier ins Stadion gestellt, als Highbridge in die CVL kam. Ich füttere Homer, tausche das Wasser aus und schaff ihn nach der Saison wieder heim. Dann steht das Aquarium auf 'nem Tisch in mei-

---

[1] *Hellbender* oder *Schlammteufel*: Riesensalamander im östlichen Nordamerika, lebt in Flüssen und Bächen und verläßt nie das Wasser, gefärbt von grau über gelblichbraun bis schwarz

nem Schlafzimmer. Sonst steht da meine Schreibmaschine, und ich tippe Briefe an Soldaten, die Heimweh haben.«

Wie aufmerksam und patriotisch. Mr. oder besser Mrs. Roosevelt, hiermit stelle ich einen formlosen Antrag, Miss Phoebe eine Medaille zu verleihen.

»Ein Obergefreiter und zwei Gefreite haben mir schon einen Antrag gemacht. Sie halten mich für älter. Ich hab sie dabei gelassen. Meine Briefe klingen ziemlich leidenschaftlich, weißt du.«

Diese dusselige, aufgedrehte Göre. Ich hätte lachen können, aber das hätte sie genauso wenig vertragen wie ich an ihrer Stelle. Wir litten beide an einer typischen Teenagerkrankheit: Jeder wollte um jeden Preis ernst genommen werden.

»Baseball isn Spiel für Einfaltspinsel«, belehrte mich Phoebe. »Manchmal isses wirklich nicht schön. Ihr macht da vor tausend Leuten Sachen, die ich nicht mal im Schlafzimmer mache, wenn *keiner* zukuckt.«

Erst gab sie zu, ›ziemlich leidenschaftliche‹ Briefe an Soldaten zu schreiben, und dann tat sie verlegen, wenn ein Baseballspieler sein Suspensorium* zurechtrückte.

»Aber *etwas* haben wir gemeinsam«, sagte Phoebe.

Okay, dachte ich, laß mich nicht zappeln.

»Einen guten Grund, warum wir nicht zum Militär müssen – *ich* bin 'ne Frau, und du bist … na ja, das weißte ja.«

Aja. Ich legte die Hände hinter die Ohren und machte den fliegenden Elefanten.

»Quatsch. Wennde reden könntest, würdeste doch zur Army gehen. Oder?«

Hmmm. Noch fünfeinhalb Monate, und ich war reif für die Musterung. Vielleicht würde ich das Problem mit meiner Stimme – unbewußt, versteht sich – ausnützen, um nicht eingezogen zu werden.

Hinter uns kreuzte Dunnagin auf. Er kam aus dem Clubhaus. »Du hast ganz recht, Phoebe. Ich würde auch lieber Japse jagen als einem CVL-Wimpel nachlaufen. Die anderen haben den Spaß, und wir sind die Angeschmierten.«

»Du bist alt, Dunnagin«, sagte Phoebe. »Aber nicht zu alt, um dich freiwillig zu melden.« Sie schien mehr oder weniger erfreut über sein Erscheinen.

»Wenn du wüßtest«, sagte Dunnagin. »Methusalem ist nichts gegen mich. Wenn ich dieses Jahr kein Comeback habe, ist meine Karriere vorbei. Dann bin ich Schnee von gestern.«

»In der Army könnteste mehr für Uncle Sam tun. Auch mehr für dich.«

»Ich unterstütze die Moral der Bürger«, sagte Dunnagin. »Ich unterstütze die Moral der *Spieler.* Sie erleben mich auf dem Feld, sie denken, was der kann, das können wir auch. Sie gehen nach Hause, gestärkt und voller Zuversicht.«

»Schäm dich«, sagte Phoebe.

Dunnagin wirkte nicht sehr beschämt. »Danny, der Bomber fährt gleich los. Gib Gas.«

Ich nickte, und Dunnagin zog ab.

Phoebe stieg von den Holzstufen. Im Aquarium ringelte sich Homer und rührte das Dunkel auf – das erste Mal, das ich sah, daß er nicht bloß ein schwammiges Stück Rinde war. Hurra. Kein Baseballteam wollte ein totes oder völlig apathisches Maskottchen.

»Du mußt los«, sagte Phoebe. »Du läßt da einen Haufen Leute schmoren. Ein Dampfkochtopf is nix dagegen.«

Ich machte den Zweifingergruß.

»Du bisn fabelhafter Shortstop«, sagte sie. »Und laufen kannste wien Herbstfeuer.«[1]

---

[1] *Herbstfeuer* meint das Abbrennen der Felder im Herbst.

Unverhoffte Anerkennung. Trotzdem hätte ich gerne noch hinzugefügt: Weißt du, daß ich schneller bin, als einem das Wort Gott über die Lippen kommt? Das hat mir heute eine hiesige Institution gesagt.

Dem Himmel sei Dank, daß ich keine Stimme hatte.

14

Mein zweiter Abend in McKissic House. Ich hatte keine Eile, zu Jumbo raufzugehen. Die Hitze in dem Loch und die Vorstellung, mit kitzelndem Kehlkopf auf der einen Seite einer Grasmatte zu kauern, derweil *er* auf der anderen Seite schlief oder schmökerte – was war daran so verlockend? Mit ihm reden konnte ich nicht, und die Matte, die er zwischen uns gehängt hatte, hieß nicht gerade, daß er sich viel draus machte. Gut so. Vielleicht hatte er mich ja als Zimmergenossen akzeptiert, *weil* ich nicht reden konnte.

Nach dem Abendessen mußte ich beim Abwasch helfen, dann hockte ich mich in den Clubraum, gleich neben ein paar Burschen, die Karten spielten – Herz ist Trumpf, glaube ich, und lauschte der Tanzmusik und den Nachrichten aus dem kapellchenförmigen Philco-Radio. John L. Lewis (sagte H. V. Kaltenborn) habe seine Braunkohlenarbeiter zu einem Streik aufgerufen, der Patrioten mit den Zähnen knirschen lasse. Oben in Alaska sei die Army dabei, den letzten japanischen Widerstand auf Attu zu brechen, und die Eleventh Air Force lasse nicht nach, Kiska* die Seele aus dem Leib zu bomben. Karten interessierten mich nicht, und so vertrieb ich mir beim Radiohören die Zeit mit einem Puzzle. Das Bild auf dem Karton zeigte den Eiffelturm. Niemand störte mich.

Schließlich *mußte* ich nach oben. Um elf war Finale in McKissic House. Ausreichend Schlaf und ein fester Zeitplan waren die Rahmenbedingungen für Mister JayMacs Investitionen. Verletzungen der Hausordnung wurden mit Geldstrafen geahndet.

Jumbo lag ausgestreckt auf seinem Bett und las. Er hatte die Grasmatte wie eine Gardine zurückgebunden, damit ihn jede noch so unwahrscheinliche Brise erreichte, die durchs Fenster wehte. Der Ventilator schabte und pendelte wie eine Stripperin im Fischbeinkorsett. Von der Tür aus konnte ich den ganzen Raum übersehen. Mir fielen fast die Augen aus dem Kopf.

Jumbo hatte eine große, bronzene Vase mit einem Strauß Blumen an mein Feldbett gestellt. Hortensien, Schneeball und Wilde Möhre. Die Blumen halfen. Wenn man von den Etiketten auf den Konservendosen mit den roten *Jeanne-d'Arc*-Bohnen absah, sprühte das Zimmer nicht gerade vor Farben. Die Blumen machten es gleich freundlicher hier. Jumbo blickte von seiner Lektüre auf. Seine Augen machten mich trotz der Hitze frösteln. Ich wollte rasch zu meinem Feldbett rüber, als Jumbo die Hand hob.

»Du hast gut gespielt heute morgen.«

Ich zog den Kopf ein. Jumbo hatte auch gut gespielt. Er hatte einen schweren Balata-Ball* über die Bande geschlagen und im Feld gespielt wie einer, der eine Art Magnet für Pferdeleder im Handschuh hat. Doch so, wie er aussah, mußte ich sofort an die Spekulationen der anderen denken. An Wunden, Qualen und Tod. Ich hatte, um es auf den Punkt zu bringen, eine *Aversion* gegen den Anblick. Schließlich sah ich ja auch nicht so toll aus.

Meine Reaktion auf Jumbo erinnerte mich daran, wie ich als Zwölfjähriger auf meinen besten Freund in Tenkiller reagiert hatte, und zwar nachdem Kenny einen heftigen Unfall mit dem Schlitten gehabt hatte. Sein voller Name war Kenneth Ward. In einem schneereichen Winter schoß er auf einem *Northern Flyer* über den Wall einer Senkegrube, die voller Brombeergestrüpp war. Er fiel zehn oder zwölf Fuß tief. Die Dornen zerschlitzten und zerkratzten ihn so gründlich, als sei er durch ein Gemenge aus nasser

Baumwolle und Stopfnadeln gestürzt. Er verlor das Bewußtsein. Er bebte am ganzen Leib. Zu dritt schafften wir es, ihn da rauszuholen, und bestimmt haben wir ihm noch zusätzliche Verletzungen beigebracht, als wir ihn durch das verschneite Dornengestrüpp aus der Grube zerrten. Ich weiß nicht mehr, wieso Kennys Dad plötzlich da war, jedenfalls hat er ihn schleunigst in die Notaufnahme am Cherokee-County-Hospital gebracht. Ich habe Kenny nicht im Krankenhaus besucht, wohl etliche Tage später in dem kleinen Haus der Wards in Tenkiller.

Kenny sah nicht aus wie Kenny. Er sah aus wie… wie soll ich sagen? Wie das Opfer von tausend Wespenstichen. Oder das Opfer einer Stierattacke. Zwei geschwollene blaue Augen (eigentlich mehr rot und violett als blau), eine kaputte Nase und Lippen, die an einen Albino-Wels erinnerten. Bei Kennys Anblick wurde mir angst und bange. Als das Haus wieder außer Sicht war, beschlich mich ein Gefühl, als ob das gar nicht Kenny gewesen war. Nicht Kenny, sondern irgend etwas Fremdes, Häßliches, womöglich ein Untoter, den UFO-Leute ins Haus der Wards geschmuggelt hatten. Ich ging nicht wieder hin. Auch als er über den Berg war und allmählich wieder so aussah, wie der Kenny mit den vorstehenden Zähnen, den ich von früher kannte, stand ich fortan unter einem Bann aus Ekel und Scham. Ich konnte mich nicht wieder mit ihm anfreunden.

Ich empfand Jumbo gegenüber, was ich Kenny gegenüber empfunden hatte – dem Kenny mit der gebrochenen Nase und den blutunterlaufenen, verquollenen Augen.

»Gestern abend«, sagte Jumbo, »da war ich… ähm… nicht besonders freundlich.«

Ah-ah. Ich zeigte auf mich, was heißen sollte, er habe sich mehr oder weniger okay aber *ich* mich wie ein Vollidiot benommen.

Eine glatte Lüge.

Denn er hatte sich zumindest genauso idiotisch benommen, indem er nämlich den ganzen Abend nicht mehr als drei Sätze gesagt und seine Bude so abgeteilt hatte wie ehedem die Kleinstadtärzte im Süden ihre Wartezimmer – eine Hälfte für Farbige, die andere für Weiße.

»Ich habe das aufgehängt« – Jumbo winkte mit dem Kinn zur Matte, die er an die Wand gerafft hatte –, »weil ich annahm, du wärst lieber ein bißchen für dich allein als ganz ohne Sichtschutz.« Er zog eine Grimasse. Er schnitt eine Fratze. Und wie! Ein Krampf in Wangen- und Stirnmuskeln.

»Verzeih mir. Ich rede selten. Der amerikanische Slang verwirrt mich. Alles, was ich sage, fußt auf dem geschriebenen Wort.« Er machte eine Geste, die sein Bücherregal meinte. »Ich habe eine Vorliebe für Philosophie, Wissenschaft, Religion und Medizin und für viktorianische Romane und aktuelle Ereignisse. Und meine Vorliebe beeinflußt unvermeidlich meine Diktion.«

Wau. Ein verbaler Brechdurchfall – jedenfalls für Jumbo. Er war verlegen. Er knetete seine Hände wie jemand, der Blut in die erfrorenen Fingerspitzen massieren will.

»Du hast dich durch die Matte ausgeschlossen gefühlt, dabei wollte ich dir einen Gefallen tun.«

Ich blieb natürlich stumm.

»Wenn du für dich sein willst, dann zieh die Matte von der Wand. Wenn nicht, dann laß sie so.« Er sah mir in die Augen. »Bei bestimmten Gelegenheiten ziehe *ich* die Matte zu, egal, was du gerade möchtest. Betrachte das bitte nicht als ein Anzeichen von Groll oder Abneigung. Ich brauche manchmal die Einsamkeit.«

Ich nickte. Okay. Verstanden.

»Und *du* darfst die Matte zuziehen, wann immer du willst. Möchtest du sie jetzt zuziehen?«

Eigentlich nein. Abgesehen von Dunnagins Beschwichtigungsversuchen in der Sommerlaube, hatte ich in Georgia noch keine Zwiesprache erlebt, die so lange gedauert hatte und die so vielversprechend war wie diese. Andererseits konnte ich nicht viel dazu beitragen. Ich wollte rasch zu meinem Feldbett, doch Jumbo hielt mich ein zweites Mal auf.

»Du hast einen Knopf verloren«, sagte er. »Gib mir dein Hemd.«

Ich knöpfte es auf, gab es ihm und setzte mich auf meine Liege. Jumbo holte Nadel und Faden und eine geschnitzte Elfenbeindose mit Knöpfen aus dem Regal und nähte mir binnen fünf Minuten den neuen Knopf an. Man hätte meinen sollen, die bratwurstgroßen Finger hätten ihm dabei zu schaffen gemacht, doch er hatte Routine und machte seine Sache rasch und gut.

»Da«, sagte er und hielt mir das Hemd hin. Es wehte wie eine Fahne im Luftstrom des Ventilators, erschlaffte wie ein Windsack bei Flaute, dann tanzte es wieder auf. Als ich mir das Hemd holte, bemerkte ich die Furchen, Schwielen, Beulen und Narben an den Fingerenden. Die Fingerspitzen sahen tot aus, die Haut war weiß oder gelblich mit braunen oder rosarot glühenden Spiralen auf der Tastseite. Der lehmige, dattelpflaumige Geruch kam in Wellen. Aus der Nähe betrachtet, ähnelten die Augen geschälten Orangenscheiben mitsamt ihren zahllosen Membranen. Das war mein Ex-Freund Kenny Ward, wie er leibte und lebte.

Am Boden neben dem Kopfende von Jumbos Bett stand ein Karton mit lauter alten – aber nicht zu dreckigen – Bällen. Die meisten Gebrauchtbälle landeten damals im sogenannten *Baseball Equipment Fund* der Streitkräfte, damit die hier und in Übersee stationierten Soldaten trainieren oder entspannen konnten. Das wußte selbst ich. Der *Baseball Equipment*

Fund war eine wichtige patriotische Übereinkunft. Was erklärte, warum ich Jumbo gleich der Hamsterei verdächtigte. Aber was wollte er mit den Bällen? Das Team hatte genug Bälle, und keiner von diesen zerbeulten Prügelknaben sah aus, als könne man damit auch nur eine Vogelscheuche abtreffen, geschweige denn Wurf- oder Schlagtraining machen.

Jumbo langte hinunter und griff sich einen Ball heraus. Er setzte die Fingernägel in die Naht und pellte die mehr oder weniger glänzende Hülle ab. Er warf den Balata-Kern in den Karton zurück und spreizte das Leder auf seinen Knien. Er rieb mit dem Daumen darüber, als gelte es, den einzig sichtbaren Flecken zu tilgen und die Pferdehaut wieder makellos zu machen, dann wendete er das Leder und rieb die andere Seite.

»Das hat mal gelebt«, sagte er. »Denk daran – das war mal die Haut von großen, stattlichen Tieren.« Er hörte auf, das Leder zu reiben und legte die aufgespreizte Hülle oben auf die anderen Bälle – etwa so, wie man seinen Silberdollar zu den anderen seltenen Münzen zurücklegt.

Ich fror und zog mein Hemd über.

Jumbo sagte: »Ich würde dich lieber Daniel nennen als Mr. Boles. Darf ich?«

Ich zauderte eine Sekunde, bevor ich nickte.

»Dann darfst du Henry zu mir sagen – im stillen, meine ich. Zwei Männer, die so eng beieinander wohnen, sollten nicht auf Formalitäten bestehen.«

Ich war genau der umgekehrten Meinung, aber was sollte ich machen? Jumbo war der ältere und verdiente ein bißchen Respekt. Er streckte die Hand aus, um den Vertrag zu besiegeln. Ich nahm sie mit der gleichen Inbrunst, mit der ich nach einem heißen Draht gegrapscht hätte.

»Daniel, von jetzt an bin ich Henry für dich.« Die Hand fühlte sich kalt und trocken an, elastisch und hart – als stecke man seine Hand in die einer Statue aus Hartgummi.

Ich fand nicht, daß *Henry* der richtige Name war für einen Schlagmann von Jumbos Format. *Hank* war da schon besser – wie in Hank Greenberg. Aber Jumbo wollte nun mal, daß ich ihn *Henry* nannte und nicht *Hank*.

»Moment, Daniel. Ich habe noch ein kleines Geschenk für dich.« Er griff unter sein Kopfkissen und holte zwei Kladden und eine Handvoll Bleistifte heraus, das Ganze wurde von einem Einmachgummi gebündelt. Die eine Kladde hätte man in der Schule brauchen können, sie war so dick wie ein Roman von Tolstoi. Die andere, ein bißchen größer als ein Päckchen Spielkarten, konnte man in die Tasche stecken und mit sich herumtragen. Ein Bleistift, er war schon gespitzt, trug einen Taschenklipp. Jumbo legte mir den Kram in die Hände.

»Wenn du dich mit mir unterhalten willst«, sagte er, »dann schreibst du einfach in das kleine Notizbuch, reißt die Seite heraus und gibst sie mir. Ich antworte dann so, wie es das Geschriebene erfordert.«

Ich lud Jumbos Geschenke in meinen Hemdschoß und watschelte zu meiner Liege, wo ich sie ausschüttete.

»Das große Notizbuch kannst du als Tagebuch benutzen«, sagte Jumbo. »Da kannst du für den Rest der Saison alle deine Großtaten aufschreiben.«

He, mit der High-School war ich fertig. Warum sollte ich da noch mal Aufgewärmtes von Baseballspielen in eine Kladde kritzeln? Vermutlich zählte die gute Absicht, aber'n Schokoriegel oder'n starkes Magazin wär mir lieber gewesen. Im nächsten Moment dämmerte mir allerdings, es könnte vielleicht einen Heidenspaß machen, über meine Zeit in Highbridge Tagebuch zu führen. Ich hatte nämlich nicht vor, in Georgia alt zu werden, und eines Tages war ich vielleicht froh, wenn ich in meiner CVL-Laufbahn blättern konnte.

Egal wie schaurig Jumbo aussah oder wie komisch er redete, er zeigte den guten Willen, mich wie einen Stubenkameraden zu behandeln und nicht bloß wie ein lästiges Balg, das Mister JayMac ihm aufgehalst hatte. Wer weiß, vielleicht waren es meine Leistungen, die ihn umgestimmt hatten. Und was sagte das über seinen Charakter aus? Hätte ich lausig gespielt, hätte er mich dann weiterhin wie einen Kakerlak behandelt? Doch ein paar hundert Meilen von Tenkiller entfernt wußte ich seinen Umschwung zu schätzen, so oder so.

Ich schlief mit voller Montur ein, in Tuchfühlung mit meinen Kladden und Bleistiften, derweil Jumbo *One World* von Wendell L. Willkie* las.

Als ich aufwachte, war es stockfinster.

Jumbo hatte die Grasmatte zugezogen. Ich konnte sie riechen. Ich konnte auch das sandige Aroma der Hortensien in der Vase riechen. Ich zog mich aus und legte mich wieder hin. Jumbos Schnarchen übertönte das Surren des Ventilators, und zwischen uns schaukelte die Matte.

15

FREITAG. UNSER ERSTES HEIMSPIEL gegen Lanett. Mister JayMac taufte es *Scrap Metal Collection Drive Night.* Jeder unter achtzehn, der ein Pfund Altmetall brachte (ein ausgedientes Schaufelblatt, einen Beutel leere Filmpatronen oder Farbbandspulen, ein Sammelsurium von leeren Konservendosen), der also kam umsonst ins Stadion. Platzanweiser sammelten das Altmetall ein, und Geschäftsleute, die sich freiwillig zur Verfügung stellten, transferierten es zum War Production Board.

Die Tribünen ächzten unter dem Ansturm; unter den Zuschauern waren viele Teenager und Soldaten aus Camp Penticuff. Während des Krieges brauchten GIs nur den halben Preis zu zahlen, sie zahlten fünfzig Cent für die Fußreihen und hatten die Augen mehr bei den Weibern als beim Spiel. Milt Frye, der die Lautsprecheransage machte, meldete uns eine Belegung von über dreitausend, ein mehr als anständiges Ergebnis, selbst wenn viele ›nur‹ mit Altmetall bezahlt hatten.

CVL-Teams legten ihre Spiele meist ans Wochenende. Manchmal kam es vor, daß eine Serie schon am Donnerstag- oder Mittwochabend begann, doch die Montage und Dienstage blieben offen und konnten als Reisetage genutzt werden oder zum Nachholen von Spielen, die wegen Regen ausfielen.

Im Clubhaus verkündete Mister JayMac die vorläufige Aufstellung. Kein einziger Neuling dabei. Junior, Skinny und ich sollten die Bank drücken, bis jemand wegen Verletzung ausschied oder einer von uns aus strategischen Gründen gebraucht wurde. Fadeaway sollte überhaupt nicht spielen – Mister JayMac hatte ihn für Sonntag eingeplant.

»Das sind nur zwei Tage Schonung«, meinte Fadeaway.

Allen stand der Mund offen, als hätte er sich soeben geweigert, beim Löschen eines brennenden Waisenhauses zu helfen.

»Nach meiner Rechnung drei«, sagte Mister JayMac. »Zum Donnerwetter, mein Sohn, du bist fünfzehn, hab ich recht?«

»Jawoll, Sir.«

»Dann erholst du dich nie wieder so schnell vom Pitchen wie jetzt, und deine Junk-Bälle* kannst du dir sparen. Wann gedenkst du zu werfen? Wenn ich es von dir erwarte oder wenn dir danach ist?«

»Wenn Sie es von mir erwarten.«

»Gut«, sagte Mister JayMac. »Also hör auf zu schmollen.«

Zwielicht kroch über das Feld. Die Lampen auf den Masten erwachten. Es wurde taghell. In jenem Sommer machte sich niemand Gedanken über ein Nazi-U-Boot, das den Chattahoochee heraufkam, um eine Werft am Ufer oder einen einsamen Nachschubkahn zu entern. Unter den Lampen sah McKissic Field wie ein Wunderland aus: grüner Rasen, glänzende Reklame, überall kräuselten sich die zarten Gespenster aus Zigarren- und Zigarettenqualm. Nicht mal der ewige Geruch nach gebrannten Erdnüssen konnte mir das Wunder verderben. Als Mrs. Harry Atwill, die Organistin, *Take Me Out to the Ball Game* spielte, rieselte es mir den Rücken hinunter. Mir war, als wolle der Himmel aufreißen wie die Kapsel einer Seidenpflanze und ein Seraphimgeschwader zur Erde schikken, um mit den Menschen Fastnacht zu feiern.

An diesem Abend warf Creighton Nutter, und hätte er nicht das Zeug dazu gehabt, Highbridge hätte verloren. Die Regulären spielten wie Behinderte. Sie übersahen Zeichen, sie verpaßten Bodenbälle, verspielten harmlose Flugbälle und verfehlten Cut-Off-Leute*, um nur einiges zu erwähnen. Im vierten Inning begannen uns die Fans auszupfeifen. Sie suchten sich Trapdoor Evans als Prügelknaben aus, der auf dem Rasen lag und sich krümmte, nachdem er einen Korb-Fang* in einen Unterleibstreffer verwandelt hatte. Charlie Snow kam aus dem Centerfield gestürzt, las den Ball auf und warf ihn zurück zum Pitcher.

»Evans ist kastriert!« skandierte eine Fußzeile aus Soldaten. *»Evans ist kastriert!«*

Milt Frye sagte über Lautsprecher: »Beruhigt euch, Leute. Die Direktion hat großen Respekt vor unseren Streitkräften, aber wir tolerieren keinen Unflat, egal aus welchen Reihen.«

»Evans ist kastriert, Evans ist kastriert, Evans ist kastriert!« skandierten die GIs. Die Schelte von Frye störte sie kein bißchen, und als er bellte: »Wer von diesem unreifen, rüpelhaften Verhalten nicht abläßt, wird – auch wenn er Uniform trägt – aus dem Stadion geschafft!« da wandte sich eine ganze Fußzeile von ihnen zur Pressekabine und beschickte sie mit einem rhythmischen Stakkato von Pfiffen, das jeden Drill-Wettbewerb in Camp Penticuff gewonnen hätte. Doch, ehrlich gesagt, gab es an diesem Abend kein obszöneres Spektakel als das, was unsere Regulären aufführten. Selbst Leute, die Kinder dabei hatten, hatten mehr Sympathie für die GIs als für unsere Hampelmänner.

Wir hatten förmlich Blinde-Kuh gespielt und gingen mit einem einzigen Home Run in die letzte Schlagrunde. Und den hatten wir Nutter zu verdanken, der klug geworfen hatte und auch dann nicht durchdrehte, wenn seine Feldspieler sich wie tänzelnde Nilpferde aufführten. Der Schock des Abends war dann – eine Ohrfeige für Mister JayMacs Strategie, nach der wir uns beim Heimspiel gründlich blamieren sollten – der Schock war dann, daß wir das Spiel irgendwie gewannen: drei zu zwei.

Das war knapp. Und ungerecht. Na und?

Der Sieg brachte uns mit acht-acht in die Saison. Opelika, Eufala und Cottonton verloren am selben Abend, und zwar gegen Quitman, Marble Springs und LaGrange, so daß wir um einen vollen Punkt an die Orphans und Mudcats heranrückten und uns den vierten Platz nicht länger mit den Boll Weevils teilen mußten. Doch es wurmte mich nach wie vor, daß Mister JayMac uns Neulinge ausgesperrt hatte, zumal unseren Sparringspartnern ganz offensichtlich die Puste ausgegangen war.[1]

»Was müßte die Mannschaft tun, damit der Boss uns eine Chance gibt?« hatte Junior zu Skinny Dobbs gesagt.

»Verlieren«, hatte Skinny gesagt. »Die Kerle müßten verlieren.«

Skinny irrte. Das nächste Spiel gegen Lanett war auf Samstagnachmittag fünf Uhr angesetzt. Das CVL-Komitee hatte verfügt, eine bestimmte Anzahl von Spielen in den späten Nachmittag zu legen. Denn seit Jahren wurde der Süden von einer nagenden Dürre heimgesucht, die ihm die Deckung des Strombedarfs erschwerte. Spiele bei Tageslicht und Dämmerung senkten diesen Bedarf. Das war gut so. Rüstungsbetriebe – Schiffswerften, Torpedofabriken und Montagebänder – mußten rund um die Uhr laufen. Man konnte, wenn es nicht zu Extra-Innings kam, ganze Spiele zwischen fünf und Sonnenuntergang quetschen.

---

[1] Siehe dazu die CVL-Rangliste vom 3. 6. 1943 in Kapitel 7.

Egal, knapp bevor wir uns rausputzten für die zweite Begegnung in der Lanett-Serie, kam Darius in den Umkleideraum und verlas die Aufstellung:

»Erster am Schlag und Short, Danl Boles …« Er fuhr fort, doch das einzige, was mich noch interessierte, waren die Positionen sieben und acht, die besagten, daß Junior und Skinny zum Schlag eingeteilt waren, Junior das Second bespielte und Skinny von Trapdoor Evans das Rightfield übernahm.

»Soll das ein Witz sein?« sagte Buck Hoey zu Darius. »Ich hab gestern abend für drei geschlagen. Keiner war besser.«

»Mr. Curriden war besser«, sagte Darius. »Und noch besser wär er gewesen, wenn *Sie* ihn nicht bei dem Pop-up* behindert hätten. Diese Beule an Ihrer Stirn, geht sie zurück?«

»Sachte, Darius«, sagte Hoey. »Du betrittst dünnes Eis.«

Darius schürfte mit der Spitze seines Halbschuhs über den Beton. »Hier ist doch überhaupt kein Eis. Schade, sonst hätten Sie was zum Kühlen gehabt.«

»Lesen Sie noch mal vor«, sagte Junior.

Brav verlas Darius die Aufstellung für den Nachmittag noch einmal. Mein Körper fing an zu summen wie eine Stimmgabel. Samstag, 5. Juni 1943. Mein erstes Spiel am Short in einem Profi-Verein.

»Ich kann nicht glauben, daß Mister JayMac mich auf die Bank setzt«, sagte Hoey. »Ich habe an einem Streifen neun Hits geschlagen.«

Darius pochte mit den Fingerknöcheln auf die Karte. »Hier steht nichts davon, daß der Wechsel für immer gilt, Mr. Hoey.«

Das traf mich an einer empfindlichen Stelle. Wenn ich eine Chance vertat oder vorbeischlug, wenn Runner in den Startlöchern waren, war Hoey spätestens morgen wieder in Amt und Würden.

»Und was, zum Teufel, machen wir solange?« wollte Evans wissen.

»Wie wär's mit Ausruhen«, sagte Darius. »Fänd ich ganz logisch.«

»Mist, verfluchter«, sagte Hoey.

»Tja, und Sie, Captain: Mister JayMac will, daß Sie den Coach am First machen.«

Vito Mariani war als Pitcher eingeteilt. »Kopf hoch, Buck. Ich werd sie so rasch plazieren, daß dein Hosenboden keine Zeit hat, blank zu werden.«

Darius ging. Hoey starrte an den Boden. Knowles, der entthronte Second-Base-Mann, ging rüber zu Junior und legte ihm die Hand auf die Schulter.

»Zerreiß sie in der Luft, Junge.«

Das Spiel war kein Zuckerschlecken, auch wenn die Linenmakers gar nicht richtig zum Zug kamen. Auf die *Scrap Metal Collection Night* von Freitag folgte die *Kitchen Fats for Victory Night;* auch wenn niemand umsonst reinkam, weil er Bratfett von Frikadellen oder Speck mitbrachte, sorgten Milt Frye und drei Platzanweiserinnen dafür, daß der Name von jedem Fan, der eine Dose Hartfett beisteuerte, notiert und in eine Lostrommel gesteckt wurde. Die Ziehung sollte im Laufe des siebten Innings stattfinden. Der erste Preis war ein Wochenende zu zweit in Atlanta, mit Zimmer im Hotel *Ponce de Leon*. Und es sah ganz so aus, als ob die Ziehung für Zivilisten genauso wichtig war wie das Baseballspiel.

Der ranzige Geruch war allgegenwärtig. Die hehre Absicht war, das Fett an Munitionsfabriken zu liefern, die es einschmelzen würden, um Glycerin für den Sprengstoff von Bomben und Haubitzenmunition zu gewinnen. *Kitchen Fats for Victory.* Nach dem Krieg erfuhr ich dann, daß man es zu Seife verarbeitet hatte. Schmutz wirkt demoralisierend, und die Streitkräfte hatten sich mit unserem Fett gewaschen. Aber hätte man Zivilisten aufgefordert, Fett für Seife mitzubringen, hätte das wenig romantisch geklungen. Auch nicht besonders hygienisch. Deshalb ließ die Regierung verlauten, unser Gebrauchtfett werde gebraucht, um Leute in die Luft zu sprengen, und *schwuppdiwupp* war die Heimatfront gewonnen.

Wie dem auch sei, ich schnitt drei zu vier ab. Ich setzte einen ›Knallfrosch‹ hinters Second, was heißen soll, daß ich meinen ersten kommerziellen Base Hit landete. Eine Fußzeile aus GIs gab mir eine stehende Ovation – aus purer Erleichterung, daß die Hellbender heute nicht schlimmer stinken würden als das Stadion, was gestern abend der Fall gewesen war. Sie liebten es, daß ich dem Spiel Würze gab.

Hoey, der den Coach am First machte, kam rübergeschlendert, als ich spornstreichs kehrtmachte und zum First zurückkehrte. Der Centerfielder hatte den Wurf nur angetäuscht, eine Drohung, die ich nicht besonders ernst genommen hatte.

»Nicht, daß dir der Jubel zu Kopf steigt. Das tun die auch, wenn 'ne niedliche alte Lady über 'ne Popcorn-Schachtel stolpert.«

Ich sah zu, wie Charlie Snow, ein super Schlagmann, in Stellung ging und seine Spikes mit einem Louisville-Slugger beklopfte, an dem er so lange gedrechselt hatte, bis das Ding wie eine gertenschlanke Champagnerflasche aussah.

»Ich an deiner Stelle würde mich schämen, so das First zu erreichen«, sagte Hoey, »mit so 'ner todmüden Möwe, wie du sie da rübergescheucht hast.«

Ich zuckte die Achseln. Mein Schlagschnitt lag voll bei tausend – vorerst jedenfalls.

»Gib acht auf O'Connors Pick-off.* Wenn du hier ›aus‹ gemacht wirst, hättest du auch vorbeischlagen können.«

»Zurück in die Box«, sagte Happy Polidori, der Schiedsrichter, »und laß den Jungen zufrieden.«*

»Leck mich, Polidori. Die Kids haben Mäusespeck im Kopf. Ist mein *Job,* ihnen auf die Sprünge zu helfen.«

»Mach den Mund zu und beweg deinen Hintern«, sagte Polidori.

Ohne daß mir jemand ein Startzeichen gab, stahl ich beim ersten Wurf von O'Connor das Second. Die GIs sprangen auf die Füße und brüllten. Der Catcher von Lanett machte nicht mal den Versuch, mich ›aus‹ zu werfen. Ich machte Hoey ein Handzeichen – um ihm zu sagen, daß ich okay war – nicht um mich lustig zu machen –, doch er stieß eine rote Dreckfontäne aus dem Boden und zeigte ›Aus‹ für mich an.

Snow schlug einen weiten Ball ins Rightfield. Ich erreichte das Home Base. So ging es das ganze Spiel über. Wir siegten mit acht zu drei – wie gesagt, kein Zuckerschlecken, aber auch keine Knochenarbeit. Die anderen zwei Treffer von mir waren ein Abtropfer zum First und ein Ball, der in hohem Bogen von der Hartgummiplatte des Pitchers abprallte. Hoey zerriß sich auch darüber das Maul. Glückstreffer, meinte er, und ich sollte, wenn ich das nächste Mal in die Kirche ging, bei der Kollekte einen Hunderter spendieren. Ein bißchen fühlte ich mich betrogen, als der Rightfielder der Linenmakers meinen weitesten Ball einholte und gegen die *Belk-Gallant*-Reklame nagelte, was zum vorletzten ›Aus‹ führte.

Hoey klatschte Beifall für diesen Coup. Er mochte es, wenn man mir bei einem blindlings geschlagenen Ball einen vier-zu-vier Trip vermasselte.[1]

Am Short lieferte ich allerdings einen perfekten Kampf. Obwohl Mariani große Bogen gespuckt hatte,

---

[1] *vier-zu-vier Trip* meint, daß der betreffende Spieler viermal am Schlag und ebensooft auf Base war

schlug er gar nicht gut. Junior und ich holten ihn dauernd aus der Bredouille, indem wir Double Plays spielten oder potentielle Rollbälle abblockten, um Home Runs zu verhindern. Bei unseren Double Plays klickten wir wie Kastagnetten.

»Zum vierten Mal heute«, erklärte Milt Frye über Lautsprecher, »hat es eine Double-Play-Kombination zwischen Boles, Heggie und Clerval gegeben – das hatten wir seit '39 nicht mehr.«

Pfiffe, Applaus, Trampeln. Mrs. Atwill stieg in eine Schnellversion von *I Get a Kick Out of You.*

»Danny Boles stammt aus Tenkiller, Oklahoma«, sagte Frye. Dann, nach einer Kunstpause: »Der Junge hat einen guten Schuß Cherokeeblut in den Adern, der erste entwurzelte Indianer, der heimkehrt auf dem Pfad der Tränen.« Frye sagte, Junior Heggie, der Junge aus Valdosta in Georgia, verdiene auch Applaus, und spätestens da muß sich Hoeys Speichel in Schwefelsäure verwandelt haben.

Nach dem Spiel schmetterten die Lautsprecher eine krächzende Konserve der Nationalhymne. Ich stand auf der obersten Stufe unseres Unterstands, die Kappe am Herzen, und lauschte dem trunkenen Chor unserer Fans. Sie räumten das Stadion erst, als die Platzbeleuchtung auf Mister JayMacs Geheiß abgeschaltet wurde.

Im Clubhaus meinte Lamar Knowles zu Junior und mir, wenn es uns gelänge die Boles-Heggie-Clerval-Kombination durchzuhalten, dann würden wir in der CVL so berühmt werden wie die Tinker-Evers-Chance-Combo in den Major-Leagues. Er wollte uns nicht den Hemdschlips küssen – er meinte es ehrlich. Junior hatte ihm die Schau gestohlen, und Knowles hätte ihn fertigmachen und alles mit Anfängerglück abtun können, aber das tat er nicht. Alle Achtung.

Nach dem Duschen suchte uns Mister JayMac auf und meinte, das Wichtigste am heutigen Spiel sei nicht das Debüt von ein paar fiebernden Neulingen oder die Wiederholung des alten Double-Play-Rekords – das Wichtigste sei, daß die Hellbenders seit dem Eröffnungsspiel am 7. Mai *gesiegt* hätten.

»Heute abend, Gentlemen, stehen wir neun und acht. Das ist gut: ein Sieganteil von mehr als 0.530.[1] Aber wir brauchen uns weder diese noch sonst eine Nadel anzustecken. Schlagt diese Schaumschläger noch ein einziges Mal, morgen, und wir werden uns am Mittwoch auf Quitman stürzen und die Mockingbirds bei drei von drei Spielen auseinandernehmen. Opelika hat heute abend wieder verloren, und LaGrange und Cottonton verbeißen sich in Extra-Innings.*

Wetzt Schnäbel und Klauen, Gentlemen. Bis Ende August sollten wir King in der Hackordnung der CVL sein.«

Wir schlugen einander auf den Rücken und jubelten.

»Wer spielt morgen am Short?« sagte Hoey.

Die Frage verwandelte die Party erst in ein leeres Schwimmbecken und dann in hallende Stille.

Mister JayMac sagte: »Wenn Sie die letzten beiden Spiele Revue passieren lassen, Mr. Hoey, wen würden *Sie* denn vorschlagen?«

»Wenn ich meine letzten *sechzehn* Spiele Revue passieren lasse, dann halte ich die Frage nicht für fair, Sir.«

»Vielleicht sollten wir jedesmal über die Aufstellung abstimmen. Jedesmal nachfragen, ob meine Anordnungen fair sind oder nicht.«

Hoey hielt den Mund. Er hätte das Duell nur mit einer Pistole oder mit Hilfe eines Hypnotiseurs ge-

---

1 Siehe Rangliste vom 3. 6. 1943: Anzahl der gewonnenen Spiele geteilt durch die Summe der Spiele (seither sind zwei Spiele dazugekommen, und beide sind gewonnen worden).

winnen können. Alle – mit Ausnahme von Evans, Sloan und zwei anderen – *wollten,* daß Hoey den Mund hielt. Er hatte die Siegesfeier in eine spröde Manöverkritik verwandelt.

»Gut«, sagte Mister JayMac. »Zapfenstreich heute nacht um eins. Nein, zum Teufel. Macht um Mitternacht die Augen zu und schlaft euch morgen aus.« Er ging.

Ach ja. An jenem Abend hatte Jumbo keinen Base Hit landen können, aber gescheiter wie ein Staubsauger jede Chance am First aufgesaugt und sich das Monsterherz aus dem Leib gespielt. Und wenn uns Buck Hoey wie Ammoniak in die Nase stach, dann roch Jumbo vergleichsweise nach Geißblatt und Minze.

16

In jener Nacht – gegen drei oder vier Uhr früh – hatte ich einen mächtigen Druck auf der Blase. Nach dem Spiel hatte Kizzy lauter Metallkrüge mit Zitronenlimo in den Clubraum gestellt, und ich hatte literweise davon getrunken. Eine Menge hatte ich wieder ausgeschwitzt, aber ein gut Teil brachte sich jetzt schmerzhaft in Erinnerung, weshalb ich aufstand, auf Zehenspitzen an Jumbos Bett vorbeiging und den Flur lang zum Etagenklo taperte. Schon komisch: Durch die Ritzen rings um die Tür zum Waschraum fiel Licht, der Knauf ließ sich nicht drehen, und ich vernahm ein harsches Gesprenkel auf Blech.

Es war nicht Jumbo. Jumbo lag im Bett, eine abschreckende, zerklüftete Landschaft, die verträumte Schnaufer von sich gab. Jemand von unten war raufgekommen. Warum? War Sosebee zum Scheißen raufgekommen? Ich war stocksauer. Woher nahm diese Hellbender-Niete die Unverschämtheit, unseren Waschraum zu entern?

Meine Blase war eine entsicherte Bombe. Ich brauchte Erleichterung. Ich konnte nicht warten, bis der Mistkerl fertig geduscht und sich abgetrocknet hatte. Bevor er mich reinließ, würde ich den Flur unter Wasser setzen. Ich suchte nach Alternativen: offene Fenster, Blumentöpfe, Schirmständer. Nichts bot sich an. Mir blieb nur eins: runter zum Etagenklo von Dunnagin und Junior oder ins Parterre. Also machte ich mich an den Abstieg. Jede Stufe wollte mir den Stöpsel ziehen. Wenn ich losplatterte, wurde die enge Treppe zum Wasserfall, und meine Kameraden – alle in McKissic House, bis auf Jumbo und diesen Pimmel in unserem Bad – würden elend ertrinken.

Ich hielt mich geschlossen und erreichte den ersten Stock. Der Waschraum war leer. Leer. Ich stürzte rein und pißte mir die ganze Qual aus dem Leib. Nicht die *ganze*. Es zwickte mich immer noch, daß irgendwer unsere Toilette geentert hatte. Diese hier hatte viermal soviel Quadratfuß und mehr Seife und auch mehr Klopapier. Warum sollte sich jemand rauf in unsere schleichen?

Vielleicht, weil er ungestört sein wollte. Irgendwer im ersten Stock wollte keine Zuschauer beim Duschen.

Ich machte mich wieder an den Aufstieg. Und wie ich mich so zwischen Wand und Geländer hochtaste, tastet sich jemand von oben herunter, und ich erstarre im unteren Treppenhaus. Wer da runterkam, sah verdächtig – verdächtig köstlich – nach einer Frau aus. Im trüben Licht einer elektrischen Wandbirne konnte ich sehen, daß sie für ihr Alter – Ende dreißig, Anfang vierzig – verdammt gut aussah, vielleicht ein bißchen wie ein Vamp auch.

Sie hatte – wenn man so will – ein Handtuch an.

Und offenbar nicht damit gerechnet, jemandem zu begegnen. Sie machte aber nicht kehrt. Sie legte den Kopf schief und lächelte, das Erdbeerhaar war aus der Stirn gekämmt und fiel ihr in einer feuchten Strähne über die Schulter. Sie faßte nach dieser Strähne mit derselben Hand, die das Handtuch hielt, mit der linken. Ich weiß, daß es die linke war, weil sie da ihren Trauring trug.

»Mr. Boles – unser nagelneuer, phantastischer Shortstop.«

Meine Unterhose bedeckte mehr als eine Badehose bedeckt hätte, was aber nichts daran änderte, daß ich rot wurde. Hätte ich mich mit einem Liniment für Pferde eingerieben, ich hätte nicht feuriger geglüht.

»Mach dir keinen Kopf, Junge. Ich laß dich vorbei.« Die Frau lachte. »Zwei Schiffe passieren den Kanal.« Sie drückte sich samt und sonders an die Wand. »Komm hoch, du paßt bequem vorbei.«

Ich klomm mit gesenktem Kopf nach oben. Schatten wanderten um uns herum, doch der bernsteinfarbene Lichtschein verlieh ihren Schienbeinen, ihren Armen und ihrem Brustbein den Schimmer von Messerklingen. Bei erhobenem Kopf hätte ich schnurstracks am Handtuch hoch ins Tal des Schattens geguckt. Ich hatte weiche Knie und zitterte. Wie am Schlag, wenn dir neunzig Stundenmeilen ins Haus stehen.

Auf derselben Stufe mit der Frau streifte ich ihre Hand und etwas Feuchtes landete auf meinem Fuß. Ihr Handtuch. Ich langte nach unten, um es aufzuheben. Mein Hirn hatte dichtgemacht. Die tölpelhaften, ritterlichen Instinkte waren eingerastet. Als ich mich wieder aufrichtete, stierte ich auf ihre Nacktheit und atmete das duftende Glycerin von Palmolivseife. Ich fror. Mir wurde schwindlig. Ich fühlte mich wie eins von diesen Figürchen an einem rotierenden Gewürztablett.

»Danke.« Sie hatte keine Eile, sich zu bedecken. »Ich weiß das zu schätzen.«

Ich schloß die Augen, fiel prompt auf die Knie und krabbelte im selbstgebrauten Duster auf allen vieren die restlichen Stufen hinauf. Als ich oben war und den Nerv hatte, mich umzusehen, da setzte sich die Frau wieder in Bewegung. Das Handtuch reichte von den Schulterblättern bis knapp unter die hübschen Halbmonde. Ich guckte. Als sie den ersten Stock erreichte und abbog, huschte ich rasch wieder hinunter und lugte um die Ecke. Sie pendelte auf eine Tür am entfernten Ende des Flurs zu und klopfte an. Curriden machte auf und zog sie ins Zimmer.

Skinny Dobbs wohnte bei Curriden. – War sie eine

Hure, die damit ihre Brötchen verdiente? Hatten Curriden und Skinny sie für eine Orgie gedungen? War *das* eine Orgie – Sex zu dritt in aller Herrgottsfrühe, der so anstrengend war, daß man danach duschen mußte? Mal langsam. Was, wenn Curriden heimlich mit ihr verheiratet war. Bingo. Die Frau trug einen Ring. Und vom Alter her *hätte* sie zu ihm passen können. Aber wieso wohnten sie dann nicht – wie alle anderen verheirateten Hellbenders – in Cotton Creek?

Curridens Tür ging wieder auf. Die Frau trat auf den Flur. Sie trug jetzt ein rot auf weiß gepunktetes Kostüm und auf dem Kopf ein ›Karrenrad‹ mit wehenden Bändern. In der einen Hand die Strohtasche, in der anderen die Stöckelschuhe, lief sie auf Zehen zur nächsten Treppe und tippelte ins Parterre. Bevor ich mehr über sie in Erfahrung bringen konnte, war sie auf und davon – eine tolle Frau, die echt wußte, wie man Kleider trug. (Sie wußte auch, wie man *keine* trug.) Und sie wußte, daß ich ein *phantastischer Shortstop* war. Das machte mich stutzig – nicht, daß ihr mein Spiel gefiel – nein, der Ausdruck an sich.

Ich rührte mich nicht. Das heißt, ich rührte mich nicht vom Fleck. Ein alter, einäugiger Freund fand die Stalltür und steckte neugierig den Kopf ins Freie. Ich war eben dabei, ihn zu besänftigen, als Skinny Dobbs die Haupttreppe heraufkam, er schlurfte wie ein Betrunkener. Dobbs peilte Curridens Zimmer an, das auch seins war. Er hatte keinen Kater, er war bloß mit dem Schlaf zurück. Mein Spezi war inzwischen verrunzelt. (Nicht Dobbs.) Dobbs hatte bestimmt auf einem Sofa im Clubraum gepennt und eben von Curridens Frau erfahren, daß die eheliche Visite vorbei war.

Ich pirschte die Treppe hinauf, machte noch einen Abstecher ins feuchte Etagenklo und legte mich wieder aufs Bett. Machte allerdings kaum ein Auge zu. Ich sah immerzu die splitternackte Lady im Treppenhaus.

Es hieß, die CVL habe von vorneherein auch sonntags gespielt. Man nannte *Dixieland* auch *Bible Belt.** Selbst mittwochs konnten Straßenprediger in Highbridge mit ihrem mächtigen Redeschwall eine stattliche Anzahl von Ja-Sagern um sich versammeln. Doch niemand hatte etwas gegen Baseball am Sonntag. Die Spiele fanden *nach* dem Kirchgang statt und kamen gleich hinter Gott, Fahne, Mutterschaft und Jagd.

Fadeaway Ankers trat im letzten Spiel gegen Lanett an – nach zwei oder drei Tagen Schonung, je nachdem ob man es wie Fadeaway oder wie Mister JayMac sah. Er grinste beim Aufwärmen und zupfte und strich an sich herum und warf fauchende Bazooka-Bälle, als genieße er seinen Auftritt, was er vermutlich auch tat. Wie ein ausgehungerter Bluetick* nach dem nächsten Suppenknochen giert, so gierte er danach, den ersten Schlagmann der Linenmakers ›aus‹ zu werfen. Und er warf ihn ›aus‹.

Mister JayMac hatte auch mich, Junior und Skinny aufgestellt. Inoffiziell war heute *Tag der Anfänger.* Offiziell war *War Bonds Day.**

Im Outfield hatten die Platzwarte über einige der größten Reklametafeln *War-Bonds*-Banner gehängt, natürlich mit dem Okay der jeweiligen Gesellschaft, deren Reklame verdeckt wurde:

IT'S TEN MINUTES TO MIDNIGHT!
WAKE UP, AMERICANS ...
YOUR COUNTRY'S MOST FATEFUL HOUR IS NEAR!
DON'T BE TIGHTER WITH YOUR MONEY THAN
WITH THE LIVES OF YOUR SONS!

MONEY TO PAY FOR THE WAR, YES;
BUT NONE AT ALL FOR FRILLS IN THE
CIVIL OPERATIONS OF ANY OF OUR GOVERNING BODIES.
THAT IS THE EDICT OF THE AMERICAN PEOPLE.[1]

Weder Skinny noch Curriden machten den Eindruck, als wären sie auf Zack. Obwohl Curriden nicht zeitig aufgestanden war, um zur Kirche zu gehen, kriegte er jetzt kaum seinen Hintern geschleppt. Dieses Mädel im Handtuch hätte ihm ebensogut 'nen Kühlschrank auf den Rücken binden können, so wenig Mumm hatte er. Skinny gab da schon ein besseres Bild ab; er konnte laufen und werfen. Nur manchmal blieb er plötzlich stehen und riß die Augen auf, als wolle er durch die Augäpfel Luft holen.

Nach der zweiten Schlagrunde fragte Mister JayMac die beiden: »Was tut euch weh, Gentlemen? Seid ihr vergangene Nacht aufgeblieben und habt Wollpopel gezupft? Ich könnte schwören, Mr. Curriden, mit etwas Rouge auf den Wangen wird Sie jeder für tot halten.« Statt Curriden stellte er Hoey ans Third, und das Rightfield sollte Evans übernehmen.

Hoey sagte prompt: »Warum stellen Sie nicht Dumbo ans Third und lassen mich da weitermachen, wo ich Freitag aufgehört habe? Sir.«

Mister JayMac sah ihn bloß an, mit Augen so todblau wie die Haarspülung einer alten Lady. Von da

---

[1] ES IST ZEHN VOR ZWÖLF!
WACHT AUF, AMERIKANER …
EUREM LAND SCHLÄGT DIE STUNDE DES SCHICKSALS!
SEID NICHT GEIZIGER MIT EUREM GELD ALS
MIT DEM LEBEN EURER SÖHNE!

GELD FÜR DEN KRIEG, JA;
ABER KEINEN HELLER FÜR ÜBERFLÜSSIGE
ZIVILE MASSNAHMEN UNSERER REGIERUNG.
DAS IST DER WILLE DES AMERIKANISCHEN VOLKES.

an, muß ich sagen, lieferte Hoey in meiner unmittelbaren Nachbarschaft und auf Curridens Position ein tadelloses Spiel. Kein rechtshändiger Linenmaker konnte Fadeaways Screw-Bälle schlagen, und kein linkshändiger schlug jemals in Richtung Third Base.

Das Spiel war ein Spaziergang. Ich schlug meinen ersten Extra-Base Hit, einen Tripel* weit ab vom EDICT-OF-THE-AMERICAN-PEOPLE-Banner, und obendrein noch einen einfachen Base Hit. Alle Hellbenders, bis auf Hoey und Evans, waren gut am Schlag, und als Fadeaway das sechste Inning geworfen hatte, wechselte Mister JayMac ihn gegen Sosebee aus.

»Das ist doch Schwachsinn«, schimpfte Fadeaway im Unterstand, als er merkte, was los war. »Hab ich 'nen Hitter strikeout gemacht oder nicht?«

»Ruhig Blut, Mr. Ankers«, sagte Mister JayMac. »Sie würden nur verlieren, wenn Sie drinbleiben.«

»Mein Daddy hat immer gesagt, was man anfängt, muß man auch zu Ende bringen.«

Parris sagte: »Er hätte dir ein bißchen Respekt …«

Eine Geste von Mister JayMac ließ ihn verstummen. »Sie möchten zu Ende bringen, was Sie anfangen, Mr. Ankers?«

»Und ob.«

»Dann will ich Ihnen sagen, daß Sie sechs Innings angefangen haben. Und die haben Sie *alle sechs* zu Ende gebracht. Sie haben Ihre Sache großartig gemacht – aber nur, wenn Sie jetzt aufhören.«

Fadeaway sah hierhin und dorthin, wie ein Hühnerhund, der die Fährte verloren hat. Dann dämmerte ihm, was Mister JayMac meinte, und er kapierte. Er schlenderte an der Bank entlang und setzte sich neben Haystack. Er schmunzelte, wobei die Zunge die Wange ausbeulte.

»Du kannst nicht verlieren«, sagte Haystack. »Entweder du gewinnst, oder Sosebee baut Scheiße, und du bist unentschieden. Du hast es gut.«

»Ich *bin* gut«, sagte Fadeaway.

Sosebee brachte das Fett nicht zum Brutzeln, aber die Linenmakers hätten nicht mal 'nen Regentropfen in einem Süd-Georgia-Unwetter getroffen. Bei Spielende zeigte die Wertungstafel 13-0. Die Zuschauer tobten so laut, daß man kaum noch die Nationalhymne hörte.

Nachher im Unterstand trieb Mister JayMac mich in die Enge. »Ihr Frischlinge habt euch ganz schön gemausert, Mr. Boles. Meine Schwester Tulipa ist ein geborenes Baseballmädel, aber sie hat mir noch nie einen Jungen ausgeguckt, der den Soßenrest wert war, bis *du* ihr über den Weg gelaufen bist. Du schlägst 0.750 nach zwei Spielen und machst den Shortstop so gut wie jeder andere, einschließlich Ligonier Hoey.« Buck Hoey hieß eigentlich Ligonier mit Vornamen – er stammte aus Ligonier, einer Stadt in Pennsylvania. Deshalb Buck.[1]

»Dusch dich und komm in Straßenkleidung unter die Haupttribüne«, sagte Mister JayMac. »Das Abendessen geht heute auf meine Rechnung.«

Warum nicht auch Fadeaway, Junior oder Skinny? Warum übrigens nicht Jumbo? Er hatte schon wieder einen langen Home Run gemacht und sich schon wieder keinen Fehler am First erlaubt. Oder war nur der lebendige Beweis für die Treffsicherheit von Miss Tulipas Urteil dazu auserkoren, sonntagabends mit dem Boss zu speisen?

Ich traf Mister JayMac im Konzessionsbereich. Er stand an Homers Aquarium und unterhielt sich mit

---

[1] *Ligonier* ist kein üblicher Vorname und erinnert stark an *leggionaire = Legionär* und *leaguer = Ligist, Ligaspieler* · außerdem verrät er den *Nordstaatler* · *buck* kann *Buchweizen* oder *Anthrazitkohle* bedeuten (beides typisch für Pennsylvania) oder auch (Slang) soviel wie *Dandy* oder *unverschämter Lümmel* oder *Aufschneider*

zwei Leuten, die halb im Schatten des Stützwerks standen. Eine der beiden Frauen war Phoebe. Die andere mußte ihre Ma sein, die Tochter von Mister JayMacs verstorbenem Bruder. War nicht von der Hand zu weisen, doch mein Herz nahm zwei Stufen auf einmal – ich hatte Phoebe bei keinem der letzten Spiele gesehen – und meine Hände wurden kalt wie Eiszangen.

»Ah, Mr. Boles!« rief Mister JayMac. »Hier sind zwei Ladies, mit denen ich Sie bekanntmachen möchte!«

Gemächlich ging ich rüber. Phoebe war Phoebe, wer sonst? – aber heute abend trug sie ein Kostüm und keine Blue Jeans und winzige goldene Ohrringe und keinen protzigen Clip, der an eine explodierende Perle erinnerte. In den vorne offenen Stöckelschuhen und mit dem breitrandigen Strohhut sah sie aus wie die Miniaturausgabe einer Frau. Ihre Mutter … na ja, ich bekam heiße Ohren. Ich schlug den Blick nieder und ließ ihn über die bunten Süßigkeitenhüllen und dreckigen Popcornreste rings um den Fuß des Aquariums flitzen.

»Mrs. Luther Pharram«, sagte Mister JayMac, »besser bekannt unter dem Namen LaRaina, und ihre süße Tochter Phoebe. Ladies, Mr. Daniel Boles – Mr. Boles, Mrs. Pharram und Phoebe.«

Vor nicht zu langer Zeit waren LaRaina Pharram und ich uns zwischen dem ersten und zweiten Stock in McKissic House begegnet, nur daß sie da bloß ein Handtuch angehabt hatte und ich nur Unterhosen und meine Linimentröte. Letztere war zurückgekommen und prickelte wie radioaktiver Schellack. Miss LaRaina wirkte ungeachtet des Schadens, den sie Curriden und Skinny zugefügt hatte, gänzlich aufgeräumt und amüsiert. Jedesmal, wenn ich aufsah, zuckte sie – spöttisch? – mit den Wimpern und lächelte halbwegs zwischen Grinsen und Schmollen.

Wir haben ein Geheimnis, sagte ihr Schmollgrinsen.

Na, bist du nicht froh, daß du meinem Onkel nichts davon erzählen kannst? »Tut mir leid, Onkel JayMac«, sagte LaRaina Pharram laut, »aber ich kann doch zu diesem hübschen Burschen nicht *Mister Boles* sagen.«

Hübscher Bursche! Blanker Hohn. Ich wollte diese Frau nicht mögen – ihr Mann war in Übersee, diese Nacht hatte sie Liegestützen mit einem Baseballspieler gemacht, sie hatte meine Verlegenheit genossen, und nun machte sie mich zum Gespött – aber böse war ich ihr auch nicht.

Mister JayMac meinte, sie könne mich Daniel nennen, wenn ihr das lieber sei, doch er würde bei Mr. Boles bleiben.

»Mein Gott, bist du altmodisch«, meinte LaRaina.

Phoebe war meine Nervosität nicht entgangen, und sie stufte mein Benehmen als patzig oder unreif ein. Ihre hübschen Lippen schienen sich um ein Zitronendrops zu sammeln.

»Wie geht es Miss Giselle?« piepste sie plötzlich, dann lutschte sie wieder an dem imaginären Drops.

»Gut«, sagte Mister JayMac. »Also dann. Was meint ihr Mädels – wohin sollen wir unseren Helden zum Siegesmahl entführen?«

»Frag ihn, wo er gerne essen möchte«, sagte Phoebe.

Mister JayMac sagte: »Aber er kennt sich doch nicht aus.«

»Frag ihn, worauf er Lust hat«, sagte Phoebe. »Amerikanisch, italienisch, chinesisch.«

Mister JayMac zog eine Braue hoch und sah mich an. Im Moment hatte ich den Appetit einer verschreckten Katze. Ich versuchte, mich auf Miss LaRainas Gegenwart einzustellen und die Hitze von neun dämmrig-schwitzigen Innings loszuwerden.

»Live Oak am Oglethorpe«, schlug Miss LaRaina vor.

Phoebe blickte mich an. »Da is' es schön.«

»Im Oglethorpe logieren Linenmakers«, sagte Mister JayMac. »Die Teestube wimmelt von denen.«

Miss LaRaina lächelte ihren Onkel an. »Ich weiß.«

Mister JayMac ließ die Kaumuskeln spielen. »Ich *bitte* dich«, sagte er. »Anstandshalber und deiner Tochter zuliebe.«

»Phoebe wird sich bestimmt keinen Linenmaker angeln. Sie kann Baseballspieler nicht ausstehen.«

»Manche schon«, sagte Phoebe.

Ich traute meinen Ohren nicht. Das verklemmte ›V‹ zwischen ihren Brauen und dem Mäulchen sagte nichts Zärtliches, jedenfalls in keiner mir bekannten Sprache.

»Die Teestube am Oglethorpe ist abgehakt«, sagte Mister JayMac.

»Und Corporal John's drüben am Penticuff Strip?« sagte Miss LaRaina. »Das Publikum ist attraktiv.«

»Auf gar keinen Fall.«

»Ein Scherz. Hat heute sowieso geschlossen. Highbridge klappt sonntags die Bürgersteige hoch.«

Mister JayMac scheuchte uns auf den Parkplatz, wo Darius den Caddy so nah wie möglich ans Haupttor gefahren hatte, wo sich immer noch Fans herumtrieben. Es wurde dunkel, und auf dem Parkplatz standen noch rauchende und palavernde Gruppen. Aus einem offenen Wagenfenster drang Tanzmusik. Artie Shaw, Benny Goodman, Glenn Miller.

Ehe wir in den Caddy steigen konnten, erreichten uns zwei Leute, ein schwerer Mann im Overall und eine schlampige Frau im geblümten Kleid. Beide schienen soviel Baumwolle wie Schmutz am Leib zu tragen.

»Jordan McKissic?« sagte der Mann. »Hab ich recht?«

»Ganz recht. Was kann ich für Sie tun?«

»Zeig's ihm, Sue Beth.«

Die Frau – Sue Beth – hielt Mister JayMac ein Papier unter die Nase. Mister JayMac trat einen Schritt zurück.

»Vom Kriegsministerium«, sagte der Mann. »Kam vor zwei Tagen. Unser Donnie.«

»Er kommt nicht nach Hause«, sagte die Frau. »Sie haben ihn getötet, in Nordafrika.«

»Das tut mir leid«, sagte Mister JayMac. »Eine schreckliche Sache.«

»Sie sollten sich schämen«, sagte die Frau. »*Sie* haben ihn auf dem Gewissen. *Sie* haben ihn eingezogen, dabei hätte er gar nicht raus gemußt, er hätte an die Heimatfront gekonnt. Nicht diese Itaker haben unsren Donnie getötet. *Sie* waren es mit Ihrem giftigen Füller.«

Mister JayMac sagte: »Bitte, Freunde, sagt mir eure Namen.«

»Crawford«, sagte der Mann. »Ira und Sue Beth, kleine Leute, gemeines Volk. *Dreck an den Schuhen!*« Crawford brauchte nicht zu brüllen, seine Stimme war eine Kesselpauke. Ein paar Unentwegte schlenderten auf uns zu.

»Donnie hätte nicht gehen müssen!« schrie Sue Beth Crawford. *»Und Sie gottverdammter Mensch haben das gewußt!«*

»Mrs. Crawford, Gott segne Ihren gefallenen Sohn«, sagte Mister JayMac. »Leider muß jeder amerikanische Junge, der stirbt, dieses Opfer bringen.«

»Jawohl, Sir«, sagte Ira Crawford. »Aber die Kommission mußte ihre Quote erfüllen, *deshalb* haben Sie unseren unschuldigen Jungen da rausgeschickt.«

»Jeder Junge, der eingezogen wird, ist auf die eine oder andere Weise unschuldig. Gott sei Dank haben wir noch keine Armee aus Kriminellen und Zynikern.«

»Ihre kostbaren Baseballspieler dürfen aber bleiben!« klagte Crawford an.

»Nicht ein einziger Hellbender ist von hier«, sagte Mister JayMac. »Sie sind entweder zu jung oder zu alt, oder die örtliche Kommission hat sie freigestellt. Ich habe da meine Hände nicht im Spiel.«

»Kann sein, kann nicht sein«, sagte Ira Crawford. »Aber das können Sie *nicht* für diesen schwarzen Nigger sagen. Wieso muß *er* seinen Kopf nicht hinhalten?«

Darius hörte das – er muß es gehört haben. Er hatte eben den hinteren Wagenschlag geöffnet und half Phoebe und Miss LaRaina in den Caddy.

»Mr. Crawford, laut Bundesgesetz dürfen wir nicht mehr Neger einziehen als es ihrem Verhältnis zur Gesamtbevölkerung entspricht. Hothlepoya County hat fast so viele Farbige wie Weiße, wir ziehen also mehr ein als die meisten, aber es gibt ein Limit.«

»Dummes Zeug«, sagte Ira Crawford.

»Sehen Sie, selbst wenn wir die Army mit Farbigen vollpumpen, würden sie nur wieder in Service-Einheiten landen – im Quartermaster Corps* und dergleichen. Kämpfen würden sie bestimmt nicht, und sterben würden sie wie Crawford und McKissic, und unsre Frauen wollen auch nicht auf sie verzichten.«

Hätte in der Nähe des Caddys eine Grille gepupst, man hätte es hören müssen. Dann fing Sue Beth an zu heulen, Ira fluchte. Sie faßten sich bei der Hand und gingen zurück über den staubigen Platz zu ihrem zerbeulten Ford-Pick-up, der mit Futtersäcken überladen war.

»Es tut mir *leid*, das mit Ihrem Sohn!« rief Mister Jay.

»Und wie«, sagte jemand aus der Menge.

Die Crawfords schlugen die Wagentüren zu und ratterten in ihrem lahmen Pick up von dannen.

»Steigen Sie ein, Sir«, sagte Darius. »Ich bringe Sie

zum Royal.« Das Restaurant dieses Hotels sollte besser sein als das des Oglethorpe.

Wir fuhren los. Mister JayMac saß vorne neben Darius und brütete. Miss LaRaina plapperte unentwegt, sie war glücklich, daß die Hellbenders gesiegt hatten und in der Rangliste aufgestiegen waren.

17

IM CHAMBERLAIN-ZIMMER DES ROYAL speisten wir erstklassigen Rippenspeer – mit Ausnahme von Darius, der in der Küche Goulaschsuppe mit Pariserbrot aß. (Nach dem fruchtigen Geruch zu urteilen, den er später ausatmete, hatte er noch mit Hauswein nachgespült.) Mister JayMacs Stimmung besserte sich. Miss LaRaina war *seine* Tischpartnerin, während Phoebe nach Alter und Sitzordnung zu mir gehörte.

Die Unterhaltung reichte von Baseball über eine mögliche Invasion von Sizilien bis zu Phoebes Plänen für die letzte Klasse an der Watson High-School*. Ich erfuhr, daß dieses letzte Schuljahr in Georgia nur der elften Klasse im öffentlichen Schulwesen entsprach. (Das zwölfte Schuljahr wurde in Georgia erst nach dem Krieg eingeführt.) Damit war ich im Vergleich zu den drei Crackers[1] – Ankers, Heggie und Dobbs – fast schon ein College-Student.

»Mensch, kannste denn wirklich nicht reden?« meinte Phoebe schließlich. »Biste sicher, daß das nicht irgend sone blöde Mitleidstour ist?«

»Sei nett zu ihm, Phoebe«, sagte Miss LaRaina. »Und achte du lieber auf *deine* Sprache. Dein *kannste* und *biste* ist auch nicht erhebend.«

»Kannste nix, biste nix«, sagte Phoebe. »Ich bin so nett, wie Mr. Boles es verdient.«

Mister JayMac wollte es auf den Punkt bringen. »In Tenkiller hast du doch noch geredet. Du hast gestottert, aber du hast geredet. Was ist passiert?«

---

[1] *Cracker State* = Spitzname von Georgia

»Also wirklich, Onkel JayMac«, sagte Miss LaRaina. »Er soll dir also *sagen,* warum er jetzt stumm ist.«

»Ist doch okay, wenn er schwindelt«, sagte Phoebe. »Macht riesig viel Sinn.«

Ich hätte Mister JayMac nur zu gerne weisgemacht, daß ich sprachlos war, seit ich Miss LaRaine splitternackt gesehen hatte, aber das eine hatte zu wenig mit dem anderen zu tun. Aber alle starrten mich an, als würde ich jeden Moment reden; und hätte ich gekonnt, ich hätte ihnen aus purer Gefälligkeit die Rede von Gettysburg* gehalten. Und ich probierte es tatsächlich, und was dabei herauskam war ein Gurgeln, ein Würgen und ein trockener Husten.

Was Phoebe widerlich fand. »Pfui«, sagte sie.

In der Innentasche meiner Jacke trug ich das kleine Notizbuch, das Jumbo mir geschenkt hatte. Ich zückte es. Mister JayMac bemerkte, wie ich meine Taschen abklopfte und reichte mir seinen Füller. (Mit dem er die Einberufung von Donnie Crawford unterschrieben hatte?)

Ich schlug das Notizbuch auf und überlegte. Was konnte ich diesen Leuten erzählen? Ich konnte ihnen nicht von Sergeant Pumphrey erzählen. Zum Teufel damit, daran konnte ich nicht mal *denken.* Hab ich wahrscheinlich auch nicht. Ich konnte mir Pumphrey nicht vorstellen – seit Highbridge war er wie ausgelöscht.

Also druckte ich: *Im Zug nach Highbridge hatte ich einen schlechten Traum. Mein Daddy flog mit einem Flugzeug auf mich zu. Eine lange Rollbahn aus Blech schwappte auf mich zu und schlug mich nieder. Als ich aufwachte, konnte ich nicht mehr sprechen.* Ich riß das Blatt heraus und schob es über den Tisch zu Mister JayMac.

»Ein Traum«, sagte er.

»Lies vor«, sagte Miss LaRaina, und er las vor.

»Gib mal«, sagte Phoebe. Mister JayMac gab ihr die herausgerissene Seite, und sie las – laut, versteht sich, und so, daß es wie eine schlechte Filmkomödie klang. »Dann isses ja gar nicht körperlich«, sagte sie. »Es ist im Kopf. Wenn du ganz ganz fest willst, kannst du reden.«

Ich nahm ihr die Seite fort und druckte auf die Rückseite: *Früher war das nicht im Kopf. Als ich 12 war, hat Daddy mich geschlagen und mich am Hals getroffen. Hat 2 Jahre gedauert, bis ich wieder sprechen konnte.*

Ich reichte das Blatt Mister JayMac, der wieder vorlas. Und so hab ich mich dann unterhalten, indem ich das Meine aufschrieb und Mister JayMac gab, damit er es Phoebe und Miss LaRaina vorlas.

»Dein Daddy muß ja ein Prinz gewesen sein«, sagte Miss LaRaina.

Ich hab ihn gern gehabt. Er hat mir beigebracht, wie man Baseball spielt.

»Ein Mann, der seinem Jungen Baseball beibringt, kann doch kein kompletter Esel sein«, sagte Phoebe. »Was meinst du, Onkel Jay?«

»Kindchen, ich weiß, was du von Baseballspielern hältst«, sagte Mister JayMac. »Wie soll ich deine Frage denn verstehen?«

»War nicht bissig gemeint«, sagte Phoebe. »Überhaupt nicht.«

»Es gibt sicher Wörter, die weniger verletzend sind als *Esel*«, sagte Miss LaRaina tadelnd.

»Wie *Prinz*«, sagte Phoebe. »Ich weiß.«

Miss LaRaina bedachte Phoebe mit einem rasiermesserscharfen Blick, dann wandte sie sich wieder an mich. »Lebt dein Daddy noch? Und wenn ja, wo ist er?«

Er lebt. Ein Kerl im Zug (wer, wollte ich nicht wissen) *hat gesagt, Daddy würde in Alaska an Flugzeugen arbeiten.*

»Soll er daran arbeiten oder fliegt er sie?« sagte

Miss LaRaina. »In deinem Traum hat er doch eins geflogen.«

Aber es stand ja schwarz auf weiß da, was ich meinte. Ich nickte Mister JayMac zu, und er las noch einmal vor. Schwamm drüber, daß Dick Boles in meinem Traum eine P-40 Warhawk geflogen hatte. Ich schrieb:

Ich hab vom Baseball auf einer Blechrollbahn geträumt – auf den Alljuten. Ich gegen eine Bodencrew der Air Force. Baseball im Schnee.

»Davon haste die Laryngitis«, sagte Phoebe.*

»Unser junger Freund lebt, atmet und *träumt* Baseball«, klärte Mister JayMac die Frauen auf.

Miss LaRaina lehnte sich über das Spitzentischtuch: »Ich habe gehört, du wohnst in einem Zimmer mit Jumbo Hank Clerval. Wie gefällt dir das? Was ist er für ein Mann?«

Ein großer Mann. Es gefällt mir da.

Phoebe und Mister JayMac lachten. Aber Miss LaRaina sah mich weiter prüfend an, als wüßte ich mehr, als ich aufgeschrieben hatte.

»Mama, Mr. Clerval ist ein großer, gescheiter Mann«, sagte Phoebe. »Er liest Bücher und schmettert lange Home Runs. Was willst du sonst noch wissen? Und warum bloß?«

»Mr. Clerval regt die Neugierde an«, sagte Miss LaRaina zu mir. »Er hat etwas Geheimnisvolles. Und er sieht – na ja – schrecklich aus, könnte man sagen.«

»Ein Mann kann schrecklich wenig daran ändern, wie Gott ihn ausstattet«, sagte Mister JayMac.

»Eine Frau auch nicht«, sagte Miss LaRaina. »Und trotzdem versucht sie es.« Sie sah mich unverwandt an. Als ob ich der Schlüssel zu Jumbo Hank Clervals Geheimnis sei. Ich konnte mir zunutze machen, was ich über ihn wußte. Nur daß ich nichts wußte. Ich konnte mir nicht mal einen Reim auf Fadeaway Ankers machen, geschweige denn auf meinen brütenden intellektuellen Riesentölpel von Zimmergenossen.

Entgegenkommend schrieb ich: *Er ist Vegetanier. Er schnarcht. Er hat mir das Notizbuch geschenkt.* (Vegetanier – als stamme er von Vegetania, dem Planeten irgendeines verrückten Flesh-Gordon-Universums.)

Mister JayMac, Miss LaRaina und Phoebe lachten, und der Flüchtigkeitsfehler machte mich kopfscheu. Ab sofort wollte ich nur noch dasitzen wie Tarbaby – stumm und wortlos.[1] Ich gab Mister JayMac den Füller zurück. Miss LaRaina nahm keine Notiz.

»Wenn man ihn küssen würde, was meinst du, wie er sich anfühlt?« sagte sie.

Phoebe reagierte, als habe ihr jemand einen Stromstoß verpaßt. Das Tafelsilber klirrte, die Gläser bebten. Phoebe lief rot an. Wut? Scham? Ein Cocktail aus beidem?

»Mama!« schrie sie. »Das ist ekelhaft!«

»Wieso? Weil Mr. Clerval nicht aussieht wie Clark Gable?«

Phoebe hielt den Blick gesenkt. »Nein, Mama. Dein Mann ist im Krieg in Europa.«

»Meine Güte, Kleines, ich habe rein hypothetisch gesprochen. Kein Grund, gleich den Tisch umzuwerfen. Was meinst du, Daniel: Ist es schlimm, wenn sich eine verheiratete Frau die hypothetische Frage stellt, wie es wäre, wenn sie einen anderen Mann küßt?«

Mister JayMac sagte: »Ich will mal so sagen, La Raina, es nicht so schlimm aber ziemlich unvernünftig. Der Gedanke nimmt die Tat vorweg.«

---

[1] *Tarbaby* rekurriert auf Joel Chandler Harris (1848–1908), einen Schriftsteller aus Georgia, der u. a. bekannt wurde durch die Neger-Geschichten, die er *Uncle Remus* in den Mund legte; Tarbaby ist eine mit Teer beschmierte Puppe, mit deren Hilfe *Brer Fox* den *Brer Rabbit* fangen will *(brer = brother)* – meint auch ein Problem, das nur noch komplizierter wird, wenn man es zu lösen versucht.

»Häufig ist sie die Folge«, sagte Miss LaRaina. »Ich spreche aus Erfahrung – und Beobachtung.«

»Entschuldigt mich«, sagte Phoebe. Sie stand vom Tisch auf – stieß den Stuhl beinah hintenüber – und lavierte durch einen Dschungel aus prächtig gedeckten Tischen zur ausgeschilderten Toilette. Das Chamberlain-Zimmer hatte sich inzwischen mit Gästen gefüllt. Der Geräuschpegel war so hoch, daß man über die Bomberproduktion in Marietta* schwadronieren konnte, ohne eine Verwarnung von einem OSI* in Zivil zu riskieren. Während des Krieges mußte man auf Andrang gefaßt sein. Lichtspieltheater, Bistros und Restaurants hatten Hochbetrieb. Die Leute hatten Geld und brauchten Zerstreuung.

»Phoebe ist furchtbar empfindlich heute abend«, sagte Miss LaRaina. Sie zündete sich eine Zigarette an.

»Sie liebt ihren Daddy«, sagte Mister JayMac.

»Das tue ich auch.« Der Rauch wirbelte ihr verträumt um Gesicht und Schultern. Die grünen Augen darin waren mal schattig und mal so hell und hart wie Stechpalmenblätter.

»Ja«, sagte Mister JayMac. »Die Frage ist nur, wie eifrig.«

Das brachte Miss LaRaina in Rage. »Mein Gott, Onkel, ich bin immer noch Schriftführerin im Officers' Wives' Club in Camp Penticuff. Ich bin Vorsitzende von zwei verschiedenen Spendenkomittees des Highbridge Women's Club. Ich habe dir geholfen, die letzten drei Kriegskampagnen im Stadion zu organisieren. Ich lese Bücher. Ich gehe ins Kino. Ich schreibe Luther fröhliche Briefe. *Und* ich bin Mutter.«

»Hab ich nicht vergessen. Und du solltest es auch nicht.«

Miss LaRaina blies eine Rauchwolke, die aussah wie der dienstbare Geist aus Aladins Wunderlampe. *Bring mich hier raus,* flehte ich. Miss LaRaina fiel meine Zappeligkeit auf.

»Dein allwissender Boss hält mich für eine nachlässige Mutter, Daniel.«

»Nein, LaRaina«, sagte Mister JayMac. »Was ich …«

Sie schnitt ihm das Wort ab. »Er befürchtet allen Ernstes, ich könnte ein … ein *schlechtes Vorbild* sein. Hab ich recht, Onkel?«

»Die Zeit ist aus den Fugen, LaRaina. Das Klima ist freizügig und zugleich moralisierend. Um deinet- und Phoebes willen, du solltest bedacht sein, daß dein Ruf als Ehefrau und Mutter über jeden Zweifel erhaben bleibt.«

»Aha«, sagte Miss LaRaina. »Cäsars Weib.«[1]

»Wenn du dir den Schuh anziehst.«

»Handelt nach meinen Worten und nicht nach meinen Taten.« Miss LaRaina drückte die kaum angerauchte Zigarette im Aschenbecher aus und zerquetschte sie so gründlich, als wolle sie ihren Groll abreagieren.[2]

»LaRaina«, sagte Mister JayMac.

Sie sah mich an. »Er kann es nicht ausstehen, daß ich manchmal genauso verliebt bin in die neu importierten Spieler wie er. Wohlverstanden: *hypothetisch.* Wie soll ich sagen, Daniel. Ich *mag* Männer. Ich bin noch jung. Meine Hormone sind aktiv.«

»Du hast schon viel zuviel gesagt«, sagte Mister JayMac wie jemand, der sagt, daß der Regen nachläßt.

»Onkel Jay weiß, was Hormone sind«, sagte Miss LaRaina. »Auch wenn er im Trojanischen Krieg geboren wurde, die seinen lodern mindestens zweimal die Woche in alter Pracht und Herrlichkeit wieder auf.«

---

1 *Cäsars Weib* meint hier Cäsars zweite Ehefrau Pompeja, von der er sich wegen ihres ›anstößigen‹ Verhaltens scheiden ließ.

2 ***Preachers say, Do as I say, not as I do*** ist ein Ausspruch von John Selden (1584–1654), einem englischen Historiker, Orientalisten und Politiker, der als Parlamentarier zweimal wegen Opposition gegen den König eingesperrt wurde.

Ich wollte unbedingt raus hier. Ein Spaniel, der in einen Familienstreit gerät, kriegt wenigstens einen Tritt in den Hintern.

Darius setzte Miss LaRaina und Phoebe vor ihrem Haus in Cotton Creek ab und fuhr Mister JayMac und mich nach McKissic House.

Ich spürte nichts als Erleichterung, als ich zu Jumbo in die stickige Mansarde kam.

»Guten Abend«, sagte er, dann las er weiter in Willkies *One World.* Und weil er das Buch nahezu ausgelesen hatte, kam bis zur Schlafenszeit kein Wort mehr über seine Lippen.

»Gute Nacht, Daniel.«

Ehrenwort, seither wußte ich sein Schweigen zu schätzen.

18

In der zweiten Juniwoche fuhren wir nach Quitman und Marble Springs und spielten guten Baseball.

Wir konnten allerdings keine Serie für uns entscheiden. An jenem Sonntag teilten wir uns ein Doppelspiel gegen die Seminoles, wobei wir das Eröffnungsspiel durch einen Squeeze-Bunt* in der ersten Hälfte des zwölften Innings verloren, der ihnen sage und schreibe einen Home Run einbrachte. Wir waren vielleicht sauer! Im sogenannten Nachtspiel liefen wir auf Hochtouren (*sogenannt,* weil die Sonne keine Chance hatte, unterzugehen) und verheizten sie binnen neunzig Minuten mit drei zu null. Nach einem erholsamen Nickerchen in dieser Nacht lauerten wir den Strebern am Sonntag wieder auf.

Am Ende meiner ersten Tour standen wir vierzehn Siege zu zehn Niederlagen. Weil Opelika und LaGrange wie besoffene Irrenhausorchester gespielt hatten, lichtete sich der Endspurt. Fürs folgende Wochenende stand ein Heimspiel gegen Eufala auf dem Plan und eine lange Tour gegen die Orphans und Gendarmes. Mir wurde heiß bei dem Gedanken. Siege bei solchen Spielen hatten großen Einfluß auf die endgültige Rangliste im Sommer.

Manche Profi-Ligen, einschließlich der großen Neger-Ligen, zogen jetzt eine geteilte Saison vor, weil bei ihnen die Spieler nun mal öfter wechselten als bei den beiden großen weißen Ligen. Am Sommerende gingen sie mit *zwei* Anwärtern, einem aus der ersten Halbsaison und einem aus der zweiten, in ein Stechen, um den eigentlichen Champ zu ermitteln. Mister JayMacs Philosophie für die Kriegszeit – und sein Wort hatte Gewicht in der CVL – war simpel: Da kein Team nach Spielbeginn mehr als ein halbes Dutzend Neuzugänge hatte, sollten wir eine ganze harte Teilsaison mit diesen Jungs an Bord durchziehen. Wäre ein Team ›ausgebrochen‹, hätte das Zuschauerinteresse nachlassen können, doch diesen Sommer lagen wir ziemlich Kopf an Kopf und waren in den Hundstagen reichlich auf Achse. So daß die Fans nicht absprangen. Selbst Stümper wie die Boll Weevils, die Linenmakers und die Quitman Mockingbirds zogen Heerscharen an, wenn Highbridge und die anderen Spitzenteams aufkreuzten.

Wir reisten im Bomber mit Darius am Steuer und Mister JayMac im ›goldenen Käfig‹ direkt hinter ihm. In anderen Städten war der Boss auf Taxis angewiesen oder auf die Freundlichkeit von motorisierten Ortsansässigen oder auf seine wunden Füße. Weil er aber eine Menge Freunde in Süd-Georgia hatte, erlebte man ihn selten zu Fuß. Manchmal nahm er einfach den Bomber in Beschlag. Mit Benzinmarken hatte er nie ein Problem.

Hellbender-Spieler stiegen weder in Motels noch in Hotels ab – mit Ausnahme von Hank Clerval natürlich. Jumbo wollte im Gasthaus logieren, und er bekam seinen Willen, weil – na ja, er konnte eben spielen. Auch wenn Mister JayMac sich einschüchtern ließ, so hatte er nach wie vor nichts übrig für Jumbos Extratouren, denn es war schlichtweg billiger, die Spieler bei Privatleuten unterzubringen als Hotelrechnungen zu begleichen. Ich profitierte von Jumbos Privileg, weil ich ihm zugeteilt war. Denke ich mal. Vielleicht verpaßte ich auch nur die Chance, nette Menschen kennenzulernen. Ob in Highbridge, Quitman oder Marble Springs, wo wir uns eine heruntergekommene Kammer in einem Motel am Seminole Parks teilten, ich kam mir nicht selten wie ein Kakerlak vor, wie Ungeziefer am Boden. Jumbo schien sich an solchen Orten wohler zu fühlen als ich.

Von meinem ersten Monatsscheck (kein Wort zu niemandem, daß und von wem ich im Zug ausgeraubt worden war) hatte ich mir ein gebrauchtes Radio gekauft – aber Jumbo wollte nicht, daß ich es laufen ließ. Auch dann nicht, wenn ich bloß die Kriegsmeldungen verfolgen wollte. Er liebte eben Bücher und keine Radioprogramme. Er hielt Krieg und auch die Nachrichten darüber für ›unzivilisiert‹. Als ich das Gerät im Motel anstellte, kam er um die Grasmatte herumgetrampelt und schaltete ab, die narbigen Inseln an seinen Mundwinkeln glühten wie Kohlen.

»Nationale Feindseligkeiten sind mir zuwider. Sie beuten die winzigen Unsicherheiten der Menschen nicht nur aus, sie vergrößern und vermehren sie noch.«

Da war Baseball ganz anders, dachte ich.

Aber, he, was für Worte! Jumbo gehörte in die Politik. Er sollte sich als Hundefänger bewerben. Falls er öffentliche Auftritte mied und eine Rundfunkkampagne führte, hatte er eine reelle Chance.

Ich hockte auf meinem Feldbett. Ich war erschrokken, ich war wütend. Hätte er mich nicht bitten können, das Radio leiser zu stellen? Aber er muß mir angesehen haben, wie mies er mich behandelt hatte.

»Daniel, ich bin ein Pazifist. Selbst wenn ich nicht zu groß gewesen wäre für die Armee, hätte mein Gewissen von mir verlangt, mich der Einberufung zu widersetzen. Offengestanden, ich wäre davongelaufen.«

Diese Worte brachten kein Licht in meine düstere Stimmung. Auf der ersten Versammlung im Clubraum, die ich mitgemacht hatte, da hatte er schlechte Baseballspieler noch als Verräter gebrandmarkt. Und jetzt gab er so ein feiges Zeug von sich.

»Meine einzige Staatsbürgerschaft, wenn ich denn eine besitze, ist die schweizerische. In Krieg und Frieden bleibt die Schweiz neutral.« Jumbo polterte zu seinem Bett zurück. Draußen zirpten unzählige Zikaden.

Lange Fahrten mit dem Bomber machten schneller müde als ein Wettbewerb im Felsbrockenwälzen. Die ›zulässige‹ Höchstgeschwindigkeit lag bei fünfunddreißig Meilen die Stunde. Das machte einen Trip nach Cottonton, unsere weiteste Tour, zu einem fünfstündigen Rütteltest. Mister JayMac versuchte, Fahrten am Spieltag zu vermeiden, doch wenn wir zwei Serien auf derselben Route hatten, war das schlecht möglich. In der Regel waren aber die Pläneschmiede der CVL darauf bedacht, daß bei aufeinanderfolgenden Auswärtsserien die gegnerischen Teams nur zwei bis drei Stunden auseinanderlagen. Auf meiner ersten Tour verloren wir Freitagabend gegen Quitman und fuhren am nächsten Morgen um neun los, um gegen Mittag in Marble Springs zu sein, zwei Stunden vor dem Doppelspiel gegen die Seminoles. Die Fahrt hatte uns so ausgelaugt, daß ich mich nicht gewundert hätte, wenn wir beide Spiele in den Teich gesetzt hätten.

Wenn man ausgeruht einstieg und Wolken am Himmel waren, konnte die Busfahrt ein Heuler sein. Sosebee spielte Gitarre, Fanning Mundharmonika und beinah jeder konnte auf Kleenex-und-Kamm tröten oder auf der Rücklehne trommeln. Dunnagin und ein paar andere sangen. Darius gab lustige Minnegeschichten zum Besten, über sich, über seinesgleichen oder ehemalige Hellbenders; Geschichten, die locker, leicht auf die Sehnsüchte des Helden eingingen, um dann alle Pannen und Nackenschläge zu verraten. Wir bogen uns vor Lachen, während Darius keine Miene verzog. Wenn er sang, klang er allerdings wie ein heiserer Frosch, und das einzige Musikinstrument, auf das er sich verstand, war der Schaltknüppel des Braunen Bombers.

Auf der Rückfahrt nach Highbridge hielt Mister JayMac jedesmal Rückschau. Den aufgeschlagenen Anschreibeblock auf dem Sitz, lotste er uns durch eine Art Manöverkritik, drehte und wendete Spielfehler und animierte uns, die fragwürdigen Einsätze zu verteidigen oder zu entschuldigen, und bat jeden, unsere Klöpse zu analysieren. Wir diskutierten auch gegnerische Schlagmänner – wie wir sie ›aus‹ gemacht hatten oder künftig ›aus‹ machen wollten.

»Besser spielen«, sagte Sloan immer. »Einfach besser spielen.«

»Gentlemen, besser spielen lernen wir im Training«, sagte Mister JayMac. »Und indem wir darüber nachdenken, was wir vorhatten und warum es nicht funktioniert hat. Indem wir von allen Seiten beleuchten, was wir hätten tun können, *damit* es funktioniert.«

»Zuviel Denken ist gefährlicher als 'ne verschmähte Braut mit Colt«, meinte Charlie Snow. Snow war der geborene Baseballspieler, er konnte sich wie keiner auf seinen Instinkt verlassen. Er *floß* von einer Position in die andere und schlug mit der Grazie eines Otters, der vom Fels gleitet.

»*Vorher* denken«, sagte Mister JayMac. »Nicht beim Spielen. Die meisten in den Minor-Leagues kommen nicht hoch, weil ihnen die Vor- und Nacharbeit zu lästig ist, ohne die man aber nicht besser wird.«

»Andere Vereine machen das auch nicht«, sagte Fanning. »Die spannen ab im Bus und haben ihren Spaß.«

»Die schlechten, ja«, sagte Mister JayMac. »Wollen wir etwa die Boll Weevils kopieren?«

Darius sagte: »Die Kansas City Monarchs machen

das. Auch die Birmingham Barons.« Beide waren farbige Vereine.

»Ah ja«, sagte Sloan. »Und seht nur, wie weit *die* es gebracht haben. Sie bilden die Speerspitze des Baseballs schlechthin.«

Egal, Mister JayMac führte uns über eine Stunde lang die Hand beim Obduzieren der drei Spiele. Er bat Fadeaway zu erklären, wieso er am Sonntag gegen Spielende nachgelassen hatte. Er riet Evans, sich von Snow beibringen zu lassen, wie man einen Ball abtropfen läßt.

»Ich *weiß*, wie man das macht. Ich hab's nur nicht geschafft am Sonntag.«

»Dann wissen Sie eben *nicht*, wie man das macht. Sie simulieren das Abtropfen und lenken den Ball in die Zuschauerränge, mehr nicht.«

»Abkassieren!« rief Hoey, der zwei, drei Plätze hinter Jumbo und mir saß. »Bußgeld für den armen Teufel!«

Der Bomber rollte an verdorrten Viehweiden und Erdnußfeldern vorbei, er klapperte wie ein Zigeunerwagen. Die meisten von uns hatten die Fenster hochgeschoben, und der Fahrtwind trug noch einen Rest der Morgenfrische herein.

Lon Musselwhite kam den Gang heraufgetorkelt. »Vernehmt die Kunde! Es tagt das Rollkommando des CVL-Gerichtshofs, Abteilung Highbridge-Hellbender, unter Vorsitz von Euer Ehren Lionel K. Musselwhite!«

»Lionel?« sagte Skinny. »Er heißt *Lionel?*«

»Baseball-Latein von Muscles«, sagte Hoey.

Kaum jemand, der nicht klatschte oder trampelte. Muscles hob die Hand. Darius drehte den Kopf und brüllte: »Aufhören! Ihr trampelt mir noch den Boden aus dem Kahn!« Das half bis zu einem gewissen Grad. Hinzu kamen die dämpfenden Gesten von Mister JayMac.

Doch der Lärm wollte kein Ende nehmen, und der Bomber schien wirklich kurz davor, aus den Fugen zu gehen und uns bei voller Fahrt auf die Straße zu setzen. Aus der Weide, die vorbeiflog, starrten uns die Mondgesichter von Kühen an.

Muscles sagte: »Wachtmeister Clerval, aufgestanden!«

Jumbo erhob sich von seinem Platz, den Kopf in Schildkrötenhaltung, weil die Decke zu niedrig war.

»Ordnungshüter Clerval, entfernen Sie aus dieser Truppe jeden, der die Waagschalen der Justiz aus dem Lot bringt«, sagte Muscles. »Werfen Sie die Leute aus dem Fenster.«

»Jawoll, Sir.« Jumbo lächelte nicht. Sogar in dieser unbeholfenen, gebückten Stellung ragte er wie ein Grizzly empor. Das Ganze war halb Scherz, halb Ernst. Als Ruhe einkehrte, setzte er sich wieder hin.

Muscles sagte: »Mr. Evans, eine Abordnung durchaus rechtschaffener und möglicherweise sogar kompetenter Staatsbürger erhebt Anklage gegen Sie wegen …«

»Kriecher!« rief Hoey.

Muscles ignorierte ihn. »… erwiesener Inkompetenz in der Technik des Abtropfenlassens. Was haben Sie zu Ihrer Verteidigung vorzubringen?«

»Er braucht einen Pflichtverteidiger«, sagte Quip Parris.

»Turkey Sloan«, sagte Evans. »Ich will Turkey.«

»Nyland Sloan, das Gericht bestellt Sie hiermit zum Verteidiger des inkompetenten Angeklagten«, sagte Muscles. »Mr. Dunnagin, Sie vertreten die Anklage.«

Sloan tauschte den Platz mit Fanning, damit er sich mit Evans bereden konnte, und Muscles bat diejenigen, die willens waren, als Zeuge auszusagen, um das Handzeichen. Sosebee, Fanning und Sudikoff wollten *für* Evans aussagen – Nutter, Curriden, Hoey und Snow gegen ihn.

»Was haben Sie zur Verteidigung ihres Mandanten vorzubringen«, wandte Muscles sich an Sloan.

Sloan stand auf und sagte: »Euer Ehren, Mr. Evans hält das ganze Procedere für Känguruhscheiße. Die Sache ist sonnenklar. Ein mageres Kerlchen aus Brunswick« – er meinte Skinny Dobbs – »hat sich ganz ohne Frage ...«[1]

»Ohne *Frage?*« dröhnte Mister JayMac. »Mr. Dobbs hat Mr. Evans *gelöchert!* Was soll der Firlefanz?«

»Sorry, Mister JayMac«, sagte Sloan. »Nur eine formaljuristische Sprechweise. Keine Schuldzuweisung.«

»Womit Sie zugeben, daß das eine Lüge ist«, sagte Mister JayMac.

»Sir, Sie haben nicht das Wort«, sagte Muscles. »Mr. Sloan, was haben Sie zur Verteidigung Ihres dämlichen Mandanten vorzubringen?«

»Einspruch!« rief Evans.

»Maul halten«, sagte Muscles. »Ich meine: Mäßigen Sie sich. Abgewiesen. Ich *KANN* nichts Anstößiges sagen. Ich bin der Richter.«

Sloan streckte einen Arm aus und räusperte sich:

»The question is, Can Trapdoor bunt?
Does he know how, or is it a stunt
When he assumes the stance and then
Allows the ball to bruise his shin
Or bounce off his bat like popping corn?
Does he deserve our ruth or scorn?«[2]

---

1 *skinny* = mager / *Brunswick* ist eine Stadt in Südost-Georgia

2 Adaption:
»Kann Trapdoor abtropfen lassen, ja oder nein?
War das nur Pech oder seift er uns ein,
wenn er in Stellung geht, und prompt
den Ball ans Schienbein nur bekommt,
oder bloß 'nen Sektkorken draus macht?
Also Freispruch oder Strafe, und wenn Strafe, wie hart?«

»Du lieber Gott, Turkey, wie verteidigst du den Heini denn?« sagte Hoey. »Wir haben keine Zeit für homerische Tiraden.«

Sloan blinzelte und fuhr fort:

»Is a player who cannot bunt
A guilty lot or a innosunt
Victim of our expectations?
Blame we him or those vile matrons
Who sewed the ball to such a trim
Its twisting seams bamboozled him,
Causing him to look a lout
By poking it up, for an out?
So how pleads Evans this fine day?
Like this: *Nolo contendere.*«*

»Okay«, sagte Muscles. »Mr. Evans, hiermit verurteile ich Sie zu einer Geldbuße von 25 Cent und zum Schlagtraining mit Mr. Snow.«

»Moment mal«, sagte Hoey. »Brauche ich etwa nicht gegen den Bastard auszusagen?«

»Ach ja?« sagte Curriden. »Und was ist mit Nutter und mir? Evans schlägt nicht besser als er *America the Beautiful* furzt.«

---

[1] Adaption:
»Ist ein Mann, der den Abtropfer nicht kann,
ein lausiger Spieler oder ein Unschuldslamm
im Würgegriff der Hellbender-Klauen?
Verurteilen wir ihn oder die gemeinen Frauen,
die Bälle nähen nach geheimen Mustern,
daß die wirbelnden Nähte seinen Grips verdustern,
daß er dasteht wie der König von Ixen
und den Ball in die Luft schickt, um sich ›aus‹ zu tricksen?
Was also sagt Evans zu der ganzen Misere?
Wohlan, Kameraden: Nolo contendere.«

Nolo contendere (Juristenlatein) = Ich will (die Anklage) nicht bestreiten

»Nichts anderes sagt er«, sagte Muscles. »Ich habe ein Bußgeld festgesetzt und die Strafe verhängt. Der Fall ist abgeschlossen. Das Gericht geht zur Tagesordnung über. Der nächste Fall!«

Der Bomber ächzte, röhrte und qualmte dahin. Niemand sagte ein Wort. Ich sah aus dem Fenster. Eine Phalanx aus Eichen oder Ulmen teilte eine der heranschwimmenden Weiden. Von den Ästen hingen Greisenbärte*. Im Grün des Straßengrabens saßen schwarze Stärlinge mit rotgefiederten Flügeln; verdutzte Rindviecher glotzten aus den Laubgehölzen auf den Weidenkämmen. Auch das Rumoren des Busses konnte nichts daran ändern, daß mir zum Einschlafen friedlich zumute war.

»Los, Jungs«, rief Muscles. »Der nächste Fall!«

Jerry Wayne Sosebee erhob sich. »Okay.« Er schluckte. »Ich klage Jumbo und Klein Boles da drüben an, den Boss hinters Licht zu führen. Er gewährt ihnen Auswärtsprivilegien, die uns demoralisieren und Einfluß auf unser Spiel haben.«

Ein Heuschreckenschwarm wälzte sich durch meinen Bauch. Im Bus wurde es still wie in einer Leichenhalle.

Mister JayMac drehte sich im Sitzen um. *»Hinters Licht?«*

Nur Hoey zeigte Interesse an Sosebees Anklage. »Jerry Wayne meint, Dumbo und Jumbo würden Sie um den Finger wickeln, Sir.«

Zwei Spieler kicherten. Die Vorsichtigen waren gespannt wie Flitzebogen und warteten nur auf den richtigen Moment.

»Glauben Sie allen Ernstes, ein stummer Floh wie Mr. Boles könnte mich hinters Licht führen, Mr. Sosebee?« sagte Mr. JayMac.

»Sir, ich glaube einfach nicht, daß Mr. Boles stumm ist. Ich glaube, er *will* nicht sprechen.«

»Klage abgewiesen«, sagte Muscles. »Mr. Sosebees

Anklage basiert auf Mißgunst und Vorurteilen. Folglich …«

»Nein, nein«, sagte Mister JayMac. »Ich denke doch, Mr. Sosebee kann demonstrieren, *wie* die Messieurs Clerval und Boles mich hinters Licht führen.«

»Na ja, vielleicht Dumbo nicht«, sagte Sosebee. »Er hängt bloß an Jumbos Rockschößen.«

»Sie ziehen also Ihre Anklage bezüglich Mr. Boles zurück?« sagte Muscles.

»Doch, ja. Ich denke, der eigentliche Drahtzieher ist unser Goliath.«

»Und Sie sehen sich als David, richtig?« sagte Mister JayMac.

»Nein, Sir. Oder vielleicht doch«, sagte Sosebee. »Jemand *muß* ihm ja mal den Kopf waschen.«

»Kopf waschen? Weshalb?« sagte Mister JayMac. »Weil er mehr Home Runs und Base Hits hat als jeder andere Hellbender? Und weil er der Beste am First ist?«

»Weil er das ausnutzt und die Stimmung versaut«, sagte Sosebee.

»Du mußt von dir reden, Jerry Wayne«, sagte Lamar Knowles. *Wau*. Knowles machte nie jemanden zur Schnecke. Wenn man was vermurkste, kam er gleich rüber und redete die Sache klein.

Jumbo stand auf. »Ich stelle mich der Anklage.«

Sosebees Kiemengegend wurde aschgrau, aber er hielt Jumbos Blick über fünf Sitzlehnen hinweg stand. Er blieb stehen.

»Mr. Sosebee spricht sicher auch für andere«, sagte Jumbo. »Wer ist der Meinung, daß Mr. JayMacs Wohlwollen mir gegenüber das Team demoralisiert und die Leistungen einzelner Spieler beeinträchtigt?«

Niemand meldete sich.

»Eine faire Frage«, sagte Mister JayMac. »Spielt irgend jemand schlampiger, weil Jumbo unterwegs im Gasthaus schläft?«

»Mich ärgert die Sonderbehandlung«, erklärte Trapdoor Evans. »Aber deshalb spiele ich noch lange nicht schlechter.«

»Kein Wunder, so schlecht wie du am Wochenende gespielt hast«, versetzte Buck Hoey.

»Ein ehrliches Eingeständnis«, sagte Mister JayMac. »Respekt.«

Diese Bemerkung – Lob statt Zusammenschiß – löste einigen die Zunge. Sloan, Sudikoff und Fanning machten ihrem Ärger Luft – sie waren zwar keine Rebellen, gehörten aber zu denen, die immer nach jemandem Ausschau halten, den sie ans Kreuz schlagen können.

Jumbo sagte: »Im vergangenen Jahr habe ich allein gewohnt, in Highbridge und bei Auswärtsspielen. Ich bin von Natur aus ein Einzelgänger, und Mr. JayMac hat Verständnis, daß ich die erzwungene Kameradschaft unseres Sports wie jedes anderen gemeinschaftlichen Unternehmens nur so lange ertragen kann, wie unbedingt erforderlich. Ich habe dieses Privileg nicht gefordert. Ich habe bescheiden darum gebeten und bin sehr dankbar, daß es mir gewährt wurde.«

»Das stimmt«, sagte Mister JayMac.

Sosebee blieb stehen, sein Elan war durch Jumbos Entgegnung merklich erschüttert. Sein Gesicht war aschgrau. Die Schweißflecken unter den Achseln uferten aus.

»Ich wäre durchaus einverstanden mit der Unterbringung, die Mr. JayMac für uns arrangiert«, sagte Jumbo, »nur daß kleine Kinder und viele weibliche Erwachsene sich vor mir fürchten würden. Ich bringe sogar Männer aus der Fassung. Ich wollte die Gastfreundschaft dieser Familien nicht auf die Probe stellen. Ich wollte sie nicht mit meiner Gegenwart belasten.«

»Auch das ist richtig«, sagte Mister JayMac.

»Ich möchte hinzufügen, daß sich im vergangenen Jahr ein Gastwirt in Eufala geweigert hat, mich aufzunehmen, weil er sich … weil er an meiner äußeren

Erscheinung Anstoß nahm. Ich habe kein Aufhebens gemacht und mir ein anderes Zimmer gesucht.«

»Und wieso duldest du neuerdings einen Zimmergenossen?« fragte Jerry Wayne Sosebee.

»Es war höchste Zeit«, sagte Jumbo.

»Und Dumbo ist so sehr ein Niemand, daß es sich für Jumbo gleichbleibt, ob er ihn bei sich hat oder nicht«, sagte Hoey.

»Ich kann Mr. Sosebee versichern, daß Daniel stumm ist«, sagte Jumbo, »aber ich weise entschieden zurück, daß er deswegen ein Niemand ist.«

»Übersetzung!« rief Hoey. »Ich bitte um Übersetzung!«

Jumbo legte eine große, klobige Hand an die Brust. »Mr. Sosebee, wenn Sie immer noch meinen, ich sollte auf die Privilegien, die ich genieße, verzichten, dann lassen Sie uns einen Pakt schließen.«

»Was für einen Pakt?« sagte Sosebee.

»Ich ziehe in den ersten Stock von McKissic House, wenn *Sie* mich als Zimmergenossen nehmen.«

Sosebee sah von Jumbo zu Mister JayMac. Niemand kam ihm zur Hilfe. »Schon gut«, sagte er. »Schwamm drüber.« Er ließ sich in den Sitz sinken. Entweder er oder der Sitz seufzte wie ein Blasebalg.

»Mr. Sosebee«, sagte Muscels, »das Gericht belegt Sie mit einem Bußgeld von 25 Cent, weil Sie ein unnützes Verfahren angestrengt haben. Der Fall ist abgeschlossen! Das Gericht vertagt sich!«

So schloß an jenem Morgen die Sitzung des Rollkommandos des CVL-Gerichtshofs, Abteilung Highbridge-Hellbender, unter Vorsitz von Euer Ehren Lionel K. Musselwhite.

Vierzig Minuten später erreichten wir die Ausläufer von Highbridge, würgten an dem süßlichen Gestank der Gobber-Pride-Erdnußbutterfabrik und winkten einer Schar junger Farbiger, die uns wie verrückt zuwinkten. Ihre Helden kehrten heim.

19

Bis Mitte Juni hatte ich in sieben richtigen Spielen gespielt – aktiv, versteht sich. Hoey war, wenn überhaupt, als Austauschschlagmann zum Zug gekommen oder als Austauschspieler in späten Innings. Auf meiner ersten Tour hatte ich zwei schlechte Spiele hintereinander, die Niederlage von Freitagabend gegen Quitman und die am Samstagnachmittag in der Eröffnung des Doppels gegen Marble Springs. In dieser Niederlage gegen die Seminoles hatte Mister JayMac mich im siebten Inning gegen Hoey ausgetauscht, doch ich hätte schwören können, daß Hoey sich den Job nicht zurückeroberte. Und ich behielt recht. Ich spielte jedes Inning der nächsten zwei Spiele – starke Siege waren das – und machte mehr Hits als jeder andere Hellbender mit Ausnahme von Charlie Snow, der in eine Einbahnstraße geschlittert war, so daß sein Schlagholz die Hits mit dem geölten Flitzeputzrattapock eines Maschinengewehrs feuerte.

Hoey konnte sich zwar nicht anfreunden mit meinem Erfolg, hörte aber auf, mich zu schikanieren. Er mußte. Meine Statistik war radioaktiv. Nicht, daß sie so die ganze Saison über geblieben wär – das schaffte keiner – doch sie setzte die Skeptiker unter meinen Kameraden darüber in Kenntnis, daß ich spielen konnte. Aufs Ganze gesehen würden selbst die Ersatzleute davon profitieren, und die Unzufriedenen und diejenigen, die mich nicht leiden konnten.

Bis zu einem gewissen Grad jedenfalls.

Schwer zu sagen, wie sich Hoeys Verhältnis zu mir

entwickelte – das lag an seinen persönlichen Umständen. Er hatte eine Frau, eine Familie, ein Haus für sich. Beim Training gab er mir Tips – wie man sich auf bestimmte Schlagleute einstellte; wie man den Ball aus der Unterhand zu Junior schnellte, um dessen Drehmoment beim Double Play zu unterstützen; wie man den Abtropfer steuerte, um selber das First zu erreichen anstatt sich bloß zu opfern. Er machte das nicht wie jemand, der aus freien Stücken seine Erfahrungen weitergibt – eher wie jemand, der noch sechs Monate zu leben hat und Bilanz zieht. Ob er zu Hause über mich herzog? Seine Kinder benahmen sich anders als er. Sie schielten nicht nach mir, als wär ich ein abgerissener Tippelbruder oder eine Art Stink- oder Gürteltier.

Zurück von meiner ersten Tour setzte ich mich hin, um Ma einen Brief zu schreiben und ihr ein bißchen Geld zu schicken. (Jumbo las.) Ich hätte ihr schon eher schreiben sollen, doch wie sollte ich ihr beibringen, daß mich ein Soldat vergewaltigt hatte und ich wieder verstummt war? Ferngespräche waren nicht gern gesehen (Uncle Sam wollte, daß man die Leitungen offenhielt für Angehörige der Streitkräfte und für Notfälle), und ihr zu schildern, was für ein Monster von Pazifist mein Zimmerkamerad war, hatte ich auch keine Lust.

Mein erster Brief nach Hause:

Liebe Mama,
tut mir leid, daß ich erst jetzt schreibe, aber mir geht es gut. Du weißt das bestimmt schon. Wenn mein Zug verunglückt wär oder mich jemand beim Training versehentlich umgebracht hätte, dann hättest du längst ein Telegram gekriegt, in dem steht, daß ich tot bin. Ich weiß, daß du keins gekriegt hast. Die Leute hier sind einigermaßen nett. Mein Zimmerkamerad ist eine Leseratte. Ich

schlage über 500 und trete fast in jedem Spiel an. Was macht die Arbeit? Kauf dir was von dem Geld. Wenn ich wieder schreibe, schicke ich mehr.

Dein Danny

Ich hatte schon drei Briefe von Mama bekommen, der eine war an dem Tag abgestempelt, an dem ich Tenkiller verlassen hatte. Er kam an dem Tag an, als wir mit drei zu vier knapp gegen Lanett gesiegt hatten. Alle, die in McKissic House wohnten, bekamen Post an die Adresse Angus Road, doch Miss Giselle sortierte sie säuberlich in die Postfächer im Foyer ein. Von Mamas Briefen – sie schrieb nie mehr als eine Seite – bekam ich zwar Heimweh, aber auch die Kraft weiterzumachen. Ich schickte ihr Zeitungsausschnitte, um wettzumachen, daß meine Briefe nie länger waren als die Beschriftung eines Listerin-Fläschchens*.

In einem von Mamas Briefen – ich habe sie heute noch – beklagte sie sich über einen Beschluß, den der Kongress kürzlich gefaßt hatte:

Diese hinterlistigen Schwätzer in Washington haben sich das legale Verbrechen PAY AS YOU GO* ausgedacht. Man verlangt von deinem Boss, daß er überschlägt, was du am Jahresende an Steuern zahlen mußt, und dann muß er dir soviel vom Monatslohn abhalten, daß die Steuer damit abgedeckt ist. Man greift dir in die Tasche, PER GESETZ. Geld, mit dem ich sonst gerechnet hab, krieg ich dann nicht mehr. Angeblich, damit wir am Stichtag nicht vor einem ›Schuldenberg‹ stehen. Aber warum zulassen, daß diese DIEBE IM FEINEN ANZUG an unser Verdientes gehen? Nur damit das arbeitende Volk sich ›nicht übernimmt‹? Das ist Bevormundung, wenn du mich fragst, Anmaßung und Diktatur. Paß auf, Danny, dich kriegen sie auch dran. Der alte FDR wird jedes Jahr roter. Wenn dieser VERFLUCHTE KRIEG vorbei ist, seh ich schon Hammer & Sichel auf dem Sternenbanner.

Mitte Juni hatten wir zwischen dem Sieg über die Seminoles in Marble Springs und unserem Heimspiel am Freitag gegen die Eufala Mudcats vier Tage Ruhe. An einem der Tage waren wir noch ein paar Stunden unterwegs, doch die anderen drei, Dienstag bis Donnerstag, waren wie Ferien. Vormittags Training im MacKissic Field, dösend heiße Nachmittage und Abende mit Radiomusik.

Junior zeigte mir, wie man Poker spielt, und er, Fadeaway, Skinny und ich ergingen uns im halsbrecherischen Five-Card-Stud-Poker mit Haufen von Chips (Knöpfe aus Kizzys Beständen) und Krügen voll Limo (gleicher Herkunft). Drohte ein Spiel in Handgreiflichkeiten auszuarten, dann drohte uns Miss Giselle mit Geldstrafe oder Stubenarrest. Sie brauchte das in der Regel nicht zweimal zu tun. Einmal allerdings behauptete Skinny, Fadeaway habe ein As verschwinden lassen, stand vom Tisch auf und holte sich einen Baseballschläger, um Fadeaway auf den Pfad der Tugend zurückzuprügeln. Als er in den Clubraum zurückkehrte, verstellte Miss Giselle ihm den Weg, rang ihm das Schlagholz ab und schickte ihn aufs Zimmer.

Unter den älteren Hellbenders gab es etliche, die ›nebenher‹ in Rüstungsjobs arbeiteten. Sie lochten zwei- oder dreimal die Woche am frühen Nachmittag ein, an Tagen ohne Spiel oder Pflichtversammlung, und kehrten nach einer Achtstundenschicht gegen Mitternacht heim, schlapp wie gekochter Spargel und auch fast so bleich. Zu den ›Doppelverdienern‹ gehörten Muscles, Curriden, Hay, Nutter, Sudikoff und Dunnagin. Sie alle hatten Sonderverträge mit

Foremost Forge, der hiesigen Torpedofabrik, oder mit *Highbridge Box & Crate*, unserem Laufrosthersteller. Mister JayMac hatte zwei Hände und zehn Finger im Spiel – nicht, um sie aus der Wehrerfassung rauszuhalten, wie Ira Crawford unterstellt hatte, sondern um ihnen einen Kriegsjob zu verschaffen, der sich mit Baseball vereinbaren ließ.

Als ich von diesen Abmachungen hörte, kapierte ich jedenfalls, warum Sosebee bei der Sitzung des Rollkommandos am Montagmorgen keine Unterstützung gefunden hatte, als er sich über Jumbos Sonderstatus beschwerte. *Jeder* Hellbender hatte einen Sonderstatus. Der eine schien dabei ein bißchen besser wegzukommen als der andere, aber kaum einer brauchte zum Frühstück die eigenen Eier zu essen – wenn Sie wissen, was ich meine. Spieler in den großen Ligen und auch ein paar erstklassige Negerstars mochten mehr verdienen als wir, aber dafür wurde Highbridge als *Sittin' Pretty City*[1] gehandelt.

Eins wunderte mich allerdings. Wieso eigentlich war die Sache mit Jumbo und dem Caddy nicht zur Sprache gekommen? Sein Auto zu verleihen, war etwas sehr Persönliches – das kostete einen mehr, als seinen politischen Einfluß geltend zu machen. Sein Auto zu verleihen, das war *Vertrauenssache*. Und wenn dem Betreffenden keine Benzinmarken zustanden, dann mußte man auch noch das Gesetz beugen.

Am Donnerstag bekam Jumbo wieder den Cadillac geliehen. Um zwei Uhr nachmittags wechselten die Autoschlüssel den Besitzer – im Clubraum, gerade als Fadeaway, Junior, Skinny und ich die Startlöcher für ein neues Pokermarathon wetzten.

»Und daß du mir vor Einbruch der Dunkelheit zurück bist«, sagte Mister JayMac zu Jumbo. »Morgen

---

[1] hübsches Städtchen mit günstigen ökonomischen Bedingungen

haben wir es mit diesen verflixten Mudcats zu tun. Du brauchst deinen Schlaf.« Dann ging er steifbeinig aus dem Haus.

Jumbo schloß die Faust um die Autoschlüssel und polterte die Treppe hinauf. Ich ließ meine Pokerrunde im Stich und ging ihm nach, doch Jumbo nahm jedesmal zwei, drei Stufen auf einmal und war vor mir in der Mansarde. Als ich nachkam, stand er da und hielt den rätselhaften Karton mit den gebrauchten Bällen in der Hand.

»In Alabama habe ich einen kranken Verwandten«, sagte er. »Letztes Mal wollte ich ihm die Bälle schon mitnehmen, aber, na ja ...«

Dein kranker Verwandter freut sich über alte Bälle? dachte ich.

»Ein Projekt«, sagte Jumbo und wog den Karton. Die Wulste und Höcker in seinem Gesicht liefen rot an, um nach und nach wieder die alten kreidigen Töne anzunehmen. »Entschuldige mich, Daniel.« Ich machte ihm den Weg frei.

Jumbo trug den Karton ins Parterre, stellte ihn auf den Rücksitz von Mister JayMacs Caddy und fuhr los. Er schien die ganze Front auszufüllen, wie die Galeonsfigur eines Thanksgiving-Wagens.

Nach etwa fünf Stunden war er zurück, hohläugig und traurig. Er ging schnurstracks nach oben und streckte sich aufs Bett. Ich brachte ihm eisgekühlten Tee und eine Schüssel mit Gemüse, fand ihn aber in einer Art Trance zwischen Schlafen und Wachen. Er aß nicht einen Bissen und nippte nicht mal.

Am nächsten Morgen schien er wieder fit zu sein. (Zum Frühstück verschlang er Früchte, Pfannkuchen und Saft.) Ich dagegen hatte eine schlimme Nacht hinter mir. Mein komischer Kauz von Zimmerkamerad hatte ein paar Fuß weit von mir dagelegen mit gelbglitzernden Augenschlitzen und fleischigen Pranken, die die Bettdecke kneteten. Ich taumelte den ganzen Morgen herum wie ein Kodein-Junkie. Mir dräute das erste Spiel gegen Eufala.

Zum Teufel mit Jumbo, dachte ich, wie ein Zombie werd ich spielen.

Und das tat ich dann auch. Die Mudcats zogen uns das Fell über die Ohren. Sie machten uns alle. Wir verloren an diesem Freitag mit neun zu eins. Mister JayMac krempelte die Bank um bei dem Versuch, jemanden aufzutun, der auch nur das Leiseste gegen ihren Pitcher Jimmy Becker ausrichten konnte. Umsonst. Beim siebten Inning saßen selbst Muscles und Charlie Snow auf der Bank, ausgetauscht gegen Burt Fanning, *Mädchen für alles,* und Quip Parris, den *Pitcher.* Hoey machte für mich den Shortstop, Knowles hatte Junior am Second abgelöst. Unsere Fans veranstalteten ein Pfeifkonzert oder verließen wütend das Stadion.

»Freunde im Glück«, sagte Muscles.

»Ich kann sie verstehen«, meinte Snow. »Sie bezahlen nicht dafür, daß wir uns in die Kniekehlen scheißen.«

Ich bemerkte ein merkwürdiges blaurotes Mal an der Innenseite seines Unterarms. Snow war im dritten Inning gegen die Bande geprallt – wegen eines Home Runs, der sich flüchtig abgezeichnet hatte. Ein länglicher, schmaler Bluterguß, der aussah wie eine lavendelblaue Schlange mit schwarzem Rückenpelz und lauter Besenreißerfüßchen. Aus einem unerfindlichen Grund streckte ich den Arm aus und berührte das Mal. Ganz sachte. Er zog den Arm so schnell zurück, daß man hätte meinen können, ich hätte ihn mit einem Stachelstock gepiekst.

»Laß mich zufrieden, Boles.«

Was, zum Teufel … Snow zählte neben Muscles, Curriden, Nutter und Dunnagin zu den zähesten Burschen im Team. In Uniform, dachte ich manchmal, könnten die fünf mühelos die Preußen aus Nordafrika verjagen.

Ich weiß nicht, woher ich den Schneid nahm, aber ich nahm Snows Hand, um mir den schlangenähnlichen Bluterguß genauer zu besehen. Junge, er mußte richtig in die Reklame für Migräne-Pulver gerasselt sein! Kam selten vor, daß Snow an die Bande prallte. Selbst wenn er volle Kanne draufhielt, berechnete er den Sprung so, daß er sich noch abrollen konnte. Keine tollkühnen Pete-Reiser-Mätzchen für Snow. Hatte er nicht nötig. Er wußte zu hechten bei weiten Flugbällen, und das mit Augenmaß.

»Ist nicht von heute«, sagte Snow ein bißchen freundlicher. »Sieht schlimmer aus, als es ist. Laß los.«

Ich ließ los.

»In meiner Familie haben die Männer immer schnell blaue Flecken gehabt. Blöd zwar, hat mir aber die Army erspart. Also bin ich vorsichtig. Meistens.«

»Charlie, wenn du so schnell Blutergüsse kriegst«, meinte Muscles, »dann bist du schön blöd, wenn du Baseball spielst.«

»Ich boxe ja nicht.«

Mister JayMac kam vorbei. »Jeder, der so spielt wie Charlie – Mr. Snow, meine ich – wäre schön blöd, wenn er *nicht* spielen würde.« Er ging weiter, setzte die Füße methodisch, wie um seine Nervosität zu zügeln, ihm war gar nicht wohl in seiner Haut.

Ich erfuhr, daß Snow einen Schwamm im Handschuh trug. Er trug auch Hüftpolster, Stoffeinlagen in den Schuhen, Gelenkschützer und ein ärmelloses Strickhemd unter dem Flanell – alles, um sich vor Blutergüssen zu schützen. Wer ihn nur in voller Montur kannte, mußte ihn für pummelig halten. In Wahrheit war er oben- und untenrum nicht viel dicker als Dobbs oder ich. Mehr als alles andere tat ihm das Schlagen weh. Der Schock in Hand und Unterarm, wenn er den nächsten Hit schmetterte, hinterließ immer einen Bluterguß. Um den Schaden in Grenzen zu halten, trainierte er sich Schwielen an und versuchte, jeden Wurfball mit dem sattesten Teil des Schlägers zu treffen.

Es war wie verhext, wir setzten auch das zweite Spiel der Viererserie gegen Eufala in den Sand, die Eröffnung des Doppels am Samstag. Zwischen den Spielen sagte Mister JayMac: »Sieg-Sieg, Niederlage-Niederlage, Sieg-Sieg, Niederlage-Niederlage! Verfluchtes Muster, in das ihr euch verknallt habt!«

»Jetzt ist Sieg-Sieg dran, heute abend und morgen«, sagte Hoey. »Sollen wir es ändern?«

»Ha-ha«, sagte Mister JayMac. »Nicht vor Mittwoch in Opelika.«

Schon lustig, denn es blieb bei dem Muster. Wir schlugen Eufala am Samstagabend *und* am Sonntagnachmittag. Dann in Opelika verloren wir konsequent die zwei ersten Spiele gegen die Orphans[1] (die so hießen, weil sie keinen Mutterverein in den Großligen hatten und bis 1941 auch keinen Heimplatz, so daß sie bis dahin immer auf Achse gewesen waren) und schlugen sie erst Donnerstagabend im zweiten Spiel des Doppels. So weit, so gut.

Doch am Abend darauf in LaGrange gegen die Gendarmes sprengten wir die Fesseln dieser Zweimal-Daumen-nach-oben-und-zweimal-Daumen-nach-unten-Schablone und *verloren*. Damit hatte uns der Juni neun Siege und sieben Niederlagen gebracht – insgesamt standen wir bei siebzehn und fünfzehn – ein Rekord im Siegen, aber leider nur ein knapper.

»Himmel!« platzte Mister JayMac nach der Niederlage. »Das bringt euch aus dem Tritt – und uns alle in den Straßengraben.«

Die beiden Wochenendserien gegen Opelika und

---

1 *orphan = Waise*

LaGrange, unsere größten CVL-Rivalen, hätten uns Schwung geben können. Statt dessen setzten wir jede Serie mit zwei zu eins in den Teich und schlichen uns nach Hause, um unsere Wunden zu lecken und uns von unseren Fans daheim verwöhnen zu lassen.

20

AN EINEM MONTAG, BEVOR WIR nach Opelika und LaGrange fuhren, saß ich auf meinem Feldbett und brachte meine Statistik aus der Eufala-Serie zu Papier, und zwar indem ich sie mit den Zahlen meiner Kameraden verglich. Als die Tür aufging und Jumbo hereinkam, war ich verlegen, weil – ich hatte immer noch einen himmelhohen Schlagschnitt und ging härter mit meinen Kameraden zu Gericht als mit mir. An Jumbos Zahlen war allerdings nicht zu deuteln. Er hatte unterwegs großartig gespielt – so stand es in meinem Notizbuch.

»Daniel.«

Ich klappte das Notizbuch auf meinen Knien zu.

»Ein paar ausgeliehene Bücher sind diese Woche fällig. Komm, wir bringen sie in die Bibliothek.« Jumbo packte die Bücher in einen Wäschebeutel.

Ich drehte mit beiden Händen ein imaginäres Steuerrad. Fahren wir? Jumbo lächelte auf seine Weise und ließ zwei Finger über seine Bettdecke spazieren. Ah-ah, dachte ich.

»Komm bitte. Die Hitze hier ist barbarisch und das Licht über deinem Feldbett ist erbärmlich.«

In ganz Highbridge war die Hitze barbarisch – außer in den gekühlten Lichtspieltheatern und Kegelbahnen. Ein Marsch zum Alligator-Park, wo die Bibliothek war, würde uns an den Rand eines Hitzeschlags bringen. Andererseits waren Einladungen von Jumbo so selten wie das Auftauchen des Halleyschen Kometen.

»Ich helfe dir, damit du auch eine Karte bekommst«, sagte Jumbo. »Ich stehe auf sehr gutem Fuße mit Mrs. Hocking. Sie ist die Bibliothekarin.«

Ich war einverstanden. Und, na ja, wir marschierten los.

Auf dem Gemüsemarkt riefen sie Sachen wie: »So fängt man Mudcats[1], Jumbo!« und »Jag ihn in die Wolken gegen die lausigen Gendarmes!«

Ein Mann in einem Verkaufsstand bat Jumbo, mit dem Fettstift eine der Wassermelonen zu signieren. Ich sollte mein Autogramm auf einen dicken gelben Kürbis setzen, aber vorher hatte Jumbo ihm meinen Schlagschnitt verraten und mich als künftigen Großligaspieler gehandelt.

Drei farbige Jungen (einer entpuppte sich als Euclid) blieben uns bis zum Rand des Alligator-Parks auf den Fersen – in den Neger offenbar nicht hineindurften, außer sie benutzten eine Heckenschere oder schoben einen Kinderwagen mit einem rosa Balg darin.

Die Bibliothek war ein rotes Backsteingebäude unweit der Kirche, die Mister JayMac, Miss Giselle und ein paar Hellbender von Zeit zu Zeit besuchten. Tatsächlich handelte es sich nur um eine Zweigstelle der Highbridge-Bibliothek mit einem bauchigen weißen Portikus und Fenstern mit Rosenspalier oder wohlgestutztem Schneeball dazwischen. In Tenkiller hätte so eine ›Zweigstelle‹ alle verfügbaren Bücher der Stadt enthalten – womöglich des ganzen Bezirks – und noch Platz gehabt für eine LaSalle-Ausstellung.*

Ich staunte auch über Mrs. Hocking. Sie hatte keine blaue Haarspülung, schielte nicht und trug auch keine schwarzen Spangenschuhe mit Blockabsatz. Sie hatte ein hübsches Gesicht, war ein bißchen pummelig, hatte Flughörnchenlappen an den Oberarmen und ein Lächeln, das mir Phantomschmerzen in den Mundwinkeln machte. Ich schätzte sie knapp über

[1] *mudcat* = Katzenwels

Fünfzig. Sie begrüßte Jumbo, als sei er ein vom Blitzschlag getroffener und wieder zum Leben erweckter lieber Bekannter – ich fand, die Freude war übertrieben.

»Es tut so gut, Sie wieder zu sehen, Mr. Clerval! Einer von den Titeln, die ich vormerken sollte, ist gerade eingetroffen! Da brauche ich Ihnen ja jetzt keine Postkarte mehr zu schicken!«

Dafür, daß er auf so gutem Fuße mit Mrs. Hocking stand, sah Jumbo reichlich verdutzt drein. Er packte seine Bücher auf die Ausleihe und hielt den Mund, eine glatte Zurückweisung ihres Getues.

Mrs. Hockings junge Gehilfin am anderen Ende des Tresens stierte zu uns herüber, als wären wir zwei ausgebrochene Sträflinge.

»Aber Sie haben die Bücher ja noch nicht mal verlängert!« Mrs. Hocking fingerte die Kartei durch. »Sie *könnten* sie noch behalten.«

»Ja, Ma'am«, sagte Jumbo. »Aber wozu?«

»Nun, damit Sie sich Zeit nehmen können, um sie *alle* zu lesen.«

»Ich habe sie alle gelesen.«

»Oh. Dann sind Sie aber ein ungemein schneller Leser. Sie müssen eine *formidable* Auffassungsgabe besitzen.«

»Welcher von den Titeln ist denn eingetroffen?«

»Nun … äh … dieser hier, Mr. Clerval.« Mrs. Hocking fischte ein schmales Bändchen aus dem Sortierwagen. »Das Büchlein ist zur Zeit ständig unterwegs. Mr. Salmon, der letzte Leser, hat es vor zwei Tagen ausgeliehen und brachte es heute morgen schon zurück. Vielleicht sollten Sie sich mit ihm unterhalten. Sie haben viel gemeinsam, einschließlich …«

»Bitte, Mrs. Hocking, legen Sie es hier für mich zurück. Ich halte erst noch nach anderen Titeln Ausschau.«

»Aber natürlich. Gerne. Lassen Sie mich wissen, wenn Margaret oder ich Ihnen behilflich sein können.«

»Mein Freund Danny hätte gerne seine eigene Leihkarte.«

»In Ordnung. Wohnt er in Highbridge oder im Hothlepoya County?«

»Er ist auch ein Hellbender«, sagte Jumbo. »Bis September wohnt er ganz bestimmt noch hier.«

»Dann wohnt er nicht für immer hier?«

»Seine Anschrift ist dieselbe wie meine: McKissic House, Angus Road. Und das für die nächsten zweieinhalb Monate.«

»Ja, aber es ist schon vorgekommen, daß ...«

»Wie lange muß man denn hier wohnen, damit man zur Ausleihe berechtigt ist?« Jumbos Stimme dröhnte durch die Bibliothek. Die Leute zwischen den Regalen drehten die Köpfe. Ein Knirps klammerte sich an den Rockzipfel seiner Mama.

»Wir werden eben eine zeitlich begrenzte Karte ausstellen«, sagte Mrs. Hocking unbekümmert. »Wenn Margaret Sie, Mr. Clerval, als die eine residente Referenz anführt, wen könnten wir dann als zweite angeben?«

»Mr. Jordan McKissic.«

»Natürlich. Sehr gut. Hier, Margaret. Helfen Sie dem jungen Mann, den Antrag auszufüllen. Fangen Sie mit dem Namen an und ...«

»Er heißt Daniel Boles«, sagte Jumbo, der sich bereits den Sachbuchregalen zuwandte. »B-O-L-E-S. Füllen Sie das Formular so weit wie möglich ohne uns aus.«

»Naturlich. Natürlich.« Mrs. Hocking winkte uns davon. »Stöbern Sie nach Herzenslust.«

In der Abteilung für Philosphie und Psychologie legte Jumbo mir die Hände auf die Schultern und versuchte zu flüstern:

»Inwendig, Daniel, sieht es bei Mrs. Hocking nicht viel anders aus als bei ihrer Gehilfin Margaret – beide sind nervös und haben Angst. Jetzt begreife ich das. Ihre Überschwenglichkeit verrät sie. Niemand soll merken, wie abstoßend sie mich findet – ich nicht und sie auch nicht.«

Ah-ah. Jumbo hätte zu gerne geglaubt, daß Mrs. Hocking ihn um seiner selbst willen mochte.

»Ich täusche mich nicht«, flüsterte er. »Aus ihrem Verhalten hätte ich das schon früher ableiten können.« Er ließ von mir ab, um an den Regalen vorbeizustreifen, Titel und Autorennamen murmelnd, und schob sich wie ein hünenhafter Archivar auf Zehen um die anderen Besucher herum.

Die Arme voller Bücher kehrten wir an die Ausleihe zurück und luden sie ab wie Ziegelschlepper ihre Ziegel. Mrs. Hocking legte noch das reservierte Buch dazu, und ich füllte in meinem Antrag aus, was die Gehilfin noch nicht ausgefüllt hatte.

»Sind das nicht mehr als zehn?« Mrs. Hocking stempelte weiter.

»Elf mit dem reservierten«, sagte Jumbo. »Aber das können Sie ja auf Daniels Karte nehmen.«

»Ich fürchte …«, setzte Mrs. Hocking an. »Sehr gut«, sagte sie dann. »Er kann nur profitieren von der Lektüre, sollte er noch Zeit haben, es zu lesen, Mr. Clerval.« Sie hantierte und stempelte. »Schönen Tag noch, Gentlemen. Und geben Sie ihren Baseballrivalen tüchtig eins drauf.«

»Danke«, sagte Jumbo. »Sie sind mehr als freundlich.« Er schob die Ausbeute in den Beutel und bugsierte mich zur Tür hinaus.

Draußen sah ich ihn enttäuscht an. Eben hatte er Mrs. Hocking *mehr als freundlich* bezeichnet. Aber wenn er sie (zuvor zwischen den Regalen) richtig eingeschätzt hatte, dann war das eine Lüge.

»Sie will einem unbedingt gut Freund sein«, erwiderte Jumbo meinen Blick, »auch wenn ihr dieses natürliche Verlangen entgeht. Ich habe zu ihrem Verlangen gesprochen, nicht zu ihrer schwärenden Anfälligkeit.«

Das klang zwar geschraubt, machte aber Sinn. Wenn er wollte, daß Mrs. Hockings Seele flügge wurde, mußte es erlaubt sein, sie zu hätscheln.

An einem Stand im Marktpavillon kauften wir Birnen und setzten uns auf den Betonboden, um sie zu essen. Kisten und Körbe mit Feld- und Gartenerträgen – Rübenblätter, ungedroschenes Frühkorn, dicke Tomaten – entzogen uns mehr oder weniger autogrammhungrigen Blicken. Ich aß meine Birne auf, nahm das Notizbuch aus der Hemdtasche und schrieb eine Frage:

Welches Buch hast du vormerken lassen?

Jumbo grub in den Büchern und zog es heraus. Er ließ es auf meinen Schoß fallen. Ich wischte mir die klebrigen Hände an der Hose ab, damit ich das Bändchen anfassen konnte. *On Being a Real Person* von Harry Emerson Fosdick*, Anleitung zur Selbsthilfe von dem bekannten Gottesmann aus New York.

»*Es ist die zentrale Aufgabe eines Menschen, eine wirkliche Person zu sein*«, sagte Jumbo. »So lautet der erste Satz von Mr. Fosdick.«

Der Satz von Mr. Fosdick sagte mir damals überhaupt nichts. Bei Fosdick dachte ich nur an *Fearless Fosdick,* den Cartoon-Detektiv, den Al Capp in *Li'l Abner* geschaffen hatte, um *Dick Tracy* hinter Gitter zu bringen. *Fearless Fosdick* streunte herum mit lauter Gucklöchern im Leib – die ihn wohl nicht weiter störten. Jedenfalls stellte ich mir diesen Harry Emerson Fosdick mit lauter glatten Durchschüssen an der Schreibmaschine vor, wie er *On Being a Real Person* herunterhackte, und das, wo er doch selbst eine perforierte Cartoon-Figur war.

Ich schrieb *Fearless Fosdick?* in mein Notizbuch und

reichte Jumbo das Blatt. Seine Miene erinnerte an die eines Babys, das angestrengt in seine Windeln drückt.

»Ich halte diesen Mr. Fosdick« – er klopfte auf das Buch – »für furchtloser als man gemeinhin annimmt. Man braucht … Mut, um darüber zu schreiben, wie man eine authentische Identität entwickelt.«

Wir machten uns wieder auf die Beine. Ich trug den Beutel mit den Büchern, und Jumbo ging in meinem Fahrwasser und las Fosdicks Bestseller. In seinen Händen sah das Bändchen nicht größer aus als eine Streichholzschachtel.

21

In Tenkiller hatte Mama praktisch mit dem Dampflöffelbagger ins Schlafzimmer gemußt, um mich aus den Federn und zur Schule zu jagen. Anders in Highbridge. Hier liebte ich den Morgen, vor allem den frühen. Ich war längst auf den Beinen, wenn Darius durch die Flure kam und sein »Aus den Federn, aber plötzlich!« rief. Mich weckte ein merkwürdiges inneres Läuten, *und* ich reagierte. Vielleicht nur, weil ich mir das Gesicht waschen und mich anziehen wollte, ohne mich von Jumbos glibbrig gelben Augen beobachtet zu fühlen. Vielleicht, um dem mörderischen Sommer ein Schnippchen zu schlagen, bevor draußen die Milchwagen schepperten.

Egal, am Dienstagmorgen vor unserem Trip nach Opelika krebste ich nach unten und roch den Speck in der Pfanne, die Brötchen im Backofen und die Orangen, die halbiert und ausgepreßt werden wollten. Kizzy hatte längst die Küche angeworfen. Mit ihren Löffeln, Schneebesen und Holzfeuern raubte sie dem Morgen die letzte Jugendfrische. Und wenn schon – gegen zehn oder elf schlug sowieso die rasselnde Klapperschlangenhitze zu. Ich setzte mich auf einen Schemel direkt neben dem Tisch, auf dem die Brötchen gemacht wurden, um so meinen Anspruch auf das Erstgebackene anzumelden.

»Nicht einfach hinsetzen, Mr. Danny.« Kizzy wischte sich mit dem Handrücken über die Stirn. »Wenn Miss Giselle kommt, dann macht sie dir Beine.«

Pfui. Kizzy hatte mich gern. Im Laufe der Zeit waren

wir gute Kumpel geworden. Ich ging ihr morgens zur Hand, noch ehe Darius aus dem Wagenschuppen oder Miss Giselle aus dem Bungalow kam. Daß ich stumm war, mochte zu unserer Freundschaft beitragen. Kizzy benutzte mich sozusagen als toten Resonanzkasten. Ich gab nichts wieder her. Ich schluckte nur.

Mit ihrem schwarzen knotigen Arm, die Hand im mehlverklebten Küchenhandschuh, zog sie ihr erstes Brötchenblech aus dem Ofen und setzte es mit einem Knall ab. »Nimm schon. Verbrenn dir deine gierigen Finger.« Ich gehorchte, auch was das Verbrennen anging, doch mit diesem Brötchen zu jonglieren, machte mich glücklich. Der Himmel hatte sich noch nicht mal gerötet, und ich hatte mir bereits einen kleinen eßbaren Schatz gesichert.

»Schnell essen und Saft machen, oder Miss Giselle zieht deine Ohren lang. Und meine.« Kizzy drängte auf ihre schnoddrige Art.

Ich brach das Brötchen in krümelnde Hälften und kaute und kaute …

»Du meinst, Miss Giselle wär 'ne harte Frau mit scharfer Zunge. Manchmal kommt sie einem so vor, aber die Männer hier im Haus – auch Darius, bei dem sie manchmal schon sauer wird, wenn er bloß vorbeikommt –, sie behandelt uns wie ihre Kinder. Das ist wie mit der Frau und dem Schuh in dem Kindergedicht. Sie füttert sie und gängelt sie, *weil* sie so glücklich mit ihnen ist.«

Miss Giselle und glücklich? Sie machte nicht gerade den Eindruck. Sie verhielt sich, als wär Mister JayMac zum Arbeitsamt gegangen und hätte ein Dutzend hungrige Leute bei sich aufgenommen.

»Sie hat nie ein Kind im Bauch gehabt«, sagte Kizzy. »Kein Kind haben, kein Kind bekommen, das hat sie bitter gemacht. Wie wenn du jeden Tag eine Ohrfeige bekommst. Kein Wunder, wie glücklich sie ist über ein Haus voll Baseballspieler.«

Während Kizzy redete, halbierte ich Orangen und ›schraubte‹ sie gründlich auf den geriffelten Clownhut der gläsernen Saftpresse.

»Wenn Miss Giselle euch mit Blick durchbohrt und mit Schnabel schnappt wie Sumpfschildkröte«, sagte Kizzy, »dann hat sie nicht Wut auf euch. Es sind die Umstände, alles eben. Und daß Mister JayMac nicht, wie er sollte, vor Liebe strotzt, macht Sache auch nicht besser. Auch nicht, wenn er ab und zu ...«

Die äußere Verandatür knallte, und Kizzy verstummte so jäh wie das Hackmesser eines Fleischers, wenn die Finger in Gefahr sind. Besser so. Miss Giselle fegte herein, das Gesicht zurechtgemacht, das Haar auch. Gut sah sie aus, daran konnten auch Krähenfüßchen, ein ramponiertes Baumwollkleid und abgetragene Arbeitsschuhe nichts ändern.

»Kizzy, hast du irgendwelche Leute in Detroit?«

»Morgen, Ma'am«, sagte Kizzy. »Wie geht es Ihnen heute?«

»Du hattest Verwandte, die früher mal nach Norden gezogen sind. Wo haben sie sich niedergelassen, Kizzy? In Detroit?«

»Chicago, Ma'am. Und in Philadelphia.«

»Die Farbigen in Detroit sind völlig übergeschnappt. Das Radio spricht von Chaos. Ein Aufstand. Häuser und Autos brennen.«

»Verzeihung, Ma'am, aber da gibt es keine Lorrows, die so was tun«, sagte Kizzy. »Und wenn doch, dann wir sind nie begegnet.«

»Man sollte meinen, dieser Krieg sei schon Unheil genug«, sagte Miss Giselle. »Unglaublich, daß es Leute gibt, die zu allem Überfluß noch Aufstände in den eigenen Städten inszenieren. Was würdest du tun, wenn ein Polizist kommt und dir sagt, dein eigenes Kind sei dabei ums Leben gekommen? Es muß grausam sein, zu erfahren, daß dein Sohn als Soldat gefallen ist. Um wieviel schlimmer, wenn du erfährst, daß er auf amerikanischen Straßen getötet wurde – von Leuten, mit denen er gar keinen Streit hatte.«

»Menschen suchen immer Streit«, sagte Kizzy.

Miss Giselle sah sie forschend an. »So wie du?«

»Keine Zeit, Ma'am. Das Frühstück ist noch nicht fertig.«

»Sag mir, warum deine Leute so verrückt sind. Vor ein paar Tagen war es Beaumont in Texas. Jetzt Detroit. Was kommt als nächstes? Habt ihr euch verschworen, Hitler und die Japaner von *innen* heraus zu unterstützen?«

»Ma'am, das *sind* nicht meine Leute«, sagte Kizzy. »Soweit ich weiß, hat es bei den Lorrows nie einen Verrückten gegeben.«

Miss Giselle schritt zwischen den Spülbecken und der langen Anrichte auf und ab. »Arbeitest du gerne hier, Kizzy?«

»Sonst wär ich nicht mehr hier. Ich habe klare Abmachungen.«

»Hast du je von den Eleanor-Clubs gehört? Weißt du, was es damit auf sich hat? Gehörst du einem solchen Club an? Hast du vor, einem beizutreten?« Miss Giselle klaubte sich eine ausgepreßte Orangenhälfte und leckte an der inwendigen Schale. »Ich werde dich nicht entlassen, wenn es so ist. Oder dir dein Zeugnis verderben. Aber für mich sind die Eleanor-Clubs ein ebensolcher Verrat wie das Chaos in Detroit.«

»Woher soll ich Zeit nehmen für Club?« sagte Kizzy. »Ist die Full-Gospel-Holdiness-Church ein Club?«

»Du hast noch nie von den Eleanor-Clubs gehört?«

»Eleanor?« sagte Kizzy. »Mrs. Roosevelt?«

»Sie mag die First Lady sein, aber die armen farbigen Frauen, die angeblich von ihren Herren ausgebeutet werden, zur Rebellion anzustiften – ich finde, das grenzt an Volksverhetzung.«

»Ja, Ma'am«, sagte Kizy.

»Beute ich dich aus, Kizzy?« sagte Miss Giselle. »Beute ich dich mehr aus als der großzügige und wundervolle Mister Jordan McKissic es mit meiner Wenigkeit tut, seinem Eheweib und Galeerensklaven?«

»Ich gehöre nicht zu keinem Eleanor-Club, Miss Giselle. Ich kann Clubs nicht leiden. Die meisten kosten Geld.«

»Und wenn sie Komitee heißen?« sagte Miss Giselle. Sie blieb stehen. Sie setzte sich auf den Schemel, auf dem ich mein Morgenbrötchen gefuttert hatte. »Dann hat Janet also Mrs. Dittrich nicht auf Drängen des Ortsverbandes der Eleanoren verlassen?«

»Ma'am, Janet ist nach Fomost Foge[1], weil sie da zwölf Dollar die Woche kriegt. Missus Dittrich gab ihr drei.«

»Ist denn alles nur Geld? Geld und Sex? Was wird aus Loyalität und Anhänglichkeit und Treue? Das wüßte ich mal gerne.«

»Ich weiß nicht«, sagte Kizzy, »aber man sagt mir, das ist ein freies Land und die Züge fahren in alle Richtungen.«

Man hätte meinen können, Miss Giselle wär jetzt sauer gewesen – eine Bemerkung, so anmaßend – aber sie lachte. Sie rutschte vom Schemel, band sich eine fleckige, buntgewebte Baumwollschürze um und stürzte sich in die Vorbereitungen für das Frühstück. Ich deckte in der Kantine den Tisch, und hätte ich nicht gewußt, daß in der Küche die hochmütige Herrin mit der unterdrückten Köchin schwätzte, ich hätte sie für Geschwister gehalten.

Ich war schon wieder in der Küche, als Darius endlich aus seiner Wohnung über der Busgarage kam. Er besaß noch einen alten Wecker aus Metall mit Glocke und Klöppel, der gegen sechs losrasselte. Solche

[1] *Fo(re)most Fo(r)ge*, die hiesige Torpedofabrik

Wecker gab es 1943 kaum noch, viele waren das Opfer von Alteisensammlungen geworden, und nur ein paar Fabriken stellten noch welche her. Was erklärt, warum Darius in McKissic House als mobiler menschlicher Wecker fungierte.

»Aus den Federn, aber plötzlich«, grummelte er in der Verandatür. »Fletscht die geputzten Zähne, Jungs.« Ein müder Scherz, aber auch eine Art verhohlener Groll.

Miss Giselle hatte ihn ziemlich gut behandelt, seit wir wieder in Highbridge waren, doch jetzt fuhr sie wie ein tollwütiger Hühnerhund herum. »Spar dir deine ausgelassenen Wecktiraden! Ich meine es ernst, Darius. Ich habe den Lärm satt und auch deinen idiotischen Frohsinn.«

»Soll ich Heiapupeia singen?«

»Schluß damit, ein für allemal.«

Darius zog das Kinn ein. »Ich soll die Jungs nicht mehr wecken?«

»Durch das Haus gehen und schreien wie ein Fischverkäufer. Ich *hasse* das. Es ist mir von Grund auf zuwider.«

»Und wie möchten Sie, daß ich sie aus den Federn kriege?«

»Geh die Treppe rauf. Klopf an jede Tür. Verkünde mit leiser, normaler Stimme, daß es gleich Frühstück gibt. Verstanden?«

»Ja, Ma'am. Einfache Anweisungen in einfachem Englisch. Damit komme ich meistens zurecht.«

»Laß die Finger von den Brötchen!« fuhr sie ihn an. »Und vergiß diesen belanglosen Rundgang für heute. Mr. Boles wird ihn übernehmen.«

»Er kann anklopfen, Ma'am, aber er kann nicht reden. Es wäre mir eine Freude, mitzugehen und ihm zu helfen.«

»Die Freude sei dir versalzen, Darius. Ich wünsche, daß du aus dem Haus bleibst, bis Kizzy dich zum

Frühstück ruft. Und jetzt strengt Mr. Boles eben seine Fingerknöchel an und seine unverbrauchte Phantasie. Raus, bitte.«

Darius ging mit erhobenem Kopf. Kizzy schwieg.

Dank meiner Phantasie stieg ich erst mal in den zweiten Stock und weckte Jumbo. Ich kritzelte in mein Notizbuch, was Miss Giselle mir aufgetragen hatte, und er polterte mit mir von Tür zu Tür. Ich klopfte und er sagte: »Frühstück. Aus den Federn, wird's bald. Zwingt uns nicht, euch Beine zu machen.« Da war keiner, der es noch im Bett aushielt, nachdem er *die* Stimme gehört hatte.

Zum Frühstück stellte sich dann auch Mister JayMac ein. Eine Solidaritätsbekundung vor einer wichtigen Tour nach Opelika und LaGrange. Er nahm nicht am Kopf oder Fuß des Tisches Platz – da saßen Muscles und Jumbo – nein, er zwängte sich wie ein gewöhnlicher Hellbender zwischen Vito Mariani und mich.

Lustig war nur – Miss Giselle tat ihm die Ehre an und kredenzte ihm seinen eigenen, vip-verdächtigen Servierteller mit drei zigarrendicken Würstchen, einer Porzellankelle voll dampfender Käsegrütze und einem schwangeren cremefarbenen Omelett, das aussah wie eine von diesen blaßgelben Halsbinden aus einem Smokingverleih. Erst dachte ich: Na ja, man kann es auch zu weit treiben mit dem Ich-bin-bloß-einer-von-euch. Mit dem Unterschied, daß Mister JayMac die Stirn runzelte, als seine Frau ihm servierte, als ob er dächte, sie wolle ihn absichtlich vor den anderen blamieren, indem sie so ›dick auftrug‹.

»Was hast du in dieses schwangere Ei getan?« fragte er, bevor sie die Schwingtüre zur Küche erreichen konnte.

»Schinken, gewürfelte Pfefferfrucht, Tomate, Zwiebel und einen Schuß Tabascosoße.« Miss Giselle kippte den Kopf. »Warum fragst du?«

»Das Grüne ist Ziegenpfeffer?«

»Ja. Hast du gedacht, ich hätte dir vom bittersten Löwenzahn da reingeschnippelt?«

»Nein, eigentlich nicht. Das Problem ist, Darius macht sich nichts aus Ziegenpfeffer, Liebling.«

Miss Giselle verschränkte die Arme. »Ich habe das für *dich* gemacht, Jay.«

»Na ja, das hat niemand verlangt. Ich esse, was die Jungs essen, das weißt du. Nimm also dieses Glanzstück von Omelett und gib es Darius. Er kann ja um das verdammte Geschnipsel herumessen.«

Darius frühstückte an einem ausrangierten Tisch auf der eingezäunten Veranda – nicht in der Küche, nicht in der Kantine, niemandem im Weg. Er war jetzt da draußen und aß zu Ende.

»Er würde das nicht wollen«, sagte Miss Giselle. »Er hat schon für drei gegessen.«

»Bring es ihm trotzdem. Er soll selbst entscheiden. Ich kann keine Sonderbehandlung dulden.«

»Nein, ich werde es ihm nicht bringen, Jay, weil ich keine Kränkung oder Demütigung dulden kann. Ich kann sie nicht nur nicht dulden, ich *dulde* sie nicht.«

Für die nächsten Sekunden hörte man nur Gabeln an Porzellan scharren und das Glucksen, als Muscles einen Mundvoll Orangensaft schluckte.

»Diese Mahlzeit darf nicht weggeworfen werden«, sagte Mister JayMac endlich. »Bring sie zu Darius.«

Miss Giselle schloß die Augen, umarmte sich und wiegte sich wie die trauernde Mutter am frischen Grab. Diese wortlose Pose bereitete noch mehr Unbehagen als der vorangegangene Wortwechsel. Also stieß ich meinen Stuhl zurück, griff mir das feudale Frühstück und ging damit zur Küche – mein Beitrag zum Frieden.

Ich hörte Jumbo sagen: »Ich werde Miss Giselle zu Ihrem Haus begleiten, Sir.«

»Eine gute Idee«, sagte Mister JayMac.

Auf der Veranda setzte ich Mister JayMacs Frühstück vor Darius auf den Tisch. Er hatte schon etliche Brötchen und zwei Spiegeleier intus. Er sah mich vorsichtig von der Seite an, bevor er den Teller näher zog und zulangte. Genau in dem Augenblick duckte sich Jumbo aus der Küche, der seinen Arm Miss Giselle geliehen hatte, die so glasig dreinsah, als sei sie in Trance.

»Eine willkommene Abwechslung«, sagte Jumbo an meine Adresse. »Du denkst nicht nur beim Baseball, Danny.« Er half Miss Giselle die heiklen Stufen hinunter und geleitete sie durch den taunassen Victory-Garten hinüber zur Rückseite des Bungalows. Sie gaben ein kauziges Paar ab, die beiden. Na ja, *egal* wer bei Jumbo war, dabei kam immer ein kauziges Paar heraus.

Ich krebste in die Kantine zurück.

22

AM MITTWOCH AUF DER FAHRT nach Opelika hatten wir eine Reifenpanne, und Jumbo, der die vordere Stoßstange des Braunen Bombers abstützte, zog sich, als der Wagenheber wegrutschte, Quetschungen an den Oberschenkeln zu. An diesem Abend verloren wir gegen die Orphans und gewannen nur ein Spiel des Doppels am Tag darauf.

Als wir Freitag in LaGrange einrollten, fühlte sich die Luft seidig und träge an. Aus einem Himmel, der eher schmutzig cremefarben denn blau war, fiel der Geruch nach Regen – und feinem Sand. Man vergißt diesen Geruch nicht, und wenn die Dürre am schlimmsten ist, ist die Erinnerung am heftigsten.

»Gott bewahre«, sagte Mister JayMac. »Bloß kein verregnetes Spiel.«

»Sir, wenn ich wüßte, wir verlieren wieder, dann soll es lieber schütten«, sagte Fanning. »Ein Segen für alle.«

Mister JayMac fuhr herum. »Und wenn uns die Niederlage heute abend eine Rekordernte brächte, ich würde lieber gewinnen und die Folgen tragen als verlieren und Fett ansetzen!«

Darius und ein paar andere zerrten Koffer und Kleidersäcke aus dem Stauraum des Bombers und reichten sie weiter. Ein paar Hellbenders gingen zu Fuß zu den Häusern ihrer Gastfamilien. Andere wurden von Luxuskarossen abgeholt.

Jumbo und ich pilgerten wie zwei Handelsvertreter à la Mutt und Jeff* durch die Stadt. Der Portier des Hotels Lafayette trug ein weißes Hemd und die geblümte Weste eines Kartengebers beim Siebzehnundvier. Er hatte aber den Haarschnitt eines Rekruten und ließ Jumbos Frage nach der Reservierung zunächst unbeantwortet, weil er nachhaltig beeindruckt war von unserem Überfall. Er war noch neu in dem Job und hatte etwas Feminines, was vielleicht erklärte, warum er die Uniform gewechselt hatte.

»Cler*vall*«, sagte er endlich und blätterte in seinem Buch. »Cler*vall*, *-vall*, *-vall*. Hmmmmm. Ein französischer Name, nicht wahr?«

»Mit *einem* ›-vall‹, ja, schon möglich«, sagte Jumbo. »Mein Vater stammt aus der Schweiz.« Von der dröhnenden Stimme bekam der Junge gleich wieder Stuhlverstopfung.

»Oh, ja«, brachte er heraus. »Sie sind Baseballspieler. Hellbenders, voilà. Zimmer 322. Mr. Sulter hat sie für drei Nächte vorgemerkt.«

»Den Schlüssel, bitte«, sagte Jumbo.

»Werden Sie spielen, wenn es regnet?« fragte der Portier. »Oder macht man das nur … ähm … bei Football?«

»Bei Football«, sagte Jumbo.

»Dann werden Sie sich an diesem Wochenende ausruhen können. Für heute abend ist ein Unwetter angesagt – und morgen, wer weiß? Die dritte Etage bietet einen herrlichen Ausblick auf den Lafayette-Square. Genießen Sie ihn.«

Wir schleppten uns die Treppe hinauf, weil der Aufzug außer Betrieb war. In unserem Zimmer gab es zwei Einzelbetten und eine Kommode mit Schubladen, obenauf stand eine Blechschüssel und ein Porzellankrug. Die Tapete war häßlich und voller Altwasserflecken: lauter verschossene Chrysanthemen.

Wie üblich nahm Jumbo die Wäscheleine und die Grasmatte aus dem Koffer und spannte unseren Vorhang auf. Autsch. Ich dachte, wir hätten so etwas wie ein vages Bündnis geschlossen, eine Art Waffenstillstand mit offenen Grenzen. Aber diesmal zog er die Matte nicht vor.

Er wählte das Bett in Türnähe, lud die Bücher erst auf die mit Quasten verzierte Spreite, um sie dann eins neben dem anderen aufrecht an die Fußleiste zu stellen. In der ersten Nacht in Opelika hatte er *On Being a Real Person* ausgelesen. Jetzt machte er Ene-mene-mu-und-dran-bist-du und landete bei *The Human Comedy* von Saroyan*. Er ließ sich langsam aufs Bett sinken – die Bettfedern knauzten und ächzten, bis er Ruhe gab – und schlug den Buchdeckel auf.

Was mich anging, ich wollte eine Mütze voll Schlaf.

Während Jumbo las, rollte der Donner des abgeschiedenen Nachmittags durch meine Adern und zerrte an den Zipfeln meines Bewußtseins. Ich schlief, doch das Gewitter schien mir näher zu sein als Jumbos rauhe Atemzüge, was bedeutete, daß die von Mister JayMac befürchtete Wetterfront die Stadtgrenze erreicht hatte.

»Laß uns gehen.« Jumbo rüttelte mich. Ich fuhr wie ein Wackelpudding aus dem Schlaf, benommen und schweißgebadet und lag in Tenkiller und war von einem Lautsprecher aufgewacht, der die jüngsten Tornadomeldungen übertrug. Der Blick aus Jumbos gelben Augen bohrte sich in mein Herz und träufelte mir die zähe, klebrige Tatsache ein, daß ich in LaGrange war. Weit weg von zu Hause.

Zwei Stunden, bevor das Spiel anfangen sollte, waren wir umgezogen und verließen das Hotel. In Straßenschuhen, die Spikes wie Schlittschuhe um den Hals gehängt, spazierten wir zum Baseballstadion. Die Leute wichen uns aus und drehten die Köpfe, doch wir gaben uns unbefangen. Die meisten wußten, daß eine Gendarme-Hellbender-Entscheidung ins Haus stand, und manche kannten Jumbo noch vom letzten Jahr.

Spätestens seit dem Wochenende, an dem wir unsere erste Serie gegen die Gendarmes gespielt hatten, wußte jeder gescheite Fan im Chattahoochee Valley, daß die Flagge diesmal nach Highbridge, LaGrange oder Opelika gehörte. Eufala hatte, trotz der unentschiedenen Viererserie mit uns von letzter Woche, einen miserablen Monat zu verbuchen. Jetzt teilten sich LaGrange und Opelika den ersten Platz mit jeweils achtzehn Siegen und dreizehn Niederlagen. Wir lagen mit siebzehn und vierzehn ein Spiel zurück.

Nichts Auffälliges, was das Kopf-an-Kopf-Rennen oder das Fieber auf der Straße anging – Banner in den Schaufenstern, Rosin-Potato-Verkäufer vor dem Stadion, die ihre Knollen aus pechschwarzen Eisenkesseln feilboten. Ein Mann hatte seinen klapprigen Pickup außen geparkt, an der Heckklappe hing ein Schild: *UNBRELLAS – 50 SENTS* und auf der Ladefläche standen Gewehrpyramiden von Schirmen – rohgeschnitzte Griffe, gepunkteter Stoff.

»Vergeßt den Schirm nicht, Leute!« brüllte er auf dem Pick-up. »Schütz euch vor einer Dixie-Dreckdusche! Kauft bei mir!«

Ein Aufseher lotste Jumbo und mich durch einen Eingang für Spieler, und wir marschierten zum Besucherquartier. Mit dem Unterschied, daß man sich in dem Spindraum wie ein *Gendarme* fühlte. Die Bänke hatten die Farbe von reifem Weizen, die Spinde waren funkelnagelneu, und die Duscharmaturen glänzten so kupfrig wie frisch geprägte Pennies. Kein schaler Schweißgeruch. Kein Schimmel oder Muff. (Die Toiletten hatten sogar Türen!)

Jumbo und ich legten die Spikes an und landeten schließlich im Outfield. Ein paar Frühaufsteher in den Tribünen zeigten mit dem Daumen nach unten und pfiffen. Beim Auflockern bewunderte ich die sauberen dunkelgrünen Holzbande, die Pressekabine hinter der Home Plate, die Lampenbatterien rings um den Platz, die wie riesige elektrische Sonnenblumen aussahen.

Jumbo und ich warfen weit und so hoch, daß der Ball in dem blauen, von dräuenden Wolken umzingelten Loch zu verschwinden schien. Der Donner grollte und rollte. Wie Giftpilze sprossen die gepunkteten Regenschirme aus den Tribünen, die Luft roch *feucht*, die Temperatur sank unter fünfundachtzig.[1]

Eine halbe Stunde vor Spielbeginn stellte sich Mister JayMac ein und schlug ins Infield.

»Betet, daß es regnet!« schrie ein Fan. »Ihr Trottel!«

Mister JayMac rief alle Spieler zusammen. Er gab Little Cuke Gordon, dem Chef-Schiedsrichter, die Karte mit der Aufstellung. Er riet uns, von Anfang an loszuschwingen gegen Sundog Billy Wallace, weil – »wenn ihr ihn früh unter Beschuß nehmt, macht er's nicht lange«.

»Er ist wie geschaffen für die Jagd«, sagte Mister JayMac. »Aber je länger die Verschnaufpausen, desto stärker fühlt er sich. Ihr müßt den Satan rauslassen, um ihn zur Strecke zu bringen.«

Irgendwelche Probleme mit der Verstärkeranlage oder mit der Wertungstafel waren schuld, daß Emmett Strock, der Gendarme-Manager, zu uns rüberkam und Mister JayMac informierte, es könnte noch zwanzig Minuten dauern, bis Little Cuke ›Play ball!‹ rufen würde. Ob wir noch ein paar Minuten im Infield spielen wollten.

»Herrje«, sagte Mister JayMac, »was für ein Theater. Man kann nicht genug Zeit zum Aufwärmen haben, schlagt ins Feld!«

Junior und ich spurteten los. Curriden schlenderte zum Third, ein Hundevater hinter seinen Welpen.

---

[1] *Fünfundachtzig* Grad Fahrenheit sind etwa 29,5 Grad Celsius.

Dunnagin trabte zur Home Plate, um zu fangen, und Darius folgte ihm zur Überraschung der ganzen Zuschauer, um die Aufwärmbälle zu schlagen. Aber Jumbo übernahm nicht das First. Er schickte Sudikoff und verschwand im Unterstand. Ich ging davon aus, daß er sich nicht besonders wohl fühlte nach dem Unfall von Dienstag und bei dem Tiefdruck, den das Barometer anzeigte.

Jedenfalls lieferten Junior und ich den Rängen eine ballettreife Kostprobe am Second, und das seltsame Verschwinden von Jumbo entglitt unserer Aufmerksamkeit.

»Fünf Minuten bis Spielbeginn!« rief Little Cuke Gordon für beide Bänke. »Keine Verzögerung mehr!«

Wir trabten zur Bank. Die Gendarmes trabten auf den Platz. Jumbo war nicht im Unterstand, er war uns abhanden gekommen, einfach so. Wenn er nicht auftauchte, *bevor* Wallace den ersten Wurf tat, dann mußte ein anderer für ihn schlagen und wir verloren ihn für das gesamte Spiel. Mister JayMac packte mich und preßte meinen Arm wie einen nassen Hemdsärmel.

»Such Clerval. Er schlägt als Fünfter, also dalli!«

Ich kannte mich rings um *The Prefecture* so gut aus wie im Grabmal von Tutench-Amun, und im Highbridge-Dress kam ich mir in diesem Stadion ungefähr so willkommen vor wie ein Farbiger im flackernden Schein des Flammenkreuzes*. Jumbo war nicht im Umkleideraum. Ich stieß eine Tür auf und klabasterte durch einen Flur, der mich zum Konzessionsbereich und den Drehkreuzen brachte. Ich harkte mit meinen Spikes die Gegend ab – keine Spur von Jumbo.

Das Verstärkersystem der Gendarmes funktionierte wieder (wenn es denn jemals defekt gewesen war), und die Lautsprecher verkündeten mit einer Stimme, die einer Hirtenflöte zur Ehre gereicht hätte, die Besetzung am heutigen Abend. Jemine! Was, wenn ich nicht wieder zurück war, bevor Wallace den Fuß auf die Hartgummiplatte setzte? Dann büßte Mister Jay-Mac *zwei* erstklassige Spieler bei ein und derselben saudummen Schnitzeljagd ein.

Hinter einer Hotdog-Bude erklomm ich eine Leiter, die aufs Dach von Haupttribüne und Pressekabine führte. Von da oben konnte man jeden Quadratzoll des Stadions einsehen. Die Spikes machten mir Angst – ich glitt immer wieder ab oder blieb in den Sprossen hängen – doch ich kletterte so affenflink wie ich konnte. Der Abendhimmel tat sich auf, und die Gasse unter mir schrumpfte zur Fallgrube.

Oben angelangt, auf gut einem Morgen salzweißem Kies im Asphaltbett, brauchte ich nicht mehr suchen. Jumbo stand am Mast der zentralen Lampenbatterie. Hinter ihm ballten sich Gewitterwolken unter einem Himmel aus verdünntem Forellenblut. Elektrisch aufgeladene Staubfahnen hingen in der Luft, wie eine Schlachtreihe von Engeln. Ohne die Gewitterwolken wäre es noch taghell gewesen; die Brise, die über den Theaterstrand des Daches strich, brachte den Geruch von alter Borke und minzigem Nierenfett.

Jumbo stand mit dem Rücken zum Wind, sein Haar hob sich und wehte. Er hielt die Arme ausgebreitet wie ein Engel, der gleich abhebt, oder wie ein Gekreuzigter.

Irgendwo betätigte ein Platzwart einen Schalter.

Die Lampen über Jumbo flammten auf, ein Auge ums andere. Facetten. Dutzende von Facetten. Ein einziges gigantisches Libellenauge, in dem sich eine imaginäre Sonne brach. Gleißendhell. Die Lichtflut setzte mir perlmuttfarbene Austernschalen hinter die geblendeten Augen.

Mein Sehvermögen kam zurückgesickert – in Zeitlupe. Aber Jumbo, *Mann-oh-Mann* – seine Augen verwandelten sich in Silber. Dann in Kupfer. Dann in Gold. Dann in Bernstein, wie die einer verdutzten

Katze. Sein Körper zuckte, rüttelte und schüttelte, ohne daß sich die Füße von der Stelle rührten – als suchten ihn die Krämpfe von den Knien aufwärts heim. Die Arme erstarrten und fielen an den Körper, und dann fuhr es wieder in ihn, wie in den Mann in dem Stuhl in Reidsville, wenn unser Scharfrichter das Okay bekam und den Strom einschaltete.

Donnerschläge barsten über dem Stadion. Das raunende »*Ooooooh*« der Leute klang wie das wehmütige Staunen bei einem Feuerwerk. Dann, was immer mit Jumbo geschah – dieses elektrische Wiederaufladen – es hörte auf. Als sei es genug, fertig, beendet. Es ließ ihn los, und Jumbo tat einen Taumelschritt auf mich zu. Und noch einen. Am liebsten wär ich wie eine Krabbe seitwärts über den Rand des Daches und nichts wie hinunter, doch ich lehnte mich in den Wind, packte Jumbo vorne beim Hemd und zerrte ihn Schritt um Schritt zur Leiter.

Ich winkte ihn ein, führte ihm Füße und Hände, bis er Halt hatte. Die Holme verlagerten sich unter seinem Gewicht. Er zuerst, dann ich. Ich zuerst, hätte zu sehr nach Jack ausgesehen, der den Riesen über sich wußte und Hals über Kopf die Bohnenstange hinunterkletterte. Was, wenn Jumbo abrutschte? Er hätte mich mitgerissen, und ich wär die Wurstscheibe zwischen ihm und dem Betonboden gewesen. Also ließ ich ihm den Vortritt, zuckelte hinterher und setzte ihm jedesmal, wenn er stockte, sachte einen Spike in den zerzausten Schopf.

Jedenfalls kamen wir heil unten an und platzten in den Unterstand, knapp bevor Little Cuke Gordon »Play Ball, dammit!« schrie.

Mister JayMac hatte mich wieder als ersten eingeteilt, also spurtete ich in den Schlagraum, immer noch aufgeputscht von meinem Erlebnis und mit weichen Knien, weil ich nur knapp einer Disqualifizierung entronnen war. Dann operierte mir Sundog Billy mit seinen Major-League-Curve-Bällen das Ego aus dem Leib und machte mich binnen fünf Würfen ›aus‹.

Das Unwetter – mit all seiner rumpelnden Hexerei – teilte sich und trieb in wetterleuchtenden Wolkenbänken an *The Prefecture vorbei*. Ein Wunder wie dereinst das Rote Meer, als es sich teilte.

Im Spagat dieses Unwetters, das über den Rändern der Stadt dräute, spielte Jumbo wie ein Energiebündel und lieferte das bislang beste Spiel auf dieser Tour: zwei Base Hits und einen Two-Base querab von der rechten Bande. Und trotzdem verloren wir das Spiel und landeten zwei ganze Punkte hinter den Gendarmes, wobei wir noch nicht wußten, wie Opelika abgeschnitten hatte.

Im Clubhaus beschwor uns Mister JayMac, die beiden Spiele von Samstag und Sonntag zu gewinnen. Dann würden wir die Stadt verlassen und Kopf an Kopf mit den Gendarmes liegen. Eins und eins brachte uns nicht voran. Und wenn wir beide verloren …

Was mich anging, ich hatte allen Grund, den Kopf hängen zu lassen. Trotz der faulen Schläge, die alle außer Jumbo geliefert hatten, waren wir mit soliden zwei zu zwei ins letzte Halbinning gegangen. Dann, mit zwei ›Aus‹ und der Aussicht auf eine Extra-Runde am Schlag, hatte ich einen Wurf *über* Jumbo hinweggepumpt, so daß drei Burschen auf der Tribüne in Deckung gehen mußten. Mein Fehler hatte Fat Boy Fortenberry, einem Ersatzmann, vom Second aus den entscheidenden Lauf eingebracht. *Fortenberry!* Dieser asthmatischen Null mit dem Gang eines Basset.

Hoey kam rüber, um mich zu trösten: »Konntest dein Versprechen wohl nicht halten, Dumbo. Da sieht man, was in dir steckt, du Twinkie.«

Ich schälte mich aus meiner Montur und tauchte in den Duschraum. Jumbo verdrückte sich, und keiner unter den Duschen buhte mich aus. Als ich mich anzog, waren Knowles und Dunnagin die einzigen, die meinten: Kopf hoch, morgen zeigst du's ihnen.

Während ich mir das Hemd zuknöpfte, faßte Dunnagin mich bei der Schulter. »Wenn wir'n paar Home Runs auf die Beine gekriegt hätten, dann hätte *ein* vermasselter Wurf *nada* bedeutet. Der Haufen hier ist dir was schuldig. Mach so was fünf- oder sechsmal, dann hat Hoey vielleicht was in der Hand.«

Ich marschierte alleine zum Lafayette zurück. Die Wetterfronten, die die Innenstadt verschont hatten, hatten sich wieder vereinigt. Man hörte sie über den Magnolien- und Yaupon-Pflanzungen südwestlich des Stadions rumoren. Flächen- und Kerzendochtblitze flackerten über den pyramidenförmig beschnittenen Wipfeln dieser Bäume. Schlangenartige Wolkententakel griffen in den Himmel über LaGrange und schickten lange tiefdunkle Fransen in die Lücken darüber.

Ich hatte noch nicht einmal den Platz vor dem Hotel erreicht, da fing es an zu regnen. Es schüttete.

Oben in Zimmer 322 lag Jumbo rücklings am Boden und machte bei gespreizten Beinen Hoch-und-rechte-Hand-an-linken-Fuß-und-linke-Hand-an-rechten-Fuß … Der dünne Teppich und alle anderen Textilien in seiner unmittelbaren Nähe und auch die Grasmatte, die er vorgezogen hatte, verströmten seinen Körpergeruch. Was sollte die Übung? Eben noch hatte er gezeigt, wie gut er in Form war.

Jumbo nickte mir zu, machte aber weiter. »Ich setze überschüssige Energie frei. Sonst kann ich nicht schlafen.« Dann hörte er auf. »Du bist ganz durchnäßt, Daniel.«

Ich mußte niesen. Draußen hatte der Himmel seine Schleusen aufgetan und entlud sich in die Gosse. Ich zog mich aus, rubbelte mich trocken und wickelte mich in ein Bettuch. Ich nahm die Grasmatte ab, die unser Zimmer teilte, rollte sie zusammen, schob sie unter Jumbos Bett und warf mich auf das meine. Ich wandte das Gesicht ab und kringelte mich wie ein Rollkuchen zusammen. Zum ersten Mal seit Tenkiller fröstelte ich vor Kälte und nicht vor Furcht.

Jumbo schwieg. Kurze Zeit später stand er auf und schlurfte den Flur hinunter zur Männertoilette. Als er wiederkam, löschte er das Licht und legte sich aufs Bett – er verlor kein Wort und machte auch keine Anstalten, die Matte wieder aufzuhängen.

23

Es regnete die ganze Nacht und den ganzen nächsten Tag über, doch mit schlechtem Wetter hatte Jumbo wenig Probleme. Er hatte seine Bücher und gewann dem Unwetter sogar eine gewisse Behaglichkeit ab. Was mich betraf, so hätte ich mir am liebsten ein paar Hotelgäste geholt und mit vereinten Kräften die Möbel unseres Zimmers zerlegt. Je näher das Spiel rückte, um so heftiger prasselte es. Jumbo und ich spähten aus der dritten Etage auf den Lafayette-Square* hinunter. Die Ulmen, die Azaleen und die Statue, derentwegen der Platz so hieß, schienen kurz davor, sich aufzulösen und auf Nimmerwiedersehen im Piedmont-Plateau* zu versickern.

Um vier Uhr brachte uns der Portier – nicht der sensible mit dem Bürstenschnitt – eine von Mister JayMac unterzeichnete Nachricht: Das Spiel fiel aus. Wir sollten gut essen, unsere Kräfte schonen und uns auf zwei Spiele am Sonntag einstellen.

Doch Jumbo aß nicht und schlief nicht. Er sah aus dem Fenster, ging auf und ab oder las. Zwischen vier Uhr dreißig und fünf Uhr machte ich ein Nickerchen. Eins, das von Träumen versüßt war (stechenden Insekten; Kugeln, die rechts und links einschlugen), Träume, die aus den Geräuschen des Regens kamen. Als ich aufwachte, lag Jumbo auf seinem Bett und sagte »Hallo« und hielt ein Buch hoch – nicht *The Human Comedy*, auch nicht *It Is Later Than You Think*, sondern das von Harry Emerson Fosdick, das er in Opelika ausgelesen hatte.

»Hör zu«, sagte er. »*A constructive faith is the*

supreme organizer of life, and, lacking it, like Humpty Dumpty we fall und break to pieces, and the wonder is …«

Ich setzte mich auf, um ihm besser zuhören zu können.

»*… and the wonder is, wether all the king's horses and all the king's men can ever put us together again.*«[1] Jumbo kippte die Zitronendropsaugen in die Stirn. Die blinden Augäpfel sahen unheimlich aus. Er sagte: »Weder ein König noch seine Reiter haben uns zusammengefügt. Wir sollten nicht erwarten, daß sie uns wieder richtig zusammensetzen, wenn die Welt uns zerstört hat.« Die Zitronendrops schlippten aus der Stirn. Hätte ich mir wenigstens *einbilden* können, daß diese Augen ihm gehörten, ich wäre einigermaßen beruhigt gewesen. Aber meine Einbildungskraft reichte nicht, und hätte es draußen nicht so geprasselt und hätten Jumbos Worte nicht so traurig geklungen, ich wäre Hals über Kopf aus dem Lafayette abgehauen.

»Vielleicht habe ich mehr Freude an *Life in a Putty Knife Factory* von Mr. Smith«, meinte Jumbo.[2] Er langte an die Fußleiste (der Riesenkasper mußte mehr als einen Ellbogen haben) und griff sich ein anderes Buch. Kaum hatte er es aufgeschlagen, klopfte es an der Tür. *Pockpock, pock, pockpock; pock pock.* Wie: *Rasur und Haarschnitt, 25 Cent.*

---

[1] *»Ein konstruktiver Glaube ist die erhabenste Ordnungsmacht des Lebens, und wo er fehlt, stürzen wir wie Humpty Dumpty ab und zerbrechen, und niemand weiß, ob uns die Reiter des Königs und seine Fußsoldaten je wieder zusammensetzen können.«*

In *Through the Looking Glass* von Lewis Carroll (1832–98) kommt folgender Reim über das ›Ei‹ mit Namen Humpty Dumpty vor:

Humpty Dumpty sat on a wall:
Humpty Dumpty had a great fall.
All the King's horses and all the King's men
Couldn't put Humpty Dumpty in his place again.

[2] *Das Leben in einer Kittmesser-Fabrik*

»JA?« dröhnte Jumbo.

Ich sah förmlich, wie der Klopfer zusammenfuhr. »Äh ... Western Union.«

»JA?« dröhnte Jumbo wieder.

»Zustellung für ... ähm ... äh ... wie es hier heißt ... *Mr. Daniel Boles, Shortstop bei den Highbridge Hellbenders.*«

Ich zog das Kinn an den Hals. Eine Zustellung von der Western Union? Hatte ich noch nie bekommen.

»Vielleicht eine Major-League«, meinte Jumbo in Zimmerlautstärke. »Vielleicht die Phillies. Vielleicht hat Mr. Cox seine Scouts auf dich angesetzt.«

Dann hatten diese Scouts auch gesehen, wie ich gestern abend das Spiel geschmissen hatte. Da war Jumbo eher dran als ich, auch wenn er im Laufen nicht gerade ein As war.

»WER IST DER ABSENDER?« dröhnte Jumbo.

»Mrs. Laurel Boles«, sagte der Bote im Flur, »aus ... äh ... Sir, ich weiß nicht, irgendwo in Oklahoma.«

Jumbo hob eine Augenbraue. »Deine Mutter, Daniel?«

Ich war schon auf dem Weg. Mama schrieb, aber sie telefonierte nicht und schickte auch keine Päckchen – das war ihr zu teuer.

Der Bursche im Flur sah nicht nach Western Union aus. Es war der Portier, der uns eingecheckt hatte. Ich langte nach der Zustellung, was immer es sein mochte.

»Nicht so schnell«, sagte er, eine Hand auf dem Rücken. In der anderen hielt er ein fast durchsichtiges Blatt Papier. Er hob es in Brusthöhe. »Ich muß Ihnen das vorlesen – ein singendes Telegramm, das nicht singen kann.« Er las es trotzdem in einem schnoddrigen Singsang:

»My dear darling Daniel,
My dear dummy child,

When out in your flannels,
Don't throw it wild.

I like the ball white, son.
Why did you soil it?
What the 'Benders had won,
You flushed down the toilet.

Your shame like your words, lad,
Must stick in your throat.
So to cuddle at night, kid,
You've got … MY GOAT!«*

Erst jetzt zog der Portier das Steiftier mit dem fusseligen Kinnbart hinter dem Rücken hervor und stieß es mir vor die Brust.

»Gezeichnet: *Laurel Boles, deine dich liebende Mutter*«, sagte er. »Guten Abend.« Und noch ehe Jumbo ihn fragen konnte, wer ihn zu diesem Schmierentheater angestiftet hatte, warf der Bursche das Blatt über die Schwelle und suchte das Weite. Ich drehte mich um und schmiß den Ziegenbock an die Wand. Aus einer aufgeplatzten Bauchnaht quollen irgendwelche Füll-

---

[1] Adaption: Daniel, mein Spatz,
Mein Stummchen, was ist los?
Da draußen auf dem Platz,
Wirf nicht so drauflos.

Ich mag die Bälle blütenweiß,
Und du sie dreckig, Danny Bo.
Was 'Benders errungen mit ihrem Schweiß,
Du spülst es einfach in den Klo.

Du kannst nicht mal nuscheln,
Wie leid es dir tut.
Drum sei dir zum Kuscheln
MEIN SÜNDENBOCK gut!

sel. Ein Horn hatte sich gelöst und hing wie das Ohr von einem Vorstehhund.

Ich ging ans Fenster, packte in die Vorhänge und fing an zu heulen. Jumbo schwang sich unter einer Kaskade von Knicksern und einem Jazzbesenkreischen der Federn vom Bett und türmte sich hinter mir auf. Er war genauso hilflos wie ich. Ich wußte nur eins: Mein Schlagschnitt von 0.432 und meine Geschicklichkeit am Short waren keinen Pfifferling wert, wenn ich Heimweh hatte und vor Wut mit den Zähnen knirschte. Dann tat Jumbo etwas, um mich abzulenken. Er drehte mich um.

»Turkey Sloan«, sagte er. »Vermutlich hat Turkey Sloan dieses Liedchen geschrieben, das uns dieser… dieser Hundsfott à la Western Union vorgelesen hat. Aber wer hat ihm geholfen?«

Buck Hoey, dachte ich, mein Tröster im Umkleideraum.

»Buck Hoey«, mutmaßte Jumbo. »Die Querulanten Evans, Sosebee und Sudikoff – die ewig Unzufriedenen.«

Ich hatte gewußt, daß Hoey mein Feind war, aber zu hören, daß mich eine ganze Reihe von Hellbenders plattmachen wollten, das war entmutigend.

Jumbo las in meinen Augen. »Lache sie aus, Daniel. Stimme ein in ihr Gelächter. Das da« – er zeigte mit dem Kinn über die Schulter – »mag von Gehässigkeit diktiert sein, aber es bleibt ein Schabernak.« Er ging und hob das Gedicht auf. »Es ist zwar taktlos aber nicht ohne Witz, Daniel.« Er reichte mir das Blatt.

Ich las die Gemeinheit zweimal, als wollte ich sie auswendig lernen, dann zerriß ich sie in tausend Stücke und schmiß die Schnipsel in die Luft. Ich war wütend. Jumbo blinzelte, ein Fetzchen landete auf seinem Augenlid und blieb wie eine Schuppe daran hängen.

»Daniel«, sagte er. »Daniel.«

Vielleicht wollte er mich beruhigen, vielleicht tadeln, jedenfalls klang das ›*Daniel*‹ aus seinem Mund so rätselhaft, daß sich mir die Nackenhaare sträubten. Ich stand unter Strom wie Jumbo gestern unter dem Lampenmast. Ich glühte. Ich bückte mich und hob das Steiftier auf, das von der Wand abgeprallt war. Zischelnd fuhr ich mit den Fingern in die aufgeplatzte Naht und weidete den Ziegenbock aus. Ich riß die Knopfaugen heraus, riß die Hörner herunter, drehte den Schwanz ab, brach und verstümmelte die Beine. Ringsherum wirbelten Füllsel wie das Isoliermaterial, wenn ein Windteufel das Mansardendach abdeckt. Immerhin hatte ich den Ziegenbock von Sloan und Hoey über das Zimmer verteilt, obwohl ich immer noch diesen silberweißen Pelz in den Händen hielt. Ich fiel keuchend auf die Knie und massakrierte ihn mit den Fäusten.

Jumbo nahm mich bei den Oberarmen, drückte zu und zog mich auf die Füße. Er fummelte an meinem Hemd herum, zerrte und zupfte es zurecht wie beim Morgenappell auf dem Kasernenhof.

»Laß uns mit dem skrupellosen Angestellten reden.« Er lotste mich zur Tür hinaus und die Treppe hinunter. Der Bursche saß hinter seinem Tresen und hörte Radio. Als er uns kommen sah, schien sich sein cremiges Rouge-Gesicht zu den Ohren zu flüchten. Wie jemand, den man beim Faulenzen erwischt, schaltete er das Radio ab.

»Wer hat Sie angeheuert, den Boten der Western Union zu spielen?« fragte Jumbo.

»Das kann ich nicht preisgeben.« Der Bursche wand sich.

»Den Ränkeschmied schützt kein Gesetz. Ihre Verschwiegenheit hat einen scheußlichen, finanziellen Beigeschmack.«

»Loyalität gegenüber denen, die einen bezahlen, ist

kein Verbrechen. Gewöhnlich ist sie im Preis inbegriffen.«

»Wie viele haben denn Ihre Loyalität gekauft?«

»Auch das geht Sie nichts an.« Er wand sich noch mehr.

»Und wenn ich Sie dafür bezahle, geht es mich dann etwas an?« Jumbo klappte das Gästebuch des Lafayette zu und stützte sich mit einem muskulösen Unterarm darauf. »NA, WAS IST?«

Der Angestellte wich zurück. »An wieviel haben Sie denn gedacht?«

»AN NULLKOMMANICHTS!!!« dröhnte Jumbo. »Wir *wissen*, wer Sie gekauft hat. Warum sollten wir Sie bestechen für Informationen, die wir bereits haben?«

»Mich bestechen? Hören Sie ...«

»Gibt es in LaGrange ein Lichtspieltheater?« nahm Jumbo ihm den Wind aus den Segeln. »Wir brauchen Zerstreuung.«

»Ein Lichtspieltheater?« Der Angestellte war verwirrt.

»Soviel ich weiß, unterhält Ihre Stadt mindestens *ein* Lichtspieltheater.«

»Wir haben drei. Das Roxy ist in der Nähe, nur die Straße runter.«

»Wann beginnt die nächste Vorstellung?«

»Um halb acht«, sagte der Angestellte, und Jumbo bugsierte mich zur Drehtür des Lafayette. »Aber ist heute nicht Samstag? Der vierte Samstag im Monat?«

»Ja?« sagte Jumbo.

»Dann können Sie da heute abend nicht hin? Sie würden sich nicht wohl fühlen.«

»Wie soll ich das verstehen?«

»Jeden vierten Samstag im Monat. Da ist Nigger-Abend im Roxy, da wimmelt es von denen.«

»Entschuldigen Sie ...«

»Na ja, der Regen könnte einige abhalten. Aber er

läßt Gott sei Dank nach« – er kippte den Kopf zum Foyerfenster – »und man müßte schon den Ausnahmezustand verhängen, damit Nigger nach so einem Tag zu Hause bleiben. Versuchen Sie es doch im Cairo oder Pastime? Da gibt es Balkons für die Farbigen, und Sie brauchten nicht mitten in den abgedrehten Nigger-Abend.«

»Ich will Ihnen mein dunkelstes Geheimnis verraten.« Jumbo hatte sich weit über den Tresen gelehnt. »Ich bin ein Nigger *honoris causa*.«

»Sie sind *was?*«

»Und Daniel, den Sie gegen Bezahlung verhöhnt haben, legt weniger Wert auf die Hautfarbe seiner Nachbarn als auf den Film als solchen.«

»Okay.« Der Angestellte zauberte eine Ausgabe der *LaGrange Daily News* auf den Tresen. »Im Cairo läuft *Reveille with Beverly.* Im Pastime irgendein Streifen mit Mickey Rooney. Und im Roxy ein Dreiteiler, der Sie bestimmt nicht …«

»Psch«, machte Jumbo.

»Wie Sie wünschen, Sir.«

Und nach einem raschen Happen im nahegelegenen Café Magnolia traten Jumbo und ich in den prickelnden Sprühregen hinaus und trabten durch die hereinbrechende Dämmerung zum Roxy, um uns irgendeinen Dreiteiler anzusehen.

24

KEINE FRAGE, IM ROXY WAR NIGGER-ABEND. Nicht mal der Regen konnte diesen Leuten den Samstagabend verderben. Aus aller Herren Richtung plapperten sie in Gruppen herbei, verstopften den Bürgersteig unter dem Vordach und bis um die nächste Ecke.

Eine Doppelphalanx drückte sich vergeblich an die Ziegelwand des Roxy, man wollte Regenperlen im Haar vermeiden und das farbenfrohe Outfit schützen. Sie konnten nicht ins Stadion, um zu erleben, wie ihre Gendarmes mit den Hellbenders umsprangen, aber sie konnten an einem ausgelassenen Superfilmfestival im Roxy teilnehmen – drei klassische Horrorstreifen zum *einfachen* Eintrittspreis. Das Wetter hatte sie nicht in den Mühlhäusern gehalten.

Das Roxy warf den Farbigen von LaGrange – und jedem anderen, der aufgeschlossen genug war, um sich hier anzustellen – einen Leckerbissen hin. Das Vordach erzählte die Horror-Story:

FRANKENSTEIN
BRIDE OF FRANKENSTEIN
SON OF FRANKENSTEIN

* * *

Boris Karloff as the Bogeyman to End All Bogeymen[1]

---

[1] FRANKENSTEIN (*Universal* 1931)
FRANKENSTEINS BRAUT (*Universal* 1935)
FRANKENSTEINS SOHN (*Universal* 1939)

Boris Karloff alias *William Henry Pratt* (1887–1969), amerikanischer

Als Jumbo das Vordach sah und las, worauf er sich eingelassen hatte, kam er ins Grübeln. Er murmelte etwas Freundliches über *Reveille with Beverly*. Aber ich – ich wollte unbedingt in diese drei Filme gehen. Ich hatte noch keinen davon gesehen, auch wenn wir Mary Shelleys *Frankenstein* auf der High-School gelesen hatten.[1] Außerdem hoffte ich, die Filme würden mich von meinen saublöden Rachegelüsten abbringen, die ich gegenüber Hoey und Konsorten hegte.

Schließlich und endlich kamen wir an die Reihe, und ich steckte mein Geld durchs Fenster. Jumbo rückte nach.

»Falls du *Frankenstein* noch nicht gesehen hast«, meinte er, »dann hältst du den Film wahrscheinlich für ein … ein ziemlich primitives Machwerk.«

Das weiße Mädchen hinter der Scheibe trug das Haar mit einem feinen Netz zu einer Art Stärlingsnest geformt. Wollte er mir den Film ausreden? Das Mädchen sagte: »Eintrittsgeld, Sir.« Jumbo zahlte und schob sich hinter mir in die salzigen Popcorngerüche des Foyers.

In dem Gedränge sagte er: »*Bride of Frankenstein* übertrifft seinen Vorgänger an Qualität, und *Son of Frankenstein* ist Karloffs letzter Auftritt in dieser Rolle, die ihn berühmt gemacht hat, *und* eine gute schauspielerische Leistung von Bela Lugosi* als Ygor. Wenn wir bis zum Schluß bleiben, verletzen wir allerdings den Zapfenstreich.«

Filmschauspieler englischer Herkunft, der in diesen frühen Universal-Filmen das Geschöpf des Arztes Frankenstein spielt

– Boris Karloff als der Teufel, der allen Teufeln den Garaus macht –

[1] *Mary Wollstonecraft Shelley* (1797–1851), englische Schriftstellerin: Ihr Hauptwerk ist der Roman *Frankenstein, or the Modern Prometheus* (1818); dt. als *Frankenstein oder Der moderne Prometheus* (1963) in der Reihe HEYNE-PAPERBACKS erschienen (übersetzt und herausgegeben von Christian Barth)

Jumbo fiel auf wie ein Vogel Strauß in der Pinguinparade. Sein Flüstern überdröhnte selbst das aufdringliche Gerede dieser Schwarzen, und manche guckten ihn an, als habe er sich eben von einer Ambulanz bringen lassen.

Am Erfrischungsstand wies ich mit dem Kinn auf die Zapfstelle für Coca-Cola und den verglasten Popcornröster daneben. Sowie ich das Meine hatte, bugsierte Jumbo mich in Richtung Zuschauerraum. Die Leute schoben sich durchs Foyer. Ich erhaschte ab und zu einen Blick in den Saal, die Sitzreihen füllten sich bereits. Nachdem zwei Drittel der Menge durch den Eingang waren, schlüpften wir mit hindurch. In der letzten Reihe unter dem Vorführraum war noch Platz. Jede Nische war vollgepfercht, Teenager schlängelten sich auf und ab durch die Gänge auf der Suche nach Freunden oder um sich zu produzieren, und das Johlen und Pfeifen legte sich erst, als die Beleuchtung gedimmt wurde.

Der tiefblaue Purpurvorhang und der durchsichtige dahinter teilten sich und schnurrten beiseite. Vorschau, Wochenschau (hauptsächlich Kriegsmaterial) und ein Popeye-Cartoon, das den Saal zum Applaudieren brachte.

Dann *Frankenstein* mit einer Eröffnungsszene – gemurmeltes Latein, Bauerngesichter auf einem Friedhof – eine Szene, die einen Hauch von Kälte in die ausgelassene Stimmung brachte. Abgesehen vom Surren des Projektors und der Tonspur des Films, hörte man nur das Knarren der Sitze, hier und da ein nervöses Kichern und vereinzeltes Husten. Ausgegrabene Leichen, vom Galgen geschnittene Mörder, der stumpfsinnige Gehilfe des Arztes stiehlt das Gehirn eines ANORMALEN. Nach dem halben Film gingen die Zuschauer richtig mit. Spitze Schreie, Winseln, Kreischen, Gelächter. Manche standen auf, um den Schauspielern auf der Leinwand zuzubrüllen oder sie anzuflehen.

»Nun komm schon«, redete ein Mann auf das Monster ein, »das willst du doch gar nicht. Ah-ah. Du kriegst nur Ärger damit.«

»Ekelhaft!« meinte ein anderer. »Er ist *soo* ekelhaft!«

»Mein Gott, kapierst du nicht, daß er das nicht wollte?«

»Ne, ne, ne. Geh zurück! Geh zurück!«

Je länger ich dasaß, desto mulmiger wurde mir. Ich warf Jumbo immerzu verstohlene Blicke zu, er saß totenstill da. Nicht, daß er Karloff in der Rolle von Frankensteins Geschöpf besonders ähnlich gesehen hätte, oder daß andersherum dieses steifbeinige Monster, das von Karloff gespielt wurde, ihm aufs Haar geglichen hätte, aber man hätte blind sein müssen, um die Parallelen zu übersehen – die klotzigen, kantigen Schädel, die plumpen Körper. Trotzdem, Jumbo hatte eine Beweglichkeit, die dem anderen völlig abging, und ein derart trauriges und verkantetes und schiefes Gesicht, daß sich Karloffs Monster dagegen normal, ja geradezu hübsch ausnahm. Das Ding auf der Leinwand hatte im Gegensatz zu Jumbo etwas Mechanisches, *Roboterhaftes*. Jumbo bewegte sich manchmal schleppend oder ruckartig, aber mehr wie ein verletztes Tier und nicht wie ein kaputter Roboter. Jedenfalls machte mir seine Ähnlichkeit mit dem Karloff auf der Leinwand keine Angst – aber sie machte mich so verlegen, daß ich glühte. Daran konnte auch die gekühlte Luft im Roxy nichts ändern. Wie mußte Jumbo sich fühlen, der hünenhaft und marmorhart wie das Lincoln Memorial neben mir thronte, die Hände wie Panzerhandschuhe auf den Knien?

Er mußte doch ahnen, daß jeder zweite hier, mich eingeschlossen, ihn längst mit dem Unhold auf der Leinwand verglichen hatte. Zumal ihm zeitlebens das Getuschel und die mehr oder weniger eindeutigen Schroffheiten nicht entgangen sein konnten. Ich konnte ein Lied davon singen.

Nach gut dreiviertel Film verlor ich den Faden von *Frankenstein.* Es gab keine musikalische Untermalung, und wenn nicht gerade debattiert oder das Monster beschimpft wurde, riß mich der kleinste Seufzer oder das leiseste Polsterquietschen in die eisgekühlte Realität und meine schweißtreibende Verlegenheit zurück. Eine Menge Szenen, in denen nur geredet und geredet wurde …

Doch gegen Ende, als die Dorfbewohner die alte Mühle in Brand steckten und es aussah, als müsse das Monster in den Flammen umkommen, da fand ich den Faden wieder. Jumbo war vergessen. Ein Hurrikan aus Licht. Eine Scheu, die an Ehrfurcht grenzte, bannte das Publikum. Eine Stille wie im Auge des Sturms. Mitleid mit dem Monster. Erleichterung, weil es kein Unheil mehr stiften konnte, *und* – Furcht, weil es, wie Christus in einem schlecht sitzenden Anzug, wiederauferstehen würde. Um sich eine Frau zu nehmen. Die Spule mit der Fortsetzung wartete schon.

»Laß uns gehen.« Zum ersten Mal, seit wir diese Plätze in Beschlag genommen hatten, versuchte Jumbo aufzustehen. Ich drückte beide Hände auf seine Brust und hielt ihn zurück. Die Uhr am Lafayette-Square hatte noch nicht neun geschlagen. Und ich konnte nicht glauben, daß er so versessen auf *Life in a Putty-Knife Factory* war. Stöhnend sank er zurück.

Während der Unterbrechung gingen viele ins Foyer, um sich mit Jujube-Perlen*, Soda oder Kaugummi einzudecken. Die Beleuchtung hatte aufgehellt, und jedermann konnte Jumbos Kopf sehen, der an der Rückwand lehnte, die Augen schmal wie die einer großen Eidechse. Wer kam und Jumbo sah, nahm sich entweder Zeit, ihn zu beäugen, oder sah zu, daß er möglichst rasch vorbeikam.

Ringsherum wurde getuschelt und geraunt, man stieß sich an. Ein mittlerer Zyklon. Zwei oder drei weitere Sitze in unserer Nähe leerten sich.

»Ein Werbegag«, sagte jemand.

»Ein armer Teufel, der aus dem Krieg zurück ist.«

»Quatsch, das ist doch der First Base bei den Hellbenders, der gestern abend die zwei Weiten gemacht hat.«

»Uah. Dem haben sie die Birne weichgeklopft.«

Die Beleuchtung zwinkerte, die Vorstellung ging gleich weiter. Nicht alle kamen zurück, und ringsherum blieben noch mehr Plätze frei. Jumbo rutschte tiefer und tiefer, als wolle er in der verschütteten Cola verschwinden, die wie klebriges Blut am Boden schimmerte.

Der Film *Bride of Frankenstein* begann mit seiner lauten Ram-ta-ta-tam-tam-Ouvertüre – dann Spieldosenklänge während der Eröffnungsszene mit Mary Shelley und den Burschen, die wie Byron und Percy aufgemacht waren[1], und irre Fanfarenstöße jedesmal, wenn das Monster verdutzt weiterwankte oder Colin Clive als Dr. F. wieder Migräne hatte. Als Clive dann Elsa Lanchester mit ihrer Harpo-Marx-Frisur durch Elektroschocks zum Leben erweckte, ragte Jumbos Kopf nur noch so weit über die Rückenlehne hinaus wie meiner. Dafür ragten seine Knie wie Inseln aus der kabbeligen See der Franz-Waxman-Musik. Es tat weh, ihn so verkrampft zu sehen, doch mit den verschrobenen Apparaturen und dem ausgemergelten Dr. Praetorius hatte der Streifen durchaus was für sich. Wie hätte ich gehen können, bevor nicht die ganze schräge Show abgelaufen war?

Ende von *Bride of Frankenstein*. Die Beleuchtung

---

[1] 1816 will Mary Wollstonecraft Shelley mit ihrem Mann *Percy* Bysshe Shelley in der Nachbarschaft von Lord *Byron* geweilt haben, dessen Idee, alle drei sollten sich in einer Gruselgeschichte versuchen, der Anstoß zur Entstehung ihres Frankenstein-Romans gewesen sei ... (nachzulesen in der Einleitung zur erwähnten Ausgabe in der Reihe HEYNE-PAPERBACKS).

hellte auf. Ein Kinobesucher auf seinem Weg ins Foyer blieb stehen und zeigte mit einem zitternden Finger auf Jumbo. »Du hast hier nichts verloren. Du kommst aus der Gruft, du hast am Galgen gehangen.« Der Mann stank nach billigem Pfirsichwein. »Weiche, Satan, zum Teufel mit der Schlange!«

»Psch«, machte jemand.

»Ich soll still sein? Der Mann ist kein Mensch, das ist der Leibhaftige, sein Schwanz ist 'ne Schlange.«

»Mann, du hast einen in der Lampe! Du hast sie nicht alle, Mann!«

»Der weiße Teufel hat hier nichts verloren, er gehört in die Hölle.« Er sah noch einmal über die Schulter. »Scher dich zum Teufel, du Giftschlange!«

Zwei weiße High-School-Jungs drehten dem Mann die Arme auf den Rücken und beförderten ihn nach draußen. Jumbo verschränkte die Arme vor der Brust und starrte an die gestirnte Decke. Einer von den jungen Rausschmeißern kam zurück und sah die Reihe hinunter.

»Tut uns leid, Sir. Alles in Ordnung?«

»Brutale Rohlinge«, sagte Jumbo.

»Wir spielen für Hilfsarbeiter, aber ein paar von den Negern sind weiter nichts als Trunkenbolde.« Er salutierte. »Genießen Sie den letzten Film, Sir.«

»Wie spät ist es?«

Der Rausschmeißer wischte den Ärmel zurück, um die Uhr abzulesen, eine alte Uhr mit Leuchtzifferblatt. (Was leuchtete, war das Radium auf den Ziffern und Zeigern.)

»Zehn Uhr zwanzig«, sagte er. »Zufrieden, Sir?« (Wenn nicht, wollte er dann das Roxy mit dem Traktor in eine andere Zeitzone schleppen?)

»Danke«, sagte Jumbo, und der Junge ging. »Daniel, Mister JayMac hat den Zapfenstreich auf …«

Die Beleuchtung wurde gedimmt. Der Vorspann von *Son of Frankenstein* lief an. Ich legte die Hand auf

Jumbos Arm – *laß uns noch ein bißchen bleiben*, bettelte ich.

Neben und vor uns noch mehr leere Sitze. In unserer Reihe saßen nur noch drei weitere Leute.

Basil Rathbone spielte Wolfgang Frankenstein, den Sohn des Doktors, der im ersten Film das Monster geschaffen hatte. In einer Szene brachte Lugosi als Ygor den Sohn Frankensteins zum schlafenden Körper des Monsters.

»*Cannot be destroyed. Cannot die. Your father made him live for always*«, sagte Ygor. »*Now he's sick …*«

Jumbo stöhnte.

»*You mean to imply that that is my brother?*« fragte Rathbone, während sie bei Karloff standen, der in seiner Schafsfellweste dalag.

»*But his mother was lightning*«, sagte Lugosi.[1]

Jumbos Knie rumsten gegen die Rückenlehne vor ihm. Er begehrte auf wie ein Gorilla, der aus der Überseekiste will. »Was habt ihr von diesen Alpträumen aus Zelluloid?« dröhnte er für alle, die sich die Hälse verrenkten.

»Mach den Deckel drauf!« rief jemand.

»Noch so'n Besoffener«, sagte ein anderer. »Schwarz und Weiß, das gibt Ärger.«

Die Ordner tauchten wieder auf – ziemlich verdattert, daß ausgerechnet Jumbo, der Riese, der mit dem Kopf bis ans Projektorfenster reichte, die Keimzelle des Aufruhrs war und über den Film herzog, für den die unschuldigen Leute ihr sauerverdientes Geld bezahlt hatten. Ich versuchte, Jumbo zu beschwichtigen.

»Schande über diese blutrünstige Geschmacklosig-

---

[1] »*Er kann nicht vernichtet werden. Kann nicht sterben. Ihr Vater hat ihn zum ewigen Leben erweckt*«, sagte Ygor. »*Jetzt ist er krank …*«
»*Wollen Sie damit sagen, daß das mein Bruder ist?*« fragte Rathbone …
»*Aber seine Mutter ist der Blitz*«, sagte Lugosi.

keit!« schimpfte er. »Diese Hymne auf die Verderbnis und Verballhornung! Meine Geduld ist erschöpft!«

Die Ordner wechselten Blicke. Wer sollte den Anfang machen? Gott sei Dank hatte Jumbo sich noch nicht in Rage geredet. Er hatte die bekümmerten Burschen gesehen.

»Sie brauchen nicht handgreiflich zu werden«, sagte er laut genug. »Mein Freund und ich gehen sowieso.«

»Welche Freude«, sagte jemand mehrere Reihen vor uns. »Da darf ich ja wieder blutrünstig sein.«

Jumbo lavierte gangwärts, wobei er mich mitzog und sich bei jedem entschuldigte, der in Hörweite war. Ein Drittel der noch verbliebenen Zuschauer klatschte Beifall, als er die Tür zum Foyer öffnete. Das tat weh. Zwei ganze Filme lang hatte er sich gut benommen. Erst als ihn ein Betrunkener ›Giftschlange‹ genannt hatte, und erst als ihm das Gewissen wegen des von Mister JayMac verordneten Zapfenstreichs zu schlagen begann, und erst beim *dritten* Film, da hatte er die Stirn gehabt, gegen die Verstümmelungen und das ganze morbide Zeug zu protestieren.

Und jetzt applaudierten die Zuschauer – ein Teil zumindest – weil *er* ging. Das war, als schlüge man ihm einen benzingetränkten Putzlumpen um die Ohren. Draußen im Foyer sah ich, wie sein Gesicht Welle um Welle von Entsetzen und Schmerz gezeichnet wurde. Zorn flammte in ihm auf. Er ließ mich stehen und riß die Türe wieder auf – um einen Sitz aus der Verankerung zu reißen und ihn mit Gebrüll in die Zuschauer zu schleudern?

»He's completely superhuman!« sagte Wolf Frankenstein eben. *»The entire structure of the blood is quite different from that of a normal human beeing!«*[1]

---

[1] *»Er ist eigentlich gar kein Mensch!«* sagte Wolf Frankenstein eben. *»Sein Blut ist völlig anders zusammengesetzt als das eines normalen Menschen!«*

»Kommen Sie«, sagte einer der Saalordner. »Sie lassen sich doch nicht von einer Horde Nigger provozieren.«

»Die würden Sie glatt zum Farbigen machen«, sagte der andere. Und beide Saalordner lachten.

Jumbos Zorn klang ab. Er riß keinen Sitz aus der Verankerung. Er knurrte nur und machte eine große, müde, wegwerfende Geste. Er machte kehrt und schritt die Vitrinen mit den glänzenden Postern der kommenden Filme ab.

Zusammen marschierten wir durch die schwüle Nacht zum Hotel zurück. Jumbo ging gebückt, mit hängenden Schultern, und trotzdem erinnerten seine Ausmaße an den von Karloff gespielten Unhold. An meinem ersten Tag in Highbridge war er für mich ein Riese im Overall gewesen. Jetzt, angeregt durch drei Filme und die abergläubische Bosheit eines Weinsäufers, begann ich mich zu fragen, ob er überhaupt ein Mensch war.

Wieder auf unserem Zimmer, ging ich unter seinem schaurigen Blick zu Bett, den ich diesmal aber, neben Sloans Pseudotelegramm und Hoeys Steiftierziege, als Strafe obendrein empfand – dafür, daß ich das erste Spiel der ersten Serie gegen die Gendarmes verpatzt hatte.

Ich konnte nicht einschlafen. Nach Jumbos Stöhnen und dem Qietschen und Knarren seiner Bettfedern zu urteilen, schien es ihm nicht anders zu ergehen. Seit dem Roxy war kein Wort mehr über seine Lippen gekommen. Eine Fliege an der Wand hätte sich sputen müssen, noch zu Lebzeiten dahinterzukommen, wer von uns beiden der Stumme war.

Jumbo gab Laute von sich wie eine Kuh, die mitten im Muhen weggeschubst wird und ärgerlich aufschnaubt. Ich wälzte mich herum und knipste die Nachttischlampe an. Schatten sprangen an die Wände. Jumbo mußte mich hören, doch er lag mit dem Rücken zu mir, ein Ein-Mann-Gebirgszug. Ich stand auf und holte mir das kleine Notizbuch und den Bleistift. Ich schrieb eine Frage auf, dann die zweite, dann die dritte:

Woher kommst du in Wirklichkeit?

Hast du Verwandte, die noch leben?

Hast du mal einen Unfall gehabt, der schuld ist, daß du so aussiehst?

Ich ging mit dem Notizbuch um sein Bett herum und hielt es ihm so hin, daß er die Fragen lesen konnte. Er blieb auf der Seite liegen, las und erbat sich mit dem gekrümmten Finger mein Schreibzeug. Er schrieb:

Zu viele Orte, um sie aufzuzählen.

Nein.

Nur meine ›Geburt‹.

Er gab mir das Schreibzeug zurück und schloß die Augen. Ich setzte mich auf meine Bettkante und las immer wieder die Antworten, als habe er sie in einem Alphabet geschrieben, in dem jeder Buchstabe unsäglich viele Bedeutungen hat. *Zu viele Orte, um sie aufzuzählen – Nein – Nur meine ›Geburt‹* – diese Worte verschlüsselten seine ganze mysteriöse Biographie. Warum hatte er *Geburt* in Anführungszeichen gesetzt? Mein Vermutung machte mir angst.

25

Um acht Uhr früh schneite Mister JayMac herein, um uns zu sagen, der ›Eigentümer‹ der Gendarmes, Mr. John Sayigh, wolle diesen Nachmittag ein Doppel spielen, um das ausgefallene Spiel von gestern nachzuholen. Der Wetterbericht – sonnig mit hohen Kumuluswolken – sei vielversprechend.

»Und der Platz?« erkundigte sich Jumbo.

»Die Platzwarte haben Freitagabend eine Persenning über das Infield gedeckt. Das Outfield ist aber ziemlich aufgeweicht, und dann muß noch einiges unternommen werden, um die Stellen trockenzulegen, wo die Persenning versagt hat. Mr. Sayigh schlägt vor, daß sich in gut einer Stunde Freiwillige aus beiden Lagern einfinden, um mit anzupacken.«

»Verstanden, Sir.«

»Ich will euch ja nicht zu nahe treten, aber ihr macht mir beide den Eindruck, als müßtet ihr auch ein bißchen trockengelegt werden. Ihr seid diese Nacht nicht zufällig unterwegs gewesen? Ein bißchen Armdrücken mit John Barleycorn?«[1]

»Wir haben uns einen Film angesehen«, sagte Jumbo.

Drei, dachte ich.

Mister JayMac sah mich kritisch an. »Hast du nicht geschlafen? So kenn ich dich ja gar nicht.«

»Die Arbeit unter freiem Himmel wird ihm guttun«, sagte Jumbo.

---

[1] *John Barleycorn* ist die scherzhafte Personifizierung eines alkoholischen Getränks – vornehmlich alkoholarmes Malzbier.

»Ich möchte betonen«, sagte Mister JayMac und schob mit den Brauen steile Falten, »daß weder Mr. Sayigh noch ich von jemandem erwarten, daß er arbeitet, wenn er den Morgen lieber vertändeln oder zum Gottesdienst will. Also wenn ihr nicht helfen wollt, den Platz in Schuß zu bringen, dann hätte ich schon gerne, wenn ihr mit zur Kirche kommt.«

»Wir helfen«, sagte Jumbo.

»In Ordnung. Wenn alles gutgeht, dann beginnt das Eröffnungsspiel um zwei. Die Leitstelle der Gendarmes will die Zeit über Rundfunk bekanntgeben und an die Leute, die aus der Kirche kommen, Flugblätter verteilen. Ich gehe davon aus, daß das Stadion gut besetzt ist.«

»Jawohl, Sir«, sagte Jumbo.

Mir fiel die mißhandelte Steiftierziege in die Hand, und ich übergab sie Mister JayMac.

»Was ist das denn?« sagte er.

»Ein Spielzeug«, sagte Jumbo. »Bitte, geben Sie das Mr. Hoey zurück, der es uns in einem peinlichen Arrangement aufs Zimmer schicken ließ.«

»Normaler Verschleiß ist das nicht«, sagte Mister JayMac. War es auch nicht. Dieser Ziegenbock war schlaff wie ein Tischtuch. Mister JayMac drehte und wendete das leere Tier, dann verabschiedete er sich. Halt! Ich gab ihm noch die abgerissenen Knopfaugen. Er bekam eine krause Stirn und ging.

Jumbo und ich staffierten uns baseballmäßig aus, winkten ein Taxi heran und ließen uns zum Stadion fahren. Wie zu erwarten, waren die Platzwarte, sechs oder sieben an der Zahl, längst bei der Arbeit. Mit Rechen, Besen, Zinkeimern, hölzernen Planierschleppen und Leinensäcken voll Sand oder Sägemehl mühten sie sich ab, den Platz wieder bespielbar zu machen. Jumbo und ich gingen zusammen mit Dunnagin, Knowles und Sudikoff und etwa zehn Gendarmes an die Arbeit. Die meisten von uns gingen diesen beschissenen Sondereinsatz mit Humor an, klopften weise Sprüche und stimmten Lieder an. Alles lief bestens.

Heutzutage gibt es viele Methoden, einen Platz trockenzulegen. Man kann diese läppische Chemikalie namens *Diamond Dry* versprühen und warten, bis sie das Wasser absorbiert hat. Man kann die Pfützen mit einer Maschine aufsaugen. Oder Benzin auf die nassen Stellen schütten, ein brennendes Streichholz hineinschmeißen und einen Teil der Nässe wegkochen. (Natürlich kann man so auch das Stadion abfackeln.) Lieber Himmel, heutzutage heuert man einen Helikopter an, der wie ein riesiger Fön über dem Morast schwebt.

Damals hatte aber noch keiner was von *Diamond Dry* oder Saugmaschinen gehört. Wegen der Rationierung und der Gefahr für die Tribünen wäre auch keiner auf die Idee gekommen, Benzin zu benutzen. Und Helikopter? Ha! Erst '39 gelang es Sikorsky* – Vorname Igor – einem von diesen schwerfälligen, neumodischen Apparaten das Fliegen beizubringen.

Damals war das eben anders. Man ging den Platzwarten zur Hand, indem man den Besen schwang, um das Wasser zu verteilen, indem man Eimerbrigaden bildete, um es aufzuschöpfen und woanders hinzukippen, und indem man Ablaufrinnen grub. An jenem Sonntagmorgen fegten die einen, andere schöpften, und wieder andere verstreuten Sägemehl oder Heu. Bis Mittag hatten Jumbo und ich uns total verausgabt, aber unsere Plackerei garantierte ein bis zwei Spiele am Nachmittag, und ein paar Gendarme-Frauen brachten uns Essen in geschlossenen Behältern. Das war Jumbos erste Mahlzeit seit der ›elektrischen Orgie‹ auf dem Tribünendach: Grüne Maiskolben mit Sahnesoße, grüne Bohnen, Gelbkürbis-Auflauf, Tomatenscheiben, Popcorn-Okra und Kartoffelsalat. Das Essen war lauwarm, weil die Frauen von so weit herkamen, aber es schmeckte mir wie Manna, sogar das Fleisch, das Jumbo wie üblich verschmähte.

An jenem Nachmittag schien sich dieser Energieschub nicht auszuzahlen – anfangs zumindest. Jumbo und ich spielten wie junge Kätzchen nach einer Überdosis Katzenminze.* Mariani warf in der Regel wie ein Straßenkämpfer, streifte den Rand der Home Plate, marschierte um den Pitcherhügel, die Zähne zusammengebissen, die Augen in Flammen, warf High-Speed-Bälle, wo der Schlagmann raffinierte erwartete, und umgekehrt. Aber seine Taktik brachte ihm im Eröffnungsspiel nichts ein – nicht das geringste. Die Gendarmes piesackten ihn wie die Fliegen einen Langhaarspaniel, danach nahmen sie sich Parris und Hay, die Ersatzleute, zur Brust. Wir verloren das Eröffnungsspiel mit sechs zu zwei und fielen zwei Punkte hinter LaGrange zurück. Noch eine Niederlage würde uns verdammt schwer treffen. Um das verlorene Terrain zurückzuerobern, würden wir zwei Wochen oder sogar einen Monat brauchen – falls es denn überhaupt dazu kam.

Gendarme-Fans, besonders die farbigen auf den unüberdachten Plätzen am Outfield, führten sich auf, als gehörte ihren Jungs bereits der CVL-Wimpel in Mister JayMacs Tasche. Bestimmt waren da draußen ein paar aus der heiseren Monster-Kintopp-Crew von gestern und steppten und schlugen sich auf die Schenkel.

Zwischen den Spielen, im Unterstand, schlich Hoey sich heran und setzte sich neben mich. Plötzlich stieß er mir einen Lumpen unter die Nase, dann ließ er ihn auf meinen Oberschenkel plumpsen und lehnte sich zurück.

»Es heißt, du hättest gestern ein Telegramm von deiner Mama gekriegt.«

Der Lumpen auf meinem Oberschenkel war der Ziegenbock, den ich ausgeweidet hatte.

»Ein Lebenszeichen von deiner Mama hat dich aber nicht gerade zu neuen Ruhmestaten inspiriert.«

Ich schmiß den lumpigen Ziegenbock in hohem Bogen auf den Infield-Rasen.

»Siehst du, Dumbo, – er fliegt fast so gut wie dein Namensvetter.« Hoey quetschte mein Knie. »Vielleicht sollten Mamas Worte dich nicht *inspirieren*, vielleicht sollten sie *weh tun*.«

»Laß den Jungen zufrieden«, sagte Double Dunnagin.

Hoey stellte sich taub. »Zuletzt an der Home Plate, da warst du ein richtiger kleiner Soldat.«

Wär mir im achten Inning der Sprint zum First gelungen, der die beiden anderen zum Second und Third und uns ein Double-Play-Festival bringen sollte, ich hätte die Bemerkung als Anerkennung deuten können. In Wahrheit meinte er, daß ich im Schlagraum wie ein Soldat in Habachtstellung gestanden hatte, ohne auch nur ein einziges Mal das Schlagholz von der Schulter zu bekommen. Hoey kam erst gar nicht auf die Idee, daß er und seine Klugscheißer Sloan und Evans und Sosebee wie Bananenschalen waren, auf denen mein Selbstvertrauen ständig ausrutschte.

Mister JayMac kam in den Unterstand. »Diesmal heißt es kämpfen oder sterben. Und ich will nicht, daß Darius mit einer Ladung Leichen nach Highbridge kommt. Verstanden?«

»Jawoll, Sir«, sagten vier oder fünf Burschen mehr oder weniger lahm.

»In der Katastrophe von eben«, sagte Mister JayMac, »habt ihr so schlecht gespielt, wie ich es keinem von euch zugetraut hätte. Besinnt euch auf eure Fähigkeiten und nicht auf eure Defizite, und wir werden mit einem blauen Auge und ungebrochener Zuversicht davonkommen. Muß ich noch mehr sagen?«

»NEIN, SIR!« riefen die meisten.

»Also gut. Ich übergebe stehenden Fußes an Darius, der ein paar interessante Details für euch hat.«

»Noch so'n Goldnigger«, meinte Fadeaway zu Sosebee. Mister JayMac hätte ihn verdonnert, heute abend unsere Suspensorien einzeln und mit der Hand zu waschen, wenn er das mitbekommen hätte.

»Gundy ist am Wurf«, sagte Darius, der auf dem Geländer des Unterstands saß, die Hände wie dunkle Bleilote zwischen die Beine gehängt. Er vermied den Blickkontakt. »Ich habe ihn schon werfen sehen, und ich habe ihn beim Aufwärmen beobachtet.«

Wo, fragte ich mich plötzlich, hatte Darius die Nacht verbracht? Im Braunen Bomber? Bei einem Bluts- oder angeheirateten Verwandten in oder um LaGrange? Ich hatte keine Ahnung.

»Gundy verrät seinen Curve-Ball«, sagte Darius.

»Er *verrät* ihn?« sagte Sloan. »Du liebe Zeit. Was hat der Curve ihm denn getan?«

»Es reicht, Mr. Sloan«, sagte Mister JayMac.

»Gundy *telegraphiert* seinen Curve-Ball.« Darius sah Sloan in die Augen, und Sloan begann einen Fussel vom Ärmel zu pflücken. »Und den Fast, Knuckle* wirft er aus dem Handschuh heraus – immer, da gibt's kein Vertun. Was genau kommt, sieht man erst, wenn der Ball unterwegs ist. Da hilft nichts. Aber wer den Flipflopflattermann eines Knuckles nicht vom Harakiri eines Fast unterscheiden kann, der ist sowieso ein Fall für den Augenarzt.«

»Gilt das auch für Pitcher?« sagte Hoey. »Die größte Angst des Schlagmanns ist der halbblinde Pitcher.«

Darius lächelte. »Wie wahr. Aber Gundys Curve – den kann man sehen, *bevor* er kommt. Er nimmt den Ball hinter und unter die rechte Arschbacke und fummelt solange, bis der Griff stimmt. Wenn Gundy die Ballhand rückwärts runternimmt, kommt immer ein Curve – das ist so sicher wie das Amen in der Kirche.«

»Und wenn er täuschen will?« meinte Nutter. »Wenn er zum Handschuh zurückkommt, um auszuholen, kann er doch umgreifen. Der Schlagmann, der mit 'nem Curve rechnet und nach sonst was schwingt, ist dann der Dumme.«

»Mr. Nutter, Sie haben bei den Großen gespielt«, sagte Darius. »Sie kennen das doch. Das wär das erste Mal, daß Gundy so was macht. Sein Curve ist so sicher wie die Strafpredigt in der Kirche, und kein Gendarme, nicht mal Mr. Strock, hatte bis jetzt den Mumm, ihm das abzutrainieren.«

»Noch weitere Details, Darius?« sagte Mister JayMac.

»Nein, Sir. Wichtig ist, darauf zu achten, wohin die Ballhand geht, bevor er ausholt, dann weiß man ob ein Curve kommt oder nicht.« Er rutschte vom Geländer und ging leise von dannen.

In jedem anderen CVL-Team hätte das Management den farbigen Scout gemolken und die Milch der Weisheit ohne Quellennachweis weitergegeben. Mister JayMac machte es anders – ob aus Humanität oder weil Darius ihn irgendwie in der Hand hatte, wußte ich damals noch nicht.

Im zweiten Spiel warf Fadeaway. Sechs Würfe lang hielt er die Gendarmes auf null; bei seinem Fadeaway und seinem knackigen Fast-Ball blieb der Crew von Mr. Strock die Spucke weg, und den heimischen Fans war so feierlich zumute wie einem Chirurgen auf der Beerdigung seines kürzlich operierten Patienten. Dann drosch der Rest von uns auf die *telegraphierten* Curves von Gundy ein. Und auch die anderen Würfe konnten wir größtenteils entschlüsseln, bevor sie die Home Plate erreichten.

Gundy trug nach weniger als vier Innings so etwas wie eine Schützengrabenneurose davon, sein Gang hatte etwas von einem Zombie, als er unter einem Konzert aus Buhrufen den Pitcherhügel verließ und in den Duschraum wankte. Mit seinem Ersatzmann verfuhren wir genauso, der Schlagrhythmus beseelte uns wie ein Boogie-Woogie; die Gendarmes, die jede Hoffnung auf eine Kehrtwende über Bord geworfen hatten, ähnelten einer Horde kopfloser Hampelmänner, und das um so mehr, je länger das Spiel dauerte.

Auch der Home Run, der ihnen im siebten Inning gelang, als Ed Bantling den ›Regenmacher‹ schlug, der vom Wind in die rechte Tribüne verweht wurde, konnte daran nichts mehr ändern. Der Run kam selbst Bantling wie ein Glückstreffer vor. Er trabte rückwärts zum Second und sah zu, wie der Ball stieg und stieg, in unwirklichen Etappen, wie ein Ping-Pong-Ball, der von einer Windhose angesaugt wurde, bis er schließlich innehielt und sich wie ein Habicht auf die Tribünen stürzte. Als Bantling die Home Plate überquerte, fing er an zu lachen, aber mehr wie ein Soldat, der knapp einer Kugel entwischt war, und nicht wie einer, der dem Feind soeben eine Granate verpaßt hatte.

Und das aus gutem Grund. Wir schlugen LaGrange nämlich dreizehn zu eins und ersparten uns so die Peinlichkeit, mit einer Pechsträhne heimzukommen.

26

JUMBO UND ICH MUSSTEN NOCH EINMAL im Hotel Lafayette übernachten. Er schlief wie ein Toter, atmete kaum und tat so gut wie keinen Mucks. Die Aufregung des Tages und eine nagende Nervosität, an der diese drei Karloff-Streifen schuld waren, hatten mich so aufgedreht, daß ich trotz der schlecht verbrachten Nacht gestern nicht zur Ruhe kam. Ich warf mich wie ein Epileptiker, stand schließlich auf und ging im Zimmer auf und ab und spielte in Gedanken noch einmal jedes Inning des letzten Spiels.

Na ja, warum nicht? In diesem Spiel hatte ich immerhin Bestleistungen gezeigt. Keine Fehler, ein selbständiges Double Play und fünf Hits bei sechs Auftritten an der Home Plate mit einem Doppellauf zum Second und vier gelungenen Runs. Hoey hatte mir allerdings nicht gratuliert. Er hatte den ganzen Nachmittag über entweder die Bank gedrückt oder in der Coach Box gehockt und verdrossen Beifall geklatscht. Einmal hatte ich gesehen, wie er und Turkey Sloan im Unterstand die Köpfe zusammengesteckt hatten. Um den nächsten Schabernack auszuhecken? Das nächste Telegramm zu dichten? Was hatte ich getan, daß mir der Bursche so spinnefeind war? Wie konnte ich mir den Feind zum Freund machen, und wenn nicht zum Freund, dann wenigstens zu einem neutralen Kameraden?

Gegen drei Uhr früh stellte ich meine ruhelose Wanderschaft ein und besah mir Jumbo. Er machte mir auch Kummer. Noch vor wenigen Stunden hatte er zwei Curve-Bälle von Roric Gundy und einen flachen und abartigen Fast-Ball von Gundys Ablösung über die Grenzen des Stadions geprügelt. Und solche Schläge hatten ihm im Laufe der Serie fünf Home Runs eingebracht, womit er den CVL-Rekord eines ehemaligen Opelika-Orphans eingeholt hatte, der jetzt bei der Marine war. Doch heute früh glich er eher einem bewußtlosen Unfallopfer als einem bravourösen Baseballspieler.

Ich beugte mich über ihn. Die orange-gelben Mondsicheln unter den Lidern sahen noch kränklicher aus als sonst. Ich griff nach dem klammen Handgelenk. Ich glaube, er hatte einen Puls, aber vielleicht war das nur das pochende Echo meines eigenen. Das fahle Licht der Straßenlampen, das ins Zimmer sickerte, verlieh dem reglosen Körper eine üppige Gruseligkeit. Ich ging zu meinem Bett, setzte mich auf die Kante und beobachtete ihn. Wenig später ließ ich mich zur Seite kippen und fiel in Schlaf.

Es war noch dunkel, als Jumbo mich weckte, und gegen acht sammelten sich die Hellbenders auf dem Parkplatz des *Prefecture*, wo der Team-Bus wartete, um uns zurück nach Highbridge zu bringen.

Auf der Heimfahrt blieb ich wach, das ausgeleierte Chassis des Bombers schlingerte und stampfte, die Kameraden hänselten mich mehr oder weniger gutmütig. Erst am nordwestlichen Außenbezirk von Highbridge sackte ich gegen das Fenster und entkam in einen traumleeren Schlaf …

»… zum Kuckuck willst du mehr?«

»Ein Leben, Mister JayMac. Eins, das mir gehört.«

Ich zuckte und blinzelte. Stimmen – zwei Stimmen – zerrten mich aus der Tiefe des Schlafs. Ich lag auf einem splissigen Sitzpolster ganz hinten im Bomber. Jumbo hatte mich alleingelassen. So still wie möglich setzte ich mich auf und lugte über die Rückenlehne vor mir. Alle Hellbenders, nicht bloß Jumbo, hatten den Bomber verlassen – vor geraumer

Zeit, wenn mich nicht alles täuschte: kein Handgepäck mehr, keine Baseballhandschuhe und auch keine zerknüllten Imbißverpackungen.

Wahrhaftig, die Dunkelheit im Bus, der kühle Metallboden und das schattige Duster hinter den Scheiben sagten mir, daß Darius den Bomber in den Wagenschuppen neben McKissic House gefahren hatte. Und jetzt saßen er und Mister JayMac vorne im Bus und sahen sich über den Mittelgang hinweg an. Sie wähnten sich allein.

Vielleicht hätte ich husten oder freimütig den Gang hinaufpaddeln sollen, doch ich schämte mich, so tief geschlafen zu haben, daß ich die Ankunft verpaßt und nicht einmal bemerkt hatte, wie Jumbo, Junior, Dunnagin und all die anderen ausgestiegen waren. Bestimmt hatten sie sich so leise wie ein Elfenvölkchen aus dem Bus gestohlen, nur um mich in die Verlegenheit zu bringen, hier mutterseelenallein aufzuwachen, nachdem alle längst im Haus waren.

Wie dem auch sei, statt mich zu zeigen, kauerte ich mich zusammen und verhielt den Atem.

»Hier führst du doch ein Leben«, sagte Mister JayMac. »Ein verdammt gutes Leben. Sogar ein beneidenswertes, würde ich sagen.«

»Vielleicht aus Ihrer Sicht«, sagte Darius, »aber nicht aus meiner.«

»Wärst du lieber in einer schwarzen Einheit in Neu Guinea, um Rollbahnen zu bauen und Atebrin gegen die Malaria zu schlucken?«

»Nein, Sir, lieber würde ich …«

»Von dem Zeug kriegst du Ohrensausen. Davon wird das Weiß in deinen Augen gelb wie Vanillepudding. Du hättest keine Wahl, du müßtest es schlucken, weil die kostbaren Chininbestände der Armee ganz an die richtigen weil weißen Amerikaner gehen.«

»Vielleicht bekäm ich halb Atebrin und halb Chinin.

Hätte nur auf einem Ohr das Sausen, würde nur auf einem Auge gelb.«

Mister JayMac schien ihm gar nicht zuzuhören. Er sagte: »Oder wie wär's mit einem farbigen Regiment, das oben am Alcan-Highway* die Hacke schwingt, und das bei Minustemperaturen?«

»Ich kenne einen, der das macht. Er ist stolz drauf, er kann auf die Straße zeigen und sagen, er hat mit Hand angelegt.«

»Er friert sich den Arsch ab, holt sich Grabenfüße* und Frostbeulen. Ich habe dich davor bewahrt. Habe deine Kräfte für was Besseres geschont.«

»Höchstens für was anderes.«

Ich schob mich wieder an der Lehne hoch und spähte nach vorne. Mister JayMac hielt eine Whiskeyflasche und in der anderen Hand einen braunen Keramikbecher. Auch Darius hielt so einen Kaffeebecher in der Hand. Mister JayMac kippte die Flasche und goß großzügig ein, erst Darius und dann sich selbst. Der hefige, süßlich herbe Geruch schwängerte den Bus.

Sie mußten schon mindestens einen Becher intus haben. Knie an Knie, wie sie da vorne saßen, schienen sie kurz davor, heftig aneinanderzugeraten. Nur die Tatsache, daß Mister JayMac der Boss und Darius der bezahlte schwarze Profi war, bewahrte sie davor, einfach den Kopf zu verlieren. Ein falsches Wort oder ein scheeler Blick oder noch mehr Alkohol konnte das Pulverfaß zum Explodieren bringen.

»Du spielst Baseball, denk an die Alternativen.«

»Ich spiele nicht Baseball. Ich bin Busfahrer. Mädchen für alles.«

»Auch wenn das außer uns beiden keiner weiß, du bist weitaus mehr als ein fabelhafter Chauffeur und Hausdiener. De facto bist du der zweite Manager eines streitbaren CVL-Baseballteams.«

»De facto«, sagte Darius.

»Das heißt …«

»Ich weiß, was das heißt. Hosianna heißt es wohl kaum, aber daß ich ein Nigger bin mit einem einflußreichen Gönner.«

Mister JayMac nippte an seinem Becher. Nach einer Weile sagte er: »Ein Leben? Ein Leben, sagst du? Was soll das heißen? Was, um alles in der Welt, willst du denn noch, und wenn ich Welt sage, meine ich *diese* Welt und keine Fata Morgana aus leeren Versprechen?«

»Eine Probezeit bei den Atlanta Black Crackers. Oder bei den Kansas City Monarchs. Oder den Jacksonville Red Caps.«

»Ich soll dir allen Ernstes erlauben, aus Highbridge fortzugehen, damit du bei irgendeiner farbigen Truppe spielen kannst, die von der Hand in den Mund lebt?«

Darius starrte über Mister JayMac hinweg aus dem Fenster, dahin wo an der Wand des alten Wagenschuppens ein vergammeltes Pferdegeschirr hing.

»Wenn du gehst«, sagte Mister JayMac, »dann werde ich dafür sorgen, daß deine Nummer gezogen wird. Daß man dich rasch beim Wickel hat und schnurstracks einzieht.«

»Das wär immer noch besser als den fabelhaften Chauffeur und Hausdiener zu spielen«, sagte Darius.

»Zweiter Manager!« Mister JayMac stand auf und verschüttete absichtlich den Whiskey aus seinem Becher, genau über dem Lenkrad. Er ließ den Becher nicht fallen, aber nur weil der Mittelfinger bis hinten wieder im Henkel steckte. »Der einzige farbige Zweitmanager eines professionellen weißen Baseballvereins in den Vereinigten Staaten, von der Südkante bis zur Nordkante und von der Ostkante bis zur Westkante, de facto oder sonstwie, und *du* möchtest mit einem schwarzen Haufen von Analphabeten spielen, der heute nicht weiß, wie oft er in der nächsten

Saison antreten muß, und ob das Geld überhaupt reicht, den laufenden Monat zu überstehen. Hab ich was Falsches gesagt?«

»Sir, ich möchte da spielen, wo die maßgeblichen Stellen mich spielen lassen. Mehr nicht.«

»*Ich* lasse dich, ich lasse dich, wann immer ich kann. Aber, Darius, eher verpaß ich dir eine Uniform als daß ich zusehe, wie du bei einer Bande übermütiger Mohrenköpfe unterschreibst, bei der man nie weiß, ob sie zehn Spiele am Streifen zusammenkriegt oder Konkurs anmelden muß. Na, Private Sutterfield, wie gefällt Ihnen die Alternative?«

»Prima.«

»Prima? Wie meinst du das?«

»Wenn ich schon nicht Baseball spielen darf, könnten Sie es dann so einrichten, Sir, daß man mich zum Tuskegee Army Airfield schickt? Oder zum Shorter Field? Oder vielleicht zum Dale Mabry Field unten in Tallahassee?«

Mister JayMac lachte. »Du greifst nach den Sternen, wie? Ich werd dir was sagen, Darius. Affen, die im Gefecht fliegen, gibt es nur in *The Wizard of Oz.*«*

Darius trank seinen Whiskey ex und gab den Becher Mister JayMac, der beide Becher auf das Armaturenbrett setzte. Es sah so aus, als wolle er jeden Moment aussteigen und ins Haus gehen. Darius erhob sich und schwang sich in den Fahrersitz. Er packte das Lenkrad, dann hob er die Finger aus der naßklebrigen Whiskeytünche.

»Sie übersehen eins, Mister JayMac, Affen gibt es in allerlei Farben. Und manche haben zweifarbige Seelen.«

Mister JayMac schlug auf das Armaturenbrett, daß die Becher tanzten. Aber sie fielen nicht herunter.

»Darius, geh nicht!«

Darius nahm sein Taschentuch und wischte das Lenkrad ab. Dann putzte er sich die Hände. »Hätte der Affe eine andere Farbe, wär er vielleicht nicht auf die Idee gekommen.«

»Tu's nicht«, sagte Mister JayMac. Darius schwieg. Mister JayMac stieß die Tür auf, sprang vom Trittbrett und ging mit großen Schritten über die Schicht aus Sägemehl und Muschelsplittern.

Ich duckte mich, als er am Heck vorbeikam. Hinter mir kreischte die verzinnte Blechtür zum Hof. Durch den Spalt brach ein Fächer aus orangeweißem Licht und Staubgestöber – also hatte ich noch nicht den ganzen Tag verschlafen. Dann fiel die Tür scheppernd ins Schloß.

Darius blieb am Steuer sitzen. Ich konnte nicht unbemerkt aus dem Bus, und die Auseinandersetzung, die ich mitangehört hatte, machte mir nicht gerade Mut. Für Mister JayMac würde ich der heimliche Lauscher sein und für Darius der Spion mit dem Milchgesicht. Also machte ich mich klein und wartete.

Das Problem war mein vorwitziges Taschenmesser; es glitt mir aus der Hose, traf mit einem Ende auf den Metallboden *(klong)* und fiel dann um *(peng)*.

»Wer ist da hinten?« sagte Darius.

Ich biß mir auf die Unterlippe.

»Mäuse? Nazis? Raus da, wenn ich bitten darf.«

Ich setzte mich auf. Darius starrte mich aus dem schrägen Rechteck des Rückspiegels an.

»Barmherziger Jesus«, sagte er. »Was machst *du* denn da hinten, Danny?«

Mein Schulterzucken war wohl nicht besonders aufschlußreich.

»Troll dich«, sagte Darius. »Ich will meine Ruhe.«

Ich hob das Taschenmesser auf, raffte meine sieben Sachen beisammen und ging auf leisen Sohlen den Gang hinauf. Hätte Darius mir alles aus den Händen geschlagen und mich zu Boden gestoßen, um mir zu verklickern, daß ich mich wie ein Wurm benommen hatte, ich hätte mich nicht gewundert. Doch er blieb sitzen. Er würdigte mich keines Blickes, nicht einmal auf dem Umweg über den Rückspiegel.

Ich stieg aus. Die Gepäckträger waren leer. Jumbo mußte meinen Sack mitgenommen haben. Um mir diesen Streich zu spielen, hatte keiner querschießen dürfen; er mußte sie alle instruiert haben – alle, bis auf Mister JayMac und Darius. Ha ha. Als ich die Garage verließ, hing Darius immer noch über dem Steuer, hohläugig, innerlich auf des Messers Schneide und stumm.

27

An diesem Abend nach dem Essen klopfte jemand an die Tür. Die Mansarde kam mir kleiner vor als sonst, denn während wir auf Achse gewesen waren, war hier ein Schreiner gewesen und hatte mir ein Bett gezimmert, mit Kopfbrett und Schubladen unter der Matratze, womit meinem Anspruch als Hellbender – wenn auch verspätet – Genüge getan war.

Jedenfalls schreckten wir von dem Klopfen auf, denn wir hatten nichts gehört, kein verräterisches Knarren von Stufen oder Dielen. Aber wir hätten etwas hören *müssen:* Ich saß da und schrieb einen Brief an Mama Laurel, derweil Jumbo, obwohl er alles haßte, was mit Krieg zu tun hatte, *Burma Surgeon*[1] las – weil, wie er sich ausdrückte, »Colonel Seagrave sich dem Heilen widmet und nicht der Zerstörung«. Als es dann klopfte.

Jumbo öffnete die Tür, wobei er weder aufzustehen noch seine Lage zu verändern brauchte. Kizzy Lorrows, eine zwergenhafte braune langhaarige Seminolin. Das Mehl an ihren Armen erinnerte an diese Art Rauhreif auf Pflaumen. Auch die halbe Stirn sah so aus. Sie wischte sich die Hände an der Schürze ab und zeigte ins Zimmer: Ich war gemeint.

»Danl, ein Anruf für dich. Ferngespräch. Rasch, du nimmst besser Füße in Hände.«

»Das wäre sinnlos«, sagte Jumbo. »Völlig sinnlos.«

»Seine Mama will ihn sprechen. Sie weiß nicht, daß

---

[1] *Der Chirurg von Burma*

er sich Zunge verstaucht hat. Er hat ihr bestimmt nicht gesagt.«

Ich stand auf. Ich schüttelte den Kopf. Mama telefonierte nicht gerne, doch ich hätte damit rechnen sollen, daß sie irgendwann mal anrufen würde, um mich stammeln zu hören.

Irgendwann war jetzt, und Kizzy wischte mein Kopfschütteln mit einer Schlenkerhand beiseite. »Jede Minute, du zögerst, wirfst du Telefonleuten gutes Geld in den Rachen. Los, Bubi!«

»Ich werde für ihn sprechen«, sagte Jumbo. Er stand auf und nickte mir zu. Kizzy reichte ihm kaum bis zum Hosenbund.

Ich schnappte mir Notizbuch und Bleistift und eilte hinter den beiden her, mein Herz war gesattelt und lief Galopp. An der Treppe ließ Kizzy uns vorbei. Wir rannten die beiden Treppen ins Foyer hinunter, wo an der Wand das Kasten-und-Gabel-Telefon hing. Jumbo mußte sich bücken, um damit zu Rande zu kommen. (Kizzy mußte den Schemel benutzt haben.)

»Mrs. Boles, ich bin Henry Clerval, der Zimmergenosse Ihres Sohnes«, sagte Jumbo in die Sprechmuschel. »Daniel geht es gut.«

Sag ihr, daß ich Laringitus hab, kritzelte ich in mein Notizbuch.

»Nur – es tut mir leid, Ihnen das mitteilen zu müssen – er hat sich einen ernsten Fall von Laryngitis zugezogen«, fuhr Jumbo fort. »Ansonsten stellt er uns alle mit seiner Kraft und Vitalität in den Schatten.«

Kizzy bedachte uns beide mit einem spöttischen Seitenblick und stolzierte in die Küche zurück, wobei sie die Arme wie ein Munchkin schwang.[1] Der Clubraum war verwaist. Die meisten, die hier logierten,

---

[1] Die *Munchkins* sind ein seltsames, kleinwüchsiges Völkchen in *The Wonderful Wizard of Oz.*

waren zum McKissic Field, um sich ein lokales Softball-Spiel* anzusehen.

Ich schrieb: *Sag, das es vorübergeht. Sag, daß ich zuviel Hurra gerufen hab.*

»Ja, Ma'am. Wir haben das letzte Spiel von einer ansonsten wenig erfolgreichen Tour gewonnen. Daniel hat gut gespielt.« Er deckte die Sprechmuschel ab. »Wieso ... warum diese Lüge? Warum nicht die Wahrheit?«

Sonst regt sie sich auf, schrieb ich. *Sonst will sie noch kommen.*

»Wann?« sagte Jumbo. »Na ja, vor kurzem erst.« Er deckte die Sprechmuschel wieder ab. »Unter dem Aspekt der Unsterblichkeit«, beschwor er mich, dann sprach er wieder in die Muschel. »Ja, Ma'am, er trainiert hart, ißt tüchtig und schläft genug.«

Mama sagte etwas.

»Ja, Ma'am, viel Schlaf. Ganz viel.«

Ich hielt ihm das Notizbuch hin: *Sag, daß ich sie später anrufe, daß ich einen Brief schreibe.* Letzteres war die lautere Wahrheit. Niemand sollte mich einen gleichgültigen Sohn schimpfen.

Die Sprechmuschel erstickte in Jumbos Faust. »Sie möchte mir dir reden.« Ich schüttelte den Kopf. Jumbos Blick war wie eine Ohrfeige. »Ja, Ma'am, hören kann er. Nein, keine Infektion. Keine Ohrenschmerzen. Augenblick.« Er gab mir das trichterförmige Hörteil. Statisches Rauschen, rauhe elektrische Brandung.

»Danny?« sagte Mama Hunderte von Meilen entfernt. *»Danny?«*

Jumbo bückte sich an die tulpenförmige Sprechmuschel. »Er hört Ihnen zu, Mrs. Boles.«

»Danny ... du fehlst mir ... ich vermisse dich.«

»Er sie auch, Mrs. Boles«, sagte Jumbo.

»Danke, Mr. Clerver«, sagte Mama. *»Danny, Colonel und Mrs. Elshtain wollen am Wochenende nach High-*

bridge kommen. Diesen Sonntag, am vierten. Sie wollen dich besuchen. Ich gebe Miss Tulipa eine Kleinigkeit mit. Denk dran.«

»Ja, Ma'am«, sagte Jumbo. »Er wird es nicht vergessen.«

»Tschö. Ich liebe dich. Mach's gut. Tschö.« Mamas Stimme verlor sich im Kreischen und Geschnatter der Verbindung.

Jumbo nahm mir die Hörmuschel ab und hängte sie in die Gabel. »Wer seine hingebungsvolle Mutter belügt, verliert die Achtung ehrlicher Menschen. Vielleicht hast du deine Gründe. Vielleicht nicht.«

Und wenn nicht, schrieb ich, *bin ich dann keine WIRKLICHE PERSON mehr???*

»Du sagst es.« Jumbo stapfte durchs Foyer zur Treppe, dann stieg er nach oben. Die Zwischenräume des Geländers erinnerten an die Bilder eines Filmstreifens – und Jumbo darin an die Kreatur in den Frankensteinfilmen.

Jedenfalls wollte ich nicht nach oben – jetzt noch nicht. Er hatte mir zwar geholfen, aber er hatte mich auch der Lüge bezichtigt und stellte meinen Status als WIRKLICHE PERSON in Frage. Rutsch mir den Buckel runter, dachte ich.

Gemächlich ging ich in die Küche, wo Kizzy an ihrem zentralen Arbeitsplatz stand und Teig für eine riesige Fruchtpastete mit Brombeeren und Himbeeren ausrollte.

»Süß von deiner Mama, Danl. Klar, Mamas *müssen* sich Sorgen machen um ihre Kinder. Das ist angeboren wie beim Wachtelhund – er *muß* die Wachtel anzeigen, ob er will oder nicht.«

Kizzy war länger geblieben. Das tat sie manchmal. Ich konnte mir das nur so erklären, daß sie sich (wenn sie keine Töpfe schrubben oder das Linoleum scheuern brauchte) in der Küche von McKissic House einfach heimischer fühlte als in der Vierzimmerschachtel aus Schindeln, Teerpappe und Blech drüben am Penticuff Strip, in der sie hauste. Ihre ›Kinder‹ – Muscles meinte, sie hätte sieben – waren allesamt erwachsen und verheiratet. Alle bis auf ein, zwei Söhne waren weggezogen, nach Atlanta oder Chicago, und die besagten Jungs waren nicht der Rede wert, weil sie Kizzy mit ihren Problemen verschonten oder ihr schlichtweg aus dem Weg gingen – je nachdem wie man die Sache sah. Kizzys Mann, den sie immer noch Oliver Bob nannte, war 1921 während der Kornernte ums Leben gekommen, das heißt unter einen Karren, den ein hundsgemeiner weißer Farmer gefahren hatte.

Ich machte mich über einen schmutzigen Kessel her, den der Küchendienst im Spülbecken eingeweicht hatte. Bis zu den Ellbogen tauchte ich in den Kessel. Über dem Becken konnte ich durch eine geriffelte Fensterscheibe und den kaputten Fliegendraht der Veranda sehen.

Dahinter lag der Wagenschuppen. Ein elfenbeinfarbenes Spalier trug ein Dickicht von Kletterrosen bis unter ein hochgelegenes Fenster mit einem verzogenen Pfosten und zwei geborstenen Läden. Da hauste Darius, darunter ein Lagerraum für Baseballmaterial und darunter die Garage, wo jetzt der Braune Bomber tickte und gärte. Was machte Darius da oben, wenn er nicht schlafen konnte – wenn der Ruf eines anderen Lebens an ihm zerrte – so alarmierend wie ein Feuermelder?

Kizzy sagte: »Ich habe dir doch erzählt, daß Miss Giselle keine Kinder hat. Das stimmt. Sie hat keine. Sie kann keine haben. Einmal, vor vierunddreißig, fünfunddreißig Jahren, da *hatte* sie mit Mister JayMac ein Kind, ein Mädchen, einen richtigen kleinen Fettkloß, rosarot wie ein frischgewaschener Regenwurm. Aber Miss Giselle brauchte mehr als einen Tag dafür, und als das Baby endlich da war, da wollte die Nachgeburt nicht kommen – das was meine Mama das Drum-und-Dran nannte.«

Ich ließ meinen Ellbogen schneller rotieren, spitzte aber die Ohren. Angefangen hatte Kizzy mit der Geschichte, als sie bemerkt hatte, wie ich durch die geißblättrige Düsternis zu diesem Fenster spähte.

»Diese Nachgeburt aus Mutterkuchen und Fruchtblase mußte raus. Jemand mußte sie rausholen, dabei ging es weniger um das Kind als um Miss Giselle. Das Baby sah prächtig aus, aber Miss Giselle bekam heiß, eine Art Kindbettfieber, sie glänzte vor Schweiß. Sie redete wirres Zeug. Trieb mit ihrem Daddy ein Opossum auf den Baum drüben am Cotton Creek und wollte immer die beiden kläffenden Hunde beruhigen.

Ruhig! schrie sie. *Ruhig, Cherie! Ruhig, Smut!* Dann rief sie: *Hol die Beutelratte runter, Daddy! Bitte, schieß doch!* Ich war damals noch keine Hebamme, aber Dr. Sellers brauchte mich und Mister JayMac, um Miss Giselle festzuhalten. Wir hielten sie auf dem Bett, an Armen und Beinen, wie Hilfsarbeiter beim Schweineschlachten. Sie schlug mit dem Kopf und bäumte sich, aber wir hielten sie fest. Nicht lange, und sie war heiser und stöhnte nur noch und verdrehte die Augen, bis sie aussahen wie blinde hartgekochte Eier.

Ich muß diese Nachgeburt holen, meinte Dr. Sellers zu Mister JayMac. *Ich kann sie nicht drinlassen wie einen Putzlumpen im Abflußrohr.* Er schrubbte sich die Hände mit Seifenlauge und badete sie gründlich in Alkohol, dann setzte er sich zwischen die Beine von Miss Giselle, um nach dem Mutterkuchen zu tasten. Er fischte nach dem kaputten Ding und holte es Stück für Stück heraus – drei, vier Stunden mühte er sich ab.

Doc, sagte Mister JayMac, *wenn Sie so weitermachen, bringen Sie sie noch um.*

Nicht, wenn Sie still sind und die Lampe so stellen, daß ich was sehen kann, sagte Dr. Sellers.

Erst sah es aus, als ob das Baby wohlauf sei und Miss Giselle ein Fall für Leichenbestatter und Kirchenchor. Dr. Sellers hatte tief in ihr herumgemacht, und sie war schwach. Es kam aber ganz anders. Der dicke quirlige Wurm von einem Mädchen wurde krank und welkte dahin wie ein Kalb ohne Mutter. Es wurde einfach immer dünner und starb. Mister JayMac verfluchte den Doktor, zerschmiß Geschirr und führte sich auf wie Hiob persönlich. Aber Miss Giselle, *sie* erholte sich, gedieh und blühte auf, bis Mister JayMac ihr sagen mußte, was passiert war.

Und denke nicht, sie führte sich auf wie Mister JayMac. Ah-ah. Wie er am Boden zerstört war, das reichte für die ganze Familie. Miss Giselle litt ihren stillen Frauenkummer, aber sie war tapfer, ließ sich von Leid nicht unterkriegen. Am Anfang nicht. Dann schwollen Brüste an, als hätte sie diese durstigen Zwillinge im Bauch gehabt und nicht das kleine Mädchen, das schon tot war. Sie hatte soviel Milch, daß das Nachthemd naß wurde, auch das Bettzeug und die Kleider am Tag. *Sie müssen etwas tun!* sagte Mister JayMac zu Dr. Sellers. *Wenn nicht, bekommen Sie kein Geld.*

Also spurte Dr. Sellers. Er redete Miss Giselle gut zu, tröstete sie und verhätschelte sie fast, aber Miss Giselle wurde aus irgendeinem Grund wieder rückfällig. Sie bekam wieder Fieber. Und weil sie mit Gedanken in Kanaan war, da machten Brüste nur noch mehr Milch. Der Doktor sagte Mister JayMac, daß sie durch das Problem mit der Plazenta nie mehr schwanger werden könnte, egal wie Mister JayMac sich ins Zeug legen würde, und daß er, der Doktor, daran nichts ändern könnte. Mister JayMac blieb ganz ruhig und bat den Doktor nur, ihren Milchfluß zu lindern und sie aus dem Delirium zurückzuholen.

So wie Dinge lagen und so deprimiert, wie Mister JayMac war, muß Dr. Sellers gedacht haben, er kann tun, was er will, wenn es nur hilft. Und das hat er getan. Er schleppte diese zwei hungrigen Bluetick-Welpen an und legte sie an Miss Giselles Brüste. Die Hündchen hatten den Bauch voller Leberflecken und so zusammengedrückte Schnauzen, daß sie aussahen wie häßliche alte Männlein. Als der Doktor sie an Miss Giselles Brustwarzen setzte, damit sie tranken, da haben sie ein bißchen wild gekratzt und gewühlt und die arme, fiebernde Frau gequält.

Mister JayMac kam nach Hause. Er hörte die Hündchen winseln und seine Frau unter den spitzen Milchzähnchen schreien. Er stürmte ins Zimmer und schleuderte den Doktor zu Boden. Brachte ihm eine Platzwunde vom Kinn bis zum Ohr bei, mit dem Gürtel. Warf den Mann aus dem Haus, die Stufen runter. Dr. Sellers zog nach Alabama – nach Fairhope, glaub ich. Miss Giselles Wunde heilte nicht. Sie konnte kein Kind mehr kriegen, ob Mädchen oder Junge. Die kleinen Narben an ihren Brüsten blieben ihr lange ein Rätsel.«

Mein Topf glänzte inwendig wie ein Kanonenrohr, die Hände taten mir weh vom Scheuern.

»Das ist eine Highbridge-Story. Eine Mister Jay-Mac-und-Miss-Giselle-Story. Damals hab ich noch nicht für sie gearbeitet, aber die Sache machte rasch die Runde. Miss Giselle war eine der letzten, die davon erfuhr, und sie leidet wahrscheinlich heute noch darunter, was dieser verrückte Doktor ihr angetan hat – erst nach der Geburt des Babys und dann, nachdem das arme Ding gestorben war.«

An der abgeschirmten Veranda schwatzten und flöteten die Grillen. Außen tanzten Leuchtkäfer und schalteten ihre Laternchen aus und an. Ein Käfer am Sims des Fensters, hinter dem Darius wohnte, leuchtete auf, stieg einen Fuß weit und verschwand im

Lichtschein des Zimmers. Darius ging am Fenster vorbei. Für einen ganz kurzen Augenblick brannte der Leuchtkäfer ein Loch in den dunklen Schemen. Kizzy stand neben mir, und beide starrten wir angestrengt durch den Fliegendraht der Veranda. Geißblatt verströmte seinen milden Duft in den Hof, und ringsherum hing eine Nacht aus überreifen Muskatellertrauben.

»Dieser Darius«, sagte Kizzy, »er macht sie nur noch verbitterter.«

Ich sah Kizzy ins Gesicht.

»Warum?« sagte sie. »Weil er das älteste Kind von Mister JayMac ist.«

28

Am nächsten Tag, nach einem leichten Training im Stadion, borgte Jumbo sich wieder den Caddy – kein anderer genoß solche Privilegien – und fuhr nach Alabama. Wozu? Er hatte keinen Verwandten in Alabama, auch wenn er in dieser Sache schon mal gekohlt hatte (falls er *danach* nicht gekohlt hatte), und selbst ein kurzer Abstecher über die Staatsgrenze war kein Zuckerschlecken. An so einem schwülen Georgia-Tag würde ich lieber ein bißchen mehr Baseball spielen als stundenlang in einem kochendheißen Auto zu hocken.

Oben auf unserer Bude hatte ich jede Menge Stoff zum Grübeln. Ma wäre fast dahintergekommen, daß ich wieder verstummt war. Zu allem Überfluß würden am Wochenende die Elshtains kommen, um die McKissics zu besuchen, und sie würden rasch spitzkriegen, was wir Ma am Telefon verheimlicht hatten. Ma würde das von den Elshtains erfahren und mir verzeihen, weil ich sie doch mit dieser Notlüge nur hatte schonen wollen, aber es war nicht auszuschließen, daß sie mich nach Tenkiller zitierte, um mich behandeln zu lassen und unter ihre fürsorglichen Fittiche zu nehmen.

Ich wollte nicht aus Highbridge weg. Trotz der drückenden Sommerhitze, trotz des Ärgers mit Hoey und Konsorten und trotz eines Zimmergenossen, vor dem jeder Marinesoldat erblassen würde – ich war dabei, mich anzupassen. Auch an die komischen Rituale in McKissic House. An meine Rolle im Team. Ich spielte gerne für die Hellbenders. Ich wollte nicht an die elend langen Schürzenzipfel von Ma und in das stinklangweilige Staubloch von Oklahoma zurück. Ich liebte Mama Laurel, keine Frage, doch ich hatte eben erst angefangen, mich in der CVL zu behaupten – auf eigenen Füßen zu stehen.

Während Jumbo über den öligen Splitt der Nebenstraßen von Alabama walzte, gab es für mich nichts zu tun. Ein paar von den Jungs gingen ihren Nebenjobs bei *Foremost Forge* oder *Highbridge Box & Crate* nach. Andere waren mit der Straßenbahn zu einer Matinee in die Stadt, und wer außer mir noch hiergeblieben war, hatte sich aufs Ohr gelegt, spielte Karten oder schrieb einen Brief. Ich hatte am Morgen erst einen Brief an Ma abgeschickt. Und Kartenspielen ohne das Zirpen von Grillen oder Tanzmusik im Hintergrund war so verlockend wie ein Schluck Soda.

Ich stand von der Bettkante auf. Meine Hände hatten Langeweile. Also zündete ich mir eine Zigarette an, verschränkte die Arme vor der Brust und wippte von den Absätzen auf die Schuhspitzen und wieder zurück. Wie der Draufgänger in einem Gangsterfilm. Humphrey Bogart? George Brent? Lloyd Nolan? Da hätte ich doch einem von denen ähnlich sehen müssen, oder?

Wie von ungefähr kam ich dabei Jumbos Territorium Schritt um Schritt näher: seinem monströsen Bett, dem Bücherregal aus Kieferbrettern und Konservendosen, dem Waschtischchen und dem Nachttisch mit der Leselampe. Ich stand da und paffte meine *Old Gold* und beäugte all das Zeug. Die Bücherbretter hatte ich schon mal in Augenschein genommen. Neben neuen Büchern aus der Bibliothek standen da Gedichte, Romane, philosophische Werke, historische und religiöse Texte, darunter viele alte Bücher und ein paar auf Französisch oder Deutsch.

Ich schlenderte um das Bett herum, setzte mich vor das Bücherregal und schlug ein französisches Buch auf, das eine Frau namens Christine de Pisan* geschrieben hatte. Die Seiten rochen wie getrocknete Käferflügel – staubig herb nämlich – und nach saurer Tusche. Viel mehr als *le* und *la* und *amour* verstand ich nicht. Zwecklos. Ich klappte die alte Christine zu und stellte sie ins Regal zurück. Der Kuckuck weiß, warum ich mich vorbeugte und zwischen meine Beine linste. Vielleicht aus Langeweile oder Neugierde, jedenfalls war da irgendwas mitten unter Jumbos Bett gepfercht. Es sah aus wie ein schmales Einmannboot, ein Art Eskimo-Kanu.

Ja, ein *Kajak!*

Ich zerrte das rundherum mit Tierhaut bespannte Teil unter dem doppelten Sperrholzboden heraus, auf dem Jumbo schlief. Das Ding wollte nicht zwischen Bett und Regal passen. Ich mußte es längs drehen und mich mit gespreizten Beinen drüberstellen. Es hatte sich erstaunlich schwer bewegen lassen, wahrscheinlich weil Jumbo allerlei durch das Sitzloch hineingepackt hatte. Die Flanken waren mit Schneehasenfellen besetzt.

Das erste, was ich im Sitzraum fand, war die Matte, die er bis zu meinem Wutausbruch in LaGrange als Abteiler benutzt hatte. Er hatte sie fünf- oder sechsmal gefaltet und wie einen Stöpsel in das Loch gestopft. Ich zog sie raus und spähte ins Innere. Da kauerte ein schlapper Beutel aus Tierhäuten, zugeschnürt mit Sehnen, an denen lauter Elfenbeinperlen saßen. Er roch seltsam muffig, auf eine Weise, die ich nicht beschreiben kann.

So sehr ich mich dagegen wehrte, dieser Beutel war eine Herausforderung, eine Herausforderung nachzusehen, was drin war. Das Kajak unter dem Bett her auszuziehen, war mir noch wie verzeihliche Neugier vorgekommen, beim Herausnehmen der zusammengefalteten Matte hatte sich bereits mein Gewissen gemeldet, doch der Beutel war eine Versuchung, an der sich die Geister schieden. Ich benahm mich wie ein Schnüffler, und Ma hatte mich nicht dazu erzogen, meine Nase in andrer Leute Sachen zu stecken. Lieber sollte ich mir Mühe geben, Jumbos Zunge zu lockern als die Verschnürung dieses Beutels; aber vielleicht war ja das eine dazu angetan, das andere zu befördern.

In dem Beutel befand sich ein Tagebuch, der Ledereinband war splissig und wolkig, hinter der letzten Seite steckte ein Packen Briefe. Das Bündel war so dick wie ein dünnes Buch. Ich besah es mir näher, aber ohne es aufzuknoten. Das Papier fühlte sich spröde an, raschelte wie Herbstlaub – daß ich Angst hatte, es könnte unter meinen Fingern zerbröseln. Schließlich zog ich den obersten Brief heraus, nahm ihn aus dem Kuvert und faltete die erste von vier oder fünf Seiten auf.

Die Schrift war verschnörkelt und stellenweise verwischt, aber was ich las, war Englisch und nicht irgendein fremdländisches Kauderwelsch. Der Brief, adressiert an eine Engländerin, kam aus St. Petersburg und datierte vom 11. Dezember 1798. Er lautete: »Du wirst gewiß mit Freude hören, daß sich mein Unternehmen trotz der üblen Vorzeichen bisher gut anließ.« Um den Satz zu entziffern, brauchte ich gut eine Minute, doch als ich soweit war, las ich ihn noch einmal und las weiter.

Der Absender war ein junger ›Abenteurer auf See‹, Kapitän eines englischen Handelsschiffes, das von einem russischen Hafen aus zum Nordpol segelte. Der Mann nannte sich Robert Walton und war so naiv, die Polkappe für ein ›Land des ewigen Lichts‹ zu halten, wo er doch erst die Eismeere durchfahren mußte, um dahin zu gelangen. Die Engländerin, der er schrieb, war Mrs. Saville, seine Schwester. In seinem vierten Brief, der die Ereignisse an Bord eher wie in einem Tagebuch festhielt, hieß es, er und seine

Männer hätten auf dem Eis einen ›Schlitten‹ gesehen, der von Hunden gezogen und von einem menschenähnlichen Riesen gelenkt wurde. Man habe den ›Reisenden‹ schließlich aus dem Fernrohr verloren. »Unverhohlenes Erstaunen bemächtigte sich unser aller«, schrieb Walton. Kein Wunder.

Wie dem auch sei, die Erwähnung des Riesen gab mir zu denken; vielleicht hatte Jumbo die Briefe versteckt, weil sie von seinen Vorfahren berichteten. Womöglich hatte Walton einen Urahnen von Jumbo gesehen, seinen Ur-Urgroßvater Clerval.

Der vierte Brief kündigte die Lebensgeschichte eines gebeutelten Europäers an, den Waltons Seeleute von einer Eisscholle geborgen hatten. Walton spielte den Sekretär dieses Mannes und schrieb alles nieder, was er erzählt bekam, wobei eine komplette Autobiographie des Burschen herauskam – in Waltons Handschrift. Das ließ sich so an: »Ich bin ein gebürtiger Genfer; meine Familie gehört zu den angesehensten dieser Republik.« Diesen Schnickschnack über seine vornehme Familie konnte ich mir sparen.[1]

Also faltete ich die Briefe wieder zusammen, steckte sie in die Umschläge zurück und verschnürte sie mit dem Band, das durchaus ein Ballkleid für Napoleons Gemahlin Joséphine hätte zieren können. Eben wollte ich das Päckchen wieder hinten in das Tagebuch stecken und das Buch wieder in den muffigen Lederbeutel und den Lederbeutel wieder in das Kajak – als mich das übermächtige Verlangen befiel nachzulesen, wer da was protokolliert hatte …

Hier beginne ich ein neues Leben. Im blakenden Kerzenlicht meiner früheren Existenz war der Tod meine einzige

[1] Der Wortlaut der hervorgehobenen Textteile stammt aus *Frankenstein oder Der moderne Prometheus* in der erwähnten Übersetzung von Christian Barth.

Hoffnung. Ich war so tief in den Schlund der Rücksichtslosigkeit und Schlechtigkeit gefallen, ungeachtet der herzlosen Peitsche meines Schöpfers, daß ich mich nun nicht minder verachtete als die Welt es tat. Ich lechzte nach dem Tod, nach dem Jenseits unwiderruflicher Auslöschung, und empfahl meine Seele der Finsternis dieses Reichs.

Mit einem Mal, ich weiß nicht, wieviel Zeit verstrichen ist und was der unwillkommene Aufschub soll, atme ich wieder. Das beschädigte Herz in meiner Brusthöhle pocht. Meine erfrorenen Glieder regen sich. Meine Augen, eben noch in vorzeitliche Finsternis getaucht, erblicken die Sterne der Arktis und das saphirblaue Eis einer Welt, der ich gestern oder vor Jahrhunderten noch endgültig entfliehen und entsagen wollte. Heute, ähnlich dem legendären Menschensohn der Christen, bin ich auferstanden.

Dieser Eintrag trug kein Datum, sah aber – *alt* aus. Er klang auch alt. Wenn ich ihn las, meinte ich Jumbo zu hören. Ich meinte ihn auch zu sehen, wie er ihn vor langer, langer Zeit in liebevoller Handschrift zu Papier brachte – auf englisch. Er hatte seine Worte ziemlich so wie Walton gewählt, fast so, als habe er sich Waltons Worte zum Vorbild genommen.

Ich trug Jumbos Tagebuch zu dem kleinen Schulpult oben an meinem neuen Bett, schlug meine Kladde auf und fing an, seine Geschichte Wort für Wort abzuschreiben. Ich hielt das für wichtig – für ungemein wichtig, um mir Jumbo mit Haut und Haaren einzuprägen, derweil meine krakelige Handschrift ihn wie einen Laborfrosch sezierte und zerpflückte …

Als Hommage an den Kapitän des Handelsschiffes, der die Geschichte meines gepeinigten Schöpfers in ihrer Gänze zu Papier gebracht hat, will ich hier auf englisch von meinen letzten Tagen als sein Geschöpf berichten. Auch will ich von meinem neuen Leben nach einer überraschenden

Wiedererweckung schreiben. Die englische Sprache kommt mir so zwanglos in den Sinn und von dort in die Hand, wie es die französische tut. Ob mein Gehirn früher einmal einem gebürtigen Briten gehört hat? Wie dem auch sei, ich trete mein neues Leben unter der erfrischenden geistigen Perspektive einer Sprache an, in der Marlowe, Shakespeare und Milton gedacht haben.

Was ich, mein altes Leben betreffend, noch erinnere, ist dies[1]*: Nach meiner Flucht von jenem Schiff, auf dem der Urheber meines Seins und zugleich Elends verblieben ist, fand ich nicht die Kraft, Frankenstein in den allesverschlingenden Abgrund zu folgen. Nein, ich durfte nicht töten, was er beseelt hatte. Wiewohl ich Walton bei unserer unbeabsichtigten Begegnung am Leichnam meines Vaters versprochen hatte, mich den Flammen zu überantworten, versuchte ich, Zeit zu gewinnen. Ich fand Ausflüchte, um meinen Leib zu erhalten, jene großartige, aus Fleischstücken zusammengesetzte Puppe, in der meine mit Angst und Pein befrachtete Seele über das Eis irrte; und nicht nur meine Seele, sondern auch mein Wissen.*

Während ich mir Zeit ließ, wurde das Wetter immer schlechter und stürmischer. Die Nordlichter verblaßten hinter einem Schleier aus treibenden Wolkenfetzen, die sich schließlich zu Granitfelsen ballten, aus denen Schnee wirbelte, der vom Sturm zum Blizzard entfacht wurde und das Meer in eine steinerne Falle verwandelte. Walton und seine Mannschaft konnten ihr Schiff nicht aus dem weißen Gefängnis befreien, und Sturm und Kälte blieben so unerbittlich, daß den Unglücklichen jedwede Hoffnung auf ein Entkommen schwand. Bis Mitte Oktober waren alle an Bord der Caliban tot – erfroren, verhungert oder erschlagen; vorher aber hatte Kapitän Walton sich hingesetzt und jeden nicht abgeschickten Brief an seine Schwester Wort für Wort abgeschrieben, als könne dieser Bienenfleiß ihn

---

[1] Siehe *Frankenstein oder Der moderne Prometheus,* letzter Teil *Robert Walton setzt den Bericht fort* (Übersetzung von Christian Barth).

aufwärmen und zugleich die festsitzende Caliban aus dem Eis schmelzen.

Während der Winter sich austobte, kauerte ich bei meinem Schlitten gegen die Elemente an. Ich sammelte die Hunde um mich. Rings um uns errichtete ich eine grobe aber einfallsreiche Festung aus Eis. In der schmerzhaften Helligkeit meiner Trutzburg, einer Kuppel auf dem ächzenden Packeis, verfolgte ich mitleidslos den Niedergang der Hunde, die durch die mißlichen Umstände und den Hunger so schrecklich verstört waren, daß sie einander anknurrten und bissen und wütend die Zähne bleckten. Um ein Massaker zu vermeiden, mußte ich die Anstifter erdrosseln, so wie ich jene Menschen erdrosselt hatte, die zu den Liebsten meines Schöpfers zählten.

Trotz ihres schützenden Fells widerstanden die Hunde der Kälte nicht so gut wie ich, denn das Heulen des Sturms entfachte meinen Lebenswillen. In der Tat, der unablässig peitschende Schnee und die glitzernde Gänsehaut dieser Eiswüste bestärkten mich nur in meinem Entschluß zu leben.

Indem Frankenstein mich aus blutleeren Leichenteilen zusammengesetzt hatte, hatte er mich, ohne es zu wollen, gegen den tödlichen Angriff der polaren Kälte gewappnet. Die Hunde hingegen litten unter ihr und fielen in schrecklichen Ausbrüchen von Wut und Gier übereinander her. Gewiß, als Nahrung bevorzugte ich Obst, Beeren und Nüsse, doch in eben diesen Tagen handelte ich meiner Vorliebe zuwider und aß das Fleisch eines meiner Tiere. Später verfütterte ich einen Teil des Fleisches an seine ausgehungerten Artgenossen.

Als die Stürme abklangen, entließ ich die drei einzigen Hunde, die noch lebten, aus meiner Eishöhle und jagte sie mit Schreien und Drohgebärden über die Eiswüste. Sie verstanden nicht, warum ich sie vertrieb. Ein Hund versuchte sogar meine Zuneigung zurückzugewinnen, indem er buckelnd robbte und gewinnend mit dem Schwanz wedelte. Schließlich aber übertrug sich meine hartnäckige Feind-

seligkeit auf das Tier und seine vierbeinigen Kameraden; ein Hagel von Eisgeschossen bewog sie endlich, sich zurückzuziehen.

Wenn ich schon nicht auf einem von mir errichteten Scheiterhaufen sterben wollte, dann konnte ich mir vielleicht das Leben nehmen, indem ich über die Eisschollen zum Nordpol wanderte. Im Gegensatz zu Walton hegte ich nicht die Erwartung, dort dem erquickenden Auge der Sonne zu begegnen, als vielmehr dem eines tobenden Zyklons, in dessen abgrundtiefer Kälte ich augenblicklich verlöschen würde. In der Hoffnung auf dieses Schicksal kehrte ich meiner Trutzburg den Rücken und brach in jene Richtung auf, von der ich annahm, daß sie die richtige war. Über mir loderte der Himmel wie ein unheilverkündender weißer Spiegel.

Schließlich erspähte ich in der Ferne das müde Zelt aus Takelage und Segeln. Das Schiff, das dort im Eis gefangen saß, mußte die Caliban sein. Welches andere Schiff hatte sich zu dieser rauhen Jahreszeit so weit in die arktische Wüste vorgewagt? Ob mich der Wind in die Irre geführt hatte oder ein innerer Kompaß meine Schritte mir zum Hohne in die Richtung des hölzernen Mausoleums gelenkt hatte, in dem sich mein Schöpfer aufhielt, ich weiß es nicht? Ich wußte nur, daß ich meine unbeabsichtigte Route vollenden und an Bord gehen würde. Ich tat es mit einer Neugier, die stärker war als der abscheuliche Gedanke, mich erneut menschlicher Feindseligkeit auszusetzen.

Ich hätte nicht zittern und zagen brauchen. Alle Menschen an Bord waren, wie ich bereits erwähnte, verhungert, erfroren oder durch die Hand eines anderen ums Leben gekommen. Die Caliban beherbergte nicht nur den Leichnam Frankensteins, sondern auch die Leichen von Walton und seiner Mannschaft. Ich betrat also ein Totenschiff, und nur der eisigen Kälte, die bekanntlich die Verwesung hinauszögert, war es zu verdanken, daß mich keinerlei Leichengeruch von meiner hastigen Inspektion des Schiffes abhielt.

Frankenstein, sollte ich anmerken, schlief einen längeren

Todesschlaf als jeder andere auf der Caliban. Ich hatte indes keinerlei Schwierigkeiten, ihn oder Walton wiederzuerkennen, denn an einem gewissen Punkt ihrer Zerreißprobe hatten die rachsüchtigsten Seeleute, wohl um die Leiber derjenigen anzuprangern, denen sie die volle Verantwortung für ihre mißliche Lage zuschrieben, die beiden Männer – der eine tot, der andere vermutlich noch am Leben – auf Deck geschleppt, wo sie die beiden Rücken an Rücken an den vorderen Mast gebunden hatten. Hier war Walton gestorben, so ausgerichtet, daß er machtlos mitansehen mußte, wie die Meuterei um sich griff. Mein Schöpfer dagegen war auf das öde Nordmeer ausgerichtet, mit Augen wie kleine gesprungene Glaskugeln und Lippen so silberblau wie geöltes Metall. Ich hatte gemordet, ja, aber noch nie hatte ich eine solche Verwüstung und ein solches Blutbad unter angeblich vernünftigen Wesen zu Gesicht bekommen, noch hatten Wind und Frost die schreckliche Melancholie, die über dieser Szene lag, gänzlich tilgen können. Hunde und Menschen hatten, wie mir schien, etwas gemeinsam – eine grausame Wildheit, die sich aus auswegloser Verzweiflung speiste.

Mag sein, ich lachte.

Ich erkundete Ober- und Unterdeck der Caliban. Nachdem ich das Bündel aus Briefen, die Walton an seine Schwester geschrieben hatte, und die Abschriften derselben eilig gelesen und an mich genommen hatte, kehrte ich an Deck zurück und schnitt den Urheber meiner grotesken Gestalt, die mich zum Aussätzigen gemacht hatte, vom Bugmast. Frankensteins Haut war dicht an die Knochen herangewandert. Arme und Beine waren weniger biegsam als Holz, nicht weil die Totenstarre ungebührlich lange angedauert hätte, vielmehr weil der Lebenssaft in seinen Adern gefroren war. Insofern war mein Schöpfer selbst zu einem makabren Monument seiner Anmaßung und Hartherzigkeit geworden. Dort an Deck knetete ich Frankenstein zur Marionette, warf ihn mir wie einen Sack Mehl über die Schulter und verließ die Caliban, indem ich aus einer Höhe aufs Eis hinabsprang, die ein Wesen rein menschlichen Ursprungs gescheut hätte.

Ich hielt beim Abschreiben inne. Wenn Jumbo der Verfasser war, dann hieß das, er erhob Anspruch auf eine Art entfernte Verwandtschaft mit einem europäischen Wissenschaftler namens ... na, Frankenstein, eben. Er hatte außerdem einen oder mehrere Morde zugegeben. *Ich hatte gemordet.* Das ging mir durch Mark und Bein. Ich meine, ich hatte gut einen Monat gebraucht, um mir einzureden, Jumbo würde trotz seiner Statur und seines Äußeren nie jemandem, mir am allerwenigsten, an den Kragen gehen. Und jetzt eben hatte ich vier Wörter in seiner Handschrift gelesen, die meine ganze sauer verdiente Einbildung von seiner Harmlosigkeit über den Haufen warf.

Ich zündete mir eine Zigarette an. Im Aschenbecher schwelten bereits zwei Kippen. Meine Zunge schmeckte wie ein verkokeltes Stück Bologneser-Wurst.

Dann fiel mir etwas Beruhigendes ein; das machte mehr Sinn als Jumbo den wahnsinnigen Golem eines Anatomiestudenten und Chemikers aus dem achtzehnten Jahrhundert anzuhängen: Jumbo schrieb an einem Buch, einem Roman. Sein Riesenformat und sein schiefes Gesicht hatten ihn veranlaßt, sich mit Karloffs Leinwandmonster zu identifizieren – dem er gar nicht mal so ähnlich sah – und eine originelle Geschichte zu schreiben, in der *er* in die Rolle des Monsters schlüpfte. Diese Hypothese war wie ein Tröpfchen Balsam für meine Nerven.

Ich las und schrieb weiter:

Mit Frankensteins Leichnam auf der Schulter, kehrte ich Waltons Schiff den Rücken und schritt energisch gen Süden aus. In der lang währenden Dämmerung dieser Breite war es schwer, die Richtung einzuhalten. Dennoch, das Brausen der Meeresströmung unter der Eisdecke und der Segen volleren Sonnenlichts verrieten mir, daß meine Intuition mich nicht getrogen hatte. Selbst der Raubvogel, dessen Schatten köstliche Kreise auf dem Eis zog, schien mir Recht zu geben. Seltsamerweise hatte ich keine Ahnung, was mich am Ziel erwartete oder warum ich diese Strapaze auf mich nahm; noch vor gut einem Monat hatte ich geglaubt, all mein Reisen werde in der prasselnden Lohe eines Scheiterhaufens enden.

Beinah gefühllos stapfte ich durch die weiße Wüste. Ich orientierte mich am niedrigen, nach Südosten geneigten Lauf der Sonne, der mich schließlich aus dem Eis in eine weite, wellige Schneelandschaft führte. Wenn ich überhaupt eine Pause einlegte, dann nur, um meine Lippen zu benetzen oder unter der Eiskruste nach einer Wurzel oder Knolle zu stochern, um die Götter des Hungers zu besänftigen. Wann immer ich auf ein wanderndes Fischerdorf oder eine feste Siedlung stieß, gab ich mir Mühe, eine Konfrontation mit den Einwohnern zu vermeiden. Ich hielt es wie die Wölfe der Tundra und mied die Menschen.

Eine Zeitlang leistete mir in der Tat ein Rudel Wölfe Gesellschaft. Sie folgten mir seitlich, darauf erpicht, daß ich unter der Last Frankensteins strauchelte und eine leichte Beute wurde. Einmal, in einer Mischung aus Zorn und Frohlocken, bückte ich mich und schmiedete ein Wurfgeschoß aus Eis. Als ich das Eisgeschoß in ihre Reihen schleuderte, stoben sie auseinander. Es erschlug – ja, enthauptete fast – ein mageres aber zottiges Tier, was die anderen auf das Lebhafteste beeindruckte.

Eines Morgens, nachdem ich mich, was selten vorkam, dem Bedürfnis nach Schlaf überlassen hatte, wachte ich auf und fand mich und die schlaffe Gestalt meines Schöpfers von Rentieren umgeben. Diese geschmeidigen Tiere knabberten und rupften, was das Terrain zu bieten hatte, und taten als ob Frankenstein und ich mit dem Boden verschmolzen seien. Keinerlei Scheu, nicht einmal die leiseste Unruhe waren wir ihnen wert, auch nicht, als ich mich von meinem Schneelager erhob und erneut den Leichnam mei-

nes Vaters schulterte. Mir ist, als ob ich meilenweit mit diesen Tieren gewandert sei, ein gestürzter Engel unter den gespenstischen Hirschen der Eiswüste.

Ein jäher Wetterumschwung bewirkte zu guter Letzt, daß wir uns von der Herde trennten. Ein Sturmwind jagte Eiskörner über den Schnee. Ich stimmte ein in das Heulen. Bodenformen, die nur um Armeslänge entfernt waren, wurden zu konturlosen Schemen. Ich streckte die Arme aus, um sie zu berühren, mich zu vergewissern. Zwischen den brüllenden Böen glaubte ich zuweilen phantastische Klippen zu sehen, so weiß wie Milch und so flüchtig wie die Wahrheit.

Endlich erreichte ich jene nur vage wahrgenommene Formation. Der Sturm schien auf tausend Panflöten zu blasen. Blindlings stieg ich in einer breiten Felsrinne bergan. Hätte ich geahnt, wie bedrohlich der Aufstieg mit meiner unhandlichen Last werden würde, ich hätte mich an den nächstbesten Felsen geworfen und daran festgeklammert wie eine mit Bewußtsein begabte Flechte. Vielleicht war es ein Glück, daß ich nicht um die Gefahren wußte, denn sonst hätte ich meinen Weg nicht mit der Unbeirrbarkeit eines Fanatikers fortsetzen können.

Gewiß, ich hätte Frankenstein zurücklassen und alleine weiterklettern können, doch mir das Unterfangen auf diese Weise zu erleichtern, das verwehrte mir eine verbohrte Gewissenhaftigkeit; eine Perversität, mögen viele denken, denn irgendwann auf meiner Wanderschaft hatte ich mir vorgenommen, es diesem Mann heimzuzahlen, der mich derart gequält und gekränkt hatte. Ich wollte ihm das Herz aus der Brust reißen und das kalte, bittere Organ Stück für Stück an die Raubvögel der Karasee verfüttern, und nichts sollte mich daran hindern, diesen Vorsatz in die Tat umzusetzen.*

Obwohl mein Wille ungebrochen war, verspürte ich erste Anzeichen von Schwäche. Das Heulen des Windes zusammen mit den tausend geschliffenen Messern aus Eis und blankem Fels zersetzten meine Kräfte. Erschöpfung stellte sich ein, und mit ihr ein glücklicher Zufall. Ich tastete mich eben über einen schmalen Sims aus Eis, als ich auf einen Felsspalt stieß, der geräumig genug war, um mir Schutz zu bieten. Ohne von meiner sperrigen Last abzulassen, kroch ich ins Innere. Hier nun fand ich einen Frieden, der mich meinen Vorsatz nahezu vergessen machte. Hier überließ ich mich dem Schlaf.

Besser gesagt, hielt ich den Winterschlaf eines pelzlosen Bären. Wieviel Zeit ich, um den Leib meines Erzeugers geschlungen, in diesem Dämmerzustand verbracht habe, kann ich nicht sagen. Irgendwann trieb ich so nahe am beinernen Riff des Erlöschens, daß mir träumte, ich sei daran vertäut. Das erstickende Flämmchen meines Bewußtseins hielt jenen kraftlosen Leib für tot, den es einst erhellt hatte. Es blakte am Rande der Finsternis, es frohlockte am Rande des Verlöschens.

Die Zeit verstrich, und es verstrich noch einmal soviel Zeit. Dann brach zu meiner anfangs erwähnten Bestürzung jählings und mit Getöse die Decke meines Unterschlupfs ein und eine Unzahl außergewöhnlicher Blitze riefen mich ins alte Elend dieses Daseins zurück. Wie es genau dazu kam, kann ich nicht berichten. Warum es dazu kam, ist ein noch unergründlicheres Geheimnis. Blitze, Donner, Hagelschlag und Graupelschauern – meteorologische Phänomene in selten beobachteter Kombination – attackierten meine Kaverne und aktivierten die mir eingeborenen Mechanismen des Lebens. Im Gegensatz zu Frankenstein, meinem Urheber, der natürlich nach wie vor tot war, war ich wider meinen Willen wiederauferstanden. Solche Häme auf die Sterblichkeit lag hier versteckt unter dem nächtlichen Eisregen und dem ungewissen Wetter von morgen …

Seit gut drei Stunden saß ich nun schon da und schrieb Jumbos Worte ab – wenn es denn die seinen waren. Junge, konnte der das ausspinnen! Die Story hatte etwas Handfestes. Sogar diese altertümlichen

Sätze. Ich hörte mit *dem ungewissen Wetter von morgen* auf, weil damit der erste Teil des Tagebuches zu Ende war. Ich blätterte vor, und je weniger mir das Ganze wie ein weitschweifiger Roman vorkam, desto mehr hielt ich es für die Aufzeichnungen eines – eines künstlichen Menschen, der ein langes und abwegiges Leben geführt hatte.

Der nächste Teil des Tagebuches trug dann auch die Überschrift: *Durch Reue zur Selbstachtung: Mein zweites Leben.*

Inzwischen hatte ich sieben Zigaretten geraucht und mein T-Shirt durchgeschwitzt. Jumbo sah nicht bloß aus wie ein Monster, wie das Opfer einer übergeschnappten Hirnanhangdrüse – er *war* eins, er war der selbstgebastelte Stiefsohn eines Wissenschaftlers, dessen Name im Laufe der Zeit ein Markenzeichen für … na ja, für Hollywoods Gruselkabinett geworden war. Mister JayMac hatte die Güte gehabt, *mich* an dieses unmenschliche Geschöpf zu verkuppeln, das getötet hatte, sein Leben verfluchte und sich an seinen fix und fertigen Schöpfer auf einem Schiff in der Barents-See* herangemacht hatte. Ich *schlief* bei diesem Ding!

Und plötzlich fuhr mir auf dieser stickigheißen Mansarde ein Eiszapfen ins Herz.

Jumbo kam rauf. Trotz seiner Statur hatte er keinen schweren Tritt, doch die Stufen vom ersten in den zweiten Stock, wenn man sie an der richtigen (oder falschen) Stelle belastete, quietschten wie Masttaue, und Jumbo schien das manchmal extra zu machen, um sich bei mir anzumelden. Ziemlich anständig. Vermutlich wollte er nicht reinplatzen, wenn ich gerade ein Varga-Girl anhimmelte und mir dabei einen runterholte. Oder hieß das nur, ich sollte es genauso machen? Jedenfalls hätte ich die Briefe schleunigst wieder ins Tagebuch, das Tagbuch in den Beutel, den Beutel ins Kajak und das Kajak wieder unters Bett stopfen sollen, damit ich nicht als Schnüffler dastand.

Hätte sollen, ja, wenn mich nicht eine neckische Laune gepackt hätte. Mein Schnüffeln war nichts dagegen, wie er die Kameraden und mich hinters Licht geführt hatte. Besonders mich. Er gab sich als Mensch aus – sogar als *wirchliche Person*, um es mit Fosdick zu sagen – dabei hatte er das Erbgut einer Schinkenkonserve.

Ich steckte die Briefe in das Tagebuch zurück, das Tagebuch in den Lederbeutel und den Lederbeutel ins Kajak, doch das Kajak ließ ich da, wo es lag. Als Ohrfeige für den Hochstapler.

Jumbo kam ins Zimmer. »Hallo, Daniel. Ist ja infernalisch heiß hier oben. Warum bist du nicht…?« Er sah das Kajak. Und die Grasmatte, die ich nicht mal versucht hatte, wieder ins Sitzloch zu stopfen. Er sah mich scharf an. Ich sah ihn ebenso scharf an, frech wie ein Türspalt. *Lügner!*

Jumbo seufzte und zog den mit Elfenbeinperlen strangulierten Lederbeutel aus dem Kajak. Er befreite das wolkige Tagebuch aus dem Beutel. Die Briefe fielen heraus. Das Zierband, das sie zusammenhielt, saß so locker – beim Fallen löste sich der Knoten – , daß Jumbo sofort Bescheid wußte: Ich hatte meine Nase hineingesteckt. Er machte keine Anstalten, die Briefe aufzuheben.

Statt dessen schlug er das Tagebuch auf. Hielt es wie ein Gesangbuch mit der einen Hand und leckte den Zeigefinger der anderen, um die Seiten umzuschlagen. Er tat das drei- oder viermal. Er beäugte die Rinne zwischen den Seiten, schnupperte daran und machte ein Gesicht, das an Quasimodo mit Halloweenmaske erinnerte. Dann pustete er in das Tagebuch, und zwischen uns regnete es Zigarettenasche.

Er wußte Bescheid. Ich wußte Bescheid. Wir wußten beide Bescheid.

»Aha«, sagte Jumbo. Er setzte sich auf die Bettkante und starrte an mir vorbei aus dem Fenster.

Vielleicht hätte ich das Weite suchen sollen. Ein nicht menschlicher Unmensch hatte mich auf frischer – genaugenommen mittelfrischer – Tat ertappt, und zwar wie ich seine persönlichen Sachen durchwühlt hatte. Es lag auf der Hand, daß er am liebsten Kleinholz aus mir gemacht hätte.

Doch ich bekam es einfach nicht mit der Angst. Wir hausten nun schon einen Monat auf dieser Bude. Als Hellbender hatte er mich nicht enttäuscht, ich hatte ihm Dutzende weite Würfe quer über das Infield anvertraut. Wir hatten zusammen gegessen, und ich hatte gelauscht, wenn er im Schlaf die Laute einer Rundschwanzseekuh imitierte. Er war mein Zimmerkamerad. Außerdem war ein nicht menschlicher Unmensch, der persönliche Papiere wie seinen Augapfel hütete, ein Widerspruch in sich. Nicht menschliche Unmenschen schreiben gewöhnlich keine Memoiren. Wenn doch – wie meinetwegen in *Mein Kampf* oder *The Enemy Within* – dann beschreiben sie sich nicht als Unmenschen, Dämonen, Scheusale, Menschenfresser oder bedauernswerte Kreaturen.

»Ich muß schon sagen, du hättest den Nachmittag nicht besser nutzen können.« Jumbo legte das Tagebuch auf seine Knie und blätterte weiter. »Du enttäuschst mich nicht. Ich hatte gehofft, daß deine Neugier siegen würde. Wie jeder andere, Daniel, wünsche ich mir nichts sehnlicher als eine verwandte Seele. Einen Freund.«

Wie bitte? Hatte Jumbo soeben gemeint, *weil* ich in seinen Sachen geschnüffelt hatte, da würde er mich als Freund betrachten?

»Ich *wollte*, daß du das Kajak findest«, sagte er. »Und ich war zuversichtlich, du würdest der Verlockung nicht widerstehen, es eingehender zu untersuchen, auch und vor allem seinen Inhalt. Ich hatte lediglich Angst, daß überzogene Bedenken dich hindern könnten, die Geheimnisse meiner Habseligkeiten zu lüften.«

Überzogene Bedenken? Meinte er Aufrichtigkeit?

»Was du heute nachmittag getan hast, verschafft mir große Erleichterung. Nun brauche ich meine Herkunft nicht mehr zu verleugnen, nicht mehr zu lügen. Danke, Daniel, daß deine Neugier stärker war als dein Charakter.«

Das gefällt mir, dachte ich.

Oder überschüttete er mich bloß mit Sarkasmus? Ich hatte nicht den Eindruck. Er pochte in das Tagebuch auf seinem Schoß. »Wie weit bist du gekommen?«

Ich zuckte die Achseln.

Jumbo legte das Tagebuch beiseite und stand auf. »Das Karloff-Festival in LaGrange war ein glücklicher Zufall. Obwohl mir diese Filme im Grunde weh tun, wollte ich, daß du sie siehst, denn ich hatte mir vorgenommen – *so gut* wie vorgenommen – dir die Wahrheit über mich zu sagen. Die *Frankenstein*-Trilogie erhellt nämlich recht gut die Parallelen und Unterschiede in Einstellung und Verhalten zwischen Karloffs Darstellung eines Monsters und meiner tagtäglichen Karikatur eines Menschen. Als wir anstanden, hätte ich beinah die Nerven verloren; ich wollte dir vom Besuch abraten, doch zum Glück warst du hartnäckig. Im Lichtspieltheater *habe* ich dann die Nerven verloren, aber auch da hast du dich durchgesetzt. Sag mal – haben diese Filme irgendwie dazu beigetragen, daß du so neugierig wurdest?«

Ich zuckte wieder die Achseln.

Aber Jumbo kam der Wahrheit näher. Seit ich im Roxy gewesen war, hatte ich alle meine vagen Zweifel und Ängste, was Jumbo anbetraf, zu einem dicken zähen Verdacht quellen lassen.

Er schritt auf und ab. »Diese Spielfilme verfälschen die Begebenheiten, die zutreffender in den Briefen von Robert Walton geschildert sind.« Er hob die Briefe vom Boden auf und ging weiter auf und ab. »Die Welt kennt diese Begebenheiten allerdings aus dem ersten Roman von Mary Wollstonecraft Shelley, der Frau des britischen Dichters Percy Bysshe Shelley. Daniel, hast du jemals den Text gelesen, der als Mary Shelleys Roman *Frankenstein* veröffentlicht wurde?« Mir war, als hörte ich mehrere Nachrichtensender gleichzeitig: Ich war überfordert. *»Hast du?«* Zum ersten Mal, seit er zurück war, machte er mir angst.

Ich nickte.

»Ausgezeichnet. Du hast also begriffen, daß ich der Unhold bin, dessen Werdegang solche unbesonnene, ja verleumderische Behandlung durch den ersten Karloff-Film erfährt.« Er wedelte kurz mit den Briefen. »Der Unmensch, dessen wahre Geschichte sich hier offenbart. Hast du diese Briefe oder nur mein Tagebuch gelesen?«

Ich wies mit dem Kinn auf das Tagebuch drüben auf seinem Bett. Wie sollte ich ihm klarmachen, daß ich die vier ersten Briefe von Walton nur überflogen und mich dann gleich über das Tagebuch hergemacht hatte?

»Bevor du Fragen stellst, lies diese Briefe«, sagte Jumbo. *»Alle.«* Er legte sie auf mein Pult, auf die Kladde, die ich beim ersten Ächzen der Stiegen zugeklappt hatte.

Ich nahm die Briefe.

Jumbo ging zum Bücherregal und nahm ein Buch mit fleckigem Einband heraus. »Oder lies noch einmal *das* hier. Der Text entspricht mehr oder weniger dem von Waltons Briefen. Wo er abweicht, geben die Briefe die Vorkommnisse genauer wieder.« Er gab mir das Buch und nahm die Briefe wieder an sich. »Lies einfach das Buch. Die Druckschrift liest sich leichter als Waltons Handschrift.«

Jumbo band die Briefe wieder zusammen und legte sie samt Tagebuch in den Lederbeutel. Er schlang den Perlenknoten, verstaute den Beutel im Kajak, pfropfte die Matte ins Sitzloch und schob alles wieder unter sein Bett. Dann verließ er kurzerhand das Zimmer.

29

Klammheimlich ein Buch lesen ist weißgott verlockender als es verordnet zu bekommen. *Oliver Twist* als Schullektüre langweilt dich bis zum Sabbern. Die gleichen Seiten als Kostprobe zwischen den Regalen der Bibliothek putschen dich auf und befördern dich schneller als ein D-Zug in eine andere Welt. Ich hatte Jumbos Tagebuch mit Genuß gelesen. Die Frage, wie gerne ich *Frankenstein* noch einmal las, und das auf Jumbos ausdrücklichen Befehl, war müßig. Ich saß an meinem Pult und war drauf und dran, das dicke kleine Buch aus dem Fenster zu schmeißen.

Doch ich fing an, es zu lesen, und rannte mir sofort den Kopf ein an diesem Bla-bla-bla, bei dem ich auf der High-School schon aus den Schuhen gekippt bin – Sachen wie ›*verströmt einen beständigen Glanz*‹, ›*kannst Du dennoch die unschätzbare Wohltat nicht abstreiten, die ich der ganzen Menschheit bis ins letzte Glied erwiese*‹, ›*meine glücklichen Jahre unter deiner sanften Obhut*‹ und so weiter und so fort.

Zum Glück fuhren die Schreiber – Mary Shelley, Robert Walton, wer auch immer – endlich die Kanonen und Dampforgeln auf, adrenalinproduzierenden Stoff über Walfischer, Russland, Hundeschlitten und ein Wesen *von gigantischer Statur* draußen auf dem Eis – Passagen, die mich natürlich an Jumbos Tagebuch erinnerten und auch an seinen hochtrabenden Stil, aber das alles hielt mich wenigstens bei der Stange.

Schon bald hatte ich den Punkt erreicht, an dem

Viktor Frankenstein sich entschließt, sein Geschöpf *acht Fuß hoch und entsprechend breit* zu machen. Es wurde Abend darüber. Jumbo brachte mir eine Schüssel mit Gemüse und eine Gabel.

»Iß«, sagte er.

Sein Gesicht – gelbe Wangen, wässrige Augen, bläulich schwarze Lippen – paßte genau auf die erste Beschreibung des Monsters im Buch. Ich las weiter und aß, ohne den Blick aus dem Buch zu nehmen.

Ich las die ganze Nacht. Keine Ahnung, ob Jumbo sich draußen die Füße vertrat oder auf einem Sofa im Clubraum döste. Gegen vier Uhr früh steckte er den Kopf ins Zimmer, gerade als der Unhold im Buch sagte: *Mit Verbrechen befleckt und von bittersten Gewissensqualen zerrissen, kann ich nirgendwo mehr Ruhe finden außer im Tod.*

Ähm … *wo?* Ich winkte Jumbo ins Zimmer und las die letzten drei Abschnitte des Romans

»Na?« meinte er.

Ich stieß das Buch zurück und begann, die Hände in den Gesäßtaschen, auf und ab zu gehen. Ich muß wohl ein bißchen so ausgesehen haben wie der geplagte Anatomiestudent am Höhepunkt seines Projekts: rotgeränderte Augen, verschwitztes Haar, die Hände so flatterig wie verzagt.

Jumbo war mit Leib und Seele aus einem zusammengeflickten Unding hervorgegangen, das dieser Viktor Frankenstein trickreich zum Leben erweckt hatte. In der Erzählung, die angeblich aus der Feder von Mrs. Shelley stammte, war Jumbo namenlos, er wurde als Wesen, Geschöpf, Monster, Unhold oder Dämon gehandelt, und niemand außer Mr. Niemand redete es mit *Mister* oder *Sir* an. Jumbo hatte sich ausgerechnet den Namen von Frankensteins bestem Freund zugelegt – Henry Clerval, einem seiner Mordopfer. Ich sollte also glauben, daß er wenigstens fünf

Menschen getötet oder zumindest auf dem Gewissen hatte, unter anderem den Mann, der ihn erschaffen hatte, und dessen Freund Clerval.

Doch trotz seines Tagebuches und seiner frappierenden Ähnlichkeit mit dem Monster war das Ganze ein bißchen zu eckig für meinen runden Kopf. Ich hatte zwar immerzu dieses Schiff vor Augen, das im Eis der Barents-See gefangen saß, aber die entfernte Möglichkeit, Hoey und Konsorten könnten mich tüchtig auf die Schippe nehmen, hielt mich davon ab, dieser unglaublichen ›Wahrheit‹ so mir nichts dir nichts auf den Leim zu gehen.

»Ich bat dich, meine Geschichte zu lesen«, sagte Jumbo, »weil du mir sicher nicht unterstellen würdest, ich sei in dieser Epoche meines Lebens noch solcher Verbrechen fähig, wie ich sie in meiner Jugend begangen habe. Ich brauche einen Verbündeten, Daniel.«

Ich rieb mir die Oberarme wie jemand, der im Fleischerladen am Kühlfach steht. Mein Hirn bekam die Platzangst von zwei gemästeten Truthähnen.

»Training in vier Stunden«, sagte Jumbo. »Vielleicht sollten wir schlafen.« Er streckte sich aufs Bett und produzierte nach weniger als dreißig Sekunden die vertrauten Laute einer Seekuh.

Meine Fragen reihten sich zu einer besorgniserregend langen Kette. In Mrs. Shelleys Version von Dr. Frankensteins Lebensbeichte, da war sein Geschöpf ein regelrechtes Monstrum: *acht* Fuß hoch. Niemand, der sich nicht davor duckte oder nach einem Stock umsah. *Kein Sterblicher vermöchte die Schrecklichkeit dieses Anblicks zu ertragen*, hatte Frankenstein gesagt. Nicht einmal Dante habe sich so etwas ausgedacht. Woraus zu schließen ist, daß Dante nie die Südstaaten bereist hatte: Jumbo durfte zwar mit Recht und Fug verlangen, daß man ihn häßlich fand, aber wenn man die Augen aufmachte, war er nicht viel unansehnlicher als manch einer, der abends im *K-mart* herumstöbert.[1]

Und die anderen Fragen?

Na ja, der Unhold des ›Romans‹ war so flink und so zäh wie ein olympischer Athlet. Einmal ist er wie ein Affe mit Vernier-Düsen ruckzuck einen kleinen Steilhang hinauf. Jumbo sah oberhalb der Gürtellinie wie ein Gorilla aus, aber bei *den* Beinen hätte er niemals so flott klettern können.

Auch mit Jumbos Alter hatte ich ein Problem. Wenn er und das Monstrum in Mrs. Shelleys ›Roman‹ ein und dieselbe Person waren, was hatte mein Zimmergenosse dann in den letzten anderthalb Jahrhunderten getrieben? Wer so groß war, konnte sich nicht lange verstecken, zumindest nicht in einer Stadt, und ich konnte mir nicht vorstellen, was ihn an die Baseballgestade von Highbridge verschlagen hatte.

Und schließlich, was dachte Jumbo über Jumbo? Bei allem, was ihm passiert war? Dr. Frankenstein hatte den Anblick seines eigenen Geschöpfes nicht ausgehalten. Er war getürmt, kurz nachdem er die Leichenteile wachgekitzelt hatte, aus denen es zusammengestückelt war. Wenn er wirklich so in Panik gewesen war, dann konnte Jumbo wohl kaum als Sprößling des Doktors durchgehen, *aber* – der Doktor hatte ihn gemacht, und wenn man jemanden zum Leben erweckt, dann ist man verantwortlich und muß ihm helfen, richtig? Es gibt Gesetze, die verbieten, daß man seine Kinder im Stich läßt. Die einen zwingen, regelmäßig Unterhalt zu zahlen. Da sieht Dr. F. doch reichlich alt aus, verglichen mit unseren säumigen Vätern, von denen manche ziemlich gute Gründe haben, warum sie nicht zahlen, und von denen viele ihre Kinder heiß und innig lieben, auch wenn sie nicht zahlen können. Doch der gute alte Dr. F. kümmert sich einen Dreck

[1] amerikanische Kaufhauskette

um seinen Sohn – Verzeihung, sein Geschöpf – dann verspricht er ihm in einer späten Anwandlung väterlicher Verantwortung eine Frau und bricht sein Versprechen wieder, indem er die Patchwork-Eva in Stücke schlägt.

Während Jumbo schlief, wanderte ich endlos durchs Zimmer und wälzte dieses Zeug im Kopf. Ich war zu aufgedreht, um mich hinzulegen und mich von dem zehnstündigen Lesemarathon zu erholen. Und wenn er noch so jammerte, für Jumbos Daddy hatte ich nicht viel übrig …

Beim Training an diesem Morgen spielten Jumbo, Muscles und ich wie Schlafwandler. An meiner Lahmarschigkeit – einmal kriegte ich einen Double-Play-Wurf von Junior genau auf die linke Brustwarze – war natürlich die Lektüre von *Frankenstein* schuld. Daß Jumbo so schlampig spielte, hatte auch damit zu tun. Schließlich hatte er mir so lange das Zimmer überlassen.

Doch das lausige Spiel von Musselwhite war mir ein Rätsel – bis ich auf den unüberdachten Plätzen am Leftfield LaRaina Pharram mit Phoebe entdeckte. Der orange-rot-weiße Stoffdruck auf dem Kostüm von Miss LaRaina erinnerte an einen Löwen, der in einen Sonnenuntergang voller Kakadus springt. Sie hatte nur Augen für Musselwhite und rutschte hin und her auf ihrem Platz, damit sich ihr malerisches Kleid um die Waden wickelte und um so enger an die Schenkel schmiegte. Kein Wunder, daß Muscles schlappmachte. Ich hatte diese Nacht bloß gelesen und stand neben mir.

»Nun *hör* aber auf!« sagte Phoebe, als das Theater nicht aufhörte. »Wie alt bist du eigentlich, Mama?«

»Überleg dir, was du sagst«, meinte Miss LaRaina liebenswürdig.

Phoebe stand auf und stolzierte zum Unterstand der Hellbenders. Nachdem sie mit Mister JayMac geredet hatte, stellte der sich auf die Holzschwelle des Unterstands und brüllte: »LaRaina, geh nach Hause! Du lenkst die Truppe ab!«

»Glaubst du doch selbst nicht«, schrie Miss LaRaina zurück. »Der Haufen ist ja schlabbriger als 'ne abgestandene Cola!« Doch nachdem sie Muscles (sehr zu Reese Curridens Verdruß) eine Kußhand zugeworfen hatte, nahm sie ihre Geldbörse aus dem Schoß und ging mit der Grazie einer Tänzerin von dannen.

Schließlich trillerte Mister JayMac uns zusammen. »Ihr stinkt heute zum Himmel«, sagte er. »Ihr würdet 'ne Steppenhexe* nicht mal mit dem Tennisnetz fangen. Ein paar von euch stinken schlimmer als die Kläranlage von Highbridge. Geht nach Hause! Morgen ist ein neuer Tag, und der ist besser als heute, oder ich verkaufe euch an Johnny Sayigh und wandere nach Kuba aus.« Er stapfte davon.

Auf dem Parkplatz trafen Jumbo und ich am Braunen Bomber auf Phoebe. Sie trug einen Overall, Bebopschuhe und ein Hemd mit kurzen Schlotterärmeln, die aus ihren Armen Taglilienstengel machten.

»Kommst du am Freitag, nach dem Spiel gegen Marble Springs, zum Dinner mit Mama und mir?« sagte sie. »Mama wär einverstanden.«

Die Einladung überraschte mich. Brachte mich auch ein bißchen durcheinander. Ich wies mit dem Handrücken in Jumbos Magengegend. *Er auch?*

Phoebe wurde rot. »Ich meinte *dich*, Danny«, sagte sie. »Es wäre … na ja, es würde …« Sie starrte auf ihre Bebopschuhe.

Aus dem Bus drang ein rüdes Furzgeräusch, darauf häßliches Gelächter.

Jumbo sagte: »Es wäre nicht schicklich für einen Junggesellen wie mich, in Ihrem Haus zu weilen, während Ihr Vater noch in der Fremde ist.«

»Ihr Vater geht nicht fremd!« rief Turkey Sloan aus dem Busfenster. »Ein Käpten tut so was nicht!«

»Kommst du?« fragte Phoebe.

Garr. Ich hatte schon mal mit Phoebe und ihrer Mama diniert, und das war mir gar nicht runtergegangen wie eine Auster auf Bourbon. Und als Miss LaRaina gefragt hatte, wie es denn wohl sei, Jumbo zu küssen, hatte Phoebe gerufen: *Mama, das ist ja ekelhaft!* Aus Angst um die Ehe von Ma und Dad – oder weil sie Jumbo so garstig fand? Wahrscheinlich hatte sie damit zweierlei auf einmal gemeint.

»Nimm ihre Einladung an«, sagte Jumbo.

Miss LaRaina, die in einem grauen '38er Pontiac am Bordstein wartete, drückte auf die Hupe – einmal, zweimal. Phoebe sah mich mit bohrenden Augen an, halb bittend und mehr als nur ein bißchen gereizt.

»Er nimmt an«, sagte Jumbo. »Nicht wahr, Daniel?« Ich spürte seine Hand am Hinterkopf. Er kippte meinen Kopf vor und zog ihn am Haar wieder zurück. Dann ließ er los. Für Phoebe hatte ich genickt.

»Bis Freitag also, nach dem Spiel«, sagte sie. »Wir nehmen dich dann mit, sobald du geduscht hast.« Sie schien ein bißchen zu hüpfen auf dem Weg zu Mamas qualmendem Pontiac.

Der Bomber brachte uns Hellbenders nach McKissic House. Eine Handvoll Jungs zog mich auf wegen Phoebe, doch Darius blieb so still wie ein Glücksspieler, der seine Chancen beim Blackjack kalkuliert.

30

»Da.« Jumbo legte mir sein Tagebuch aufs Pult. »Den ersten Teil hast du abgeschrieben.« Er legte meine Kladde dazu. »Fahre fort. Handle, als wärst du mein Sekretär, und schreibe weiter. Eines Tages kannst du eine Geschichte erhärten, die anders kaum jemand glauben würde.«

Das Nebeneinander von Tagebuch und Kladde machte mich verlegen, doch ich schlug beide auf und las weiter, wo ich aufgehört hatte – nämlich bei Jumbos Wiedererwachen in der vereisten Höhle. Mit seinem Einverständnis trug ich Satz für Satz des neuen Materials in meine Kladde ein.

Durch Reue zur Selbstachtung: Mein zweites Leben

Am Anfang meines neuen Lebens, wie schon während meines alten, konnte mich bitterste Kälte nicht schrecken. Ich zog sie sogar der Wärme des Sommers vor und reagierte auf sie wie eine Vorrichtung aus Kolben, Schwungrädern und Zahnrädern auf Schmierfett. Ich fühlte mich weniger durch Witterungseinflüsse behindert als durch den Leichnam meines Schöpfers. Ich fühlte mich verpflichtet, ihn bei mir zu tragen, einmal als makabren Talisman und zum anderen als Reliquie meiner haßerfüllten Verehrung. Wohin immer es mich verschlug, ich trug Frankenstein bei mir, zu Anfang geschultert oder unter dem Arm, später dann auf einem primitiven Lastschlitten, einem Geflecht aus immergrünen Zweigen zwischen zwei Stangen, den ich mit einem Hüftgeschirr aus Rinde hinter mir herschleppte. Ich kam mir vor wie eine Braut, die ihren Brautzug anführt. Anders als sie wollte ich niemandes Aufmerksamkeit erregen und wanderte ausschließlich bei Nacht, oftmals durch dichten Wald oder zerklüftetes Gelände. Mehr als einmal mußte ich meine Last nach einem heftigen Sturz wieder auf die Bahre legen und neu vertäuen.

Welche Gedanken mir durch den Kopf gingen – welches übergeordnete Ziel ich verfolgte – kann ich zur Gänze nicht mehr erinnern. Ich glaube aber, mir war im Morgengrauen meines zweiten Lebens durchaus bewußt, daß ich so wenig hoffen durfte, Gefährten um mich zu sammeln und mögliche Feinde zu beschämen, wie bereits in dem unheiligen Jahr meines ersten Lebens. Dementsprechend durchwanderte ich die entlegensten und einsamsten Gegenden Sibiriens, vermied jedweden menschlichen Kontakt, nutzte aber jede Gelegenheit, die Sitten und Gebräuche jener fremden Wesen zu studieren, durch deren Land ich irrte.

So konnte ich, nachdem ich mich in meiner ersten Sprache durch Belauschen einer weiteren Lektion in Französisch weitergebildet hatte, meinem Repertoire nicht nur Englisch und Deutsch hinzufügen, sondern auch die kuriosen hyperboreischen[1] *Idiome der Kets, Jukagirs, Ljorawetis und Giljaks. Hinzugewinnen konnte ich die Dialekte anderer Volksgruppen an den Fjorden und Buchten des nördlichen Polarkreises, nicht zu vergessen die beiden Hauptdialekte der Inuit oder Esquimaux jenseits der Tschuktschensee* in Nordamerika.*

Bei einem Blizzard suchte ich Schutz in einem Schuppen, der mit Tundrasteinen gedeckt und mit Torfmoos abgedichtet war und gen Nordosten seinerseits von knorrigen Zedern geschützt wurde. Im einzigen Raum des Unterstandes leistete mir das grinsende Skelett eines verhungerten Kosaken-Trappers Gesellschaft. Dieser stumme Mitbewohner wuchs mir mehr ans Herz als Frankenstein es je

[1] nordisch, arktisch

vermocht hatte, denn ich konnte mich nicht entsinnen, je von ihm mißbraucht oder geschmäht worden zu sein. Die beiden Leichen vertrugen sich jedoch gut, und ich erfreute mich ihrer unaufdringlichen Großmut. Niemand protestierte, als ich den einzigen Tisch in Beschlag nahm.

Bald darauf konnte ich die rostige Lampe dank des Trans aus einem zugedeckten Kübel bewegen, mir das nötige Licht zu spenden. Ich begann, die Briefe Waltons an Mrs. Saville abzuschreiben, wobei ich mich nach Kräften seiner Handschrift bediente. Unter dem Klagelied eines eisigen Nordwinds schrieb ich stundenlang ohne Unterlaß.

Gelegentlich füllte ich Tran nach oder nahm frisches Papier, das aus den Vorräten der Caliban stammte. Manchmal bereitete ich mir, erschrocken über die blinde Habgier meines Hungers, ein Mahl aus zähem Dörrfleisch, das ich bei einem früheren Streifzug aus einer Räucherkammer entwendet hatte; ob es sich dabei um Fisch, Federvieh oder Vierbeiner handelte, wußte ich weder, noch kümmerte es mich. Insoweit mir der Wechsel von Tag und Nacht nicht entging, schrieb ich sechs oder sieben Tage lang an Waltons Briefen, um hernach auf den Tisch zu sacken und augenblicklich in einen Schlaf der Erschöpfung zu fallen.

Warum solche Fronarbeit? Trug ich nicht die Schuld aus meinem früheren Leben ab, so glaubte ich, würde ich die Verheißung meiner Wiedergeburt zum Unheil derselben wenden. Mein früheres Leben war unheilig genug gewesen. Ich war dem Geist von Kapitän Walton zu Dank verpflichtet. Bei dem Wunsch, seiner Schwester – Mrs. Saville – von sich und seiner Reise zu berichten, hatte er die Geschichte meiner Erschaffung in all ihren schauerlichen Einzelheiten zu Papier gebracht. Außerdem hatte er eine Chronik der mir entgegengebrachten Ablehnung – ja, Abscheu – und meiner Laufbahn als mitleidsloser Racheengel hinterlassen. Dieser Bericht über meine gescheiterten Hoffnungen und meine beschämenden Verbrechen würde mir fortan eine Lehre sein. Zum Dank, daß Walton ihn aufgeschrieben hatte, wollte ich die Briefe oder lesbare Abschriften dersel-

ben – einschließlich der Wahrheit über mich – an Mrs. Saville schicken. Diesen Entschluß hatte ich bereits in den ersten lichten Momenten nach meiner vom Blitz entfachten Wiedergeburt gefaßt. Es mag egoistisch sein, aber ich hatte da schon gewußt, ich würde die Originale für mich reklamieren.

Allein Mrs. Saville die Kopien zu schicken, erwies sich als ein schwieriges Unterfangen. Mein Unterschlupf lag meilenweit abseits jeder menschlichen Behausung. Es war nicht leicht, eine Postroute oder einen Hafen ausfindig zu machen. Der unglückselige Kosak allerdings, der diesen Unterstand ausgehoben hatte, hatte dies in der Nähe eines Flusses getan, der unter einer dünnen Eisdecke rasch und gurgelnd einer Bucht an der Ostsibirischen See zustrebte. Unter Schwierigkeiten folgte ich, meinen ausgetrockneten und erstarrten Schöpfer auf der Bahre hinter mir herschleppend, diesem zugefrorenen Wasserweg bis zu einer buchtseitigen Siedlung.*

Die Siedlung nistete zwischen zwei Eisriffen nahe den smaragdgrünen Wassern der kalten See. Um das merkantile Treiben zu beobachten, bezog ich auf dem westlichen Abhang Position. Wie ein Phantom trieb ich mich nachts bei den schlichten Werkstätten und Baracken herum, die dem Wasser die Stirn boten. Auf einem meiner Erkundungsgänge hörte ich, wie ein Ket, ein bärtiger Mann in Beinkleidern aus Seehundsfell, das Dorf Janalach nannte.

In der Bucht lag ein russisches Schiff vor Anker. Es war voll betakelt und bemastet, die Segel steckten zusammengerollt in horizontalen Kokons. Es hatte in Janalach überwintert. Der Kapitän und seine Mannschaft erwarteten geduldig den kurzen sibirischen Sommer und den nicht lange währenden Rückzug der Eisdecke. Auf den schlammigen und matschigen Straßen feilschten kosakische Seeleute und jakutische Nomaden mit jukagirischen Händlern, eine polyglotte Szenerie voller Heiterkeit und Mißverständnisse. Das blasse Auge der Sonne hatte nicht nur den Hafen, sondern auch die alten Feindseligkeiten und Begier-

den aufgetaut. Ich wurde Zeuge, wie sie sich stritten, betrogen, handgemein wurden und Blut vergossen. Daß Frankenstein mein Verhalten als einzigartig und sinngemäß als abartig und verderbt betrachtet hatte, kam mir allmählich wie ein Ausfluß seiner provinziellen Engstirnigkeit vor. Hatte er denn die verwerflichen Handlungen seiner eigenen Artgenossen übersehen?

Bald brachte ich in Erfahrung, daß an Bord des russischen Schiffes, der Tamyr Princess, ein Spekulant schottischer Abstammung an diese rauhe und öde Küste gereist war. Die kosakischen Seeleute riefen ihn Angus Ross, wobei sie seinen Familiennamen ›Roos‹ so aussprachen, als verbinde ihn mehr mit ihrem Mutterland als die kruden Interessen eines Kaufmanns. Sie neckten ihn wegen seines rosigen Gesichts und seiner struppigen Bartkoteletten. In solchen Fällen hatte er die Gewohnheit, mit einem Schwall grober Flüche zu antworten, ein harmloses Gepolter, das man in Kauf nahm. Das alberne Kauderwelsch, aus dem sein Russisch bestand, trug zur allgemeinen Erheiterung bei und provozierte weiteren Spott. Die Seeleute betrachteten ihn, wie es schien, als ihr Maskottchen. Allerdings kam er mit den Jukagirs in Janalach besser zurecht als die meisten Russen und brach trotz seiner Grobheit selten einen ernsthaften Streit vom Zaun.

Einmal wagte ich mich weit genug vor, um seine Geschäfte mit einem Mann aus dem Clan der Jakets zu belauschen, der unter dem Pultdach einer Schmiede seinen transportablen Schmelzofen betrieb. Aus verschiedenen Metallartikeln, die er im Tausch gegen Felle und Schmucksachen von den Seeleuten bekam – Gürtelschnallen, Angelhaken, Lukenringe und dergleichen, stellte er Kochgeräte und Waffen für seinen Stamm her.

Ross feilschte lebhaft um ein Rudel kleiner Eisbären aus Metall. Der Schmied wollte sie nur und ausschließlich gegen die alte Pistole tauschen, die im Gürtel des Schotten steckte, was dieser, wie ich mutmaßte, von Anfang an gewußt hatte. Die Pistole hatte schon beträchtlich Rost ange-

setzt, und der Abzug ließ sich nicht betätigen. Zu guter Letzt aber wurden sie handelseinig, woraufhin der Jaket das Feuer schürte und aus dem Lauf der Flintsteinwaffe eine stattliche Tabakpfeife zu schmieden begann. Ross sah ihm mit offenkundiger Anerkennung zu (was ich heimlich auch tat). Später, nach geraumer Zeit, mußte jener Nomade, der die Pfeife erwarb, nach Janalach zurückkehren, um sich Tabak zu besorgen.

Nachdem Ross den Schmied verlassen hatte, ging er zu einem Haufen zusammengetragener Flußsteine nahe am Wasser. Vielleicht um sich an seiner Beute zu weiden, ließ er sich auf einem größeren Stein nieder und kramte, wie eine Kind seine Zinnsoldaten, die Eisbärfigürchen zwischen seinen Beinen auf. Ich näherte mich ihm von hinten, umspannte seinen Mund samt Backenbart und zwang ihn auf den Rücken; die Figürchen fielen um und purzelten herunter. Seinen Schrei erstickte ich mit der Hand. Zusätzlich übte ich einen Druck auf sein Kinn aus, der ihm unmißverständlich zu verstehen gab, daß ihm weitere Gegenwehr das Genick brechen würde. Ich bedauerte den Umweg, hielt ihn aber für erforderlich, um Ross zu beruhigen. Er ließ sich zurücksinken, blankes Entsetzen in den Augen, als er meiner gewahr wurde.

»Wann kehrst du in dein Land zurück?« fragte ich ihn auf englisch.

»Was für eine Kreatur bist du?« fragte er zurück, als ich versuchsweise seinen Mund freigab. »Warum dieser Überfall?«

»Weil du hier der einzige bist, der die Sprache spricht, die ich jetzt benutze«, sagte ich.

»Dann verfluche ich zum ersten Mal mein Vaterland«, flüsterte Ross. »Bitte, laß mich los.«

»Wann hast du vor, in deine Heimat zurückzukehren?«

»Im Herbst«, sagte Ross. »Sobald die Tamyr Princess in Murmansk* eingelaufen ist und ich die Überfahrt buchen kann.«

»Überfahrt wohin?« fragte ich.

»Ich habe Familie in Kirkcaldy*, die ich seit fünf Jahren nicht mehr gesehen habe«, sagte er. »Ich flehe dich an, mir ein Wiedersehen nicht zu verwehren.«

»Du hast nichts zu befürchten, Angus Ross aus Kirkcaldy. Allerdings verlange ich von dir einen nicht unbilligen Dienst.«

»Ich stehe dir zu Diensten.« Bei diesem Zugeständnis lächelte ich, vielleicht zum ersten Mal seit meiner Wiedergeburt; der Schotte scheute vor meinem Lächeln zurück wie vor einem gezückten Dolch. »Bitte, Sir, sagen Sie mir, was ich tun soll.«

»Sie sollen wissen, Mr. Ross, daß ich Sie nicht um meinetwillen, sondern um eines anderen Willen um diese Gefälligkeit bitte. Und ich habe Ihnen so aufgelauert, wie ich es tat, weil ich nur zu gut weiß, wie feindselig, ja gewalttätig Ihresgleichen immer und überall auf mein plötzliches Erscheinen reagiert.«

»Das leuchtet mir ein«, sagte Ross mit zusammengebissenen Zähnen.

Ich ließ ihn los. Er machte keine Anstalten, Reißaus zu nehmen, und ich legte den Finger an die Lippen. »Denken Sie daran«, flüsterte ich, »wenn Sie einmal an Bord sind, zur Verschwiegenheit über mich und ihren Auftrag verpflichtet, liegt es nicht mehr in meiner Macht, mich Ihrer Treue zu versichern. Sollten Sie sich Ihrer Aufgabe anders entledigen, als sie es von Ihnen verlangt, müssen Sie weder meinen Bannfluch noch die ewige Verdammnis fürchten. Ich verlasse mich ganz und gar auf Ihr Gefühl für Anstand und Ehre.«

»Ein großes Gefühl«, sagte Ross und ließ offen, ob seine Worte Wert- oder Geringschätzung bedeuteten. Er las seine Figürchen auf und steckte sie in einen wasserdichten Beutel aus Fischhaut. Ich nahm indessen die Briefe aus der Tasche, die für Mrs. Saville bestimmt waren. Ich erläuterte ihm seine Aufgabe und vertraute ihm das Päckchen an. Wiewohl ich seine Willfährigkeit nicht erzwingen konnte, bat ich ihn, niemandem von unserer Begegnung in

Janalach zu erzählen, geschweige denn von unserem Gespräch.

»Aber wer bist du?« fragte Ross. »Was bist du?«

»Weil du willens bist, dafür zu sorgen, daß diese Briefe ihren Adressaten erreichen, will ich dir erlauben, sie zu lesen«, sagte ich. »Sie erklären, wenn auch nicht immer aufrichtig und einfühlsam, was ich an diesem trostlosen Küstenstrich nicht zur Sprache bringen will. Leben Sie wohl, Mr. Ross. Ich danke Ihnen im voraus für Ihre aufrechte Haltung in dieser wichtigen Angelegenheit.« Mit diesen Worten sprang ich in einen nahen Spalt und erklomm den Kamin, denn oben auf der Klippe wartete in einer Trutzburg aus Eis- und Gesteinstrümmern mein Herr und Gebieter.

Ross blieb, wie ich beobachtete, eine Zeitlang wie angewurzelt stehen. Hatte ihn ein Tagtraum genarrt? Schließlich belehrte ihn das Päckchen, das er in der Hand hielt, eines anderen, und er kehrte gedankenverloren in die Gesellschaft von Menschen zurück.

Wie ich Jahre später erfuhr, war Ross seiner Menschenpflicht nachgekommen. Auf dem Weg nach Kirkcaldy hatte er die ihm anvertrauten Briefe – nein, meine Abschriften derselben – Mrs. Saville ausgehändigt, einer Nachbarin der Godwins in Holburn. Später hatte Mrs. Saville Trost gesucht und sie einem Mitglied jener Familie überlassen, das sie entweder lesen und vernichten oder mit Billigung von M. J. Godwin & Co. veröffentlichen sollte.

Ross hatte Waltons Schwester berichtet, er habe die Briefe von einem Riesen bekommen, der, wie er beim Lesen derselben festgestellt habe, der beschriebenen Kreatur zum Verwechseln ähnlich sah. Mrs. Saville, die gleich erkannte, daß die Handschrift eine gute aber unvollkommene Fälschung der Handschrift ihres Bruders war, verwarf die Darstellung des Schotten und hielt die Briefe für einen grausamen Streich. Vor langer Zeit schon war sie zu der schmerzlichen Überzeugung gelangt, daß ihr Bruder tot sein müsse. Was William Godwin anging, der ›Enquiry*

Concerning Political Justice‹ und den Roman ›Caleb Williams‹ geschrieben hatte, so konnte er sich weder dazu durchringen, jenes sonderbare Manuskript zu vernichten, das ihm seine zweite Frau, die einstige Mary Jane Clairmont, vorgelegt hatte, noch es zu veröffentlichen.

Durch Zufall oder Nachlässigkeit gerieten die Briefe in die Hände der blutjungen Mary Wollstonecraft Godwin, eines äußerst intelligenten, eigenwilligen und energischen Mädels. Sie betrachtete Waltons Briefe als ein kabbalistisches Dokument von prometheischer Bedeutung. Noch bevor sie im Sommer 1814 mit dem verheirateten Dichter Percy Bysshe Shelley zum Kontinent ›durchbrannte‹, hatte sie sich geplagt, aus dem Material eine lesbare Geschichte zu machen. Nahezu vier Jahre später, nachdem sie meine Abschriften der Briefe bearbeitet und gekürzt hatte, ließ Mary nach weiteren Korrekturen seitens ihres Gatten zu, daß dieselben anonym in drei schmalen Bändchen erschienen, und zwar in dem wenig renommierten Verlagshaus ›Lackington, Hughes, Harding, Mavor & Jones‹.

Manche Literaturhistoriker behaupten, dieser ›Roman‹ habe das Licht der Welt nur deshalb ohne Autorennennung erblickt, weil Mrs. Shelley befürchten mußte, bei ihren Kritikern auf schlichten Unglauben zu stoßen: Eine so blutjunge Frau konnte sich unmöglich eine derart brutale und abscheuliche Geschichte ausdenken. Andere meinen, sie habe ihren Namen nur deshalb unterschlagen, weil sie befürchtet habe, ihr Ruf als schonungslose und unorthodoxe, ja anarchistische Frau könne die Leserschaft kopfscheu machen und dem Absatz des Werkes schaden. Ich kenne einen simpleren Grund für die anonyme Veröffentlichung. Mrs. Shelley, wiewohl das Manuskript ihr gewisse ›erhellende‹ Veränderungen verdankt, hat die Geschichte weder ersonnen noch geschrieben. Der Text von ›Frankenstein‹ verrät zweifellos die Hand von Robert Walton. Andererseits gebührt auch Walton nicht viel mehr Anerkennung, als man sie einem gewissenhaften Journalisten oder Sekretär zollt, denn der Text besteht zum weitaus größten Teil aus der na-

turgemäß egozentrischen Autobiographie meines Schöpfers. Der Titel nennt also zugleich den Autor. Warum aber erbot sich eine so talentierte und redliche Frau wie Mrs. Shelley, die Urheberschaft für eine so grauenvolle Geschichte zu übernehmen?

Zunächst tat sie es ja nicht. Später dann, als das Buch landesweit Aufsehen erregte und das ›Blackwood's Edinburgh Magazin‹ der mutmaßlichen Autorin sinngemäß alles erdenklich Gute für die Zukunft wünschte, womit ihre unkonventionelle Vergangenheit vergeben und vergessen war, war es nicht mehr so leicht für sie, auf ihrer Rolle als Herausgeberin zu beharren, und der Versuchung zu widerstehen, das Werk ganz und gar als Produkt ihrer ureigenen philosophischen Grübeleien und erzählerischen Veranlagung auszugeben. 1831 erlag sie dieser Verlockung und verbreitete die stimulierende Version ihres Gatten von einem Gruselgeschichten-Wettbewerb in der Villa Diodati anno 1816. Des weiteren bekannte sie sich unwiderruflich zur Autorenschaft von ›Frankenstein‹, indem sie den Verlegern der revidierten Fassung von 1832 erlaubte, ihren Namen auf dominierende Weise auf die Titelseite zu setzen. Die Tatsache, daß sie in den vierzehn Jahren zwischen diesen beiden Editionen drei eigene Romane und allerlei nebenher vollendete Schriften veröffentlicht hatte, hat sicher entscheidend dazu beigetragen, die eigentliche Entstehungsgeschichte des Werkes zu vernebeln. Mrs. Shelley durchlitt viel in ihrem heroischen Leben – der verletzende Hochmut, mit dem sich ihre Liebsten von ihr abgekehrt hatten, und der vorzeitige Tod ihres Gatten und all ihrer Kinder mit Ausnahme des einen. Es steht mir nicht an, diese Frau anzuprangern, nur weil sie die alleinige Urheberschaft des einen Titels beansprucht, der ihren Namen unsterblich machte. (›The Last Man‹, so hervorragend das Werk ist, führt dagegen ein Schattendasein.)

Als ich Janalach den Rücken kehrte, ahnte ich gottlob nichts von den verschlungenen Pfaden, auf denen meine entstellte Biographie das Licht der Welt erblicken sollte. Ich wollte lediglich die Verbrechen meines vergangenen Lebens sühnen und in meinem zweiten Leben einen Ort finden, an dem ich wenigstens ein bißchen Anerkennung erntete. Die Notwendigkeit, mich zu verbergen, um einerseits gewisse heilsame Veränderungen durchzumachen und andererseits diskreten Kontakt mit Bewohnern der Eisküste und der Taiga aufzunehmen, erforderte Disziplin und Mut. Ich zog gen Osten und ernährte mich von Flechten und Torfmoos und von den Blättern und Frühlingsbeeren der verschiedensten Sträucher, die hier allesamt kümmerlich und verkrüppelt aussehen. Aus Lärchenholz machte ich mir ein Paar Skier und baute mir aus Mammutknochen und immergrünem Laubwerk ein transportables Versteck. So getarnt, konnte ich den Lagern der Nomaden und den wandernden Grenzen der Rentierherden folgen, ohne Mensch oder Tier meine Nähe zu verraten.

Nachdem ich mehrere Monate gewandert war und manch kritische Lage gemeistert hatte, ertappten mich allerdings, als ich ein kahles Tundragebiet durchquerte, zwei Tschuktschenjäger und schossen mir mit ihren zusammengesetzten Bögen einen Schwarm von Pfeilen hinterher. Daß ich eine Bahre im Schlepptau hatte und wie ein Mensch gekleidet war, brachte sie wohl eher in Rage als daß es sie besänftigte. Ich hatte ihre Domäne verletzt, und meine Größe legte nahe, daß ich eine wahre Plage für ihre Jagdgründe war.

Zwei Pfeile trafen, ihre Spitzen aus Walroßzahnbein gruben sich in mein Fleisch, die eine oberhalb der Hüfte, die andere in die Wade. Ich brüllte bitterböse und machte ausladende Drohgebärden. Unbeeindruckt und kauderwelschend, enttäuscht vielleicht, zogen sie sich zurück und wurden von einer Bodenwelle verschluckt.

Ich wähnte mich außer Gefahr und tat das Nächstliegende: Ich kümmerte mich um meine Wunden. Ich brach die Pfeilschäfte ab und schälte meine Beinkleider herunter. Wären meine Peiniger mit Verstärkung zurückgekommen, ich hätte in dem halbnackten Zustand ein unsäglich ver-

wundbares Ziel geboten. Ich beeilte mich also, die zahnbeinernen Widerhaken mit der Klinge meines Schälmessers zu entfernen. Der Schmerz hielt sich in Grenzen, doch beim Bohren und Hebeln entwich reichlich von meinem fahlen Blut. Ich strich Fichtenharz auf die Wunden und verband sie mit Stoffstreifen. Hinkend und zutiefst verbittert legte ich meine Beinkleider an und schleppte mich zu einem mehrere Meilen entfernten, verwaisten Zederngehölz. Dort im Schutz der Bäume errichtete ich aus Ästen und Segeltuch eine Behausung, in der ich über meinen ›Aussatz‹ grübeln und wieder zu Kräften kommen wollte.

Meine Genesungskur zog sich hin und mündete unversehens in einen Winterschlaf von der Art, wie ich ihn weit im Westen in der vereisten Kaverne gehalten hatte. Ein Blizzard kam und ging. Aus dem herbstlichen Zwielicht wurde Nacht. Mag sein, ich ahnte den Strom der Zeit, doch im Schoß meines Unterschlupfs kam mir das Peitschen des Hagels, das Klagen des Windes und das spröde Licht, das die Sterne in den Wald streuten, eher wie ein inwendiges Geschehen vor und nicht so sehr wie ein äußeres. Mein Zustand ähnelte dem eines Salms, der, vom Hieb eines Bären betäubt, zuckend auf dem Felsen liegt und dennoch weiß, wie ihm geschieht.

Schließlich erwachte ich bei Eis und Schnee und rauhen Windharfenklängen. Meine Wunden waren verheilt. Mit frischer Kraft kämpfte ich mich aus meinem Wintergrab und machte mich wieder auf den Weg zu den fernen Luftschlössern meiner Einfalt …

Beim Essen maulte Curriden über die Brötchen. Kizzy hätte den Teig wahrscheinlich mit Soda statt mit Backpulver angerührt. (Oder umgekehrt.) Wie Kälberscheiße sähen sie aus, und schmecken täten sie wie Pauspapierasche.

»Mrs. Lorrows hatte eben einen schlechten Tag«, meinte Jumbo.

»Ah-ah«, meinte Kizzy. »Aber manchmal hab ich

einen schrecklichen Tag, wenn Leute wie ihr gehässiges Zeug reden.«

»Mr. Curriden hatte auch einen schlechten Tag«, sagte Jumbo.

»Diese Brötchen bringen einen Ochsen um«, sagte Curriden. »Von innen oder außen, ob er sie frißt oder an den Kopf kriegt.«

»Von hier aus kriegt er sie an den Kopf«, versetzte Kizzy und zeigte mit dem krummen Finger. »Beten Sie, daß ich Ihren Tee nicht vergifte.«

Ich kraxelte wieder in den zweiten Stock, um weiterzulesen, wo ich aufgehört hatte, derweil sich der Disput in der Küche zu einer Fehde auswuchs. Nicht lange, und ich watete wieder hüfttief durch Jumbos Autobiographie, und die Schikaniererei im Parterre hätte ebensogut auf Sansibar sein können. Ich hörte nichts mehr davon.

31

Mein zweites Leben (Fortsetzung)

Ebenso ziel- wie planlos durchwanderte ich die kältesten und am wenigsten bekannten Gebiete der sibirischen Wildnis, von den nördlichsten Buchten über die entlegensten Gegenden bis zu den schütteren Taigawäldern des Kolyma-Gebirges. Wozu lebte ich?

Ich fand gute Gründe: um die Morde zu sühnen, die ich als Frankensteins verstoßener Sproß begangen hatte; um einen geeigneten Ruheplatz für meinen Erzeuger zu finden; um ein achtbares und produktives Mitglied der menschlichen Gesellschaft zu werden.

Vergebene Liebesmüh!

Wie gesagt, die Kälte entsprach meiner Natur, und selbst eine dünne Suppe aus solch verschmähten Dingen wie Flechten, Baumrinde, Tannennadeln, Moos und den Knollen und Wurzeln ansonsten wenig verlockender Sträucher reichte aus, um mich bei Kräften zu halten. Eine Geißel auf meinem Leidensweg war der Entschluß, nie wieder Fleisch zu essen, und ich hielt mich strikt daran. Sonst bot sich wenig Gelegenheit zur Sühne, und mich beschlich eine Verzagtheit, die sich gegen meine schlichtesten Bestrebungen wendete.

Der Leichnam meines Schöpfers warf immer wieder Probleme auf, insofern er mich zu Umwegen zwang, wiewohl ich kein Ziel hatte. Inzwischen hatten ihm die Elemente tüchtig zugesetzt, und auch die Temperaturschwankungen. Sein Gesicht, ungeachtet der Blässe, die von seinem inneren Aufruhr und der fiebrigen Krankheit rührte, erinnerte nunmehr an das einer Schildkröte. Die Nase nahm sich aus wie ein Schnabel, der Mund wie eine v-förmige Narbe, der Hals wie ein verdorrter Kehllappen. Während ich eine Zeitlang unaufmerksam gewesen war, war der eine seiner gefrorenen Augäpfel einer Elster zum Opfer gefallen; der andere war im Laufe mehrerer Tage – ich meine das ganz und gar nicht zynisch – blendend hellem Sonnenschein schier dahingeschmolzen.

Dank der hartnäckigen Kälte (die nur ab und an durch solche sonnigen Perioden gemildert wurde) schritt der Verwesungsprozeß in seinem Innern nur schubweise voran. Obwohl die Leiche zu keinem Augenblick einen unerträglichen Geruch verströmte, war sie nie oder nur an den eisigsten Tagen gänzlich frei von einem süßlichen Duft. An solchen Tagen waren seine Glieder so starr wie Gewehrläufe; doch am Gipfel des sibirischen Sommers baumelten sie wie die Glieder einer Stoffpuppe und entließen mit jeder Bewegung ihren milden Gestank.

»Oh, Frankenstein!« kam es mir einmal über die Lippen. »Erweise ich dir so meine Ehre? Was sagen dir deine blicklosen Augen? Kann ich so meine Schuld abtragen?«

Dem denkenden Geschöpf wie dem Nomaden in mir fehlte es an Richtung. Genf, jene Stadt, in der die Gebeine meines Erzeugers noch am ehesten willkommen waren, sie lag in schier unerreichbarer Ferne. Ich hatte keine Ahnung, wie viele Meilen mich von ihr trennten. Ebensogut hätte sie in einem Tal auf Luna liegen können, denn wie ohne Engelsschwingen sollte ich die Schweiz erreichen?

Nicht selten kam mir der Gedanke, mich von meiner Last zu befreien und meinem Schöpfer die letzte Ehre zu erweisen, indem ich das, was von ihm übrig war, auf irgendeiner ungeschützten Felszunge aussetzte, wo Adler und Wolf ihm vermittels ihres Freßapparates huldigen konnten. Frankenstein hatte die Alpen geliebt, die Majestät der Gletscher und die wüste Herrlichkeit der Landschaften. Hätten das allgegenwärtige Eis und die Berge des östlichen Sibiriens bei solch einer Bestattung, die ebenso verspätet wie verfrüht war, nicht die Rolle der Alpen spielen können?

Auch wenn es mir so vorkam, meine gestrenge Bußfertigkeit ließ das Argument nicht gelten.

Zu guter Letzt entdeckte ich jedoch an einem Binnengewässer der Tschuktschensee einen vorübergehenden Ruheplatz für Frankenstein, eine Felsgrotte, die ich mit Treibholz, Eis- und Gesteinsschutt tarnte, in der ich ihn während meiner Streifzüge sicher verstecken konnte. Damit trug ich seinem Leichnam Rechnung und nicht zuletzt meinem Gewissen.

Wieso, mag der hypothetische Leser insistieren, irrte ich durch die sibirische Wildnis, ohne menschlichen Anschluß zu suchen? Einerseits ist diese Frage naiv, denn so wie mich die menschliche Spezies behandelte, angefangen bei Viktor Frankenstein bis zu den Tschuktschenjägern, die mir erst kürzlich begegnet waren, verspürte ich wenig Neigung, ihr zu vertrauen. Andererseits aber erfordert die Frage eine Antwort, denn ich hatte ja unter anderem den Vorsatz gefaßt, seßhaft zu werden und mich anzupassen. Aus dieser Eingliederung in die menschliche Gesellschaft würde nichts werden, denn solange sich meine Streifzüge auf entlegenes Ödland beschränkten, kam es nicht einmal zur flüchtigsten Berührung mit den Artgenossen meines Schöpfers.

Ich sah ein, daß nicht das Geringste geschehen war, um den Menschen auch nur ein Jota von der Angst zu nehmen, die ihnen mein Anblick machte. Meine Gestalt und meine abscheulichen Züge hatten mir sogar Frankenstein zum Feind gemacht. Seine schwache Seele hatte den Genius übermannt; als ich zum ersten Mal die Augen aufschlug, hatte er mich bereits verstoßen. Meine Erinnerung an jenen Augenblick ist ungetrübt: die Flecken von Chemikalien auf seinen Händen, das Aufflackern unsäglichen Ekels in seinen Augen. Unglücklicherweise ließ mein mißratenes, nach wie vor angsteinflößendes Gesicht kein Mitleid zu. Selbst wenn mein Gesicht die Anmut Apollons ge-

habt hätte, die Furchtsamen und Vorsichtigen würden in meinen gewaltigen Ausmaßen nach wie vor ein unleugbares Potential an Unheil und Zerstörung sehen. Entsprechend war die allgemeine Taktik der Menschen im Umgang mit mir – man suchte sein Heil entweder in der Flucht oder in der präventiven Anwendung einer häßlichen Karikatur der Goldenen Regel, die da lautete: Füge du Frankensteins Kreatur zu, was sie dir fraglos zufügen will.

Deshalb blieb ich in Übung und war stolz auf meine Umsicht. Innerlich zelebrierte ich diese Kunst, die ich in der Schweiz und auf den Orkney-Inseln vervollkommnet hatte. Ich konnte ein Seufzen oder Rascheln meiner menschlichen Beute ausnutzen, um mich ihr unbemerkt zu nähern. Jetzt aber führte ich nichts Böses mehr im Schilde. Ich redete mir ein, meine Verstohlenheit erleichtere mir das Beobachten von Menschen, während sie mir tatsächlich zur zweiten Haut geworden war, die mich vor Berührungen mit denselben bewahrte und mich an die Einsamkeit gewöhnte. Geistige Zerstreuung – sei es Lesen, Spielen, Debattieren oder der philosophische Gedankenflug – war meiner Welt abhanden gekommen; mit jedem Tag stieg ich ein Stück tiefer in jene geistlose Instinktwelt von Timberwolf und Schnee-Eule hinab.

Eine zufällige Begegnung, an der nicht ein einziger Mensch Anteil hatte, gebot diesem Abstieg Einhalt. Während ich ziellos den eisigen Klippen der Beringstraße folgte, vernahm ich den Lärm sich paarender Walrosse. Dieses leidenschaftliche Gebrüll, das an eine gemischte Meute aus kläffenden Hunden und quiekenden Schweinen erinnerte, brach sich an den meerseitigen Steilhängen. Ich suchte nach dem Ort des Geschehens. Nicht lange, und ich hatte einen mit Rankenfußkrebsen übersäten Granitkopf leeseits der Brunftstätte erklommen.

Von meinem Hochsitz aus konnte ich heimlich den Harem und den Sultan beobachten, der eben ein junges Weibchen bestieg. Er brüllte vor Triumph und Ekstase. Ich bezweifelte, ob die an den Boden gedrängte Auserwählte auch nur das geringste Vergnügen an den hitzigen und gewalttätigen Liebesbezeugungen ihres Gebieters hatte. Andererseits mochte sie ihre Rolle als Leitstern für ihn und die anderen Weibchen genießen; als könne sie Gedanken lesen, bellte sie ihr fragwürdiges Entzücken periodisch in den Wind. Die Weibchen, die weder mit Gebären noch mit ihrer Hackordnung beschäftigt waren, kümmerten sich um ihre naßäugigen Jungen.

All das sog ich mit der größten Neugier, Gereiztheit und Erregung in mich hinein. Ich gestehe schamvoll, daß ich in Erwägung zog, den Bullen mit einer seiner Konkubinen zum Hahnrei zu machen. Das Unterfangen erschien mir durchführbar, doch riskant: Ich mochte eine Verletzung durch die Hauer davontragen. Wenn sein Volumen nicht täuschte, dann brachte er das Fünffache von mir auf die Waage. Folglich war er auch nicht so gewandt oder flink wie ich, und der Brunftplatz war groß. Ein gewitzter Bursche mochte mit ein, zwei Damen kopulieren können, vorausgesetzt er hielt die nötige Distanz zum Walroßkönig, um nicht gestört oder gar verletzt zu werden.

Ich nährte ernsthaft diese Vorstellung, die so widernatürlich war, wie Frankenstein oder seine ermordete Braut sie zu Lebzeiten genannt hätte; das Verlangen in meinen Lenden hatte eine hartnäckige Schwellung erzeugt, ich durchlitt ein unsägliches Martyrium aus bittersüßen Qualen. Zuletzt (mein geistiges Auge sah mich mit einem schnauzbärtigen, beinlosen und fischfressenden Ungetüm koitieren) schwor ich zutiefst entsetzt der Versuchung ab und spritzte meine Lava auf einen Stein.

Augenblicklich erstarb meine Wollust, und ich widmete mich mehr der Walroßgesellschaft abseits des kopulierenden Paares. Wie entzückend und berückend sie waren. Die Mütter und ihre Jungen erwiesen einander rührende Liebesbezeugungen, deren Betrachten einmal mehr jene Wut in mir entfachte, die mich bereits auf den Orkney-Inseln übermannt hatte, als mein Schöpfer die mir versprochene Gefährtin zerstört hatte. Fast alle denkenden Wesen erfah-

ren schon früh, was Einsamkeit ist, viel früher als sich ihre Begehrlichkeit einstellt. Meine Sehnsucht nach Freundschaft, nach der tröstenden Nähe und Wärme eines Körpers hatte ältere Rechte als mein Paarungstrieb. Bei den Müttern und Jungtieren fand immerhin ein verwandtes Verlangen nicht nur seine Befriedigung, sondern auch sein Spielfeld. Ich beneidete sie um ihre Zärtlichkeiten.

Und wie ich sie beneidete. Meine Wut verebbte. Frankenstein war tot. Wie also sollte er mir ein Weib erschaffen? Und außerdem, wie ich früher oder später hinzunehmen hatte, gab es niemanden sonst, der eben dieses Wunder hätte vollbringen können. Ich mußte Schritt um Schritt mein selbstgewähltes Exil aufgeben und mir eine Gefährtin aus den Reihen der Menschenkinder suchen. Oder ich mußte mich, gesetzt den Fall, diesem Bemühen war so wenig Erfolg beschieden, wie ich vermutete, zuvor in Selbstbeherrschung üben und meinen Charakter ändern. Die Resultate, so hoffte ich, würden mich leichter in die menschlichen Gemeinschaft schlüpfen lassen. Als Mitglied derselben, das seine Gutmütigkeit und Redlichkeit unter Beweis gestellt hatte, mochte ich sodann die künftige Gefährtin all meiner Sehnsüchte gewinnen. Oder auch nicht. Ich war jedenfalls entschlossen, der trostlosen Wildnis zu entsagen und mich der Laufbahn eines eifrigen Philanthropen zu verschreiben.

Diese innere Umkehr verdankte ich einer Offenbarung angesichts einer Brut- und Brunftstätte von Walrossen. Mag sein, ich hatte Grund, mich zu schämen, doch ich hatte auch Grund zu frohlocken, denn ich wußte mich seither im Einklang mit dem höheren Trachten meiner Natur, das ich nicht länger unterdrücken wollte. Was ist schändlich daran? Darf man mehr erwarten?

Die nächste Epoche in meinem Leben sollte die bis dahin glücklichste werden. Während sie sich anließ, kam mir die Neigung abhanden, Buch über die Ereignisse zu führen. So *erklärt sich die spärliche Erwähnung der Menschen und täglichen Begebenheiten, selbst der tragenden, die mir die Gewißheit gaben, meine Nische in der menschlichen Gesellschaft gefunden zu haben. In Wahrheit habe ich das Wenige, das ich aufgeschrieben hatte, vor langer Zeit aus diesem Log herausgerissen, woraufhin es im Maul eines Polarbären am Kotzebue-Sund* verschwand, wie die heutigen Alasker die Meerenge nennen. Dieser Teil meines Erdendaseins sei hier noch einmal in einer schmerzlichen Kurzfassung wiederholt, um die Brücke zwischen meinem frühen Selbst als Wiederauferstandener und dem halb zurückgezogen lebenden Bürger zu schlagen, der ich später wurde.*

Ich sollte etwa sechzig oder siebzig Jahre lang unter einem Völkchen aus wechselweise maritimen und binnenländischen Inuits leben, Menschen, die von Kosaken und anderen Europäern auch Esquimaux genannt werden. Zu ihnen gelangte ich in einem Umiak, einem Walfangboot, das ich bei einem vorgeschobenen Handelsposten an der östlichsten Spitze der Tschuktschen-Halbinsel gestohlen und meilenweit über das offene Wasser der Beringstraße bis an ein vereiste Landzunge in der Nähe des heutigen Shishmaref gesteuert hatte. Mein Schöpfer, den ich wieder aus der Grotte an der Ostseite geholt hatte, war mit an Bord, doch sein denkbar geringer Beitrag zu unserer Kreuzfahrt war nicht dazu angetan, ihn namentlich in die Crewliste aufzunehmen.*

Einmal drüben, wanderte ich, meinen Erzeuger auf einer neuen Stangenbahre hinter mir herschleppend, gen Westen bis ich südöstlich eines weiten Nebengewässers und unweit eines Flusses auf ein Dorf stieß. Ich war schon an manchen Dörfern vorbeigezogen, doch dieses lud mich durch die Gepflegtheit und das Ebenmaß seiner Häuser, Fischtrockenroste und Schlittengestelle ein, und nicht zuletzt durch die Lebhaftigkeit und gute Laune seiner Menschen.

Wegen des Schnee-Eulen-Totems am Haupt-Kasgi, dem Männerhaus, will ich das Dorf Ungpek nennen, und die Menschen nach dem Namen ihres Dorfes die Ungpekmat.

Ich möchte weder Ort noch Einwohner kenntlich machen; letztere zählten ungefähr vierzig Menschen und umfaßten fünf oder sechs Familien, die durch Blut oder Heirat miteinander verwandt waren. Ungpek, entschied ich, würde sich gut als Wahlheimat eignen, und nachdem ich das Dorf eingehend ausgekundschaftet hatte, gab ich mir redliche Mühe, mich als wohlgesonnener Fremdling in die Gemeinschaft einzuschleusen.

Die Ungpekmat behandelten mich anfangs nicht viel anders, als es die beiden sibirischen Tschuktschenjäger getan hatten. Sie begegneten mir mit demselben erbarmungslosen Argwohn – und mit Furcht. Die Dorfbewohner betrachteten mich, als sei ich ein böser Geist, der greifbare Gestalt angenommen hatte. Und die Leiche in meinem Schlepptau war nicht gerade das, was man ein Leumundszeugnis nennt. Wiewohl ich die Ungpekmat in Jupik ansprach, ihrer Sprache also, und ihnen anbot, nach Kräften zu ihrem Nahrungsvorrat und zu ihrer Verteidigung gegen Mensch und Tier beizutragen, scheiterte mein freundlich vorgetragener Antrag an ihrer Bestürzung und ihrem Unglauben. Ich wünschte mir Gefährten und einen Platz angemessener Wertschätzung in ihrer Mitte. Schließlich aber machten ihnen meine offenkundige Fügsamkeit und ihre wachsende Ungeduld Mut, und sie jagten mich mit Harpunen und Keulen davon.

Ich veränderte, soweit mir das möglich war, meine äußere Erscheinung, um mich mehr der ihren anzupassen. Ich stutzte mir das Haar im Nacken und an den Ohren, bis meine Frisur in etwa dem schüsselförmigen Rundschnitt dieser Männer entsprach. Ich brachte mir Löcher an den Mundwinkeln bei, die jene Pflöcke aufnehmen sollten, Schmuckstücke aus Stein oder Elfenbein, die mich kurioserweise an die Hauer von Walrossen erinnerten. Ich fertigte meine Pflöcke aus glattgeschliffenen Flußsteinen und legte sie täglich an, um mich an ihren Widerstand und ihr Gewicht zu gewöhnen. Ich schneiderte mein Hemd, meine Beinkleider und meine Stiefel so zurecht, daß sie der einhei-

mischen Männertracht entsprachen. Aus Fichten- und Weidenholz bastelte ich Spielzeug für die Dorfkinder, Friesmesser für die Mädchen und geschnitzte Tiere für die Jungen.

Bei meinem nächsten Besuch in Ungpek ließ ich meinen toten Schöpfer auf einem Baum zurück und näherte mich mit Geschenken beladen und in vertrauter Kleidung dem Dorf. Ich legte die Geschenke am Rand von Ungpek aus und tanzte im üppigen Sommergras einen schlichten Tanz um Frieden und Stattgabe. Dabei sang ich die versöhnlichen Worte eines Liedes, das ich selbst ersonnen hatte. Die Kinder wünschten sich nichts sehnlicher, als meine Köder aufzulesen, und ein paar jüngere Erwachsene schienen mein neuerliches Werben mit Wohlwollen, wenn nicht mit unverhohlenem Vergnügen aufzunehmen. Der Angelguk oder Medizinmann, der ein Amulett aus den mumifizierten Überbleibseln eines menschlichen Säuglings trug, schimpfte mich einen Betrüger, einen bösartigen Bären in der Maske eines geistig verwirrten Riesen. Zwei angesehene Jäger waren sich einig, mich vorsichtshalber nicht näher heranzulassen. In der Tat debattierten die Ungpekmat hektisch über meine wahre Identität, und einig waren sie sich nur, daß, meinen Worten zu vertrauen, großes Unheil über sie bringen mochte.

Asvek, der Medizinmann, behauptete, sein Gegenspieler in einem fernen Dorf habe mich hergeschickt, um einem Angriff der Ungpekmat zuvorzukommen. Einer uralten Fehde wegen hatte die Sippe des anderen Angelguk sie überfallen und eine der hiesigen Frauen entführt, und deshalb verfocht Asvek die These, der gegnerische Schamane habe einen verrückten Bären in dieses scheußliche Geistermedium verwandelt, das nun die Ungpekmat zu täuschen suche. Nach dieser Auslegung durch den Angelguk durfte niemand mehr die Möglichkeit einräumen, ich könnte es vielleicht ehrlich meinen oder komme ihm trotz der unvollkommenen Verkleidung wie ein Mensch vor. Und wieder vertrieben mich die Dorfbewohner, von deren Gesellschaft ich träumte.

Ich gab nicht auf. Ich hielt es mit der Inuit-Sippe, wie ich es damals, kurz nach meiner Erschaffung, in der Schweiz mit Familie De Lacey gehalten hatte: Ich spielte den heimlichen Wohltäter. Ich erwies den Inuit verschiedene Gefälligkeiten, um die mich niemand gebeten hatte; um nur zwei oder drei zu nennen: Ich versorgte sie mit pflanzlicher Nahrung – bestenfalls eine Randerscheinung auf ihrem Speisezettel – und reparierte ihre Fangnetze und die mit Seehundsfell verkleideten Boote. Später rettete ich ein kleines Kind, das ohne Begleitung in eine Hundekoppel und einem hungrigen Schlittenhund zwischen die Pfoten geraten war. Der Möglichkeit einer weiteren Attacke trotzend, holte ich das Kind aus der Koppel und brachte es ins Dorf zu seinen Geschwistern, Vettern und Basen zurück. Als ich ihnen das lächelnde Kind übergab, wurde ich nicht müde, ihnen und mehreren Erwachsenen in der Nähe meine freundliche Gesinnung und meine ehrlichen Absichten gegenüber allen Ungpekmat zu beteuern. Auch gab ich mich als jener mysteriöse Wohltäter zu erkennen, um den sich bereits etliche abergläubische Geschichten rankten.

Allmählich erwarb ich mir durch meine Worte und Taten eine gewisse Achtung bei den Inuit, selbst bei dem Schamanen Asvek. Man gestattete mir immer längere Aufenthalte. Als ich ihnen erklärte, daß der Leichnam, den ich mitgebracht hatte, derjenige meines Schöpfers war – nicht meines Vaters, wie man mir in den Mund legen wollte, sondern eines Mannes, der mich auf alchimistische Weise mit Elixieren und Pulvern aus wiederbelebtem Fleisch fabriziert hatte – da brachten Asvek und die übrigen Ältesten von Ungpek sowohl ihre Erleichterung als auch ihr Staunen zum Ausdruck. Wenn der Mann, der mich erschaffen hatte, tot war, dann war ich zweifellos nicht das Werk eines lebendigen Feindes: Ich hatte sicher mehr Einfluß auf meinen Schöpfer als er auf mich, und ich konnte, wie ich wiederholt beteuert hatte, meinen Einfluß zum Wohle Ungpeks geltend machen. Auch waren die Dörfler froh zu sehen, wie wenig der mumifizierte Frankenstein seiner wandelnden Kreatur ähnelte.

Daß ich seinen Leichnam über Tausende von Meilen bei mir behalten hatte, hielten die Inuit allerdings für eine ausgesprochen komische Gunstbezeugung. Meine diesbezügliche Anhänglichkeit fanden sie exzentrisch, wenn nicht gar krankhaft, denn über ein Leben nach dem Tode, an das man stillschweigend glaubte, dachte man nur wenig nach, und manchmal entledigte man sich der Toten, indem man sie den Wölfen überließ. So brauchte man nicht den gefrorenen Tundraboden aufzubrechen und bewies zugleich der Tierwelt seine innige Verbundenheit. Nichtsdestoweniger erschreckte mich diese Methode. Die meisten Ungpekmat sagten ihren Verstorbenen allerdings auf eine andere Weise Lebewohl: Sie wickelten sie in Felle und bahrten sie im Wald – zusammen mit allerlei persönlichen Sachen für die künftige Reise, als da waren Kajak, Bola, Harpune und Schlittengerippe – auf einem hölzernen Gerüst auf. Diese Methode sagte mir mehr zu.

Außer den Briefen, die ich auf der Caleban sichergestellt hatte, besaß ich kaum etwas Persönliches von Frankenstein. Und auf der Tschuktschen-Halbinsel hatte er sogar seine Augen eingebüßt. Als mir bewußt wurde, daß Raben, Eulen und Bären sich immer noch an den so aufgebahrten Toten gütlich tun konnten, verwarf ich auch diese Art der Bestattung. Mit Hilfe der Ungpekmat fand ich jedoch eine Methode, Frankenstein die letzte Ehre zu erweisen, ohne daß irgend jemandes Gefühle verletzt wurden. Wir bestrichen ihn von Kopf bis Fuß mit einer Salbe aus Tran und Harz und nähten ihn in ein Karibufell. Den so ›Eingesargten‹ fuhren wir viele Meilen weit, trugen ihn in eine vulkanische Höhle und legten ihn in eine finstre Kammer. Draußen vor der Höhle sangen wir ihm Lobpreis, Lebewohl und eine glückliche Reise.

Nachdem diese Pflicht erfullt war, paßte ich mich mit Hilfe meiner Gastgeber erfreulich rasch dem Tageslauf in Ungpek an. Ich lockerte meine vegetarische Lebensweise praktisch bis zur Verleugnung derselben; wie hätte ich unter den Esquimaux – den ›Fleischessern‹ also – leben sollen, ohne zu tun, was sie schon immer taten und wonach man sie benannt hatte. Ich verzieh mir, denn die Inuit betrieben keinen Ackerbau und waren demnach außerstande, einen Fremdling zu bewirten, der ihre gewohnte Nahrung verschmähte.

Außerdem, was mein Gewissen sehr beruhigte, sangen und beteten die Ungpekmat zu den Tieren, die sie jagten, und bedienten sich ihrer mit äußerstem Respekt, ja mit Ehrerbietung, was den hiesigen Fleischverzehr rituell von den profanen Praktiken der Europäer abhob.

Wie ich beteuert hatte, widmete ich mich dem Wohl von Ungpek und wurde nicht müde, mich als Jäger, Fischer und Kajakbauer, Netzeflicker, Pfeilbefiederer und ›Schutzengel‹ nützlich zu machen. So zog ich mir den Respekt und die Bewunderung meiner Adoptivverwandten zu. Bei ihnen lernte ich eine Zufriedenheit kennen, die zu erleben ich mir nie geträumt hätte.

Meine Statur trug mir den Namen Tekuka, Grizzlybär, ein. Und weil ich peinlich darauf bedacht war, mich weder einheimischen Besuchern noch irgendeinem weißhäutigen Händler oder Landvermesser zu zeigen, nannte man mich Injukutak, den ›Mann, der sich versteckt‹. Und weil ich ein paar Dorfbewohner an ein mythisches Wesen erinnerte, den ›Wurm-Mann‹, der zu einer Zeit gelebt hatte, da Tiere sich nach Gutdünken in Menschen verwandeln konnten, sagten wieder andere Tisikpuk zu mir. Tekuka war die weitaus geläufigste Anrede, doch ich hörte auch auf Injukutak und Tisikpuk. Ich genoß es förmlich, als dereinst namenloses und ausschließlich abfällig tituliertes Wesen inzwischen mehr Namen zu haben als jeder andere im Dorf.

Mit der Zeit wurde aus mir ein derart tüchtiger Ungpekmat, daß niemand Anstoß nahm, als ich mit einer ledigen Frau aus dem Dorf anbändelte, einer kleinen, derben Person mit kräftigen Händen und mit Augen, die wie Sterne funkelten. Weil ihr Haar einen rötlichen Schimmer hatte, wurde sie Keriak, ›Rotfuchs‹, genannt, und sie wich nie meinen Aufmerksamkeiten aus. Ich schlief mit ihr, nahm sie zur Frau und zog mit ihr in ein Grasnarbenhaus mit Deckenbalken aus Walknochen. Mein Schwager hätte lieber gehabt, wir wären in das Haus seiner Familie gezogen, doch seine Frau hatte mit Entrüstung geltend gemacht, daß ein Mann meiner Größe mehr Raum beanspruche, als sie ihm bieten konnten. Keriak gab ihr Recht, und so schachtete ich mit tatkräftiger Unterstützung vieler Ungpekmat ein neues Haus aus, das genug Raum für uns zwei und unsere künftigen Kinder bot. Ich liebte diese Frau, und sie liebte mich, und es bereitete ihr ein perverses Vergnügen, für einen Anorak, den sie mir anfertigte, oder ein Paar neue Beinkleider oder Stiefel mehr Karibufelle zu benötigen, als sie für jeden anderen männlichen Ungpekmat benötigt hätte.

Gewiß, uns verband eine große Liebe, gleichwohl entzog meine Verbindung mit Keriak einer der schlimmsten Befürchtungen meines Schöpfers den Boden. Seine ethischen Bedenken, mir eine Gefährtin zu erschaffen – ja der eigentliche Grund, sie zu zerstören, anstatt ihr den Odem des Leben einzuhauchen – gipfelten in der Prognose, wir könnten eine Rasse von ›Teufeln‹ hervorbringen. Diese mutmaßliche Spezies, so glaubte Frankenstein, werde ihre ganze Heimtücke auf die blinde Ausrottung der Menschheit verwenden. Seine Befürchtungen waren gegenstandslos. Keriak und ich bekamen keine Kinder. Anfangs lastete man ihr dieses Versagen an, denn die Inuit betrachten Unfruchtbarkeit grundsätzlich als weibliche Unvollkommenheit – solange die kinderlose Frau nicht vom Samen eines anderen geschwängert wird, oder bis sich herausstellt, daß sie von einem böswilligen Schamanen verhext wurde. Keriak und ich kannten aber niemanden, der uns feindlich gesonnen war, und wiewohl es vorkommt, daß ein Esquimaux-Ehemann dem männlichen Besucher – sozusagen aus Gastfreundschaft – anbietet, sich am Leib seiner Frau zu erfreuen, habe ich diesen Brauch immer abgelehnt, so besitzergreifend war meine Liebe und so blind meine Ergebenheit. Dieser eine Charakterzug mußte die Ungpekmat kränken, doch angesichts meines tagtäglichen Einsatzes für das Gemeinwohl übten sie Nachsicht mit mir. Hinzu kam, daß Ungpek inzwischen den Ruf hatte, gegen Überfälle, bösen Zauber und Hungersnot gefeit zu sein. Wenn es jemanden gab, der Anstoß an meiner besitzergreifenden Liebe nahm, dann war es Keriak.

Das mag sich anhören, als würde ich meine Frau der Wankelmütigkeit bezichtigen, vielleicht sogar der Treulosigkeit, doch der Vorwurf verblaßt, bevor er Gestalt annimmt. Bei den Inuit bedeuten Kinder Status und Sicherheit. Sie sind ein großer Segen für die Eltern, zunächst weil sie sich alles und jedes durch Schmeicheleien erpressen müssen, und später durch ihrer Hände Arbeit. Beim Jagen und Fischen, Kochen, Nähen, Bogenschnitzen und hundert anderen lebenswichtigen Tätigkeiten stellen sie ihren Wert unter Beweis. Keriak trug daher schwer an der Aussicht, kinderlos zu bleiben, und die Bemerkungen ihrer weiblichen Verwandten, so achtlos und milde sie waren, wurden ihr immer unerträglicher. Sie hatte diesbezüglich schon viele Scherze über sich ergehen lassen müssen, darunter manch verletzenden, der auf ihre Ehe mit einem grotesken Fremdling anspielte, auch wenn der die Dorfgemeinschaft als Ganzes durchaus bereichert hätte. Und von einem Tag auf den anderen begann Keriak mich zu bedrängen, sie männlichen Blutsverwandten anzubieten, die von außerhalb zu Besuch weilten; nur so könne ich zeigen, daß ich ein richtiger Inuit geworden sei, und ihr beweisen, wie unanfechtbar meine Liebe sei.

Ein ums andere Mal lehnte ich ab. Statt dessen schnitzte ich aus Elfenbein ein Kind, das nur wenig größer war als meine Hand; die Puppe verkörperte meine Bitte an die Injua, die guten Geister, und sollte unser Fetisch sein. Keriak und ich zogen sie an und hätschelten sie, als sei sie unser Baby, fütterten sie mit Waldsellerie, Wildkartoffeln und sogar einer Delikatesse aus Baumstachler, Prachtbrombeermus und einem Tran, den man hierzulande Agutak nennt. Doch keine dieser beschwörenden Zuwen-

dungen half Keriak schwanger zu werden; ihr Leid wurde nur noch größer. Als ich eines Tages von der Jagd auf Polarhasen zurückkehrte (diese Geschöpfe waren zur Zeit so zahlreich vertreten wie der Dorsch im Unterholz), fand ich unser Elfenbeinbaby zerbrochen auf einem Abfallhaufen. Ich bückte mich, um mein Gesicht in Keriaks rötlich schimmerndes Haar zu drücken, doch sie stieß mich fort und weinte hemmungslos.

Wenige Tage später bekam Ungpek Besuch von drei Robbenjägern aus Shishmaref, einer von ihnen war ein Blutsverwandter von Asvek. Keriak bat mich, wenigstens einen der Männer bei uns aufzunehmen. Ich weigerte mich. Ich wollte meine Frau mit niemandem teilen, erst recht nicht mit einem dieser ausgelassenen Fremden; mehr noch, ich wollte für die Dauer ihres Aufenthalts erst gar nicht im Dorf sein. Ich würde mich solange in den Wald zurückziehen und den Injukutak, den ›Mann, der sich versteckt‹, spielen. Es wäre ein Hohn auf die guten Sitten, wenn Keriak in meiner Abwesenheit einen männlichen Besucher bei sich aufnahm, zumal Asvek oder Keglunek, ein angesehener Alter, annehmen würden, daß ich unterwegs war, um Fallen auszulegen.

Sobald sie meine Absicht durchschaute, verließ Keriak trockenen Auges das Haus, überquerte den Dorfplatz und suchte das Haus ihres Schwagers auf. Dort bewirtete sie, wie ich bei meiner Rückkehr erfahren sollte, den Stürmischsten des Shishmaref-Trios, einen jungen Jäger mit Vollmondgesicht und lachenden Augen. Danach brach sie mit ihm zur Küste auf. Neun Monde später, in einer Nacht aus krachenden Eiskrusten und einem Sturm, der mit den Wölfen heulte, brachte Keriak im Kreis eines anderen Klans einen Jungen zur Welt, dessen Augen fast so sprühten wie die seines Vaters. Das freudige Ereignis kam Wochen später meinem Schwager zu Ohren, und ganz Ungpek begriff, was das hieß: Ich, der Tekuka, war nicht zeugungsfähig, und Keriak, meine ehemalige Frau, hatte die Verleumdung ertragen müssen, ›unfruchtbar‹ zu sein, auch wenn die üble Nachrede – um meinen Stolz nicht zu verletzen – häufig als Scherz dahergekommen war.

Seltsamerweise war man so glücklich über Keriaks Nachwuchs, daß man mir keinerlei Vorwürfe machte wegen des Unrechts, das ich ihr angetan hatte – an dem in Wahrheit viele von ihnen mitgewirkt hatten. Auch suchte mich niemand für die Erniedrigung zu bestrafen, die Keriak meinetwegen erlitten hatte, oder mich wegen meiner Impotenz zu verspotten.

Ich blieb bei den Ungpekmat und führte in Keriaks altem Clan fortan das Dasein eines Junggesellen. Jeder andere an meiner Stelle hätte vielleicht einen Statusverlust erlitten, doch ich besaß Eigenschaften, die meine Schande wettmachten. Wiewohl mich keine der hiesigen Frauen zum Ehemann haben wollte, fehlte es mir nicht an Liebhaberinnen.

Zwei Jahre später kam Keriak mit Kind und Kegel zu Besuch nach Ungpek. Auf Drängen von Kesgulik, ihrem Ehemann, schlief ich noch einmal mit meiner ersten und letzten Liebe und lachte mich im Augenblick unseres kleinen Todes von Herzen in ihre kleine Umarmung hinein. Die bittere Süße dieser Leihgabe ließ mich weitere Einladungen Kesguliks ablehnen. Nach einer Woche brach sie mit ihrer kleinen Familie wieder zu ihrem Dorf an der Küste auf; wir haben uns seither nicht mehr gesehen.

Oh, Frankenstein (habe ich manches Mal gejammert), und deshalb hast du damals meine Gefährtin in spe zerstört – aus Angst, ich könnte mit ihr eine Rasse titanischer Mörder zeugen?

Und wenn dein teuflischer Samen (lautete die eingebildete Antwort) nun ein Weib nach deinem Bilde doch geschwängert hätte? Diese vage Möglichkeit war, wenn überhaupt, nur ein schwacher Trost für mich.

Meine Zeit mit den Ungpekmat war trotz allem eine glückliche Zeit – Jahrzehnte gingen ins Land. Ich hörte von Unruhen – vor allem zwischen den Asjagmat und den Kosaken in Fort Saint Michael – doch mein Stamm scheute

Handelsbeziehungen mit Außenseitern und entging den Ängsten und dem Blutvergießen solcher periodischen Umwälzungen. Ich hörte auch von der Pockenepidemie, die viele Dörfer der Inuit heimsuchte und Hunderte von Toten forderte, doch unser Dorf blieb von der Seuche verschont, und der einzige Ungpekmat, der ihr erliegen sollte, hatte sich bei einem Besuch in Egavik am Norton-Sund angesteckt und starb fern der Heimat.*

Im allgemeinen hatte ich nach wie vor keine Lust, irgendwem unter die Augen zu kommen, der nicht in Ungpek lebte – vor allem keinem Europäer, die mich bei jeder Gelegenheit nur verwünschen und mißhandeln würden. Als ein kleiner Trupp weißer Ärzte nach Ungpek kam, um uns gegen Pocken zu impfen, zog ich mich aus dem Dorf zurück und blieb fort, bis sie ihre Arbeit getan hatten und wieder abzogen. Wenn Händler kamen, suchte ich das Weite.

In Streitfällen mit benachbarten Inuits schloß ich allerdings, um den Ungpekmat gerecht zu werden, einen Kompromiß und zeigte mich unseren potentiellen Gegnern, so wie sich zweifelsohne die Philister des Goliath bedient hatten – bis zu jenem fatalen Zwischenfall mit David. Auf diese Weise und durch meine Treue zu den Ungpekmat gewann ich unter den Esquimaux dieser Region einen nahezu legendären Status.

»Der Mann, der sich versteckt, Injukutak, lebt in Ungpek«, hieß es bei den Jägern. »Er ist ein Mensch, und er ist ein Bär. Er kann seine Gestalt wechseln wie Injua aus der Eiszeit.«

Während die Jahre verflogen, verfolgte ich, welche Wirkung die Zeit auf die Menschen hatte, die mir nahestanden. Asvek starb. Seine Frau starb. Häuptling Keglunek starb. Menschen in jungen und mittleren Jahren wurden Greise und starben. Ich hingegen alterte nicht und blieb, wie ich war, ein ausgereifter Riese, schlimm anzusehen, aber weder klapprig noch runzlig. Keriaks Eltern starben. Keriaks Bruder ertrank bei einem Unglück, an dem ein Umiak und eine launische Harpunenleine beteiligt waren. Robbenjäger und Lachsfischer, die mich damals aufgenommen und angelernt hatten, starben einer um den anderen an Unfällen, Krankheit oder Altersschwäche.

Meine Immunität gegen die natürlichen Feinde des Menschen – meine unveränderte Jugendfrische trotz meiner Häßlichkeit – blieb nicht unbemerkt. Viele Ungpekmat, insbesondere die jüngeren, betrachteten mein Ausharren unter ihnen als unheimlich, vielleicht sogar als arglistig. Ich beobachtete mit Bestürzung, wie sie mir unvermeidlich ihr Vertrauen und ihre Zuneigung entzogen. Niemand behandelte mich schlecht oder befahl mir, das Dorf zu verlassen, doch ich begriff, daß die gute Beziehung zwischen mir und den fleißigen Ungpekmat zu Ende ging.

Außerdem konnte ich die Kälte längst nicht mehr so gut vertragen wie früher; mit jedem Winter nahm das Eis in meinen Adern zu, büßte ich ein wenig mehr von meiner Fähigkeit ein, eigene Wärme zu erzeugen, wenn die Blizzards tobten und der Urin in den Sammeltrögen zu Bernstein erstarrte. Auf meinem Pfahlbett und unter dem Crescendo des eisigen Sturmwinds träumte mir von Sonnenschein, unbewegter See und dösenden Eidechsen. Für solche Bilder konnte ich mich erwärmen, auch wenn ich mich kaum noch an ihren Ursprung erinnerte.

Eines Tages tauchte in unserem Dorf ein alter Mann auf, der sich Kesgulik nannte. Er war viele unwegsame Meilen mit dem Hundeschlitten gekommen, um mir etwas mitzuteilen. Schließlich fiel mir ein, daß er der Mann meiner früheren Frau Keriak war.

Keriak, sagte er, sei gestorben.

Untröstlich in seinem neu entfachten Schmerz, weinte er sich die Nachricht von der Seele, die mich mit dem schwellenden Gewicht einer Lawine traf. Ich wollte auch weinen – meinen Kopf an die gefrorene Erde schlagen, meine Kleider zerreißen wie Hebräer. Statt dessen suchte ich Kesgulik zu trösten, der, wohlwissend, daß ich Keriak unentwegt und so hingebungsvoll wie er geliebt hatte, den ganzen langen

Weg hierher gereist war, um seinen Schmerz mit uns zu teilen.

Daß mehr als fünfundvierzig Jahre vergangen sein sollten, seit ich hier in Ungpek mit Keriak zusammengewohnt hatte, das befremdete ihn. Ihr Erstgeborener war seit nahezu dreizehn Wintern verschollen, er war auf einer Eisscholle hinausgetrieben und nie wieder gesehen worden.

Auch diese Nachricht traf mich, traf mich, als hätte ich ein Kind meiner Lenden verloren.

Einen Monat später kehrte ich Ungpek den Rücken. Wenn ich nicht sterben konnte, dann hatte ich alle Welt und Zeit, das unverdünnte Elixier des Lebens zu trinken. Ich blieb nur einmal kurz stehen, dann lenkte ich meine Schritte nach Süden, hinaus aus den Nebeln Alaskas, wohin sie mich langsam aber unerbittlich tragen würden.

32

NACH DER LEKTÜRE VON JUMBOS Geschichte fiel es mir schwer, mich auf Baseball einzulassen. Ich tat es mit einem Kopfsprung, so kopflos wie jemand mit Geldsorgen, der von der Brücke springt, um einer Sache zu entfliehen, die ihm über den Kopf wächst. Ich spielte ziemlich gut in den nächsten zehn Spielen, doch an die Einzelheiten kann ich mich ohne Box-Score* nicht mehr erinnern. Am Nachmittag des zweiten Spiels gegen die Seminoles wollte ich Jumbo das Tagebuch zurückgeben. Fürs erste hatte ich das lausige Abschreiben satt.

»Behalte es, Daniel.« Er legte mir das Tagebuch ins Pult. »Ich möchte, daß du so viel wie möglich über mich erfährst.«

Ich schüttelte den Kopf, doch Jumbo stützte die Fingerknöchel auf die Pultklappe. Ich dachte aber: Ich *will* nichts mehr über dich erfahren, ich weiß schon viel zuviel.

»Schreibe meine Memoiren weiter ab«, sagte Jumbo. »Nimm dir Zeit, die Saison ist noch nicht zu Ende.«

Jumbo wollte mich nicht nur zum Freund, er brauchte auch einen Beichtvater. Ein Stummer und ein Priester hatten ja manches gemeinsam – zum Beispiel kann man beiden die schlimmsten Sachen erzählen, ohne daß sie gleich alles weiterplappern.

Egal, wir schlugen Marble Springs an jenem Donnerstag, und am Freitagabend gab Jumbo mir wieder seine ›Auferstehungsmemoiren‹. Die Box-Scores sagen, ich hätte prima gespielt: nicht ein einziger Spielfehler, fünf Hits bei acht Innings am Schlag, sechs RBIs.* Dieselben Box-Scores sagen, daß Jumbo, so heldenhaft er in der Abwehr war, bei sieben Innings leer ausging, mit einem kullernden Home-Run-Killer zum First-Base-Mann der Seminoles am Donnerstag und einem Lauffehler nach dem Walk zum First am Freitag. Zum Glück konnten Heggie, Snow, Muscles und ich die Schlagflaute aufpäppeln. Vielleicht lag es daran, daß Jumbo nicht wußte, wie ich auf seinen mehr als merkwürdigen Lebenslauf reagieren würde – eine Ungewißheit, die ihn gepiesackt hatte wie ein Brombeerkernchen in der Zahnfleischtasche.

Nach dem Spiel am Freitag – an dem ich erst recht zur Hochform aufgelaufen war – wollten mich Miss LaRaina und Phoebe zum Dinner abholen. Letztere hatte mich vor allen Horchlöffeln an Bord des Braunen Bombers eingeladen. Das war – anders als das Dinner im Hotel Royal mit Mister JayMac und den beiden Pharram-Frauen – eine *richtige*, eine honorige Einladung.

Wie dem auch sei, kaum hatte ich geduscht, da kamen Curriden, Mariani und zwei andere, die meines Wissens nicht zu meinen Feinden zählten, um mir zu meinem Spiel zu gratulieren. Curriden trug eine braune Papiertüte in der Hand und im Gesicht ein Grinsen. Als ich meinen Schlips band, stieß er mich auf die nächstbeste Bank und rückte an mich heran.

»Weißt du, was das ist, Boles?« Er hielt mir die Tüte unter die Nase und wedelte damit. »Dann schau her.« Er krempelte das braune Papier herunter und enthüllte eine kolbenförmige Flasche Schlehenlikör. »Und probier gleich mal.«

»Er ist noch nicht volljährig«, meinte Mariani.

»Ejah, und Rita Hayworth ist Pfadfinderin.« Curriden drängte mir wieder den rubinroten Likör auf. »Hast du nicht gesehen, wie er gespielt hat?«

Ich nahm die Tüte, streifte das Papier aber wieder

hoch und drehte es um den Flaschenhals. Mister Jay-Mac erlaubte hier nur eine Sorte Alkohol, und die taugte nicht zum Trinken.

»Das Land leidet unter einer Whiskey-Dürre«, sagte Curriden. »Man muß schon fast Uniform tragen, um ein gottverdammtes Bier aufzutreiben. Das Zeug ist so selten wie Radium. Nimm einen Schluck.«

»Du hast es verdient«, sagte Charlie Snow. »Das Zeug ist nicht billig, kein *Old Spud* oder durchs Taschentuch gefilterter *Vitalis.*«

Snows Zureden half. Wenn Snow meinte, ich hätte einen Schluck verdient, dann hatte ich ihn wahrscheinlich verdient. Ich krempelte das Papier herunter, drehte den Schraubdeckel ab und nahm einen Schluck. Meine Lippen prickelten, doch das Zeug schmeckte so gut, daß ich noch einen Schluck nahm, einen größeren diesmal, der selbst den skeptischen Mariani zu der Bemerkung hinriß: »Ahhh, genau so ist es richtig, Kleiner!«

Ich streifte das Papier hoch und gab Curriden die Flasche zurück, mein Mund ein einziges pelziges, bittersüßes Schlehenprickeln. Von meiner Zunge lief ein Feuer in den Bauch hinunter.

»Du speist heute abend bei den Pharram-Ladies, richtig? Na ja, sieh mal«, sagte Curriden, »die brauchen noch 'ne gute Stunde für die Vorbereitungen. Zeit genug für 'ne kleine Spritztour mit Quip, Vito und mir. Man muß die Feste feiern, wie sie fallen.«

Phoebe wollte mich nach dem Spiel an der Haupttribüne treffen, und das wollte nicht zu Curridens Vorschlag passen – aber vielleicht wußte er ja mehr als ich.

»Schon gut, Dum… äh… Danny. In 'ner Stunde setzen wir dich bei den Pharrams ab. Direkt vor der Tür. Das Taxi geht auf meine Rechnung – als Bonus für deine Leistungen.« Er sah sich nach den acht oder neun Hellbenders um, die noch im Umkleideraum waren. »Wir sind fünf Punkte über 0.500!« rief er. »Dank Dumbo und seiner unermüdlichen Nachwuchscombo!«

Ich spürte, wie ich rot anlief. Das pelzige Kribbeln im Mund schnappte sich einen Aufzug und drückte den Knopf mit der Aufschrift ›Hirn‹. Ich war nicht betrunken, aber ein Schwips, der war in Sichtweite. Trotzdem, als mich Curriden, Parris und Mariani geschwind mit zum Parkplatz nahmen und ich die Haupttribüne sah, da wußte ich wieder, daß etwas faul war. Sicher, Curriden hatte mir noch nie eins auswischen wollen, und es war nur logisch, daß Phoebe nach dem Spiel noch etwas Zeit brauchte. Aber diese Gauner hatten mich gekidnappt.

Ich saß eingequetscht zwischen Parris und Mariani auf der Rückbank eines rotweißen Taxis. Vorne saß Curriden, ließ die Finger auf dem Armaturenbrett trommeln und gab Anweisungen. »Penticuff Strip«, hörte ich ihn sagen. »Wing and Thigh.« Hinter uns versank das Stadion wie ein Dreimaster hinter der Erdkrümmung.

Die Straßen pulsierten vor Energie. Ob in schicken weißen Gegenden oder in heruntergekommenen farbigen, die Nachricht von unserem Sieg hatte sich wie ein Lauffeuer verbreitet. Unser Fahrer, ein schwarzer Mann mit Pferdegesicht, lehnte sich aus dem Fenster und brüllte seinen Freunden an der Straßenecke zu: »Platz da! Horridoh, hier kommen ein paar superscharfe Hellbenders! Platz da!«

»Sei still«, sagte Curriden. »Wir sind inkognito heute abend.«

Du meinst wohl, dachte ich, damit Mister JayMac nicht erfährt, wohin wir unterwegs sind, und uns mit seinen Geldbußen den Hahn zudreht. Das Prickeln in meinem Hirn zerfloß zu einem Dutzend pochender Kopfschmerzen.

Wir passierten den Wochenmarkt und überquerten

die Geleise zwischen dem Geschäftsviertel im Norden und dem neonbunten Teil des Penticuff Strip im Süden. Der Fahrer folgte den Schienen in östlicher Richtung und hielt sich rechts. Die Gasse vor uns – ein Tunnel aus aufgeregten elektrischen Schildern und uniformierten GIs – wuchs zu einer wahren Karnevalsdienstagsparty heran.

»Jesus, alles nur Soldaten«, sagte Mariani.

Parris sagte: »Seid nett zu ihnen, und sie lassen euch zufrieden.«

Der Fahrer setzte uns vor einem Lokal ab, das sich auf Brathühnchen mit Kohlsalat spezialisiert hatte: *The Wing & Thigh.* Jemand hatte Filmposter an die Scheiben geklebt und Zettel, die zur freiwilligen Hilfe bei der Herbsternte aufriefen. Curriden hielt mir, Mariani und Parris die Tür zum *Wing & Thigh* auf.

Das Lokal war ein Schlauch so lang und breit wie zwei bis drei Eisenbahnwaggons mit einem Tresen längs der einen und einem Dutzend Tischen längs der andern Seite. Am anderen Ende war durch den Rauch, der sich über den Tischen kräuselte, eine wenig Vertrauen erweckende Holztreppe zu erkennen, die auf eine ebensolche Empore führte; darunter glühte über einem schmalen Vorhang aus Perlschnüren ein rotes EXIT. Eine Jukebox schmetterte Bing Crosbys *White Christmas*, doch die Gerüche nach Rübenkraut, Pfeffersoße und Brathühnchen hatten nichts Weihnachtliches. Wir hatten gerade mal Juli.

»Du willst nichts?« fragte mich Curriden.

Aha-ah. Nach einer Stunde oder so wollte ich mit den Pharrams essen.

»Ich schon«, meinte Curriden. »Mach mal, Vito.« Er drückte Mariani einen Fünfer in die Hand – wie Diamond Jim Brady dem Pförtner. »Bestell uns drei ordentliche Teller mit Salat, Chips und eisgekühltem Tee, und gib mir den Rest zurück, wenn ich wiederkomme.«

»Wohin gehst du?« wollte Parris wissen. Sein Singsang legte nah, daß er Bescheid wußte. »Damit Danny nicht leer ausgeht?«

Curriden packte meine Hemdbrust und zog mich durch den Schlauch voller eingetrockneter Bierpfützen und durch den Gestank nach Essig und Bratfett nach hinten auf die Treppe zu. GIs sahen von ihren Tischen auf, und ein paar von den Mädchen (soviel Seide auf einmal hatte ich noch nie erlebt), die bei ihnen saßen und mit fettglänzenden Fingern an Brathühnchen knabberten, winkten mir zu oder langten aus, um mich in die Seite zu zwicken. Mama hätte sie ›leichte Mädchen‹ genannt, und mir schwante schon, wie der Name *Wing & Thigh* zustande gekommen war.

Die Tür auf der ächzenden Empore öffnete sich auf eine weitere Treppe an der rückwärtigen Hauswand. Sie trug uns bis an eine Tür, die sich auf eine Diele direkt über der Küche und dem Servierbereich öffnete. Curriden bugsierte mich zu einer kleinen Theke, hinter der eine Frau in einem elfenbeinfarbenen Kostüm mit busenhoher Taille und ovaler Aussparung rings um den Bauchnabel wartete. Ersparen Sie mir weitere Einzelheiten.

»Was kann ich für Sie tun, Gentlemen?« sagte sie.

»Nur für Danny Boy«, sagte Curriden. »Er ist mein kleiner Bruder.«

Rechts von ihr war in Schulterhöhe eine geriffelte Leiste angenagelt, an der – ähnlich wie beim Friseur – Nummernschildchen hingen. Die Haken standen paarweise zusammen, über jedem Paar stand ein weiblicher Vorname, und bei vier Namen hing neben den Nummern noch ein Schildchen mit ›*Not Available*‹.

»Heute abend stehen Flossie, Jordan Kaye, Roberta, Sabrina und Irene zur Verfügung«, sagte die Frau.

»Geben Sie ihm Sabrina«, sagte Curriden.

»Hier.« Die Frau nahm Nr. 26 vom Kundenhaken

und händigte ihm das Schildchen aus. »Das Honorar, bitte.« Curriden zahlte. »Sie können jetzt in den Korridor gehen und warten.«

Curriden schob mich in einen schummrigen, langen Flur, auf einen verschlissenen pflaumenfarbenen Läufer, vorbei an etlichen Türen und romantischen Bildern von alten Herrenhäusern und zwei von vier schaumigen Aquarien auf fahrbaren Untersätzen, wie man sie im Krankenhaus benutzt, um das Essen rumzufahren. Wir landeten in einem Wartezimmer – eigentlich mehr eine Art Parkplatz für Fußgänger – mit Klappstühlen und einem niedrigen Tisch, auf dem Stöße von Illustrierten lagen.

Drei Soldaten saßen in dem offenen Karee. Niemand sagte ein Wort, niemand las eine Illustrierte. Zwei GIs sahen gelangweilt drein. Der dritte wippte nervös mit dem Bein. Curriden und ich setzten uns neben ihn. Der PFC hatte unter dem fliehenden Kinn ein Geschwader von winzigen Rasiermesserblessuren. Er sah uns mißtrauisch an, dann grinste er höllisch breit.

»Werd sie richtig in die Mangel nehmen. Werd meinen Treibhammer auf Vollgas fahren und die Mieze halbieren.«

Der Corporal, der ihm am nächsten saß, meinte: »Wenn ihm bloß das Knie nicht durchgeht, bevor er dran ist.«

»Ha, ha«, sagte der PFC. »Sehr witzig.«

In genau dem Augenblick ging mir schlagartig auf, daß ich in ein *Bordell* geraten war – ich meine, das Drum und Dran war mir nicht entgangen, aber daß Curriden mich durch diesen Mannbarkeitsritus schleusen wollte, begriff ich erst jetzt. Er packte mich beim Hemd und zog mich auf den Stuhl zurück.

Weiter unten ging gegenüber einem der Fischbecken eine Tür auf; ein Mann in Uniform kam den Flur herauf und machte bei uns halt. »Nummer fünfundzwanzig für Sabrina. Die Lady sagt, um neun macht sie Schluß, egal wer noch dran ist.« Er sah auf die Uhr an seinem Handgelenk. »Ich hab erst acht.«

»Sabrina«, sagte der PFC. »Wau, das bin ich!« Er zeigte rasch seine Nummer und stand auf. Mir fiel sofort auf, daß der Boden nicht mehr vibrierte. »Ich besorg's ihr dreimal in acht Minuten. Die wird mich nicht wieder fortlassen.«

Curriden schnappte sich die Nummer des Burschen und steckte ihm eine schmalgefaltete Dollarnote zu. »Such dir'n Mädchen, das länger bleibt. Das Leben ist zu kurz, um die wichtigen Dinge zu überstürzen.«

»He, gib mir meine Nummer!«

»Ah-ah.« Curriden drückte ihn mit sanften drei Fingern auf den Stuhl zurück und bugsierte mich den Flur hinunter zu Sabrinas Zimmer. Der PFC kam uns nicht hinterher – er hatte seinen Extradollar und war nicht so dumm, einen Mann von Curridens Statur zu provozieren.

In dem erleuchteten Becken vis-à-vis von Sabrinas Zimmer – der Flur wurde nur von den vier Aquarien erhellt, die lauter kühle blaugrüne Lichtflecken streuten – schwammen die Fische in hypnotisierten und hypnotisierenden Formationen: gestreifte Fische, gefleckte Fische, solche mit Flossen, die wie Hochzeitsschleier wehten, und solche mit durchsichtiger Haut und Skeletten, die wie Weihnachtsbäume glühten.

Curriden klopfte an, die Tür ging auf. Aus dem Augenwinkel sah ich eine brünette, blaßhäutige Frau, die etwa so groß war wie ich und ein Nachthemd mit Jochkragen, Perlknöpfen und Johnny-Mack-Brown Latz trug. Die Beine darunter erinnerten an eine Baumschere. Die Zehennägel waren orangerot lackiert.

Curriden gab ihr noch einen Extra-Bonus. »Sabrina, das ist Danny Boles. Danny, das ist Sabrina Loveburn.

Vito, Quip und ich werden uns unten ein wenig stärken, Kleiner. Mach's gut.«

»Um neun hab ich Schluß«, sagte Sabrina hinter Curriden her.

»Nicht, wenn du nachzählst, Honey. Außerdem geht er schneller los als ein Knallfrosch. Sei ein Schatz.«

»Dann komm mal rein«, sagte Miss Loveburn.

Ich starrte auf ihre Fußnägel und hätte mich wahrscheinlich gar nicht von der Stelle gerührt, wenn da nicht ein Getrappel auf der Treppe und ein Schwall von Männerstimmen gewesen wäre. Gerade als ein Trupp von vier Soldaten durch die Tür an die Theke der Concierge lärmte, trat ich in Miss Loveburns Zimmer. Sie schloß die Tür. Die GIs bollerten an jede Tür im Flur, auch an unsere.

»Du bist also ein Baseballspieler«, sagte sie. »Und einer, der nicht redet.« Wann hatte Curriden ihr das erzählt?

Ich machte nicht mal den Versuch zu antworten. In dem Zimmer gab es ein niedriges, schmales Bett (mehr eine Couch ohne Rücken und Lehnen), einen Klappstuhl, eine Stehlampe und eine zweite Tür gegenüber der ersten. Die Ladies des *Wing & Thigh* hatten also mindestens zwei Ausgänge – ganz wie die Präriehunde in ihren Erdhöhlen.

Über Miss Loveburns Bett glänzte das Ölportrait einer Tahiti- oder Samoa-Maid, der Sarong ließ eine braune Brust unbedeckt. Die Sonne, die hinter der Maid unterging, war genauso drall wie die nackte Brust.

Der Blick aus Miss Loveburns violett geschminkten Augen sondierte meine Haut. Die Frau machte auf mich den Eindruck einer halbwegs hübschen aber genervten Lehrerin. Hätte sie unter dem Johnny-Mack-Brown-Hemd etwas anderes als ihre Haut getragen, ich hätte mir vorstellen können, wie sie mit artig zusammengedrückten Knien in der Bank einer Baptistenkirche saß.

»Baseballspieler sind mir lieber als Soldaten«, sagte sie. »Besonders kurz nach dem Spiel. Die meisten gehen danach unter die Dusche. Bei 'nem GI weiß man nie. Manche kommen und duften wie 'ne Kölnischwasserfabrik, andere stinken wie'n gottverdammter Ziegenstall, tut mir leid, wenn ich das so sage. Du kannst froh sein, wenn sie sich mit 'nem saubren Waschlappen waschen und dir nicht die Grippe dalassen und dir das Wochenende versauen.«

Miss Loveburns Blick bohrte sich in meine Haut. »Komm her. Das ist nichts, was man telefonisch machen kann.« Sie schüttelte den Kopf. »Wenn du nicht reden kannst, kannst du natürlich auch nicht telefonieren – höchstens die Nummer wählen, hab ich recht? Oder hören vielleicht. Du scheinst mir ganz gut zu hören. Komm her. Laß dich beschnuppern.«

Durch ihr Gerede hatte Miss Loveburn an Schrekken verloren. Ich ging zu ihr. Sie legte mir die Hände auf die Schultern und beschnupperte mich unterm Kinn und an den Ohren, ganz wie ein Hund es an den Hosenbeinen seines Herrchen tut, nachdem eine Katze in der Nähe gewesen war. Derweil sie mich beschnupperte, beschnupperte ich ihr Haar – eine wogige glitzerbraune Wolle, die nach Zigaretten und Talkumpuder roch. Ich mochte den Geruch.

»Nicht schlecht«, sagte Miss Loveburn. »Ein bißchen kindlich vielleicht.« Von den Ohren wanderte sie zu meinem Brustbein und von dort zu den Achseln und schnupperte mal hier und mal dort. »Geduscht oder nicht geduscht, hier kommt schon ein klein wenig Reife durch.« Sie schob die Hände unter meine Arme und richtete sich kerzengerade auf. »Was will ich mehr, hm? Ein junger Bursche, dem das Klima zu schaffen macht. Ist schon okay. Du bist mir recht.«

Sie schnupperte an meinem Mund. »Rauchst schon,

was? Läßt du besser.« Sie hob meine Lippe an, um Luft an die Eckzähne zu lassen. »Macht die Perlmuttchen nur gelb. Wenigstens kaust du nicht. Riechst aber ein bißchen hungrig. Hast du Hunger?«

Ich war zum Essen verabredet, doch Miss Loveburn ließ meine Schultern nicht los.

»Jetzt du«, sagte sie. »Sag mir, was für sumpfige Wohlgerüche *ich* verströme. Fair ist fair.«

Ich tat ihr den Gefallen und beroch ihre Stirn und ihre Augenbrauen: Talkumpuder, schaler Zigarettenrauch, Frauenschweiß, die öligen Gerüche vergangener Liebhaber. Alles ziemlich schwach, nichts allzu Übles. Unangenehm ranzig roch nur das Zimmer – das Bett: Schweiß, befleckte Leintücher, Kochdünste aus dem Parterre.

»Aber sagen kannst du ja nichts. Hab noch nie mit einem Stummen zu tun gehabt – kann das auch nicht richtig glauben. Laß mal sehen. Mach auf.« Sie schob wieder meine Lippe hoch, und ich sperrte weit auf, dann lockerte sie meinen Schlips und spähte mir in den Mund. »Entspann dich. So ist gut. Ein geschenkter Gaul bist du doch nicht, oder? Bei dem, der bezahlt hat, hab ich's leichter. In *meinen* wird aber nicht geguckt. Fair ist fair, aber klug ist klug und schlau ist schlau.« Sie setzte mir die Fingerspitze auf die Zunge. »Lippen okay. Zunge okay.« Sie sondierte mit einem anderen Finger. Ich mußte mich beherrschen, um nicht zuzubeißen. »Hals okay. Stimmbänder – Ah – Ah – aufhalten – Ah – wo sind sie denn? Hat die jemand rausgeschnitten? Ausgeräumt wie durchgeschmorte Leitungen?«

Ich schüttelte den Kopf.

»Warum dann die Sprachlosigkeit, Honey? Das paßt nicht zu einem jungen Mann von deinem Format.« Miss Loveburn führte mich zu ihrem Bett, setzte sich auf die Kante und zerrte an mir, bis ich rechts von ihr saß. Ihr Hemd bedeckte nicht mehr, was es eben noch bedeckt hatte. Ich sah die glatten weißen Kabel ihrer Schenkel, das dunkle Vogelnest dazwischen. Ich spürte ihre Wärme. Bis zu diesem Augenblick hatte mich nichts an diesem Etablissement oder an der käuflichen Sabrina Loveburn auch nur annähernd erregt, doch als ich dasaß, kriegte ich einen Steifen, und sie bemerkte es.

»Ruhig Blut, Danny. Ich habe Tote zum Leben erweckt. Bei so elektrischen Jungböcken wie dir genügt es, daß ich atme. Nichts passiert, bevor *ich* es sage, hörst du?« Ich legte meine Hand auf ihr schönes Knie. Ich lehnte mich in sie hinein und machte den Schmusemund an ihrer Kehle. »Heute abend, Dannyboy, nutzt dir weder das Geld von Reese noch, daß du wie ein Guppy an mir rumnibbelst. Dein Sesamöffne-dich heißt *Love ya, hon* oder *Shut my mouf.* Oder du bleibst außenvor. Ich verkaufe nicht an Einarmige, Hasenscharten oder Taubstumme. Reese weiß das. Also sag mir, daß du mich liebst, Danl.«

Auweia. In dem Augenblick damals bedeuteten mir Mama, Gott und die ganze Bitte-und-Danke-Moral von Tenkiller ungefähr soviel wie die Prosa auf einem Matratzenetikett. Ich wollte Miss Loveburn unter mir haben, ihr Cowboyhemd bis an den windhundmageren Brustkorb geschoben, und mich von ihren Beinen in immer kleinere befriedigte Schnipsel schnippeln lassen.

Ich liebe dich, flüsterte ich. (Ich konnte flüstern – das hatte Pumphrey mir nicht rauben können.)

»Laut!« sagte Miss Loveburn. »Richtig laut aussprechen!«

Aber dazu hätte ich eine Rißzeichnung meines ganzen Stimmapparates gebraucht und eine Gebrauchsanweisung obendrein.

»Wetten, daß du lügst. Wenn du mich liebst, geh ich ins Kloster. Aber du mußt es sagen – irgendwas *mußt* du sagen, damit ich nicht das Gefühl hab, ich verhökere mich an einen Krüppel, der sich vor dem Wehrdienst drückt. Kapiert?«

Ich kapierte, aber wie ich mich auch ins Zeug legte – die Zunge rollte, Luft schluckte – ich brachte nur stimmloses Gestammel heraus.

»Ah-ah. Das reicht nicht.«

Ich mühte mich ab, plagte mich wie ein Köter, dem ein Knochen quersitzt. Ein Nazi hätte Erbarmen mit mir gehabt; sogar ein Japse. Schließlich gab ich auf, kippte Miss Loveburn hintenüber und keilte ihr ein Knie zwischen die Beine. Ist das etwa Vergewaltigung, wenn man versucht, sich bei einer Nutte durchzusetzen, die man bezahlt hat und die einem dann Bedingungen stellt, die nichts mit dem Preis oder den Details der Paarungspraktiken zu tun hatten, die sie über sich ergehen lassen würde?

»Hör auf, Danl! Ich warne dich!«

Sie stellte mir ein Knie in den Unterleib, unsanft zwar, aber der Billardstock hatte die Kugel nur gestreift. Damit sie das nicht noch einmal machte, wälzte ich mich mit Hüften und Schambein über sie und stülpte ihr einen hungrigen Kuß auf Lippen und Kinn.

Dann krachte aus heiterem Himmel ein Findling auf meinen Hinterkopf und zerstäubte denselben zu einem Kopfschmerzpulver der allerschwärzesten Sorte.

33

Als ich aufwachte, war ich allein. Mein Kopfkissen war ein zusammengefaltetes Handtuch, und die Waffe, mit der Miss Loveburn mich erschlagen hatte – ein gläserner Aschenbecher mit dem Abziehbildchen *Wing & Thigh* –, saß mir auf der Brust wie ein großer magischer Knopf zum Laut- und Leisestellen. Ich drehte mit lahmer Hand daran, und fuhr zusammen, als der Schmerz zwischen meinen Ohren explodierte.

Jemand mußte mich aus dem Kabuff von Miss Loveburn hierher auf dieses niedrige Sofa geschafft haben, das in einem Flur stand, der – wenn man sich den Läufer, die Fischbecken und die Bilder hinzu- und die Sofas und die vielen Leitungen an der Decke wegdachte – aufs Haar dem Flur glich, den ich schon kannte. Ich stützte mich auf und sah mich um. Die Türen legten nahe, daß dieser Flur parallel zu dem auf der *anderen* Seite des horizontalen Gewerbes verlief. Hinter der Tür am Fuß meines Sofas ging es mit Plumps und Rums und Stöhnen und Kieksen zur Sache.

»Wie geht es dir, mein Süßer?« Eine Frau um die Vierzig, die angezogen war wie eine USO-Hostess* – so stilvoll und adrett –, berührte die Beule an meinem Hinterkopf. »Siehst aber ganz munter aus.«

Ich zuckte vor der Berührung zurück. Bei dem Ausdruck von Schmerz und Verwirrung in meinem Gesicht schaltete sie augenblicklich auf Puffmutter um. Ihre Mädels, meinte sie, verstünden sich nicht bloß auf die Kunst der Künste, sondern mindestens so gut auf Selbstverteidigung und behielten sich Gewalt nur für *den* Fall vor, daß ein ungeduldiger Freier ›aggressiv‹ wurde.

»Aggressives Verhalten unterläuft den Vertrag, der bei Zahlung des üblichen Honorars beiderseits frei eingegangen wird«, meinte sie. »Und du *warst* aggressiv. Sabrina hätte nur zu rufen brauchen und man hätte dich kurzerhand rausgeschmissen, aber es tat ihr zu leid, daß ein so grüner Junge wie du, der obendrein noch stumm ist, da draußen liegen sollte, bis er wieder zu sich kam. Also durftest du deinen gläsernen Traum« – sie wies mit der Nase auf den Aschenbecher – »genau hier zu Ende träumen, mein Süßer.«

Fünf Türen weiter lehnte ein Mann mit bulligem Gesicht an der Wand, er hatte die Arme vor der Brust verschränkt, sein Bizeps glänzte. Er sah zu mir her, zog sein Kinn ein und lächelte – eher mitleidig als gemein.

»Ich bin Fidelia Florida Foxworthy«, sagte die Frau. »Sabrina kümmert sich woanders um jemand. Und auf dem Bett konnten wir dich nicht lassen, mein Süßer, weil Mamie das Zimmer gebraucht hat. Und zu deinen Kameraden konnten wir dich auch nicht bringen, weil – Kunden mit einer Beule am Kopf sind nun mal keine Reklame. Deshalb hat Burley« – sie nickte dem Rausschmeißer zu – »deinen Kameraden erzählt, du hättest dich so gut mit Sabby amüsiert, daß du es auf eigene Rechnung noch mit ein, zwei anderen Mädels treiben wolltest.«

Diese Geschichte versetzte mich in Panik. Ich hob mein Handgelenk ans Ohr wie jemand, der hören will, ob seine Armbanduhr noch tickt.

»Ich trage auch keine«, sagte Miss Fidelia. »Burley, wie spät ist es?«

Der Rausschmeißer sah auf die Uhr. »Dreiii-viertelzehhhn.« Die Stimme tropfte wie Honig.

Mein Gott, ich hatte das Dinner mit Phoebe und ihrer Ma verpaßt! Curriden und die anderen waren bestimmt schon fort. Schlimmer noch – hatte man keine Sondergenehmigung von Mister JayMac, dann war am Abend vor einem Spiel um elf Uhr Zapfenstreich. Wenn ich noch zu den Pharrams wollte, um mich zu entschuldigen, würde ich es nicht mehr bis McKissic House schaffen, bevor die Standuhr im Foyer elf schlug; eher würde sich mein fahrbarer Untersatz – Taxi, Heuwagen oder Fahrrad – in einen Kürbis verwandeln!

Ich packte den nächstbesten Türknauf und wollte die Tür, die daran befestigt war, aufreißen, doch die Tür ließ sich nicht aufreißen.

»Da kannst du nicht rein, mein Süßer«, sagte Miss Fidelia. »Mamie ist bei der Arbeit. Sie sind alle bei der Arbeit. Sollten sie jedenfalls.«

Ich sprang auf das Sofa, trampelte drüberweg und stürzte mich auf den nächsten Knauf. Die Tür tat auch keinen Mucks. Ich stürzte zur nächsten und rüttelte am Knauf.

»Burley! Burley, halt ihn auf!« schrie Miss Fidelia.

Burley kam durch den Flur gestürmt, ein Wackelpeter, der schneller wogte als seine Stimme tropfen konnte. Ich hatte fast alle erreichbaren Türknäufe probiert, als einer sich drehte. Die Tür machte klick, ich fiel in das Kabuff dahinter, landete peng auf einem Sisalteppich und krabbelte auf allen vieren, als Burley nach dem Türknauf grapschte und sich das Ohr am Pfosten schlug, weil der Widerstand seinen Schwung umkehrte.

Ich konnte gerade noch sehen, wie auf dem Bett eine Wing-and-Thigh-Mieze in abgeschnittenen Jeans und schulterfreiem Oberteil mit Halsträger ihren Lippenstift benutzte, um den rückwärtigen Vollmond ihres Freiers in einen zwinkernden Popeye zu verwandeln. Mein Auftritt bescherte dem vergänglichen

Kunstwerk ein jähes Ende. Das Mädchen kreischte und kugelte sich fast den Arm aus, als sie mit dem Lippenstift nach mir warf. Ihr Freier wälzte sich über das Popeyegesicht und präsentierte seinen *Tussey-Cosmetics*-roten Ständer samt Anhang und weiter oben sein wahres Gesicht mit Augen, die so rund und weiß wie kleine Arschbacken aus den Höhlen traten, ehe sie sich wieder verengten.

Burley prallte mit dem Mädchen zusammen, als ich die gegenüberliegende Tür aufriß und den fahrbaren Untersatz mit dem Aquarium enterte. Der Wagen rollte ein, zwei Fuß weit, fing sich am Rand des Läufers und kam ruckartig zum Stehen. Nicht so das Becken. Es rutschte weiter, kippte und krachte zu Boden, zerbrach und ergoß zehn Gallonen algengrüne Pferdepisse und zwei Pfund tropische Fische in den Flur. Der Teppich wirkte wie Löschpapier, und die gestrandeten Fische zappelten und japsten auf dem pitschnassen Läufer wie eine Reihe silbriger Conga-Tänzer.*

»Halt, du verdammter kleiner Zwerg!« rief Burley.

Ich hüpfte wie bei Himmel-und-Hölle über den verbeulten Rahmen, die Fische und die Glasscherben und hielt schnurstracks auf die Theke und die Tür in die Freiheit zu.

»Was, zum Teufel, ist hier los?« rief das Opfer von Popeye-Interruptus in dem Hokuspokuskabuff. »Was soll der Scheiß?«

Ich zwängte mich an der Concierge vorbei und rannte treppab. Auf dem Absatz (mehr oder weniger) genau unter Miss Fidelias Etablissement hatte ich die Wahl: Ich konnte linkerhand durch die Tür ins Speiselokal oder weiter Xylophon auf der Treppe spielen bis in einen Lagerraum mit Hinterausgang. Ich wählte die Tür ins Lokal – da war ich sicherer.

Gäste hin, Gäste her, Burley polterte mir hinterher. Vier Rekruten kamen die ächzende Stiege hoch. Ich wieselte mich durch und sprintete an den prallvoll besetzten Tischen vorbei. Ich wünschte mir nichts sehnlicher, als daß da noch Curriden, Quip und Vito saßen und an ihren Hühnchenknochen lutschten. Ha. Da hätte ich mir auch Tojos* kaiserliche Streitkräfte wünschen können.

»Haltet ihn fest!« schrie Burley, der sich zwischen den ausufernden Tischen und der belagerten Theke hindurchschaukelte. »Den da mit den gottverdammten Ohren!«

Ein GI im Eingangsbereich packte mich beim Arm. »Wohin willst du, Dumbo?« Er hatte den Spitznamen aus dem Stegreif erfunden.

Burley stürmte heran, sein pummeliger Ellbogen traf den Soldat in der Magengrube. »Danke«, keuchte Burley und nahm meinen Schlips in die Faust. »Ich hab den Idiot beim Schlafittchen. War mir ein Vergnügen, Mister.«

Phoebe würde mich von jetzt an hassen. Ich würde den Zapfenstreich verpassen. Vielleicht würde mein junges Leben in einer Gasse zwischen Abfalltonnen enden. Burley zerrte mich nach hinten. Wo wir vorbeikamen, winkte man mir zum Abschied, ein Bursche nahm seinen verstörten Terrier beim Halsband.

»Würden Sie bitte meinen Freund loslassen.«

Burley und ich drehten uns um. Mitten im Lokal stand Jumbo in seinem Gehrock à la Abraham Lincoln und einer schwarzen Hose, deren Stoff gereicht hätte, um drei normalgroße Brautführer einzukleiden. Sein Gesicht hätte den Big Ben zum Schweigen gebracht. Es ließ das Rouge auf den Lippen von einem halben Dutzend Frauen erbleichen und die Wangen von einem ganzen Zug Infanterie einfallen.

»Wer, zum Teufel, sind Sie?« Burley bekam nicht das große Zittern – das muß man ihm lassen –, nur seine Stimme tat einen merkwürdigen Kiekser.

»Henry«, sagte Jumbo. »Henry Clerval.«

»Henry«, sagte Burley. »Oh, Henry.«

»Vorsicht, Burley«, meinte ein GI. »Das ist Hank Clerval, der beste Mann am First in der ganzen CVL.« Er sagte das mit solchem Respekt, daß einem CVL beinahe wie eine vokallose Version von Clerval vorkam – ähnlich wie JHVH für Jehovah.*

»Ich gehe nicht zum Baseball«, sagte Burley.

»Na ja, weißt du, er zerknackt dich wie ein rohes Ei«, sagte der GI. »Er futtert kleine Negerkinder zum Frühstück.«

»Das letzte ist eine verwerfliche Lüge«, sagte Jumbo.

»War nicht so gemeint«, sagte der GI. »Gott ist mein Zeuge, es tut mir leid.«

»Henry«, sinnierte Burley. »Ein einfältiger Henry.«

»Lassen Sie Daniel los«, sagte Jumbo, doch Burley hielt meinen Schlips fest im Griff; die Enden fielen auf meine Schulter, mein Kopf wurde in eine schmerzhafte Schräge gezerrt. »Womit hat er sich Ihren Zorn zugezogen? Was hat er verbrochen?«

Diese Fragen verblüfften Burley. Ich hatte mir bloß nehmen wollen, wofür Curriden bezahlt hatte (jetzt freilich erschauerte mein Gewissen bei dem Gedanken, Miss Loveburn attackiert zu haben); dann, als ich erfuhr, wie spät es war, hatte ich aus dem *Wing & Thigh* fliehen wollen. Versuchte Vergewaltigung und eine verpaßte Verabredung zum Dinner.

»Er … ja, er hat ein Aquarium zerschmissen«, sagte Burley.

»Und nun wollen Sie ihn mit nach oben nehmen, damit er den Schaden behebt?«

»Nein, ich wollte ihn zum Hinterausgang schleppen und ihm einen Arschtritt verpassen«, sagte Burley. »Sieht der Hanswurst aus, als wär er Glaser?«

»Ich denke, Ihre Chefin ist glücklicher über eine finanzielle Entschädigung als über einen mißhandelten Kunden, einen Prozeß und eine gerichtliche

Schließung ihres Etablissements, das nicht nur die Brieftasche, sondern auch die Moral des amerikanischen Soldaten auslaugt.«

Burley war nicht dumm. Er ließ meinen Schlips los, und ich ging mit soviel Würde, wie ich aufbringen konnte, zu Jumbo.

»Henry ist ein ehrenwerter Name«, sagte Jumbo. »Männer vom Format eines Adams*, Longfellow* und Ford* haben ihn getragen. Ein anderer Clerval, ein ganz und gar bewundernswerter Gentleman, hat ihn mir gegeben. Verhöhnen oder verunglimpfen Sie nicht den Namen Henry.«

»Nein, Sir«, sagte Burley ernst. »Das liegt mir fern.«

Jumbo – nein, Henry – zückte die Brieftasche und zählte zehn Scheine ab. Er gab sie mir. Ich gab sie Burley.

»Reicht dieser Betrag für ein neues Aquarium samt Fauna?« fragte Henry.

»Jawoll, Sir. Wünschen Sie eine Quittung?«

»Danke, nein. Diese Herrschaften hier« – seine offene Hand beschrieb einen Viertelkreis – »werden die beiderseitige Akzeptanz von Daniels Zahlung attestieren. Das darf ich doch annehmen, oder?«

»Klar«, sagten mehrere Freudenmädchen und GIs wie aus einem Mund. »Worauf du dich verlassen kannst.«

Jumbo – nein, *Henry* – fädelte mich nach draußen in den allabendlichen Kehraus-Nepp aus streunenden Soldaten, Prostituierten, Gauklern, Taschenspielern und MP (die Rekruten nannten sie *Miserable Pricks*[1]), die sich wie kleine Diktatoren aufführten.

Am Bordstein wartete ein Taxi. Henry schob mich hinein. »McKissic House«, sagte er dem Fahrer. Wir fuhren los. »Wie habe ich dich gefunden?« fragte er, während sich der Strom der Neonlichter an der

[1] *Miserable Prick* = etwa: Mieser Pimmel

Windschutzscheibe brach. »Tja, Mr. Curriden und seine Freunde kamen ohne dich nach McKissic House. Wie ich gehört hatte, solltest du aber das Stadion in ihrer Begleitung verlassen haben. Phoebe rief an, du seist noch immer nicht angekommen. Ich habe jeden der drei Gentlemen, die zuletzt mit dir gesehen wurden, zur Rede gestellt. Mr. Curriden hat nur gelacht. Mr. Parris meinte, du hättest dich schon früh am Abend selbständig gemacht. Mr. Mariani gestand mir den wahren Beweggrund für deine Expedition und sagte mir, wo man sich von dir getrennt hatte.«

Getrennt hatte? Hatten die drei mich absichtlich im Stich gelassen?

Henry legte mir eine Hand aufs Knie. »Wie fühlt man sich denn, wenn man seine Unschuld verloren hat?« Die Finger gruben sich in mein Knie, bis ich die Zähne zusammenbeißen mußte, um nicht aufzuschreien, dann ließ er los.

»Entschuldige«, sagte er. »Andere haben deinen schmutzigen Ausflug geplant. Sie haben dich hereingelegt, haben deine Humanität und dein Recht auf Selbstbestimmung als denkendes Wesen verleugnet.« Als ich schon dachte, er hätte mir die Absolution erteilt, grapschte er wieder mein Knie. »Doch du, Daniel – nicht zuletzt *du* –, hast zu deiner eigenen Erniedrigung beigetragen. Was heißt denn Selbstbestimmung, wenn nicht Eigenverantwortlichkeit auf dem Schlachtfeld der Moral?«

Ich verdiente die Abfuhr. Doch, doch. Ein paar nackte Sekunden lang war ich da oben im *Wing & Thigh* zum Tier geworden; nicht so sehr, weil ich ein ›Juckhändchen‹ für meine Libido gesucht hatte – Himmel, das war normal –, nein, weil ich versucht hatte, mein auserkorenes ›Juckhändchen‹ mit Gewalt zu bekommen. Ich hatte Sabrina Loveburn nötigen wollen, mich zu nötigen.

Schon ulkig. Als ich in dem Taxi saß und Henrys Wortschwall lauschte, da war mir klar, daß ich gegen Miss Loveburn gesündigt und die Beule am Kopf verdient hatte. Trotzdem nahm ich ihr übel, daß sie versucht hatte, mich zum Sprechen zu bringen, um dann den Vertrag mit Curriden – *bezahlst du den Preis, kriegst du die Ware* – eigenmächtig zu ändern. Scham und Verbitterung lagen im Clinch.

»Die junge Miss Pharram sagt, du hättest sie *versetzt*«, fuhr Henry fort. »Wie du dir denken kannst, ist sie gekränkt, verwirrt und empört.« (Da erging es ihr wie mir, nur daß meine Gemütsverfassung nicht auf ihr Konto ging, ihre aber auf meins.) »Was meinst du, wie sich Miss LaRaina angesichts von Phoebes Unglück fühlt? Bestimmt genauso unglücklich. Genauso gedemütigt.«

Mit Penticuff Strip im Rücken rumpelte das Taxi über die Geleise, die Highbridge teilten. Die Fäulnisgerüche von Pferde- und Maultierdung, der Gestank einer weit entfernten Papiermühle und die Röstfahnen der Goober-Pride-Fabrik umwehten uns. Die Straßen jenseits der Schienen benutzten das nächtliche Dunkel wie Panzer ihre Tarnnetze, und die Leute, die – gleich welcher Hautfarbe – zwischen den Schatten auftauchten, ließen mich unwillkürlich an feindliche Scharfschützen denken.

»Miss LaRaina zu treffen, das war Mr. Curridens wirkliche Absicht«, erklärte mir Henry und blickte unverwandt in Fahrtrichtung. »Er hegt keinen Groll gegen dich. Wer weiß, vielleicht hat er dich tatsächlich mit einem bezahlten Besuch im *Wing & Thigh* belohnen wollen; immerhin hast du einiges für die Hellbenders getan. Andererseits verspürte er keine Gewissensbisse, dich als Faustpfand zu benutzen, um indirekt Miss LaRaina zu verletzen. Daß dieses Unterfangen auch dich versehren könnte und Miss Phoebe zutiefst kränken würde, war ihm gleichgültig; ihr wart nur Mittel zum Zweck. Ich habe Mr. Curriden bislang gut leiden können. Heute abend allerdings brennt sein Name wie Salz und Asche in meiner Wunde.«

Henry schwieg, bis unser Taxi in die Angus Road einbog.

»Das Komische an Mr. Curriden ist, daß er durch seine Gehässigkeit auf der Skala meiner Wertschätzung noch tiefer gesunken ist als die Messieurs Hoey, Sloan, Sosebee, Sudikoff und Evans. Bei all ihrer Bigotterie rächen sie sich unmittelbar an demjenigen, der sie blamiert oder beleidigt, und bedienen sich nicht argloser Dritter, mit denen sie gar keinen Streit haben.« Beim Anblick von McKissic House sagte er: »Diese unverschämte Laus.«

Das Taxi fuhr uns bis an die Balustrade der vorderen Veranda. Obwohl im Parterre und auf dem ersten Stock noch Licht brannte, hatte man als jemand, der ein bißchen nach dem offiziellen Zapfenstreich kam, gleich das Gefühl, das Haus müsse einen, sobald man den Fuß über die Schwelle setzte, mit Haut und Haaren verschlingen.

Henry zahlte den Fahrpreis und gab dem Fahrer ein Trinkgeld. Er packte mich von hinten unter die Achseln und trug mich mehr oder weniger die Stufen hinauf. An der Tür ins Foyer stellte er mich ab und sah auf mich herunter.

»Du schuldest mir zehn Dollar für das Aquarium, Daniel – eine Schuld, die ich dir nicht vergeben werde.«

Kein Problem. Das Geld hatte ich. Wie über einem Siphon kreiselten meine Gedanken über einem bestimmten Augenblick im *Wing & Thigh*. Das Gesicht – das von dem Kerl mit dem roten Popeye-Cartoon auf dem Hintern war ein Gesicht, das ich kannte. *Was, zum Teufel, ist hier los? Was soll der Scheiß?* Auch diese unangenehme Stimme kam mir bekannt vor. Aber woher kannte ich den Mann, und wieso ließ er sich die allbekannte Grimasse von Popeye auf den Hintern malen?

»Hast du gehört?« sagte Henry.

Ich nickte, und wir gingen ins Haus.

34

Am Freitagnachmittag waren Miss Tulipa und Colonel Elshtain eingetroffen, zu spät, um noch das Spiel gegen die Seminoles zu besuchen. Miss Giselle hatte sie empfangen und zu sich und Mister JayMac eingeladen. Der staubbedeckte Hudson Terraplane kauerte vor dem Bungalow, die Reifenprofile waren verkrustet vom roten Schlamm eines Flußbetts in Alabama.

»Daniel, du siehst prächtig aus«, sagte Miss Tulipa in der Sommerlaube am Hellbender-Weiher. »Wie ein Soldat, findest du nicht, Clyde?«

»Doch«, sagte der Colonel. »Er hätte auf mich hören sollen.«

Nach dem Frühstück hatte Darius mich zur Sommerlaube geholt, sie sollte als neutraler Treffpunkt dienen. Die Elshtains, erklärte mir Darius, hätten nicht in McKissic House stören wollen, und kein Spieler habe seit dem Bau des Bungalows im ersten Spieljahr der CVL dort einen Fuß über die Schwelle gesetzt – nicht einmal so mutmaßliche Favoriten wie Hoey, Muscles, Snow oder Jumbo Clerval, mein erlauchter Zimmergenosse.

Nicht *Jumbo* – hätte ich Darius am liebsten berichtigt – *Henry*.

»Deine Mama würde strahlen, wenn sie dich so sehen könnte«, sagte Miss Tulipa. »Was macht deine Laryngitis?«

Bisher war ich mit Nicken und Kopfschütteln, Grinsen und Fußscharren ausgekommen. Schüchterne Jungs brauchen nicht viel zu sagen. Jetzt aber mußte ich weiter den Schüchternen spielen oder aber mit Bleistift oder Zeichensprache Farbe bekennen. Ein schlimmer Fall von Laryngitis kann ganz schön hartnäckig sein, oder nicht? Ich machte andeutungsweise den einhändigen Selbstwürgegriff und schüttelte traurig den Kopf.

»Pobrecito«, sagte Miss Tulipa. »Was für eine Plage.«[1]

»Du übertreibst wie immer«, sagte Colonel Elshtain. »Nicht *du* hast die Laryngitis, sondern der Junge.«

Miss Tulipa sah den Colonel strafend an. »Liebling, im Augenblick hätte ich nichts dagegen, wenn *du* sie hättest.«

»Sollte dein frommer Wunsch in Erfüllung gehen, Tulipa, werde ich es verdammt schwer haben, auf der Heimfahrt meinen Part von *Row, Row, Row Your Boat* zu singen.«

Miss Tulipa lächelte. »Clyde, sei doch so nett und hole das Geschenk aus dem Wagen, das uns seine Mutter mitgegeben hat.«

Colonel Elshtain schlug die Hacken zusammen – aus Sarkasmus vielleicht – und tat, wie ihm geheißen.

»Deine Mama vermißt dich unsäglich«, sagte Miss Tulipa. *»Du lieber Himmel!«* Aus einer von Bäumen gesäumten Nische des Hellbender-Weihers kam eine wahrlich bizarre Erscheinung geglitten, und Miss Tulipa schlug die Hand aufs Herz wie eine Filmschauspielerin, der laut Drehbuch ein Gespenst oder irgendein launisches Trugbild begegnet. Ich beeilte mich, die Erscheinung auf dem Weiher auf etwas Vertrautes zurückzuführen.

Daher schrieb ich auf eine Seite aus dem Notizbuch, das ich immer bei mir trug: *Das ist nur Henry in seinem Kajack, mein Zimmerkamerad.*

Henry paddelte zwischen den Bäumen heraus auf uns zu. Wie der Schornstein eines Ozeandampfers

---

[1] *pobrecito* (spanisch) = armer Schelm

ragte sein Oberkörper aus dem Einmannloch. Gemessen an ihm wirkte das Kajak lächerlich klein, es lag so tief im Wasser, umgeben von einer Wolke aus Moskitos und Zwergmücken, daß einem angst und bange wurde, es könne jeden Moment vollaufen oder umschlagen. Nichts von alledem passierte, und Henry tauchte sein Doppelpaddel mal links und mal rechts ins Wasser, und das mit der kraftvoll behäbigen Anmut, mit der er im Bereitschaftskreis das Schlagholz schwang. Er nickte, als er vorbeiglitt – kein Winken, kein Lächeln. Dann drehte er ab und paddelte auf eine Flottille von Hausenten zu, die eilends vom anderen Ufer abgelegt hatte. Er legte das Paddel quer über den Bug und bombardierte die Enten mit Maisbrotkrumen.

Miss Tulipa konnte sich nicht losreißen. »Das ist eines von diesen Eskimo-Booten, nicht wahr?«

Ich nickte und schnippte eine Zigarette aus meinem Päckchen. Ich hatte sie schon angezündet, als mir einfiel, daß ich Miss Tulipa übergangen hatte. Sie starrte verloren über das Wasser, ganz wie die Frau eine Walfängers, die auf die Heimkehr ihres geliebten Mannes wartet, – dann sah sie mich wieder an und bekundete mit einem ulkigen Augenrollen ihre Enttäuschung.

»Lieber Gott, Daniel, was tust du da?«

Ich dachte: *Wenn ich alt genug bin, um Geld zu verdienen, bin ich auch alt genug, um zu rauchen.* Doch ihr Protest galt nicht meinem Alter. Sie schnappte mir die Zigarette fort, schmiß sie auf den Laubenboden und zermalmte sie mit der Spitze ihres Spangen-Wedgie.[1]

»Du mußt Mayonnaise im Kopf haben, und die ist in der Sonne schlecht geworden. Ein Mensch mit Laryngitis darf genausowenig rauchen wie ein Tbc-Kranker. Willst du auf deinen Stimmbändern Polypen züchten? Damit die Laryngitis chronisch wird?«

---

[1] *Wedgies* = Schuhe mit keilförmiger Sohle (hinten halbhoch)

Ist sie längst, dachte ich, zeigte mich aber reumütig und schüttelte verzagt den Kopf.

Colonel Elshtain kam mit Mamas Geschenk zurück. Sie hatte es zwar in Geschenkpapier gewickelt, doch der Form nach konnte es sich nur um eine Angelrute, einen Axtstiel oder um einen Baseballschläger handeln. Hätte ich mich entscheiden müssen, ich hätte mit der neunmalklugen Gewißheit eines Schülers, der vom Pfuschzettel abliest, auf den Baseballschläger getippt.

Und wahrhaftig, Mama hatte mir ein Schlagholz geschickt, wieder ein Red-Stix-Modell. Ich schälte es aus dem Papier und schwang ein paarmal. Beim Schwingen spürte ich ein sonderbares Herzreißen.

»Coach Brandon wollte, das du ihn bekommst«, sagte Miss Tulipa. »Er hat ihn deiner Mama gegeben, gleich, als er hörte, daß der erste vorzeitig ausgeschieden ist.« Mit zärtlicher Selbstgefälligkeit sah Miss Tulipa zu, wie ich das rote Schlagholz schwang. »Sieht er nicht wie ein guter Schlagmann aus, Clyde?«

»Er *ist* ein guter Schlagmann – die Zahlen belegen es. Ich finde, er sieht eher aus wie ein gefechtsbereiter Infantrist.«

»Benimm dich, Clyde.«

Draußen auf dem Wasser ließ sich eine Ente auf Henrys Schulter nieder. Sie fraß ihm aus der Hand. Die Enten auf dem Weiher flatterten und schnatterten wie unbestochene Ratsherren.

»Wir sind gespannt, dich als Shortstop zu erleben«, sagte Miss Tulipa, trat in den Bogen meines größten Schwungs und setzte mir einen Kuß auf die Stirn. »Der ist von deiner Mama.«

Ein Radau hob auf dem Weiher an. Zwei oder drei von Henrys Enten, darunter eine grünköpfige Stockente enterten das Kajak und griffen Henry regelrecht an.

»Ihr Ungeheuer!« brüllte er. »Seid nicht so gierig!«

Die Stockente enterte Henrys Kopf und traktierte ihn mit der Hitze eines gefiederten Romeo. In Notwehr fegte Henry sie ins Wasser, packte das Paddel und ließ das Kajak absichtlich umschlagen. Die Enten stoben auseinander und schossen zum Ufer zurück – manche pflügten wie Sturmvögel durch das kakaoschaumige Wasser, bis ihnen ihr 0.18-Zoll-Hirn sagte, daß sie aus dem Gröbsten heraus waren. Henry vollbrachte es mit der schieren Kraft seiner Rumpf- und Armmuskulatur und dem Widerstand des Paddels, das Kajak in einer glitzernden Fontäne wiederaufzurichten.

Beeindruckend. Colonel Elshtain spendete Henry eine Drittelverbeugung und applaudierte verhalten.

»Möchten Sie nicht auch ein Bad nehmen?« rief Henry, Haar und Gesicht so triefnaß wie das ganze Kajak.

»Nur eins in der Menge heute nachmittag!« rief der Colonel zurück.

»Ah, aber das Wasser ist herrlich erfrischend bei der drückenden Hitze.« Henry paddelte auf die Wiese aus Sommerwurz und Rotklee zu, die sich zwischen Laube und Wasser erstreckte.

»Diesen Nachmittag«, meinte Miss Tulipa, »mußt du ein paar Punkte für deine lieben Freunde in Tenkiller machen.« Nach diesem Ersuchen und noch ehe Henry das Ufer erreichen konnte, zogen sich die Elshtains in das Haus ihrer Schwägerin zurück.

35

Das Spiel an diesem Samstag, das erste einer Dreierserie gegen Opelika, begann um fünf. Ein Doppel am Vierten Juli* sollte die Serie am Sonntag beschließen – als besondere Attraktion war ein Barbecue auf dem Parkplatz geplant. Wie dem auch sei, nachdem Henry sein Kajak aufs Ufer gezogen und auf zwei Sägeböcke am Wagenschuppen gestülpt hatte, zog er sich um und spazierte mit mir etwa drei Stunden vor Spielbeginn nach McKissic Field.

Auf der Südseite des Stadions waren bereits drei Barbecue-Gruben ausgehoben und mit den ringsum offenen Zelten des ansässigen Leichenbestatters überdacht worden. Mindestens ein Dutzend Arbeiter – schwarze wie weiße – beschickten die Gruben mit Hickory, Eiche und Holzkohle. Inzwischen brutzelten drei kopflose glibbrige Mastschweine über den Gruben, und ein Duft tausendmal verführerischer als der von Goober Pride erhob sich über die Zeltdächer und die dick verkrusteten Brunswick-Stew-Kessel.*

»Yankee Doodle* Dandy«, sagte Henry. »Leider habe ich Schweinefleisch nie leiden können.«

Mag sein, dachte ich, aber wenn du bei den Ungpekmat gelebt hast, dann hast du Walroß, Robbe, Seelöwe und Weißwal gegessen. Nichts von dem Fischzeug kann auch nur halb so gut gerochen haben wie unser Barbecue.

Aber je näher wir dem Stadion kamen, desto merkwürdiger kamen uns Mister JayMacs Vorbereitungen für den Vierten Juli vor. Schreiner hatten Rampen gezimmert, die vom Parkplatz zum Konzessionsbereich und von dort zu den Logensitzen hinter unserem Unterstand führten. Als jemand, der seine Nase gerade mal aus Tenkiller, Oklahoma, gesteckt hatte, war mir noch nie eine Holzrampe unter die Augen gekommen – klapprige Stege liefen außer Konkurrenz –, doch im Rückblick möchte ich sagen, daß diese Rampen für mich viel von einer Promenade zwischen den Dünen eines Seebads hatten. Mister JayMacs Arbeiter hatten allerdings Sperrholzplatten statt Planken verlegt, und die Schritte der Menschenmenge hörten sich darauf an wie die Hufgeräusche von Rindern. *War das ein Baseballstadion oder eine Baustelle?* fragte ich mich, als wir durch den Spielereingang kamen. Man hörte sie immer noch hämmern, und es gab kaum jemanden, den die allgegenwärtige Torschlußpanik nicht kirre machte.

Am Schlagkäfig stießen wir auf Mister JayMac.

»Was ist los?« fragte Henry und wies mit dem Kinn auf die Rampen und die Stelle, wo die Schreiner eine Barrikade errichtet hatten, an der ein Schild hing:

NO UNAUTHORIZED PERSONS
BEYOND THIS POINT.

»Vorübergehende Renovierungen«, sagte Mister JayMac.

»Warum wollen Sie vorübergehend renovieren, Sir?«

»Das geht dich einen feuchten Kehrricht an.«

Henry sah betroffen drein. »Verzeihen Sie, Sir«, sagte er aufrichtig.

»Lose Zungen bringen Schiffe zum Sinken«, sagte Mister JayMac. Diese Binsenweisheit kam ihm wie eine ungewollte Entschuldigung über die Lippen, und er wandte sich rasch an mich. »Ah, wie ich sehe, hat Tulipa Ihnen den Schläger gegeben, Mr. Boles. Ein wirklich schönes und prächtiges Stück Holz. Zu schade, daß es heute nicht zum Einsatz kommt.«

Die Überraschung stand mir im Gesicht geschrieben.

»Stellen Sie es in den Ständer«, sagte Mister JayMac und zeigte in den Unterstand. Als ich mein Schlagholz versorgt hatte, sagte er: »Und bewegen Sie Ihren Hintern auf die Bank.«

Ich setzte mich.

Henry trottete peinlich berührt zum Rightfield, um mit Knowles Weitwurf zu spielen.

»Sie spielen heute nicht, Mr. Boles«, fuhr Mister JayMac fort. Er kam in den Unterstand. »Sie haben den Zapfenstreich gebrochen. Sie haben meine Großnichte versetzt, die sich redlich bemüht hat, für Sie ein Dinner zu richten. Die Bank ist fürs Zuspätkommen. Dafür, daß Sie Phoebe so übel mitgespielt haben, trifft Sie meine ganze Verachtung. Gibt es auch nur das Geringste zu Ihrer Verteidigung zu sagen?«

Ich schüttelte den Kopf.

»Gut. Und selbst wenn, Mr. Boles, es interessiert mich nicht die Bohne. Wollen Sie den *dritten* Grund hören, weshalb Sie heute nicht vor den Augen von Tulipa und ihrem Gatten spielen dürfen – vor Leuten, die Ihrer Mutter aus erster Hand von Ihren Heldentaten berichten könnten?«

Ich starrte ihn nur an.

»Nein, ich glaube nicht, daß Sie ihn hören wollen. Hören Sie ihn trotzdem. Sie haben in Begleitung von drei Männern, die es besser wissen sollten und deshalb noch sträflicher gehandelt haben als Sie, eine Gegend von Highbridge aufgesucht, die tabu ist für jeden Hellbender.«

Ich starrte nur.

»Mr. Curriden wird heute weder am Third noch als Ersatzmann antreten. Mr. Parris wird heute nicht werfen, weder als erster noch als Ablösung. Dasselbe gilt für Mr. Mariani. Vier Spieler im Aus dank der unbekümmerten Selbstgefälligkeit eines Mannes, dem ich vertraut habe, und den drei Schafsköpfen, die er als Komplizen hatte. Ich fange an zu begreifen, wie ein erbärmlicher Straßenjunge mit einem Charlie-Chaplin-Bärtchen selbst die Nation eines Goethe verführen konnte.«

Ich senkte den Kopf und verrückte den Hintern.

»Um vier Uhr wartet Phoebe bei Hitch & Shirleen's. Geh zur ihr. Lege dir eine plausible Entschuldigung zurecht, damit sie sich ein bißchen besser fühlt, dann kommst du wieder her und siehst dir an, wie deine Kameraden gegen einen der drei besten CVL-Vereine spielen – auch wenn sie das mit nur sechzehn Mann tun müssen statt mit zwanzig.«

Mister JayMac gab mir die Aufstellung. Buck Hoey machte den Shortstop, Junior Heggie das Third für Curriden und Lamar Knowles das Second für Junior. Der erste Pitcher – eine größere Überraschung als die Ersatzleute und Positionsverschiebungen – war Pete Haystack Hay *(His butt goes by bulk)*, der gewöhnlich die Feuerwehr in einem späteren Inning spielte, weil er nach acht oder neun Schlagmännern schlappmachte, was ein Erstpitcher nicht durfte. Wenn Hay die Puste ausging, würden Sosebee und Nutter das ausbaden müssen; Ankers sollte erst Sonntag werfen, und andere Pitcher standen uns nicht zur Verfügung.

»Onkel Jay meinte, du würdest mal reinspringen«, sagte Phoebe. »Ich dachte schon, du würdest eher ins Kloster gehen, aber es geschehen noch Zeichen und Wunder.«

So kurz vor einem Spiel war Hochbetrieb in *Hitch & Shirleen's*. Hitch hatte die Flucht ergriffen, Shirleen half einer alten Frau, die nicht mit dem Markenheft zurechtkam, und eine Rotte von Kids steckte die Knubbelköpfe in die Getränketruhe, als wimmle es darin von Köderfischen. Ungelogen, auf der Haupttribüne wären wir ungestörter gewesen.

»Tja, Ichabod, gut zu wissen, daß du nicht einfach aus der Stadt verschwunden bist«, sagte Phoebe, so daß der ganze Laden mithörte. »Sorry. Habe ich Ichabod gesagt? Ich meinte Boles. Ich werfe sie manchmal durcheinander, Boles und Ichabod – klingt aber auch *zu* ähnlich.« Ehe ich reagieren konnte, wandte Phoebe sich an die Kids an der Kühltruhe. »Nehmt euch 'ne Limo oder macht den Deckel zu! Ihr laßt die Kälte raus und verschwendet kostbaren Strom!«

Die Kids ließen den Deckel los – *wammm!* – und defilierten im Gänsemarsch an mir vorbei zur Tür hinaus. Ein kleiner Junge besah mich von oben bis unten, doch meine Baseballmontur schien ihn ziemlich kalt zu lassen.

Ich trat mit Ohrläppchen so rot wie entzündete Mandeln an die Theke, um Frieden mit Phoebe zu machen. Sie aber hatte kein Verlangen nach einem raschen Deal.

»Geh zur Seite. Ich muß etwas eingeben. Du blockierst die Registrierkasse.« Ich trat einen Schritt zurück. »Herrgott, Junge, was sollen denn die Spikes? Willst du unser Linoleum ruinieren?« Im *Neighborly Market* gab es nur zwischen den Regalen Linoleum; der meistbenutzte Bereich an der Kasse und an der Getränketruhe hatte rohen Betonboden. »Zieh sie aus, Boles.« Ich hatte hier noch nie die Baseballschuhe ausgezogen, und ich war bestimmt schon ein dutzendmal hier gewesen. »Ich meine das ernst, Boles.«

Also lehnte ich mich an die Theke und zog die Spikes aus. Das machte mich zwar einen halben Zoll kleiner als zuvor, doch deshalb lag Phoebes Nasenspitze immer noch meilenweit unter der meinen und zeigte gerade mal auf meinen Adamsapfel. Andererseits stand ich jetzt gefühlsmäßig in einem Graben und sie auf der Siegertreppe. Der Beton war eiskalt.

»Geh zum Milchschrank.« Phoebe winkte mit dem Kinn nach hinten in den Laden. »Los, geh schon!« Ich sockte an der Kasse vorbei zum Milchschrank. »Mach auf!« Ich machte auf. »Dein Essen steht auf dem Brett mit den Eiern. Nimm es raus und bring es her.« Ich sah einen weißen Porzellanteller, abgedeckt mit Wachspapier und überkreuz verschnürt wie ein Weihnachtsgeschenk. Ich nahm den Teller aus dem Fach und trug ihn zur vorderen Theke. »Da steht ein Schemel«, sagte Phoebe und wies mit dem Kinn auf einen Schemel hinter der Theke. »Setz dich und iß. Wär doch jammerschade um das Abendessen. Na los! Ich mach keine Witze. Was ich uns gestern gekocht hab, ist einfach zu schade zum Wegschmeißen.«

Ich zwängte mich hinter die Theke, tapste zum Schemel und setzte mich. Phoebe klirrte mir eine Zinkgabel aufs Thekenglas und ließ ruppig die Kasse für eine Kundin rasseln, die mich besah, als hätte ich mir eine Tonsur rasieren lassen. Ich knüpfte den Bindfaden auf, nahm das Wachspapier herunter und starrte auf eine kalte, gebratene Hühnchenbrust, eine ledrige Portion Kartoffelpüree und etwa zwanzig grüne Bohnen mit weißen Fettmanschetten.

»Iß«, sagte Phoebe. »Iß.«

Ich nahm die Gabel von der Theke.

»Oh, du willst sicher was zu trinken. Mrs. Nagy, sind Sie doch so nett und reichen Boles eine Erdbeerlimo. Er steht zwar nicht auf Erdbeerlimo, ich aber auch nicht.« Mrs. Nagy ging zur Kühltruhe und holte die Limo. »Machen Sie ihm doch bitte den Verschluß ab.« Mrs. Nagy tat uns auch diesen Gefallen und schlitterte mir die Limo mit feuchter Hand übers Glas, als gelte es, eine Bombe mit Zeitzünder loszuwerden. Phoebe hatte ihr die Ware in eine Tüte gestopft, und Mrs. Nagy suchte mit finstrer Miene das Weite.

»Iß jetzt«, sagte Phoebe.

Die Hühnchenbrust war noch saftig und schmeckte. Ich esse gern kaltes Brathühnchen. Doch an der Kartoffelpampe würgte ich wie an Lehmklößen, und die grünen Bohnen hatten unter dem ganzen Fett mehr Fäden als ein Teppich Fransen hat. Ich zwang mir Kartoffelbrei und Bohnen hinunter, Faden um Faden und Klumpen um Klumpen. Die Limo half.

»Jetzt zeige, daß es dir geschmeckt hat«, sagte Phoebe.

Ich nickte ein paarmal. Zumindest was das Hühnchen betraf, war das Nicken nicht gelogen. Phoebe nahm mir Gabel und Teller ab und räumte alles in ein Regal hinter mir.

»Jetzt sag mir, daß es dir leid tut, und zwar ganz schrecklich.«

Ich nickte auch hier meine Zustimmung.

»Das reicht nicht.« Phoebe legte mir einen Bleistiftstummel und ein benutztes Kuvert auf die Theke. »Schreib.«

Ich kritzelte: *Es kommt nicht wieder vor – versprochen versprochen versprochen!* Sie nahm das Kuvert und las mein Gekritzel – ein halbes dutzendmal. Sie starrte durch die Worte und das Kuvert hindurch auf die Enttäuschung und Demütigung von gestern abend. Ihr Blick war glasig, wie in Trance.

»Okay«, sagte sie plötzlich und gab sich einen Ruck rückwärts. »Entschuldigung angenommen.«

Ich atmete weiter; nur das Essen, das sie mir gekocht hatte, lag mir im Magen wie ein Sack voll Ziegelbruch.

»Oma Shirleen«, rief Phoebe, »komm mal her und sag diesem phänomenalen Shortstop, das er nicht Gottes Geschenk an Highbridge ist! Bevor ihm der Kopf über die Ohren schwillt!«

36

Am Samstag verloren wir gegen Opelika. Buck Hoey machte keinen Hit. Junior am Third machte zwei Spielfehler, weil er es einfach nicht gewöhnt war, quer über das Infield zu werfen. Pete Hay warf sechs Innings, ließ uns aber fünf zu null hinter den Orphans herlaufen, die zu sehr auf Draht waren, als daß wir noch hätten aufholen können.

»Ach du große Neun!« brüllte Curriden von der Bank aus, als Junior den zweiten Spielfehler machte. »Wo hast du deinen *Kopf?* Das ist doch kein lausiger Sandplatz!«

Mister JayMac war aufgestanden und ging vorne an Curriden vorbei. »Wo hatten *Sie* denn Ihren Kopf, Mr. Curriden, vor Ihrem Abstecher nach Penticuff Strip?« sagte Mister JayMac. Curriden verstummte.

Opelika war noch und nöcher am Schlag. Als wir schließlich unser drittes Aus einstecken mußten, rückte Mister JayMac auf und legte mir eine Hand aufs Knie. »Eine schöne Bescherung für Colonel Elshtain und meine Schwester auf einem ihrer seltenen Besuche in Georgia. Wieder ein Sieg für Opelika und ein erbärmliches Schauspiel obendrein. Morgen, Mr. Boles, wirst du in beiden Spielen am Short starten. Ein Sieg am Vierten Juli wird uns Auftrieb geben. Ich will nicht, daß man deiner Mama erzählt, ihr Sohn habe dank seiner Dämlichkeit und seines Egoismus am Independence Day die Bank gehütet.«

»Ich bin für *zwei* Siege, Sir«, sagte Darius am Ende der Bank. »So einfach kommen mir die Jungs nicht davon.«

»Meine Rede.« Mister JayMac schien zu frohlocken, gerade so, als habe er damit gerechnet, daß wir heute verlieren würden. Als sei diese Niederlage die Garantie für einen siegreichen Independence Day. Er klatschte aufmunternd in die Hände, als die Hellbenders sich zu einem neuen Gang gegen den Orphan-Pitcher, Lester Affleck, aufrafften.

Henry war dreimal am Schlag und landete bei einem Strikeout und zwei Pop-ups zum Second nicht einen einzigen Hit. Bei Eröffnung des Innings schlug er noch einen Pop-up, diesmal ins Foul Territory. Der Ball hatte das Schlagholz zersplittert und entschwebte als Strike Nummer Eins in die Zuschauermenge. Henry warf das Schlagholz in einen halben Salto, fing es am dicken Ende auf und schlug den Knauf auf die Home Plate. Es klang wie das kurze Näseln einer Bambusharfe, der Ton war im ganzen Stadion zu hören. Dann warf er das demolierte Ding Euclid zu und kam zum Unterstand getrottet, um sich Ersatz zu holen.

Weil ich die Bank drücken mußte, hatte Miss Tulipa mein neues Red-Stix-Modell noch nicht im Einsatz erlebt. Ich nahm Mamas Geschenk, das Coach Brandon gestiftet und die Elshtains mitgebracht hatten, aus dem Gestell und brachte es Henry. Er nahm es mit der hirntoten Miene verzückter Bestürzung entgegen und ließ es kurz schwingen

»Großer Gott«, sagte Turkey Sloan. »Was willst du mit dem blutrünstigen Zahnstocher, Jumbo?«

Henry sah mich an. »Und wenn ich deinen Schläger auch noch kaputtmache?« Ich zuckte die Achseln. Hauptsache, die Elshtains brauchten nicht bis morgen warten, um das Geschenk im Einsatz zu sehen.

Wieder im Schlagraum, drohte Henry mit meinem Red-Stix zu Lester Affleck hinüber. Die Zuschauer und die Orphan-Ersatzspieler im Opelika-Unterstand spotteten und buhten. Und Henry sah *wirklich* aus wie ein Landdoktor mit einem Zungenspatel, den er in eine rotlastige Variante von Enzianviolett getaucht hatte. Das war gut so. Ich ging immer noch davon aus, daß er die Spötter zum Schweigen brachte, und zwar mit einem Home Run, den er buchstäblich aus dem Handgelenk schlug. Wie im Film. Aber im falschen. Die nächsten zwei Würfe machten das Strikeout komplett, zwei total verfehlte Change-ups*, bei denen es Jumbo fast von den Füßen riß.

»Heh, Jumbo, wie wär's mit 'nem Telefonmast?« brüllte ein Soldat auf der Tribüne.

Henry kam zum Unterstand und gab mir meinen Red-Stix zurück. »Er hat sich vorgestellt, aber er hat seine Unschuld noch nicht verloren. Jetzt ist es an dir, ihm morgen die höheren Weihen zu geben.«

Vielen Dank, dachte ich.

Auf jeden Fall schaffte Affleck ein Shutout.* Es gab in dieser Saison drei Spiele, bei denen wir keine Punkte machten, das vom 3. Juli war eins davon.

»Ladies and Gentlemen, kommen Sie morgen ins McKissic zum großen Independence-Day-Festival«, beschwor die Lautsprecherstimme von Milt Frye die Zuschauer, die ausgeharrt hatten. »Zwei Spiele zum halben Preis. Barbecue auf dem Gelände. Mindestens ein Sieg für die Hellbender, oder Sie bekommen Ihr Geld zurück. Bei zwei Siegen Freilose für alle, die nach dem zweiten Spiel gehen. Wir haben außerdem eine *War-Bond-Rally**, einheimische Gospelsänger und eine *Groooße Überraschung*. Sie alle, die Sie uns treu geblieben sind…« Frye hätte bestimmt noch minutenlang weitergeredet, doch irgendwer schnitt ihm das Wort ab, indem er die Nadel auf das zerschrammte und mit 78-U./min eiernde *Star-Spangled Banner* setzte.[1]

Als ich an diesem Abend das Stadion verließ, rückte

[1] *The Star-Spangled Banner* = Das Sternenbanner = amerikanische Nationalhymne

wieder ein Trupp von Zimmerleuten an, um weiter an dem rätselhaften System von Rampen zu werkeln.

Zusammen mit den meisten Kameraden, die in McKissic House wohnten, nahm ich in der Kantine eine leichte Mahlzeit zu mir; danach zog ich mich auf die vordere Veranda zurück, um die Abendbrise zu genießen. Mister JayMac und Miss Giselle fuhren in ihrem Caddy mit Colonel und Mrs. Elshtain vorbei, wahrscheinlich zum Dinner irgendwo außerhalb. Daß sie mich nicht mitnahmen, tat einerseits weh und war mir andererseits nur recht.

Oben auf meinem Zimmer – Henry hatte Küchendienst – schrieb ich weiter aus dem Tagebuch ab. Die Abschnitte faßten einen Zeitraum von immerhin zehn bis fünfzehn Jahren zusammen – Henrys Abreise aus Alaska und seine Streifzüge durch den amerikanischen Nordwesten. In Washington State, Oregon und Idaho gewöhnte er sich den Verzehr von Fleisch wieder ab und ernährte sich hauptsächlich von Karotten, Knollen, Blattgemüse, Beeren und Nüssen. Aber er versteckte sich vor den Menschen und hauste in den Wäldern.

Hier ist so eine Passage:

Trotz meiner Entfremdung von den helleren Aspekten des Menschseins erlebte ich in den Cascades nicht selten ein melancholisches Glücksgefühl. So eines Nachmittags, als ich auf einem Felsen saß und auf einen Bach blickte, der von Bäumen flankiert und auf beiden Seiten von Laubmulch und Moos kaschiert wurde. Das Rauschen und Gurgeln des Wassers und die azurblaue Helligkeit des Himmels fanden zusammen, um mich gemeinsam zu beflügeln – mit einer solchen Intensität, daß ich einen Festgesang der Ungpekmat anstimmte.*

Ich singe nicht gut. Meine Stimme hat ein barbarisches Timbre, das selbst mich zuweilen aus der Fassung bringt. An diesem Nachmittag aber brach das Lied aus mir hervor wie der Gesang einer Nachtigall. Obwohl die Vögel verstummten und die Insekten zu zirpen vergaßen, war mir selbst zumute wie einer schlagenden Nachtigall – nur mir, versteht sich.

Zwei Krieger traten aus dem Buschwerk jenseits des Bachs und schossen mit Pfeil und Bogen auf mich. Auch wenn mir die banale Zwangsläufigkeit vertraut war, mit der die Menschen gegen mich vorgingen, so überraschte mich dieser Angriff doch. Wollte mir denn die Rasse meines Urhebers allezeit mit Feindseligkeit und Gewalt begegnen? Europäer, Asiaten, Sibirier, Angelsachsen – ja selbst die Inuits, denen ich fremd war –, alle reagierten sie auf mich wie auf eine tödliche Bedrohung, die man nicht rasch genug aus der Welt schaffen konnte. Die Angreifer, deren Pfeile ihr Ziel weit verfehlten oder an meinem Felsen abprallten, gehörten zur Sahaptin-Gruppe der nordamerikanischen Indianer: Es waren Cayuse, Palouse oder Wallawalla. Ich identifizierte sie anhand ihrer Kleidung und, als ich sie reden hörte, aufgrund gewisser Besonderheiten ihres Penuti-Dialekts.

Noch ehe ich mich ganz von meinem Schrecken erholt hatte, kämpfte ich mich auf die Füße, um ein warnendes und vorwurfsvolles Gebrüll auszustoßen. Die mit Leder bekleideten Eingeborenen zogen sich hinter einen Wall aus Heidelbeersträuchern zurück.

Ich brüllte aufs neue.

Und sprang brüllend von meinem Felsblock in das frische Grün am Boden, nur eine Bachbreite von ihrem Palaver entfernt. Diese Taktik, nicht zurückweichen, sondern vorrücken, verstörte und erschreckte die schießwütigen Eingeborenen.

»Sasquatch!« schrie einer von ihnen.

Sie flohen, pflügten regelrecht durchs Laubwerk, und riefen immerzu »Sasquatch! Sasquatch!« als gelte es, entfernte Stammesbrüder zu warnen.

Erneut auf mein anscheinend unwiderrufliches Schicksal als Ausgestoßener verwiesen, sah ich mich fortan wieder vor und vermied es tunlichst, mich den Eingeborenen oder ihren despektierlichen angelsächsischen Widersachern zu zeigen.. Nichtsdestoweniger fuhr ich fort, die Dörfer und Städte beider zu erkunden. Wie oft sollte ich die fremde Losung »Sasquatch!« zu hören bekommen, die diese verfeindeten Gruppen in ihrer irrigen Furcht vor mir einte. So wurde ich auf meinem Weg von Ungpek in den pazifischen Nordwesten und während meines Aufenthalts dort zu einer Legende, die ihren Ursprung und ihr Gedeihen einer schmerzlich kränkenden Lüge verdankt.[1]

Wenige Minuten, nachdem ich diese Passage gelesen hatte, kam Henry aufs Zimmer. Er sah es gern, wenn ich sein Tagebuch abschrieb. Auch wenn er sein Kajak den Elshtains vorgeführt hatte, so schien ich doch der einzige Mensch in Highbridge (oder überhaupt) zu sein, der wirklich begriff, was dieses Kajak auf dem verschlungenen Pfad seines Lebens bedeutete – seines zweiten Lebens, um es mit Henrys Worten zu sagen.

Jedem anderen ›verkaufte‹ er das Kajak als sein Hobby, das Hobby eines Sportsmanns, und man nahm seine Erklärung hin, so wie man Henry hinnahm, den einen unter einer Million Kerlen mit Baseballtalent und einem Schrankkoffer voller Grillen und Schrullen. Letztere ignorierte man freilich, weil – auf dem Baseballplatz, da war er Gold wert.

Henry alias Jumbo überragte zwar Muscles, aber *acht Fuß* groß war er deshalb noch nicht, wie Dr. F. in seinem Bericht geschrieben hatte, den Mrs. Shelly 1818 anonym veröffentlicht und dreizehn Jahre später mit einem Vorspann versehen hatte, in dem sie sich als Autorin ausgab. Ich meine, bei einem Kasper von acht Fuß Größe, da hätte doch jeder das Gruseln be-

---

[1] ***Sasquatsch*** ist ein Wort aus dem *Salish*, einer Dialektgruppe nordwestamerikanischer bzw. südwestkanadischer Indianer, und bezeichnet *ein* ***riesiges, behaartes, menschenähnliches Monster, das große Fußabdrücke hinterläßt*** …

kommen, besonders die Leute von meiner Statur, ganz zu schweigen von denen, die noch kleiner waren als ich. Ich nahm deshalb mein Notizbuch heraus und schrieb:

Du bist nicht so groß, wie Dr. F. behauptet. Wieso nicht?

Die Überraschung des Tages war kein Mister Jay-Mac, der mich auf die Bank verdonnert hatte, – nein, sie passierte eben jetzt. Henry steckte die Daumen in die Träger des übergroßen Overalls, den er zum Dinner angezogen hatte, schlippte sie von den Schultern, und stand mit einem Mal knöcheltief in einem blauweißen Faltengebirge.

Er hatte die Hosen runtergelassen – vor meinen Augen! So hatte ich ihn noch nie gesehen und meines Wissens auch sonst kein Hellbender. Wenn wir auf Achse waren und uns ein Zimmer teilten, verschwand er in die Toilette, um sich umzuziehen, oder machte vorher das Licht aus oder zog pingelig die Vorhänge zu. In McKissic House, bei Temperaturen, die ein Kamel umwarfen, da schlief er in lockeren Pyjamahosen und zog sich das Bettuch bis ans Kinn. Was Sitte und Anstand anging, hätte ihn die Frau eines Baptistenpredigers über den Klee gelobt.

Nun aber stand er in schlabbrigen Boxershorts und T-Shirt da, schmuddelweißer Unterwäsche, von der Hüfte aufwärts wie ein Dalmatiner getupft. Er ging rückwärts, schleifte den Overall mit und setzte sich auf sein Bett. Er streckte die knorrigen Beine aus – grau, rot, gelb, beige, so viele Farben, wie manche Steppdecken haben. Unterhalb der Waden lief ein blasser narbiger Wulst um die Beine. Hatte Henry, um sich zu geißeln, Beinspangen aus Stacheldraht getragen, so wie Mönche härene Hemden trugen oder Banker und Autoverkäufer immerzu Krawatten? Ich stierte auf Henrys Beine. Kein Wunder, daß er nicht mit uns duschte, kein Wunder, daß er manchmal wie ein Krüppel humpelte.

»Weißt du, Daniel, meine Schmerzrezeptoren funktionieren nicht richtig«, sagte er. »Oder sagen wir, diejenigen, die – im Unterschied zu emotionalen – *körperliche* Schmerzen auslösen, arbeiten unzuverlässig. Diese Tatsache wollte ich mir zunutze machen. In einem entlegenen Winkel des Ozark Plateaus*, während der zweiten Präsidentschaft von Mr. Cleveland*, kam ich auf den Gedanken, Hand an mich zu legen. Wenn meine Größe so furchteinflößend war, wollte ich sie reduzieren. Wenn das grimmige Rosa meiner Haut so ekelhaft und bestürzend war, wollte ich ein Gegenmittel suchen.«

Henry beugte sich vor und faßte nach seinen Fußgelenken. Er sah aus wie ein Riese, der auf dem Töpfchen saß, – das Kind von Goliath oder Paul Bunyan.[1]

»Die Ungpekmat waren die einzigen Menschen, die mich akzeptiert hatten. Ihr Vertrauen zu gewinnen, hatte mich mehr Mühe gekostet, als ich je wieder aufwenden wollte. Ich wollte dauerhafte Heilung, Veränderungen meines Körpers, die es mir leichter machen würden, Aufnahme bei den Menschen zu finden, denen ich mich zuversichtlich näherte.«

Henry langte in das blauweiße Faltengebirge zu seinen Füßen, band die Schuhe auf und hebelte sie von den Fersen. Er trat Schuhe samt Overall beiseite und saß da in allzu knappen Baumwollsöckchen.

»Mit großen Mengen Gin, einem Küchenmesser und einer Metallsäge gelang es mir, jeweils zwölf Zoll lange Abschnitte aus meinen Unterbeinknochen zu entfernen, die sich mein Schöpfer aus einem Leichen- oder

---

[1] *Paul Bunyan* ist eine Gestalt der amerikanischen Folklore, ein Holzfäller von unmenschlicher Größe und Stärke. Die Geschichten über seine Heldentaten kamen im frühen 20. Jahrhundert auf. Er konnte nicht nur in Windeseile Holzstaus auflösen, er konnte auch die Landschaft verändern, indem er Seen und Flüsse schuf; ja, er soll sogar den Grand Canyon gemacht haben …

Schlachthaus zusammengesucht hatte. Unter seinen Habseligkeiten auf der *Caliban* hatte sich ein kleines Notizbuch befunden, in dem viele chirurgische Verfahren beschrieben standen, die er zu meiner Erschaffung eingesetzt hatte – nicht zu meiner Erweckung, versteht sich. Dieses Miniaturprotokoll habe ich wieder und wieder gelesen – auf meiner Reise von der Barents-See zur Tschuktschen-Halbinsel und dann in größeren Abständen auch während meiner Zeit mit den Inuit – bis ich durch und durch damit vertraut war und alles intuitiv verstand.

Gerüstet mit diesen Kenntnissen, fiel es mir nicht weiter schwer, die Knochen an der richtigen Stelle zu durchtrennen und neu zusammenzusetzen. Zur Sommersonnenwende kürzte ich mit Hangen und Bangen mein linkes Bein. Zwei Wochen nach dieser Autoexzision führte ich die gleiche Operation an diesem Bein durch.« Henry berührte den hellen Wulst am rechten Bein. »So wie mein Schöpfer mich konzipiert hat, blute ich gerade soviel, daß sich die Wunden reinigen, aber nicht so üppig, daß ich zuviel von meiner Lebenskraft verliere. Obwohl ich anfangs meine Höhle nicht verlassen und nicht einmal inwendig von hier nach da humpeln konnte, dauerte meine Genesung nicht länger, als ich aufgrund meiner Kenntnisse erwartet hatte: drei Monate nämlich oder bis zur nächsten Tagundnachtgleiche.

Das war eine idyllische Zeit, Daniel. In der Frühphase meiner Genesung stand mir ein Vorrat an Nüssen, Knollen und getrockneten Früchten zur Verfügung, den ich rechtzeitig angelegt hatte. In dem Bewußtsein, meine Körpergröße erfolgreich gekürzt zu haben, lag ich auf dem Rücken in meiner Höhle unweit einer verwaisten Mühle und schrieb in Gedanken Gedichte oder versuchte mich an geometrischen und mathematischen Rätseln. Ich widerstand der Versuchung zu singen. Da ich die Höhle vorsorglich mit

Strickleitern und hölzernen Laufstangen ausgerüstet hatte, konnte ich mich Hand über Hand von einer Stelle zur anderen bewegen, ohne meine unteren Extremitäten mehr als therapeutisch zu belasten. Dasselbe System trug so auch zur Rehabilitation bei, und es sollte nicht mehr lange dauern und ich machte wieder die ersten Gehversuche.

Dank der Eigenoperation war ich nun an Größe weniger furchterregend und zu Fuß sogar mitleiderregend. Doch das eine war endgültig und das andere eine Frage der Zeit. Während der letzten Phase meiner Genesung stakste ich bereits im Freien umher. Ich sammelte Hickory-Nüsse, sog das Aroma zerriebener Hickory-Blätter und sah Säger, Kanevasenten mit karmesinroten Köpfen und zierliche Brautenten am Septemberhimmel. Das Leben abseits der Menschen schien mir ein unsägliches Geschenk zu sein. Vor mir allerdings lagen die trostlosen Herbststürme und die unwirtliche Winterkälte, eine Zeit, der ich freudlos entgegensah.

In der Tat trug ich mich mit dem Gedanken, mich in eine menschliche Gemeinschaft einzuschleichen, die soviel Toleranz versprach, wie es Keriaks Sippe getan hatte. Ich stutzte mir das Haar. Aus natürlichen Ingredienzien mischte ich vielerlei Salben, Pasten und Tinkturen, um die Verwerfungen und gräßlichen Farbunterschiede der Haut zu kurieren. Ich überprüfte meine Fortschritte in der Scherbe eines Rasierspiegels, die ich aufgelesen hatte, und sah, daß meine Haut dank dieser kosmetischen Mittel ein gleichmäßiges Graurosa angenommen hatte. Ich konnte, wie ich fand, durchaus als beinkranker, häßlicher Kaukasier gelten. Keine wählerische amerikanische Frau würde mich zum Mann haben wollen, doch solange ich mit begabten Männern und Frauen guten Willens platonisch verkehren durfte, wollte ich diesen Mangel an Intimität mit einer verständnisvollen Frau ertragen.

Und das habe ich bis auf den Tag getan, Daniel. Ich habe mich in all der Zeit an eine kurzweilige, arbeitsreiche Enthaltsamkeit gewöhnt. Es war nicht so schwer, wie ich befürchtet hatte. Die Jahre lassen dein Verlangen versickern – selbst das Verlangen einer Kreatur, die wie ich zufällig unsterblich ist. Ein lindernder Umstand ist auch meine Unfruchtbarkeit. Nicht, daß ich die Anziehungskraft des erotischen Vergnügens leugnen oder geringschätzen würde, nein, aber ohne Zeugungskraft verliert der Koitus für mich an Relevanz – und damit an Anziehungs- wie an Verführungskraft. Ich brenne nicht mehr wie ein Schmelzfeuer. Ich brauche keine Frauen, um meine Glut zu schüren. Somit fließen die Energien meines leidenschaftlichen Strebens in drei Reservoire: Sühne, Kameradschaft und Baseball.«

Baseball, das kapierte ich. Kameradschaft, davon hatte ich einen Schimmer. Aber Sühne, das ging mir zum einen Ohr rein und zum anderen wieder raus, und zwar auf dem kürzesten Weg. Henry stand auf. Ich muß auf die Narbenringe gestarrt haben wie auf die hübschen Waden eines Starlets.

»Ich habe dir diese Spuren meiner Selbstverstümmelung gezeigt, Daniel, damit du einen Eindruck bekommst, wie weit mich Einsamkeit und mein Verlangen nach Anschluß damals getrieben haben. Ich bedaure diesen chirurgischen Eingriff nicht, aber ich bedaure seine Spuren. Die Narben schmerzen nicht im physischen Sinne, aber ihr bloßer Anblick bricht mir das Herz. Ich ersuche dich dringend, deinen Blick abzuwenden.

Bitte, Daniel.«

Ich sah woanders hin. Henry raffte seinen Overall vom Boden und stieg in die Hosenbeine und schlippte die Träger hoch. Ich sah nicht, wie er das tat – ich hörte es.

37

AM SONNTAGMORGEN, ALS DER Braune Bomber auf den Parkplatz von McKissic Field bog, bot das Stadion samt Barbecue-Gruben den Anblick einer Geburtstagsparty auf einem Truppenübungsplatz. Jede Menge Highbridger hatten schon den Kirchgang zelebriert, viele nicht. Wir Hellbender, mal abgesehen von Mister JayMacs ostentativer Frömmigkeit, gehörten zu letzteren. Unser Gottesdienst hatte aus einer Ansprache Colonel Elshtains und ein paar Gebeten auf der Fahrt hierher bestanden. Wie dem auch sei, am McKissic Field standen sie Schlange für das Barbecue (das erst um eins losgehen sollte), Verkäufer priesen jede Menge Krimskram an und etliche Soldaten im Kampfanzug standen Wache entlang einer abgesperrten Schneise zu der Stelle, wo Darius immer parkte.

Kaum hatten wir angehalten, da richtete Mister JayMac das Wort an uns: »Präsident Roosevelt hat die letzten zwei Tage im *Little White House* in Warm Springs verbracht. In Anbetracht des Krieges fällt es ihm natürlich schwer, Washington zu verlassen – außer, er muß sich an Bord eines Schiffes mit führenden Politikern unserer Verbündeten oder mit seinen Generälen besprechen. Aus Gründen, die ich hier nicht zu erläutern brauche« – Mister JayMac wischte sich den Nacken mit einem Taschentuch –, »kommt es nur selten vor, daß der Präsident im Hochsommer nach Georgia kommt. Vor fünf Jahren kam er für einen Tag im August hierher; normalerweise hebt er sich solche Abstecher für den Frühling oder Herbst auf. Seine Anwesenheit an diesem Vierten Juli zeugt von seiner robusten Gesundheit und seiner Integrität als Patriot. Sie bezeugt seinen Respekt vor allen Menschen, die im Süden geboren sind oder hier leben.«

»Heiliges Kanonenrohr!« platzte Trapdoor Evans heraus. »Dieser gottverdammte Polio wird sich doch nicht etwa in unser Stadion verirren?«[1]

Colonel Elshtain erhob sich. »Ein Spiel wird er sich auf jeden Fall ansehen, vielleicht beide. Und sollten Sie Gelegenheit haben, ihm persönlich zu begegnen, Gentlemen, so empfehle ich Ihnen eine respektvollere Anrede als *Dieser gottverdammte Polio*.«

»Wie wär's mit ›Eure Hoheit‹?« sagte Buck Hoey.

»Mann Gottes«, sagte Muscles. »Wir müssen gewinnen. Wenn wir verlieren, blamieren wir uns vor dem Präsidenten der Vereinigten Staaten.«

»Niederlagen sind keine Blamage«, sagte Colonel Elshtain. »Sprüche wie *Dieser gottverdammte Polio* und *Wie wär's mit ›Eure Hoheit‹?* sind weit mehr dazu angetan. Ob jemand den momentanen Präsidenten nun als Zierde oder als Schandfleck dieses Amtes betrachtet, ändert nichts an der Tatsache, daß …«

Und bla-bla, bla-bla-bla.

Zwei Sitze vor mir hob Turkey Sloan die Hand.

»Was gibt es, Mr. Sloan?« sagte Mister JayMac.

Sloan stand auf. »Vor nicht allzu langer Zeit, Sir, habe ich eine Huldigung an den Führer der Freien Welt, seine Administration und seine Familie geschrieben. Um Colonel Elshtains Zweifel an unserer Loyalität zu zerstreuen, bitte ich Sie, diese Zeilen zusammen mit Mr. Hoey, Mr. Evans und Mr. Sosebee vortragen zu dürfen.«

---

[1] (*polio* = jemand, der *Poliomyelitis* oder *spinale Kinderlähmung* gehabt hat) Franklin Delano Roosevelt schied 1921 wegen dieser Krankheit für mehrere Jahre aus der Politik aus.

»Wie lange wird das dauern?« sagte Mister JayMac.

»Nicht mal eine Minute«, sagte Sloan. »Sir, Sie wissen, ich fasse mich immer kurz.«

»Ja, so ist er nun mal«, sagte Hoey. »Er kommt immer gleich zur Sache.«

»Wenn das so ist, Mr. Sloan, fahren Sie fort«, sagte Mister JayMac. »Es ist einfach zu heiß, um noch bis Halloween in diesem vierrädrigen Inferno zu hocken.«

Sloan gab einen Summton von sich, wie ein Musiklehrer, der die Stimmpfeife bläst. Seine Mitstreiter standen auf und nahmen schmunzelnd Haltung an. »*Der Schlachtgesang der Verweigerer* von Nyland Sloan, vorgetragen vom Verfasser und seinen ›Widerwärtigen Komplizen‹« In der ›Huldigung‹, die nun folgte, rezitierte Sloan die ersten beiden Zeilen jeder Strophe, und Hoey, Evans und Sosebee fielen bei jeder dritten Zeile mit ein:

»Tip your fez
To the Prez?
Shout, ›Glory Hallelujah!‹

Whose New Deal'll
Make you squeal?
Why, Frankie Rooz-ah-velt-ah's!

Cordell Hull
Is a cull
Who'll downright coldly screw yah!

Eleanor
We deplore.
Hey, buddy, what's it to yah?

We regret
Eliot,
Their sorry naval joon-yah!

Let's debar
FDR!
Make flea-bit Fala Pooh-Bah!«[1]

Sloan und seine ›Widerwärtigen Komplizen‹ nahmen die Pfiffe und den Applaus entgegen, indem sie sich mal hierhin, mal dorthin verbeugten. (Fala war Roosevelts Scotchterrier und Reisebegleiter, der First-Köter sozusagen.) Henry und ich trampelten und klatschten mit. Der Colonel sank wie ein punktiertes Gummipferd auf seinen Sitz und blickte starr nach vorne.

Mister JayMac schüttelte den Kopf und scheuchte uns aus dem Bus. »Macht, daß ihr rauskommt! Im Gleichschritt, marsch!«

Wir fädelten uns in den Gang und stampften im Gleichschritt. Während wir vorandrängelten, skan-

---

[1] Ungereimte Übertragung mit Erläuterung:

Hand an die Kappe,
Wenn der Präsident kommt?
Nein, ›Glory Hallelujah!‹
brüllen.

Von wem kommt denn der *New Deal*,
Unter dem ihr so stöhnt?
Na, von Frankie Roose-äh-velt-äh!

Cordell Hull,
der Schafskopf,
Ist unser aller Ruin!

Eleanor,
Lehnen wir ab.
He, Herzchen,
was ist nur los mit dir?

Wir bedauern
Elliot,
Ihr armes Flottenkind!

Stoppt
FDR!
Fala Popanz den Flöhen!

Cordell Hull: amerikanischer Außenminister von 1933–44.

Eliot: Auf diese Stelle kann sich selbst die *Franklin Delano Roosevelt Library* in den USA keinen Reim machen. Es gibt einen Sohn von FDR namens Elliott, der aber nicht in der Navy, sondern im US-Army-Air-Corps war. Außerdem gab es ein Schiff der US-Kriegsflotte namens George F. Elliot, das am 8. August 1942 von einem japanischen Harakiri-Flieger schwer beschädigt und von den US-Streitkräften versenkt wurde. Vielleicht wird das Schiff hier zynisch mit einem Kind von FDR identifiziert ...?

dierten alle bis auf mich *»Shout, ›Glory Hallelujah!‹«* oder *»Make flea-bit Fala Pooh-Bah!«*

Im ersten Spiel pitchte Mariani und ich begann am Short. Die einleitenden Feierlichkeiten umfaßten die War-Bonds-Tiraden eines verwundeten Veteranen, Mister JayMacs Begrüßung und den farbigen Akkordeonspieler Graham Jackson, der das *Star-Spangled Banner* spielte, während sich ein schwarzer Chor in unechter Plantagenkleidung des Textes annahm.

Der Präsident und sein Gefolge waren noch nicht eingetroffen; und es gab nur wenige auf den Tribünen, die wußten, daß wir so einen berühmten Besucher und Sportsmann erwarteten, einen der Männer, die den Profibaseball davor bewahrt hatten, ein Opfer des Krieges zu werden. Trotzdem wollte Mister JayMac den Beginn des Doppels nicht hinauszögern.

Gegen Ende des ersten Innings klopfte mein neuer Red-Stix einen Ball an der rechten Feldlinie entlang. Der Two-Base tat gut, als könne er vergessen machen, was Freitagabend passiert war: meine Ginkur, den Abstecher ins *Wing & Thigh*, mein Nichterscheinen bei den Pharrams und Henrys Auf-die-Kavallerie-ist-Verlaß-Aktion. Ein Single von Charlie Snow über die Mitte brachte mich zum Home. In unserer allerersten Schlagrunde schickten wir sage und schreibe noch sechs Mann hinaus und brachten es auf drei Runs.

Zwischen den Innings waren ferne Sirenen zu hören. Sie kamen immer näher, wurden immer höher und lauter, überall begannen Hunde zu jaulen, und viele Leute auf den Tribünen hielten sich die Ohren zu.

»Ladies and Gentlemen«, verkündete Frye über Lautsprecher, »das ist der einhundertsiebenundsechzigste Jahrestag dieser großartigen Nation, aber der erste Tag, an dem der Präsident der Vereinigten Staaten einem Baseballspiel beiwohnt, das in Highbridge oder einer anderen CVL-Stadt ausgetragen wird. Erheben Sie sich von Ihren Plätzen!« Als sei FDR ein Richter und McKissic Field ein Gerichtssaal.

Ich war schon wieder am Short und brauchte nicht mehr aufstehen, als die Militärkapelle auf unserer betagten Schellackplatte die Nationalhymne anstimmte. Das Meer der Fans dagegen schlug Wellen und verrenkte sich den Hals, um einen Blick auf den (abgesehen von John D. Rockefeller oder Clark Gable) berühmtesten Mann der Vereinigten Staaten zu erhaschen. Die Sirenen außen vor dem Stadion erstarben ungefähr in dem Moment, als die Feuerwerksraketen der Nationalhymne rot aufsprühten und detonierten.

Dann, weil der Präsident noch immer nicht zu sehen war, warf Frye die Hymne noch einmal an. Beim dritten Durchlauf, als manch einem die Hand schon vom Herzen rutschte, kam eine Abordnung aus Marineinfanteristen und Soldaten mit Stahlhelm über das brandneue Rampensystem marschiert. Dahinter kam die Vorhut des Geleitschutzes über den Grat einer Sperrholzrampe, die Männer in den dunklen Anzügen begleiteten den winkenden Rollstuhlfahrer ins Stadion, einen Mann, der sich bis dahin nur ungern so ›unmännlich‹ gezeigt hatte. An diesem Vierten Juli aber fuhr der Präsident erhobenen Hauptes in die abgeschirmte Loge hinter unserem Unterstand. Nachdem die Militäreskorte weggetreten war, konnte ich den Präsidenten genausogut oder besser sehen als jeder andere im Stadion.

Es war nicht zu glauben. Ich, ein Junge aus einem Provinznest, stand vielleicht fünfzig Yards vom ersten Präsidenten unseres Landes entfernt, der in der *dritten* Amtsperiode regierte. Mein Nackenhaar machte *la Ola* Jahrzehnte, bevor diese Jubelgeste erfunden werden sollte.

Wollen Sie trotzdem wissen, was meine grauen Zellen beschäftigte? *Er hatte meinen ersten Hit verpaßt. Was, wenn das mein erster und letzter blieb?*

Abgesehen von den dunklen Flecken unter seinen Augen und den Dellen in seinen Wangen, sah Mr. Roosevelt toll aus, ziemlich wie Francis X. Bushman oder ein anderer Stummfilmdarsteller. Cooler weißer Leinenanzug, schmucker Strohhut mit Formkrempe, weicher getupfter Schmetterlingsbinder.

Jemand hatte ein Mikrophon in Brusthöhe fixiert (und das für jemanden, der im Rollstuhl sitzt), und der Rollstuhlschieber des Präsidenten (ein Mann vom Secret Service?) faßte Mr. Roosevelt unter die Achseln. Baseballspieler und Fans jubelten gleichermaßen. Der Jubel schwoll an und überschwemmte das *Home-of-the-brave*-Finale des *Star-Spangled Banner.* Der Präsident nickte und nickte, die Arme in der Luft wie ein verzückter Holy-Roller, ein Lächeln so breit wie Tennessee.[1]

Die ›Privatloge‹ des Präsidenten füllte sich: Militär und Secret Service, ein, zwei ›große Tiere‹ aus FDRs Stab und zu meiner großen Überraschung Colonel und Mrs. Elshtain, Miss Giselle und LaRaina und Phoebe Pharram. Mister JayMac kletterte in Hemdsärmeln auf das mit Teerpappe gedeckte Dach unseres Unterstands und ging zum Chef der Exekutive, um ihm die Hand zu schütteln und ihn im Namen von Highbridge willkommen zu heißen.

Mitten in dem Tumult stand Colonel Elshtain und wippte hoch in den Füßen und zurück und lächelte wie ein Siamese, dem die Goldfischflosse noch aus dem Mund guckt. Kein Wunder, daß ihm der *Schlachtgesang der Verweigerer* nicht gemundet hatte.

Der Jubel nahm kein Ende. Farbige wie Weiße ju-

[1] *Holy Roller* ist ein Mitglied einer nordamerikanischen Religionsgemeinschaft, deren Gottesdienst häufig zu körperlicher Ekstase führt – und *Tennessee* hat tatsächlich die Form eines Riegels.

belten FDR zu, die ersteren von den unüberdachten Plätzen aus oder von wo immer sie als Platzwarte, Hausmeister oder Snack-Verkäufer Stellung bezogen hatten. Manche – in der Regel Frauen – weinten. Der Krieg hatte aus FDR einen Gott gemacht – für viele zumindest, selbst für konservative Weiße. Bei den Schwarzen hatte er einen Stein im Brett, weil die First Lady sich für Fairness aussprach und weil sie Negerführer im Weißen Haus empfing.

Der Präsident machte ein paar dämpfende Handbewegungen und versuchte, das Mikrophon zu benutzen: »Ladies and Gentlemen, wenn Sie bitte …« Wieder dieses breite Kinn-oben-Lächeln. »Bei Gott, das ist ein herrlicher Empfang, und ich bin glücklich, hier zu sein. Ich bitte um Nachsicht, daß ich dieses Spiel unterbrochen habe und wie der Kalif von Bagdad hier eingezogen bin. Gott weiß, daß wir heute die amerikanische Unabhängigkeit feiern und nicht die Abhängigkeit unseres nationalen Zeitvertreibs von meinen Urlaubsterminen.«

So redete er minutenlang weiter und überließ dann Mister JayMac das Mikrophon, der noch einmal Graham Jackson und die Plantagen-Sänger auf den Plan rief – eine Gruppe, in die FDR sich bei seinen Aufenthalten im Cason Callaway's in Blue Springs verliebt hatte. Dann bekamen wir das *Star-Spangled Banner* zum fünften Mal binnen vierzig Minuten zu hören – wonach unsere Fans das *»Play ball!«* allerdings so laut wie eh und je skandierten.

Mr. Roosevelt stemmte sich wieder ans Mikrophon: »Fragt heute abend eure Nachbarn, ob sie von dem Unfall hier auf McKissic Field gehört haben. Wenn sie ›Ich fürchte, nein‹ sagen, dann erzählt ihnen, ›Ein Opelika-Spieler hat sich so lange auf sein Schlagholz gestützt und gewartet, daß die Termiten den Griff ausgehöhlt haben und er gestürzt ist und sich den Hals gebrochen hat.‹« Der Präsident warf den Kopf zurück und wieherte vor Lachen, dann nahm er den Mund wieder ans Mikrophon: »Ich finde das herrlich! Ihr doch auch!« Und wie! Selbst die Orphans tauten auf, schlugen sich gegenseitig auf den Rücken und lachten Max Delaney aus, ihren Schlagmann im Bereitschaftskreis.

»Wenn Delaney nur einen bißchen Humor hätte, würd er sich jetzt fallen lassen und sich den Nacken halten«, meinte Curriden. »Aber wo andre ein Hirn haben, hat die Flasche nicht mal Kakerlakenscheiße.«

Lou Ed Dew, der Orphan-Manager, versuchte Happy Polidori, den Hauptschiedsrichter, zu überreden, das erste Inning zu annullieren und neu anzufangen. Er schien die Ansicht zu vertreten, das CVL-Regelwerk erlaube nach dem *Star-Spangled Banner* nichts anderes als ein Spiel mit vollen neun Innings. Ich rückte näher an den Orphan-Unterstand heran, um Details von diesem bizarren Streit aufzuschnappen.

»Ich kann mich an diese Regel nicht erinnern, Lou Ed«, sagte Polidori.

»Sie steht aber drin«, sagte Lou Ed Dew. »Ich bin mir da ganz sicher. Ich würde drauf wetten. Nein, ich *wette* drauf.«

»Wärst du dir auch so sicher, wenn die *Orphans* die drei Home Runs gemacht hätten?«

»Völlig. Na klar.«

»Dann wär das ungefähr die saublödeste Regel, die sich je einer ausgedacht hat«, sagte Polidori. »Da könnte also ein Team 'ne Kapelle anheuern, die jedesmal das *Banner* spielt, wenn seine Jungs da draußen ein schlechtes Inning haben, und auf diese Weise ein bis sechs Runs kappen. Bei den Boll Weevils oder Linenmakers würde die Kapelle richtig Geld machen.«

»Guck ins Regelbuch, Polidori. Lies nach!«

»Muß ich nicht.« Polidori klappte das Visier herunter und ließ Lou Ed Dew stehen. *»Play ball!«*, sagte er. »Ich meine, *Resume play!*«

Dunnagin nahm den neuen Ball von Polidori und trabte damit zu Mr. Roosevelts Loge. »Sir, würde es Ihnen etwas ausmachen, den« – er gab vor, in Gedanken nachzuzählen – »den sechsten oder siebten Ball dieses Spiels einzuwerfen?«

»Mir?« sagte FDR. »Bei Gott, Mr. Dunnagin, ich würde es als Flegelei betrachten, als verpaßte Gelegenheit, wenn ich es *nicht* täte.«

Dunnagin warf den Ball Mister JayMac zu und zog sich etwa zwanzig Schritte zurück. Mister JayMac gab den Baseball an den Präsidenten weiter, und FDR buk und polierte das Leder wie ein Neuengländer*, der seinen Schneeball formt. Er winkte über die Schulter zu Miss Giselle, dann holte er aus und warf. Dunnagin reagierte, als habe Mr. Roosevelt ihm die Handfläche verbrannt, dann warf er den Ball hoch in die Luft. Unsere Fans tobten vor Begeisterung. Der Orgelspieler kurbelte und schmetterte eine schräge Version von *There'll Be a Hot Time in the Old Town Tonight* – die Version war *wirklich* schräg.

»Gib zu deinem Pitcher«, sagte Polidori zu Dunnagin.

»Das Baby nimm ich mit nach Haus«, sagte Dunnagin. »Vielleicht ist da eines Tages ein Knirps von mir, der ihn haben will.«

»Die Liga wird dich zur Ader lassen wegen Veruntreuung von CVL-Eigentum«, sagte Polidori. »Die Liga wird …«

»Die Liga kann mich«, sagte Dunnagin. »Gib Mariani einen neuen Ball, Mr. Schiedsrichter.«

Und das Spiel wurde fortgesetzt. Wir Hellbender waren nicht mehr zu bremsen, im Feld sowenig wie am Schlag. Ich schlug im Eröffnungsspiel zwei weitere Hits, die mich allerdings nur bis zum First brachten, und spielte im Feld wie der Amtsvorgänger von

FDR, wie ein Hoover[1] nämlich: *schwapp, schwapp, schwapp!* Ich saugte sie förmlich auf und haubitzte sie rüber zu Henry.

Ich war nicht nahe dran, doch es war nicht zu übersehen, daß der Präsident sich amüsierte. Er kannte Mister JayMac und Miss Giselle, er kannte die Elshtains, er saß in der tiefliegenden Loge hinter dem Unterstand. Er hatte eine Coca-Cola, einen Beutel Erdnüsse und noch eine Cola. Ich will es nicht beschwören, doch die zweite Cola war bestimmt mit einem Quentchen Alkohol versetzt. Ein ganz normaler Zeitgenosse, dieser Harvard-Mann und zweimal wiedergewählte Präsident. Ein Wunder nur, daß ich noch so passabel spielte, wo ich soviel Zeit damit verbrachte, nach der Loge zu schielen. Ich war sprichwörtlich sprachlos (buchstäblich war ich es sowieso), wie spritzig und hübsch Miss Giselle sich ausnahm, während sie mit ihm schäkerte – wo ihr doch die Eleanor-Clubs, gelinde gesagt, ein solcher Dorn im Auge waren.

Gegen Ende des achten Innings knallte Henry, der bis dahin nur einen Hit zu verzeichnen hatte, einen Curve um den vierten Orphan-Pitcher herum: einen atemberaubenden Wahnwitz, der über den Outfield-Zaun zog, die unüberdachten Plätze dahinter, den Parkplatz außenvor und womöglich noch über die Panhandle-Seminole-Trasse auf ihrem Schlenker nach Südosten zum Penticuff Strip. Die Menschen erhoben sich, um ihn steigen zu sehen. In dem Augenblick, da so gut wie alle Zuschauer verstummt waren, übertrug das nicht abgeschaltete Mikrophon das Vibrato von FDRs Kopfstimme an die Lautsprecher: »So wahr mir Gott helfe, Clyde, das ist der monströseste Home Run, den ich je erlebt habe! Wer ist der Bursche?«

---

1 *Herbert Clark Hoover* (1874–1964), 31. Präsident der USA · *Hoover* ist auch eine Staubsaugermarke (!)

»Jumbo!« antwortete das Stadion. »Jumbo! Jumbo! Jumbo!«

Henry trabte von einem Base zum nächsten, mit Beinen, aus denen er während der zweiten Amtsperiode von Cleveland zwölf Zoll herausgesägt hatte, und nahm die Kurven wie ein Mann auf dem Einrad.

»Hallo Jumbo, mein Junge, Gratulation«, sagte der Präsident, diesmal gezielt das Mikrophon benutzend. »Seit die *U.S.S. Enterprise* mir ihre Kanonen vorgeführt hat, habe ich nichts mehr gesehen, was deine Reichweite hat.«

Befreiendes Gelächter. Applaus. Henry überquerte die Home Plate, schlug einen Haken und kam zum Unterstand, er grüßte Mr. Roosevelt, indem er kurz den Finger an die Kappe nahm.

Irgendwann in der Pause bis zum nächsten Spiel zogen FDR und seine Freunde ab und rumpelten über unseren Sperrholz-Highway auf den Parkplatz hinaus. Es gab natürlich Leute, die ihn abziehen sahen, doch der Independence-Day-Rummel auf dem Platz – ein Gesangsverein der Armee, eine Steppdecken-Tombola – vernebelten mehr oder weniger seinen Abgang.

»Ist mir nie aufgefallen, daß er nicht gehen kann«, sagte Sudikoff zwischen den Spielen.

»Er kann«, sagte Nutter. »Mit Schienen. Aber wer will schon den ganzen Weg zur Loge mit Beinschienen abstelzen?«

»Ich hab das einfach nicht gewußt«, sagte Sudikoff.

»Hat auch niemand von dir erwartet«, sagte Nutter.

Wir rissen auch das zweite Spiel an uns, obwohl es sich zu einem Pitcher-Duell zwischen Fadeaway Ankers und einem gewieften Major-Leaguer namens Smiley Clough entwickelte. Das Spiel endete mit drei zu eins. Lou Ed Dew wäre bestimmt glücklicher gewesen, wenn Mr. Roosevelt sich dieses Spiel angesehen hätte – und nicht das Eröffnungsspiel, in dem wir ihnen gründlich das Fell über die Ohren gezogen hatten.

An Bord des Braunen Bombers, als wir zurück nach McKissic House fuhren, ging mir nach, was FDR zu Colonel Elshtain gesagt hatte: »*So wahr mir Gott helfe, Clyde, das ist der monströseste Home Run, den ich je erlebt habe!*« Diese Bemerkung erklärt doch, wie er es zum Präsidenten gebracht hatte: Der Mann hatte Instinkt.

38

Sie waren längs der Angus Road und rings um das Anwesen von McKissic House postiert – MP aus Camp Penticuff und eigens zu diesem Zweck abkommandierte Soldaten im Kampfanzug.

Darius fuhr uns an dem bewaffneten Kordon vorbei und bog in die Zufahrt ein, die uns auf die Rückseite von McKissic House brachte, passierte den spärlich mit Gras bewachsenen Durchlaß zwischen der Herberge und dem holzverschindelten Wagenschuppen und bremste den Braunen Bomber geradewegs den mit Klee bedeckten Hang zum Hellbender-Weiher hinunter. Diesmal saßen alle Spieler im Bus, auch die ›Cotton-Creeks‹.

Auf der Uferwiese standen drei große gestreifte Zeltdächer, darunter mehrere aufgebockte Picknicktische. Eine Phalanx von großen elektrischen Gebläsen, die von einem geräuschvollen Generator mit Gasantrieb gespeist wurden, blies Kühle unter die Zeltdächer und vertrieb die Moskitos. FDR und sein Gefolge hatten bereits ein Zelt in Beschlag genommen, das Marineinfanteristen oder Leute des Secret Service mit Wohnzimmerstühlen und der gepolsterten Rückbank möbliert hatten, die man aus der Kabriolimousine des Präsidenten ausgebaut und an den mit Leinen, Porzellan und Kristall gedeckten Tisch gesetzt hatte.

Kizzy und ein Strich von einem Teilzeitbutler hatten reichlich Grillfleisch und Brunswick-Stew vom Barbecue am Stadion – aber auch Kohlsalat, Pickles, Oliven, Eiersalat und ähnliches mehr – herausgebracht, aber *nicht* auf FDRs Tisch gesetzt. An seinem Tisch stand ein Korb mit Brathühnchen, kalifornischem Wein und Pariserbrot. Er konnte den hier im Süden allgegenwärtigen Essiggeschmack nicht abhaben.

Darius machte nicht weit von den Zelten halt, nahm die Hand aber nicht vom Türöffner und ließ uns warten. »Sie alle wußten, daß Mister JayMac hier draußen ein Picknick geplant hatte. Unklar war nur, ob der Präsident Lust hat, daran teilzunehmen oder nicht. Mr. Franklin hat, wie es aussieht. Für diesen Fall, meinte Mister JayMac, soll ich Sie bitten, nicht über die Stränge zu schlagen und dem guten Highbridge keine Schande zu machen.«

Fadeaway Ankers meinte: »Schande macht dem guten Highbridge, wenn ein überheblicher Krauskopf erwachsenen Weißen sagt, was sie zu tun und zu lassen haben. Jesus.«

Womms. Alle im Bomber bekamen schmale Lippen. Darius hatte sich via Innenspiegel ungefähr so bescheiden an uns Insassen gewandt, wie es sein Charakter zuließ. Jetzt wandte er den Blick ab, und alles, was wir im Spiegel sahen, war sein schwarzes Kraushaar.

»Werfen kannst du«, sagte Charlie Snow an Fadeaways Adresse, »aber erwachsen bist du deswegen noch nicht. Und Darius hat uns *gar nichts* gesagt, das war Mister JayMac.«

Von Charlie Snow erwartete man, daß er an seiner Centerfield-Position wie ein zweibeiniger Weißwedelhirsch[1] spielte und dem Team – schnappzack – aus der Klemme half, aber nicht, daß er eine Lippe riskierte; und für gewöhnlich entsprach Charlie diesen Erwartungen.

---

1 Der *Weißwedel-* oder *Virginiahirsch* wurde aller Welt durch den Disney-Film ›Bambi‹ vorgeführt.

»Hab eben noch'n Three-Base gegen Opelika gelandet«, sagte Fadeaway. »Kann man erwachsener sein?«

»Der Arm ist reif«, sagte Snow. »Der Kopf ist ein Baby.«

Muscles stand auf. »Und wir haben es satt, uns diesen Quark noch länger anzuhören. Laßt uns mit dem Präsidenten tafeln. Und benehmt euch, kapiert?«

Darius betätigte den Türöffner, und wir drängelten aus dem Bus.

Kaum im Freien, sickerten wir auf die Zelte zu. Aber keiner hatte den Nerv oder die Naivität eines Schusterjungen, sich dem Edelsofa und dem à la Park-Avenue gedeckten Tisch von FDR zu nähern. Gleichzeitig konnte niemand der Versuchung widerstehen, immer wieder genau da hinzuschielen und darüber zu spekulieren, was der Präsident der Vereinigten Staaten mit den McKissics, den Elshtains oder Miss LaRaina und Phoebe zu besprechen hatte. Ein paarmal lächelte der Große Mann und nickte oder grüßte mit einem jovialen Wink der Zigarettenspitze.

Während Fadeaway mit Evans und Sosebee um den Kühler des Bombers schlenderte, legte Darius ihm die Hand auf die Schulter. Als Fadeaway sah, wer ihn da berührte, rümpfte er die Nase und ballte die Fäuste und schien noch unschlüssig, welche Verwünschung er ausstoßen sollte.

»Verraten Sie mir, was Sie mit *Krauskopf* meinen«, kam Darius ihm zuvor. Er hatte kaum leiser als normal geredet, doch der Generator und die Gebläse verhinderten, daß andere Picknickgäste mithören konnten.

»Ich will dir verraten, was ich mit *Überheblichkeit* meine«, versetzte Fadeaway. »Du könntest zwei neue Wörter lernen, indem du einfach in den Spiegel blickst.«

»Ich kenne mehr Wörter als Sie an Tagen alt sind«, sagte Darius. »Ich will Ihnen sagen, was Krauskopf heißt, *Mister* Ankers. Es heißt, daß Sie nicht die Stirn haben, das Wort *Nigger* auszusprechen, und auch nicht das Format, mich beim Namen zu nennen.«

Rasch und unauffällig hielt Sosebee von hinten Fadeaways Arme fest. »Ruhig Blut, Junge. Vergiß nicht, wer alles zusieht.«

»Vergessen Sie lieber *das* nicht«, sagte Darius. »Wenn es nach dem Sinn geht, den Sie dem Wort beimessen, Mister Ankers, dann wären Sie der größte *Nigger* in der ganzen Stadt. Passen Sie auf, daß ich Sie nicht übers Knie lege und Ihnen so lange den rosa Arsch verdresche, bis er schwarz wird.« Eigentlich hätte er sich jetzt einen Orden an die Brust stecken und abziehen können, doch Darius blieb stehen und funkelte Fadeaway an.

Henry beugte sich über die Schulter. »Lassen Sie es gut sein, Mr. Satterfield. Jetzt ist nicht der richtige Zeitpunkt für eine körperliche Auseinandersetzung.«

»Klar«, sagte Darius. »Ist doch nie so richtig der richtige Zeitpunkt, oder?« Er steckte die Hände in die Hosentaschen, trat ein paar Schritte von den anderen zurück, die sich vor dem Bomber stauten, drehte sich um und stakte den Hang zu seiner Wohnung hinauf.

»He, Darius!« rief Kizzy aus einem der Zelte. »Nimmst du dir keinen Proviant mit?«

Er sah sich nicht einmal um.

»Überheblicher Nigger«, murmelte Fadeaway.

Henry und ich und die anderen Hellbender langten zu. Wer Familie hatte, hatte sie dabei, und das waren etliche – Buck Hoey und seine Jungs, Charlie Snow und seine kinderlose Frau, Turkey Sloan und seine sommersprossige Tochter – wagten sich in Ruderkähnen auf den Weiher hinaus, um zu angeln.

Auf Drängen von Mister JayMac ging Henry sein Kajak holen, das er am Wagenschuppen aufgebockt hatte, trug es zum Weiher hinunter – unter einem

Arm, versteht sich – und demonstrierte dem Präsidenten, wie ein Mann seiner Größe – der Schütze eines *monströsen* Home Runs – zwischen den Anglerkähnen hin und her paddeln konnte, ohne daß sich die Wasseroberfläche nennenswert kräuselte und ohne auch nur einen einzigen Platscher zu machen, der die Fische verscheucht hätte. Inzwischen hatte Mister JayMac mich in FDRs Picknickrunde gelotst, zu der auch die Elshtains, die Pharramfrauen und ein paar nervöse Anzugtypen aus D.C. gehörten. Alle verfolgten sie Henrys seidenweichen Slalom auf dem Kakaoschaum des Weihers.

»Erstaunlich, daß ein so großer Mann so beweglich sein kann«, meinte FDR. »Wie kommt er zu dem Kajak?«

»Er sagt, er hat es gebaut«, sagte Mister JayMac. »Und ich habe allen Grund, ihm zu glauben. Sehen Sie nur, wie er es handhabt.«

»Wahrhaftig, wenn ich den Kongress nur halb so gut handhaben könnte, würde ich besser schlafen und brauchte mich weniger mit Senator George herumzanken. Weiß Gott, ich beneide Mr. Clervals Geschick im Umgang mit dem Zepter, ob es sich dabei nun um ein Schlagholz oder ein Paddel handelt.«

Mr. Roosevelt konnte geschickt mit Worten umgehen. Ich scharwenzelte so dicht an seinem Autodiwan herum, daß ich eine Menge davon aufschnappen konnte, doch wenn er nicht gerade mit den McKissics zugange war, nahmen ihn die Elshtains und Miss LaRaina in Beschlag.

Ich wunderte mich über Miss Giselle. Aus glitzernden Augenwinkeln beobachtete sie Henrys Kajakkünste und schwatzte zugleich mit dem Präsidenten. Wie konnte sie Mr. Roosevelt nur soviel Honig um den Mund schmieren, wo sie vom Vornamen seiner Gattin die Maulsperre kriegte wie von Ammoniakeis?

»Meines Erachtens ist Mussolini am Ende«, mischte

sich Colonel Elshtain in das Heimatgeplauder. »Und er weiß das. Spätestens seit dem Luftangriff auf Rom letzten Monat.«

»Der Duce ist ein schlechter Mensch«, sagte Miss Giselle. »Aber müssen wir, um ihm den Garaus zu machen, wirklich den Heiligen Stuhl zerstören? Ist es nötig, Sir, den Vatikan und die Monumente Roms in Schutt und Asche zu legen, nur um diesen unbedeutenden Despoten zu entthronen?«

»Ganz und gar nicht«, sagte FDR. »Und das werden wir auch nicht. Ich habe den Vatikan gedrängt, ihn dazu zu bewegen, Rom zur offenen Stadt zu erklären – alle militärischen Einrichtungen und Soldaten in und um Rom aufs Land zu verlegen und die Eisenbahnanlagen nicht länger als Nachschubwege für Hitlers Truppen oder die eigene Infanterie zu benutzen. Wenn Benito der Vernunft gehorcht, wird Rom den Krieg unversehrt überstehen. Wenn nicht, tja, nach meiner Überzeugung gibt es kein römisches Denkmal und keine Reliquie im Vatikan, die es wert wäre, das Leben eines einzigen amerikanischen Soldaten zu opfern.«

Phoebe zog mich vom Diwan des Präsidenten fort. Wir schritten am Ufer des Weihers entlang, spazierten unter den langen bananengrünen Fingern einer Trauerweide hindurch und über das Handgranatenmuster aus Magnolienkelchblättern weiter oben auf der Uferwiese. Ein Hellbender-Quartett – Sosebee, Dunnagin, Hay und Parris – schmachtete a cappella solche Schnulzen wie *The Music Goes Round and Round* und *If I did'nt Care* und *Making Whoopee.* Der Klang von Hufeisen, die in zwei Erdlöcher oben am Wagenschuppen fielen, hallte wie das Geräusch von Ankern, wenn sie an den Schiffsrumpf schlagen.[1]

---

[1] Spiel, bei dem Hufeisen nach einem 30 bis 40 Fuß entfernten Eisenstab geworfen werden, damit sie sich an ihm fangen oder ihm näher kommen als die der Mitspieler

»Bravo!« schrie der Präsident nach einem der Lieder. »Fabelhaft, Gentlemen.«

»Ich glaub, er ist in Ordnung«, sagte Phoebe und wies mit einem Nicken über die Schulter zum Präsidentenzelt. »Für 'nen Angeber aus New York.«

Ich fand auch, er war in Ordnung. Ich wußte nicht, ob man am Präsidenten herumnörgeln durfte oder sollte. Deshalb hatte mich auch das rotzfreche Gedicht von Sloan an Bord des Bombers so beeindruckt. Für mich war FDR wie ein König. So lange ich zurückdenken konnte, hatte niemand anderes dieses Amt bekleidet.

»Ich weiß, wo du an dem Abend warst, als du nicht zum Dinner erschienen bist«, sagte Phoebe. »Penticuff Strip.«

Ich sah auf meine Schuhspitzen. Ihr Großonkel wußte, wo ich den Freitagabend verbracht hatte. Auch die meisten von meinen Kameraden. Bei einem Picknick bekam man unwillkürlich allerlei Behauptungen, Angebereien und Tratsch mit.

»Tatsächlich war es noch viel schlimmer«, sagte Phoebe. »Ich sage nur *Wing & Thigh*, ein Lokal, in dem es Brathühnchen und leichte Mädchen gibt.«

Das A-Capella-Quartett, das für FDR sang, hatte sich eben in *Making Whoopee* eingeschmalzt, eine He-wie-wär's-mit-uns-Version mit jede Menge Augenverdrehen und so. Phoebes Bemerkung und das unzweideutige Thema des Lieds trieben mir die Röte ins Gesicht. Was, um Himmels willen, wußte Phoebe über leichte Mädchen? Mehr als ich?

»Hast du deine Unschuld verloren?«

Ich sah sie an, als habe sie gefragt, ob man mich geschwängert und von einem Bastard entbunden hätte.

»Ich will wissen, ob dir irgend so ein Frauenzimmer auf dem Strip die Unschuld geraubt hat?«

Ich verspürte plötzlich den Drang wegzugehen. Doch die rasch nachreifende Gewißheit, daß mich mein Abgang auf immer und ewig von Phoebe trennen würde, hielt mich zurück. Ich mußte ihre Frage beantworten, und zwar offen und ehrlich; also schüttelte ich den Kopf und war froh, daß ich dank meiner Stummheit nicht ins schwanzpeinliche Detail zu gehen brauchte.

»Heiliges Ehrenwort?«

Ich nickte. Curridens Geld hatte mir nur eine Beule am Kopf eingetragen, einen Filmriß und eine Kette aus beschämenden Erinnerungen.

»Wenn das stimmt, Daniel Boles, dann küß mich jetzt.«

Es stimmte, meine von Akne heimgesuchten Jugendjahre sind Zeuge. Doch bis jetzt hatte mir noch kein weibliches Wesen zu verstehen gegeben, daß meine intakte Unschuld mich zur ÖZZ[1] berechtigte. Na ja, halb-ö: zwischen uns und den Spaßvögeln am See waren immerhin die Magnolienzweige.

Phoebe legte Hand an meine mageren Lenden und stellte sich auf Zehenspitzen, um mir einen Kuß zu geben. Ich beugte mich vor, um ihn zu pflücken. Er schmeckte ein bißchen nach Grillsauce und Weincrème, aber mehr nach dem Atem eines menschlichen Rehs und dem verträumten Hunger einer Fünfzehnjährigen, die mehr Herz als Erfahrung mitbrachte. Mir gefiel dieser Kuß. Er flößte mir (fast) die ganze Phoebe ein, die pricklige Säure ihres Hungers, ihren Mund, ihre Augen, ihre Knospen, ihre Achseln und selbst das banale Geheimnis ihres Geschlechts. Ich packte sie und baute den Kuß aus – machte ihn derber, herber und immer noch verwirrender für uns.

Da entfuhr Phoebe, die immer noch auf Zehenspitzen stand, um den Kuß zu halten, ein flitzescharfer Furz. Ihre Zähne stießen mit einem Klickser gegen die meinen, und der Kuß fand ein jähes Ende. Mich aber

[1] Öffentliche Zurschaustellung von Zuneigung

hatte er Jahre durchleben lassen, und der kleine Pups hatte mir diese Epoche nicht vergällt, er hatte sie auch nicht lächerlich gemacht – nein, er hatte ihr eine lustige Pointe aufgesetzt. Es war, als hätte Phoebe mir ihr Tagebuch ausgehändigt oder als wäre sie splitterfasernackt in mein Schlafzimmer gekommen. Ich kam mir handverlesen vor, auserkoren und war wie beschwipst, als sie sich aus meinen Händen wand und mich wieder in das betäubende Halligalli meiner Kameraden entließ. Phoebe umarmte sich wie jemand, der friert.

»Was hast du jetzt vor?« sagte sie. »Dieser dämliche Brunswick-Stew. Ganze zwei Löffel hab ich gegessen, und dann *das.*«

Ich machte Anstalten, sie zu trösten – oder sagen wir, sie zu zerstreuen –, und mir einen zweiten Kuß zu ergattern, doch Mister JayMac oder sonst jemand mit einer Sturmpfeife trillerte dazwischen, und Phoebe zog mich an der Hand aus der schütteren Laube aus Magnolienblüten in den Wundbrand einer sterbenden Independence-Day-Sonne hinaus.

»Alle Mann hierher!« rief Mister JayMac. »Pronto!«

Die Lakaien des Präsidenten und ein paar Hellbender hatten alle Accessoires nebst Rückbank wieder in die offene Limousine geschafft; die hohe Gesellschaft wollte zur Nacht wieder in Warm Springs sein. Morgen würde FDR nach Washington D.C. zurückfliegen und wieder seiner Arbeit als Oberbefehlshaber der Streitkräfte nachgehen; später dann, am kommenden Freitag, derweil wir Hellbender das erste Spiel einer Viererserie gegen die Linenmakers spielen würden, sollten amerikanische und britische Fallschirmtruppen über Sizilien abspringen, um die alliierte Invasion Italiens vorzubereiten.

Seite an Seite – nicht Hand in Hand – schlenderten Phoebe und ich den Hang zur Limousine des Präsidenten hinunter. MPs auf Krädern flankierten sie bereits, und Soldaten in Stahlhelm und Kampfanzug – wie herbeordert aus einer *March-of-Time*-Wochenschau – hatten längs einer Schlängellinie vom Weiher über McKissic House bis zur Angus Road Posten bezogen. Die Elshtains, Miss LaRaina und die McKissics standen neben dem Wagen, um den hohen Besuch zu verabschieden.

Unter einem der Zeltdächer nahe am Wasser brach ein Faustkampf aus. Baseballspieler und MPs liefen zum Ort des Geschehens. Erwachsene Männer tobten wie die Rowdies. Kinder rannten, um Schutz bei einem normalen Erwachsenen zu suchen. Die beiden Kampfhähne hielten sich gegenseitig im Schwitzkasten und kreisten aus der Taille gebückt wie Rekruten beim Freistilringen. Sie klammerten und stellten einander Beine und fielen zu Boden, sie bäumten und wanden sich wie frisch ausgegrabene Regenwürmer.

»Hau ihm aufs Maul, Muscles!«

»Na los, Reese!«

»Mach ihn alle! Mach ihn alle! Jetzt aber!«

Die Kampfhähne – Muscles und Curriden – kamen wieder auf die Füße, strauchelten an den Rand des Weihers, stürzten und wälzten sich im Wasser, kamen triefend und spuckend und ringend wieder auf die Füße, zwei unserer besten Spieler – Burschen wie Snow und Clerval – , die sich wie infantile Hinterwäldler aufführten. Das Platschen und Anfeuern ging so lange und so laut weiter, daß selbst die Sicherheitskräfte des Präsidenten nervös wurden, die sich wie die *Wells-Fargo*-Wachmannschaft eines Geldtransports rings um die Limousine postiert hatten. Schließlich wateten vier MPs ins Wasser, um dem Spektakel ein Ende zu machen. Einer bekam zu seinem Leidwesen ein Knie in den Unterleib, und die übrigen drei rissen sich wie Dominosteine ins Wasser, was selbst ein paar ihrer Kameraden mit Gejohle quittierten.

»Heh!« brüllte Turkey Sloan. »Ihr vertreibt die Fische!«

In dem Tumult tauchte Henry auf. Die bunten Lampions unter den Zeltdächern schaukelten in der Abendbrise. Henry bahnte sich rigoros seinen Weg, watete wie Gulliver bei den Liliputanern ins Wasser und packte, ohne ein Knie krumm zu machen, Muscles und Curriden beim Kragen. Er schleifte die Rindviecher ans Ufer, in jeder Hand eines, wie ein Fischer mit seinen salmgefüllten Netzen. Er schleifte sie über den Boden, bis sie schließlich unter dem entferntesten Zelt auf allen vieren Seite an Seite im Gras nach Luft rangen.

»Es gibt schon genug Krieg auf diesem Planeten«, sagte Henry. »Ist denn die Bedeutung dieser Stunde« – er machte eine Geste in Richtung FDR – »nicht Anlaß genug, sich wenigstens *einigermaßen* zivilisiert zu benehmen? Ich schäme mich für euch.«

Curriden und Muscles keuchten und spuckten.

Neben FDRs Wagen sagte Mister JayMac: »Sir, er spricht mir aus der Seele. Ich hoffe, Sie …«

»Schwamm drüber, Jay«, sagte Mr. Roosevelt. »Jungs bleiben Jungs. Siegerlaune und hoher Einsatz sind eine explosive Mischung. Zur Zeit neigen wir doch alle dazu, ein bißchen über die Stränge zu schlagen.«

»Am Mittwoch gegen Cottoton bleiben sie auf der Bank«, sagte Mister JayMac.

»Nicht wegen mir, hoffe ich. Ich denke, diese unwürdige Rauferei spiegelt nur einen langen und anstrengenden Tag wieder. Decken Sie den Mantel der Barmherzigkeit über die Sache.«

»Die beiden sind suspendiert, Sir. Einem Captain, der die Truppe in Verruf bringt, würden Sie auch keinen Orden anstecken.«

»Hört, hört«, sagte Colonel Elshtain.

FDR lachte. Zu meiner Überraschung nahm er von

Phoebe und mir Notiz. »Ah, Miss Pharram, Mr. Boles, ein Abend, wie geschaffen zum Spazierengehen. Alles Gute Ihnen beiden.«

Colonel Elshtain sagte: »Mister President, wenn Sie so freundlich wären.« Er und Miss Tulipa wechselten einen Blick, und FDR betrachtete mich wie ein tuberkulosekrankes Kind unter Quarantäne. Mein Magen benahm sich wie eine Forelle am Angelhaken. Meine Finger wurden kalt wie Eis.

»Sie haben meisterlich gespielt, Daniel«, meinte Mr. Roosevelt. »Ich sage Ihnen eine glänzende Zukunft voraus.«

Ich gab ein ersticktes Krächzen von mir und tat alles, um nicht wie ein stummer Orang-Utan zu wirken.

»Schon gut. Ihre Freunde haben mir davon erzählt. Bitte, betrachten Sie Ihr Handicap als etwas, das uns verbindet, so unterschiedlich unsere Probleme auch sein mögen.« FDR nickte dem Colonel zu. »Sehr gut. Lassen Sie ihn einsteigen. Ich habe nicht vor, das vor einem Publikum aus staunenden Elfen und Kobolden zu machen.«

»Wen einsteigen lassen? Was vor wem machen?«

Colonel Elshtain öffnete den hinteren Wagenschlag und nickte mir auffordernd zu. »Der Präsident hat dir etwas mitzuteilen, Daniel. Du fährst mit bis zum Eingangstor.«

Ich? Ich stand da, von Zweifeln hin- und hergerissen, verwirrt.

»Geh schon«, sagte Phoebe. »Er beißt nicht.«

FDR schien das köstlich zu finden. »Was für große Zähne er hat und was für ein Schlachterbesteck? Aber Miss Pharram hat ganz recht – ich beiße selten einen potentiellen Wähler der Demokraten.« Doch er wurde gleich wieder ernst. »Na los, Daniel, steigen Sie ein!«

Vor aller Augen – sogar den Koboldaugen von Muscles und Curriden – kletterte ich hinter einem schwarzen Chauffeur und einem Secret Service-Agenten, der wie Beau Brummell[1] gekleidet war, zu FDR auf die Rückbank. Der Präsident nickte mir zu, und dann fuhren wir den Hang hinauf und zwischen McKissic House und Wagenschuppen hindurch und zweigten zur Ausfahrt auf die Angus Road ab. Leuchtkäfer blinkten, während wir durch den Sommerabend schnurrten.

»Colonel Elshtain bat mich, Ihnen diese Nachricht zu eröffnen, gleichsam als Gefälligkeit für früher geleistete fachkundige Dienste«, sagte der Präsident. »Er ist wohl der Ansicht, daß Sie es aus meinem Mund leichter nehmen. Ich bin mir da nicht sicher. Ich kann Ihren unvermeidlichen Schmerz wohl kaum lindern, wenn ich Ihnen den aufrichtigen Dank unserer Nation ausspreche.«

Unvermeidlicher Schmerz? Was, zum Kuckuck ...

Der Präsident fischte ein Stück Papier – ein Telegramm? – aus der Innentasche seines Leinenjacketts. »Lieber Gott, ist das taktlos. Vergib mir.« Er faltete das Papier auf und studierte es einen Moment lang. »Daniel, Ihr Vater ist auf den Aleuten gefallen, am sechzehnten Juni, bald nachdem die Vierte Infanteriedivision Attu von den Japanern zurückerobert hatte. Er war mit einem Truppentransporter der Elften Air Force von Umnak nach Attu geflogen; man landete im Kielwasser der Säuberungsaktionen, und auf irgendeiner Expedition ins Innere der Insel ist Ihr Vater, Richard Oconostota Boles, zusammen mit vier anderen tapferen Amerikanern ums Leben gekommen.« Der Präsident händigte mir das Telegramm aus. »Hier stehen die ungeschminkten Tatsachen, Daniel. Die Einzelheiten habe ich von Colonel Elshtain, der sie wiederum von einem Officer der Grabregistratur

[1] *George Bryan Brummell* (1778–1840), englischer Modegeck, Prototyp des Dandy

beim Oberkommando Alaska hat. Auf jeden Fall ist Ihr Vater einen ehrenhaften Tod gestorben.«

Ich hielt das Telegramm fest. Wir erreichten das Tor zur Angus Road. Die Limousine samt motorisierter Eskorte und Manndeckung kam zum Stehen und wartete. In einer Kiefer auf der anderen Straßenseite miaute eine Spottdrossel. Ich sah mich diese traurige Nachricht empfangen wie jemand, der im Kino sitzt und sich einen Film ansieht: Einstellung von oben auf eine offene Limousine, in der mein Double neben einem unechten Präsidenten sitzt, dessen Stimme nur leise zu hören ist. Doch FDR war mir zum Anfassen nahe, und in einer Falte der taubengrau gepolsterten Sitzbank hatten sich Brösel von Pariserbrot gesammelt.

»Man sagt mir, Ihre Eltern hätten seit einigen Jahren getrennt gelebt«, sagte FDR. »Andererseits stirbt die Zuneigung zu einem Elternteil nicht völlig nach einer Trennung, und ich bilde mir ein – ja, ich hoffe –, Sie erinnern sich an Ihren Vater mit einem gewissen Maß an Anhänglichkeit. Ich fühle mich zutiefst geehrt und bin gleichzeitig zutiefst betrübt, der Überbringer einer so schmerzlichen Nachricht zu sein.«

Ich konnte nicht weinen. Nicht in Gegenwart von Franklin Delano Roosevelt – und nicht als siebzehnjähriger Baseballprofi. Den eigentlichen Kern seiner Worte begriff ich sowieso nicht gleich, und die Erinnerungen an meinen Dad explodierten zu einem lautlosen blinden Dickicht. Ich nickte dem Präsidenten zu, machte den Schlag auf und stieg aus.

»Soll ich Sie zum Haus fahren lassen?«

Ah-ah. Die Konturen meiner Umgebung hatten sich verwischt, waren mir fremd. Ich hätte ebensogut im Zwielicht einer afrikanischen Schlammzone stehen können.

»Ein Privileg, Sie kennengelernt zu haben, Daniel.«

Vielleicht habe ich den Kopf gehoben, vielleicht

auch nicht. Ich wandte mich ab und stieg den Rasen nach McKissic House empor. FDR und seine Mannschaft bogen auf die Straße und rollten in den von Geißblatt durchtränkten Abend hinaus.

Auf halbem Weg kam Phoebe mir mit hängenden Armen entgegen. Ich gab ihr das Telegramm. Sie las es nicht. Jemand hatte ihr gesagt, was drinstand. Sie hob die Hände, beschrieb einen Halbkreis um mich. Dann warf sie sich auf mich, als wär ich ein Football-Dummy[1], und drückte sich in einem Überschwang an Mitleid und Tränen an mich. Ich nahm sie in die Arme.

»Phoebe«, sagte ich.

---

1 *Football-Dummy* meint einen ausgestopften Sack, der im Football-Training den Gegner simuliert.

39

Seit Pumphrey mir Gewalt angetan hatte, war mehr als ein Monat vergangen. Nennen wir diesen Monat bis zur Nachricht von Dick Boles' Ableben eine Flucht in die Stummheit. Niemand in Highbridge, mit Ausnahme von Mister JayMac, hatte mich je reden hören. Ich selbst war schon auf dem besten Weg gewesen, mir vorzumachen, ich sei stumm von Kindesbeinen an und würde mein Gebrechen mit ins Grab nehmen – und schweigen bis in alle Ewigkeit. Ha.

Andererseits, den Namen ›Phoebe‹ über die Lippen zu bringen, stieß noch nicht die Tür zu einer ganzen erstickten Bibliothek an Lauten auf. Bei jedem zweiten Wort, das ich zuwege brachte, funkte mein alter Freund, der Sto-Sto-Stotterer dazwischen. Hinzu kam, daß ich mir das Reden schlichtweg abgewöhnt hatte. Es war eben manchmal leichter zu schweigen, manchmal auch nobler und manchmal einfach nur erfreulich unliebsam für pingelige Leute, die von mir eine Antwort oder eine Erklärung wollten. Und wenn meine Zunge die Signale vom Sprachzentrum verschlief, na und? Die Leute reden eh zuviel. Was mein Kehlkopfmikrophon und diese verdammten Interviews belegen.

»Danny kann reden«, verkündete Phoebe, als wir zu den anderen stießen. »Er hat meinen Namen ausgesprochen.«

Miss Tulipa nahm mich in die Arme. Dann umarmte mich Miss LaRaina. Kizzy kam – sie schaukelte mich hin und her, die Stirn fest an mein Brustbein gedrückt. Sogar Miss Giselle stellte sich ein und machte mich kurz mit ihren Schulterpolstern bekannt. Mister JayMac, der Colonel und die Kameraden patrouillierten wie ahnungslose Grenzwächter am Rand meiner Trauer.

»Was für ein Schock«, sagte Miss Tulipa. »Was für ein Schock, der selbst eine Laryngitis erschüttert.«

»Du mußt jetzt stark sein«, sagte Kizzy, die Zöpfe in meinen Händen fühlten sich an wie aus Metall geflochtene Schlangen. »Mr. Roozerfeld hat dir die Traurigkeit nicht gesagt, damit du dich jetzt hängen läßt, Danny Bowes.«

Ich stieß Kizzy so weit zurück, daß ich ihr ins Gesicht sehen konnte. »Ich m-m-mache mir nichts draus. Ich b-b-bin froh, daß D-D-Daddy tot ist.«

»Ein Kind der neuen Schule«, hörte ich Hoey ganz in der Nähe sagen. »Ein echter Verehrer des fünften Gebots.«

Ich entdeckte Hoeys Silhouette unter all den anderen und funkelte ihn an. »Ver-p-p-piß dich!« Niemand johlte oder lachte. Damals führte man in Gegenwart von Ladies noch keine schmutzigen Reden im Mund, auch dann nicht, wenn eine farbig war und eine andere bestenfalls einen schlüpfrigen Anspruch auf diesen Titel hatte. Dementsprechend schockierte meine Retourkutsche an Hoey die Anwesenden beiderlei Geschlechts, meine Mitstreiter so sehr wie meine Trösterinnen. Vielleicht war Phoebe die einzige, die mein trotziges Aufbegehren zu würdigen wußte, auch wenn sie das eigentlich nicht sollte. Doch da war keiner – abgesehen von Hoey – der nicht Milde walten ließ, und so fand ich auf mein Zimmer, ohne geteert und gefedert zu werden.

Henry ließ mich zufrieden. Aufs Bett gekauert – der vergitterte Ventilator jagte mir Fieberschauer über Arme und Beine – da sagte ich mir, daß nichts meinen Daddy vor der Hölle bewahrt hatte, nicht einmal seine Pflichttreue gegenüber Gott und Vaterland.

Jeder kann sich ausrechnen, warum. Er verdiente es, *ewig* in der Hölle zu schmoren. Als er sich davongemacht hatte, hatte er Mama schwer gekränkt und mich fast am Boden zerstört. Ich gönnte ihm eine Million Jahre auf Beelzebubs Grillrost.

Dann fiel mir wieder das verwaiste Eissilo von Tenkiller ein, die Sparrow Alley und die *Boles & Son Jes-for-Fun Oklahoma World See-ries*, und der Morast aus Bitterkeit begann auszutrocknen. Ob Satan Gnade walten ließ? Bewährung? Freigang am Wochenende?

Die Hellbender verzeichneten am 5. Juli 1943 zweiundzwanzig Siege und siebzehn Niederlagen; wir hatten bereits ein Spiel nach der offiziellen Saisonmitte gespielt. Wir hatten bei unseren letzten sechs Spielen mit Opelika gleichgezogen, die uns immer noch ein, zwei Spiel voraus waren, weil sie im Mai ziemlich früh an den Start gegangen waren. Und die Gendarmes, die uns in einer Auswärts-Serie Ende Juni in zwei von drei Spielen geschlagen hatten, führten die Liga immer noch an.

Auf einer Versammlung am Donnerstagnachmittag analysierte Mister JayMac die Lage und verklickerte uns, was zu tun war, um die Zielgerade erfolgreich zu nehmen: »Morgen früh, Gentlemen, fahren wir los, um gegen die Boll Weevils und Linenmakers anzutreten. Nächste Woche kommen sie zu uns. Diese Burschen spielen etwa so gut Baseball wie die Flying Tigers *Schwanensee** tanzen. Wenn sie uns schlagen, dann haben wir es verdient, auf dem dritten oder vierten Platz steckenzubleiben. Gestern haben wir die renommierten Orphans von Lou Ed Dew besiegt. Meine Gratulation. Gottlob habt ihr Mr. Roosevelt nicht enttäuscht, Gentlemen.«

»Gottlob haben wir *Sie* nicht enttäuscht«, sagte Buck Hoey.

»Amen!« bekräftigte ein Chor.

»Aber anzunehmen, nur weil wir die Pferde angeschirrt und die Wagen zum Rollen gebracht hätten, könnten wir alle anderen überholen, als wären sie blutige Anfänger, das wäre, weiß Gott, verfrüht. Ahah. Um so härter trifft es mich, daß Mr. Curriden und Mr. Musselwhite, ausgesprochene Helden des Teams, sich durch ihre feldexterne Darbietung gestern abend dafür entschieden haben, den Kampf gegen die Boll Weevils am Mittwoch auszusitzen. Daß sie nicht mit aufgestellt sind – womit ich die Ersatzleute nicht demoralisieren will –, könnte uns durchaus den Sieg kosten und auch den Elan, den wir bitter nötig haben, um diese Tour insgesamt zu einem Erfolg zu machen. Der Rest von euch wird sich einrichten müssen, entschieden und selbstlos in die Bresche zu springen.«

»Warum lassen Sie die beiden nicht einfach spielen?« sagte Norm Sudikoff. »Das war doch nicht mehr als eine kleine Reiberei.«

»Eine kleine Reiberei? Wie meinen Sie das, Mr. Sudikoff?«

»Ich meine, es sah vielleicht aus wie der totale Krieg, aber doch nur, weil sie solche Brocken sind. Wenn zwei Ameisen boxen, macht das noch kein Erdbeben, aber bei zwei Rhinozerossen sieht das gleich anders aus. Ich finde, Sie sollten sie einfach spielen lassen.«

Mister JayMac staunte Sudikoff an wie der Bauerntölpel auf der jährlichen Kreislandwirtschaftsausstellung die bärtige Lady. »Von rechts wegen, Mr. Sudikoff, hätte ich die beiden *für die ganze Tour* sperren und hierlassen sollen, wo sie sich in Haus und Hof hätten nützlich machen können. Aber ich brauche sie, ich brauche sie.«

»Na ja, Sir, die beiden würden sich bestimmt nur raufen, wenn sie ohne Aufsicht sind«, sagte Sudikoff.

»Ein Grund mehr, sie mitzunehmen. Mr. Sudikoff…«

»Sir?«

»Schon gut. Ich habe nämlich noch eine wichtige Amtshandlung vorzunehmen.« Sein Blick fiel auf mich. »Gentlemen, ich darf Ihnen noch einmal Daniel Boles vorstellen. Mr. Boles, bitte stehen Sie auf.«

Ich stand auf.

»Möchten Sie ihre Kameraden begrüßen?«

»Ha-Hallo«, sagte ich.

Henry und Double Dunnagin klatschten, bis der ganze Clubraum klatschte. Ich lächelte und machte einen Diener.

Der Baseballplatz von Cottonton sah so aus, wie die Einheimischen ihn nannten: *The Fields.* Ein großer herzmuschelförmiger Fächer aus planiertem Erdreich, keine Zäune, keine Lampen, kein Gras und keine klare Abgrenzung zu den Baumwollfeldern. Das Netz hinter dem Catcher bestand aus Maschendraht, wie man ihn sonst nur für Kükengehege benutzte; die Sitze hinter den Baselines waren von Termiten zernagt; als Pressekabine diente ein mit Schindeln gedeckter Holzverschlag auf einem Pfahlwerk aus Telefonmasten. Mir fiel ein, was Mister JayMac auf meiner ersten Hellbender-Versammlung gesagt hatte: Kein Wunder, daß hier leibhaftige Ziegen in Schiedsrichterentscheidungen verwickelt wurden. Manch entlegene High-School in Oklahoma hatte bessere Sportanlagen als die Boll Weevils.

Doch manchmal zogen sie beachtlich viele Zuschauer an – aus all den Nestern im County, von denen die Eisenbahn nur Notiz nahm, weil sie Baumwolle entkörnten. Vier- bis fünfhundert Leute auf den Tribünen waren keine Seltenheit, sogar an einem Werktagsabend: Farmer, Streckenarbeiter, Baumwollentkörner, Viehfutter- und Saatgut-Händler, Damenfriseure, Kinder. Clem Eggling, der Besitzer des Vereins, ein Entkörner mit tausend Morgen vom besten Alabama-Acker, ließ es sich mit seinen sechsundvierzig Jahren nicht nehmen, im Eröffnungsspiel des einen oder anderen Doppels den Catcher zu spielen. Er verdiente sein Geld, indem er an der Instandhaltung sparte, an den Löhnen und an allem, was trink- und eßbar war. An seinen Erfrischungsständen gab es vor allem wäßrige Limonade, hartgekochte Eier, aussortierte Erdnüsse und *kein* Eis – nicht in Scheiben, nicht in Würfeln und auch nicht als ›Soße‹ –, außer man schaffte es eigenhändig in einem teuer gekühlten Truck hierher.

Am Mittwoch, mit Curriden und Muscles auf der zernagten Bank, unterlagen wir den ›unterlegenen‹ Weevils mit sechs Home Runs. Hoey übernahm Curridens Position am Third, und Evans und Fanning ersetzten Musselwhite im Leftfield – etwa vier Innings der eine, vier der andere. Die drei machten ihre Sache gut, nur daß alle Hellbender mit Ausnahme von Charlie Snow vergessen hatten, was ein Schlagholz war, so daß man die Niederlage – wieder abgesehen von Snows erstklassiger Leistung – mit Recht und Fug als konzertiertes Versagen des Teams bezeichnen durfte. Schwer zu sagen, ob die beiden Rivalen in Sachen Miss LaRaina ein Jota daran geändert hätten. Hub Sisti, der Pitcher der Boll Weevils, mußte mitansehen, wie wir den ganzen Abend in unsere nicht vorhandenen Bärte murmelten.

In Cottonton wohnten Henry und ich in einem Truck-Motel mit Namen *Edweena's Comfy Cabins.*[1] Sollte Cottonton je ein Hotel besessen haben, in dem Farmgerätelieferanten und Vertreter für Herrenbekleidungsartikel abgestiegen waren, dann hatte es

[1] etwa: *Edweenas Komfort-Stuben*

schon vor langer Zeit dicht gemacht. *Edweena's Comfy Cabins* kamen mit uns ins Geschäft, weil sie pleite waren. Wenn eine Auswärtsserie gegen die Weevils anstand, fuhren wir meist erst am Morgen des ersten Spiels von Highbridge ab. Mister JayMac nahm das Risiko einer Abstandszahlung in Kauf, die fällig gewesen wäre, falls der Bomber gestreikt hätte, aber dafür kam uns die private Unterbringung nicht so teuer. Henry und ich kamen natürlich ins gemachte Bett, doch die Einwohner von Cottonton, die bereit waren, Baseballgegner aufzunehmen, waren nicht so entgegenkommend und verläßlich. Mister JayMac mußte achtzehn Jungs in drei halbfreundliche Häuser pferchen, und bei unserem letzten Abstecher 1943 organisierte er eine leere Gefängniszelle, eine Kapelle an der Bushaltestelle bei Harshanay Drugs und zwei weitere Comfy Cabins – damit wir nicht in die Hochburg der Weevil-Fans zurück mußten, die ziemlich aus dem Häuschen waren wegen unserer stürmischen Liebeserklärungen an jeden Cottonton-Pitcher (mit Ausnahme von Hub Sisti).

Darius blieb der Sonderling am Rand. In anderen CVL-Städten kannte er Farbige, hier anscheinend nicht. Dabei hätte er nur zu fragen brauchen, es gab bestimmt eine schwarze Familie, die ihn für ein, zwei Nächte aufgenommen hätte. Darius genoß einen gewissen Status. Den Bomber fahren, sich um gut und gerne zwanzig Baseballspieler kümmern, das verlieh ihm einen gewissen Glamour. Doch Darius wollte nicht mit der Liga angeben. Wollte nicht mit Süßholz raspeln, keine Worthülsen drechseln oder den Kotau machen. Wollte nicht mal offen und bescheiden – der eine den anderen entrechteten Farbigen – nach einem sauberen Plätzchen zum Schlafen fragen. Sein Stolz und ein schwärender Groll gegen Mister JayMac verstellten ihm den Weg.

Nicht lange, nachdem Hub Sisti uns in die Wüste

geschickt hatte, stand ich in der offenen Tür der Comfy Cabin mit Namen *Gladiola Delight* und haderte mit meinem dritten erfolglosen Spiel in vierundzwanzig Begegnungen. Man roch das DDT auf den Baumwollpflanzen jenseits der Straße und die Reste von schlechter Waschlauge in der Bettwäsche von *Gladiola Delight*. Andere Comfy Cabins hießen *Begonia Bliss, Daisy Dream, Marigold Manor* und *Chrysanthemum Heaven*. Sie rochen aber alle gleich, und in den vergammelten Blumenkästen unter den Fenstern wuchsen nur Löwenzahn und Purpurwinde.

Während ich so dastand, grollte von da, wo wir die letzten zwei Innings bei hereinbrechender Dunkelheit gespielt hatten, der Braune Bomber heran. Er fuhr vorbei und folgte der geteerten Straße, die sich irgendwo in der verwaisten Gegend nördlich der Stadt verlor.

»D-Darius«, sagte ich.

»Auf der Suche nach einem Plätzchen, wo er ungestört schlafen kann«, sagte Henry hinter einem aufgeschlagenen Buch. »Der arme Slob.« Das war Henrys ungeschickte Art, sich des amerikanischen Slangs zu bedienen. Er meinte *chap* oder *bugger* oder *joe*, nicht *slob*, aber das wußte ich ja.[1]

»B-B-Bis später.« Noch ehe Henry fragen konnte, war ich zur Straße rüber. Ich marschierte durch die Finsternis und fixierte die glühenden Rücklichter des Bombers. Darius fuhr langsam, vielleicht weil er nicht wollte, daß ihn ein fanatischer Cop aufs Korn nahm, oder weil er hoffte, so eher einen geeigneten Rastplatz für die Nacht zu finden. Jedenfalls blieben die Rücklichter lange Zeit sichtbar. Ich fiel natürlich zurück, doch die Straße war so gerade, daß ich sie nicht aus den Augen verlor. Manchmal konnte ich sogar hören,

---

[1] *slob* = linkischer Tölpel · *chap* = Bursche (ohne Wertung) · *bugger* = Kerl (sympathischer) · *joe* = Bursche (ohne Wertung)

wenn Darius einen anderen Gang einlegte – wie wenn jemand Kies in eine Eisenrutsche schaufelt.

Ein Moskito aus den Baumwollfeldern heftete sich an meine Fersen. Zwei oder drei von diesen Biestern. Eine ganze blutrünstige Staffel. Im rechten Straßengraben schillerte öliges Wasser, eine Brutstätte. Die Teerdecke ging über in Schotter, die größeren Steine – faustgroße – brachten mich aus dem Schritt. Ich mußte eine Reifenspur suchen und wie in einem engen Schützengraben einen Fuß vor den anderen setzen. Die langgezogene kohlschwarze Silhouette abgetragener Hügel weit im Westen versicherte mir, daß ich nicht in die grenzenlose Landschaft eines Alptraums geraten war. Und ein flüchtiger Blick über die Schulter zeigte mir die trübe Leuchtreklame von Edweenas ›Komfortstuben‹. Ich konnte jederzeit kehrt machen.

Plötzlich schwenkten die Rücklichter des Braunen Bombers außer Sicht, und er zeigte mir sein rabenschwarzes Nilpferdprofil mit Fenstern, die in die Nacht blinzelten. Wieder das Geräusch von Kies auf der Eisenrutsche. Die Nilpferdschnauze mit den grellen Glupschaugen bewegte sich abwärts, bis ein Wall aus Erde und Nacht erst die Lichter und dann den ganzen Bus verschluckte. Nun hatte ich keine Rücklichter mehr, denen ich folgen konnte. Und wo, vor allem, hatte Darius die Straße verlassen?

Ich ging weiter. Der DDT-Geruch und die konturlose Schwärze ringsum ließen mich an die Vorhölle denken, wo die Kranken oder Bekümmerten hinkommen, um ihrer Pein eine Handvoll Schlaf zu stehlen. Hier war Nirgendwo. Ich tapste weiter und kam schließlich an einen Feldweg, der von der Straße abzweigte. Jeder Schritt auf diesem Pfad jagte mir einen Blitz ins Kreuz. Strauchwerk drängte sich rechts und links, und auf einer Lichtung im Baumwollfeld stand einsam ein Pflaumenbaum. Oder war es eine Stechpalme? Dahinter lugte jedenfalls die Motorhaube heraus. Ich hätte den Bus nie und nimmer gefunden, wär ich ihm nicht Von-der-Schwelle-auf-der-Stelle gefolgt. Ich ging zum Bomber und pochte an die Seite.

Hinter mir klickte ein Revolverhahn. Jemand setzte mir die Mündung an den Hals.

»Was, zum Teufel, willst du? Spuck's aus, aber dalli.«

»Darius.« (Kein Gestammel.)

»Jesus, Danl, *du* bist das?« Darius setzte die Waffe ab. »Mann, du hättest dabei umkommen können. Was *machst* du hier?«

Nachdem ich seinen Namen ausgesprochen hatte, brachte ich kein klares Wort mehr zustande. Darius fluchte und schob mich hinauf in den Bomber, in dem es knickste und knackste, solange der Motor noch abkühlte. Er schubste mich den Gang hinunter bis zur durchgehenden Rückbank.

»Das ist doch dein Lieblingsplatz. Wenn nicht, ist auch egal. Setz dich.«

Darius kam mir im Dunkeln irgendwie *realer* vor. Verglichen mit ihm war ich ein Gespenst, meine Haut und meine Knochen waren ausgelaugt und durchsichtig wie Wasser. Ohne die Hand, die meinen Oberarm umspannte, hätte ich mich wie ein Nebel zu den Sternen verflüchtigt.

»Das Schießeisen tut mir leid. Ich war grade beim Pinkeln, als ich dich kommen hörte. Stand kurz davor, die Pisse wieder reinzuscheuchen, weißer Mann.«

Ich fand das lustig, konnte aber nicht lachen. Darius zeigte mir die Waffe, eine Stupsnase mit Perlmuttgriff. Er drohte mir nicht damit, er wollte nur, daß ich sah, wie schön sie im milchigen Sternenlicht der Fenster glänzte und schillerte.

»Wenn sie mich allemachen wollen, Danl, tja, dann puste ich vorher ein paar von ihnen ins Jenseits, bevor ich hinterhersteppe.« Er steckte den Revolver in die Tasche seiner khakifarbenen Arbeitshose. »Was, zum Teufel, willst du?«

»D-D-Du schläfst hier?«

»Im Bomber? Na klar. Besser als 'ne Comfy Cabin an Weihnachten. Viel Platz. Keine lauten Radios. Kein Gezänk. Jawoll, Sir, ich schlafe hier.«

»Hier d-d-draußen?«

»Ich bin gerne allein.«

»Und drüben in Quitman? Oder in L-L-Lanett?«

»Was soll das, bist du der bestallte Schlafmeister? Oder willst du mich bloß mit deinem Mitleid überschütten?«

Meine Zunge bäumte sich hinter die oberen Vorderzähne, wo sie wie ein nasses Kohlblatt steckenblieb.

»Ich mach's mal so rum, Danl. Dein Daddy ist tot. Dein Mund funktioniert nicht. Wohnst bei Clerval, dem Schrecklichen. Wie gefällt dir das, wenn ich mein Mitleid wie Himbeersirup über dich auskippe?«

Nicht besonders. Daß er mir den Spiegel vorhielt, um mir meine eigene Fratze zu zeigen, mochte in seinen Augen fair sein, in meinen aber nicht. Warum spottete er über die Nächstenliebe, die ich für ihn empfand? Er summte etwas, das wie ein Blues klang, bückte sich und langte unter die Sitzbank. Er brachte eine Papiertüte zum Vorschein. In der Tüte steckte eine Flasche. Nicht schon wieder Schlehenlikör, dachte ich.

Darius tat einen kräftigen Zug, wischte sich über den Mund und hielt mir die Flasche hin. Das Zeug stank wie Sauermaische-Whiskey der übelsten Sorte. Ich schüttelte den Kopf.

»Paß mal auf, Danl. In fast allen CVL-Städten kenne ich Frauen, nur hier nicht. Bei ihnen finde ich Ruhe, oder sie nehmen sie mir und geben sie mir wieder zurück. Nur in diesem reaktionären Nest muß ich irgendwo zwischen den Feldern schlafen. Aber das hat auch sein Gutes. Ich habe meinen Frieden.« Er nahm wieder einen kräftigen Schluck. »Und wenn nicht, hat das nichts damit zu tun, wo ich schlafe. Es hat damit zu tun, wie ich lebe. Nur wenn ich lebe, wie's mir paßt, kann ich schlafen, und ob ich das *hier* tue« – er zeigte mit dem Kinn zum Fenster hinaus auf die fahle Schneedecke aus Baumwolle – »oder da, wo du blind auf die Landkarte tippst, ist mir völlig schnuppe.«

Ich sagte »Ja« und stand auf. Darius machte keine Anstalten, mich aufzuhalten. Ich hatte Hausfriedensbruch begangen, auch wenn er das Haus wie eine Schnecke mit sich herumtrug.

»Besser, du gehst zu Fuß. Ich hab endlich mein Plätzchen gefunden, und dich zurückfahren, könnte ein paar Cops auf die Idee bringen, daß hier Parkverbot ist.«

Ich hangelte mich an den Rücklehnen nach vorne.

»Pschschsch ...«, machte Darius laut.

Glaubte er wirklich, Clem Eggling oder sonst ein Dorftrottel hier draußen im tiefsten Alabamastan könnte mich hören? Ich warf einen Blick über die Schulter. Darius prostete mir wortlos zu und stellte den Kopf schräg.

»Guck nach vorne. Und mach nicht solchen Lärm. Du weckst noch den Kleinen auf.«

Ich guckte. Auf einem der mittleren Sitze lag ein größeres Bündel, ein unförmiges Etwas auf dem Polster. Es atmete. Ich beugte mich vor, um besser sehen zu können. Es war Euclid, der Halbbruder von Darius und unser sporadischer Bat-Boy* – sporadisch, weil man ihn diesen Job nicht überall tun ließ. Und zu Überall gehörte auch Cottonton. Da Euclid nicht in Highbridge war, wo Mister JayMac ihn in der Regel ließ, mußte er sich während der Fahrt im Gepäckraum versteckt haben. Er schlief wie ein Sack Zement, der nach dem Regen abgebunden hat – schwer und fest.

»Total erledigt«, sagte Darius. »Fix und fertig von der Fahrt.«

Kein Scherz. Dieser Euclid, der da zusammengerollt lag, munterte mich auf. Darius war nicht allein, Euclid war ein Schnäpschen, das mehr wärmte als Whiskey, und nicht ganz so gefährlich war wie eine Pistole.

»Egal, was mit mir passiert«, sagte Darius, »der Junge muß dran vorbei in seine eigene Zukunft. Mach ihm das klar, Danl.«

Ihm klarmachen? Was konnte Darius passieren? Er konnte sich betrinken, bis er kotzte und besinnungslos war. Oder die Pistole benutzte, um uns eine Bohrprobe seiner grauen Zellen zu hinterlassen. Das machte mir angst – das letztere. Von irgendwo abseits der Straße rief eine Schleiereule, und ihr Tremolo brach sich im Bus wie das Klagen einer Bremse. Ich konnte doch jetzt nicht gehen.

»Geh weiter. Versteh mich nicht falsch. Ich bin okay. Ich hab das Zeug zum No-Hit-Pitcher* und zum Home-Run-Batter*. Aber nicht die Chance. Egal, verschwinde!« Ich kletterte in den samtweichen Staub hinunter. Darius rückte an ein offenes Fenster und steckte den Kopf heraus.

»Quip war heute nicht gut drauf. Schade. Mein Speed-Ball hätte aus den Weevil-Hölzern Stinkmorcheln gemacht. Wissen alle, aber keiner hat Appetit.«

»Gute N-N-Nacht«, sagte ich.

Darius parkte hinter einer voll erblühten Stechpalme. Die Nadelspitzen der glänzenden Blätter piekten, als ich mich vorbeidrückte. Ein Kinkerlitzchen von Blutstropfen trat aus meinem mondhellen Daumen. Auf dem Weg zur Straße lutschte ich ihn ab.

Darius erschoß weder sich selbst noch Euclid. Er riß auch nicht mit dem Bomber nach Birmingham aus, um ein Probespiel bei den Black Barons zu ergattern, und auch nicht nach Moton Field in der Nähe von Tuskegee, um Reservepilot im Luftgeschwader von Benjamin O. Davis Jr. zu werden. Am kommenden Nachmittag um drei erschien er im Stadion von Cottonton und verwendete zwanzig Minuten darauf, der Mannschaft zu zeigen, wie man am besten mit dem besten Pitch des ersten Boll-Weevil-Pitchers umging. Wir schlugen den Fork-Ball.* Wir trafen ihn so oft, daß Eggling den Burschen beim vierten Inning kaltstellte.

Danach ging es den Einheimischen auf den Zirkusbänken von Cottonton weniger darum, ihre Weevils anzufeuern, als zuzusehen, wie unsere Schlagleute – einschließlich Curriden und Musselwhite – eine Powershow abzogen, daß ihre Feldspieler nur von einem Wunsch beseelt waren: Eggling hätte rechtzeitig das nötige Kleingeld für einen Zaun ausgegeben – um ihnen die Blamage zu ersparen, Bällen hinterherzurennen, die nach den Regeln jedes anderen CVL-Platzes Home Runs gewesen wären. Um das wettzumachen, gingen sie immer mehr auf Distanz, doch Jungs wie Junior, Skinny, Dunnagin, Snow und ich konterten mit steilen, kurzplazierten Texas-Leaguers*.

Wir zogen gleich, indem wir Cottonton um vierzehn Runs schlugen, und fuhren am nächsten Morgen zu einer Vierer-Wochenendserie nach Lanett. Euclid brauchte nicht mehr als blinder Passagier zu reisen, er saß vorne auf gleicher Höhe mit Mister JayMac. (Der ihn tüchtig aber *väterlich* ausgemeckert hatte.) Im Chattahoochee Field spielten die Linenmakers als Schlußlichter der Rangliste so hartnäckig wie Bahnschwellennägel. Wir zogen auch hier gleich: Freitagabend gewannen wir, verloren beide Spiele des Doppels am Samstag und zogen Sonntag um eine Nasenlänge an den Linenmakers vorbei – dank Henry, der seinen achtundzwanzigsten Home Run der Saison schlug, gefolgt von Lon Musselwhite und

Ed Bantling, dem Gendarm-Catcher, die beide zwölf Homes weniger zu verzeichnen hatten.

Im Verlauf einer Sitzung des Rollkommandos des CVL-Gerichtshofs, Abteilung Highbridge-Hellbender, zum Zwecke der Erbauung während der öden Busfahrt, nahm Mister JayMac Gelegenheit, Henry offiziell seinen Dank auszusprechen – und Muscles zu beauftragen, jeden Ersatzpitcher, Ersatz-Batter und Spieler, der zu dem Fiasko am Samstag beigesteuert hatte, zu einer Geldbuße zu verdonnern. Die einzigen Hellbender, die verschont blieben, waren Snow, Nutter, Dobbs und Henry. Selbst Euer Ehren Lionel K. Musselwhite mußte 25 Cent berappen, weil er einen langen Flugball in einen Three-Base verwandelt hatte, indem er ihn überrannt hatte und in ein Reklameschild gerasselt war.

»Überflüssiges Theater mit katastrophalen Folgen«, bezeichnete Ankläger Buck Hoey den Einsatz. »Er hat uns zwei Runs eingebrockt und obendrein seine Schulter mißhandelt. Ein Captain sollte mit gutem Beispiel vorangehen.« Wie er das sagte, schien er unausgesprochen auf die Rauferei zwischen Muscles und Curriden am Hellbender-Weiher anzuspielen. Niemand im Bomber stimmte für Freispruch.

Darius saß stumm wie ein Fisch am Steuer, und ich ertappte mich bei der Frage, welche Geldstrafe darauf stand, heimlich eine Pistole zu tragen. Auf jeden Fall mehr als 25 Cent. In manchen Gegenden hier hätte man ihn aus geringerem Anlaß aufgeknüpft – da brauchte es nur einen Hosenschlitz auf Halbmast.

40

Am Donnerstagabend hatten die Major-Leagues ihre allererste Begegnung mit Starbesetzung. Alle in McKissic House waren um das kapellchenförmige Philco-Radio versammelt und hörten sich die Übertragung aus Philadelphia an. Weltweit hingen die US-Soldaten an ihren Kurzwellenradios. Genaugenommen war Henry nicht mit von der Partie, er war der einzige Hausbewohner, der durch Abwesenheit glänzte. »Baseball ist nicht das ganze Leben. Beim Frühstück wird Mr. Mariani sowieso jeden Pitch und jedes Aus zur Sprache bringen« – hatte er gesagt und war zum Lesen nach oben gegangen.

Henry wäre besser geblieben. Auf dem Klappstuhl neben mir saß Dunnagin, doch er und Creighton Nutter, den es nicht in Cotton Creek gehalten hatte, hackten das ganze Spiel über aufeinander ein. Dunnagin als Ex-Brownie hielt zur American League, während Nutter sich als Ex-Brave wie verrückt für Johnny Vander Meer und den Seniorenverband der Nats einsetzte. Die meisten anderen hielten als ›Leibeigene‹ der Phutile Phillies automatisch mit Nutter gegen Dunnagin. Vander Meer* und Vince DiMaggio spielten wie Sonnenprinzen für ihre Riege, doch als die Americans mit fünf zu drei siegten, tanzte Dunnagin wie ein Kranich durch den Clubraum.

Darius hatte während des ganzen Spiels im Durchgang zur Kantine gelehnt und verschwand mit dem letzten Ton der Übertragung.

Ich ging nach oben, um Henry zu erzählen, wie das Spiel ausgegangen war, doch als ich ins Zimmer kam, lag er bäuchlings auf dem Bett und schnaufte leise ins Kissen...

Mittwoch früh beim freiwilligen Training auf McKissic Field – ich wollte eben den Schlagkäfig betreten –, da tauchte auf dem Platz ein Major aus Camp Penticuff zusammen mit einem farbigen Burschen in flaschengrünem Jackett auf. Der Major, ein Jüngling mit rasiermesserscharfem Mund, legte mir die Hand auf den Arm.

»Entschuldige, Kleiner«, sagte er. »Ich bin Major Adrian Dexter. Das ist Mr. Cozy Bissonette.«

Ich starrte ihn an. Das ›Kleiner‹ machte mich rasend. Ich schätzte Major Dexter auf sechsundzwanzig. Außerdem hatten Besucher, abgesehen von Familienangehörigen und eingeladenen Gästen, beim Training nichts verloren.

»Der Stadionwärter hat uns durchgelassen«, sagte Major Dexter und deutete mit dem Kinn zum Eingangstunnel. »Wir sind verabredet.« Ich schwieg immer noch. »Mit Mr. Jordan McKissic, dem Eigentümer und Manager.« Er sprach den Vornamen wie den gleichnamigen Fluß aus – nicht *JAR-dan*, wie es die Einheimischen taten. »Würdest du uns bitte zu ihm bringen?«

»Wir wären dir sehr verbunden«, sagte Cozy Bissonette.

»Kommen Sie.« Ich brachte sie zu unserem Unterstand, wo Mister JayMac und Darius saßen und die anstehenden Auswärtsserien besprachen.

Darius sah auf, und er und Mr. Bissonette wechselten ein komisches Augenknipsen – fast wie zwei Kameraverschlüsse, die wissen, daß sie den Film mit einem wichtigen Ereignis belichten und nicht bloß mit einem Portrait fürs Familienalbum. Major Dexter und Mister JayMac bemerkten es nicht, und ich konnte mir keinen Reim darauf machen. Es war aber mehr als nur eine Begrüßung zwischen zwei Farbigen; es besiegelte auch jene blitzschnelle Verschwörung, wie sie sich zwischen zwei Gleichgesinnten ereignet, *egal* welche Farbe sie haben. Ich hatte ein ungutes Gefühl.

»Sind wir zu früh?« sagte Major Dexter. »Wir können jederzeit …«

»Schon gut«, sagte Mister JayMac. »Es dauert nur einen Moment.«

Ich blieb im Unterstand, dackelneugierig und beklommen, in der Hoffnung, etwas zu erfahren.

»Geh an den Schlag«, befahl mir Mister JayMac. »Ich bin der Coach, und du tust, wofür du bezahlt wirst.« Er schenkte mir ein Lächeln, das nicht verhehlen konnte, wie sehr es in ihm arbeitete.

Meine Spikes machten kehrt und trugen mich zum Schlagkäfig zurück.

An diesem Abend berief Mister JayMac eine Versammlung im Clubraum ein. Keine Flip-Charts. Keine Neuzugänge. Kein Wiederkäuen von Regeln. Von den ›Cotton-Creeks‹ beklagten Snow und Nutter sich nur selten, doch Hoey, Sloan, Hay und Sudikoff waren stocksauer, seit sie wußten, daß sie an diesem Abend nicht frei hatten. Sie hörten auf zu maulen, als sie Mister JayMac ungeduldig auf- und abschreiten sahen.

»Das hier sollte nicht zu lange dauern«, sagte Mister JayMac. »Wir müssen abstimmen.«

»Ich bin dagegen«, sagte Hoey. »Egal, was es ist.«

»Damit ist einstimmig beschlossen«, sagte Dunnagin, »Buck Hoey *nicht* zu kastrieren, sollte es wieder zu sexuellen Belästigungen am Base kommen.«

Selbst Hoey lachte. (*Henry* lächelte nur, aber wenn das wirklich Henry war, dann war das seine Art zu lachen.)

»Das hier sollte nicht lange dauern«, sagte Mister

JayMac, »es sei denn, jeder einzelne von Ihnen besteht auf Anhörung, dann sind wir noch beim Frühstück zugange.«

Wir verschluckten unser Grinsen. Darius lehnte, wie mir auffiel, genau da, wo er während der Übertragung aus Philadelphia gelehnt hatte.

»Heute morgen war der Tourneemanager eines schwarzen Baseballvereins, der *Splendid Dominican Touristers*, und ein Army-Major aus ...«

»Wau«, sagte Hoey. »Der *was*?«

»Der *Splendid Dominican Touristers.* Ein Pseudonym, wenn man so will, unter dem Neger-Ligisten über Land ziehen.«

»Klingt wie ein Orden von eingebildeten Wandermönchen«, sagte Turkey Sloan.[1]

»Halt die Klappe«, sagte Vito Mariani.

»Pschsch ...«, machte Mister JayMac, ehe noch jemand laut werden konnte. »Die *Negro American League* – die *Black Barons* drüben von Birmingham, die *Memphis Red Sox*, die *Cincinnati Clowns* und, und, und – na ja, die Benzinrationierung trifft diese Vereine ziemlich hart. Sie haben eine volle geteilte Saison hinter sich. Die Teams brauchten nur dreißig Spiele auszutragen, um sich für die *Negro World Series* zu qualifizieren. Kurz und gut, Mr. Cozy Bissonette von Kansas City, Missouri, hat eine Gruppe von überdurchschnittlichen NAL-Spielern um sich versammelt und ist auf der Suche nach Sparringspartnern, auch wenn sich das Team endgültig erst Anfang nächster Woche in Atlanta formiert.«

»Und der Neger will gegen uns spielen?« sagte Jerry Wayne Sosebee.

---

[1] *Dominicans* = Bewohner der Antillen-Insel Dominica oder Einwohner der Dominikanischen Republik auf der Antillen-Insel Hispaniola **oder** Dominikanermönche (neben den Franziskanern der zweite Bettelorden, gegründet 1215 von dem Spanier Dominikus)

Darius hatte die Arme verschränkt und fixierte ein Astloch in den Eichendielen. Sosebee nahm keinen Darius wahr; für ihn war Darius unsichtbar.

»Warum der Army-Major?« fragte Muscles.

»Major Dexter. Camp Penticuff, Erstes Bataillon, *Special Training Regiment*. Er will den Kampf zwischen der Starbesetzung von Mr. Bissonette und uns sponsern, eine moralische Spritze sozusagen, um die Tournee des Vereins in Gang zu bringen.«

»Sir, das Gesetz von Georgia verbietet öffentliche Profikämpfe zwischen Weißen und Farbigen«, sagte Sloan.

»Deshalb – falls alle dafür sind – tragen wir den Kampf draußen in Camp Penticuff aus, wo es nicht ganz so öffentlich zugeht. Als Zuschauer hätten wir hauptsächlich die Neger-GIs aus den zwei Special-Training-Bataillonen.«

»Jesus«, sagte Sosebee.

»Was springt dabei raus für uns?« Das sah Reese Curriden ähnlich. In seinem Kichern hörte man manchmal das Kleingeld klingeln.

»Die Army, sagt Major Dexter, bietet jedem Verein fünfhundert Dollar.«

»Fünfundzwanzig für jeden von uns!« jauchzte Quip Parris.

»Ich bin dafür«, sagte Hoey. »Egal, wie wir aufteilen.«

»Ich würde empfehlen, das Geld zurückzugeben, als Beitrag für die Kriegsanstrengungen«, sagte Mister JayMac.

»Mal ganz abgesehen«, sagte Hoey. »Was sind wir eigentlich, ein Haufen wertloser Handlanger?«

»Trag das Schlagholz, fahr das Base raus«, sagte Sloan.

»Was machen denn die Dominican Jigaboos* – Ver-

---

[1] *Jigaboo* = rassistisch aggressive Bezeichnung für einen Schwarzen

zeihung, *Touristers* – mit den fünfhundert?« fragte Sosebee.

»Weiß ich nicht«, sagte Mister JayMac. »Behalten, denk ich. Sie haben große Unkosten, die Spieler brauchen das Geld.«

»*Ich* brauche das Geld«, sagte Hoey. »Jemals versucht, vier Mäuler zu stopfen mit knapp über hundert im Monat.«

»Hoey verdient *mehr* als hundert im Monat?« Musselwhite ließ den Blick kreisen, als stürze für ihn eine Welt zusammen.

»Halten wir mal fest«, sagte Sosebee. »Sie wollen also, daß wir vor einem Haufen Jigs – ich meine, Farbige – gegen einen Haufen Farbige spielen und das *umsonst?*«

»Nicht umsonst«, sagte Mister JayMac. »Für die Moral der Rekruten. Zum Spaß an der Freude. Der Freude, sich mit einer Truppe unbekannter Spieler zu messen, die genauso gut wenn nicht ein bißchen besser sind als wir.«

Trapdoor Evans sagte: »Und wenn sie mir von hier bis Timbuktu überlegen wären, Sir, nichts und niemand – nicht mal der Teufel – kann was dran ändern, daß *ich* besser bin als die.«

»Du sagst es«, sagte Sudikoff.

»Und wer zieht die Spikes an für diesen Mr. Bossy Nut der Splendid Dominican Dingsda?« fragte Curriden. »Lauter Stars der Negro League?«

»Nein«, sagte Mister JayMac. »Nur überdurchschnittliche Vertragsspieler. Ihr braucht nicht gegen Leute wie Satchel Paige, Josh Gibson oder Cool Papa Bell anzutreten.«

»*Häh?*« machte Fadeaway Ankers.

»Aber macht euch nichts vor, neben diesen Spielern wirken die Gendarmes von LaGrange wie Rekruten der *Little League.*«*

Aus dem Hintergrund meldete sich Henry zu Wort.

»Wann werden wir gegen sie spielen, falls wir spielen?«

»Gute Frage«, sagte Mister JayMac. »Übernächsten Dienstag, am siebenundzwanzigsten Juli. Die einzige Lücke in unserem Spielplan.«

»Keine Zeit zum Verschnaufen«, sagte Muscles. »Könnte uns das nicht den Wimpel kosten, Mister JayMac?«

»*Ein* Spiel? Vielleicht. Aber nur, wenn Mr. Clerval bis zu den Kanaren schlägt und sich den Herzmuskel zerrt.«

»Laßt uns a-a-abstimmen«, sagte ich.

»Ich spiele nicht gegen Farbige«, sagte Fadeaway. »Nicht gegen ihre *Teams*.«

»Ich auch nicht«, sagte Evans.

»Dito«, sagte Sloan und fuhr fort.

»To do great on a jig hunt,
Wear chocolate pigment
Exacly like your prey's.
Thank God I've never gone through that phase.«[1]

»Danke, Mr. Longfellow«, sagte Mister JayMac.[2] »Das macht drei freimütige Neinstimmen, ich nehme das zur Kenntnis. Noch weitere?«

»Hier«, sagte Sudikoff. »Nein!«

»Und hier«, sagte Sosebee. »Nein!«

»Letzte Gelegenheit«, sagte Mister JayMac. »Fünf Neinstimmen zu – fünfzehn Jastimmen, vermutlich.«

»Ich enthalte mich«, sagte Pete Hay.

»Weichei«, sagte Mariani.

---

1 Ungereimte Übersetzung: Sich dicke tun bei 'ner Negerhatz,
als hätt man dasselbe Pigment
wie die Beute.
Gottlob blieb mir das erspart.

2 *Henry Wadsworth Longfellow* (1807–82), amerikanischer Dichter

»Wie meinst du das?« sagte Hay.

»Wer nicht Farbe bekennt, ist feige.«

»Psch ...«, machte Mister JayMac. »Ich hatte auf ein einstimmiges Ergebnis gehofft. Ein *quasi* einstimmiges. Aber wenn ein Viertel des Teams Vorbehalte hat, gibt mir das zu denken. Ich wundere mich über die halsstarrige Weigerung der Neinsager, ihr bestes zu geben.«

»Verdammt noch mal, Sir«, sagte Sloan. »Versuchen Sie nicht, uns mit diesem Verweigerungsquatsch zu erpressen. Ich meine, wir ...«

»... haben Angst, Prügel zu beziehen«, sagte Darius.

Alle drehten den Kopf zu Darius. Dessen Blick löste sich vom Boden und durchbohrte Sloan.

»Zehn Dollar für jeden Neinsager, daß die Dominicans euch gründlich den Hintern versohlen. Immer vorausgesetzt, ihr habt den Schneid, gegen sie anzutreten.«

»Du hast keine fünfzig Dollar«, sagte Trapdoor Evans. »Du hast nicht mal zehn, um mit *mir* zu wetten.«

Darius fraß sich wie ein Herbstfeuer zu Mister JayMac durch. »Leihen Sie mir fünfzig, Sir. Bis zum nächsten Poker.«

Mister JayMac griff in sein Kreppleinenjackett, zückte ein Dollarbündel, schälte fünf Zehner ab, riß sie aus der Klammer und patschte sie Darius in die offene Hand.

Darius ging durch den vollbesetzten Clubraum zu Henry und gab ihm die Scheine. »Mister Henry, heben Sie das bitte auf. Wenn *alle* für den Kampf gegen die Cozy-Jungs sind, gilt die Wette. Verlieren die Dominicans, zahle *ich*. Verlieren die Hellbender, was so sicher ist wie das Amen in der Kirche, bekomme ich zehn Dollar von Mr. Ankers, von Mr. Sloan, Mr. Sudikoff, Mr. Sosebee und von Mr. Evans, dem Gentleman, der besser ist als alle Farbigen.«

Einer um den anderen wechselten die Fünf von Nein zu Ja und schlängelten sich zu Henry durch, um ihm entweder die zehn Dollar oder einen Schuldschein zu geben; dann kehrten sie an ihre Plätze zurück. Henry ordnete alles fein säuberlich in seine Brieftasche, klappte sie zu und steckte sie in den Gehrock zurück. Jumbo Hank Clerval, Buchmacher wider Willen.

»Ich schließe mich an«, sagte Hay. »Ich stimme auch mit Nein.«

»Sie haben sich enthalten«, sagte Mister JayMac. »Die Abstimmung ist beendet. Ich billige keine Wetten, schon gar nicht bei Spielern. Bei einem offiziellen Kampf würde ich jetzt und hier mein Veto einlegen.«

»Sie sind ein Vorbild, Sir«, sagte Buck Hoey.

Mister JayMac ignorierte die Bemerkung. »Als nächstes stimmen wir über die Aufwandsentschädigung ab, die uns die Armee zahlt. Geben wir sie zurück, oder wollen Sie das Geld unter sich aufteilen?«

Auweia. Patriotismus oder Eigennutz. Das war jetzt keine leichte Entscheidung.

Curriden sagte: »Sehen Sie. Wir unterstützen die Kriegsanstrengungen, indem wir für die dunkelhäutigen Rekruten von Camp Penticuff spielen.« Er sah Darius an. »Reicht das nicht? Müssen wir da noch unser Geld rausrücken? Ich wette 'ne Schweinshaxe, daß die Cozy-Jungs ihr Geld behalten.«

»Mir ist völlig egal, was Sie mit Ihrem Geld tun«, sagte Darius.

»Wir sollten es behalten«, sagte Hoey.

Sloan und Konsorten stimmten dafür, das Geld zu behalten und aufzuteilen, und fast alle anderen, einschließlich Snow und Nutter, schlossen sich dieser Meinung an. Sogar Henry stimmte mit der zasterorientierten Mehrheit, was mich einigermaßen überraschte, wenn ich an sein ganz privates Sühneprogramm dachte. Ich hätte ihn für opferbereiter gehalten. Dann erfuhr ich sein Motiv.

»Wenn wir unseren Lohn der Armee überlassen«, sagte er, »dann kauft sie damit nur wieder Waffen und Kriegsmaterial.«

»Ach was«, sagte Sudikoff.

»Ich verabscheue die Herstellung und den Vertrieb von Werkzeugen, die verstümmeln oder töten«, sagte Henry.

Solche Reden waren während des Krieges verpönt. Erst recht im Süden. Hitler hatte die Prügelei schließlich vom Zaun gebrochen und sollte seine Dresche kriegen, und die Japse verdienten jeden Arschtritt, den unsere Entschlossenheit und unser Know-how ihnen verpassen konnten. Es wurde still im Clubraum, nur hier und da ein Murmeln.

»Wenn man uns das *so* auslegt, wenn wir das Geld behalten«, sagte Charlie Snow schließlich, »dann sollten wir's wohl zurückgeben.«

»Das ist eine fixe Idee bei Jumbo«, sagte Muscles. »Keiner wird uns das so auslegen.«

»Um so schlimmer«, sagte Henry.

Zu guter Letzt stimmten wir natürlich dafür, das Geld zu behalten und aufzuteilen. Lediglich Lamar Knowles und Dunnagin stimmten dafür, das Honorar in die Staatskasse zu zahlen. Was mich betrifft, so stimmte ich mit der Mehrheit, und ich weiß bis auf den Tag nicht, ob ich das mehr aus Curridens oder Henrys Motiv tat. Bei beiden Abstimmungen hatten nur zwei Hellbender nicht mitgemacht – Mister JayMac und Darius. Wie dem auch sei, die Versammlung wollte sich auflösen.

»Halt!« Mister JayMac stieß die Hände in die Taschen seines Kreppleinenjacketts und überdehnte es gründlich. »Ich sollte Ihnen noch sagen, daß ich durch die besonderen Umstände dieses Schaukampfs einen größeren Spielraum habe als in der CVL.«

Was, zum Teufel, wollte er damit sagen?

»Ich habe vor, Darius auf den Hügel zu stellen.«

Diese Neuigkeit piekste uns wie ein Heftzweck in den Hintern, so jedenfalls hörte es sich an. Hätten wir Hurra rufen oder maulen sollen? Trapdoor Evans sagte: »Jesus, Sir, da könnte er ja absichtlich das ganze Spiel verhunzen, nur um an das Geld von Turkey und mir und den anderen Blödmännern zu kommen.«

»Das ist noch nicht alles«, sagte Muscles. »Wenn wir gewinnen, und wenn Darius das Spiel für uns beendet, dann sagen doch die farbigen GIs – ganz zu schweigen von den Splendid Monks –, das liegt bloß daran, daß er einer von ihnen war.«

»Sie treffen den Nagel auf den Kopf«, sagte Mister JayMac.

»Wie bitte?« sagte Muscles. »Wieso?«

Mister JayMac sah zu Darius hinüber und zwinkerte: ein Zwinkern, so offen wie ein offener Brief. Darius sah beiseite, seine Kiefergelenke traten hervor.

»Und wenn wir verlieren«, sagte Muscles, »dann heißt es, wir hätten unseren Pitcher nicht unterstützt. In deren Augen hätten wir ohne Darius nicht gewonnen oder ihn mit schlampiger Unterstützung und schlampigen Schlägen im Regen stehen lassen.«

»Und wenn wir verlieren«, sagte Evans, »dann räumt Darius uns die Taschen aus.«

»Ich will dieses Spiel nicht pitchen«, sagte Darius. »Tun Sie mir das nicht an, Mister JayMac. Das nicht.«

Mister JayMac wandte sich an alle: »Die uns zusehen und die sich mit uns messen, beurteilen jeden Spieler nach seiner ureigenen Leistung. Vergessen wir das nicht. Ende der Vorstellung.«

41

In derselben Woche hatten wir noch zwei Heimspiele gegen Lanett und drei gegen Cottonton. Wir gewannen die ersten vier, blieben aber am Sonntag im Endspiel gegen die Weevils mit einem Run im Rückstand. Hub Sisti hatte gegen uns gepitcht, und Muscles behauptete hernach, Sisti hätte Vander-Meer-Blut in den Adern (auch wenn sein Name eher italienisch klang).

Am Tag zuvor hatte ich bei den Pharrams zu Abend gegessen. Das Häuschen in Cotton Creek war eine Schindelbrettschachtel mit blauen Fensterläden, Porzellannippes zwischen den hölzernen Balustraden der Veranda und einem altmodischen Schaukelstuhl dahinter. Bevor Captain Pharram nach Übersee gemußt hatte, hatten Miss LaRaina und Phoebe in der Offiziersunterkunft draußen in Camp Penticuff gewohnt, danach hatten sie dieses Häuschen von Mister JayMac gemietet. Und wenn sie es nicht eigens für mich herausgeputzt hatten, dann hegten und pflegten die Pharram-Frauen das Häuschen, als sei es ihr Fabergé-Ei.[1]

Alles in allem ein netter Abend. Phoebe hatte mir Ersatz für den Abend angeboten, an dem Curriden mich zum *Wing & Thigh* entführt hatte. Sie hatte wieder die gleiche Mahlzeit zubereitet: Brathühnchen, Kartoffelpüree und grüne Bohnen. Nur daß diesmal alles warm auf den Teller kam.

---

[1] kostbare Sammelstücke, benannt nach dem russischen Goldschmied und Juwelier *(Peter) Karl Gustavowitsch Fabergé* (1846–1920)

»Noch Tee?« sagte Phoebe. »Noch Zwieback?«

»G-G-Gerne«, sagte ich.

»Ich bin so stolz, daß du sprechen kannst«, sagte Miss LaRaina. »Ich hatte schon befürchtet, eure Kinder könnten stumm sein.« Phoebe faltete ihre Serviette zusammen und zog sich erhobenen Hauptes in die Küche zurück. »Ein Scherz. Und schon fliegt das Mädel nach Tokio.«

Phoebe kehrte zurück, faltete die Serviette auseinander und deckte sie über ihren Schoß. »Mama, Vererbung funktioniert anders. Erworbene Eigenschaften werden nicht weitergegeben. Komm uns nicht mit solchem Unsinn.«

Miss LaRaina schnippte nach ihrem Teller. Ganz hinten im Mund machte sie Geräusche, die sich anhörten wie detonierende Bomben. Phoebe tat, als ob ihre Mama schon zu Bett sei.

»Ich habe deinen Tee vergessen«, sagte sie formell. »Ich habe auch den Zwieback vergessen.« Sie ging wieder in die Küche.

Am Abend darauf fuhren Phoebe und ich in die Stadt und gingen ins *Exotic*, wo wir uns Abbott und Costello in *Hit the Ice*[1] ansahen. Wir lachten uns halbtot. Im Taxi auf der Heimfahrt wollte ich Phoebe mit Küssen betören und ihren Rehkörper wie ein Spaniel bestöbern, doch der Fahrer blickte immerzu in den Innenspiegel und palaverte über die Niederlage von heute nachmittag gegen Hub Sisti.

In Cotton Creek bat ich ihn zu warten und brachte Phoebe bis an die Haustür.

Dort unter den Pekanzweigen küßten wir uns, das

---

[1] *Abbott und Costello auf Glatteis*, Universal-Film 1943: Abbott und Costello fotografieren als Amateurknipser Gangster beim Bankeinbruch

erste Mal seit Mr. Roosevelts Besuch. Der Zungenkuß gestaltete sich so zeitraubend, daß der Taxifahrer ungeduldig hupte. Dabei klickte das Taxameter nach wie vor die Münzen aus meinem Portemonnaie in seins, doch sein Schlaf schien ihm wichtiger.

Phoebe löste sich von mir. »Nacht, Danny.«

Ich lächelte.

»Was ist?« fragte sie.

»Diesmal ha-ha-hast du nicht gepupst.«

»Diesmal gab es auch keinen Brunswick-Stew«, sagte sie, als sei das meine Schuld gewesen. Die Fliegendrahttür klatschte ins Schloß. Auf der Veranda machte sie, nur mehr ein magerer Schemen, die Schultern krumm und mir mit den Fingern zwei kleine *la Olas*.

Buck Hoey konnte mich nicht so gut leiden. Er machte keinen Hehl aus seiner Abneigung – nicht vor mir, nicht vor den Kameraden und nicht vor seiner Frau. Er konnte sich nicht damit abfinden, daß ich ihm seine Position gestohlen hatte. (Wer wollte ihm das verübeln?) Und wie ich aussah, das ging ihm auch gegen den Strich. (Mir auch, aber die Bereitschaft von Henry, Kizzy und den Pharrams, mich so zu nehmen, wie ich war, hatte den Spiegeln in meiner Nähe schon viel von ihrem Schrecken genommen.) Und es ging ihm vollends gegen den Strich, daß ich so gut am Schlag und im Feld war – weil das ihn, Turkey und Trapdoor hinderte, mich weiterhin als Versager und Ziegenbock hinzustellen. Am Schlag übertraf ich jeden Hellbender mit Ausnahme von Snow, und Snow war der beste Schlagmann der CVL. So oft wie ich Erster am Schlag gewesen war und ein Base erreicht hatte, hätte ich, wenn ich die ersten fünfzehn Spiele der Saison nicht verpaßt hätte, mehr Runs haben können als jeder andere in der Liga.

Nicht, daß Hoey am Schlag oder im Feld so schlecht gewesen wäre, doch er zeigte erhebliche Schwächen in so fundamentalen Dingen wie Schlagen-und-Loslaufen, Abtropfenlassen, Mit-dem-Unterarm-werfen bei Double-Play-Chancen und Klare-Signale-setzen beim Couchen. Nirgends aber gab es einen penetranteren Besserwisser als Hoey – abgesehen von Leo Durocher von den Dodgers, doch die meisten Highbridger hätten im Titelkampf um den besten Schmutzwerfer und Austeiler von Beleidigungen auf Hoey gesetzt. Ich auch.

Hoey brauchte nicht zur Armee, weil er als Vater zur sechstniedrigen Kategorie zählte: *Verheirateter Mann mit Kindern aber ohne militärisch relevanten Job.* Drei seiner Kinder – Matt, Carolyn und Ted – waren vor Pearl Harbour geboren. Er war um die Fünfunddreißig – das und irgendwelche Rückenbeschwerden hatten mit dazu beigetragen, daß er nicht zur Infanterie gemußt hatte. Kaum ein Heimspiel, bei dem Linda Jane, seine in Alabama geborene Frau, nicht mit allen vier Kids unter den Zuschauern saß; der Jüngste hieß übrigens (man höre und staune) *Danny.* Hoey spannte die beiden älteren jedesmal zum Aufwärmen ein, und diese Pepper Games schienen Uncle Sam recht zu geben, daß er Hoey an der Heimatfront belassen hatte.

Matt und Ted, vielleicht zehn und sieben, schienen mich nicht zu hassen. So wenig Hoey mich leiden konnte, er hatte seine Verbitterung nicht löffelweise zwischen die Zahnlücken seiner Bengels geschoben. Ich durfte ihnen sogar Aufwärmbälle schlagen. Mehr als einmal winkten sie mir aus den Rängen zu, wenn ich am Short war und zufällig in ihre Richtung blickte. (Linda Jane dagegen rümpfte immer die Nase, wenn wir uns begegneten, als laufe ihr ein total verkommener Tippelbruder oder eine Art Stink- oder Gürteltier über den Weg.) Die Kinder fanden es interessant, daß ich nicht reden konnte; und sie fanden es lustig, daß ich genauso hieß wie ihr kleiner Bruder. Ich bekam nie abfällige Bemerkungen von ihnen zu hören.

Und dann das. Nach dem Doppel gegen die Boll Weevils von Samstag turnte Ted aus der Hoey-Loge auf den Platz und kam auf mich zugerannt. Ich meine, der *Mordskerl* von Knirps versperrte mir richtig den Weg. Er hielt mir Programm und Bleistift unter die Nase.

»Unterschreib bitte, Mr. Boles. Du bist der verflucht beste *kleine* Hellbender, den es je gegeben hat!«

»Teddy!« rief seine Mutter aus der Loge. »Teddy, komm sofort zurück!«

»Ich wünschte, ich könnte so spielen wie du. Das wär toll.«

Ich nahm sein Programm und fing an, oben querrüber meinen Namen zu schreiben. Buck Hoey tauchte neben ihm auf und schnappte mir das Programm aus der Hand.

»Laß ihn zufrieden, Ted. Er ist erschöpft.«

»Er braucht bloß seinen Namen schreiben. Das ist nicht schwer, Pa«, sagte Teddy. »Ich hab fast alle Hellbender. Ich brauche Mr. Boles, sonst krieg ich sie *nie* zusammen.«

»Du brauchst überhaupt nichts, du Naseweis«, sagte Hoey.

»Siehst du, Pa? Es macht ihm nichts.«

Ich hatte mir das Programm zurückgeschnappt und kritzelte mein DANNY BOLES zu Ende.

»Keine Widerrede, Ted! Tu, was ich sage!«

»Nein. Ich hab ihn doch nur gefragt, ob er …«

»*Schluß* jetzt! Hast du verstanden? Ein für allemal!« Hoey grapschte sich das Programm und zerriß es in kleine Stücke. »Hör auf, wie ein Weichkeks zu flennen, Ted! HÖR AUF!« Er packte Ted beim Oberarm und riß ihn hin und her, weil er wollte, daß Ted mit

Weinen aufhörte, was so gut funktionierte, wie wenn man einen Hund tritt, damit er zu einem kommt. Teddy schrie lauter – nicht aus Trotz, sondern weil Hoey ihm weh tat – und dann ohrfeigte Hoey ihn: wamm! wamm! wamm! wamm! WAMM!

Henry packte Hoeys Handgelenk und zwang es ihm an den Leib. »Du willst das gar nicht«, sagte er. »Du hast nur vergessen, an die psychischen Nachwirkungen zu denken.«

»Dann bist du also mein selbsternannter Seelenklempner, wie?« Hoey schüttelte Henrys Griff ab, wich aus und gab Ted noch eine letzte Ohrfeige. Dann tigerte er zum Unterstand zurück, schimpfte den Jungen aus und zog laut über Henry und mich her. Teds Ohr funkelte rot wie ein Karfunkel, und der Handabdruck, der auf seinem Gesichtchen pochte, ließ ihn aussehen wie einen Komantschen mit Kriegsbemalung.

Henry ging in die Knie, um Ted zu trösten, und ich stand mit geschlossenen Augen unter einem Sturzbach aus alten *Life*-Illustrierten.

Es half nichts, je weiter der Juli voranschritt, um so mehr Zeit verbrachte Hoey auf der Bank und in der Coach Box. Ich dagegen spielte an jedem Spieltag, und ich spielte mit Karacho. Ich hechtete nach Bodenbällen, klaute Bases, ›erlegte‹ Pop-up-Fouls hinterm Third, kam Abtropfern zuvor, verlängerte Singles zu Doubles und ›über‹- oder ›unter‹schlug flache Sacrifice Flys bei Catchern, die doppelt so groß waren wie ich. Ich verschliß meine Trikothosen, vier Paar Strümpfe und in einer Auswärtsserie gegen Marble Springs sogar meine Baseballschuhe.

Nachdem ich einen Haken um den Shortstop der Seminoles geschlagen und um Unterbrechung gewinkt hatte, mußte ich feststellen, daß sich die vorderen Spikes von der Sohle gelöst hatten und seitlich im Schuh ein Riß klaffte; der andere Schuh sah nicht viel besser aus. Auf Schuhen, die derart aus den Fugen waren, konnte ich unmöglich weiterlaufen. Nach zwei Schritten würde ich mir den Fuß verstauchen oder das Knie verrenken. Ich zeigte Jake Schact, dem Schiedsrichter am Base, mein Problem. Mister JayMac kam auf den Platz, um den Schaden zu beurteilen, und die Seminole-Zuschauer buhten, als er das Infield in Straßenkleidung überquerte, und als sie noch einmal buhten, war es wegen Hoey, der die Coach Box am First verlassen hatte und angetrabt kam, um seinen Senf dazuzugeben.

»Spielen Sie nicht auf Zeit«, sagte Schact an die Adresse von Mister JayMac.

»Wer spielt hier auf Zeit? Die Schuhe sind zum Teufel.«

»Use it up, wear it out, make it do, or do without!« – ein Kriegsslogan, den Schact da zitierte. »Und Beeilung bitte.«[1]

Hatte man nicht gehamstert, war es weder leicht noch billig, rationierte Dinge zu ersetzen, und Schuhe hatte Uncle Sam rationiert, sogar Baseballschuhe. Mochte sein, daß wir noch ein passendes Paar in Highbridge hatten, doch in Marble Springs tat sich der Schrank für die Reserveschuhe durch gähnende Leere hervor. Mister JayMac besah sich eingehend meine Schuhe, dann genauso eingehend die von Hoey.

»Welche Größe tragen Sie, Mr. Boles?«

»N-N-Neun.«

»Und Sie, Mr. Hoey?«

»Himmel«, sagte Hoey. »Jesus.«

»Welche Größe?«

»Neun.« (Die Art von Geständnis, die man von

---

[1] *Benutzen, Verschleißen, Ersetzen oder weiter!*

einem Burschen kriegt, den man zu einer Crew aus Totschlägern sperrt.)

»Geben Sie her, Mr. Hoey.«

»Hier?«

»Hier und jetzt.«

Hoey setzte sich auf die eine Hälfte des Sandsacks* und zog seine Spikes aus, ich setzte mich auf die andere und tat das gleiche.

»Auch mein Suspensorium?«

»Bitte, Mr. Hoey. Provozieren Sie keine hysterischen Anwandlungen, denen Sie nicht gewachsen wären.«

Die Seminole-Zuschauer johlten wie Filmindianer, als ihnen die Fortsetzung des Spiels winkte. Hoey aber pilgerte in Steigbügelsocken und mit Lehm am Hosenboden in seine Coach Box zurück. Zwischen den Innings zog er Straßenschuhe an. Es brauchte freilich eine Woche, bis ich meine eigenen Ersatzschuhe fand, und so lange mußte er sich mit schwarzgewichsten Hausschuhen behelfen. Von weitem sahen sie wie richtige Baseballschuhe aus und verhinderten, daß die Fans ihn aufzogen, doch diese Episode beförderte mich endgültig an die Spitze seiner privaten Rangliste, in die er alles eintrug, was Scheiße war.

Gottlob kümmerte sich Phoebe um mich. Gott sei Dank hatte ich Henry zum Beschützer.

42

Mein zweites Leben (Fortsetzung)

...Ich vernahm Rufen, Lachen und mechanisch klingende Käuzchenschreie. Das gemeinsame Auftreten dieser Geräusche lockte mich aus dem Wald, wo ich mir aus immergrünen Ästen einen Unterschlupf gebaut hatte. Vom Rand eines offenen Feldes aus sah ich eine große Anzahl Männer herumstehen, die alle die gleichen Overalls und grellroten Hemden trugen; nicht gleich dagegen waren die weißen Nummern auf ihrem Rücken. Ein Spieler, der auf mich zulief, um ein sphärisches Objekt zurückzuholen, das ihm jemand über den Kopf hinweg geschlagen hatte, trug vorne auf dem blutroten Hemd das Wort POINSETT. *Er und seine Kameraden, ein jeder mit der gleichen Bezeichnung auf der Brust, waren zu einem sportlichen Wettkampf mit ein paar grüngekleideten Männern angetreten, die vorne auf ihren Hemden den Namenszug* BRAGGADOCIO *trugen.*

Aus beträchtlich größerer Entfernung und von klüger gewählten Positionen aus hatte ich bereits solchen rauhen Spielen zugesehen. Die kaukasischen Eingeborenen des kontinentalen Hinterlands – inzwischen war ich im nordöstlichen Arkansas – nannten ihren Zeitvertreib ›Base Ball‹, der gleichwohl mit den Ball-und-Stock-Spielen der Kinder verwandt schien, die mir überall zwischen der Schweiz und dem Osten Sibiriens begegnet waren. Ich fand die ländliche Version dieses Sports faszinierend, nicht so sehr wegen seiner geregelten Feinheiten als wegen seiner Eigenschaft, so viele verschiedene Menschen zu versammeln und zu vergnügen.

Auf jeden Fall verließ ich den Wald.

Am Rand von Poinsett in Arkansas hatten sich hundert oder mehr Zuschauer um das schlecht markierte Feld versammelt (das die Einheimischen ›Strawberry Diggings‹ nennen); sie waren zu Fuß oder auf vierrädrigen Wagen gekommen, die von einem Maultier oder einem Ochsen gezogen wurden, in mehrspännigen Kutschen und sogar in Karossen mit eingebautem Antrieb, die mal ›Model T‹, mal ›Automobil‹ und mal ›Ford‹ genannt wurden. Die Fahrer dieser Automobile pflegten die beweglichen Windschutzscheiben nach vorne zu klappen, um das Glas vor den Bällen zu schützen, die von den verschiedenen Schlagmännern der Teams ›foul‹ geschlagen wurden.

Wann immer das Zuschauen eine bestimmte Entwicklung im Spiel verriet, dann pfiffen, jubelten, applaudierten und trampelten die Zuschauer, die dastanden oder auf Ein- und Mehrspännern saßen. Jene in den Automobilen betätigten die eingebauten Signalgeber und veranstalteten ein fröhlich heilloses Konzert. Eigentlich hätte mich das ständige Spektakel warnen sollen; statt dessen zog es mich an wie das Licht die Motte.

Der Ball, der von dem nichtsahnenden Poinsett-Außenfeldspieler verfolgt wurde, rollte mir vor die Füße. Ich bückte mich, um ihn aufzuheben, und brachte den Mann um seinen Seelenfrieden. Die Augen unter dem schmalen Schnabel der gestreiften Kappe weiteten sich, dann wurde der Blick hart. Ich warf ihm den Ball zu. Er fing ihn mit einem dünnen Handschuh, aus dem die Fingerspitzen wie bleiche Würstchen herauslugten. Der Jubel und das Hupen der Anhänger wurde lauter und besorgter. »Danke«, sagte der Mann. Beim Umdrehen warf er den Ball in einem flachen Bogen zu einem Teamkameraden an einer ziemlich bevölkerten Ecke des ›Karos‹. Dieser disziplinierte Wurf und seine erfahrene Annahme seitens eines Teamkameraden ließ den Beifall der Enthusiasten noch anschwellen. Ich zog mich in den Schutz der Bäume zurück – und verfolgte von dort den Rest des Wettstreits, ohne Gefahr zu laufen, von den Zuschauern entdeckt oder in das Spiel verwickelt zu werden.

Hernach wagte sich der Mann, dem ich den Ball zugeworfen hatte, allein bis zum Rand des Kieferngehölzes vor. »Sir«, sagte er, »wenn Sie noch hier sind, zeigen Sie sich doch bitte.« Ich tat, worum er mich bat, doch die Erfüllung seiner Bitte weckte seine schlafende Wachsamkeit. Er war überdurchschnittlich groß und kräftig, aber ich war drei Handbreit größer als er, so daß er in meinem Schatten stand. »Haben Sie keine Angst«, sagte ich. »Ich führe nichts Böses im Schild, weder gegen Sie noch gegen Ihre Freunde.« Meine Worte machten ihm offensichtlich Mut, denn er trat flugs aus meinem Schatten und musterte mich mit der größten Sympathie.

»Daß Sie mir geholfen haben, ihn zu kriegen«, sagte er in seinem kruden Dialekt, »war ein Mordsding. Genau da wollte uns das Spiel wegkippen, aber der Abschlag von Flexner am Third hat die Braggadocios aufgemischt und uns grade noch aus der Klemme geholfen. Besten Dank noch mal. Ohne Sie hätt ich in Griscoms Zahnklempnerbüro zwei Wochenlöhne an Bruno Shaler verloren.«

»Es war mir ein Vergnügen«, sagte ich, und das Timbre meiner Stimme bereitete ihm einen weiteren Moment des Unbehagens. Doch er erholte sich rasch und erkundigte sich nach meinen Baseballkenntnissen und danach, wie ich meine Spielerfahrung einschätze. Ich gab zu, daß ich mein Wissen nur aus Beobachtungen abgeleitet hatte; desweiteren, daß mein Talent, so ich denn welches hatte, dem eines blutigen Anfängers entsprach.

»Wenn Sie nur ein Viertel so schlagen, wie Sie groß sind, könnten Sie die Poinsett Redbirds zu Champs von Arkansas machen«, sagte er. »Wie wär's mit 'nem Wochentagsjob bei Griscom. Ich werf Ihnen ein paar Bälle, mal sehen, was passiert, okay?«

Dieser Außenfeldspieler und Angestellte in einem Zahnarztbüro hieß Jimmy Brawley. Jimmy fuhr fort, meine Fähigkeiten zu testen und mich in die Grundlagen jenes

Zeitvertreibs und Sports einzuweihen, dem er die meisten Samstag- und Sonntagnachmittage widmete. Als er mir probeweise Bälle warf – erst warf er hoch in die Luft, dann schleuderte er mit unerwarteter Wildheit – da erregte ich seine Bewunderung, weil ich sieben Bälle der letzteren Art beinah bis an die Bäume schlug. Mein Schlagholz war eine modifizierte Wagendeichsel; Jimmy hatte ihn eigens für mich aus dem Bestand seiner Gefährten zurückbehalten – ihn und den mit Leder umhüllten Gummiball, den er von einer Latte aus warf, die er hingelegt hatte, um den Standort des Pitchers zu markieren. Schließlich schlug ich den Ball bis in die Wipfel der Bäume, hinter denen ich mich versteckt hatte, und weder Jimmy noch ich konnten ihn wiederfinden.

So fand meine improvisierte Probevorstellung ein jähes Ende, doch Jimmy rang mir durch beharrliche Schmeichelei die Zusage ab, mich wochentagsabends in den Strawberry Diggings zum Training einzufinden.

»Morgen«, sagte er.

»Vielleicht. Ich glaube kaum, daß ich Talent für Baseball habe, Mr. Brawley, ich …«

»Jimmy«, sagte er. »Bloß kein Mister-Firlefanz. Hört sich an, als wär ich schon aufgebahrt.«

»Jimmy, ich glaube auch nicht, daß mir Ihre Mitspieler und Zuschauer die gleiche Gunst entgegenbringen wie Sie. Es ergeht mir immer so. Meine äußere Erscheinung erregt Anstoß. Ich werde als Ausgestoßener sterben, weil mein Körper nicht nur Abscheu erregt, sondern auch eine gänzlich ungerechtfertigte Angst.«

»Wenn du den Ball ein- bis zweimal pro Spiel in die Wipfel da klopfst, Sohnemann, dann kannst du aussehn wie'n Coyote mit rasiertem Hintern, und kein Mensch rund um Poinsett macht sich deswegen ins Hemd.«

Für nahezu eine Woche ließ ich mich nicht wieder blicken. Nur abends begab ich mich mit einem Sack voller Kiefernzapfen und einem kräftigen Ast ins ›Karo‹ der Strawberry Diggings, um mich zu erproben. Ich übte stun-

denlang. Die schuppige Oberfläche der Zapfen und ihre relativ geringe Dichte verhinderten, daß ich sie weit über den Fächer des Innenfeldes hinausschlug, doch die Beharrlichkeit, mit der ich trainierte, flößte mir mit der Zeit großes Selbstvertrauen ein. Ich entschied mich, Jimmys Herausforderung anzunehmen.

Als ich mich das erste Mal den Poinsett Redbirds an einem ihrer Trainingsnachmittage zeigte, stellte Jimmy mich den Spielern und Almont Rattigan, dem Manager, vor. Selbst gegen den besten Pitcher des Teams schlug ich erstaunlich gut, erwies mich aber als Feldspieler so ungeschickt, daß Rattigan es für aussichtslos hielt, mich einzusetzen, weil ich in der Verteidigung nur eine Belastung sein würde. Die einfältigeren oder weniger freundlichen Redbird-Spieler bezeichneten mich als Plattfuß, Lahmen Ochsen, Ballverlierer oder Kreuzsteifen. Mr. Rattigan riet mir, von Baseball abzulassen und mich dem Bergbau zuzuwenden, doch letzteren gab es in und um Poinsett nicht.

Jimmy war praktisch der einzige, der mich vor meiner Untauglichkeit im Feld und der Ungnade seiner Teamkameraden zu retten suchte. Erst mit alten in Leder gehüllten Bällen, dann mit einer Versandkiste voller Spaldeens nahm er meine beschränkten Fähigkeiten in Angriff und entwickelte sie durch beharrliches Vormachen und Wiederholenlassen, bis mich nur noch meine Beine hinderten, zur Höchstform eines Feldspielers aufzulaufen. Dieses Handicap – die Folge meiner Anstrengungen, mich weniger monströs und etwas menschlicher aussehen zu lassen – überwand ich durch fleißige Gymnastik und eine raffinierte Art, in Stellung zu gehen, die später bei den Redbirds Schule machte. Als ich niemanden fand, mit dem ich hätte trainieren können, riet Jimmy mir, mich auf den freien Platz hinter Griscoms Büro zu begeben und so lange einen Spaldeen gegen die Grundmauer zu werfen und zu fangen, wie ich nur konnte. Indem ich mich dieser Prozedur unterwarf, konnte ich mich derart verbessern, daß Rattigan mich binnen einer Woche mit einem übergroßen Redbird-Dress ausstaffierte und in wichtigen Städteturnieren gegen Lepanto und Fry's Mill einsetzte ...

Seit der Zeit vor dem Großen Krieg[1] *bis zur Depression wechselte ich mindestens einmal pro Jahr meinen Wohnort. Ich scheute eine dauerhafte Bleibe, nicht zuletzt wegen der unvermeidlichen Schnüffelei der Nachbarn, und bevorzugte die geschütztere Privatsphäre, die ein regelmäßiger Wohnortwechsel mit sich bringt. Ich spielte in Stadtmannschaften von Tennessee, Mississippi, Louisiana, Missouri, Kentucky, Alabama, Texas und Süd-Florida. Ich wählte Städte, die so weit auseinander lagen, daß ich nicht Gefahr lief, auf alte Bekannte oder frühere Baseballkameraden zu stoßen. In gewissen Abständen unterbrach ich meine Teilnahme an solchen Spielen für ein, zwei oder sogar drei Jahre, wiewohl ich auch in diesen Sabbatjahren nicht ruhte, meine sportlichen Fähigkeiten weiter zu vervollkommnen. Manche Städte zahlten mir, solange ich für sie spielte, einen Monatslohn – 30 $ war der üppigste – und versorgten mir einen Übergangsjob wie etwa Bürgersteigfegen oder Kistenschleppen, der mir meine Abende und Wochenenden zur freien Verfügung ließ. Ich vermied es tunlichst, mich auf Beziehungen einzulassen, wie ich sie mit Keriak in Ungpek genossen hatte, und legte, ob ich Baseball spielte oder nicht, soviel Besonnenheit und Anstand an den Tag, wie es die flüchtige Natur meiner Zugehörigkeit und meine Reserviertheit gegenüber Teamkameraden und Stadtvätern erlaubte.*

Warum lebte ich? Mitte der Dreißiger, angesichts der alltäglichen Menschenschlangen vor den Läden und einer Arbeitslosigkeit, die sich wie eine Seuche bis in den entlegensten Weiler fraß, verlor mein Ziel, ein produktives Mitglied der menschlichen Gesellschaft zu werden, rasch seine Priorität. Baseballspielen, so begriff ich, war längst kein Mittel zum Zweck mehr, es war selbst zum Zweck meines

---

[1] *Great War* = der (naturgemäß erst später so bezeichnete) *Erste Weltkrieg* (1914–18)

Daseins geworden. Was meinem Leben Sinn gab, ob in Donigal, Missouri, oder in Hurricane, Alabama, war weniger der unvermeidliche Umgang mit Menschen als das elektrisierende körperliche Erlebnis, einen Ball hart und weit zu schlagen oder mit Präzision zu werfen. Früher hatte ich mir einen seelischen Teilhaber gewünscht, doch nun, berauscht von der wiederhergestellten Robustheit meines geliehenen Körpers, wünschte ich mir nur noch gesichtslose Kameraden und beliebig viele Gelegenheiten, mein intellektuelles und animalisches Vermögen auf die Probe zu stellen: Ich wollte nichts weiter als Baseball spielen …

Im Sommer 1940 ging ich einem Hausmeisterjob in einer Schule in Hurricane nach (von der Mobile Bay den Tensaw River hinauf) und hatte die feste Zusage für mindestens zwei Stadt-Spiele an jedem Wochenende. Da suchte mich eines Tages der Miteigentümer eines Minor-League-Vereins von Mobile auf, der von meiner meisterlichen ›Schlagfertigkeit‹ gehört hatte. Trotz des unübersehbaren Kummers, den ihm meine äußere Erscheinung bereitete, bot er viele blumige Komplimente auf und bot mir Geld, Frauen und Alkohol, um mich zu bewegen, von den Hurricane Hurricanes zu den Mobile Tarpons zu wechseln. Weil ich keine Verwendung für seine Angebote hatte und mir seine in den höchsten Tönen vorgetragene Wertschätzung zuwider war, lehnte ich dankend ab. Als wir uns trennten, war er verwirrt, weil ich seine Angebote so freundlich abgelehnt hatte, und verärgert, weil ich seine Heuchelei durchschaut hatte.*

Wenig später saß dann Mr. Jordan McKissic in den Rängen, um mich spielen zu sehen. Die Highbridge Hellbenders, deren Manager er war, gehörten zur Chatahoochee Valley League. Von seiner Anwesenheit erfuhr ich durch einen Teamkameraden, der mich einen ›Hohlkopf‹ schimpfte, wenn ich auch die zweite Gelegenheit ausschlagen würde, auf einem höheren Niveau weiterzuspielen. Er schien die stadtweite Überzeugung zu teilen, daß ich zwar meine huldvolle Loyalität zu den Hurricanes, aber ebenso unwiderleglich meinen Mangel an Selbstachtung bewiesen hatte. Falls ich ein weiteres attraktives Angebot ausschlug, so dachte er, würde jedes andere Mitglied unseres Vereins den Makel meiner Einfalt erben und der Name ›Hurricaner‹ schon bald als Synonym für Gimpel, Dummkopf oder Trottel stehen. Ich ignorierte seinen Rat und spielte, wie ich immer spielte, das heißt mit Kraft, Einsatzfreude und Zuversicht. Und tatsächlich führte ich die Hurricane Hurricanes zum Sieg.

Hernach unterhielt sich Mr. McKissic mit mir. Er schreckte nicht vor mir zurück. Sein Lächeln hatte nichts Falsches, seine Worte waren geradeheraus. Er offerierte mir einen regulären Lohn mit Unterkunft und Verpflegung und machte keinerlei ungehörige Versprechungen. Sein Vorschlag brachte mich in Versuchung, doch die Vorstellung, in einer größeren Stadt zu spielen und das in einem Major-League-Verein, verdarb selbst den erfreulichen Eindruck, den das ehrliche Auftreten von Mr. McKissic machte. Ich war weder auf Reichtum noch auf Ruhm aus; meine tief verwurzelte Neigung zu sportlicher Selbstverwirklichung konnte ihre Erfüllung ebensogut auf einer offenen Wiese wie in einem erleuchteten Stadion finden.

»Ich bin da anderer Meinung«, sagte Mr. McKissic. »Sie werden Ihr sportliches Talent erst voll entfalten können, wenn Sie gegen Männer antreten, die Ihnen ebenbürtig oder sogar überlegen sind. Ein Home Run gegen Joe Blow von den Fairhope Shrimpers ist noch lange kein Home Run gegen Sundog Billy Wallace von den Gendarmes. Aus dem gleichen Grund ist ein Home Run gegen Billy gar nichts im Vergleich zu einem Home Run gegen Rapid Robert Feller von den Cleveland Indians.«

Diese Argumentation brachte in mir eine Saite zum Schwingen. »Dann, Sir«, sagte ich, »sollte ich für eine Mannschaft spielen, die regelmäßig gegen Mr. Fellers Verein antritt.«

»Aber der Weg dahin führt nur über eine Trainingsliga wie die CVL.«

Welche Gipfel wollte ich erstürmen? Wiewohl manche

diese Behauptung in Zweifel ziehen mögen, war es nicht der Ruhm, der mich lockte. Es war eher die Neugier, wie weit mein Talent reichte, die mich zu einer praktikablen Entscheidung drängte. Auf diese Weise machte mir Mr. McKissic den Übertritt zu den Hellbenders so schmackhaft, daß ich kaum noch widerstehen konnte. Mir gingen eine Unmenge reizvoller Faktoren durch den Kopf, doch mein Schweigen muß ihn wohl zu der Annahme verleitet haben, ich würde sein Angebot ablehnen.

»Sagen Sie mir, was Sie haben wollen«, sagte er. »Solange es nicht gegen meine Prinzipien verstößt oder völlig abwegig ist, bin ich nicht abgeneigt.«

Ich sortierte und sondierte in Gedanken meine Wünsche. Es dauerte kaum eine Minute, doch diese Minute dehnte seine Besorgnis bis an die Grenze ihrer Elastizität.

»Um Himmels willen, Mr. Clerval, sagen Sie etwas!«

»Ich möchte gelegentlich Ihr Automobil benutzen und vorher unterrichtet werden, wie man es handhabt«, sagte ich.

»Mein Automobil? Fahrunterricht?«

»So ist es«, sagte ich. »Das sind meine Bedingungen.«

»In Ordnung. Abgemacht.«

Ich beendete aber, wie versprochen, die Saison bei den Hurricanes und vergaß recht bald die Ablöseversprechen des Hellbender-Managers.

Im folgenden Sommer kam ich, wiewohl ich liebend gerne gespielt hätte, zu dem Schluß, daß meine Anonymität bereits derart unter meinem bescheidenen Ruhm im Umkreis von Mobile gelitten hatte, daß ich mich, um sie wiederherzustellen, wohl oder übel eine Zeitlang aus der Öffentlichkeit zurückziehen mußte. Ich verbrachte diese Zeitspanne in aller Abgeschiedenheit mit Lesen und Nachdenken.

Anfang Juli zog ich nach Ost-Alabama. Dort ging ich bei einem lakonischen und merkwürdig verfaßten Hufschmied in die Lehre, der sehr wohl begriff, daß das Automobil längst die Totenglocke für seinen Beruf geläutet hatte. Jedenfalls lernte ich bei ihm, wie man Hufeisen schmiedete und Geschirre reparierte, während ich ihn in die esoterischen Feinheiten der Ornamentierung von Knochen, Muschelschalen und Elfenbein einweihte und ihm zeigte, wie man aus den Sehnensträngen des Weißwedelhirschs Fischnetze knüpfte. Am 7. Dezember[1] *führten die Japaner einen vernichtenden Schlag gegen die Pazifikflotte der Vereinigten Staaten, und mein Mentor kehrte Skipperville den Rücken, um sich, obwohl ich ihm dringend abriet, in Fort Benning, Georgia, freiwillig zur Armee zu melden.*

Dreieinhalb Monate lang führte ich die Hufschmiede weiter. Mein Einkommen erlaubte mir einen bescheidenen Komfort. Ich mietete mir ein Zimmer unter dem Dach eines schäbigen Altbaus, der einer exzentrischen Witwe gehörte. Miss Rosalind, wie man sie hier nannte, paffte kubanische Stumpen, zog nackte Chihuahuas auf und trug eine Art Fliegermontur, deren Knöpfe Ziermünzen waren. In ihren Augen war ich ein vortrefflicher Hausgenosse und keine groteske Mißgeburt. Tatsächlich befrachtete sie meine Freizeit, von der ich reichlich hatte, derart mit den verschlungensten Stammbäumen und aberwitzigsten Wehwehchen und Husarenstückchen ihrer Chihuahuas, daß ich gelegentlich meinen Tod herbeisehnte. Obendrein hängte sich der Qualm ihrer Stumpen in meine Textilien, suchte mich mit einer Migräne von quälender Ausdauer heim und trieb mir nicht zuletzt die Tränen in die Augen. (Diese Flüssigkeitsabsonderung hielt Miss Rosalind jedesmal für ein Symptom meiner Anteilnahme.) Nicht selten fand ich damals die Arbeit in der Schmiede erholsamer als meine Freizeit.*

Im April hielt vor der düster schmutzigen Garage, in der ich arbeitete, ein hübsches Automobil. Am Steuer saß Mr. Jordan McKissic und neben ihm Miss Giselle, seine Frau.

---

[1] Am 7. 12. 1941 überfielen die Japaner ohne vorherige Kriegserklärung den Marinestützpunkt *Pearl Harbour* und versenkten oder beschädigten acht Schlacht- und elf andere Kriegsschiffe der US-Pazifikflotte.

Einer seiner Spieler, ein junger Mann, den man kürzlich zur Navy eingezogen hatte, stammte aus Skipperville, und dessen Mutter hatte in ihren Briefen einen Riesen erwähnt, der hier zugezogen sei und die Schmiede von Millard Goodsell übernommen habe. Davon hatte Mr. McKissic auf dem üblichen Klatsch- und Tratschmarkt seiner Hellbender erfahren und hatte, nachdem man in Brundide einen Vetter von Miss Giselle besucht hatte, den Weg über Skipperville genommen, um dem Gerücht auf den Grund zu gehen und festzustellen, um wen genau es sich bei dem Gehilfen des Hufschmieds handelte.

»Ah, Mr. Clerval, habe ich mir doch gedacht«, sagte er. »Wir haben uns fast zwei Jahre nicht gesehen. Ich wiederhole mein Angebot. Sagen Sie jetzt nicht einfach nein. Wir haben Krieg, und der Baseball braucht auf der Trainingsebene frische Talente, wenn er überleben will – oder die Rückkehr der alten.«

In dieser Manier fuhr er fort, appellierte an meine Begeisterung für diesen Sport und betonte meine, wie er das sah, unbefriedigenden Umstände, in denen ich zur Zeit lebte. Er benutzte alle redlichen Schleichwege, um mich zu einer Zusage zu bewegen. Schließlich hörte ich gar nicht mehr hin, denn die rückläufige Nachfrage für vernünftige Hufschmiedearbeit sowie die zweifelhafte Gunst von Miss Rosalinds Gesellschaft hatten das Ihre dazu beigetragen, mich willfährig zu stimmen. Er hatte vielleicht meine Gefügigkeit nicht bemerkt, denn ich stand im Zwielicht der Garage wie ein Ochse mit Joch, ein Geschirr um die Schultern und den Blasebalg in der Hand, eine abschreckende Gestalt nahezu satanischer Abtrünnigkeit.

Da erschien Miss Giselle im Torrahmen, ein zauderndes Gespinst aus Sonne und Organdy. Sie ähnelte Elizabeth Lavenza Frankenstein, der Braut meines Schöpfers, oder wie Elizabeth später hätte aussehen können, wenn ich sie nicht aus Neid und Rache in der Blüte ihrer Jugend ermordet hätte. Miss Giselles Augen hatten sich noch nicht an das Halbdunkel gewöhnt; sie hatte also keinen Grund, beim

Anblick eines Unholds meiner Größe und Scheußlichkeit zurückzuschrecken; doch derweil sich ihre Pupillen weiteten, schien sie sich nicht nur ohne Aufhebens mit der düsteren Unordnung in der Werkstatt abzufinden, sondern auch mit dem Zerrbild eines menschlichen Geschöpfs, das sich da aus dem Halbdunkel schälte.

»Jordan, wie ich sehe, hast du ihn gefunden«, sagte sie. »Dauert es noch lange? Die Sonne ist nicht zum Aushalten.«

»Ich komme gleich«, sagte Mr. McKissic so barsch, wie ich es von ihm nicht kannte. »Geh wieder in den Wagen.« Dann ein bißchen sanfter: »Oder stell dich unter die Platane.« Er wies mit einem Nicken in die Richtung. »Mr. Clerval und ich haben noch ein, zwei Punkte zu besprechen.«

»Mr. Clerval«, grüßte die Frau, obwohl ihr Gatte uns nicht bekannt gemacht hatte.

»Ma'am«, sagte ich und deutete eine Verbeugung an.

Sie zog sich zurück und hinterließ lähmende Erinnerungen; und Mr. McKissic nahm seine Überredungsversuche wieder auf, die inzwischen überflüssig waren, weil ich bereits entschlossen war, das Zimmer bei Miss Rosalind zu kündigen und nach Highbridge zu ziehen. Nichtsdestoweniger wiederholte Mr. McKissic seine verschiedenen Stimulantien, einschließlich der vielen Gelegenheiten, die ich haben würde, mich mit imposanten Gegnern zu messen.

»Danke«, sagte ich.

»Sonst noch was, Mr. Clerval?« fragte Mr. McKissic.

»Die gelegentliche Nutzung eines Autos«, sagte ich. »Und Fahrstunden.«

»Richtig. Hätte ich fast vergessen. Keine Angst, geht in Ordnung. Melden Sie sich so bald wie möglich zum Frühjahrstraining.«

»Ja, Sir.«

Und damit begann das letzte Kapitel in der langen Chronologie meines zweiten Lebens, eine Geschichte, die der Protagonist noch nicht kennt und deren Ausgang noch nicht erzählt ist …

43

Am Dienstag, dem 27. Juli, buk der Baseballplatz von Camp Penticuff rot und staubig in der Sonne. Wir saßen im röhrenden Bomber, geschniegelt und gestriegelt im Hellbender-Look und ängstlicher, als wir zugegeben hätten: Wir traten gegen schwarze Tourneespieler an, und das vor einem aufgeheizten Publikum aus farbigen GIs. Wir waren eben von einer Fünf-Spiele-Tour zurück (drei Siege, zwei Niederlagen), und gegen Ende der Woche standen uns Mockingbirds und Gendarmes mit je drei Spielen ins Haus. Wir holperten an den verwaisten Kasernen und den ausgedörrten Exerzierplätzen vorüber, und ich wurde das Gefühl nicht los, daß Muscles, Hoey, Dunnagin und ein paar andere Veteranen einen Priem wälzten, der groß genug war, um daran zu ersticken.

Auf den Tribünen wimmelte es bereits von schwarzen Gesichtern und khakifarbenen Uniformen. Die schwarzen Soldaten saßen oder standen in der Haupttribüne hinter dem Fangnetz oder in Reihen von Metallschemeln, die eine Wartungseinheit aufgestellt hatte. Die Sonne brüllte, prügelte auf den ganzen Sport- und Trainingskomplex ein wie mit der Schwimmblase eines Riesenwels an einem unsichtbaren Stock. Die Luft schien unter den Schlägen zu zittern und zu dröhnen. Die Splendid Dominicans waren schon vorgefahren, und der Bomber bremste unter ohrenzerreißenden Pfiffen.

»Wurde aber auch Zeit!« keifte jemand, dessen Hirn in der Sonne brutzelte.

Wir parkten hinter einer Buick-Flotte aus zehn oder

zwölf Jahre alten, zerbeulten und mit Rost überzogenen Kabriolimousinen; und die Splendid Dominicans liefen auf den Platz hinaus. Bis wir aufgetaucht waren, hatten sie sich offenbar, um ihren Kampfgeist zu schüren, unter die Truppe gemischt. Was dem unseren natürlich einen Deckel verpaßte. Hieß das doch, die Dominicans (»Wenn die aus der Dominikanischen Republik sind, komm ich von Hawaii«, sagte Turkey Sloan.) hatten es nicht für nötig befunden, uns mit dem Aufwärmen zuvorzukommen. Kaum auf dem Platz, da ließen sie den Ball wirbeln, als wären sie mit Spikes und Kappe auf die Welt gekommen. Ich sah ihnen vom Bomber aus zu, während Mister JayMac und Darius draußen vor dem Zaun von Mr. Cozy Bissonette und Major Dexter empfangen wurden.

Im Bus sagte Fadeaway: »Cottonton läßt grüßen – keine Unterstände. Wir schmoren in der gottverdammten Sonne.« Er mußte die Bank drücken, und er tat mir fast leid. Fast.

In ihren schlottrigen Flanellsachen – Hemden mit hinten aufgestickten Nummern und vorne aufgenähtem SDT – sahen die *Splendid Dominican Touristers* nicht gerade aus wie schwarze Supermänner. Bei ihnen gab es Kerle wie Löschhydranten, Fahnenstangen oder Heustapel, nicht anders als bei uns. Der eine hätte im Alligator-Park Azaleenhecken stutzen, der andere im Kühlhaus Eisblöcke schleppen können. Kein Zweifel aber, daß die Bande von Mr. Bissonette treffen und Druck machen konnte.

»In Ordnung«, sagte Mister JayMac vom Zaun aus. »Alles aussteigen!«

»Lieber Himmel, wir rutschen auf dem eigenen Schweiß aus«, sagte Parris.

Wir standen auf, drängelten durch den Mittelgang und klammerten uns an jeden Strohhalm, der die Hitze, die Nervosität und das flaue Gefühl lindern konnte, mit dem wir gegen diese farbigen Nobodies antraten, die in ihren Heimatstädten mehr Fans hatten als wir in Highbridge.

Ich sah ein paar weiße Gesichter – hochrangige Offiziere, Vorgesetzte im Unteroffiziersrang, Kompaniechefs und Hauptfeldwebel mit Unterkiefern wie Schienenräumer. Doch auf jedes käsige oder rotverbrannte Gesicht kamen fünfzig schwarze GIs. Ein dunkles Meer auf den Tribünen: beige, karamel, kastanienbraun, blauschwarz. Selbst in einem Militärposten tief im Herzen von Dixieland erschütterte mich die Überzahl dieser Neger bis ins Mark. Was, wenn sie alle entlassen wurden und wir durch ihre stolze Flut waten mußten?

Darius berührte meinen Arm und drängte mich durch ein Tor auf den Platz. »Siehst du?« sagte er. (Sein *›See‹* klang wie *›Sea‹* im Sinne von *›zusammenhängende Wassermasse der Erde‹ oder ›Weltmeer‹*.) Als ich über die Schulter blickte, lächelte er undurchschaubar. Das Stadion hatte eine Pressekabine, eine überdachte Plattform auf Stelzen, die vielleicht manchmal zur Truppenbeschau diente. Der weiße Lieutenant mit Drahtbrille, der da oben hinter dem Mikrophon saß, sah reichlich beknackt aus. Seine Begrüßungsworte plärrten aus Metallautsprechern auf kreosotgetränkten Holzmasten.

»Männer des Ersten und Zweiten Bataillons des *Special Training Regiment* von Camp Penticuff, Georgia«, sagte er, und die Echos aus den Lautsprechern fielen übereinander her, »begrüßt die prächtigen Baseball-Teams, die gekommen sind, um euch zu unterhalten, – die *Highbridge Hellbenders* der *Chattahoochee Valley League* aus unserer Nachbargemeinde und die *Splendid Dominican Touristers*, talentierte Tourneespieler aus der *Negro American League* – mit einem kräftigen soldatischen HALLO! Sie sollen euch hören, Männer!«

Ein Tumult aus Klatschen, »Hallelujah!« und anderen Gospelrufen. Der Lieutenant fuhr dazwischen, um die Aufstellung der Spieler zu verlesen; erst kamen wir an die Reihe, und jeder Hellbender, der genannt wurde, trabte los, um sich zwischen Second und Third aufzustellen. Seltsamerweise begleiteten uns die GIs des *Special Training Regiment* mit einem Radau, wie ihn unsere Fans in Highbridge veranstaltet hätten.

Dann verlas der Lieutenant die Aufstellung des ruhmreichen Aufgebots von Mr. Bissonette. »Erster am Schlag und Mann am Second – *Terris ›Slag Iron‹ Smith!*« Wenn der Platz ein Dach gehabt hätte, der Jubel hätte es in den Golf von Mexiko befördert. Als hätte jeder farbige Soldat denselben Lieblingsverwandten, und das sei Slag Iron Smith.

Ich erinnere mich an jeden Namen der Dominican Touristers, den der Lieutenant vorlas, jeder einzelne mit einem Beinamen, der um Ellen griffiger war als die unseren – Rufus ›Pepperpot‹ Cole – Luis ›Gumbo‹ Garcia – Hosea ›The Gator‹ Partlow. Jedem der Burschen wurde ein Empfang bereitet, den sich Highbridge-Fans für ein Regiment von Kriegshelden aufhoben. (Sie können sich vorstellen, daß uns angst und bange wurde.)

Die Army berief die Schiedsrichter. Schiebung? Normalerweise vielleicht nicht, doch Major Dexter bestimmte einen schwarzen Captain aus einer schwarzen Panzereinheit, die Würfe als ›Ball‹ oder ›Strike‹ zu werten, und einen schwarzen Unteroffizier aus seinem eigenen Bataillon, die Bases zu überwachen. Wenn es nach den Reaktionen unserer borniertesten Eiferer ging, mußte er *Attila den Hunnenkönig* und *Vlad den Pfähler** ernannt haben. Doch selbst Mister JayMac hielt es angesichts dieser Entscheidung für seine Pflicht, sich Major Dexter vorzuknöpfen und für einen weißen Schiedsrichter zu plädieren – nachdem wir den Jungs von Mr. Cozy schon so viele Zugeständnisse gemacht hätten, einschließlich der Tatsache, daß wir überhaupt gegen sie anträten, und das vor ihresgleichen und das an einem Ruhetag der CVL.

Weder Mister JayMac noch Major Dexter wollten es zu einem Eklat kommen lassen – doch die Debatte zog sich hin. Beide Teams gingen zu ihren Bänken, und die GIs wurden unruhig. Sie wiegten sich auf ihren Sitzen und stimmten aus dem Stegreif Jody-Verse an:

»Left, right, left, right, march you ass.
All that glitters must be brass!

Left my Home in Tennessee.
Ever DI look de same to me!

Why you fellas has to stall?
We come out to watch some ball!

Jody, Jody, see me sweat.
My po body got a liquid debt!

Count yo fingers, count yo toes.
Be a year fo one team scohs!«[1]

---

[1] Ungereimte Übertragung:

Links, rechts, links, rechts, beweg deinen Arsch.
Was da glitzert, ist bloß gelbes Lametta!

Ich mußte fort aus Tennessee.
Doch ein Ausbilder sieht aus wie der andre!

Was macht ihr Burschen für Fisimatenten?
Wir sind hier, um Baseball zu sehen!

Jody, Jody, guck, wie ich schwitze.
Von innen, da trockne ich aus wie 'ne Wüste!

Zählt eure Finger, zählt eure Zehen.
Mehr Punkte braucht ihr nicht fürs Jahr!

Während der Singerei besetzten die Dominicans das Feld, aber ohne Ball. Sie *taten*, als hätten sie einen. Ihr Pitcher – Turtlemouth Thomas Clark, ein durchtriebener Hundesohn, wenn es drauf ankam – verlieh seinem Arm das theatralische Schwingen einer Boa-Constrictor und – warf absolut nichts. Ein Dominican an der Home Plate holte mit seinem Holz so pathetisch wie Turtlemouth mit dem Arm zu einem Schwinger aus und jagte das absolute Nichts von Ball ins Rightfield, was einen Phantom-Single brachte.

Inzwischen waren die Zuschauer verstummt. Man konnte das *Swock!* hören, als das Schlagholz traf. (Der Catcher hatte zwar keine Champagnerflasche entkorkt, aber den Finger aus der Backentasche geschnellt, was sich genauso anhörte.) Als der Batter zum First lief, schaufelte der Rightfielder den Ghost-Liner nach zwei unsichtbaren Hopsern vom Boden und feuerte absolut nichts zum Shortstop, der das Second deckte. Dieser Mann bannte den Runner mit einem Blick ans First, trug das Nichts in seinen Händen ein paar Schritte zum Pitcherhügel und warf es blitzschnell zu Turtlemouth.

»Was, zum Teufel, machen die?« sagte Fadeaway, der seinen Augen nicht traute.

»Schatten-Baseball«, klärte Dunnagin ihn auf. »Da!«

Der nächste Batter nahm zwei Bälle an, bei denen Turtlemouth sich aufwickelte wie das Gummiband am Propeller eines Modellfliegers. Der Batter knallte – *swock!* – den dritten Pitch, einen Luft-Knuckle, zu Pepperpot Cole, dem Shortstop. Cole warf sich zu Boden, deckelte absolut nichts mit seinem Fetzen von Handschuh, nahm es auf und warf es blitzschnell zu Slag Iron Smith am Second, der das Nichts in Gürtelhöhe fing. Der Runner vom First versuchte Smith zu irritieren, aber Slag Iron wirbelte herum, sprang wie ein Hirsch und warf absolut nichts zum First.

Ein Wurf in den Dreck. Der Mann am First fegte ihn vom Boden auf wie jemand, der mit der Peitsche knallt, und wirbelte herum, um den Batter ›aus‹ zu rufen, während der Runner einen Salto über den Sandsack machte. Dann schleuderte er den Spuk-Ball zum Pitcher, um das Phantom-Double-Play perfekt zu machen.

Die GIs waren hingerissen. Man hätte meinen können, sie säßen in einer Strip-Show der jährlichen Landwirtschaftsausstellung, so schrill und unverschämt war ihr Geschrei.

»Nicht einfach, das so zu machen, daß es echt aussieht«, meinte Dunnagin. »Da mußt du das Timing schon in den Knochen haben.«

Mister JayMac erreichte schließlich, daß der schwarze Captain nicht zur Home Plate, sondern zusammen mit dem schwarzen DI aus dem Ersten Bataillon der Special-Training-Einheit zu den Bases mußte. Major Dexter selbst bezog Posten hinter der Plate. So hatte jede Foul Line ihren Schiedsrichter, und sollte sich ein Hellbender ungerecht behandelt fühlen und gezwungen sein, eine Schiedsrichterentscheidung an der Plate zu diskutieren, war er nicht auf den guten Willen eines rassisch und sozial Niedrigeren angewiesen. Mister JayMac hatte, wie ich später erfuhr, ›Whitemail‹ benutzt, um sich durchzusetzen – er hatte gedroht, mit der ganzen Truppe heimzufahren.[1]

Da war noch ein anderes Problem. Welches Team besuchte hier welches? Mister JayMac wollte den Heimvorteil, letzter am Schlag zu sein. Das wollte auch Mister Cozy. Beide marschierten spornstreichs zu Major Dexter, der unter Brustharnisch, Visier und Schienbeinschützern schwitzte, und trugen ihm den

---

[1] ***blackmail*** = Erpressung · ***whitemail*** = ironische Wortbildung für die Erpressung durch einen Weißen

Fall vor. Nach Mister JayMac konnte ein Team mit dem Namen *Dominican Touristers* unmöglich hier zu Hause sein, weil Tourneespieler nirgends zu Hause waren, während Camp Penticuff zweifellos in Rufweite von Highbridge lag. Folglich verdienten die Hellbender, auch wenn sie Besucher-Trikots trugen, fraglos den Heimvorteil.

Nach Mister Cozy war dieser Schaukampf *seine* Idee gewesen und waren die Dominicans als *erste* vor Ort gewesen. Und wenn ein Team die heimischen Zuschauer auf seiner Seite habe, dann fraglos das …

»Werfen Sie eine Münze«, sagte Mister JayMac.

»Okay, von mir aus«, sagte Mister Cozy. »Also dann.«

Major Dexter warf eine Münze, sie landete kopfunten, und die Splendid Dominicans, in der Schlottertasche den Heimvorteil und auf dem Gesicht ein Grinsen, übernahmen das Feld.

»Bitte aufstehen für die Nationalhymne«, sagte der Lieutenant am Mikrophon. Aus einem Steinhaufen auf einem kleinen Erdhügel zwei Exerzierplätze hinter dem linken Feldzaun stach der Fahnenmast von Camp Penticuff mit seinem schlaffen Stars-and-Stripes-Banner in den brütend heißen Nachmittagshimmel. Wir quetschten die Kappe ans Herz, und ein schwarzer Trompeter mit nur einem Ärmelstreifen stieg in die Pressekabine und blies das klarste *Star-Spangled Banner*, das ich je gehört hatte, eine Kreuzung zwischen geistlicher Musik und Harry James*. Sowie er die Stelle von *›home of the brave‹* blies, brachen die GIs in einen Jubel aus, der sich wie eine Brandung an den Kasernen, dem Post-Exchange* und dem Haupttor brach.

Ich verschanzte mich im Schlagraum, während der Jubel weitertoste. Turtlemouth Clark blickte an mir vorbei und wartete auf das Zeichen seines Catchers. Ich war Luft für ihn. Mein Red-Stix-Schläger provozierte ein paar spöttische Bemerkungen aus den Zuschauerreihen: »He, is' das'n Tootsie-Pop-Stiel?«* – »Der Junge is' aus Kalifornien, da machen sie die Zahnstocher aus Rotholz.« Aber die Jungs von Mr. Cozy zuckten nicht mal mit der Wimper. Ich hätte da mit einem blauen Eichenknüppel aufkreuzen können, sie hätten keine Miene verzogen. Kein Schattenball mehr, Leder auf Leben und Tod war angesagt.

Turtlemouth Clark holte aus – nur, daß sich sein Ausholen diesmal in einem raschen Backe-backe-Kuchen zwischen Handschuh und Ball an der Brust erschöpfte. Aus dieser Bewegung heraus riß er den Arm zur Seite und griff mit einer knallharten Schwungfigur an. Der Wurf ließ mich nach einer Falltür im Boden suchen, um einer Perforation à la Fearless Fosdick zu entgehen. Ich sprang mindestens vier Fuß rückwärts.

»Stiiiiii –rike!« schrie Major Dexter.

Die Special-Training-Soldaten lachten sich Knitterfalten in die Hosen. Geschah mir recht. Mit pochendem Kopf und Paprikabacken ging ich wieder in Stellung.

»Vielleicht siehst du den nächsten ja«, meinte der Catcher.

Ehe Turtlemouth seinen knickerigen Vorlauf wiederholen konnte, verlangte ich Aufschub und trat beiseite.

»Batter up«, rief Major Dexter. *»Jetzt!«*

Ich ging wieder in Stellung. Turtlemouth warf mich ›aus‹, klebte mir aber zwei Heftpflaster auf die Wunde, indem er Charlie Snow und Lon Musselwhite genauso wegpustete – natürlich zum lautstarken Vergnügen der Truppe. Snow ließ ihn siebenmal werfen, bevor er das Holz ins Leere schwang, doch Muscles führte wie ich drei wilde Schläge gegen drei stotternde Speed-Bälle, kam mit hängenden Schultern in den Unterstand geschlichen und murrte etwas über die Legalität solcher Pitchfiguren.

Als Darius den Hügel übernahm, ging ein Murmeln durch die Reihen, das durch ein paar Lästerungen gewürzt wurde. Wenn er sie hörte, ließ er sich jedenfalls nichts anmerken und wechselte weiter seine Aufwärmbälle mit Dunnagin, dann trat er zurück und überließ uns Infieldern den Ball. Einmal auf dem Platz, war es ihm schnurzpiepegal, welche Farbe der Gegner hatte; er wollte sie ›aus‹ machen, und das so gründlich wie möglich, wie es das Trikot verlangte, das er am Leib trug, in diesem Fall das schmutzig aschbraune der Hellbender.

In der zweiten Hälfte des ersten Innings zog Darius mit dem Glanzstück von Turtlemouth gleich. Bis jetzt war das Ganze nichts weiter als ein Pitcherduell aus Knocks und Outs mit Schlagmännern, die nach fruchtlosem Antritt wütend ihr Holz wegpfefferten.

Oh, zwei Leute trafen den Ball. Charlie Snow spannte eine perlweiße Wäscheleine direkt zum Centerfielder, und Henry knallte einen Pop-up, den Turtlemouth, der sie alle wegwinkte, aus einer lächerlichen Klosetthocke heraus in Schuhspitzenhöhe schnappte, ein Korb-Fang zwei Zoll über dem Boden. Die Zuschauer kauten solche Mätzchen, als wären es Erdnüsse.

In der ersten Hälfte des vierten Innings bekam ich einen Walk zuerkannt – ich war der erste Schlagmann überhaupt, der das First erreichte. Das war einfach idiotisch, und ich fragte mich, ob Turtlemouth mich absichtlich vorführte, nur um die Zuschauer zu kitzeln. Die vier Bälle, die er mir geschickt hatte, waren so hoch reingeschwappt, daß ich sie nicht mal mit einem Luftsprung hätte erreichen können.

Buck Hoey verließ die Couch-Box und kam in seinen schwarzgewichsten Hausschuhen, um mit mir zu reden.

»Was mußt du für den Walk machen? Ihm hinterher einen blasen?«

»Le-Leck mich«, sagte ich so freimütig, wie ich konnte.

»Ob du dem Nigger ein Base stehlen kannst, was meinst du, Dumbo? Wir brauchen einen Runner, der Punkte macht.«

Und ob ich das meinte. Wenn es nach mir ging, immer.

»Play ball«, sagte der farbige Offizier, der das First beaufsichtigte.

Hoey ignorierte ihn. »Hol dir einen Wurf. Paß auf, wie er reagiert. Dann wartest du auf einen Pitchout*. Waxahachie Beckland ist der zweitbeste Schütze bei denen.«

Waxahachie Beckland war der Catcher, das Pendant von Turtlemouth. Hoey wollte, daß ich meinen Vorsprung gegen die beiden ausbaute und dabei höllisch aufpaßte. Er kehrte mit federnden Schritten in seine Coach-Box zurück.

Ich holte mir einen Wurf von Turtlemouth. Seine Pick-off-Reaktion war mäßig. (Zumindest tat er so.) Eine volle Sekunde, bevor er warf, war ich wieder am First. Bei seinem ersten Wurf zur Plate warf Turtlemouth allerdings einen Pitchout zu Beckland. Wär ich zum Second gerannt, Beckland hätte mich nach einem Meter oder so abgetroffen.

»Ganz schön weit, Dumbo«, sagte Hoey. »Augen auf!«

Es kitzelte mein Ego, mir einen Wurf von Turtlemouth zu holen und ihn und seinen Catcher gegen Snow ins Pitchout zu manövrieren. Sie *rechneten* mit meinem Stehlversuch. Mister Cozy und seine Jungs hatten ihre Hausaufgaben gemacht; sie wußten, ich war schneller, als einem das Wort Gott über die Lippen kommt, sie hatten Respekt vor dem Tempo, das ich vorlegen konnte. Ich vergrößerte meinen Abstand, wobei ich ein-, zweimal mit dem Oberkörper täuschte.

Ich sah das Weiße im Auge von Turtlemouth, aber

er reagierte nicht auf mein Täuschungsmanöver. Er warf zur Plate, wieder ein Pitchout. Ich schlenderte zum First zurück und kickte in den Sandsack. Pitcher und Catcher sahen ganz schön dumm aus. Sie hatten zwei offene Pitchouts riskiert, für nichts? Schlimmer noch aus ihrer Sicht, daß sie jetzt gegenüber Charlie Snow, dem besten Schlagmann der CVL, mit zwei zu null im Rückstand waren. Nur ein Verrückter ließ sich freiwillig zurückfallen, wenn Snow am Schlag und ich am First war.

Während ich mich zum vierten Mal in diesem Abtausch vortraute, suchte Hoey Augenkontakt. »*Go*« formte sein Mund hinter vorgehaltener Hand. Und die andere lag am linken Ellbogen – unser Stehlzeichen. Turtlemouth, so kalkulierte er offenbar, mußte jetzt einen Strike werfen, sonst war man nur noch ballbreit von Snows Walk entfernt. Die beiden würden kein Pitchout wagen.

Was sie natürlich doch taten.

Ich hatte einen passablen Vorsprung vor Turtlemouth, und bis zum Second war nur ein Katzensprung. Bevor ich aber bäuchlings hineinrutschen konnte, sprang mir Slag Iron Smith in die Quere, fing Becklands Pfeil aus Richtung Home Plate und ließ seinen kalten Schlappfetzen von Handschuh genau dort, wo mein Kopf ihn nicht erwartet hatte. ›Aus‹ der Traum.

Drei offene Pitchouts. Bescheuert. Bis auf die Tatsache, daß diese Strategie mich kaltgestellt hatte. Andererseits hatte Charlie Snow – zu überrascht, um Beckland einen Schwung durch die Rechnung zu machen – jetzt drei Bälle auf dem Konto. Vielleicht hatte ja die Kriegslist der Dominicans *doch* nicht funktioniert – jedenfalls nicht so, wie sie hätte sollen.

Schwamm drüber. Eisekalt trieb Turtlemouth die Bilanz auf drei Bälle zu zwei Strikes, dann radierte er Snow mit einem Nibbler ›aus‹. Er demütigte

Muscles mit einem weiteren Strikeout und ging in lässiger Haltung und unter einer stehenden Ovation vom Feld.

In der zweiten Hälfte des sechsten Innings lieferte Darius die ersten zwei Hits in diesem Schaukampf, zwei Singles hintereinander für Gator Partlow und Waxahachie Beckland. Niemand ›aus‹. Partlow am Third, Beckland am First.

»Erst schieben, dann drängen, wie?« rief Fadeaway Ankers von der Bank aus. »Damit wir Cracker[1] nur ja nicht den Zaster kriegen.«

Mister JayMac stand auf und ging zu Fadeaway.

»Warst wohl so gut, wie du konntest, solange du konntest, wie?« rief Fadeaway um den Boss herum.

Mister JayMac versperrte ihm die Sicht und las ihm die Leviten von Sea-Island* bis Pensacola*. Fadeaway hielt den Mund, und Mister JayMac setzte sich wieder.

Darius machte den dritten Schlagmann der Dominicans ›aus‹. Der vierte schlug einen Bodenball zu Junior, der ihn zu mir fegte, weil es am Second eng wurde. Ich harkte mit der Fußspitze über den Sandsack und warf zu Henry am First. Wir erwischten den Runner, da hatte er noch keinen halben Schritt getan, und das Double Play schaffte den Run aus der Welt, der, wäre mein Wurf auch nur den Bruchteil einer Sekunde später in Henrys Handschuh gelandet, vom Third gepunktet worden wäre.

Auf dem Weg zur Bank kassierte Darius den Ball von Henry und ging gemächlich aber schnurstracks zu Fadeaway. Mister JayMac beeilte sich, dazwischenzugehen, doch Darius ging um ihn herum und klebte Fadeaway den Ball an die Brust.

---

[1] *Cracker* = (in den Südstaaten) Spitzname für arme Weiße

»*Du* wirfst, mein Junge. Rette deinen kostbaren Einsatz.«

»Darius, keine Bange, ich wechsle dich schon aus, wenn es nötig ist, aber jetzt nicht.«

»Ich bleibe sitzen«, sagte Darius. »Ich habe sechs Innings für euch gepitcht, ich habe getan, was ich konnte. Soll euch der Grünschnabel vom Platz tragen.«

»Hier hat nur einer das Sagen«, sagte Mister JayMac. »Darius, du stehst auf dem Hügel.«

»Nein, Sir. Ich stehe nicht mehr zur Verfügung.«

Major Dexter kam rübergewatschelt, die Schiedsrichtermontur war nicht zum Wandern gedacht. »Der Ball wird zum Aufwärmen gebraucht. Würden Sie ihn bitte zurückwerfen.«

Fadeaway schleuderte den Ball zu Turtlemouth Clark, dann setzte er sich wieder und fixierte den staubigen Lehm zwischen seinen Schuhen.

Mister JayMac grapschte Darius beim Hemd. »Dieser Verein gehört mir – du bist der Pitcher, weil *ich* es sage, Nigger!« Alle, die wir auf der Bank saßen, hörten das, daran konnte auch der Lärm auf den Rängen nichts ändern. Sogar Mister JayMac schien sich gehört zu haben, er sah sich um.

»Ihnen gehört *so* viel«, sagte Darius mit Nachdruck.

»Tut mir leid«, sagte Mister JayMac. »Du hast diese Burschen bis jetzt in Schach gehalten. Mach weiter so!«

»Nein, Sir, ich habe euch soweit gebracht, wie ich konnte.« Darius zog sich das Trikot über den Kopf und warf es Fadeaway in den Schoß. Fadeaway wischte es wie einen Spüllappen in den Dreck.

»Verdammt!« knirschte Mister JayMac.

Darius, am Oberkörper nur mehr das gerippte graue Unterhemd, ging durch ein Tor und durch eine Schneise in den vorderen Sitzreihen und schlug die Richtung ein, wo der Braune Bomber parkte. Die Soldaten in den Rängen sahen ihm nicht weniger verdattert nach als wir es taten. Ein paar GIs brüllten: »Da muß er aber weit werfen!« oder »Hallelujah!« Darius hob den Arm und hielt ihn über dem Kopf, bis er außer Sicht war.

»Batter up!« brüllte Major Dexter. »Wir brauchen einen Batter!«

In der ersten Hälfte des Siebten fegte Henry den ersten Wurf von Turtlemouth so weit über den rechten Feldzaun, daß alle – wirklich alle – aufstanden, um diesen Brückenschlag ins Jenseits zu verfolgen.

»Jippijajeeeeeee …«, machte Lamar Knowles. »Das ist Jumbo, das macht ihm keiner nach!«

Die Truppe jubelte nicht. Die Soldaten bewunderten zwar den malmenden Home Run von Henry, waren aber gar nicht glücklich, daß Turtlemouth das Shutout verpatzt hatte und wir so spät noch einen kritischen Run bekamen. Jedenfalls wischte Turtlemouth sich mit dem Handrücken über die Stirn und mähte uns – das heißt, Reese Curriden, Junior Heggie und Double Dunnagin – mit einem unsichtbaren Gatling[1] nieder.

In der zweiten Hälfte des Innings marschierte Fadeaway gespreizt zum Hügel. Ein paar übellaunige GIs überzogen ihn mit Spott. Sie dachten wohl, er sei einer von diesen Hypersensibeln, und spielten mit ihm wie die Katzen mit der Gottesanbeterin: *»Fade away, Fadeaway! Oh, fade away, please today, oh faded ofay, Fadeaway!«*[2] Und mehr davon. Fadeaway ging in Stellung, hörte auf, sich zu spreizen, und legte los. In seinem ersten Inning ließ er nur einen einzigen Single zu, ging aber ohne Fehl und Tadel und mehr als zu-

---

1 Gemeint ist hier ein Art Maschinen- oder Revolvergewehr, wie es von dem amerikanischen Mechaniker Richard Jordan Gatling (1818–1903) erfunden wurde

2 *fade away* = verblassen, verschwinden · *faded ofay* = blasser Weißer

frieden aus dem Pitch hervor. Ich hatte sechs Innings gebraucht, um so zum Unterstand zurückzukehren wie er nach nur vier Dominicans am Schlag.

In der ersten Hälfte des Achten traten Skinny Dobbs, Fadeaway Ankers und ich gegen Turtlemouth an – Skinny und ich schon zum dritten Mal, Fadeaway zum ersten Mal. Skinny und Fadeaway schlugen Liner, die aus der Luft gefangen wurden, das heißt sie wurden ›aus‹ gemacht, und Henry hielt mich zurück, als ich zur Plate wollte.

»Ich weiß, was du tun solltest«, sagte er.

»Ja sicher. Da-da-dahin schlagen, wo sie *nicht* sind.«

Er nahm mich sanft bei den Schultern. »Abtropfen lassen.«

»A-a-abtropfen lassen?«

»Drück ihn auf die Third Base Line, Daniel. Abtropfer aufnehmen, ist nicht Mr. Clarks Stärke.«[1]

»Woher w-w-weißt du das?«

»Mr. Clark hat ein Innenohrproblem. Ich hab das in einer Negerzeitung aus Birmingham gelesen.«

»Innenohrproblem?«

»Wenn du den Ball die Base Line entlangschiebst, wird Mr. Clark sein Gleichgewicht verlieren, wenn er versucht, ihn aufzunehmen. Bei deinem Tempo, Daniel, machst du daraus einen Hit.«

Ich hatte keine Probleme mit Henrys Vorschlag. Ich war zweimal am Schlag gewesen, hatte meinen Red-Stix umsonst geschwungen und mit einer strategischen Freikarte das First erreicht. Diesmal also lief ich im Rechteck und langte in die irre Bahn eines typischen Turtlemouth-Curve und ließ, indem ich vor dem Pitch zurückwich, den Ball abtropfen und rannte los.

Man kommt bei einem fragwürdigen Hit am weite-

---

1 In diesem Fall *kann* der Pitcher als Infielder fungieren und den Ball aufnehmen.

sten, wenn man den Kopf senkt und die Füße in die Hände nimmt. Wie schon Satchel Paige sagte: Nur nicht zurückblicken; entweder holt dich jemand ein oder du verlierst ein, zwei Sekunden von deiner Bestzeit. Gott rette meine Seele, denn ich schielte nach Turtlemouth, um zu sehen, was er aus meinem Abtropfer machte. Ich sah ihn nach dem Ball grapschen und wie einen beschwipster Maibaum-Tänzer mit dem anderen Arm durch die Luft rudern und stürzen. Noch im Fallen warf er aus dem angewinkelten Arm zum First, doch der Ball – ich war wieder losgedüst – tat nicht, was er sollte, und der wilde Wurf ließ mir die Zeit, die ich brauchte, um das Second zu erreichen.

Auf dem Weg zum Hügel hielt Turtlemouth inne und besah mich nachdenklich. Er mußte niesen und rieb sich die Nase. »Bist so schnell gewesen, daß ich mir 'ne Lungenentzündung geholt hab.« Er ging wieder in Stellung und stieß mit der Fußspitze ein Stück Gummi aus der Platte.

Mit einem Double in die rechte Infield-Lücke brachte Snow mich zur Home Plate, was uns auf zwei zu nichts hob. Muscles bannte Snow mit einer Sturzmöwe zum Leftfielder ans Second, und der Rest von uns kam angetrabt, um unseren Vorsprung gegen die Creme von Mister Cozys Schlagartisten zu verteidigen. Die gebrochene Nachmittagssonne schwitzte ihren warmen, klebrigen Honig über uns aus.

44

TROTZ DER SONNE UND DER brenzligen Erdnußfahne, die aus der Stadt herüberzog, lief der Rest dieses Spiels wie ein Weinrausch ab – oder eher wie das Laterna-Magica-Gehaspel eines schlechten Traums. Ich war am Short und sah, von Kummer geknebelt, wie es passierte.

Die erste tauchte in der zweiten Hälfte des achten Innings auf – eine Fledermaus, meine ich, ein fliegendes Geschmeiß mit zerlumpten Flügeln. Gegen das reine Blau des Himmels nahm sie sich derart belanglos aus, wie sie sich immer wieder auf den Platz stürzte und unzähligen Beinahe-Kollisionen auswich, daß wohl die meisten von uns sie für einen Vogel hielten – und manche bloß für ein taumelndes Magnolienblatt. Dann tauchte mehr von diesem kreisenden Geschmeiß auf, und ich fragte mich, ob ein Brieftaubenzüchter auf dem Dach einer nahen Kaserne seinen Taubenschlag geöffnet hatte. Doch das Geschmeiß wurde immer zahlreicher und lauter, es brach in Geschwadern über uns herein und fiepte wie eine Heerschar von Grillen, und dann wußte ich mit einem Mal, daß es Fledermäuse waren, mehrere Schwärme von diesen verteufelten Viechern. Sie brachten mehr Bewegung in die Luft als der Tag zu bieten hatte, schwenkten von den Tribünen zum Outfield und von den Zäunen zu den Tribünen – das *Fiep-pip-zip* klang so verdammt metallisch, daß es mich unwillkürlich an… an die Sonargeräusche in einem U-Boot erinnerte.

In der schwarzen Hälfte des Achten schickten die

Dominicans ihren First-Base-Mann Gumbo Garcia, ihren Centerfielder Tommy Christmas und ihren Rightfielder Gator Partlow an den Schlag. Fadeaway schenkte Garcia einen Walk. Die Schlaghölzer wirbelten über den Köpfen wie verkohlte Zeitungsreste aus dem Sommerkamin. Fadeaway schenkte auch Christmas ein Ticket zum First.

Die GIs von Major Dexter schunkelten und trampelten.

Fadeaway machte Partlow mit zwei Slidern und einem Speed ›aus‹, und Dunnagin sprang hinter dem dritten Schwung heraus und pfefferte den Ball zu Henry, der Tommy Christmas zwei Fuß vor dem Sandsack ›aus‹ machte. Christmas fiel auf die Knie und schien sich mit seiner Verzweiflungsgeste all den fiependen Fledermäusen zu unterwerfen.

Die GIs verstummten, als seien sie auf Sendung gewesen und jemand habe sie einfach abgestellt.

Jetzt hatten die Dominicans zwei ›Aus‹ und ihren Garcia mit den Möbelfüßen und dem Brustkorb einer Kommode immer noch am Second. Fadeaway besorgte auch Judd Davies, dem dritten Schlagmann, einen Walk.

»Reiß dich zusammen!« schrie Mister JayMac heiser.

Fadeaway gab sich vielleicht Mühe, doch bei seinem ersten Pitch zu Oscar Wall, dem Leftfielder, langte der, den vorderen Fuß in der Luft, zurück und drosch Fadeaways besten Scroogie auf hundert Alabama-Meilen pro Stunde. Wall schien beinah einhändig zu schlagen – beim Durchziehen löste sich die Linke vom Griff, derweil der Ball abprallte und in einer Wolke aus auf- und abtauchenden Fledermäusen verschwand.

Lieber Gott, laß ihn eins von diesen Viechern treffen! Vielleicht sandte Fadeaway das gleiche Stoßgebet in den Himmel. Nur eine Kollision konnte verhindern, daß Walls Schlag den Ball zum Zaun und uns mit zwei zu zwei in den Gleichstand trug. Und wenn der Ball *über* den Zaun ging, dann war es mehr als wahrscheinlich, daß die Dominicans uns schlagen würden.

Keins von diesen verfluchten Biestern kam dem Ball in die Quere. Er blieb unbeirrt auf seinem Kurs, einem knallharten, niedrigen Bogen zu Charlie Snow. Sie wichen ihm aus, wie sie es mit jedem anderen fliegenden Räuber taten, mit Hilfe von Ultraschallpeilung nämlich und nicht zuletzt, weil sie ausgesprochene Artisten sind. Snow rannte unter der quirligen Wolke mit dem Ball um die Wette, wie das DiMaggio und später auch Mays* machte, um sich im letzten Augenblick umzudrehen und den Ball in die Zange zu nehmen.

Doch die Fledermäuse irritierten ihn. Er sah sich zu früh nach dem Ball um und mußte kräftig nachsetzen. Jeder konnte sehen, daß Snow auf Kollisionskurs mit dem Zaun war. Als der Ball herunterkam, muß Charlie das gespürt haben. Er versuchte, sich zu schützen und gleichzeitig den Ball zu fangen.

Er rasselte dagegen, ein Bein hoch, um mit der Schuhkante den Kopflauf des Zauns zu treffen, in Hüfthöhe den Ball zu schnappen, sich abzustoßen und mit heilen Knochen im Gras zu landen – um das Shutout von Darius und Fadeaway zu retten. Doch die Spikes oder der Zaun oder ein verrückter Dreh von Walls abstürzendem Wurf machten ihm einen Strich durch die Rechnung. Ein Spike verhedderte sich. Charlie löste sich nicht, sondern machte mitsamt dem Ball einen Salto *über* den Zaun hinweg. Als er nicht gleich wieder aufstand, schwoll mir ein schrecklicher Kloß im Magen.

»Das ist ein Home Run«, sagte einer der farbigen Schiedsrichter. »Er hat ihn zwar gefangen, aber er ist nicht mehr auf die Füße gekommen.«

Garcia, Davies und Wall nahmen ein Base nach

dem anderen. Drei zu zwei für die Dominicans. Major Dexter zeigte das Ergebnis an.

Ich war nicht der einzige, der zum Center lief. Snow lag noch immer zusammengekrümmt hinter dem Zaun, und Muscles und Skinny, unsere anderen Outfielder, kletterten über den Zaun, um sich zu kümmern. Aus der Lunge abwärts saß mir ein zwei mal vier Zoll großer Splitter im Leib. Am Maschendraht im Center fiel ich auf die Knie wie ein Sünder im Beichtstuhl und fragte Muscles, wie es denn um die Schönheit unseres Helden bestellt sei.

»Gar nicht gut.« Muscles hatte Sand in der Stimme, den Abrieb von frischem Schmirgelpapier. »Schlecht, um ehrlich zu sein.«

»Werft den Ball ein«, kam Snows Stimme aus einem Paradies irgendwo außerhalb unserer Atmosphäre. »Nagelt den Komiker ans Third.«

»Sei jetzt einfach still«, sagte Muscles zu ihm. »Dafür ist es zu spät.«

»Ja, ja«, sagte Snow fast zärtlich. »Ich weiß.« Er lag da und blutete. Die Wunde an seinem Knöchel sprudelte. Muscles versuchte die Blutung mit seinem braunen Hemd abzubinden, das im Nu eine weiche rostrot schillernde Masse war und einen Geruch von Schweiß und Blut verströmte, den ich nie wieder riechen möchte. Die Fledermäuse drehten ab und kehrten zu ihren Dachgeschossen zurück. Mit ihnen verschwand der Teppich aus quirlenden Schatten und überließ uns der grausam sengenden Sonne.

Jemand – Mister JayMac? Major Dexter? – rief nach einem Arzt und einer Ambulanz. Dummglotzer aller Ränge und Schattierungen stellten sich ein.

»Jesus, mein Gott, er verblutet!« schrie Muscles.

»Halt durch, Cha-Charlie«, sagte ich durch den Maschendraht.

Es kam keine Ambulanz, doch der Jeep mit General Gordon Holway, dem Oberkommandierenden des

Camp, fuhr vor. Der General stieß den Schlag auf, auf dem THE OLD MAN über dem fünfzackigen Stern prangte, sprang heraus und bahnte sich energisch den Weg.

Fahren Sie dahin, tun Sie das, verlangen Sie den, bellte er Soldaten und Spieler an, und so, wie die Jungs spurten, wurde mir ein bißchen leichter ums Herz. Inzwischen war auch Mister JayMac zur Stelle. Er stand neben mir, wie die Kehllappen eines Truthahns pulsierte sein Hals über mir.

»Hämophilie!« sagte er. »Wir müssen etwas für ihn tun, und zwar verdammt schnell.«

»Was?« General Holway blinzelte zu Mister JayMac hinauf, aus Augen so schmal und blau wie Forellenkiemen.

»Er ist Bluter«, sagte Mister JayMac. »Nicht hochgradig, aber ein Bluter. Das Blut gerinnt nicht, wie es sollte.«

General Holway erhob sich. »Ein Bluter? Und er spielt Baseball? Sie lassen das zu?«

»Ich muß spielen«, sagte Snow mit papierenen Lippen. »Es gibt nichts anderes für mich.«

Henry tauchte neben mir auf und setzte im Stützschwung über den Zaun. Er nahm den verletzten Charlie Snow auf die Arme.

»Krankenhaus? Lazarett? Wo können wir ihn hinbringen?«

»Das ist verflucht gefährlich«, sagte jemand. »Der Junge braucht 'ne Bahre und zwei Sanis.«

»Ihn liegenlassen, ist gefährlicher«, sagte Henry.

»In den Wagen mit ihm«, sagte General Holway. »Fackeln wir nicht lange.«

General Holway, sein Chauffeur und Henry stiegen in den Jeep, Henry saß hinten und hielt Snow in der Armbeuge, der so willenlos schien wie eine Gliederpuppe. Der Jeep fuhr an und hielt auf den Verwaltungs- und Versorgungsbereich zu, lauter zweistöckige Holzbauten, die in parallelen Blöcken standen, ein Block wie der andere, ein Gebäude wie das andere.

Etwa alle dreißig Yards ließ der Chauffeur das heisere Blöken der Hupe ertönen. Wir anderen blieben zurück und sahen ihnen nach – Hellbenders, Splendid Dominicans und eine Handvoll GIs aus Major Dexters Special-Training-Einheit, ein Haufen wie vor den Kopf geschlagener Dummglotzer.

Major Dexter kam auf Mister JayMac zu. »Ihre Jungs haben ein ›Aus‹ dazubekommen und müssen mindestens einmal noch antreten, Sir.«

»Das Spiel ist gelaufen«, sagte Mister JayMac

»Wiesooo?« kiekste Fadeaway Ankers. »Sie haben mich doch reingenommen, damit ich die Sache zu Ende bringe, oder?«

»Das war das Ende.«

»Dann gewinnt das Team von Mr. Cozy«, sagte Major Dexter. »Fünf volle Innings sind vorgeschrieben. Das hier waren fast acht.«

»Vorgeschrieben?« sagte Fadeaway. »Das ganze Spiel verstößt gegen die Vorschriften. Wir mußten uns wegstehlen, um hier anzutreten.«

»Ruhig, mein Junge«, sagte Mister JayMac wie ein Stallbursche zu einem nervösen Pferd. Dann entdeckte er in der Menschentraube am Zaun Mr. Cozy Bissonette und streckte ihm die Hand hin. »Ein harter Kampf, Sir. Ihre Männer sind erfahren und couragiert. Richten Sie bitte Mr. Clark und besonders Mr. Wall aus, wie sehr wir von ihrem Spiel beeindruckt sind.«

»Wir wissen das zu schätzen«, sagte Mr. Cozy. »Wir wünschen Mr. Snow gute Besserung und daß er bald wieder am Ball ist.«

»Er wird höchstwahrscheinlich sterben«, sagte Mister JayMac.

Mister Cozy schlug den Blick nieder. »Möge Gott

seiner Seele gnädig sein. Gotte segne Sie alle, daß wir mit so einem Mann spielen durften.«

Hier draußen am Zaun schüttelten sich Hellbender und Splendid Dominicans die Hände. Fadeaway und ein paar andere waren nicht eben begeistert, doch ihre Geringschätzung durchzuhalten, hätte offenkundig gemacht, daß ihnen Charlie Snow am Arsch vorbeiging, und deshalb gaben sie Ruhe.

Die Dominicans trugen ihren Sieg mit Würde. Einer von ihnen – Tommy Christmas, glaube ich – sagte zu mir: »Noch ein Inning, und ihr hättet uns schlagen können. Ganz bestimmt«, dann schlenderte er mit Partlow und Davies zu den Tribünen zurück und staunte laut über Charlies Bravourstück, der in diesem Gewusel aus Fledermäusen einen so gewaltigen Schlag wie den von Oscar Wall – auf ein Haar – abgefangen hatte.

Als die Lautsprecher den Sieg der Dominicans verkündeten, brüllten und swingten die Truppen. Ich konnte es ihnen nicht verdenken. Ihre Champs hatten – im Jargon der Heldentaten – auf dem ›Feld der Ehre‹ gesiegt. Ehre, wem Ehre gebührt.

45

Mister JayMac wollte, dass Darius uns zum Lazarett fuhr, aber Darius war wie vom Erdboden verschluckt. Deshalb erklärte sich Major Dexter, der inzwischen die Schiedsrichtermontur abgelegt hatte, bereit, uns um den Baseballplatz herum und durch das mit der Reißschiene gezogene Netz aus siebenhundert Militärgebäuden zum Lazarett zu fahren.

»Ich kann Darius nicht zurücklassen«, sagte Mister JayMac zu Major Dexter. »Sie würden ihn hier doch nicht aufnehmen, oder?«

»Das ist ein Ausbildungscamp, wir rekrutieren nicht.«

»Ist mir schon klar, Major. Ich meine, ob man hier seine Papiere akzeptieren und ihn in Uniform stecken würde.«

»Nicht, wenn Sie es nicht wünschen, Mr. McKissic.«

»Wünsche ich nicht, nein.«

»Dann machen Sie sich man keine Sorge, Sir.«

»Wenn Sie ihn später hier aufgabeln, würden Sie ihn dann bitte zu einem Paket schnüren und so lange festhalten, bis ich ihn hole?«

»Wird gemacht, Sir.«

»Hoffentlich.«

Major Dexter klemmte sich hinter das Steuer des Braunen Bombers und brachte uns auf einer ebenso rasanten wie heiklen Fahrt zum Lazarett.

Das Lazarett sah aus wie jede andere von der Sonne gebleichte Keksschachtel in diesem Camp, abgesehen von der Betonrampe zum Ent- und Beladen von Ambulanzen und Lkws. Es döste an der Straße vis-à-vis von einem Asphaltplatz vor dem Quartiermeisterdepot. Als wir ankamen, stand Henry unter dem dürftig gedeckten Vordach der Laderampe und starrte auf zehn Kolonnen von je zehn Männern, die in Gummihüllen auf diesem Asphaltplatz standen – in Säcken vermutlich, die lämmchenglatt aber so schwarz wie Autoreifen waren.

Ein Ausbilder im Rang eines Unteroffiziers mit breitkrempigem Hut stand vor diesem verschrobenen Sonderkommando (Weißer und Büffel in einer Person vor Weißen und Schwarzen, aber mehr Bleichgesichtern als Farbigen) und brüllte: »Hopp, Gentlemen, hopp!« auf daß die Körper in den Säcken unter schlappen, seufzenden Geräuschen hüpften, als pumpten hundert atemlose Fahrradpumpen vergeblich an hundert Riesenballons. In einer Mischung aus Neugier und Unglauben besah ich mir das Theater.

Der Kommandojeep von General Holway war offenbar hiergewesen und wieder abgefahren, und als der Bomber an der Ambulanzrampe hielt, beachtete Henry uns gar nicht. Er blickte unverwandt über die Straße zu den ›präservierten‹ GIs hinüber, die da wie vulkanisierte Riesenflöhe hopsten. Oder vielleicht starrte er über sie hinweg zum Baseballplatz hinüber, wo Charlie Snow gesprungen war, seine Spikes sich verfangen und ihn kopfvoran über den Zaun geschleudert hatten. Tatsächlich gab Henry keinen Pfifferling auf die Hampelmänner hinter der ›K-Street‹. Mister JayMac stürmte an ihm vorbei ins Lazarett, um nach seinem Spieler zu sehen.

Muscles fragte Major Dexter: »Was, zum Kuckuck, treibt Uncle Sams Army da drüben – Strafexerzieren?«

»Nein, Sir, die haben sich freiwillig gemeldet.«

»Gemeldet wozu? Zum Sonnenstich?«

»Nein, Sir, ein Quartiermeisterexperiment, um die

Resistenz der GI-Bekleidung gegen die natürlichen Ätzstoffe im menschlichen Schweiß zu testen. Unsere Männer in Alaska, im Pazifik, in Nord-Afrika und auch hier zu Hause brauchen verläßliche Kleidung, und unsere Wissenschaftler brauchen verläßliche Daten.«

»Großer Gott«, sagte Muscles, »die geben doch den Löffel ab bei der Hitze.«

»Die haben keinen Löffel, Sir«, sagte Major Dexter. »Und wenn, dann geben sie ihn nur auf Befehl ab.«

»Da braucht es keinen Befehl. Kein Wunder, daß das Ganze vor dem Lazarett stattfindet – spart Zeit und Mühe.«

»Mr. Musselwhite, sie tragen Shorts unter den Säcken, nur Unterwäsche, keinen Kampfanzug.«

»Das ist mir zu hoch, Major. Ich denke ...«

»Wir sammeln Schweiß. Die Pfützen, die sich in den Säcken sammeln, werden in Fläschchen gefüllt. Später tragen wir ihn – den Schweiß, meine ich – auf die verschiedenen Textilien auf, die für GI-Kleidung in Betracht kommen. Die Wissenschaftler des Quartiermeistercorps begutachten seine Wirkung auf die fraglichen Textilien.«

Ich fragte mich eben, was, zum Kuckuck, Mister JayMac über Snow in Erfahrung gebracht hatte, als er zusammen mit einem Major im weißen Kittel aus dem Lazarett kam. Mister JayMac und der Major sprachen oben auf der Rampe mit Henry. Danach ließ Mister JayMac sich mit der Schulter an die Wand fallen und barg das Gesicht in den Händen. Henry kam zum Bus. Er legte die Hände auf das Dach des Bombers, genau über dem Einstieg, und überbrückte die Lücke zwischen Bus und Rampe.

Als Major Dexter den Türöffner betätigte, sagte Henry so laut, daß alle es hören konnten: »Mr. Snow ist eben von uns gegangen.« *(Von uns gegangen!)* Dann blieb Henry so da stehen, eine Brücke zwischen dem

Bomber und dem hingehockten aschfahlen Gebäude, in dem unser toter Kamerad lag.

Charlie Snow – *möge er ruhen in Frieden.*

»Er wär sauer gewesen, daß wir ein ganzes Inning haben sausen lassen«, sagte Turkey Sloan.

»Jeder hier, der meint, er wüßte so genau, was Charlie Snow gefühlt oder gedacht hätte, ist auf dem Holzweg«, sagte Muscles. »Wir müssen schon unserem eigenen Gewissen folgen und nicht spekulieren, was der Tote von uns erwartet hätte.«

»Und wenn sich das überschneidet?« sagte Hoey.

Henry stieß sich vom Bus ab, ging über die Rampe zu Mister JayMac und kehrte mit ihm ins Lazarett zurück, in die Bettelflure von Snows letzter Reise. Mir liefen die Tränen hinunter. Jenseits der Straße brüllte der Unteroffizier, der die freiwilligen Hampelmänner in ihren Gummisäcken befehligte: *»... zwei, drei, stop!«* Die hundert bezahlten Schwitzer gehorchten aufs Wort; vier oder fünf fielen vor Erschöpfung oder Übereifer auf den Asphalt.

»Aufstehen und Sack festhalten!« schrie der Ausbilder. »Daß mir kein Tropfen verlorengeht!«

Die Stimme des Sergeanten rief Erinnerungen wach, wie es die meiner Mutter oder die von FDR oder die von Jimmy Durante[1] getan hätte – ich *kannte* sie. Sie war mir so vertraut wie die Stimme eines sadistischen High-School-Lehrers. Der Sergeant nahm den Hut ab, wischte sich den Nacken und die Stirn und drehte sich mit heißem, neugierigem Gesicht nach dem Bomber um, erstaunt, den Bus nicht früher bemerkt zu haben.

Ich erkannte den Feldwebel wieder. Ich hatte ihn – kurz nur – in einem Kabuff des *Wing & Thigh* am Penticuff Strip gesehen, die erschrockene Fratze eines

---

[1] *Jimmy Durante,* bekannt als *Schnozzle* = Nase, (1893–1980), US-Komiker

Burschen, der sich auf einem heimlichen Abstecher ertappt sah. Und ich hatte das Gesicht noch woanders gesehen – in dem Zug nämlich, der mich von Tenkiller nach Highbridge gebracht hatte. Es gehörte Sergeant Pumphrey, meinem Vergewaltiger aus der Pullman-Toilette. Ich kniete mich auf den Sitz und steckte den Kopf aus dem Fenster.

»Du dreckiger Scheißkerl!« schrie ich. »Du verdammter dreckiger Scheißkerl!« Das war kein Stammeln, das war blinde Wut.

»Um Himmel willen, Boles, nimm dich zusammen«, sagte Curriden. »Wir sind Gäste.«

»Du Dieb!« rief ich. »Du pe-pe-perverses Schwein!«

Hundert schweißnasse Männer in hundert Gummisäcken blickten abwechselnd auf Pumphrey und auf den Braunen Bomber. Pumphrey, den Ausbilderhut in der Hand, gaffte mich, der ich aus meinem Fenster hing, an, und in seinen stumpfen, trüben Augen lag nichts als Verwirrung und taube Ratlosigkeit. Er wußte einfach nicht, wer ich war. Erkannte weder den Jungen aus dem Zug, noch den aus dem *Wing & Thigh.*

»P-P-Pumphrey, du Drecksau, du schuldest mir f-f-f-fünfzig D-Dollar!« rief ich. »Und du schuldest mir…« Weil ich nicht wußte, wie ich den komplizierteren oder gröberen Schuldposten ausdrücken sollte, sagte ich einfach: »…noch viel m-m-mehr schuldest du mir, Pumphrey!«

Pumphrey setzte den Hut wieder auf und rückte den Kinnriemen zurecht. Er zeigte mit dem Finger auf mich. »Mach mal halblang, Kleiner. So wie du drauf bist, riskierst du eine verdammte Lippe.«

Doch ich war nicht mehr am Fenster, ich hastete den Mittelgang hinauf und sprang zur offenen Tür hinaus. Niemand kam auf den Gedanken, mich aufzuhalten, jedenfalls nicht schnell genug. Ich umrundete den Kühler des Bombers und trabte über die ›K-

Street‹, um Sergeant Pumphrey zur Rede zu stellen. Wie herbeigehext lag eine Waffe in seiner Hand – ein Schlag- oder Offiziersstock, den er wahrscheinlich aus dem Kanevasgürtel gezogen hatte – und im Näherkommen nahm ich diesen Stock aufs Korn, wie einen Teil von Pumphrey, der dringend amputiert werden mußte.

»Fünfzig Dollar!« kreischte ich. »Fünfzig Dollar und meine Stimme will ich wiederhaben!«

»Deine Stimme?« Pumphrey breitete die Arme aus, ging in die Beuge und ließ den Schlagstock wippen. Alle, die mir zusahen, mußten inzwischen an meinem Verstand zweifeln. »Du hast mir die Stimme gestohlen«, kreischte ich. »Du hast sie mir so t-tief reingewürgt, daß ich sie nicht mehr finden kann. Gib mir meine Stimme zurück!« Ich täuschte hierhin und dahin, und Pumphrey reagierte auf meine Scheinangriffe, als gehe es um Leben oder Tod, dabei pendelte sein Schlagstock wie ein Minensucher.

»Der Kleine ist übergeschnappt«, erklärte er den Soldaten. »Völlig übergeschnappt.«

Schön, wenn er so dachte. Ich stürzte auf ihn los, packte den Stock und riß. Pumphrey ließ nicht los, doch mein Gezerre ließ ihn eine volle Bauchlandung machen, einen Arm ausgestreckt als letzte stolze Verbindung zu seinem Knüttel.

Ich sprang immerzu rückwärts. Mit jedem Sprung traf ihn die Spitze meines Baseballschuhs am Kinn. Ein paar GIs rangen nach Luft, die meisten aber pfiffen und johlten. »Meine Stimme, du b-bist meine Stimme!« brüllte ich. Ich zog Pumphrey zu mir heran, ich schüttelte ihn wie einen Hund am Apportierstock.

Die Schweißsammler jubelten. Jedesmal, wenn Pumphrey eine Hand oder ein Knie unter sich gerafft hatte, um wieder hochzukommen, da streckte ich ihn mit einem neuen wilden Ruck auf den Bauch, und die verschwitzten GIs tobten wie ein Mann. Wenn mein wohlplaziertes Rucken ihn nicht am Boden halten wollte, sprang ich vor und trat ihm in die Kehle. Bei solchen Tritten jubelte die Truppe am lautesten.

Das alles hatte sich so schnell entwickelt, daß die anderen Hellbender keine Chance gehabt hatten, mich zurückzuhalten. Jetzt aber schrie Curriden: »Boles, du bringst uns noch alle in den Knast!« Er war vielleicht zehn Fuß hinter mir – mit noch fünf oder sechs anderen Kameraden hinter sich, die ihm den Rücken stärkten. »Jesus, *laß ab,* Junge!«

Aber die Soldaten waren voll auf meiner Seite, stießen gellende Pfiffe aus und grunzten. Ich wich meinen Kameraden aus und schleifte Pumphrey im Zickzack vor mir her, was ihn die Haut an den Ellbogen kostete. Er warf den Kopf von einer Seite zur anderen, um den kurzen Tritten zu entgehen. Ich spuckte auf ihn, hustete mir in den Mund, was ich auftreiben konnte. Er war mein Tanzschulpartner, dieser dekorierte Hundesohn mit den Winkeln am Ärmel, und ich hätte den ganzen Nachmittag mit ihm tanzen können. Pumphrey gab mir allerdings einen Korb. Er ließ los.

Ich stolperte ein paar Schritte rückwärts und fiel auf den Hintern. Die Schweißsammler rissen die Mäuler auf, dann wieherten sie los. Was für launische Fans ich hatte. Wie rasch sie die Kurve kriegten. Ich hatte den Gummiknüppel, doch Pumphrey sprang vorwärts und schlug mir den Handballen aufs Maul. Ausgerechnet Hoey krabbelte auf allen vieren dazwischen, und Curriden rettete meine Haut, indem er mich beim Arm packte und wie einen Sack Zwiebeln hinter sich schleuderte. Die anderen Hellbender reichten mich weiter, bis mich gut fünfzehn Yards und vier oder fünf Kameraden von dem zerschundenen Pumphrey trennten.

»Der Junge hat nicht alle Tassen im Schrank«, sagte

Pumphrey. »Man sollte ihm den Pimmel in die Nieren schieben.«

»Du hast mir meine Stimme genommen!« rief ich hinter Dunnagin.

»Was soll das? Sperr die Ohren auf, du Knilch. Du bist lauter als ein Kanonenschlag und sagst, ich hätte dir die Stimme genommen?«

»Die Stimme und fünfzig verdammte Dollars.«

»Der hat doch einen Dachschaden. Einen Knoten im Hirn.«

»Hab ich nicht«, rief ich. »Ich bin Popeye der Seemann. Ich bin stark ohne Ende, weil ich meinen Spinat esse. Ich bin P-P-Popeye der Seemann.«

»Tuuut-tuuut«, machte Turkey Sloan.

Pumphrey sah benommen drein, wie vor den Kopf geschlagen.

»Tenkiller«, rief ich. *»Tenkiller!«* Ich schwang mich von Dunnagin zu Nutter zu Muscles und zu Curriden, um Pumphreys Gesicht aus der Nähe zu sehen, das Gesicht aus dem Zug, das Gesicht aus dem Puff. Die Miene hangelte sich von Zorn über Leere zu hechelndem Verdruß. »Wenn du mein Geld nicht hast«, sagte ich, »dann nimm zurück, was du über meinen V-V-Vater gesagt hast.«

Pumphrey kehrte uns den Rücken. »Der Junge hat Fieber«, sagte er über die Schulter. »Bringt ihn ins Lazarett, bevor ein Heißsporn die 45er zieht und ...«

»Vorher geb *ich* dir die Kugel!« brüllte ich Pumphrey nach, zielte mit dem Zeigefinger und spannte mit dem Daumen. *»Peng!«*

Die Soldaten hüpften in eine Art Formation, derweil mich meine Kameraden abschirmten, damit es nicht zu einer neuen Konfrontation kam, und mich um den Bomber herumbugsierten und durch die Tür in den Bus schoben. Sie drückten mich auf einen Sitz, dessen Fenster aufs Lazarett blickte. Curriden keilte sich neben mich und quetschte mich über den Radbuckel.

»Wir können von Glück sagen, daß keine MP in der Nähe war«, meinte er. »Die hätten uns allesamt eingebuchtet – als verkappte Unruhestifter.«

»Miese Pimmel«, sagte ich.

»Was, zum Teufel, ist in dich gefahren? Das heilige Stimmwunder? Du hast fast soviel gequatscht wie Kaltenborn.«

Henry und Mister JayMac kamen aus dem Lazarett und stiegen in den Bomber. Mister JayMac blieb vorne im Mittelgang stehen und sah uns der Reihe nach an, derweil jenseits der ›K-Street‹ hundert schwarz eingetütete Menschen der Reihe nach von dem öligen Platz auf eine Holzrampe und von dort in das Qartiermeisterdepot hopsten.

Mister JayMac zog das Jackett aus und zeigte uns sein von Hitze, Kummer und Weiß-der-Teufel-was getränktes Frackhemd.

»Charlie Snow ist gestorben. Er hing genauso am Leben wie Sie oder ich, aber er hat in dem Wissen gespielt, daß es jeden Tag passieren konnte, und hat sich so gut wie möglich in acht genommen, damit es nicht passierte. Sein Glück – gewöhnlich stellte ihm Gott einen Schutzengel an die Seite – tja, sein Glück nahm sich heute frei. Zusammen mit Darius hat es sich aus dem Staub gemacht. Wir haben Mr. Snow verloren, und mein Bauch sagt mir, daß auch Darius seine Brücken zu uns abgebrochen hat. Es kommt mir so vor, Gentlemen, als ...«

»Darius ist doch nicht tot, oder?« sagte Trapdoor Evans.

»Nein«, sagte Mister JayMac. »Er hat sich verdrückt, wohin, weiß der Himmel.«

»Er könnte also zurückkommen«, sagte Evans. »Charlie kommt nicht zurück. Charlie hat keine Wahl. Darum kapiere ich nicht, warum Sie so über Darius lamentieren. Charlie ist gestorben, Sir, es war Charlie, der uns den nächsten CVL-Wimpel geholt hätte.«

»Nur zu wahr«, sagte Mister JayMac und fuhr nach einer Pause fort: »Das Bestattungsinstitut Endicott wird noch heute den Leichnam von Mr. Snow nach Highbridge holen und die Beisetzung für Donnerstagnachmittag vorbereiten – das ist fünf Stunden vor unserem zweiten Heimspiel gegen Quitman. Mr. Musselwhite geht ins Center. Mr. Evans, Sie machen den Leftfielder, und zwar so lange, bis ich Ihnen eine Pause verordne oder Sie endgültig auswechsle. Ich erwarte von jedem Anwesenden, abgesehen von Major Dexter, daß er an der Totenfeier und am Begräbnis teilnimmt. Henry wird uns nach Hause fahren. Ich bitte um absolutes Schweigen bis zur Ankunft.«

46

QUITMANS MOCKINGBIRDS WAREN in Highbridge, und uns stand eine Dreierserie ins Haus, jeden Abend ein Spiel von Mittwoch bis Freitag. Am Dienstag hatte Darius uns verlassen, am Dienstag hatten wir gegen Mr. Cozys Crew verloren, und am Dienstag war Charlie Snow gestorben, und am Tag darauf tanzten uns die Mockingbirds ganze neun Innings lang auf der Nase herum. Ein gnadenloser Hit nach dem anderen. Ein Kahlschlag an Base Hits, der uns gründlich zur Ader ließ und unseren verwöhnten Fans so reichlich Gelegenheit bot, uns auszubuhen, daß sie es bald müde wurden. Schließlich machte jeder Luftzug, der sich im Gebälk der Tribünen verirrte, mehr Lärm als unsere Fans.

Totenstill wurde es, als Milt Frye in der Mitte des siebten Innings um »ein Gebet im Gedenken an den fabelhaften Charlie Snow« bat. Keiner von unseren Fans hatte bis dahin von Charlies Tod gewußt. Kein Wunder, daß sie zuvor noch lauthals gefordert hatten, Trapdoor gegen Snow auszuwechseln. Diese Stille hatte etwas Fatalistisches. Wir waren etliche Runs im Rückstand, unser Starspieler war ›von uns gegangen‹, und die Stimmung in unserem Unterstand hätte düsterer nicht sein können.

Am nächsten Morgen erfuhren wir, daß uns die Niederlage gegen die Mockingbirds drei Punkte hinter die Gendarmes aus LaGrange geworfen hatte, die auswärts gegen Marble Springs gesiegt hatten. Die Gendarmes standen uns am Wochenende ins Haus, mit einem Doppel am Samstag und einem Einzel am Sonntagnachmittag. Sollten wir noch ein oder zwei Spiele gegen solche Versager wie die zusammengewürfelten Mockingbirds verlieren, dann mochte das – auch wenn wir uns noch so ins Zeug legten – den Gendarmes vorab den CVL-Wimpel von '43 sichern.

Am Donnerstag fand sich jeder eingeschriebene Hellbender in der Methodistenkirche am Alligator-Park ein, um an Charlie Snows Totenfeier teilzunehmen. Die Fans aus Highbridge trampelten den Kirchrasen nieder. Die meisten mußten draußen bleiben, da die Bänke für Hellbender und deren Familien reserviert waren und für die parfümierte Armee von Snows Kusinen, die eben erst aus Richland, Georgia, seiner Heimatstadt angereist waren. Sogar ein paar Mockingbirds tauchten auf, die Snows Spielweise bewundert hatten, und Mister JayMac, der die Trauerfeierlichkeiten organisiert hatte und wahrscheinlich auch bezahlen würde, führte sie zu Stühlen mit hohen, leiterförmigen Rückenlehnen, die hinter dem Hauptblock aus Bänken standen.

Außer den fülligen Kusinen (blonde Frauen mittleren Alters mit Schleier und pastellfarben bedruckten Kleidern) trauerte da natürlich noch eine andere Verwandte um Charlie Snow – seine Frau. Er hatte Vera Jo, eine ehemalige Cocktail-Kellnerin, 1931 in Cheyenne, Wyoming, geheiratet. Die Ehe war kinderlos geblieben … Nach dem Gottesdienst hakte Miss Giselle die weinende Vera Jo liebevoll unter, und auf dem Weg zum Friedhof hörte ich, wie Vera Jo ihr erzählte, daß Charlie aus Furcht, sie könnten einen hämophilen Jungen bekommen, kein Kind gewollt hatte. Bluter hatten nach seinem Dafürhalten einen zu dornigen Lebensweg, als daß man sie leichtfertig in die Welt setzen sollte.

»Ich hab ihn gefragt: *Charlie, wolltest du alles, was Liebe und Talent dir bedeuten, gegen ewiges Nichts eintauschen?* Aber er meinte: *Ich bin da; ich muß sehen, wie ich zurecht komme. Wer nicht da ist, braucht das nicht. Warum jemanden, der nicht da ist, mit diesem Dasein quälen?* Er sah das nun mal so. Jetzt, wo er nicht mehr da ist, wünschte ich mir eine ganze Horde kleiner Bluter, um die ich mich sorgen könnte.«

Vera Jo weinte, Miss Giselle nahm sie tröstend in den Arm, und der Friedhof quoll zwischen Mooreichen, Platanen und Pekanbäumen nahezu über vor Trauernden.

Muscles, Curriden, Sosebee, Hay, Sudikoff und Dunnagin ließen Charlie Snows Sarg an frischen gelben Seilen in die Erde hinab. Der Prediger hielt die Bibel hoch und sprach letzte Segensworte. Die Menge löste sich auf und fädelte sich zurück in die brütende Helle jenseits des Friedhofs. Henry und ich, die wir stocksteif am Pekanhain hinter Snows Grabstätte gestanden hatten, wollten uns den anderen anschließen.

»*Psssssst*«, zischte der Pekanhain. »*Psssssst.*«

Wir drehten uns um, Henry und ich. Ein Schemen hinter dem grünen, eselsohrig gefiederten Laub der tiefhängenden Pekanäste winkte uns heran und wich gleichzeitig zurück. Parkgärtner hatten den Hain mit einem Teppich aus Kiefernnadeln ausgelegt und mit Reihen von weißen Veilchen und sorgsam gestutzten Brombeerhecken durchzogen. Irgendeine anonyme Seele hatte sogar ein paar derbe Holzbänke aufgestellt, auf denen Hinterbliebene verweilen konnten.

Wie auch immer, der gebückte Schemen in dieser Kapelle aus gefiedertem Pekanlaub winkte noch einmal.

»Das ist Darius«, sagte ich baß erstaunt.

Wir blieben unauffällig hinter der abziehenden Schar von Trauergästen zurück und stahlen uns zwischen zwei Pekanbäumen in den Hain. Darius hatte sich wachsam wie ein Fuchs tiefer in das Wäldchen zurückgezogen, um schließlich hinter einem schorfigen Baumstamm haltzumachen, der dick genug war, um ihn zu verdecken. Er hob die Hand.

»Setzt euch da hin«, sagte er. »Tut so, als ob ihr euch ausruht.« Er meinte eine moosbewachsene Bank. Henry und ich setzten uns.

»Wo warst du die ga-ganze Zeit?« fragte ich.

Darius, der vielleicht zehn Fuß entfernt war, legte das Gesicht an die schorfige Rinde. Er umarmte den Stamm wie einen Menschen. »Ich habe bei Mister Cozy und den Splendid Dominicans unterschrieben«, sagte er. »Wir spielen morgen in Lake City. Nächsten Sommer könnte ich bei den *Memphis Red Sox* oder den *Kay-Cee Monarchs* sein. Als Spieler, Mister Henry – nicht bloß als Chauffeur. Als Spieler.«

»Mister JayMac wird Sie suchen«, sagte Henry.

»Wieso? Warum sollte er? Außerdem werde ich meinen Namen ändern und meine Positionen. Ich werde nicht bloß als Pitcher spielen.«

»Und was wird aus Euclid?« sagte Henry.

Diese Frage gab Darius zu denken. Mir auch. An Euclid, den kleinen Stiefbruder von Darius, hatte ich noch gar nicht gedacht, dabei war er der erste Hellbender gewesen, den ich bei meiner Ankunft zu Gesicht bekommen hatte. Bei Heimspielen fungierte er als Bat-Boy, er war der einzige schwarze Bat-Boy in der ganzen CVL. Er durfte nicht mit auf Tour, weil Mister JayMac keinen Einfluß darauf hatte, wie andere Städte auf den Jungen reagierten. Was McKissic Field betraf, so gehörte Euclid unbestritten zum Hellbender-Troß und wohnte mal bei Darius und mal in dem adretten kleinen Haus am Gemüsemarkt, in dem seine Mutter lebte – die Mutter von Darius, die zuckerbraune einstige Geliebte von Mister JayMac.

Trotzdem floß in Euclids Adern kein McKissic-Blut. Seine Mama, Detta Rae Satterfield, war von einem Beamten der *Railway Porter's Union* aus Atlanta geschwängert worden, der Detta Rae nicht viel später verlassen hatte, als es der Daddy von Darius getan hatte, ohne daß sie den um ein Jota mehr vermißt hätte als den anderen. Gerade mal über vierzig, als sie mit Euclid schwanger war, hatte sie das Kind als Trost ihrer späten Jahre geplant – doch der Wildfang von einem Jungen hatte sie an den Rand der Verzweiflung getrieben, so daß sie Darius und Mister JayMac gebeten hatte, sich der Erziehung und Versorgung des Jungen anzunehmen. Die beiden waren mehr oder weniger einverstanden gewesen, wobei Darius den Löwenanteil dieser Vormundschaft übernahm.

»Euclid hat seine Mama«, sagte Darius. »Er hat Mister JayMac und einen Haufen großer weißer Brüder.«

»Haben Sie ihm gesagt, daß Sie fortgehen?«

»Mein Gott, Mister Henry, wann denn? Er wird schon damit fertig, wenn er hört, daß ich da draußen endlich werfen und schlagen kann. Wenn Sie ihn sehen, Mister Henry, sagen Sie ihm das. Sagen Sie ihm, daß ich nicht seinetwegen fort bin, daß ich mich nur aus dem Joch der McKissics befreien mußte.«

»Ich werde ihm das ausrichten«, sagte Henry. »Aber haben Sie bedacht, daß er das Joch jetzt alleine tragen muß?«

»Sein Joch ist, daß er schwarz ist«, sagte Darius. »Er wird es zeitlebens nicht los.«

Eine braune Spottdrossel stöberte im Unterholz fünf oder sechs Fuß von Darius entfernt, plusterte das weißgefleckte Brustkleid und warf mit kleinen Zweigen und Kiefernnadeln um sich.

»Mr. Snow tut mir schrecklich leid«, sagte Darius. »Er war kein Angeber. Er hatte diese stille Art, die besser zu Wort kommt als das Getue der anderen. Deshalb bin ich gekommen. Um mich zu verabschieden – von Mr. Snow und von euch. Ich war mir nicht sicher, ob es klappt.«

»Es h-hat geklappt«, sagte ich.

»Ganz oben in meinem Wandschrank steckt ein kleiner gepackter Koffer«, sagte Darius. »Mister Henry, könnten Sie mir den Koffer herschaffen, heute abend, meine ich, nach dem Spiel, und ihn hier auf die Bank setzen? Ich würde ihn dann gegen Mitternacht holen.«

»Ist ihre Wohnung verschlossen?«

»Nein, Sir. War sie noch nie.«

»Geht in Ordnung«, sagte Henry. »Aber was drängt Sie mit einem Mal, McKissic House auf so abenteuerliche Weise zu verlassen?«

Darius schien überrascht. »Na ja, weil Mister Cozy mich gefragt hat, Mister Cozy bietet mir die Chance, etwas zu tun, was ich immer schon tun wollte.«

»Warum sind Sie nicht schon viel früher gegangen?«

Das ineinander verhedderte Pekanlaub schien den Blick von Darius förmlich hochzukurbeln. Darius suchte in all dem grünen Filigranwerk nach einer Antwort. Dann ging er in die Hocke und spurte mit den Fingern durch den Wall aus Kiefernmulch, den seine Schuhe aufstauten. Mir fiel auf, wie blank und fadenscheinig sein Hosenboden war.

»Besser spät als gar nicht«, sagte er schließlich und schielte zu uns rauf. »Aber warum *jetzt?* Gute Frage, Mister Henry. Ich glaube, weil mein Leben an einem kritischen Punkt ist, wie vor einem Inning, wo das Ganze noch so oder so ausgehen kann – je nachdem, ob der entscheidende Durchbruch gelingt und wem vor allem. Ich habe den richtigen Augenblick schon fast verpaßt. Wer weiß? Aber wenn ich ihn doch noch erwische, komme ich vielleicht aus dem kritischen Inning raus und spiele mich durch bis zu einem Punkt, wo ich wieder fit bin und keine Angst mehr vor dem Versagen habe.« Dann klang er zugleich zornig und den Tränen nahe: »Stoßt mich nicht noch mit der Nase drauf, daß ich jetzt erst merke, wie verdammt schwach und unsicher ich geworden bin. Laßt es einfach bleiben. Ich rühre mich ja. Ich bin dabei, meine Gelenke zu schmieren, mich für morgen fit zu machen. Genügt das nicht?«

»Eigentlich schon«, sagte Henry.

»Dann werft mir nicht vor, was ich selbst nicht erklären kann.«

»Wir machen dir keine Vorwürfe, Darius.«

»Krieg ich denn den Koffer, ja? Da ist Bares drin, etwas zum Anziehen und ein Päckchen *Eelskins*.«[1]

Eelskins?

»Keine Bange«, sagte Henry. »Sie können sich auf mich verlassen.«

»Ach ja!« sagte Darius. »Haben Sie noch die Wetteinsätze für das Spiel in Camp Penticuff, Mister Henry?«

»Das will ich meinen«, sagte Henry überrascht.

»Na ja, ich habe die Wette gewonnen. So habe ich es jedenfalls aus den Lautsprechern gehört. Ich könnte das Geld brauchen.«

Henry griff in die Innentasche seines Jacketts und zückte die Brieftasche.

»Nein, warten Sie«, sagte Darius. »Ich könnte es zwar brauchen, aber so wie das Spiel gelaufen ist, verhext durch diese verfluchten Fledermäuse und getrübt durch Mr. Snows Ableben, nein, da kann ich es nicht annehmen. Geben Sie es Mrs. Snow. Sagen Sie, ein Bewunderer ihres Mannes wolle sich erkenntlich zeigen.«

»Gut«, sagte Henry. »Das will ich gerne tun.«

»Gott segne euch. Lebt wohl.«

Darius hob die Hand zum Gruß, kehrte uns den Rücken und tauchte in den Hain. Er streifte Brombeerzweige, trat auf Kiefernnadeln, streifte die winzigen weißen Veilchen und machte weniger Lärm als die vertrackte braune Spottdrossel, die immer noch im Unterholz stöberte.

[1] *eelskin* = Aalhaut (oder ähnlich dünnes Material)

47

CHARLIE SNOW ZUR LETZTEN RUHE ZU BETTEN, das hatte uns Hellbender irgendwie aufgerüttelt. An diesem Abend gewannen wir gegen Quitman. Wir gewannen haushoch, fast so haushoch, wie wir tags zuvor verloren hatten. Sieg Nummer Eins für die Hochstapler – nur daß Mister JayMac nie einen so faulen Knute-Rockne-Witz* über die Lippen gebracht hätte; er sagte bloß, die ganze Saison wär zum Teufel, sollten wir noch mal gegen so offensichtlich Unterlegene wie Quitman, Lanett, Marble Springs und Cottonton verlieren.

Nach dem Spiel, als wir wieder in McKissic House waren, da schickte Henry mich den Koffer von Darius holen. Für ihn wäre es nicht leicht gewesen, unbemerkt zwei Treppen hinunterzusteigen und über die Muschelsplitter in der Garage des Braunen Bombers in die Wohnung von Darius zu tapern. Das war keine Drückebergerei, das war kluge Planung, aber es störte mich trotzdem, daß ich einlösen sollte, was Henry auf dem Friedhof versprochen hatte. Also stahl ich mich mit einem dummstörrischen Warum-immer-ich-Gefühl aus dem Haus.

In der Garage stapfte ich die Stiege zu Mr. Satterfields Wohnung hinauf und drehte den Türknauf. Unter mir schlief der Bomber wie ein Metallbär, der Winterschlaf hielt. Ein kreischender Spalt tat sich auf, und ich schob mich ins Zimmer. Das Licht durfte ich nicht anknipsen, weil man von drüben aus das Fenster einsehen konnte, und an eine Taschenlampe hatte ich nicht gedacht. Also prallte ich gleich auf ein Korbmöbel, das sich als Schaukelstuhl entpuppte, und fluchte lästerlich, bis sich der kleine Schmerz am Knie verzogen hatte. Ich tastete mich bis zu einem Tomatenkistentisch und von da bis zur nächsten Tür.

Im Bad war eine Kommode und ein schüsselgroßes Waschbecken mit freiliegenden Rohren. Ich fahndete mit der Hand, bis ich eine Schnur streifte, und zog daran. Eine Glühbirne flammte auf, und die fleckigen Wände, das Becken und die Kloschüssel nahmen den Glanz von altem Porzellan und rissiger grüner Farbe an.

Zwei mahagonifarbene Kakerlaken verkrochen sich.

Ich trat rücklings aus der Tür und ~~zog~~ sie zu. Von dem Licht blieb eine gelbe Ritze zurück, die vom Boden bis zum Türsturz reichte. In dem Sickerschein konnte ich mich orientieren, ohne gleich Angst haben zu müssen, daß draußen jemand stutzig wurde.

In dem Wohnraum – mit Bett, Schaukelstuhl und Eisenschemel, zwei umgestülpten Kisten und einer zusammengestückelten Garderobe – gab es nur einen einzigen richtigen Wandschrank. Der Koffer von Darius lag oben im Stauraum zwei Fuß über mir. Zu allem Überfluß lag er mit dem Griff zur Rückwand. Ich zog den Schemel heran, kniete mich hoch und langte nach dem Koffer.

»Was machst du da?«

Ich fuhr herum und wäre fast abgerutscht auf dem glatten Schemel. Ich grapschte nach dem Schrankrahmen und hielt mich fest. Dann machte ich Euclid aus. Er lag auf dem Bett, in Hellbender-Klamotten aber ohne Kappe und Schuhe, hochgestützt auf dem Ellbogen und mit weit aufgerissenen Augen. Jesses, war ich erschrocken!

»Was machst du da, Danny Bowes?«

»Mensch, Euclid …«

Er starrte nur rüber. Warum hatte er sich nicht gleich gemeldet und mich erschreckt? Ich kam mir vor wie ein Einbrecher.

Gestern und vorgestern abend hatte Euclid als Bat-Boy fungiert und nicht ein einziges Mal nach Darius gefragt. Aber Euclid redete sowieso nicht viel. Er versorgte die Schlaghölzer, schleppte Bälle und jagte erreichbare Fouls, und er hütete die Ausrüstung des Teams und die Apotheke. Wie ein Gespenst lauerte er am dunklen Rand unseres Blickfelds. So richtig wahrgenommen wurde er nur, wenn Sosebee und Evans Aufregung stifteten, weil sie danebengeschlagen oder Feldchancen verpfuscht hatten. Dann stauchten sie Euclid zusammen, weil er sich an ihrer Ausrüstung ›verging‹ oder nur schon, wenn er zwischen sie und den Kanvasbeutel geriet, dem sie gerade einen wütenden Tritt verpassen wollten.

»Was machst *du* denn hier, Euclid?«

»Ich hab zuerst gefragt.«

»Ja, ja, das hast du.« Ich schwang zum Schrank herum. »Ich soll das für Da-Darius holen.« Ich langte nach dem Koffer und erzählte Euclid, was in Camp Penticuff passiert war, bei dem Spiel, das trotz der Nähe des Camps ein Auswärtsspiel ohne Euclid gewesen war, – und ich erzählte ihm von unserer Begegnung auf dem Friedhof nach Charlies Beerdigung. Ich zerrte den Koffer heraus und stieg damit vom Schemel. Ich ging zum Bett und setzte ihn an Euclids Füße, die einen kräftigen Geruch verströmten.

»*Ich* möchte ihn bringen«, sagte er.

»Er ist schwer.«

»So schwer nicht. Bin stark genug.«

»Okay, wenn es dir nichts ausmacht.«

Es machte Euclid nichts aus, im Gegenteil. Was für mich eine elende Plackerei war, war für ihn ein Privileg, ein Abenteuer. Er zog seine schmutzigen Turnschuhe an, hievte den Koffer vom Bett und ging vor zur Stiege.

Er wankte die Stufen hinunter, zur Blechtür hinaus und durch die Hortensien- und Azaleensträucher am

Wagenschuppen, beide Hände am Plastikgriff und so breitbeinig wie ein Mann beim Holzhacken. Er würde vierzig Minuten wenn nicht länger bis zum Alligator-Park brauchen, aber er würde es schaffen und mir und Henry den Ausflug ersparen und Darius Gelegenheit bieten, sich persönlich zu verabschieden.

Wieder in McKissic House erzählte ich Henry von dem glücklichen Zufall. Er legte *The Nature and Destiny of Man* von Reinhold Niebuhr* beiseite und besah mich, als hätte ich ein Baby mit dem Schlabberlätzchen erdrosselt. »Er wird Mr. Satterfield betteln, ihn mitzunehmen, Daniel, und Mr. Satterfield muß ihm den Wunsch abschlagen.«

»N-n-nicht unbedingt.«

»Ich wette einen Monatslohn.« Henry kam mit einem »Uff« und einem Seufzer auf die Füße. »Und wenn er zurückkommt, wird er wütend oder untröstlich sein.«

»Jemand mußte doch gehen.«

Henry schlurfte ans offene Fenster, zwängte sich hindurch und setzte sich auf die oberste Sprosse der Feuertreppe und starrte, eine Schulter an der Hauswand, über den Victory-Garten hinweg, der sich zwischen McKissic House und dem spanisch anmutenden Bungalow von Mister JayMac und Miss Giselle erstreckte. So wie er da draußen saß und buch- und wortlos über die silbrigen Malvenstengel, die elefantenohrigen Kürbispflanzen, die Stangenbohnen und Tomatenstöcke hinwegblickte, drückte seine Schulter eine Welle aus Vorwürfen durch die vergammelten Schindelbretter – aber sie gingen mir nicht unter die Haut.

Ich legte mich schlafen.

Zwei oder drei Stunden später erwachte ich unter den typischen Setzgeräuschen eines Hauses und den scherbenkühlen Streicheleinheiten einer Mittsommernachtsbrise. Etwas wie Angst oder Instinkt ließ mich den Kopf heben. Trotz Dunkelheit sah ich, daß Henry nicht im Zimmer war. Das Fenster stand immer noch offen. Ich stützte mich auf, konnte aber nur zottige schwarze Baumwipfel und ein milchiges Gesprenkel von Sternen sehen. Keinen Henry.

»Henry?« sagte ich. »Henry?«

Vielleicht hatte er sich ja längst wieder ins Zimmer gezwängt und war eben mal den Flur hinunter zum Etagenklo. Nicht sehr wahrscheinlich allerdings; das Buch zeltete noch da auf dem Bett, wo er es abgelegt hatte. Ich krabbelte ans Fußende meines Bettes und spähte nach draußen.

Nach einer Weile stieg ich in meiner Unterwäsche aus dem Fenster und stand da und sondierte den Abfall unten am Haus (leere Farbdosen, ein schimmerndes altes Waschbecken, zerknüllte Zigarettenpäckchen, Papierhüllen von Schokoriegeln, ein Paar rostige Fahrradpedale). Dazwischen und an den Grundmauern sprossen Pflanzen (Sonnenblumen, Purpurwinde, Kermesbeeren, Mimosenwedel). Keine Spur von Henry.

Einen Moment lang war ich versucht, auf das Geländer der Feuertreppe zu klettern und wie ein mexikanischer Klippenspringer in die Nacht zu tauchen. Ich widerstand der Versuchung – was mir nicht weiter schwerfiel – und kletterte ins Zimmer zurück, um mir eine Zigarette anzustecken.

Henry kam und kam nicht zurück. Das nächste Mal wurde ich wach, als der erste Schimmer des Tages auf mein Kopfkissen kroch. Meine Lider klappten auf, und ich kippte mich ans Fenster.

Drei oder vier Sprossen unter mir hockte Henry, den Kopf gesenkt und die Schultern über die Knie gebeugt. Ich trommelte aufs Fensterbrett. Er hob den Kopf und peilte die Geräuschquelle an. Aus irgendeinem Grund hob er an, mit bebenden Lippen und Kehlsegeln wie eine Turteltaube zu gurren.

»Henry, wo warst du die ganze Na-Nacht?«

»Hier. Ich habe die frische Luft genossen.«

Eine Lüge. *Eine Lüge!* Die mir damals verschlagener und verletzender vorkam als die ganze verquaste Geheimnistuerei mit dem Kajak, dem Tagebuch und den Robert-Walton-Briefen. Warum belog er mich?

Stimmt ni-nicht, wollte ich sagen und stammelte sogar in Gedanken, doch eine lange Rattenschnauze spitzte aus Henrys Schoß, und ich brachte kein Wort heraus.

Die Schnauze gehörte einem Opossum. Henry hielt ein ausgewachsenes Opossum auf dem Schoß. Ich kletterte nach draußen, um es besser sehen zu können, und Henry lehnte sich mir zu Gefallen zurück.

Das Opossum fand keinen Gefallen an mir. Es zeigte mir die scharfen Zähnchen und fauchte so lautlos wie ein Katze. Die Öhrchen sahen aus wie grauschwarze Blätter, an denen eine hungrige Raupe gefressen hatte, und der Schwanz wie ein steifes weißes Gummikabel, das jemand mit einem Radiergummi verschmiert hatte. Von der Schnauze und den schwarzen Perlaugen standen weiße und schwarze Barthaare ab. In einem Schönheitswettbewerb hätte es nur gewinnen können, wenn in der Jury etliche Opossums gesessen hätten, doch ins Feuer gelegt hätte ich meine Hand nicht dafür.

»Opossums sind stroh-d-dumm«, sagte ich. »Ein Gehirn so groß wie'n Kartoffelkäfer.« Ich stieg noch ein zwei Sprossen tiefer. Das Opossum zeigte mir wieder die Zähne.

»Vielleicht doch ein bißchen größer«, meinte Henry.

Ich fuchtelte mit der Hand. Das Opossum fuhr zurück, das rosa Nasenbällchen vor Wut oder Angst gerümpft. Henry streichelte ihm den Rücken und gurrte wieder wie eine Turteltaube. Mich ärgerte, wie er das Tier hätschelte. Ich langte vor und schnippte nach dem Näschen.

»Daniel!«

Das Opossum sprang entsetzt aus Henrys Schoß und floh die Sprossen hinunter; doch die kurzen Beine im Verein mit den Abständen zwischen den Sprossen machten es viel zu schnell. Einen Augenblick lang befürchtete ich, es könnte ins Dunkel hinausschießen und wie ein Pelzbömbchen in das Durcheinander aus Abfällen und Pflanzen stürzen – aber nach drei oder vier halsbrecherischen Sätzen verkeilte es sich mit Kopf und Vorderbeinen zwischen zwei Geländerdokken und wurstelte sich mit den rosa Händchen über die gähnende Lücke bis zur nächsten Sprosse. Von da an hoppelte es die ganze restliche Feuertreppe hinunter und verschwand in unserem Victory-Garten.

»Du hättest sie töten können«, sagte Henry.

»Du hast mich belogen. Du hast hier n-nicht die ganze Nacht gesessen. Das kann nicht sein.«

»Ich habe einen Spaziergang um den Hellbender-Weiher gemacht. Ich bin Pearl begegnet. Ich habe sie mitgebracht, um mit ihr den Ausblick zu genießen.«

»P-Pearl?«

»Das arme Beuteltier, dessen Leben du eben aufs Spiel gesetzt hast. Sie hatte Babies dabei – Junge. Du hast sie alle in Gefahr gebracht.«

»Ich habe keine B-B-Babys gesehen, Henry.«

»Sie hatte trotzdem fünf oder sechs. Sie trägt sie im Brutbeutel. Wer weiß, vielleicht sind sie bei dem Bauchklatscher verletzt oder getötet worden.« Er stieg zum Fenster hinauf und duckte sich hindurch wie King Kong durch den Schlitz in der Waschpulverschachtel.

Henrys Verdruß hielt mich ab, seiner Lüge weiter auf den Grund zu gehen. Er hatte bestimmt nicht die ganze Nacht damit zugebracht, rund um den Weiher zu spazieren und ein Opossum mit auf die Feuertreppe zu nehmen. Aber wenn doch, dann hatte ich ihn der Lüge bezichtigt und mich wie ein kleinkarierter Rohling benommen, der nach einem Sündenbock suchte.

Am Nachmittag – es stand uns das dritte und letzte Spiel gegen Quitman bevor – kam Mister JayMac in die Kantine. Er hatte Euclid bei sich, genaugenommen hielt er das verängstigte, verwahrloste und hilflose Kerlchen im Schwitzkasten. Mit den Knöcheln der freien Hand rubbelte er – sanft – in Euclids Kraushaar. Man hatte allerdings das Gefühl, daß eine plötzliche Bewegung des Jungen diese sanfte Berührung in ein schmerzhaftes Radieren verwandeln würde.

»Darius ist schon bald drei Tage verschollen«, sagte Mister JayMac. »Hat ihn irgend jemand zu Gesicht bekommen seit Dienstag?«

Ich warf einen Blick ans Kopfende des Tisches, wo Henry hinter seiner Dinnerplatte saß, auf der sich ein Gebirge aus Kürbis, Kohl, geschmorten Auberginescheiben und Popcorn-Okra türmte. Er bemerkte meinen Blick und schüttelte kaum merklich den Kopf.

»Wie steht's denn mit Euclid?« fragte Sosebee. »Weiß der Schlingel was?«

»Behauptet, nein«, sagte Mister JayMac. »Vielleicht kohlt er. Aber im Moment frage ich nicht Euclid, sondern euch hier.«

»Darius meldet sich weder ab noch an bei uns«, sagte Trapdoor Evans. »Warum sollten wir mehr wissen als der Junge?«

»Also gut«, sagte Mister JayMac. »Von jetzt an betrachte ich Darius Satterfield als AWOL.«

»Als was?« sagte Fadeaway Ankers.

»Absent without leave«, sagte Muscles. »AWOL.«[1]

»Sind wir hier beim Militär?« Das *Militär* kam Henry über die Lippen wie einem Holy-Roller das Wort *Anglikanisch.*

»Soweit es meine Auffassung von Treuepflicht betrifft, ja«, sagte Mister JayMac. »Schlimmer noch, Darius scheint desertiert zu sein.«

---

[1] *absent without leave* = abwesend ohne Erlaubnis / deutsche Militärfloskel: unerlaubtes Entfernen von der Truppe, eigenmächtige Abwesenheit

»Wobei mir einfällt...« Fadeaway sah Henry an. »Du hast immer noch unsere Wetteinsätze, Jumbo. Wir hätten sie gerne zurück.«

»Ihr habt die Wette verloren, das Geld gehört euch nicht mehr.«

»*Dir* gehört es bestimmt nicht, Jumbo. Also gib uns zurück, was uns gehört hat.«

»Ihr habt die Wette verloren«, wiederholte Henry. »Das Geld soll Charlie Snows Witwe bekommen.«

»Auf wen geht diese Entscheidung zurück?« sagte Mister JayMac. »Für Vera Jo ist gesorgt, das können Sie mir glauben, Mr. Clerval.«

Auf wen? Mein Blick flog wieder zu Henry. Ob er jetzt zugab, daß er gestern nach der Beerdigung noch mit Darius gesprochen hatte?

»Wollen Sie gutheißen, Sir, daß der Einsatz einer verlorenen Wette in die Taschen der arroganten Verlierer wandert? Ich kann das so wenig gutheißen wie diesen bedauerlichen Hang zum Wetten.«

Mister JayMac war in der Zwickmühle. Als Euclid zappelig wurde, machte er den Schwitzkasten enger, und der Junge gab Ruhe. »Wer ist dagegen, daß Mrs. Snow das Geld bekommt?«

»Jesus«, sagte Fadeaway. »Ich bin nicht versessen drauf.«

»Okay, meinetwegen«, brummte Evans.

Jerry Wayne Sosebee sagte: »Soll sie es haben. Witwe ist Witwe. Sie hat die Bibel auf ihrer Seite.«

»Ich werde ihr das Geld geben.« Henry sagte nicht wie oder wann, und danach fragte auch niemand, weil auf Henrys Wort nun mal Verlaß war – was mich reumütig an das Opossum denken ließ.

Mister JayMac ließ Euclid los, der sich sofort den Hals massierte. »Augen auf. Wer Darius sieht, sofort melden. Seine Tür hat inzwischen ein neues Schloß. Irgendwer, vielleicht Darius, ist diese Nacht in der Wohnung gewesen und hat ein paar Sachen mitgehen lassen. Euclid sagt, er war's nicht. Jedenfalls hat da keiner was verloren. Zutritt verboten!«

Was mich ans *Wing & Thigh* erinnerte.

»Wenn Euclid nicht bei seiner Mama schläft, dann auf der Küchenveranda. Nehmt ein bißchen Rücksicht, wenn er da draußen liegt.«

»Wird gemacht«, sagte Muscles in seiner Funktion als Captain.

»LaGrange hat gestern wieder die Seminoles geschlagen«, wechselte Mister JayMac das Thema. »Wir sind immer noch drei Punkte im Rückstand. Wir müssen wieder gegen Quitman gewinnen, damit sich die Wochenendserie gegen die Gendarmes lohnt – damit wir den Rückstand komplett aufholen.«

»Kann ich gehen?« sagte Euclid.

Mister JayMac machte eine Handbewegung, die einem summenden Maikäfer hätte gelten können, und Euclid rumste durch die Küchentür. Ein paar Steine kullerten von der Halde, die mir auf dem Herzen lag. Euclid, der ziemlich unter Druck gewesen war, hätte, was meinen mitternächtlichen Besuch über dem Wagenschuppen anging, allzu leicht auspacken können.

»Hat sich schon jemand den Spielplan ab Sonntag angesehen?« fragte Mister JayMac.

»Nächste Woche spielen wir wieder gegen LaGrange«, sagte Muscles. »Zwei Auswärtsspiele gegen die Gendarmes und dann noch drei in Cottonton.«

»Wenn wir heute abend gegen die Mockingbirds verlieren und mit falschrum eingehängten Beinen gegen die Gendarmes spielen, könnten wir bis Donnerstagabend acht oder neun Punkte hinter Platz Eins liegen – bei weniger als einem Monat, um das wieder wettzumachen.«

»Betonen wir das Positive, Sir«, riet Muscles. »Die letzten drei Heimspiele der Saison sind auch gegen die Gendarmes.«

»Sollten wir bis Freitagabend acht oder neun zurückliegen, dann ist die letzte Serie kein Zuckerschlecken, Mr. Musselwhite.«

»Nein, Sir, vermutlich nicht.« Alle saßen still da und grübelten über die strategische Bedeutung der nächsten Spiele – *Crunch-Time*[1] würden die Sportjournalisten heute sagen. Dann meinte Muscles: »Wir werden Charlie noch bitter vermissen, Sir.«

»Wenn Sie schon vorher nach einem Alibi suchen…«

»Ich suche kein Alibi«, sagte Muscles pfeilscharf. »Alibi oder nicht, wir werden Charlie bitter vermissen.«

»Wir haben einen Listenplatz zu besetzen«, sagte Dunnagin. »Wir können nicht die nächsten zehn oder zwölf Spiele mit neunzehn Leuten bestreiten, wenn LaGrange und alle anderen zwanzig haben.«

»Ich arbeite daran.« Mister JayMac rumste durch die Küchentür. Wir waren froh, daß wir weiterfuttern durften, und Kizzy brachte auf dem großen lackierten Holzgestell drei warme Pfirsichtorten.

Wir gewannen gegen Quitman. Henry schlug zwei strahlende, kometengleiche Home Runs, und ich schlug in fünf Innings einen einzigen lumpigen Single und bekam nicht mal einen Run gewertet.

Nachts hörte Henry mich weinen und setzte sich auf. »Du hast deine Sache gut gemacht, Daniel. Dir ist kein einziger Fehlschlag unterlaufen. Die Hellbender haben gesiegt. Kein Grund zu weinen.«

»Hat n-n-nichts mit dem blöden Spiel zu tun.«

»Was macht dir denn solchen Kummer? Der Tod von Mr. Snow? Daß uns Mr. Satterfield verlassen hat? Das Schicksal von Euclid?«

---

[1] *crunch* = (mit den Zähnen) knirschen

Wer wäre da nicht niedergeschlagen gewesen? Anlaß gab es genug.

»Komm schon.«

»Mein V-V-Vater«, sagte ich. Ja, es war wegen Daddy. Zum Teil wenigstens. Zum größten Teil vielleicht.

48

Früh am nächsten Morgen taperte ich die Treppen hinunter und auf die Veranda hinaus, die auf die Angus-Road ging, und setzte mich in einen Schaukelstuhl, um frische Luft zu schöpfen und die Schatten loszuwerden, die in meinem Kopf spukten. Der Rasen lag frisch gemäht und taunaß. Eine graue Spottdrossel tippelte über die Grasschnipsel und fahndete nach einer Grille, einer Raupe oder einem Regenwurm. Ich hatte vielleicht zehn Minuten zugesehen, wie verschiedene Spottdrosseln oder Eichelhäher auf der Wiese landeten, als jemand auf einem Fahrrad in die Einfahrt bog und die Zufahrt heraufgestrampelt kam.

Die Radfahrerin trug einen geschlitzten Khakirock, kurze Socken und ›Streifenwagen‹, wie die Kids solche Schuhe nach dem Krieg tauften. Sie stellte sich in die Pedale, um die Steigung zu nehmen, und das Fahrrad fietschte und klapperte und krängte von einer Seite auf die andere wie ein Boot bei Wellengang. Die Reiterin dieses Drahtesels war Phoebe. Wie ein heißes Eisen ließ sie das Rad fallen und sprang die Stufen zur Veranda herauf.

»Danny, hast du Miss LaRaina gesehen?«

So eine Frage – um sechs Uhr dreißig in der Früh, und das an einem Sonntagmorgen – war wie ein Überfall.

»Meine Mutter«, setzte sie hinzu.

Ich hatte sie schon verstanden, war nur nicht darauf vorbereitet gewesen, so früh schon Rede und Antwort stehen zu müssen. Ich schüttelte den Kopf.

»Heißt das nun, daß du sie nicht gesehen hast, oder

daß du nicht glaubst, daß sie hier ist, oder nur, daß du nicht reden willst?«

»Ich hab sie nicht gesehen.«

»Du meinst, sie könnte hier sein?«

»K-keine Ahnung.«

»Hör zu. Als ich gestern abend schlafenging, da war sie noch nicht zurück, und heute morgen war sie auch nicht da. Ihr Bett gibt mir keinen Anhaltspunkt, weil sie es so gut wie nie macht.«

Das Zucken unter ihren rotgeränderten Augen brachte mich aus der Fassung.

»Ob sie diese Nacht Musselwhite vernascht hat? Oder Curriden? Oder mit wem, zum Teufel, sie zufällig nach Hause gegangen ist?«

»Keine Ahnung.«

Phoebe ging auf dem Beton der Veranda auf und ab. Ich hatte sie schon aufgebracht erlebt, aber nicht so aus dem Häuschen. Sie blieb stehen, die Hände auf den Hüften.

»Na, soll ich vielleicht da reingehen und ›Mama, o Mama‹ rufen, ›komm doch bitte nach Haus‹?«

»Keine Ahnung. Du würdest be-bestimmt ein paar Jungs in U-Unterwäsche aufscheuchen.«

»Au fein. Stinkige Männer in Schmuddelhöschen.«

»Wir du-duschen, Phoebe.«

Phoebe reckte komisch den Kopf. »Auf der Beerdigung von Mr. Snow, da hast du nicht ein einziges Wort zu mir gesagt – nicht mal ein läppisches Hallo.«

»Ich hab dir *zugenickt*. Das war eine Beerdigung und k-keine Eiscremeparty.«

»Weißt du, als du *nicht* reden konntest, da warst du viel süßer – höflicher, charmanter.«

»Pfui!«

Phoebe nahm keine Notiz von meiner Empörung. »Du meinst also nicht, daß ich da rauftrapsen und nach meiner Mama rufen soll?«

»So ist es, Ma'am.«

Plötzlich – richtig plötzlich – fiel Phoebe vor mir auf die Knie, und ihre kleinen, kräftig aussehenden Hände faßten meine Oberschenkel. »Bring mich hier weg, Danny. Fahr mich nach Hause.«

Das tat ich. Phoebe saß auf der rüttelnden Lenkstange, den Rock um die morgenroten Knie gerafft, derweil ich in die Pedale trat. Nicht ein einziges Mal auf der ganzen Fahrt bekam ich den Hintern auf den leberförmigen und –braunen Sattel, aber der Drahtesel warf uns nicht ab, und Phoebe lud mich auf eine Cola ein.

»Nein, danke. Ich hab n-noch nicht gefrühstückt.«

»Und wenn ich nun *Kirsch*-Cola sage, Danny? Könnte dich das über Kizzys Melonen und Brötchen hinwegtrösten?«

Irgendwie geködert fand ich mich unversehens im Wohnzimmer des angemieteten Schmuckkästchens der Pharrams wieder. Ich wußte so gut wie Phoebe – wenn nicht besser –, daß ich wie eine Forelle am Haken hing, doch keiner von uns wußte, wann ich angebissen hatte und wo ich landen würde. Wir sahen uns eine Minute lang an.

Dann – wie ein kleines Mädchen am Pool, das sich aus dem Kittelkleidchen befreit – zog Phoebe ihre Bluse aus und stand im BH da – im *Büstenhalter*, der allerdings mehr eine dünne Bandage war als die Doppelschleuder, die ich erwartet hatte. Sie sah zerbrechlich aus, verwundet fast; in dem rotweiß getupften Tuch erinnerte sie an den kleinen Pfeifer auf diesem berühmten Gemälde mit der Trommler-und-Pfeifer-Gruppe aus dem Freiheitskrieg. Inzwischen nestelte Phoebe in ihrem Rücken herum, bis die Bandage fiel. Mindestens drei Hellbender – nämlich Fanning, Sudikoff und Hay – hatten größere Brüste als Phoebe, aber der Anblick dieser beiden – birnenförmig und keck, wie sie waren – verschlug mir nicht weniger den Atem, als es ein Sonnenuntergang bei einem spät von seiner Blindheit geheilten Menschen vermocht hätte. Phoebe nahm mich bei der Hand und führte mich in ihr Schlafzimmer, wo ihr Bett – anders als das ihrer Mama – von einer hübschen Decke geziert wurde, auf der am Fußende eine ordentlich gefaltete Steppdecke lag. Sie schlug die Zierdecke ganz zurück, wobei die kecken Birnen sich kaum verformten, als sie sich vorneigte. Doch wie selig machte mich ihr Anblick.

»Jetzt du«, sagte Phoebe und sah mich ungeniert an.

»Was hast d-d-du vor?«

»Nur was man auch im *Wing & Thigh* macht.« Sie druckste einen Moment lang. »Frisch, frank und fröhlich.«

»Wir sind ni-nicht verheiratet. Und ich dachte, du wolltest, da-daß das beim ersten Ma-Mal ein Soldat sein sollte.«

»*Verheiratet!* Ich wette, der meiste Sex hat damit nichts zu tun und auch nicht viel mit Liebe. Lokale wie das *Wing & Thigh* sprechen Bände. Auch meine nimmersatte Mama.« Phoebes Stimme wurde weich. »Ich hab dich einfach gern, Junge. Ist nicht dein Fehler, wenn du kein Soldat bist. Zieh das Hemd aus.«

Das machte ich. Meine Brust sank aufs Brustbein, eine fiebrige Gänsehaut überlief mich.

»Weiter«, sagte Phoebe. »Das nimmst jetzt du in die Hände. Vorausgesetzt, du hast mich *auch* gern.«

Auf dem kleinen Pult neben ihrem Rollbett stand eine alte Royal-Schreibmaschine und die Fotografie von Captain Luther Trent Pharram in Uniform und Dienstmütze. Ich setzte mich in den Stuhl, der davorstand, drehte mich so, daß ich die Spitzelaugen des Captain nicht sehen konnte, und knotete mir die Schuhe auf. Es gibt nicht viel, was so lächerlich aussieht wie ein erwachsener Mann mit Schuhen, der die Hose runterläßt. Derweil ich die Schuhe von den Fersen schob, steuerte Phoebe in ihren ›Streifenwagen‹ zur Tür.

»Wo gehst du hin?«

»Mama verwahrt die French-Letters im Schubfach an ihrem Bett.«

»Ich kann kein Französisch.«

»Meine Güte, Danny, da brauchst du kein Parlez-vous. Mach dich nackig, bis ich zurück bin. Auch wenn Miss LaRaina die halbe Zeit läufig ist, heißt das nicht, daß wir den halben Tag Zeit haben.«

Ich kapierte nicht alles, was Phoebe eben gesagt hatte. *French-Letters. Parlez-vous.* Nur, daß ich tun sollte, was ich immer getan hatte, bevor ich in den Tenkiller-Bach gestiegen war, – also stieg ich aus sämtlichen Hosen. Und weil es einfach besser aussah, rollte ich die Kniestrümpfe runter und streifte sie – schlipp-schlapp – von den Füßen.

Als Phoebe zurückkam, trug sie nur noch ein grünes seidiges Höschen. Sie war kaum stärker in der Hüfte als ich, aber ich fand, sie hatte mehr Sex als tausendundeine Venus auf ebenso vielen Perlmuschelschalen. Ein Sperling in der Hand ist mehr wert als zwei Tauben auf dem Dach – und ein Sperling mit Muschi soviel wie eine Taubenkolonie. Was mich anging, so hielt ich mich beidhändig bedeckt. Was nicht weiter schwer war, weil sich da nichts regte. Bis jetzt hatten mich die Umstände unseres Schäferstündchens – die frühe Stunde, das fremde Schlafzimmer, die komische Holterdiepolter-Tour von Phoebe – mehr verstört als erregt. Fehlte nur noch, daß mir jemand einen Aschenbecher über den Kopf drosch.

»Ich seh ja vielleicht knabenhaft aus, Daniel, aber ich funktioniere schon wie eine Frau. Du mußt das überziehen.«

»Was?«

»Den French-Letter.« Sie zeigte mir ein bronzenes Päckchen von der Größe einer Fünfzig-Cent-Münze, nur dicker. Ich wußte gleich, was das war. Die gab es auch in Oklahoma.

»Das ist ein Gummi.«

»Na, meinetwegen, das klingt zwar schäbig, aber überziehen mußt du ihn trotzdem.«

Zum ersten Mal, seit diese ganze schusselige Episode begonnen hatte, wurde ich rot. Die Röte ergoß sich von den Ohren ins Gesicht und erfaßte im Nu Hals, Brust, Oberarme und Bauch, als hätte jemand einen Kübel Terpentin über mich ausgegossen.

Phoebe sagte: »Willst du oder willst du nicht?«

»Ich n-nicht. D-d-du denn?«

»Warum, zum Hosenträger, glaubst du, laß ich mich von dir heimstrampeln? Warum steh ich hier fast wie Eva im Paradies?«

»Phoebe, ich will nicht.«

Meine Antwort muß sie hart getroffen haben, aber Phoebe ließ keinen Moment von der Rache ab, die sie nehmen wollte (nicht *an* mir diesmal, aber *durch* mich). Sie fuhr mit zwei Fingern in den Bund des Höschens und streifte es schwups auf die Beine und von dort auf die Füße. Dann stand sie nackig da. Keinen dreieckigen Busch zwischen den Beinen, bloß ein runzliges rötliches Karo inmitten von Blässe, so daß sich die Haare besonders plastisch abhoben – alles in allem so hübsch wie ein verschlissenes Special-Service-Force-Abzeichen mit einem Haufen abstehender Fäden. Ich starrte es an und zitterte.

»Zeig her«, sagte sie. »Ist sonst nicht fair.«

Ich nahm die Hände weg. Phoebe hatte das Päckchen geknackt und kniete sich mit dem Gummi hin. Ich fühlte allerdings nichts Steifes, ich fühlte mich nur bevormundet und fehl am Platz. Phoebe nahm mich in Augenschein, kippte den Kopf von einer Seite auf die andere.

»Das soll keine Beleidigung sein, Danl, aber das erinnert mich jetzt an den Schnabel und die Kehllappen eines Truthahns, weißt du?«

Ich sah an mir hinunter: adrige rosarote Kehllappen

und mittendrüber ein schlapper Schnabel. Mein Schamhaar war schütterer und spärlicher als Phoebes, meine verschüchterte Ausrüstung so nutzlos wie ein Türknauf aus Seidenpapier. So bloßgestellt und beschämt hatte ich mich noch nie gefühlt.

»Wie soll ich dich da reinkriegen? Da könnte ich auch einen Pfeifenreiniger in einen Einmachgummi wickeln.« Phoebe tastete. »Oh!« sagte sie. »Guck mal, der Schlingel wächst ja.«

Wir landeten auf ihrem Bett. Jeder bemühte sich, auf den anderen einzugehen und ihm Freude zu bereiten, ganz so wie es die Erwachsenen angeblich machen. Phoebes Leib wollte nicht, was Phoebe wollte. Ihr Gesicht – die verspannten Lippen, die geweiteten Augen – verrieten, wie sehr sie sich anstrengte. Auch ich strengte mich an – Abstand von ihrem zerbrechlichen Brustkorb zu halten, steif zu bleiben, mich in ihre Trockenzone zu schieben und nicht das Weite zu suchen.

»Warum machen Menschen so was?« sagte Phoebe.

»Um weitere Menschen zu machen«, sagte ich. (Damals konnte ich mir nicht vorstellen, daß es in dieser Gleichung auch einen Platzhalter für etwas derartiges wie Vergnügen gab.)

»Da würde ich lieber adoptieren. Oder ... oder kinderlos sterben.«

Eine Brise, die durchs Zimmer strich, trocknete mir den rückwärtigen Schweiß. Ich fröstelte und fröstelte noch einmal.

»Tu's nicht!« schrie Phoebe. Dann: »Es muß doch einen einfacheren Weg geben – *angh* – um andere Menschen zu machen. *Angh.* Muß es. *Annnggh!*«

Ich kam, was sich weder für Phoebe noch für mich als besonders beglückend herausstellte – auch nicht für den guten Ruf, den dieser Akt genoß. Seit meiner Ankunft in Highbridge hatte ich vor dem Frühstück freilich noch nichts Interessanteres erlebt, vielleicht sogar seit meiner Geburt, ehrlich – aber interessant ist nicht dasselbe wie beglückend, und ich fragte mich, ob Henrys Schöpfer mit seiner sexlosen Vaterschaft nicht am Ende auf etwas durchaus Gescheites und Nützliches gestoßen war.

Phoebe ließ den Kuß abrutschen, den ich ihr auf die kalte Stirn pflanzen wollte. Ich stieg aus dem Bett, las meine Sachen auf und ging ins Bad, um den baumelnden Gummi loszuwerden, mich abzuputzen und wieder anzuziehen. Als ich in Phoebes Schlafzimmer zurückkehrte, lag sie noch da, wo ich sie verlassen hatte, das Laken über den Busen gezogen und die Augen mit einem sommersprossigen Unterarm beschattet. Wieso hatten wir uns nicht aneinander entzündet? Normalerweise kräuselt wenigstens ein bißchen Rauch auf, wenn man zwei Holzstöckchen aneinander reibt.

»Okay«, sagte sie, ohne mich anzusehen. »Jetzt erzähl es *allen*. Jedem Hellbender, jedem Baseballspieler, jedem idiotischen Fan.«

»Ich schweige wie ein Grab.«

Phoebe setzte sich, ohne das Laken loszulassen, auf. »Ich *will*, daß du es erzählst, Danny. Ich *will*, verstehst du?«

»Ein Gentleman t-t-tut das nicht.«

»Dummes Zeug. Ein Gentleman speist auch nicht im *Wing & Thigh*.«

»Ha-hab ich ja auch nicht.« Phoebe und ich befanden uns in verschiedenen Sackgassen desselben Irrgartens. »Und außerdem würde mich M-M-Mister JayMac lynchen, Phoebe.«

»Sieh zu, daß du Land gewinnst, du Muttersöhnchen! Hau ab! Ich hoffe, so ein Schleimpimmel wie du läuft mir nie mehr über den Weg!« Sie weinte nicht, aber die Unterlippe stülpte sich wie bei einem Schimpansen.

Ich drehte mich um, ging durchs Haus und riß die Fliegendrahttür zur Veranda auf.

»Du Waschlappen!« schrie sie mir hinterher. »Erzähl

allen, wie du hier warst und mich gebumst hast – und laß ja keinen aus!«

Ich torkelte ins Freie und gab Phoebes Fahrrad einen Tritt. Dann pilgerte ich nach McKissic House – durch Cotton-Creek, vorbei an einem Zipfel des Alligator-Parks und querbeet durch den Gemüsemarkt mit all seinen Ständen und den ersten Anzeichen von Leben.

49

An diesem Samstagnachmittag stand ein Doppel gegen die Gendarmes an, das dritte Spiel fand am nächsten Tag statt, und dann folgte eine Zweierserie ab Mittwoch in LaGrange. Fünf Spiele in sieben Tagen gegen den führenden Verein der Liga bei bloß noch einer einzigen Gelegenheit, ihn beim Wickel zu pakken, und das war jene Dreierserie in Highbridge kurz vor Toresschluß, also Ende August.

»Jetzt heißt es Sieg oder Tod«, sagte Vito Mariani kurz vor dem Eröffnungsspiel.

»Sieg oder Tod«, spottete Turkey Sloan. *»Sieg oder Tod.* Herrgott, ist das Spaghettilyrik?«

»Die Parole heißt wirklich Sieg oder Tod«, sagte Mariani. »Verlieren wir heute auch nur *ein* Spiel, holen wir keinen Schritt auf.«

»Diese bodenständigen Erdenbürger kann man nicht mit Phrasen anfeuern – mit Blabla und Gemeinplätzen.«

»Ich muß niemanden anfeuern«, sagte Mariani. »Das ist Mister JayMacs Aufgabe. Aber der läßt sich ja nicht blicken.«

»Sieg oder Tod.« Turkey Sloan schüttelte den Kopf. »Gentlemen, verzeiht dem armen Vito. Er hätte sagen sollen – sagen *dürfen* – ›Jetzt oder nie‹ – ›Wachst über euch hinaus oder geht unter‹ – ›Haut sie in die Pfanne oder geht baden‹, aber alles was sein unterentwickeltes Spaghettihirn zustandebringt ist *Sieg oder Tod.*«

»Halt die Klappe, Sloan«, sagte Creighton Nutter, »oder ich zieh dir einen Tageslohn wegen sinnloser Maulerei ab.«

Nicht *Pssst*, sondern *Halt die Klappe.* Denn Mister JayMac hatte die Stadt verlassen, um Ersatz für Charlie Snow zu besorgen. In seiner Abwesenheit fungierte Nutter als Manager – mit der Vollmacht, uns einzusetzen, wie er wollte, den Unterstand nach seinen Vorstellungen zu regieren und, falls erforderlich, Stümper, Faulenzer und Unruhestifter mit Geldstrafen zu belegen. Sloan hielt die Klappe. Er wußte, daß Nutter nicht lange fackelte.

Tja, ob man es nun mit Marianis *Sieg oder Tod* oder mit Sloans *Jetzt oder nie* halten will, wir verloren das Eröffnungsspiel gegen die Gendarmes und taten vier Schritte rückwärts. Roric Gundy pitchte neun Innings für unsere Gegner und verschenkte gerade mal drei Hits und einen Run. Inzwischen ›telegraphierte‹ er seinen Curve nicht mehr – jemand mußte ihn endlich über sein verräterisches Ausholmanöver aufgeklärt haben. Ich schlug zweimal daneben, weil ich Phoebe nackt auf dem Bett knien und schreien sah: *Erzähl allen, wie du hier warst und mich gebumst hast – und laß ja keinen aus!*

Mit Jerry Wayne Sosebee auf dem Hügel und mehr Erfolg beim Schlagen gewannen wir das zweite Spiel und landeten bei drei Punkten im Rückstand, genau da, wo wir begonnen hatten. Natürlich hatten wir Charlie Snow vermißt – seine peitschenschnelle Handgelenkarbeit und seine Verläßlichkeit am Schlag. Ich hatte noch etwas vermißt – nämlich Phoebe oder Miss LaRaina auf der Tribüne. Waren sie in dieser Zitterpartie der Saison vor mir ausgebüchst? Oder preschten sie mit Mister JayMac über Land und fahndeten klammheimlich nach einem neuen Sieg-oder-Tod-Talent?

Am Sonntag, zehn Minuten vor Spielbeginn, kreuzte Mister JayMac mit Charlie Snows Ersatzmann im Unterstand auf – einem dünnen, blassen Fünf- oder Sechsundzwanzigjährigen namens Worthy Bebout. Bebout hatte die Augen und die kränkliche Haarfarbe eines Weimaraners*, und wenn er einem die Hand schüttelte, hatte man das Gefühl, sein Arm müsse eine einzige gekochte Makkaroni sein. Die Arme hingen ihm zu weit aus den Ärmeln, und die Hose hatte solches Hochwasser, daß man die Steigbügelsocken sah, was ihm das Aussehen eines Storchs ohne Hinterteil verlieh.

»Mr. Bebout stammt aus Wedowee in Alabama«, klärte uns Mister JayMac auf. »Er hat sozusagen als Halbprofi für Ipenson Textiles bei Phoenix City gespielt.«

Auf Mister JayMacs Drängen kam Bebout an der Bank entlang, um uns die Hand zu schütteln. (*Ol pasta grip*[1] taufte Sloan ihn später.) Bebout mümmelte seine Hallos, dann setzte er sich in die äußerste Ecke des Unterstands, Knie und Schultern einwärts gestellt und das blasse Gesicht so leer und nichtssagend wie eine fabrikneue Bratpfanne.

»Wie kommt es, daß er nicht beim M-Militär ist?« fragte ich Henry.

Henry zuckte die Achseln, doch die meisten von uns dachten, daß Bebout sich gedrückt hatte, oder – schlimmer noch – womöglich NP gemustert, das heißt, von der Neuropsychiatrie abgelehnt worden war. Bebout machte wirklich den Eindruck.

Er trat Sonntagnachmittag gegen die Gendarmes zunächst nicht mit an, wahrscheinlich weil Mister JayMac noch daran arbeitete, ihn als CVL-Spieler anerkannt zu bekommen, doch nach vier Innings kam dann das Placet der Dreimannkommission (gerade so, wie Mister JayMac es mit List und Tücke und noblesse oblige eingefädelt hatte), und bei der ersten Gelegenheit mußte Bebout anstelle von Trapdoor Evans schlagen.

---

[1] *Ol pasta grip* heißt etwa *Olle Nudelhand.*

Der Punktestand war zwei zu zwei. Bebout nahm soviel Schwung gegen die drei offenen Curves von Dink Dewhurst, daß er sich fast um sein Schlagholz wickelte. Die Zuschauer buhten, doch Bebout pellte sich bloß wieder vom Holz und schlurfte mit einem verschrobenen Lächeln zum Unterstand zurück. Vor unseren Augen zauberte Bebout eine Schnupftabakdose aus der Gesäßtasche, lutschte eine Prise vom Handrücken und rieb sich das Zeug mit der Spitze des kleinen Fingers ins obere Zahnfleisch.

Das Spiel ging weiter. Im siebten Inning gelangen Bebout zwei Super-Fänge, ein Fang aus dem Lauf heraus und dicht über dem Boden und einer aus dem Sprung heraus knapp vor der Feen-A-Mint-Reklame, um einen Extra-Base Hit für die Gendarmes zu vereiteln. Zwei Minuten später im Unterstand drängten sich etliche von uns, um ihm zu gratulieren.

»Schon gut«, sagte Bebout und nahm eine neue Prise Schnupftabak aus der Dose, die einen kreisrunden Abdruck in der Gesäßtasche hinterließ.

Als Skinny an den Schlag ging, setzte sich Junior Heggie neben mich. »Hast du jemals Schnupftabak genommen, Danl?«

Ich schüttelte den Kopf. Ich war Raucher.

»Wenn du je auf die Idee kommst, schnorr dir bloß nix von Bebout.«

»Warum nicht? Ist er so g-geizig?«

»Das nicht, aber der Kerl schnupft Dreck«, sagte Junior Heggie. »Diese kleine Dose in seiner Tasche ist randvoll mit Wedowee-Dreck! *Loser Dreck*, kapier das mal!«

Dobbs machte einen Single, Quip Parris ging strikeout, und ich bekam einen Walk. Nach mir war – anstelle von Charlie Snow – Worthy Bebout an der Reihe. Die Fans hatten seine Fangbälle bejubelt, doch bei seinem zweiten Auftritt am Schlag sah man ihnen ihre Skepsis an. Zu frisch war die Erinnerung an sein

Debut: drei rumpfverrenkende Schwünge und kein Kontakt.

Beim ersten Wurf von Dewhurst nudelte Bebout schon wieder. Kreiselte, ließ das Schlagholz fahren und stürzte auf die Home Plate. Ein Stöhnen quoll aus den Rängen. Die Figur, die er diesmal am Schlag machte, ähnelte so sehr seinem Debut, daß man versucht war, an ein Déjà-vu-Erlebnis zu glauben. Aber Bebout stand auf und drosch den nächsten Wurf – einen rotierenden Curve – in die Sitze am Leftfield, und wir schafften es, die Gendarmes fünf zu zwei zu schlagen, die Serie zu gewinnen und auf zwei Punkte an den ersten Platz heranzurücken. Und Bebout war *wie ein Gör* von Base zu Base gehüpft. Na und? Hatte er nicht allen Grund, seinen Home Run zu feiern?

Später im Clubhaus wollte Junior wissen, warum Bebout Dreck schnupfte.

Bebout nahm die Schnupftabakdose, schraubte den Deckel ab und musterte den Inhalt, als handle es sich bei der fruchtbaren schwarzen Alabamakrume um lauter hungrige Grillen.

»Das ist Wedowee-Erde. Von Tabak kriegt man Mundfäule. Und hast du Erde in der Schnupftabakdose, ist keiner scharf drauf. Verrückt, was?«

»Wieso verrückt?« sagte ich.

»Jungs, die sich mir nichts dir nichts in den Dreck werfen, tun so, als wär's Schießpulver, wenn sie ihn lutschen sollen.«

Im Clubraum von McKissic House rief Mister JayMac Worthy Bebout und alle vierzehn Kostgänger zu sich. Es galt, ein Zimmer für Bebout zu finden. Das Problem war, alle Zimmer waren bereits doppelt belegt und etwa so gemütlich wie die Rückbank eines Caddys.

»Möchte irgend jemand zu dritt wohnen?« sagte Mister JayMac.

Der Clubraum hielt den Atem an.

»Kann ich kein eigenes Zimmer haben?« sagte Bebout.

»Du meinst, 'ne Kanone wie du verdient ein eigenes Zimmer?« fragte Evans.

»Nein, Sir. Aber ich hab ein paar Angewohnheiten, die andere stören könnten.«

»Die wären?« sagte Curriden. »Du vertilgst ab und zu einen lebendigen Gockel?«

»Nein, Sir. Ich lese in der Bibel. Ich antworte meinen Stimmen. Und ich rede mit meinem toten Bruder Woodrow.«

»Au, Backe«, sagte Curriden.

»Wie wär's mit 'nem kleinen Zelt im Freien?« meinte Bebout.

Und noch ehe er sich eine innerhäusliche Alternative ausdenken konnte, wurde die Zeltlösung in die Tat umgesetzt. Von Sonntag, dem 1., bis Donnerstag, dem 12. August, wohnte er draußen auf dem Rasen in einem Zelt (abzüglich der fünf Auswärtstage, an denen er bei Freunden von Mister JayMac unterkam). Danach bezog er ein Quartier in McKissic House, das jedem Vergleich mit den unsrigen spottete.

Bevor sich die Versammlung auflöste, fragte er Mister JayMac noch, wo er denn seinen ›Tabakvorrat‹ lagern könne.

»Auf der Küchenveranda. Keiner wird ihn anrühren.«

Später, als ich ein Sieb für Kizzy holte, sah ich diesen Vorrat: einen mit Klebeband verstärkten Karton voll ganz gewöhnlicher aber feinkörniger Erde. Außen auf den Seiten hatte jemand mit einem schwarzen Wachsstift in ungelenken Druckbuchstaben WEDOWEE SNUFF geschrieben.

50

FRÜH IM AUGUST KLOPFTE LAMAR KNOWLES an die Tür unserer Mansarde. Henry war nicht zum Frühstück erschienen und lag bäuchlings auf dem Bett, ein Arm schleifte am Boden. Als Lamar ihn so liegen sah, entschuldigte er sich und wollte sich zurückziehen. Er hielt den zusammengerollten *Highbridge Herald* vom Tag in der Hand und titschte sich damit an die Stirn, wie um sich für sein allzufrühes Erscheinen zu strafen.

»K-komm ruhig rein«, sagte ich. »Ist nicht zu früh. Henry ist nur schrecklich l-lange ausgeblieben.« Ich zog ihn ins Zimmer und bugsierte ihn auf den Stuhl an meinem Pult; ich ließ mich auf den Bettrand plumpsen. Das Geräusch des Ventilators hatte Lamars Besuch überlagert. Es hätte einen Stachelstock gebraucht, um Henry aus dem Schlaf zu scheuchen. Als ich das sagte, schien Lamar beruhigt. Er faltete die Zeitung auseinander.

»Verfolgst du die Nachrichten über unseren Mutterverein?« fragte er

»Die Phutile Phillies?«

»Jawoll, Sir. Sie treffen den Nagel auf den Kopf.«

»So t-t-toll schneiden die aber nicht ab.«

»Siehst du, und Sonntag hat Mr. Cox, der Vorstandsvorsitzende, den Manager Bucky Harris gefeuert und Freddie Fitzsimmons eingestellt. Hier.« Er reichte mir die Sportseite.

Ich las die Story. Die Phillies waren in der Rangliste der National League auf den siebten Platz gefallen. Dieser Treppensturz hatte William D. Cox derart gefuchst, daß er ein achtseitiges Statement für die Presse verfaßt hatte, in dem er Bucky Harris vorwarf, seine Spieler ›Hampelmänner‹ zu nennen und als Versager abzuschreiben. Sonntagabend hatte Harris von dem Statement erfahren. Montag ließ er verlauten, falls es bei den Phillies einen Hampelmann gebe, dann sei das Mr. Cox: »*Und er ist der Hampelmann der Nation. Angenommen, ich hätte irgendwas dergleichen gesagt*«, las Lamar das Zitat des *Herald* vor, »*dann wäre ich bestimmt der letzte, der es leugnen würde.*«

»Was meinst du?« sagte Lamar.

Ich zuckte die Achseln. »B-b-business as usual.«

Lamar tätschelte mein Knie. »Vielleicht, aber so wie ihr beide gespielt habt, könnte das euer Durchbruch sein.«

»Ah-ah«, sagte ich.

»Doch. Sieh mal, was bei denen am First und am Short läuft, ist nicht mal gebrauchte Zuteilungsmarken wert. Und Harris hat die Positionen schon mehrmals umbesetzt. Gut möglich, daß sie dich und Jumbo anfordern.«

»Oder auch n-nicht. Oder sie wollen Henry und m-mich nicht.«

»Oder umgekehrt. Ich sag das nicht, um noch mehr Druck zu machen, Danny, bloß um dich zu erinnern, daß du mit deinem Spiel hier zwei Ziele verfolgst, nämlich *uns* den CVL-Wimpel zu holen und *dich* für die Major-Leagues zu qualifizieren. Vergiß das zweite nicht, Kleiner.« Als Lamar mir die Zeitung anbot, schüttelte ich den Kopf. »Fitzsimmons könnte die Phils bitten, Jimmy Wasdell und Gabby Stewart durch euch beide zu ersetzen.«

»Bei den Phillies spielt auch Charlie Brewster am Short«, sagte ich. »Und Babe Dahlgren.«

»Tja, aber Stewart und Brewster sind froh, wenn sie zusammen auf 0.220 kommen. Und Dahlgren ist in erster Linie Ersatzmann für Wasdell am First. Ihr wärt da schon eine Hilfe.«

Eher würde Hitler den Heiligen Geist hinters Licht führen und bekennendes Mitglied der Pfingstgemeinde werden, als daß jemand aus einer drittklassigen Liga in eine Major-League aufstieg.

»Aber selbst wenn es so käme«, sagte Lamar, »könnte es sein, daß ihr wie ich jetzt die Bank drücken müßt oder nur zwei, drei Einsätze in belanglosen Spielen gegen Ende der Saison bekommt. Trotzdem könnten euch diese Spiele die Aufstellung für nächstes Jahr bringen, vor allem wenn dieser dämliche Krieg noch länger dauert.«

»Das will ich nicht hoffen.«

»Tja, wenn's so kommt, ihr habt es verdient.« Lamar errötete. »Ich fänd das riesig.« Er stand auf und legte mir die Sportseite des *Herald* aufs Pult. »Zeig das dem guten Jumbo Hank. Sag ihm, was ich gesagt hab. Falls er noch mal wach wird.«

Später zeigte ich Henry die Sportseite und erzählte ihm, was Lamar gesagt hatte: daß Freddie Fitzsimmons, der neue Manager der Phillies, uns eventuell anfordern könnte. Henry las die Story. Seine Lakritzlippen kräuselten sich zu einem Lächeln. Er schlug sich auf die schroffen Knie.

»Wär das nicht herrlich?«

Wenn ich mich jemals über Henrys Wunsch gewundert hatte, aus der CVL in den Neonglanz der Major-Leagues zu springen, dann spürte ich jetzt, welch tiefe Wurzeln diese Hoffnung in ihm geschlagen hatte. Vielleicht hat Lamar ihn besser gekannt als ich.

Mittwochabend spielten wir gegen die Gendarmes den Auftakt einer Zweierserie in *The Prefecture.* Strock begann mit Sundog Billy Wallace, seinem As, und Sundog Billy, nach mehr als vier Ruhetagen, schleuderte ein unkorrektes Meisterstück.

Ich sage ›unkorrekt‹, weil das Schiedsrichterteam,

mit Happy Polidori am First, ein ums andere Mal für die Gendarmes entschied. Wenn eine Unterbrechung zu Gunsten der Heimspieler möglich war, dann sorgten Polidori und seine Crew dafür, daß sie stattfand. Während des mittleren, fünften Wechsels diskutierte eine Gruppe von uns die Situation.

»Diese Korinthenkacker garen uns das Fleisch von den Knochen«, sagte Henry. »In deren Dampfkochtopf bleibt nichts von uns übrig.«

»Setz einen ins tote Outfield, Jumbo«, sagte Muscles. »Unmöglich, so einen Schlag anzufechten.«

»Nichts ist unmöglich«, sagte Hoey. »Womöglich sagt der Kerl an der Home Plate, er hätte übergetreten.«

»Hört auf, euch rauszureden«, sagte Mister JayMac vom Rand des Unterstands aus. »Das könnt ihr immer noch, wenn ihr endgültig geschlagen seid.«

»Von den Gendarmes oder den Schiedsrichtern?« sagte Hoey.

»Sachte, Mr. Hoey. Wir gewinnen oder verlieren das Spiel auf dem Feld und nicht, weil die Schiedsrichter so oder so entscheiden.«

»Forellenkacke«, sagte Hoey. »Mr. Sayigh hat Polidori und seinem Helfershelfer ein Flötenduo von seinen arabischen Töchtern versprochen, wenn sie uns heute abend ein Dutzendmal übers Ohr hauen.«

Mister JayMac stieß den Zeigefinger in Hoeys Richtung. »Hören Sie auf damit. Sie attackieren einen Freund, verleumden seine Töchter, diffamieren CVL-Personal und stellen sich selbst ein denkbar schlechtes Zeugnis aus. Genug!«

»Jawoll, Sir«, sagte Hoey sarkastisch.

Mit Creighton Nutter auf dem Hügel blieben wir bis zum Siebten am Ball. In der ersten Hälfte dieses Innings wurde ich ›aus‹ erklärt, und das mit Skinny Dobbs am First – er hatte den einzigen Walk bekommen, den Sundog Billy an diesem Abend zu verschenken hatte. Ich legte einen Ball hin, der so hübsch und fast so munter wie ein Brötchen von meinem Red-Stix tropfte. Ed Bantling kraulte hinter der Home Plate heraus, Wallace vom Hügel herunter und Binkie Lister vom Third aus feldein. Und obwohl Lister den Ball bekam, kam sein Wurf zu Harvey Coombs am First eine Sekunde zu spät, um aus meinem Infield-Schlag noch einen wohlplazierten Sacrifice zu machen.

Polidori trompetete seine Entscheidung, posaunte sie wie ein Herold. Sein Daumen zeigte ›aus‹. Ich sei *über* das Base gesprungen. Shit, ich war mit dem Knöchel drangeschlagen.

Hoey, der das First bewachte, explodierte. Ging auf Polidori los wie ein Terrier auf das Rattenloch. Tanzte vor ihm wie ein tollwütiger Österreicher.[1] Als hätte er vergessen, daß ich längst wieder für mich selbst sprechen konnte. Dann setzte er Polidori die flache Hand auf die Brust und brachte ihn zum Torkeln.

»SCHER DICH IN DIE BOX!« schrie Polidori, eine Hand auf dem Herzen.

Hoey wollte nicht gehen. Er loderte vor Wut. Er fluchte und schnaubte und lief hin und her wie ein zahnloser Puma. Keiner – ich meine, *niemand* – hätte sein hitziges Gebaren dämpfen können. Die Zuschauer sprangen auf die Füße. Wie tonnenschwere, schlakkernde Zeltleinwand fielen die Buhrufe ins Feld. Ich machte mir fast in die Hose.

Fans schleuderten Mustertöpfchen von Burma-Shave, hauptsächlich in Richtung First Base. Kurz vor dem Spiel hatten zwei Süßholz raspelnde Vertreter die Proben an eintretende männliche Besucher verteilt. Jetzt hagelte es die Porzellantöpfchen. Eines traf Hoey am Arm. Polidori, Coombs und ich wichen ins Outfield zurück. Hoey kam nach – nicht um dem Sperrfeuer zu entgehen, sondern um den unseligen Happy

---

[1] *Österreicher* ist eine Anspielung auf Hitlers österreichische Herkunft.

Polidori weiter beschimpfen zu können, denn das Porzellantöpfchen, das ihn getroffen hatte, hatte nicht mehr Wirkung gezeigt als ein Mohnsamen.

Die Lautsprecher appellierten an die Zuschauer. Die Polizei drohte mit Arrest. Hoey hörte nicht auf, zu wüten und zu schäumen. Endlich schickte Mister Jay-Mac Muscles, Curriden, Fanning und Sudikoff auf den Platz, um Hoey zu bändigen und ihn, falls nötig, mit Gewalt ins Clubhaus zu schleppen. Was nicht ganz ungefährlich war, denn die Aktion löste sofort ein Pfeifkonzert aus. Hoey versuchte, unserer Eingreiftruppe zu entgehen und wurde nicht müde, verbalen Dreck auf Polidori zu häufen.

»Du kurzsichtige Spaghetti!« Er wich Mister Jay-Macs Aufgebot aus. »Deine Mutter hat dich mit Muskateller gestillt!«

»Du Fanatiker!« brüllte Polidori. »Du froschäugiger Schleimscheißer!«

Muscles bekam Hoey hinterm Second zu packen. Die Menge johlte. Curriden, Fanning und Sudikoff nahmen Hoey hoch, Muscles packte ihn beim Gürtel, und wie sie ihn zum Unterstand trugen, sah es aus, als schleppten sie einen Schwerverwundeten vom Schlachtfeld. Ich hielt Schritt: Polidori hatte entschieden, daß ich ›aus‹ war, und würde seine Meinung nicht ändern – nicht unter den Augen solcher Fans und schon gar nicht, nachdem er sich soviel von Hoey hatte gefallen lassen müssen.

Als die Cops, die Lautsprecher und unser Bergungstrupp die Ordnung einigermaßen wiederhergestellt und die Platzwarte eine Schubkarre voll Burma-Shave-Näpfchen abgefahren hatten, wurde Heggie von Sundog Billy strikeout geworfen, um unsere ›Glückssträhne‹ zu verkürzen. Nutter stoppte die Gendarmes nach einem Eröffnungssingle in der zweiten Hälfte des Innings, und so weiter und so fort bis zur zweiten Hälfte des Neunten mit einem eingefrorenen Zwei-zu-

Zwei und unter dem ohrenbetäubenden Gebimmel von mindestens halb soviel Kuhglocken wie LaGrange Einwohner hatte.

»To hell wi the Hellbenders! To hell with em all! Tonight they go down! Tonight they do fall!«

Mein Gesicht stand kurz davor, zu entgleisen. Sogar Nutter war nicht gegen diese geballte verbale Ladung gefeit. Veteran hin, Veteran her, er spürte die aufgeheizte Stimmung. Er warf zwei wilde Bälle hintereinander und verschenkte einen Walk an Tucker DeShong, den gegnerischen Shortstop. Peng! Mister JayMac wechselte Nutter gegen Vito Mariani aus, der die nächsten zwei Schlagmänner dazu brachte, hoch in die Luft zu schlagen. Noch ein ›Aus‹ und uns standen zusätzliche Innings bevor.

Cliff Nugent kam an die Reihe, Centerfielder und Joker unter den Schlagmännern von LaGrange. Mariani verleitete ihn zu zwei Fehlschlägen und verschwendete zwei weitere Würfe darauf, ihn strikeout zu machen. Sein fünfter Wurf, ein Curve, scherte am Außenrand der Platte ein – zu nahe für einen Mann mit zwei Strikes, um ihn vorbeizulassen – und Nugent schlug ihn längs einer abfallenden ›Wäscheleine‹ in die Rightfield-Ecke. *Foul.* Sechs Zoll im Foulbereich. Vielleicht ein Fuß.

Happy Polidori sah dem Ball nach, der über ihn hinwegzog, und *sah* ihn auf den heiligen Rasen fallen und streckte den rechten Arm nach unten: kein Foul. Nugent, der gezaudert hatte, gab wieder Gas, nahm das First und spurtete zum Second. Skinny Dobbs war sichtlich perplex, setzte aber dem Ball nach, der bereits vom Zaun im Foul Territory abgeprallt war, und wollte ihn zur Home Plate werfen, um wenigstens DeShong zu stoppen. Der Ball erreichte Dunnagin nach drei schlappen Hopsern: zu spät, die Tribünen tobten, als donnere ein Güterzug um den Platz.

»Mais oui!« skandierte die Menge. *»Aber ja!«*

Die Gendarmes schlugen uns um einen Run und dehnten ihren Vorsprung auf drei volle Punkte aus. Polidori hatte sich die kritischste Entscheidung im ganzen Spiel geleistet. Mister JayMac konnte nicht protestieren, weil hundert oder mehr Leute über die Zäune gesetzt hatten, um ihren Helden auf die Schulter zu klopfen, und Polidori und sein Mitstreiter hatten bereits das Feld geräumt.

Im Clubhaus ging Mister JayMac auf und ab, immerzu auf demselben Betonstreifen – wie ein Dachs.

»Vetternwirtschaft!« wetterte Buck Hoey. Weil er nach seinem unfreiwilligen Abgang geduscht hatte, trug er wie Mister JayMac normale Kleidung. Turkey Sloan hatte ihm längst die parteiische Hellbender Version von Polidoris Fehlentscheidung aufgetischt.

»Das war reine Gaunerei!« brüllte jemand.

»Die Bastarde haben uns reingelegt!«

»Die haben Polidori bestochen, sag ich! Bestochen!«

»RUHE!« schrie Mister JayMac.

Wir hielten den Mund. Mister JayMac hatte das Kinn ans Brustbein gelegt und die Hände in den Hosentaschen zu Fäusten geballt. Er war stehengeblieben, aber ein Bein rüttelte wie bei einem Hund, dem der Bauch juckt.

»Ich glaube nicht, daß Mr. Polidori uns auch nur ein einziges Mal ausgetrickst hat – bis auf die Entscheidung bei Mr. Nugents Liner nach rechts außen.«

»Er hat uns den ganzen Abend auf dem Kicker gehabt, Sir!« sagte Curriden.

»Ich habe niemanden nach seiner Meinung gefragt.«

Curriden schloß die Augen. Jeder von uns wollte die einseitigen Entscheidungen und das rüpelhafte Benehmen der Zuschauer beim Namen nennen. Lokalpatriotismus tat immer jemandem weh. Er hatte uns um einen entscheidenden Punkt gebracht. Und so standen wir in unserer schwitzigen, stinkigen Angst und warteten auf das erlösende Wort.

»Mr. Polidori sind eine Menge Fehler unterlaufen«, sagte Mister JayMac, »aber alle bis auf den letzten sind vermutlich auf Mißverständnisse und den Terror der Zuschauer zurückzuführen, die – was man nicht vergessen darf – mit ihrem Eintritt auch das Recht auf aktive Teilnahme bezahlen. Rafe Polidori versteht sein Geschäft. Unter normalen Umständen …«

»Mister JayMac«, sagte Muscles. »Sir, ich …«

Der schnitt ihm mit einer Handbewegung das Wort ab. »… entscheidet er so, wie er es sieht, und normalerweise sieht er ziemlich gut. Heute abend, Gentlemen, was wir in der zweiten Hälfte des Neunten erlebt haben, war kein Beweis für eine üble Schmiergeldaffäre, sondern Mr. Polidoris menschliche Reaktion auf das Schmierentheater von Ligonier Hoey zwei Innings zuvor.«

»Sir …«

»Unterbrechen Sie mich nicht, Hoey.« (Nicht *Mr. Hoey*, nur *Hoey*.) »Auf dem Feld sollte Mr. Polidori eigentlich ein neutraler Schiedsrichter sein, aber wie wir alle ist er aus Fleisch und Blut und hat gewisse tiefsitzende Vorurteile, die von seiner menschlichen Unvollkommenheit zeugen. Was morsch in ihm war, hat einfach nicht standgehalten, nachdem Sie ihn bis an die gottgegebene Grenze des Erträglichen getrieben hatten.«

»*Ich* soll also an der Fehlentscheidung dieses Bastards schuld sein?«

»Sie haben sie *heraufbeschworen!* Ja! Ihr Benehmen in unserer Hälfte des Siebten stinkt zum Himmel!«

»Ich bin für Dumbo eingetreten. Für die Hellbender.«

»Sie hätten es wohl gerne gesehen, wenn Mr. Boles einen Napf mit Rasiercreme auf die Nase bekommen und man uns eine Geldstrafe aufgebrummt hätte. Mr.

Boles ist Gott sei Dank einer Verletzung entgangen, aber Ihr Team, darf ich Sie erinnern, hat *verloren.*«

Niemand sagte ein Wort.

»Verbringen Sie den Abend und den morgigen Tag bei der Familie, die sie aufnimmt. Lesen Sie eine Illustrierte. Hören Sie Radio. Aber lassen Sie sich hier nicht blicken. Bleiben Sie fort.«

»Bin ich suspendiert?«

»Das muß ich mir noch überlegen.« Mister JayMac sah uns offen in die Augen. »Weitermachen und duschen.«

Um Hoey aufzumuntern, bot Bebout ihm eine Prise Wedowee Snuff an, doch Hoey schlug ihm die Dose aus der Hand.

Donnerstagabend, ohne Hoey, und nachdem Fadeaway Ankers auf dem Hügel gestanden hatte, schlugen wir LaGrange sieben zu eins. Am Tag darauf fuhren wir nach Cottonton, wo wir eine Dreierserie von den Boll Weevils abstaubten. Inzwischen verloren die Gendarmes zwei von drei Spielen gegen Opelika, und als wir heimfuhren, teilten wir uns den ersten Platz mit LaGrange.

Uns blieben beinah vier volle Ruhetage bis zum nächsten Heimspiel – gegen die Eufala Mudcats. Nur Mister JayMac schien nicht zur Ruhe zu kommen, er telefonierte ungewöhnlich viel. Am Donnerstag nahm Henry mich im Clubraum beiseite, um mich über den neuesten Stand der personellen Entwicklung zu informieren, wie ihn die Flüsterpropaganda von McKissic House kolportierte.

»Mister JayMac hat von den Phillies das Placet bekommen, Mr. Hoey zu verkaufen«, sagte Henry. »Der Handel ist perfekt.«

»B-Buck Hoey verkaufen? An wen?«

»Die Latrinenparole« – Henry war auch noch stolz

auf das Wort – »die Latrinenparole besagt, die Gendarmes hätten für Mr. Hoey eine hübsche Summe Bargeld gezahlt. Und sie überlassen uns einen Springer.«

Mein Herz tat einen Ruck. Kein Buck Hoey mehr! Der einzige Bursche im ganzen Verein, der immer noch Dumbo zu mir sagte; der einzige, der mir den unglücklichen Vorfall nachtrug, der darin gegipfelt hatte, daß er tagelang mit schwarzgecremten Hausschuhen hatte spielen müssen. Wieso nur hatte Mister JayMac ihn an ein Team verkauft, mit dem wir Kopf an Kopf auf die Zielgerade zupreschten?

»Weil Mr. Sayigh ihm ein äußerst lukratives Angebot gemacht hat«, sagte Henry.

Und Hoeys Familie und das gemietete Haus? Was passierte mit Linda Jane? Und mit Matt, Carolyn, Ted und Danny, meinem Namensvetter?

»Als Trostpflaster für die Unannehmlichkeiten, die mit diesem Geschäft verbunden sind«, erklärte mir Henry, »dürfen die Hoeys mit ihren Kindern bis September wohnen bleiben. Umsonst. Mr. Hoey hat dieses Angebot schweren Herzens angenommen.«

»Wenn er doch ein Gendarm ist, da ka-kann er doch nicht in Highbridge wohnen.«

»Ein Kiesgrubenbesitzer in LaGrange, der Mr. Hoeys aggressiven Stil bewundert, hat ein spartanisches ebenerdiges Apartment renoviert, das nur ein paar Straßen weit vom Stadion entfernt ist. Mr. Hoey darf da umsonst wohnen.«

Im Laufe unserer Unterhaltung hatte ich gedämpftes Hämmern und noch ein paar andere sonderbare Geräusche vernommen. Plötzlich stand Worthy Bebout im Clubraum, einen Gürtel mit Zimmermannswerkzeug auf den Hüften.

»Ob Mrs. Hoey einen Mann im Haus braucht, solange ihr Gatte auswärts wohnt?«

Wir stierten ihn an, als hätte er uns gefragt, wie wir zur Menschenfresserei oder Nacktkultur stünden. »Ich meine nichts Schmutziges. Aber vielleicht will sie ja untervermieten und für mich kochen. Bis zum Ende der Saison.«

»Mrs. Hoey hat be-bestimmt keinen Platz für einen Untermieter«, sagte ich. »Die Hoeys haben v-vier Kinder.«

»Dann verschwende ich also doch nicht meine Zeit.« Bebout nahm einen Rucksack auf, der neben einem Clubsofa stand. »Kommt mal mit.«

McKissic House verfügte über einen Sturmschutz- und Kartoffelkeller, in den man durch eine Tür gelangte, die sich unter der Treppe zum ersten Stock befand. Bebout hatte den Morgen damit zugebracht, eine Seite dieser lehmigen Höhle in eine Schlafkammer zu verwandeln. Als Henry und ich sein Werk begutachteten, verstanden wir mit einem Mal seine Spekulationen, was die Hoeys betraf. Jeder spanische Kerker wäre einladender gewesen.

»Bißchen sehr ka-kalt und feucht«, sagte ich.

»Und voller Ungeziefer.« Bebout nahm die Glühlampe, die von der Decke hing, und warf den trüben Schein in eine Ecke. Fangschrecken saßen an den pokkennarbigen Lehmwänden und sprangen am Boden herum. Auf einem Wandbrett in Schienbeinhöhe funkelten düstere Einmachgläser mit glupschigem Inhalt. Mir wurde speiübel.

So rasch es das Gebot der Höflichkeit erlaubte, machten Henry und ich, daß wir da wieder rauskamen. Im Clubraum fanden wir Kizzy: Sie saß, alle viere von sich gestreckt, auf einem gepolsterten Stuhl, das Kleid wie eine Hängematte zwischen den Beinen und in der Hand einen tickenden Jesus-Fächer. Sie hielt sich sonst nie im Clubraum auf. Und sitzen sah man sie so gut wie nie.

»Kizzy, b-bist du krank?« fragte ich sie.

»Ich bin total kaputt. Fix und fertig. Wie ein Nigger.«

»Wieso das denn?«

»Da fragen Sie noch, Mister Danny? Weil mir keiner zur Hand geht. Sieht ganz so aus, als wollten mich die McKissics ins Altenheim treiben. Früher, da konnte ich auf Miss Giselle zählen, daß sie sich herbemühte, um mir zu helfen beim Frühstückmachen. Jetzt nicht mehr. Schon fünf Tage am Stück ist sie nicht hiergewesen, und die einzige Entschuldigung ist, daß sie nicht gegen Hitze ankommt. Als wär sie für mich eine Erfrischung.«

Henry sagte: »Mrs. Lorrows, wie wäre es, wenn Sie sich aus unseren Reihen eine paar Helfer suchten?« Dabei blickte er immerzu ins Foyer, als erwarte er jeden Moment, daß Bebout mit einem ausgebuddelten Kadaver aufkreuzte.

»Ich hab doch schon zwei Spieler die Woche, aber die zwei von dieser haben vier linke Hände.«

Ich sah Henry an. »*Wir* könnten doch helfen, was meinst du?« Ich werkelte gerne in der Küche. Brötchenteig kneten, das erinnerte mich an die Werkstunden in meiner Grundschule in Tenkiller.

Doch Henry hatte sich bereits abgewandt. »Ich muß mir Mister JayMacs Auto borgen. Ich muß fort.« Er verabschiedete sich mit einem steifen Wink und eilte durch die Kantine.

»Miss Giselle ahnt nicht, was wir an Darius hatten«, sagte Kizzy. »Er fehlt mir an allen Ecken.«

Und Henry war unterwegs zum Bungalow der McKissics.

51

HOEYS ERSATZMANN – ICH HABE NIE erfah-ren, wieviel Bargeld Mr. Sayigh gezahlt hat – stieß an dem Tag zu uns, an dem abends die Heimspielserie gegen Eufala begann. An einem Freitag, dem dreizehnten, einem Unglückstag – für alle, die an solchen Unsinn glauben. Der Ersatzmann entpuppte sich als Wilbur ›Fat Boy‹ Fortenberry, an dem sich Pete ›Haystack‹ Hay gefahrlos hätte anlehnen können. Mister JayMac stellte uns Fortenberry zum Frühstück vor – einem, das ich mit vorbereitet hatte.

»Das darf nicht wahr sein«, sagte Quip Parris. »Der Braune Bomber braucht neue Stoßdämpfer.«

»Soviel Brathähnchen wie immer zum Dinner!« rief Muscles in die Küche. »Fat Boy kann in den Hühnerstall und braucht bloß den Mund aufsperren – das macht weniger Arbeit!«

Fortenberry aß aber nur ein pausbackiges Brötchen und zwei Salatgabeln voll quittengelbem Rührei, bevor er sich verabschiedete und mit Mister JayMac nach Cotton Creek fuhr. Er hatte Familie, eine mollige Frau und zwei Fortenberry-Mehlklöße, und Mister JayMac hatte es so eingerichtet, daß sie das Haus mieten konnten, in dem Charlie Snow und Vera Jo gewohnt hatten.

Henry sagte kein Wort, weder bei Fortenberrys Einführung noch später, als Muscles sich darüber mockierte, daß man ihm ein dreißigjähriges Faß Bärenfett aufhalste. Henry hockte in irgendeinem Wolkenkuckucksheim oder war in Gedanken immer noch in Alabama. Was immer er da gestern zu erledigen gehabt hatte, es hatte ihn irgendwie aus dem Ruder laufen lassen. Oder es lag daran, daß wir heute Freitag, den dreizehnten, hatten.

Wie dem auch sei, ich brachte den Morgen nach Fortenberrys Ankunft damit zu, zusammen mit Sosebee und Fanning Geschirr abzuwaschen und Brechbohnen zu säubern, die für die Mahlzeit um zwei vor dem Spiel bestimmt waren. Kizzy rotierte, um das rituelle Festessen auszurichten. Sogar verheiratete Hellbender waren eingeladen, auch wenn sich gewöhnlich nur Sudikoff und Hay herbemühten. Meistens war auch Mister JayMac mit von der Partie, doch nachdem er die Fortenberrys eingewiesen hatte, da blieb er wohl lieber zu Hause und kümmerte sich um seine von der Hitze geschwächte Miss Giselle.

Auch ohne Mister JayMac ging es in der Kantine lauter zu als auf einer Party im Turm zu Babel. Schweinekoteletts, Hähnchen, gegrillte Steaks. Ein Dutzend Gemüsesorten. Viererlei Torten. Nach der Windrichtung zu urteilen – Südsüdost – hätte allen in der Stadt das Wasser im Mund zusammenlaufen müssen.

Plötzlich platzte Phoebe aus der Schwingtür zur Küche. Ich hatte sie fast zwei Wochen nicht zu Gesicht bekommen, und einiges von dem, was sie zuletzt gesagt hatte, tönte mir noch in den Ohren wie an der Wand zerschellende Sodafläschchen: *Ich hoffe, so ein Schleimpimmel wie du läuft mir nie mehr über den Weg!* (Zum Beispiel.)

Mir verging der Appetit. Meine Eingeweide verwandelten sich spontan in schwarze Glupsche von der Art, wie sie in den Einmachgläsern im Sturmschutzkeller stand. Phoebe war bestimmt nicht gekommen, um Zeugnis abzulegen über mein Zartgefühl als Liebhaber. Ich hatte keine Ahnung, warum sie gekommen war, aber ihre Gegenwart – gleich neben Muscles am Kopfende des Tisches – ließ uns und mich im besonderen ahnen, daß diese Mahlzeit mit Unannehmlichkeiten aufwartete, die unangenehmer waren als Verdauungsgase und zu eng geschnallte Gürtel. Zum Kuckuck mit ihr, sie ließ Muscles das Tischgebet zu Ende sprechen, und Muscles bot ihr seinen Stuhl an.

»Nein, danke. Ich habe schon. Essen Sie weiter, Muscles, nehmen Sie Platz, okay?« Sie wartete, die Arme im Rücken, bis Muscles ihr gehorchte. Schüsseln wurden rumgereicht, Portionen auf Teller gehäuft, Silberbesteck glitzerte. Phoebe und ich vermieden jeden Blickkontakt, jeder von uns blickte rascher fort, als der andere hersah.

»Tja, Fräulein, was können wir denn für Sie tun?« sagte Muscles.

»Die Finger von meiner Mama lassen. Laßt sie so anständig sein, wie sie war, als Daddy nach Übersee ging.«

Keiner, der jetzt nicht die Ohren spitzte. Silberbesteck hörte auf zu klimpern, und das Radio im Clubraum – beziehungsweise das rührselige Hörspiel darin – klang mit einem Mal zwei Knopfdrehungen lauter. Die Verlegenheit ringsum hatte etwas von einem klebrigen Gummituch.

»Krieg ist etwas Scheußliches«, sagte Muscles – tröstend, wie mir schien.

»Männer sind was Scheußliches«, sagte Phoebe.

»Vorsicht, du Gernegroß«, sagte Evans. »Was weiß ein Piepmatz wie du schon von Männern?«

»Mehr als Sie sich vorstellen können, Mr. Evans.«

O Gott, dachte ich, sie ist rübergekommen, um allen unsere Dummheit von Samstagfrüh zu erzählen. Damit Mister JayMac mich in Teer taucht, durch Federn wälzt und an einer Bambusstange nach Oklahoma tragen läßt.

»Wie die Mutter so die Tochter.« Evans lächelte hämisch.

Reese Curriden stieß ihm den Ellbogen vors Maul, kippte ihn hintenüber und ging ihm an den Hals, die Daumen wie Schraubzwingen unter den Kiefer gesetzt. Fünf oder sechs standen auf, Henry und ich blieben sitzen, betäubt oder zu verwirrt, um zu reagieren. Evans, flach auf der Rückenlehne des umgekippten Stuhls, nahm die Hände an die Schultern und winkte zum Zeichen, daß er sich ergab. Bevor Muscles eingreifen konnte, ließ Curriden los.

»Ich sage ›Männer sind was Scheußliches‹, und wie zum Beweis fallt ihr wie Tagelöhner übereinander her.«

Evans hielt sich diesmal zurück. Alle anderen auch, und Phoebe wechselte von Muscles am Kopfende zu Henry am Fußende des Tisches, scheinbar ohne Gewissensbisse, wo sie doch den wichtigen Prozeß der Kalorienversorgung vor einem Spiel störte. Ein paar Jungs – Bebout, Fadeaway, Sosebee – langten zu, doch die meisten warteten auf eine Vergeltung, ein Gegenfeuer, das laut genug war, um Mister JayMac auf den Plan zu rufen. In Phoebes Augenbrauen funkelten Schweißperlen. Sie glänzte, als wär sie eben aus dem Weiher gestiegen.

»Wer von euch hat meinem Daddy Hörner aufgesetzt?« sagte sie.

Fadeaway hob den Kopf. »Körner aufgeschwätzt?«

»Hörner aufgesetzt«, wiederholte Dunnagin.

»Sag ich doch: Körner aufgeschwätzt.« Fadeaway hatte den Mund voller Gemüse. »Wer von uns ihrem Daddy Körner aufgeschwätzt hat? Die Frage macht keinen Sinn.«

»Wer von euch mit meiner *Mama* geschlafen hat. Mr. Ankers, habt ihr Jungs aus Waycross* Kuhfladen im Kopf?«

Fadeaway stützte sich hoch, doch Curriden tat dasselbe, und Fadeaway sackte auf den Stuhl zurück.

»Ihr braucht nichts zu sagen«, sagte Phoebe. »Jeder, der sich dieser Todsünde schuldig gemacht hat, hebt die Hand.«

»Miss Phoebe«, sagte Muscles. »Das ist jetzt keine

gute Idee. Ich hab auch schon ein paar verdammt schlechte gehabt, das geb ich gerne zu.«

Phoebe ging gar nicht auf ihn ein. »Sie könnten die anderen ermutigen, Mr. Musselwhite. Warum heben Sie nicht als erster die Hand? Ein Captain sollte mit gutem Beispiel vorangehen.«

»Phoebe, ich …«

»Nehmen Sie Ihre verdammte Flosse hoch, Lon K. Musselwhite! Meinen Sie, ich wollte hier das ganze verfluchte Wochenende verbringen?«

Muscles hob die Hand. Nicht mit aufgestütztem Ellbogen. Er stieß den Arm hoch in die Luft, die Hand zur Faust geballt. Seine Miene blieb finster. Als sich sonst niemand rührte, wandte Phoebe sich an Reese Curriden.

»Sie auch. Oder wollen Sie mir weismachen, Sie und Mr. Musselwhite hätten sich am Vierten Juli unten am Hellbender-Weiher um ein paar übriggebliebene Rippchen geprügelt. Heben Sie endlich die Hand!«

»Phoebe, da könnte ich auch gleich wie ein Hahn im Hühnerstall krähen«, sagte Curriden.

»Sie sind wohl noch stolz darauf, meine Mama aufs Kreuz zu legen und einen Soldaten in Übersee so hinterfotzig zu behandeln.«

»Tja, Phoebe, ein paar von uns dienen eben einer speziellen Waffengattung.«

Evans wieherte. Ein paar von den Pfundskerlen – Fanning, Parris, Mariani, Fadeaway – kicherten wie Pfadfinderinnen unter einer steinernen Putte. Meine Übelkeit gerann zu lauter Eiswürfeln, die in einem Plastikbeutel glupschten.

»Wenn Sie sich schon nicht schämen, warum nehmen Sie dann nicht ihre schmutzige Hand hoch?« Phoebe grapschte eine Salatgabel, spießte eine Kartoffel auf und hielt sie hoch, was heißen sollte: Hoch damit, nur zu!

Zögernd hob Curriden die Hand. Jetzt gaben er und

Muscles ein hungriges und lauerndes Pärchen ab, die beiden einzigen, die mehr oder weniger freiwillig zugaben, Miss LaRaina zur Untreue ermutigt zu haben.

»Wer noch?« sagte Phoebe. »Phoebe sieht alles, Phoebe weiß alles. Gesteht, wenn ihr mit Gott und mir ins Reine kommen wollt.«

Niemand schloß sich den beiden an.

»Also gut, Mr. Musselwhite. Also gut, Mr. Curriden. Euch will ich vergeben, ihr hinterlistigen Hundesöhne.«

Vergebung versetzt Berge. Plötzlich hoben Dunnagin, Sosebee und Parris die Hand, Parris ein paar Takte langsamer als die anderen; fünf von fünfzehn, ein Drittel der Hellbender in McKissic House.

»Na fabelhaft«, sagte Phoebe. »Sonst noch jemand?«

»Mir hat sie den Kopf in der letzten Saison verdreht«, sagte Sosebee, »da war dein Daddy noch nicht ganz aus der Stadt.«

»Um Himmels willen, Jerry Wayne, halt die Klappe«, sagte Dunnagin.

Doch Phoebe war schon in Henrys Rücken und legte ihm die Hand auf die Schulter. Die Hand nahm sich da aus wie ein Spitzentaschentuch, das jemand über die Krone eines Kleiderschranks gelegt hatte. Als Muscles genervt den Arm senkte, folgten die anderen vier seinem Beispiel. Phoebe schien damit einverstanden.

»He, Mr. Clerval, hat Mama Sie auch verführt? Ein Kerl von Ihrer Größe wirkt doch wie ein Magnet auf Mama.«

»Dann war es bestimmt dunkel, als sie über diesen Quip da gestolpert ist«, meinte Worthy Bebout.

»Halt die Luft an«, sagte Muscles reichlich sanft.

Das buntgescheckte, unwegsame Gesicht von Henry kabbelte vor Verlegenheit. »Ich bin Ihrer Mutter stets mit Höflichkeit begegnet, Miss Pharram. Und immer hat sie meine Aufmerksamkeit in Wort und Tat erwidert. Ich verurteile auf das Schärfste diese Herabwürdigung ihres Charakters.«

»Papperlapapp, Mr. Clerval. Warum beschwindeln Sie mich? Sie waren doch ihr jüngstes Abenteuer.«

Als Henry sich erhob, scharrte sein Stuhl nach hinten. Besagtes Spitzentaschentuch rutschte ab wie bei Durchzug. »Ich lüge selten«, sagte er. »Und jetzt sage ich die Wahrheit. Mrs. Pharram und ich hatten nie eine Liaison. Eine solche Verleumdung verletzt Mrs. Pharram weit mehr als mich; ich weise sie in ihrem Namen empört zurück. Entschuldigen Sie mich. Unter diesen Umständen will mir das Essen nicht schmekken.« Er verließ die Kantine und stampfte die Treppe hinauf. Vernehmlicher denn je.

Phoebe setzte sich in den freigewordenen Stuhl, ohne ihn wieder an den Tisch zu ziehen. Ihre Füße kamen nicht an den Boden. »Also wer von euch trifft sich momentan mit meiner Mama? Oder ist es etwa einer von diesen Stinkbolzen in Cotton Creek?«

»Phoebe, Ihre Mama hat Prinzipien«, sagte Muscles. »Sie läßt sich nie mit verheirateten Männern ein. Sie legt Wert auf Schadensbegrenzung; es betrifft immer nur sie und ihren – ihren Freund.«

»Und was bin ich, Mr. Musselwhite? Eine Haarsträhne? Und Daddy? Ist Daddy nichts weiter als Kanonenfutter?«

Kizzy kam aus der Küche. Ich hatte das Gefühl, sie hatte alles mitangehört und nur auf den richtigen Augenblick gewartet, um den Friedensstifter zu spielen.

»Leise, Mädel. Man hört euch ja bis zum Gemüsemarkt. Laß die Männer jetzt futtern. Komm mit und probier ein Stück Kokoscremetorte.« Sie legte Phoebe einen mehlbestäubten Arm um die Schulter und gängelte sie aus dem Stuhl und zur Küche zurück.

»Ich mag aber keine Kokoscreme«, sagte Phoebe. »Zigtausendmal hab ich dir das schon gesagt, Kizzy. Zigtausendundeinmal.«

»Dann ißt du eben ein Stück Apfeltorte.«

An der Schwingtür sperrte Phoebe sich. Sie drehte sich um und durchbohrte mich mit einem glitzernden marmorgraugrünen Blick. »Hast du's ihnen erzählt, Danny? Bist du sicher, daß es auch der letzte weiß?«

Ich brachte kein Wort heraus.

»Hör auf damit, Phoebe«, sagte Muscles. »Das bringt doch nichts.«

»Was gibt es d-d-da zu erzählen?« sagte ich. »Es gibt nichts zu erzählen.«

Phoebes Augen waren wie winzige Feuerrädchen, die mir eine Frage herüberschleudern wollten; was dann kam, war ein Blick des Verstehens und schließlich so etwas wie ein Danke – oder zumindest ein widerwilliges Lächeln.

Kizzy stieß die Hüfte in die Schwingtür, und Phoebe ließ sich mehr oder weniger freiwillig in die Gefilde von Kizzys Herdfeuer und Leckereien ziehen.

52

EUFALA HATTE EINEN PASSABLEN Baseballverein. Schon früh in der Saison waren die Mudcats im Laufe mehrerer Begegnungen auf den zweiten Platz vorgerückt und hatten mit Opelika und LaGrange um die Führung gekämpft. *Uns* lieferten sie immer einen zähen Kampf, besonders wenn sie Zaron Childs auf dem Hügel hatten. An jenem Freitagabend ließ Childs uns bei einem Two-Base leer ausgehen, so daß wir lediglich zwei One-Base Hits kassierten, einen für Worthy Bebout und einen für Norm Sudikoff als Ersatzmann. Milt Frye ließ verlauten, daß die Mockingbirds haushoch verloren hatten. Es blieben noch zehn Spiele zu spielen, und dieser Sieg der Gendarmes haute uns um einen Punkt zurück.

Im Clubhaus, nachdem Mister JayMac Childs Wurftechnik über den Klee gelobt und sich dann in den Eintrittskartenschalter begeben hatte, nörgelte Curriden: »Dieser Bastard hat fabelhaft geworfen, ja, aber Mister JayMacs Großnichte hat uns beim Dinner weichgeklopft.«

»Schieb es nicht auf Phoebe«, sagte Muscles. »*Wir* haben den Mist gebaut.«

»Du siehst doch, wer die Hits gemacht hat – Bebout wußte nicht, wovon die Rede war, und Sudikoff war nicht dabei. Nicht diese Klapperschlange von Childs hat uns geschlagen. Es war Phoebe.«

»Ein armer Mensch, wer sich durch üble Nachrede aus der Affäre zieht«, sagte Henry zu Curriden.

»Hört euch Mr. Null-zu-vier an«, sagte Curriden. »Und die ›üble Nachrede‹ von der Kleinen – hat sie dich etwa *nicht* auf die Palme gebracht, hä?«

»Hört auf damit«, sagte Lamar Knowles. »Das Spiel ist gelaufen.«

Aus dem einen oder anderen Grund hörten sie auf damit. Beim Duschen und Anziehen herrschte ein verbissenes Schweigen.

Am Samstagnachmittag, etwas frischer und wieder mehr bei der Sache als am Tag zuvor, bepflasterten wir die Mudcats mit Extra-Base Hits und ›stahlen‹ wie die Raben. Inzwischen schlugen die Mockingbirds die Gendarmes. Und so landeten wir wieder Kopf an Kopf mit letzteren auf dem ersten Platz – zum zweiten Mal in diesem Monat. Jetzt hatten wir es bloß noch mit Emmet Strock und seiner Gang zu tun.

Doch Grover Traffley, der Manager von Eufala, nahm uns den Wind aus den Segeln. Zaron Childs hatte einen vollen Ruhetag hinter sich, und Traffley stellte ihn wieder auf den Hügel. Neun Hits rangen wir Childs ab, aber nur drei Runs, wohingegen die Mudcats in der ersten Hälfte des Neunten einiges an Runs zusammenkratzten, während wir in unserem Schlagfinale leer ausgingen. Selbstverständlich schlugen die Gendarmes die Mockingbirds auch diesmal wieder, so daß wir mit unserer Niederlage um einen Punkt aus der Führung fielen – bei fünf verbleibenden Spielen, nicht mitgezählt die finalen drei unserer Entscheidungsschlacht auf dem McKissic Field.

Henry stieg aus dem Fenster. Er wähnte mich im Land der Träume, aber da war ich nicht. Die Hitze war so gnadenlos über Highbridge gekommen, daß ich mich erst hingelegt hatte, nachdem ich die Bettlaken den Flur hinuntergeschleppt und unter die kalte Dusche gehalten hatte. Dann hatte ich sie wieder auf die Matratze gebreitet, mich nackt ausgezogen und im Luftstrom des Ventilators aufs Bett gestreckt. Das ganze Getue hatte Henry genervt, doch ich hätte ihm Bambusspäne unter die Fußnägel treiben können, und er hätte nicht gemosert. Mir war das schnuppe. Ich brauchte Kühlung, egal wie.

Jedenfalls hörte ich ihn, als er das Weite suchte. Ohne Fingerspitzengefühl brachte ein Bursche von Henrys Kaliber das Laufgewicht eines Schiebefensters unweigerlich zum Rumpeln. Er nahm soviel Raum in Anspruch, daß man bei seinem Abgang ein henryförmiges Luftloch spürte. Ich setzte mich auf, die Brust so trocken wie Talkum, den Rücken noch feucht vom klammen Bett.

War *Pearl*, das Opossum, zurückgekommen? Ich krabbelte ans Fußende und spähte hinaus. Henry war bereits auf dem nächst tieferen Absatz der Feuertreppe. Ich duckte mich zurück und grapschte nach den Jeans. Der Reißverschluß hätte fast den Pimmel erwischt, so hastig wollte ich Henry nachsteigen.

»Das ist nicht Pearl«, sagte ich mir auf der Feuertreppe. »Nicht mal Henry würde sich die Nächte um die Ohren schlagen, nur um mit einem Opossum anzubändeln.« Ich wollte der Sache ein für allemal auf den Grund gehen.

Er bog ab und tauchte bei den Stangenbohnen unter, die Reihe um Reihe eine Ecke des Victory-Gartens füllten, der wie eine Pufferzone zwischen McKissic House und dem Bungalow lag. Ich kletterte barfuß die Feuertreppe hinunter und schlich ihm hinterher. Ein angenagtes Stück Mond versilberte den Garten, und Kopf und Brustkorb von Henry ragten so hoch auf, daß ich trotz der Bohnenranken sehen konnte, welchen Weg er nahm. Auch wenn er neulich beteuert hatte, nur selten zu lügen, so wußte ich, daß er mich zumindest *ein* Mal belogen hatte. Und daß er ein Mensch war, war die größte Lüge überhaupt, auch wenn er sich danach verzehrte, sie wahrzumachen.

Wie dem auch sei, während ich zwischen samtweichen Kürbisblättern dahinschlich, hätte es mich nicht gewundert, wenn plötzlich Miss LaRaina aufgetaucht wäre – wie Ruth im Kornfeld –, eine Sammlerin übriggebliebener Samen, ihres Hungers wegen gekommen, nicht bloß um den Appetit ihres unseligen Elimelech zu stillen, sondern auch den eigenen.[1] Um so verblüffter war ich, als die Stimme, die mit Henry redete, nicht Phoebes launischer Mama gehörte, sondern Mister JayMacs porzellanzarter Frau.

»Warum hier?« sagte sie. »Über der Garage ist es gemütlicher.« Blätter verwehrten mir die Sicht, doch selbst bäuchlings am Boden, die Wange an einem wurzeligen Lehmklumpen, erkannte ich die Stimme von Miss Giselle.

»Einfach so.« Henrys Stimme klang sanft wie ein Fagott. »Entdeckt man uns dort, fallen wir in Ungnade. Entdeckt man uns hier, können wir unseren guten Ruf eventuell noch retten.«

»Aber hier kann man nicht gut … spielen.« Miss Giselle lachte wie ein kleines Mädchen. Ich hörte sie zum ersten Mal lachen, und eine Kolonne von Raupen robbte mir quietschvergnügt ins Hohlkreuz.

»Giselle, wir dürfen uns nicht derart treiben lassen.«

»Wie du redest. Ich liebe es, wie du redest.« Tatsächlich brachte Henrys Protest sie erst richtig in Fahrt. Sie lachte ein bißchen kräftiger und zog sich an seine Brust. »Du klingst wie jemand aus einem Brontë-Buch.«*

»Unterwegs habe ich ein paar andere …«

»Pscht. Du könntest mir auf hübschere Weise den Laufpaß geben als mit *Wir dürfen uns nicht derart treiben lassen.*. Wie wär's mit *Wenn wir so weitermachen, bringen wir uns noch um Kopf und Kragen?*« Sie lachte wieder, aber ich wußte nicht, warum.

---

[1] *Ruth*: der Erzähler rekurriert auf das biblische *Buch Rut(h).*

»Diese Rendezvous machen mir angst«, sagte Henry. »Wir laufen Gefahr, selbst denen das Herz zu brechen, vor denen wir uns verstecken.«

»Verstecken? Wer versteckt sich?«

»Quäle mich nicht. Necke mich nicht, laß die Wortklauberei.«

Einen Moment lang fiel kein Wort. Ich hörte, wie sie sich umarmten, Krinoline an T-Shirt, und ich robbte und rutschte, um an den Kürbisblättern und Bohnenranken vorbei einen Blick zu erhaschen – vergeblich. Dann sagte Miss Giselle: »Komm mit, großer Mann.« Sie kicherte. Ich hörte die beiden durch den Garten rascheln. Ich kniete mich auf und krabbelte hastig hinterher. Sie gingen schneller, Laub rasselte, Zweige brachen, also watschelte ich drauf zu wie ein Pinguin.

Ihnen zu folgen, wurde immer riskanter, je tiefer wir in den Garten kamen. Tomaten und andere kniehohe Pflanzen verdrängten allmählich die Bohnen und die Wälle aus Zuckermaisrispen, die mir eben noch Schutz geboten hatten. Der Jäger hatte bessere Sicht, aber auch die Beute, und dann – WUSCH! – kam ein Bereich mit höheren Stengeln, ein Dickicht aus belaubten Speeren. Das Liebespaar verschwand darin wie Hänsel und Gretel im Zauberwald. Henry ließ sich zwischen den Malvenstengeln nieder, und Miss Giselle kuschelte sich in seinen Schoß.

»Und warum hast du mich hierhergebracht?« sagte Henry.

»Um deine Glut zu schüren«, sagte Miss Giselle. »Vergiß das ganze Wenn und Aber. Schau dir den Eibisch an und lies meine Gedanken.«

Ich rückte auf. Die Okrablätter erschauerten. Das angeknabberte Profil des Mondes verzinnte die Stengel und die platzenden Fruchthülsen. Die Schoten standen hoch oder querab, wie angespitzte ›Ständer‹. Hätten Kobolde die Größe und die Heißblütigkeit von Menschen gehabt, dann hätten so ihre Penisse ausgesehen: ein Hain aus zarten silbergrünen Pimmeln.

»Alt ist mein Wunsch, mich von animalischen Trieben zu befreien«, sagte Henry. »Bis du auftauchtest, war ich der Meinung, es sei mir gelungen.«

»Tja, ich hege den Wunsch, mich ihnen zu unterwerfen. Bitte, laß nicht zu, daß ich durch feige Skrupel in meiner trostlosen Ehe verkomme.«

»Suchst du Rache wegen Untreue und Vernachlässigung?«

»Das auch. Aber was ich suche, hat mehr noch mit… mit Halten und Gehaltenwerden zu tun. Ich will in deinen Armen verreisen – an Orte, wo ich schon so lange nicht mehr war.«

»Ich bin ein Monstrum. Ein Zerrbild. Die Laune eines gequälten, vermessenen Mannes.«

»Henry, du bist schön.«

»Ein Kompliment, das ich *dir* machen sollte.«

»Deine Hände tun es. Sie sind wie Worte.«

»Auch wenn meine Lippen ›Keriak!‹ rufen?«

»Ruf, was du willst. Darf ich es einem Mann verübeln, daß sein Herz noch immer an seinem verstorbenen Eheweib hängt?«

»Nein. Aber diesem Betrug müssen wir ein Ende machen, diesem Verrat an Mister JayMac und unserem Gewissen.«

»Diesem *süßen* Betrug. Sagen wir es so.«

»Quäle mich nicht. Necke mich nicht, laß die Wortklauberei.«

»Pscht. Sieh mal.« Miss Giselle langte nach einem Okrastengel.

»Nicht. Das Jucken ist unausstehlich.« Er meinte die kratzigen Haare der Okraschote.

»Dafür habe ich dich. Hier.« Miss Giselle pflückte eine Schote, die mehrere Zoll lang war. »Kizzy oder Euclid oder einer von euch hätte sie längst pflücken sollen. Sie sind – anders als du – am zartesten, wenn sie kleiner sind. Die hier hat eine hornige Schale.«

Henry nahm die Schote und schleuderte sie fort. Sie wirbelte durch den Okrahain und streifte mich am Hals. Ich tastete nach der kribbelnden Stelle und duckte mich tiefer an den Boden.

»Magst du Gumbo?« sagte Miss Giselle. »Den klaren, süßen Schleim der Schoten? Der so dick und so lebendig ist?« Sie saß auf Henrys Knie und küßte ihn auf die Stirn.

»Aber wir machen es nicht richtig«, flüsterte Henry. »Mein Sperma ist steril und dein Schoß nicht minder.«

»Wir machen einander glücklich.« Miss Giselle rückte sich zurecht, so daß ihre Hände auf seinen Schultern lagen, und ihre Hüften hoben und senkten sich zu einem ungezwungenen Rhythmus. Die Scham pochte mir das Herz aus dem Leib.

»GOTT!« rief Henry. Mir war, als müsse der Donnerschlag McKissic House erschüttern und die Kameraden ausschwärmen lassen, um herauszufinden, was da passiert war. Ich wagte nicht, mich zu rühren. Für Henry wär ich das Trüffelschwein, und Miss Giselle würde dafür sorgen, daß ich aus dem Team flog.

Nach einer Weile bewegten sie sich wieder, Krinoline an Baumwolle. Ich umarmte die Erde.

»Bring mich in die Wohnung von Darius. Du kannst mich jetzt nicht allein lassen.«

»Aber das Risiko, entdeckt zu werden. Der Skandal, die Schande ...«

»Jetzt gleich, Henry. *Jetzt!*«

Henry las Miss Giselle auf. Er trug sie aus dem Okrahain und querbeet durch Mais, Tomaten, Kürbisse, Bohnen, Wicken und Gurken auf die Garage des Bombers zu – in das Zimmer darüber, in dem der uneheliche Sohn ihres treulosen Gatten gehaust und mit seinem Schicksal gehadert hatte.

Kaum waren sie fort, da pirschte ich zur Feuertreppe zurück.

Zwei Stunden später kam Henry zu Bett. Ich tat, als ob ich schliefe. Doch eine Stunde oder länger saß er noch auf der Matratze, die Arme um die Knie geschlungen, ein grauer Koloß in der engen und feuchtheißen Mansarde.

53

Beim Baseball vergass man den Krieg. Unterwegs im Braunen Bomber las man Zeitung und redete darüber. Seit ich wußte, daß mein Dad auf den Aleuten gefallen war, horchte ich auf, wenn es Neuigkeiten vom Kriegsschauplatz Alaska gab.

Auf einer Fahrt nach Lanett las ich im *Highbridge Herald*, daß die alliierten Streitkräfte bei der Invasion der Insel Kiska – nach hohen Verlusten in dem Wahnsinn und dem Nebel – feststellen mußten, daß die Japse die Insel geräumt hatten. Mit anderen Worten, wir hatten einen Feind geschlagen, der gar nicht mehr da war. Die Presse sprach vom ›Fehlschlag auf Kiska‹. Niemand konnte sich vorstellen, wie oder wann die Japse es fertiggebracht hatten, ihre akut bedrohten Truppen von der Insel abzuziehen. Henrys Kopf lag nickend an der Scheibe, seine Hände zuckten im Schoß. Ich zeigte ihm die Story. Er las und gab mir die Zeitung zurück

»Blöd«, sagte ich. »Wir haben sie entwischen lassen.«

»Die Findigkeit der Japaner hat Tausende vor dem gierigen Schlund des Todes bewahrt. Was liegt dir daran, ihn zu mästen?«

»Es sind Japse, Henry. Blutrünstige, hi-hinterfotzige Affen«

»Auf einige mag das zutreffen. Auf die meisten nicht. Krieg ebnet den Unterschied zwischen Guten und Bösen ein. Ich kann nur froh sein, daß ihnen die Flucht gelungen ist. Hätten die Alliierten genausoviel Verstand bewiesen, anstatt in Panik zu geraten und das Feuer zu eröffnen, dann hätte niemand den Tod gefunden.«

»Das ist doch Quatsch«, sagte ich. »Die Japse haben M-Minen und Sprengfallen zurückgelassen.« In der Zeitung stand, daß der Zerstörer *Abner Read* auf eine Mine gelaufen war, und über hundert Mann waren ertrunken oder verletzt worden. Wie konnte Henry mit den lausigen Japsen halten?

Henry schwieg.

Dunnagin lehnte sich über unsere Rückenlehne. »Einfach so verschwinden, wie haben die das angestellt?«

»Die Nebel von Alaska – die Nebel der Aleuten – sie sind ständig in Bewegung und führen in die Irre«, sagte Henry. »Die Japaner haben sie und die Launen des Schicksals genutzt, um den Tod vieler Menschen abzuwenden.«

»Du meinst, sie hatten Glück«, sagte Dunnagin.

»Vielleicht hatten auch die Alliierten Glück.«

»Bis auf die armen Kerle auf der *Abner Read* u-und die Jungs, die vo-von Sprengfallen zerfetzt wurden!«

Henry grunzte. Der Krieg, über den er sich früher so entsetzt hatte, schien ihn nur noch zu langweilen. Sein Kopf kippte wieder an die Scheibe, wo er von Sudikoffs zweifelhaften Fahrkünsten gebeutelt wurde und inwendig vielleicht von unschlüssigen Gedanken an Miss Giselle. Kein Wunder, daß ihm der Krieg aus dem Fadenkreuz rutschte.

Drei Sitze vor uns sprang Bebout auf und schwenkte in einem Anfall von Schizophrenie oder Taufwahn den Arm und betatschte jeden in seiner Nähe mit spastischen Fingerbewegungen – wie ein Holy-Roller auf Speed.

»Norman!« schrie er. »NORMAN!«

Sudikoff saß am Steuer. »Was?« rief er über die Schulter. »*Was?*«

Bebout verfiel in ein endloses, unsinniges Geschwafel über seinen Bruder Woodrow und den Erzengel Gabriel und alles mögliche. Ich hatte so was noch nie gehört.

Sudikoff sagte: »Entweder bringt ihr den Witzbold zum Schweigen oder ich bau gleich einen Unfall.«

Mister JayMac kam den Gang entlang, legte den Arm um Bebout und konnte ihn schließlich beruhigen.

»Der Bursche ist ein wandelndes Irrenhaus«, sagte Curriden. »Ich glaub, er ist übergeschnappt.«

Bebout saß die restlichen dreißig Meilen bequem – aber in Lanett, als er aus dem Bomber stieg, da lud er eine Dose Wedowee Snuff in Lamar Knowles Hemdtasche und klopfte dagegen wie eine Mama, die ihrem Sohn ein frisches Taschentuch zugesteckt hat. Lamar nahm das als Witz, Gott sei Dank, und der Vorfall hatte keine Folgen.

Trotzdem plagte uns die Sorge, Bebout könnte seine fünf Minuten auch mal auf dem Platz bekommen. Gottlob schien ihn das Baseballspielen und das ganze aktuelle Drum und Dran einerseits ruhigzustellen – und andererseits in Fahrt zu bringen, denn, abgesehen von Henry, spielte er gegen die Linenmakers so gut wie jeder andere von uns.

Donnerstag- und Freitagabend konnten die Linenmakers es trotz lärmender Unterstützung durch ihre Lanett-Truppen nicht mit uns aufnehmen. Wir schlugen sie sieben zu zwei und dreizehn zu null. Henry gelangen drei Home Runs und zwölf RBIs – er spielte in dieser Serie mit gleichbleibender Konzentration. Aufs Jahr gesehen, hatte er jetzt neununddreißig Home Runs zu verzeichnen, achtzehn mehr als Lon Musselwhite, unser zweitbester Mann in diesem Fach, der am Freitag den einzigen Home Run in dieser Serie machte.

Wenn man unterstellt, daß die CVL-Saison nur halb so viele Spiele hat wie die der Major-Leagues, dann hatte Henry prozentual mehr Home Runs zu verzeichnen als Babe Ruth in seinen drei Top-Saisons bei den Yankees. In einer Major-League hätte Henry bei diesem Prozentsatz geschlagene *zweiundachtzig* Home Runs gemacht! Sogar die Fans von Lanett jubelten, als sein dritter Top-Ball über die Rightfield-Bande in einen von Reihern gesäumten Arm des Chattahoochee segelte.

Ich schnitt in dieser Serie auch nicht schlecht ab – sieben Hits bei acht Schlaggelegenheiten. Jedesmal wenn Henry einen Ball über den Zaun drosch, war ich vor ihm an der Home Plate. Feststeht, daß wir vom Linenmaker-Pitching profitierten, und als wir Samstag früh nach Opelika aufbrachen, dann nicht ohne ein gewisses habgieriges Bedauern. Unser zweiter Sieg in Lanett, verbunden mit einem ganz ungewöhnlichen Sieg der Boll Weevils über dic Gendarmes, hatte uns erneut Kopf an Kopf mit letzteren auf den ersten Platz geliftet.

Lou Ed Dew, der Manager der Orphans, fuhr alles gegen uns auf, was er zu bieten hatte. Sie waren sechs Punkte zurückgefallen und konnten nur noch mit uns gleichziehen, wenn sie alle sechs verbleibenden Spiele gewannen – und wir und die Gendarmes auf unsere Begegnung verzichteten. Mit anderen Worten, die Orphans hatten *absolut* keine Chance – denn wir würden die Saison mit drei Heimspielen gegen LaGrange beschließen. Den Wimpel würden entweder die Hellbenders oder die Gendarmes holen. Die Orphans hatten aber immer noch einen Sprinter am Second und damit eine Chance, unsere Träume vorher platzen zu lassen. Lou Ed Dew wollte sie platzen lassen.

Diese Wochenendserie – ein Doppel am Samstag und ein Einzel am Sonntag – wurde erst brenzlig, als Smiley Clough, das As der Orphans, den Hügel übernahm. Er warf mindestens einmal pro Schlagmann mit einer hochgestochenen und körperengen Wurffigur einen sirrenden niedrigen Brückenball, was er jedesmal mit einem Hoppla-das-wollte-ich-nicht-Grinsen quittierte. Man wußte nicht, ob man mit dem Schlagholz auf ihn losgehen oder ihm sein Kontrollproblem abkaufen sollte. Bis wir kapierten, daß ihm der Schädel eingeschlagen und das Grinsen weggeschmirgelt gehörte, lag Clough mit zwei zu null in Führung und warf einen Ausbrecher, von dem Nutter schwor, er müsse seinen unschlagbaren Dreh einer Schmierspur aus Kentucky-Gelee verdanken. Wie auch immer, Clough hielt volle neun Innings durch und gönnte uns nicht einen Punkt.

Das zweite Spiel des Doppels lief nicht viel besser. Zum Werfen hatte Dew einen schlacksbeinigen Jungen aufgetrieben, der aus dem Wurmfortsatz von Florida stammte und Marion Root hieß. Root warf einen Speed-Ball aus der Schulter, der mit jedem Fuß, den er sich der Home Plate näherte, um den Bruchteil eines Zolls schrumpfte. Wenn er uns erreichte, sah er aus wie das versteinerte Ei eines Kolibri.

ROOT FOR ROOT[1] stand auf einem Spruchband im Outfield. Was die Fans der Orphans beherzigten, und Root brachte zwei Hits ins Neunte.

Zum Glück tat das auch Fadeaway Ankers, unser eigenes Freiland-Ass, und bei unserer letzten Schlagrunde vor den Extra-Innings prügelte Henry noch ein Kolibriei zur Atlantikküste, was ihm einen Punkt einbrachte – ihm und Worthy Bebout, der einen aus der Schulter geworfenen Fast-Ball aus den Speichen seines Rundumschlags in die unüberdachten Ränge befördert hatte. Wir standen die zweite Hälfte des Innings durch und gewannen zwei zu null. Das Unentschieden ließ uns da, wo wir waren: Kopf an Kopf mit LaGrange in der Zielgeraden.

An diesem Abend eröffnete mir Henry, Marion Root

---

1 STIMMUNG FÜR ROOT

werde in die Major-Leagues aufsteigen. Und Henry meinte noch mehr – daß nämlich Root das Zeug habe, ein zweiter Bob Feller oder Johnny Vander Meer zu werden. Aber nicht lange, nachdem Root gegen uns gepitcht hatte, da meldete er sich zur Army und verbrachte die nächsten siebzehn Wochen im *Infantry Replacement Center*[1] in Camp Wheeler bei Augusta*. Er starb im folgenden Winter in Anzio* bei der 45. US-Division, zwei Wochen nach seiner Ankunft in Übersee.

Das Spiel am Sonntag verdient keinen Kommentar. Wir verloren es. Der Punktestand war sechzehn zu drei, und keiner von unseren Runs war durch eigene Leistung erzielt. Da gibt es nichts – die Orphans wickelten uns in Wachspapier und verschnürten uns zu einem Paket. Absender: Opelika – Adresse: Highbridge.

Allerdings passierte in der zweiten Hälfte des Achten etwas wirklich Verrücktes. Bei einem gemütlichen Liner ins Center schrie Bebout: »Woodrow! Woodrow, du kriegst ihn!« und fiel auf die Knie. Der Ball zog über seinem Kopf hinweg, so daß, derweil Skinny ihm nachsetzte, zwei Runner Punkte machten und der Schlagmann das Third erreichte.

»Was, zum Teufel, war *das* denn?« brüllte Curriden.

»Er hat ihn verpaßt!« rief Bebout. »Mein armer Bruder hat ihn einfach verpaßt!«

Erstaunlicherweise unterlagen die Gendarmes den Mudcats, und zwar in *The Prefecture*. Damit kochte die ganze Saison auf eine letzte Dreierserie herunter: Wir gegen die Gendarmes in *McKissic Field*.

---

[1] *Infantry Replacement Center* ist ein Ausbildungslager für den ›Nachschub‹ an Infanteristen.

54

Beinah täglich widmete der *Herald* den Hellbenders die rechte Kolumne auf der Sportseite. Einmal, da brachten sie ein Foto von mir – mein ausgebleichtes Gesicht und meine ausgebleichte Brust über dem pechschwarzen Klecks meiner Knickerbockers – direkt unter der Überschrift *Tenkiller Speedster Hopes to Help / Our Hellbenders Lug the Bunting.*[1]

Geschrieben hatte den Artikel eine rüstige, altjüngferliche Lady, die mit O. A. Drummond zeichnete und mehr Talent für offizielle Presseverlautbarungen bewies als für Interviews oder Berichte zur Person. Miss Drummond war häufig im Stadion zu sehen und selbst an feuchten und brütenden Hundstagen angezogen wie eine von diesen Fuchsjagd-Spinnerinnen: kniehohe Stiefel, Tweedrock, Bluse mit Puffärmeln und Tweedhut mit hinten hochgeklappter Krempe. Sie besuchte nie das Clubhaus (die Hellbender hätten sie in Nullkommanichts durch ihr Gejohle vertrieben) und saß immer nur in der Pressekabine drei Stühle von Milt Frye entfernt an der Schreibmaschine.

Auf jeden Fall hatte ich ein Exemplar von Miss Drummonds Story an Ma geschickt und trug ein weiteres zusammengefaltet in meiner Brieftasche – gleichsam als Muntermacher für schlechte Zeiten. Nicht lange, nachdem sich meine Stimmbänder wieder zu Wort gemeldet hatten, zeigte ich den angenagten Zeitungsausschnitt Double Dunnagin.

»Was heißt *l-l-lug the bu-bu-bunting?*«

---

1 *Tenkiller Sprinter will helfen / Unsere Hellbender zeigen Flagge*

»Daß wir den Wimpel wollen, Kleiner.«

»Und warum sa-sagt sie das n-n-nicht?«

»Weil sie ein Federfuchser ist und *lug the bunting* poetischer klingt. Sloan kennt sich da besser aus.«

Aber bis Ende August waren wir tatsächlich soweit, daß wir Flagge zeigen konnten, und Miss Drummonds tägliche Ergüsse im *Herald* behandelten die finale La-Grange-Serie wie den nächsten Kampf von Joe Louis – und das zweimal auf der Titelseite neben aktuellen Berichten über Operationen der US-Flotte bei Neu Guinea und den Salomon-Inseln. Highbridge war im Baseball-Fieber. Wenn FDR wollte, daß die CVL und Mister JayMacs Verein die Moral an diesem Abschnitt der Heimatfront stützten, tja, dann konnte er stolz auf uns sein. Selbst so ein Zwergtalent wie Trapdoor Evans konnte nicht über den Gemüsemarkt gehen, ohne Autogrammjäger anzulocken.

In den Tagen vor dem Eröffnungsspiel am Freitag hat Henry sich nicht ein einziges Mal den Caddy geliehen. Soviel ich weiß, hat er sich in diesen Tagen auch nicht mit Giselle getroffen – weder im Victory-Garten noch in der früheren Bleibe von Darius. Er hat jede Nacht sechs oder sieben Stunden in seinem Bett geschnorchelt. Er hat zwei sehr kluge Bücher gelesen – *The Pariah* von Anatole Maguin und *Self-Evolution and Self-Extinguishment* von Victor-René Durastante. (Die Titel hatte ich mir ins Notizbuch gekritzelt.) Er fixierte immer zwei Seiten auf einmal und schloß die Augen wie eine Stereokamera, wenn er umblätterte, eine Methode, die ich bei ihm noch nicht beobachtet hatte – vielleicht wollte er einfach nur fertig werden, bevor die Saison zu Ende war.

»Ta-Taugen d-die was?« fragte ich ihn.

»Provokativ. Ich wünschte, ich hätte die französischen Originalausgaben, aber Mrs. Hocking konnte mir nur diese etwas holprigen Übersetzungen besorgen.« Er schaffte das dünnere Buch – den Maguin –

binnen einer Stunde, während er für den Durastante fast einen ganzen Nachmittag brauchte.

Was Henry am Donnerstag und Freitag gemacht hat, weiß ich nicht. Donnerstag besuchte ich mit Phoebe eine Nachmittagsvorstellung im Exotic (*Above Suspicion* mit Joan Crawford und Fred MacMurray), den kompletten Freitag – also bis ich zum Stadion mußte – war ich bei Phoebe im *Hitch & Shirleen's*.

Wir gingen uns nicht an die Wäsche, wir knutschten auch nicht, wir hielten nicht mal lange Händchen. Wir hingen bloß rum und unterhielten uns oder hingen rum und unterhielten uns nicht, und dieser gräßliche Morgen bei ihr zu Hause in Cotton Creek lag so weit zurück, als wär das '38 passiert und nicht uns, sondern zwei flüchtigen Bekannten. Wenn Phoebe auf einen Kunden warten mußte oder mit der Registrierkasse klingelte, saß ich auf einem Schemel hinter dem Ladentisch und quälte mich durch den *Pariah.*

»Taugt das was, Ichabod?«

»Weiß n-nicht. Da passiert nicht viel. Dieser Franzmann im Senegal haust ein Jahr lang im Keller eines Regierungsge-ge-gebäudes, und keiner weiß davon. Oder würde sich kü-kümmern, wenn er's wüßte.«

»Erinnert mich an Mr. Bebout.«

»Henry fand es gut.«

»Tja, Henry ist ein Genie. Ein hundertprozentiger Eierkopf.«

Was hätte ich dazu sagen sollen?

»Er ist der netteste häßliche Mann, den ich kenne«, sagte Phoebe. »Aber mach jetzt das blöde Buch zu und rede mit mir.«

Ich klappte das Buch zu.

Keiner kann behaupten, Buck Hoey hätte bei den Gendarmes zuletzt noch für Furore gesorgt, denn sie hatten die ganze Saison über prima gespielt. Andererseits brachte Hoey die Gendarmes im August – sozusagen mit Links – ganz schön zum Schwitzen, und zwar durch seine Tyrannisiererei, seine Energie und seine Aufsässigkeit. Er war so versessen darauf, daß sein neuer Verein seinen alten Verein schlug, daß Emmett Strock ihn schon hätte erschießen müssen, um ihn vom Feld zu nehmen. In der Tat sollte sich der Hoey-gegen-Fortenberry-plus-Cash-Handel sehr bald als der schlechteste Tausch herausstellen, den Mister JayMac je eingefädelt hatte.

Sehen Sie, Strock stellte Hoey ans Third, nicht mehr Binkie Lister; Hoey brauchte da nicht so viel Infield abzudecken wie am Short. Dieser Schachzug, gepaart mit Hoeys natürlicher Entschlossenheit und seinem Haß auf Mister JayMac, verlieh Hoey die Kraft, seinen Schlagschnitt um sechzig Punkte zu steigern. Hinzu kam, daß er anfing, sein Wissen über die Schwingfiguren und die Körpersprache von CVL-Pitchern zu nutzen, um Bases zu stehlen (was ihm gar nicht ähnlich sah). Nicht zu vergessen sein Durocher-Talent, Beleidigungen zu schleudern, das er einsetzte, um gegnerische Schlagmänner vom Third aus mit solchen Widerwärtigkeiten zu spicken, daß sie irritiert waren und ihre Chancen verpaßten (Hoey wie er leibte und lebte). Mit dem Resultat, daß (wie uns zu Ohren kam) derselbe Buck Hoey, dessenthalben es in *The Prefecture* unlängst Burma-Shave-Näpfchen gehagelt hatte, nunmehr der Liebling von LaGrange war. Sogar Binkie Lister, der nur noch eine unterstützende Funktion hatte, mochte Hoey; und Cliff Nugent, der größte Star der Gendarmes, anerkannte Hoeys Wert und gönnte ihm seine Beliebtheit.

Ein Segen, daß wir in der Entscheidungsserie den Heimvorteil auf unserer Seite hatten. McKissic Field war – nicht zuletzt durch das Kopf-an-Kopf-Rennen um den CVL-Wimpel und die ganzen Herzblut-und-Schweiß-Artikel über uns im *Herald* – restlos ausverkauft. Wobei ›restlos‹ noch untertrieben ist.

Ich zog mich in einem Nebenraum von *Hitch & Shirleen's* um, kaum mehr als eine schattige Straße breit vom Stadion entfernt. Die ersten Fans kamen bereits vier oder fünf Stunden vor dem offiziellen Spielbeginn um 19.30 Uhr. Weiße und Farbige, GIs und Zivilisten besetzten das Stadion wie eine Armee, die zum Gottesdienst kam.

Etliche Besucher fanden durch die Tür von *Hitch & Shirleen's*, um sich Coca-Cola, Gebäck, Kaugummi, Chips und dergleichen zu kaufen, einfach weil das Zeug hier billiger war als an den Ständen im Stadion. Phoebes Verwandte väterlicherseits kamen in den Laden runter und halfen beim Bedienen, und ich überquerte auf meinen Spikes die stark belebte Straße, um rechtzeitig zur letzten Vorbesprechung um 18.30 Uhr im Clubhaus zu sein. Autogrammjäger und Ratgeber umkreisten mich wie Mücken. Für hundert Yards brauchte ich eine Viertelstunde, und ich hörte ein paar Fans von LaGrange nörgeln, sie wären an zwei Toren von den Kartenverkäufern abgewiesen worden.

»Wenn wir das Spiel sehen wollen«, sagte ein Mann, »dann müssen wir vielleicht Nigger-Plätze kaufen, mehr ist nicht.«

Von innen gesehen, kam einem das Stadion wie ein riesiger, aufgeblasener Ballon vor. Es knarrte und schwankte und wogte. Und dann jubelten unsere aufgedrehten Hellbenderscharen uns durch das Eröffnungsspiel dieser Entscheidungsschlacht zu einem stürmisch betrampelten Sieg. Nutter warf müde fünf Hits, und Henry säbelte im siebten Inning ein Tandem zum Himalaja, auf dem wir gemütlich zur Home Plate radelten – meine Wenigkeit dank eines abgetropften Singles von vorhin. Und Hoey? Wer war Hoey? Als ich zum Third trabte, blickte ich nicht mal zu ihm hin.

»Noch so'n lächerlicher Hit«, hörte ich ihn sagen. Er meinte meinen Abtropfer, nicht Henrys Homer, aber ich sagte: »Zu schade, daß er immer noch fliegt«, und joggte zur Plate mit dem einzigen Punkt, der wirklich zählte in diesem Spiel. Hinter mir kaute Hoey seinen essigsauren Pfriem.

Eineinhalb Innings später, als ich einen Liner nach rechts dolchte, der das finale ›Aus‹ brachte, da strömten die Fans auf den Platz, und eine Brigade von GIs marschierte zum Penticuff Strip und sang *Take Me Out to the Ballgame* und andere anstößige Jody-Verse, daß es zu Handgreiflichkeiten mit wohlanständigen Bürgern kam.

Der Sieg brachte uns einen vollen Punkt voran, und zwei Spiele waren noch offen.

Im Clubhaus sagte Mister JayMac: »Morgen gewinnen, und das wär's. Abgesehen von der Blamage, wär's mir ziemlich egal, was ihr am Sonntag macht. Die Gendarmes könnten sich mit dem billigen Sieg die Tränen abwischen und heimfahren.«

»Amen!« sagte Jerry Wayne Sosebee.

»Also gewinnt morgen und macht ein Ende.«

»Morgen gewinnen wir!« riefen alle. »Morgen gewinnen wir!«

Mister JayMac fing mich ab, als ich zur Dusche wollte, und schleppte mich zu Henry rüber. »Wir sehen uns draußen an der Laube, in einer Stunde, verstanden?«

»Jawoll, Sir«, sagten wir wie aus einem Mund. Mister JayMac tauchte in das hallende Höllenspektakel unter den Tribünen. Henry und ich sahen einander an. Dann duckte Henry sich in seinem Baseballdress aus dem Umkleideraum – um zu Fuß nach McKissic House zu gehen.

»Gentlemen, nur ein paar Minuten Ihrer kostbaren Zeit.« Mister JayMac ging auf den federnden Dielen der Sommerlaube am Weiher auf und ab, derweil Henry und ich nebeneinander auf einer Wandbank saßen. Moskitos greinten, und aus dem verschleierten Wasserspiegel stiegen gespenstische Dunstfetzen, die Sterne am Himmel so scharf wie polierte Gabelzinken. »Haben Sie oder Sie vielleicht schon eine Ahnung, worum es geht?«

»Sir …«, hob Henry an.

»Nein, nein, bitte nicht. Wie Sie merken, hätte ich gerne die Exklusivrechte an dieser Nachricht, auch wenn Sie schon ahnen, worum es geht, Mr. Clerval.«

Henry saß starr wie der Tabakladenindianer. Seine Hüfte neben mir war eine gebogene Hickoryplanke. Plötzlich begriff ich, daß er befürchtete, Miss Giselle könne die vermaledeite Story ihrer *Affaire-de-Cœur* (und anderer Körperteile) gebeichtet haben. Henry hatte eine Hand auf dem Knie liegen, und diese Hand begann zu zucken – die einzige Bewegung, abgesehen vom Atmen, die ich an ihm wahrnahm. Ich dagegen vermutete einen gänzlich anderen Grund für diese Unterredung.

»Wer würde schon zugeben, daß ihr Burschen eine Augenweide seid«, sagte er, »doch für mich wart ihr das immer – auch wenn ich euch manchmal verdammt hart rangenommen habe und euch da oben in eurem eigenen Saft habe schmoren lassen.«

»Kizzy sorgt immer für frische Handtücher«, sagte Henry.

Mister JayMac hob eine Augenbraue. »Aufgepaßt. Für den Rest der Saison wollen euch die Phillies. Freddy Fitzsimmons hat Mr. Cox überredet, ihm ein paar erstklassige Leute aus den Minor-Leagues zu beschaffen, und die Leute, die er nannte, waren zwei Burschen aus diesem drittklassigen Verein hier. Ihr steigt Dienstag in den Zug und meldet euch umgehend bei den Phillies. Ich denke, ihr werdet da gebraucht.«

»Donnerlittchen!« sagte ich.

»Ist das eine Freude.« Henry packte sein Knie, um

das Zucken der Hand zu unterbinden. »Eine große, unverhoffte Freude.«

»Unverhofft? Henry, ein Mann mit über vierzig Home Runs sollte sich fragen, wieso er immer noch *hier unten* spielt.«

Henry sagte: »Sehr richtig. Und wieso?«

»Weil ich es so wollte. Nicht die Phils waren auf dem absteigenden Ast, aber wir. Gott möge mir vergeben, Mr. Clerval, aber *ich* war es, der Sie hier festhielt. *Ich* habe Fitzsimmons hingehalten.«

»Dann möge Gott Ihnen vergeben.«

»Ihr könnt euch gratulieren. Jimmy Wasdell, der First-Base bei den Phillies, hat höchstens zwei oder drei Home Runs pro Jahr, und Gabby Stewart schlägt im Schnitt 0.200 und teilt sich das Short mit Charlie Brewster, der auch kein Babe Ruth ist. Mit anderen Worten, ihr könntet sofort auf diese Positionen.«

»Donnerlittchen!« Ich stand auf und tat ein paar Hopser. Danach sah Mister JayMac auf den Weiher hinaus.

»Mir ist nur schleierhaft, wie *ich* meine Löcher nächstes Jahr stopfen soll. Aber ihr macht schon euren Weg. Vielleicht auch die Phillies. Und vergeßt nicht, aus welchem Stall ihr kommt, wenn ihr im *Shibe Park* eure Klimmzüge am Scoreboard* macht.« Mister JayMac stapfte die Stufen hinunter und machte Anstalten über den Rasen zu seinem Bungalow zu gehen.

»Sir!« sagte Henry.

Mister JayMac drehte sich um.

»Warum haben Sie uns diese erfreuliche Nachricht ausgerechnet heute abend eröffnet?«

Mister JayMac sagte: »Sie meinen, *bevor* die Entscheidung gefallen ist? Vermutlich, weil ich mir nicht die kleinste Freude versagen kann. Zuerst möchte ich immer den Nachtisch. Bei Mordgeschichten lese ich immer zuerst hinten nach, wer der Täter ist. Eine alte Unsitte.«

»Wenn die Entscheidung morgen nicht fällt«, sagte

Henry, »werden Sie sich sehr ärgern, daß Sie uns so früh schon in Kenntnis gesetzt haben.«

»Wahrscheinlich. Bestimmt sogar.«

»Dann machen Sie die Neuigkeit bitte erst bekannt, wenn wir den Wimpel in der Hand halten. Danny und ich werden genauso diskret sein.«

»Ausgezeichnet«, sagte Mister JayMac. »Seht zu, daß ihr Schlaf bekommt.« Er machte sich auf den Weg, ein Schemen von zerknittertem Kreppleinen. Frösche quakten, Leuchtkäfer blinkten, und durch die Laube strich der Geruch von gerösteten Erdnüssen, der sein Öl in die heiße Nacht und auf den dampfenden Weiher schwitzte.

»Ein Traum hat sich erfüllt«, sagte Henry nachdenklich. »Ich habe die Chance, mich mit den Besten zu messen.«

Ich zog Henry an der Hemdbrust hoch. Er mußte sich ducken, um sich nicht den Kopf zu stoßen. »Ma-Major-Leaguers«, sagte ich. »Du und ich.«

Henry hob mich an seine Brust und quetschte mir die zarten Knochen. In dieser lächerlichen Hutschachtel schwenkte er mich feierlich herum, meine Füße kreisten durch die Luft, linksherum, rechtsherum, ich schwang wie der Perpendikel einer Standuhr. Er roch nach Seife, nach polierten Bällen und nach nassem Lehm. Ich ließ ihn gewähren, tadamm ta-da-damm, dazu die Frösche und die Zikaden mit ihren Rasseln und Metallflötchen. Schließlich setzte Henry mich ab.

»Er mu-mußte zugeben, da-daß ich spielen kann«, sagte ich.

»Wer?« Dann verstand Henry und legte mir die Hand auf den Kopf, ganz wie ein Priester kraft seines Amtes.

Am Fuß der Sommerlaube stand Miss Giselle, ein Phantom im blassen Organdy-Gewand, das zwischen Weiß und Forellenflossenblau changierte. Vielleicht ein Morgenmantel, vielleicht ihr dreißig Jahre altes Ballkleid. Jedenfalls fuhr ich zusammen. Aus dem Stoff sickerte ein abgedämpfter Glühwürmchenschein. Auch der Helm aus silbrigem Haar schimmerte. Sie sah alt aus, die *komplette* Miss Giselle – nicht an Gesicht und Körper, mehr wie eine Statue, die sich aus einem Tempel in Theben hierher verirrt hatte.

»Gratuliere, Henry.«

Henry nickte ein vorsichtiges Danke.

»Auf nach Philadelphia, raus aus Highbridge.«

»Ich geh schon m-m-mal. Gute Nacht.«

»Bleib, Daniel«, sagte Miss Giselle. »Es ist besser so. Sonst mache ich noch Dummheiten.«

»Geh ins Haus, Giselle«, sagte Henry. »Es ist spät. Die Luft ist feucht und heikel.«

»Heikel. Kein Mensch sagt *heikel* für das, was du meinst. Die Luft ist doch schön. Ich mag sie.«

»Giselle, diese Scharade muß ein Ende haben.«

»Wenn du gehst, gehe ich auch. Ich weiß nichts von einer Scharade, nur von einer Verbindung, an der dir vor Tagen noch gelegen war.«

»Weib, bitte, wir bekleckern uns nicht mit Ruhm, wenn wir diesen Betrug hinausziehen und geschehen lassen, was nicht geschehen darf.«

»Ha.« Miss Giselle zitierte aus einem Buch, das Henry kannte: *»Überall sehe ich Wonnen, von denen ich allein unwiderruflich ausgeschlossen bin.«*[1]

»So habe ich mich dereinst aus Unwissenheit belogen. Richtig ist, daß die Wonnen einen weiten Bogen um die allermeisten von uns machen. Geh wieder ins Haus.«

»Scher dich ins Kloster, wie? Und wieso betrachtest

---

1 Wortlaut aus: *Frankenstein oder Der moderne Prometheus* von Mary W. Shelley in der Übersetzung von Christian Barth, HEYNE PAPERBACKS, 1963, S. 116 oben

du dich auf einmal als einer von *uns*? ›Die allermeisten von uns‹? Du bist ein Mörder, Henry. Höllenqualen wären eine zu milde Strafe für diese … *rotznasige* Abfuhr, die du mir erteilst, du abscheulicher Teufel!«

Henry setzte sich wieder. »Laß«, sagte er so sanft, als könne er nur sich selbst meinen. »Woher komme ich? Wohin gehe ich?«

»Nach Philadelphia«, spottete Miss Giselle. »Sag, daß Schluß ist – ohne Schnörkel – und ich gehe ins Haus. Ich werde dir nie wieder unter die Augen kommen. Sieh mir einfach ins Gesicht und sag es.«

»Diesen peinlichen Akt habe ich bereits vollzogen.«

»Wenn das ernst gemeint war, dann kannst du es auch wiederholen.«

Henry schüttelte traurig den Kopf. »Wir dürfen uns nicht mehr heimlich treffen. Du kannst mich nicht begleiten nach Philadelphia.«

»Dann hast du mich erschlagen, Henry. *Getötet*.«

Henrys Gesicht war so mondblaß, daß ich darauf den forellenflossenblauen Widerschein von Miss Giselles Gewand zu sehen glaubte. Miss Giselle hob den Handrücken an die Lippen, blies ihm einen bitteren Kuß zu und vollführte eine halbe Pirouette im schattigen Gras. Henry sah ihr nach, als sie mit ausholenden Schritten davonging.

»Hurerei! – Unzucht und Inzest!« Henry meinte das gar nicht lustig, und ich konnte auch nicht über ihn lachen, denn er hatte am ganzen Leib gebebt, als er die Verwünschung ausstieß.

»Was macht sie nun?« fragte ich ihn.

Er sackte förmlich in sich zusammen. »Mich vergessen. Sich fortan wieder den verbrieften Desideraten ihrer Ehe widmen.«

Ich wußte nicht, was das bedeutete, doch der Gram in Henrys Stimme war nicht zu überhören und vermieste auch mir die Freude über unseren Aufstieg in die Major-League. Auf dem Weg nach McKissic House ließ Henry derart die Schultern hängen, daß ich ihr Gewicht bei jedem Schritt zu spüren meinte. Ich wär am liebsten um ihn herumgetanzt, als hätten wir den 1. Mai und er wär der Maibaum. Statt dessen schleppte ich mich zu Bett, in einem Haus, das bereits finster war und aus allen Rohren schnarchte. Und Henry vergaß, den Rat des Herrn Jesus zu befolgen und allen Ängsten und Sorgen zu entsagen.

Am Samstag demütigten uns die Gendarmes. An die Wertung kann ich mich nicht erinnern, und ich habe Jahre gebraucht, um meine zwei Patzer am Short zu verkraften. Buck Hoey führte die Attacke gegen uns an, mit vier Hits bei fünf Schlagversuchen und dem unglaublichen Fang eines Balls, der im achten Inning wie ein Stachel von Bebouts Schlagholz kam. Hoeys Fang erstickte unseren einzigen zaghaften Ansatz für einen Run.

»Patt«, erklärte Mister JayMac, als wüßten wir nicht selbst, daß wir eine Chance vertan hatten. »Gentlemen, ich muß Ihnen nicht erläutern, wie morgen die Parole heißt.«

»Wachst über euch hinaus oder geht unter«, sagte Mariani. »Haut sie in die Pfanne oder geht baden.«

»Mann«, sagte Turkey Sloan. »Hör bloß auf, Vito.«

»Jetzt oder nie.« Mariani begegnete Sloans Blick und folgte ihm wie ein Bordschütze, der den japanischen Jäger im Fadenkreuz hat. »*Sieg oder Tod.*«

Mit einem Mal fand selbst Turkey Sloan nicht mehr, daß *Sieg oder Tod* die abgedroschene Floskel eines unterentwickelten Spaghettihirns war.

55

Auch am Sonntagnachmittag lieferten uns die Gendarmes einen zähen Kampf. Ihr As, Sundog Billy Wallace, duellierte sich mit unserem Nachwuchsstar Fadeaway Ankers. Keiner konnte zeigen, was wirklich in ihm steckte, doch Wallace war immer gut drauf und Fadeaway hatte von Dunnagin gelernt, was zu tun war, wenn sein Speed-Ball Urlaub machte. Bis zur Mitte des vierten Innings zeigte das Scoreboard drei zu drei an.

Buck Hoey machte genau da weiter, wo er tags zuvor aufgehört hatte. Seine Welt bestand nur aus Buck Hoey, dem Ball, den Bases und den Base-Pfaden. Er stichelte nicht, er maulte nicht, er konzentrierte sich und spielte.

In der ersten Hälfte des Fünften, wieder am First dank seines dritten Singles in diesem Spiel, duckte Hoey sich in einen Vorsprung, stürmte bei Fadeaways Wurfbewegung los, schlug einen Haken um meinen Abschlagversuch und rutschte in einer roten Staubfontäne ans Base. Er verlangte Zeit, um sich zu säubern, und als er sich abklopfte, berührte ich ihn mit dem Handschuhsteg an der Hüfte, ein halbherziger Versuch, den Schiedsrichter am Base zu verleiten, ihm den Daumen zu zeigen. Zwecklos. Daß Hoey keinen Kontakt mit dem Sandsack hatte, während er sich den orangeroten Staub aus der Hose klopfte, war wegen der Spielunterbrechung keinen alten Zwieback wert.

Erst mein sinnloser Abschlagversuch ließ Hoey aufmerken. Er stieß mir den Finger in den Bauch.

»Ah-ah-ah«, sagte Little Cuke Gordon, der Schiedsrichter am Base. »Halt die Hände bei dir, Hoey.«

»Nur'n Liebesfinger. Hat Dumbo die ganze Saison über gekriegt. Natürlich nicht, wenn Jumbo scharf auf kleine Elefanten war.«

»Mach den Deckel drauf, Hoey, deine Suppe stinkt zum Himmel.«

»Jesus, Gordon, du redest wie 'ne Nonne.« Hoey kehrte ans Second zurück. »Und Dumbo, du Waldschrat«, sagte er und stieß mit der Flanke des Schuhs eine Handvoll Dreck zu mir rüber, »du kannst Mister JayMac bestellen, daß er Highbridge um den Wimpel gebracht hat. Bestell ihm, daß er verdammt blöd war, mich wegzugeben.«

Ich warf den Ball zu Fadeaway zurück und nahm wieder meine Position am Short ein. Ein Arschloch wollte abgewischt werden, dachte ich, und das hatten wir Hellbender heute vor. Hoeys Welt war inzwischen wieder eingeschrumpft, er nahm sich einen Vorsprung heraus und riskierte, daß Fadeaway ihn abschoß. Kein Bedarf. Der nächste Schlagmann ging ›aus‹, weil Curriden seinen Foul aus der Luft pflückte. Ende des Innings.

Später, in der Pause des siebten Innings, derweil unser Organist ein Medley aus beliebten Melodien und Cokesbury-Hymnen spielte, sprach Milt Frye über Lautsprecher: »Es bleibt genug Zeit, unsere Verkaufsstände zu besuchen. Hot-Dogs mit Krautsalat, Fünf-Cent-Becher Co-Cola, gesottene Erdnüsse und die allseits beliebten Cracker-Jacks*. *Patriotische* Cracker-Jacks – immer eine Überraschung drin und nicht eine *einzige* aus Japan …

Ich erhalte soeben eine brandaktuelle Meldung. Daß nämlich zwei unserer wertvollsten Hellbender – nicht aber Mr. Worthy Bebout – ein Ticket nach Kanaan gewonnen haben. Man höre und staune. Ab kommenden Dienstag sind Jumbo Hank Clerval und Battlin Danny Boles rechtmäßige Major-Leaguers. Die Phils brauchen Unterstützung, und diese Jungs machen sich auf den Weg, um sie zu unterstützen. Wir wissen, was sie können. Jetzt können die ach so Langmütigen in der *City of Brotherly Love* sich auch davon überzeugen.[1]

Nun – wie – finden wir – *DAS?*«

Sie spielten fast ausnahmslos verrückt. Kuhglocken. Johlen. Klatschen. Signalhörner. Man hätte meinen können, FDR hätte soeben die bedingungslose Kapitulation von Hitler und Tojo verkündet.

Im Unterstand starrte Henry finster auf den weiter unten sitzenden Mister JayMac. »Wer hat diesen ungeeigneten Zeitpunkt gewählt, unser Glück öffentlich zu verkünden?«

»Ich war es nicht«, sagte Mister JayMac.

»Das *mußte* so kommen!« sagte Lamar Knowles an die Adresse von Henry und mir. »Ich wußte es. Hab ich's nicht gesagt, Danny? Na?«

Etliche Jungs, darunter Sosebee und Evans, kamen rüber, um uns zu gratulieren.

Die Zuschauer probten den Aufstand. Schon bald hörte man sie *»Jumbo and Dumbo! Send em out PRONTO!«* skandieren.

Henry schwenkte widerwillig den Arm. Im Spektakel, das Frye angezettelt hatte, schienen die Zuschauer das Spiel zu vergessen, und die Gendarmes hatten einen Grund mehr (als ob sie den brauchten), um wie wütende Dachse hinter uns her zu sein.

»Sie sollen Ruhe geben!« rief Mister JayMac zu Henry und mir herüber. »Geht raus und näht euch den Knopf an die Kappe!«

Henry und ich, Mutt und Jeff der CVL, kletterten aufs Feld hinaus, um das deplazierte Hurrabedürfnis unserer Fans zu befriedigen. Wir nahmen die Kappe an die Brust. Die Fans trampelten, pfiffen oder standen auf, um zu jubeln. Die Gendarmes in ihrem Unter-

---

[1] *City of Brotherly Love* ist ein Spitzname für *Philadelphia* (Anspielung auf die eingewanderten Religionsgemeinschaften, insbesondere die sogenannten *Böhmischen Brüder*).

stand oder auf dem Feld verdrehten die Augen oder schoben die Stirn in Falten.

Henry hob die Arme. »GENUG!« Seine Donnerstimme glättete die Wogen. »Wir müssen noch etwas erledigen! Diese Ovationen sind dazu angetan, daß wir unser Vorhaben noch einmal überdenken!« Er setzte die Kappe wieder auf und stelzte grimmig in den Unterstand zurück – ich paddelte in seinem Kielwasser, und die Ränge verharrten in einer Art Massenkatatonie.

»Großartig«, sagte Mister JayMac stirnrunzelnd. »Einfach großartig.«

»Lose Zungen bringen Schiffe zum Sinken«, sagte Henry. »Aber niemand in dieser Organisation konnte ahnen, wie dieser prophylaktische Slogan auf die momentane Situation paßt.«

»Ich kann nichts für diese Durchsage«, sagte Mister JayMac. Er rief Euclid zu sich. »Geh mal rauf und frag Mr. Frye, wer ihm die Sache mit Mr. Clerval und Mr. Boles gesteckt hat. Noch Fragen?«

»Nein, Sir.« Euclid flitzte aus dem Unterstand und wieselte die Stufen zur Pressekabine hinauf.

»Auf geht's!« brüllte Mister JayMac. »Schwamm über das Geschwätz von Milt Frye! Holt euch den Wimpel!«

Und auf ging's. In der zweiten Hälfte des Siebten trat Henry als erster gegen Sundog Billy an. Erster Wurf – Henry gelang ein Abschlag von Bobby Jones*. Das Schlagholz krachte wie ein Erzzerkleinerer. Alle fuhren hoch, sogar wir Jungs im Unterstand. Wenn das ein Balata-Ball war, ein Trainingsball der Major-Leagues, dann hatte Henry ihn soeben in eine niedrige Erdumlaufbahn geschlagen und zum Vorläufer des Sputnik befördert.

Das Scoreboard zeigte vier zu drei für die Hellbender.

Wallace legte zu und Curriden ging strikeout. Heggies Schlag zum Second-Base-Mann titschte auf: ›Aus‹ Nummer zwei. Euclid kam in den Unterstand zurück.

Henry knöpfte sich den Kleinen vor, noch ehe Mister JayMac zur Stelle war.

»Und was hast du herausgefunden?«

»Was hat Mr. Frye gesagt?« platzte Mister JayMac dazwischen.

Euclid stand wie ein begossener Pudel da. Er musterte die Nikotinflecken am Betonboden.

»Raus mit der Sprache!« sagte Mister JayMac.

»Sagt, daß Miz Giselle ihm gesagt«, sagte Euclid zaghaft.

»Heiliger Bimbam! Wie konnte sie davon wissen?«

»Sie hat gelauscht«, sagte Henry. »Und das war jetzt die Vergeltung.«

»Die was?«

Henry winkte ab und setzte sich wieder neben mich, während Euclid sich an seinen Platz neben Bebout schlich. Dunnagin beendete das Inning, indem er einen hartgeschlagenen aber seichten Flugball zu Nugent ins Center jubelte. Wir lagen mit einem Run in Führung, und hatten noch zwei Schlagrunden der Gendarmes vor uns. Die erste überlebten wir, konnten aber mit unserer eigenen Schlagrunde die Führung nicht ausbauen.

In der ersten Hälfte des Neunten ließ Fadeaway den Ersatzmann für Wallace, Jim Keating, mit einem jähen Harakiriball strikeout gehen. Den Dunnagin mit dem Handschuh schnappte und in einer blitzschnellen Reaktion auf das Strikeout über Keating hinwegschleuderte. Nummer eins erledigt. Zwei ›Aus‹ in Richtung Wimpel. Das Stadion hörte sich an wie der Ozean zu Füßen eines Hurrikans.

Buck Hoey trat an. *Bingo!* Ein gepfefferter Speer-Ball ins Leftfield, direkt über meine Kappe hinweg. Hoey umrundete das First, als wolle er weiterlaufen. Doch Musselwhite schoß mir den Ball zu, und Hoey kehrte ans First zurück, wobei er irgendwas maulte, was Henry ein unheimliches Grinsen entlockte – ein halb einfältiges, halb psychopathisches Grinsen.

Nugent trat an. Er war nicht ausgeschlafen, aber er führte Strocks Truppe mit einem Schlagschnitt von nahezu 0.330. Ich rechnete damit, daß Fadeaway von Mister JayMac ein Zeichen bekam, Nugent durch einen Walk auszuschalten, damit der schwerfällige Jed Balmore, der Second-Base-Mann von LaGrange, an die Reihe kam, doch Mister JayMac sträubte sich, einen Draufgänger wie Nugent so spät noch zum Runner zu machen. Statt dessen machte er aus dem Handgelenk eine Pinselbewegung, mit der er Fadeaway bedeutete, die Ecken der Home Plate zu ›bemalen‹ – und auf keinen Fall ins Paradestück der Schlagzone zu werfen.

Geschickt, wie er war, brachte Nugent es auf drei *Balls** und zwei *Strikes**. Andererseits foulte er vier Würfe, so daß ihn Grayson Dover, der Schiedsrichter an der Plate – Mister JayMac hatte es irgendwie erreicht, Polidori von dieser Serie fernzuhalten –, daß ihn Dover also durchaus hätte in die Wüste schicken können. Dann Fadeaways zehnter Wurf – Nugent schlug einen niedrigen, eiernden Ball zu Junior zwischen First und Second, fast in den Outfield-Rasen.

Bei dem Wurf war Hoey losgeprescht. Auf dem Weg zum Second mußte er über den strandenden Ball springen, um sich nicht selbst ›aus‹ zu machen, was ihn aber um keinen Deut langsamer machte. Während ich zum Second rannte, verlor Junior den Wildfang, bekam ihn wieder zu fassen und peitschte ihn aus der Schulter zum Second, und zwar in der an Sicherheit grenzenden Hoffnung, daß ich rechtzeitig zur Stelle war, um ihn zu fangen und das Sandkissen mit dem Schuh zu berühren und den Ball zu Henry zu pfeffern, um das Spiel mit einem Doppelaus zu beenden.

Eine Junior-Dumbo-Jumbo-Variante der berühmten Dumbo-Junior-Jumbo-Combo.

Hoey stürmte heran. Ich schnappte Juniors Dart in Gürtelhöhe. Hoey prasselte in den Dreck und pflügte auf mich zu, Spikes voran und Fersenschützer hoch.

Die Metallkufen sahen *gewaltig* aus, wie die Fänge eines Grizzly. Als ich das Second berührte, grub einer von Hoeys Schuhen die Zähne in meine Leistengegend und harkte durch bis auf die Innenseite des rechten Oberschenkels. Ich verlor das Gleichgewicht. Little Cuke Gordon hatte sich breitbeinig hingeduckt, um den Angriff auf das Base zu checken, und schnitt eine Grimasse, als er Hoey mit dem Daumen ›aus‹ zeigte. Noch im Sturz fegte ich den Ball so gut ich konnte aus der Schulter zu Henry und sah aus einem Nebel von Schmerz, wie Henry mit dem Handschuh rüberlangte, daß man meinte, er wär schon halbwegs am Second damit, – das rechte Bein nach hinten ans First gestreckt, damit der Doppelaus-Kreis geschlossen blieb.

Den Bruchteil einer Sekunde, bevor Nugents Fuß das Sandkissen traf, machte es *Schwapp!* in Henrys Handschuh, und Little Cuke warf den Arm hoch, um in einer weiteren showreifen Geste das ›Aus‹ für Nugent anzuzeigen. Selbst mit dem Gesicht im Dreck kam ich nicht umhin, die dramaturgische Ader des Burschen zu bewundern.

Das Spiel war vorbei. Die Hellbender – meine Hellbender – hatten gesiegt.

Unsere Fans sprangen, tanzten in den Gängen Dos-à-dos, stießen die Kampfschreie der Südstaaten aus und heulten wie die Wölfe.

Dann kam mir der Trubel abhanden, denn alles links unterhalb meiner Gürtellinie hatte Feuer gefangen. Ich wälzte mich auf den Rücken. Es war noch nicht ganz fünf Uhr nachmittags, und trotzdem war der Himmel schwarz, und vor der Schwärze gleißten die Lampen des Stadions, zwei Dutzend oder mehr stachlige Halos, die schrumpften und sich blähten. Sterne schwärmten in die Schwärze dazwischen, und mit den Halos blähte sich auch mein Kopf, als ob mir jemand einen zischenden Luftschlauch ins Ohr gerammt hätte. Das Feuer im Kopf begann zu lodern, die Haut knisterte wie brennendes Papier, Körperflüssigkeit sikkerte in den Lehm.

Buck Hoeys Gesicht löschte Halos und Sterne. »Schön gemacht, Dumbo.« Ein Paar Baseballschuhe fiel aus dem Himmel und prallte mir in den Magen. »Nimm die für Philadelphia. Falls du noch welche brauchst.«

Hoey verschwand.

Wo er gewesen war, da war der Himmel wieder blau wie der Nachmittag. Ich schob mir die Schuhe vom Bauch und klappte über die Mitte, packte mein Bein und gab ein Geräusch von mir, das sich zu einem Schrei öffnete. Vielleicht hab ich ja gar nicht geschrien, denn etliche von unseren Fans – GIs, Teenager und aufgedrehte Knirpse – schwärmten übers Feld und schwenkten Kappen und Fähnchen. Sie fanden sich und schwenkten sich herum wie Square-Dancer. Keiner von ihnen schien mich zu hören. Vermutlich hörte auch niemand die verschrammte Nationalhymne, die aus den Lautsprechern plärrte. Junior Heggie kniete sich neben mich, gleich hinter ihm Henry, und dann tauchte endlich Mister JayMac auf – gehetzt, wie man sich denken kann, von der Erinnerung an Charlie Snow.

»Daniel!« schrie er. »Daniel, kannst du aufstehen?«

Ah-ah. Ich dachte schon, ich würde wieder schreien – doch es war das Echo von Henrys Stimme, das zwischen meinen Ohren hin und her geworfen wurde. Er schwenkte den Arm.

»Eine Tragbahre für Daniel!« brüllte er zum Clubhaus hinüber. »Sofort!«

Dann ging ich hinaus in den Trockeneisnebel, der über einem Flugfeld mit Baseballspielern lag, die grüne Parker trugen und zu Eis erstarrt waren vor dem spröden Licht, das ohne Unterlaß aus dem Grau herüberpulste …

56

Erst am nächsten Morgen kam ich wieder zu mir. Ich lag so flach, wie man nur flachliegen kann, und zwar in einem Bett im Hothlepoya-County-Hospital.

Ich lag in einem Einzelzimmer, was bedeutete, daß Mister JayMac seinen ganzen politischen Einfluß und die geballte Macht seines Scheckbuchs benutzt hatte, um mir die beste Behandlung zukommen zu lassen. Charlie Snow war ihm weggestorben, Daniel Boles mußte leben.

Ein bärtiger Mann im weißen Kittel stellte sich mir als Dr. Nesheim vor. Er trug einen Stuhl an mein Bett, auf den er sich rittlings setzte, die Arme auf die Rückenlehne legte und das Kinn auf die verschränkten Hände stützte.

»Noch durcheinander? Lassen Sie sich Zeit. Sie haben viel, sehr viel Zeit.«

Ich erfuhr, wem ich meinen Zustand zu verdanken hatte: Buck Hoey. Mit dem einen Spike hatte er mir die rechte Kniescheibe zertrümmert und mit dem anderen die Muskeln des rechten inneren Oberschenkels zerfetzt. Dann, als ich den Ball zu Henry warf, war ich gestürzt, und zwar so unglücklich, daß meiner Hüfte etwas sehr, sehr Schlimmes widerfahren war.

»Soll ich Ihnen die Wahrheit mit dem Zuckerlöffel einflößen, mein Sohn, oder möchten Sie es lieber in einem einzigen bitteren Schluck?«

In einem einzigen bitteren Schluck? War das nicht bitter genug, was ich schon geschluckt hatte?

Trotzdem sagte ich: »In einem Schluck.«

»Die orthopädischen Details Ihrer Verletzungen werden Ihnen momentan nicht viel sagen«, meinte Dr. Nesheim. »Aber sie sind ernster Natur.«

»Wie ernst?«

»Baseball werden Sie nicht mehr spielen können.«

»Die Saison ist vorbei. Und nächstes Jahr?«

»Unwahrscheinlich, Danny. Der Bursche, der Sie auf die Spikes genommen hat, er hat Ihre Aussichten auf eine ruhmreiche Karriere ziemlich zurückgestutzt. Die Rehabilitation wird langwierig, schmerzreich und … na ja, eben nicht hundertprozentig sein.«

»Ich bin Baseballspieler! Ein Shortstop! Und sonst nichts!«

»Das gehört der Vergangenheit an, mein Sohn. So wie die Dinge liegen, werden Sie sich neu definieren müssen.«

»Ich bin Baseballspieler«, sagte ich.

Dr. Nesheim sagte: »Den einzigen Trost, den ich für Sie habe – wenn es Sie denn tröstet – ist, daß Sie nicht zum Militär und nicht in den Krieg müssen. Weder als Infanterist noch um Decks zu schrubben. Sie sind für Uncle Sam genauso untauglich wie für die Phillies.«

In zweieinhalb Monaten wurde ich achtzehn. Ich nahm den Arm über die Augen und weinte. Dr. Nesheim tätschelte mir den Arm und ging. Ich war ihm nicht böse. Er schien es nur gut zu meinen – er hatte es mir in einem einzigen Schluck zu trinken gegeben, eine Dosis Epsomer Bittersalz gegen den einzigen Lebensplan, den ich zeitlebens selbst gefaßt habe. Ich wollte es nicht wahrhaben, daß dieser Plan unbrauchbar geworden war … und doch fühlte ich, daß dem so war. So wie sich mein Leib untenherum anfühlte – wie ein Beutel voller Glasscherben – sagte er mir alles, was ich wissen mußte, über die Verläßlichkeit von Dr. Nesheims Prognose.

Hoey hatte mir heimgezahlt, daß ich ihn vom Short verdrängt hatte, ihm ein Paar Baseballschuhe abgenommen hatte, er meinetwegen von einem großen

Spiel in LaGrange ausgeschlossen worden war, und ich den Laufsteg gefegt hatte für seinen späten Wechsel zu den Gendarmes. Jawoll, er hatte meinen Wagen einfach abgekoppelt.

Ich verbrachte die letzten zwei Augusttage und den größten Teil des Septembers im Hothlepoya-County-Hospital. Die Hellbender und die Phillies teilten sich die Kosten für den Aufenthalt. Ma und ich hätten die Rechnungen nie bezahlen können. Deck Glider, Inc. kannte keine Krankenstütze für Vorarbeiter und leitende Angestellte, und selbst wenn ich einen Bonus bekommen hätte, weil ich Mister JayMacs Verein zum CVL-Wimpel verholfen hatte, – ich hätte in dem Sommer keine fünfhundert abzahlen können.

An den ersten zwei Tagen im Hospital kamen mich alle besuchen – bis auf Henry und Mister JayMac. Sogar Trapdoor Evans und Turkey Sloan kamen vorbei – mit Sosebee, Ankers und Sudikoff – um mir baldige Genesung zu wünschen und mich dafür zu loben, wie ich zum letzten Doppelaus des Jahres verlängert hatte. Henry war vermutlich deshalb nicht gekommen, weil er sich bei den Phillies hatte melden müssen und vom Hauptbüro eine telegraphische Anweisung für die Fahrkarte bekommen hatte, wahrscheinlich für einen Pullman erster Klasse. Niemand sagte etwas Gegenteiliges – jedenfalls nicht so bald.

Der netteste Besucher am Montag war aber Phoebe. Sie kam am späten Nachmittag zusammen mit Miss LaRaina und brachte mir eine kleine Schachtel Baby-Ruth-Riegel, einen Strauß aus Indischem Flieder und Hortensien und mehrere zerfledderte Exemplare der *Saturday Evening Post*. Miss LaRaina saß mundtot – beinah steif – an meinem Bett, doch Phoebe rührte mit dem Finger in einer Haarsträhne auf meiner Stirn und strich zärtlich das Haar aus meinen Schläfen.

»Wie geht es dir, Ichabod?«

»Hundsmiserabel. Wie soll es mir schon gehen?«

»Deinen Fingern, deinen Zehen oder deiner Nase. Oder deinem … was weiß ich.«

»Phoebe«, sagte Miss LaRaina müde.

»Mama hat sich gebessert, mein Lieber. Sie konsultiert jetzt diesen richtig süßen Nußlöffel von der Army draußen im Camp.«

Nußlöffel?

»Phoebe«, sagte Miss LaRaina wieder.

»Na ja, er hat geholfen – dein freundlicher Kopfdoktor hat *geholfen.* Er hat es fertiggebracht, daß du dich entspannst, daß du über Daddy und mich nachdenkst, und daß du dich ein wenig mehr deinem Heim widmest.«

»Ich habe nie *nicht* an euch gedacht, Phoebe. Aber ich habe vermutlich mehr an mich gedacht und die entsetzlich ungerechte Platzverteilung in diesem furchtbaren Krieg.«

Ungerechte Platzverteilung?

»Aber das will Danny doch nicht hören«, sagte Miss LaRaina. »Wir sind gekommen, um ihn aufzumuntern, sein Leid zu teilen, und nicht um eine rührselige Episode von ›Captain Pharrams Familie‹ aufzuführen.« Sie schnippte eine Lucky Strike aus der Packung. »Was dagegen, wenn ich rauche, Danny? Es beschäftigt meine Hände und zwirbelt meine ausgefransten Nerven zusammen.«

»Wenn ich auch eine kriege«, sagte ich.

Phoebe nahm eine Zigarette ihrer Mutter, steckte sie mir zwischen die Lippen und gab mir Feuer. Ich badete meine Lungen im Rauch und blies einen ganzen Stapel wabernder Donuts in die Luft. Das plötzliche Hochgefühl, das mir der Lungenzug vermittelte, das Gefühl zu schweben, ließ mich für kurze Zeit das Pochen in der Hüfte und den Brand in der Leiste vergessen. Tabak ist Opium fürs Volk.

»Wie kommt es, daß Mister JayMac noch nicht hier war?«

Das Schweigen, das Phoebe und ihre Mama verbreiteten, toste wie die Niagarafälle.

»Na, wie viele topplastige Schwestern waren denn hier und haben dich in den Po gepiekst?« fragte Phoebe unvermittelt.

»Fünf oder sechs. Die geben sich die Klinke in die Hand. Ich hab aufgehört mit Zählen.«

»Phoebe«, sagte Miss LaRaina müde.

»Ach, komm Mama. Dein Doktor hat nicht gesagt, du sollst dich an die Kirchenbank ketten. Nur Verantwortung sollst du zeigen.«

»Phoebe, ich fände es besser ...«

Ich blies einen Rauchring und fiel ihr ins Wort: »Wieso hat mich Mister JayMac noch nicht besucht?«

Phoebe und ihre Mama zogen wieder ihre Raus-mit-dem-Schweigen-Nummer ab. So wie Mariani, wenn er eine Spaghetti um die Gabelzinke wickelte, so wickelte Phoebe meine Stirnlocke um den Finger. Die Asche an Miss LaRainas Zigarette wuchs inzwischen wie Pinocchios Nase. Ich wartete.

»Wir haben einen unerwarteten Verlust zu beklagen«, sagte Miss LaRaina. »Danny, du mußt wissen, Miss Giselle ist tot. Sie ist entweder ganz spät in der Nacht oder sehr früh heute morgen gestorben.«

»Himmel. Hat Mister JayMac sie erschossen?« (Weil sie Frye das mit den Phillies gesteckt hatte? Wegen ihres sündigen Techtelmechtels mit Henry? Und wenn letzteres, wie war Mister JayMac dahintergekommen?)

»Ah-ah«, sagte Phoebe. »Miss Giselle hat sich selbst umgebracht.«

»Wie? Warum?« Vielleicht kannte ich ja die Antwort auf mindestens eine der Fragen, aber ich brauchte eine Bestätigung. Nein, ich brauchte das Gegenteil, ein Lüge, die sagte, daß mein Zimmerkamerad unschuldig war. Jetzt dämmerte mir auch, wieso Phoebe und Miss LaRaina jedesmal diesen Anfall von Stummheit erlitten hatten, wenn ich die Sprache auf Miss Giselle gebracht beziehungsweise nach Mister JayMac gefragt hatte. Jemand hatte ihnen geraten, mir nach Dr. Nesheims Hiobsbotschaften nicht auch noch diese zuzumuten.

»Was ist mit Henry? Geht es ihm gut?«

Wieder wechselten Phoebe und ihre Mama diesen stummen Auweia-Blick.

»Was ist mit ihm?« wollte ich wissen.

»Ihm geht es gut«, sagte Miss LaRaina rasch. »Eigentlich ganz gut, doch.«

»Ah-ah«, sagte ich. »Das hab ich nicht verdient. Raus mit der Sprache.«

»Hör ihn dir an, Mama«, sagte Phoebe. »Er stottert nicht mehr, er ist fast völlig geheilt.«

»Phoebe, entweder ›fast‹ oder ›völlig‹, aber nicht beides«, sagte ich.

»Tja, du hast recht«, sagte Miss LaRaina. »Er redet schon wie Demosthenes.« Sie staunten mich an.

»Ich will wissen, was mit Henry los ist. Spuckt es aus!«

Miss LaRaina sagte: »Als er hörte, wie schlimm Buck Hoey dich verletzt hat, da ist er fort und hat seinen Kummer in Alkohol ertränkt.«

»Gestern war Sonntag«, sagte ich. »Und Henry trinkt nicht.«

»Normalerweise nicht«, sagte Miss LaRaina. »Aber diese Sache mit dir hat ihn fix und fertig gemacht, und ich kenne keinen Hellbender, der, wenn er eine Flasche sucht, keine findet. Reese – Mr. Curriden – hält immer zwei, drei auf seinem Zimmer unter Verschluß. Er gibt auch ab. Bunkern ist nicht seine Sache, nicht mal in diesen knappen Zeiten.«

»Mama«, sagte Phoebe und besah sich ihre Schuhe.

»Schon gut, mein Kind. Major Blumlein meint, ich

soll zu meinen Fehltritten stehen und sie nicht unter den Teppich kehren.«

»Er hat nicht gesagt, du sollst sie vor Daddy ausbreiten.«

»Dein Daddy ist nicht hier.« Miss LaRaina sah sich suchend um. »Dieser junge Mann da hört auf Danny, nicht auf Daddy, und ich halte ihn für ebenso ritterlich wie verschwiegen.« Sie blies den Rauch seitwärts und hielt die Zigarette in der Art von Bette Davis*. »Hab ich recht?« fragte sie mich.

»Jawoll, Ma'am.«

»Also gut. Henry läßt sich entschuldigen.«

»Kommt er noch vorbei, bevor er nach Philadelphia fährt?«

»Das muß er mit sich und dem Fahrplan ausmachen.« Miss LaRaina lächelte und tat noch so einen sexy anmutenden Zug am Stummel ihrer Lucky. Sie fing eine halbe Fingerlänge Asche im Handteller und beförderte sie in die Terrakottavase mit Flieder und Hortensien, die am Boden stand.

Wir redeten noch zehn oder fünfzehn Minuten, hauptsächlich über Miss Giselle – ihre Großzügigkeit, ihre Liebenswürdigkeit und wie sie sich für Mister JayMac und die Hellbender aufgeopfert hatte. Dann meinte Miss LaRaina, ich sähe spitz aus. Sie und Phoebe würden jetzt wohl besser gehen. Das Pflegepersonal wolle nicht, daß man mich überfordere.

»Dann sollen sie sich schriftlich an ihren Kongressabgeordneten wenden«, sagte ich. »Seht mich an, ich bin so kräftig, daß ihr hier übernachten könnt.«

»Nicht, wenn wir dich aufregen«, sagte Miss LaRaina. »Aufregung nimmt dich mehr mit als ein Dreitausendmeterlauf.«

Phoebe küßte mich auf die Stirn. »Ich komme wieder. Jeden Tag, bis du hier wieder raus bist.«

Einen Moment lang hielt ich ihre Hand fest, dann schlüpfte Phoebe zur Tür. »Miss LaRaina, lassen Sie

Ihre Zigaretten hier, okay? Sie haben sicher mehr davon.«

Miss LaRaina kam ans Bett zurück und legte mir die Packung auf den Bauch.

»Wann ist das Begräbnis?« fragte ich sie. Als sie mich bloß anstarrte, als habe sie einen früheren Teil der Unterhaltung vergessen, fügte ich hinzu: »Das von Miss Giselle.«

»*Oh.* Morgen, am Alligator-Park. Ein Gedenkgottesdienst. Keine Beerdigung. Der Leichnam wird eingeäschert.«

»Ich kann nicht kommen«, sagte ich. »Ich käme gern, aber ich ...« Ich ließ meine Kippe in das Wasserglas auf dem Nachttisch fallen und sah zu, wie sie zischelte und sich vollsog. Miss Giselle tot. Henry überfällig. Meine Karriere durch schwere Verletzungen vereitelt. Das Gewicht von soviel Schiffbruch preßte mir Tränen ab. »Okay. Geht nur. Laßt mich in Ruhe.« Ich fummelte eine neue Zigarette zutage und ließ sie mir von Phoebe anzünden – um zu verhindern, daß sie mir aus Mitgefühl einen feuchten Kuß aufs Auge pflanzte. Die beiden gingen zur Tür.

»Streichhölzer!« rief ich ihnen nach. »Bitte.«

Phoebe warf sie mir aufs Bett, was aus dieser Entfernung gar nicht so leicht war, und dann war ich wieder allein.

Bis zu meiner Entlassung am siebenundzwanzigsten September kam Phoebe mich, wie versprochen, jeden Tag besuchen, meist nachmittags nach der Schule. Das Ende der CVL-Saison brachte es allerdings mit sich, daß ich zuletzt nur noch ein, zwei weitere Besuche pro Woche bekam, denn die meisten Kameraden kehrten in ihre Heimatorte oder zu ihren Farmen zurück, oder machten sich auf, um Winterjobs in Schiffswerften, Munitionsfabriken oder Bomberwerken zu übernehmen. Nutter, Hay, Sloan, Sudikoff und Fanning blieben in Highbridge und jobbten bei *Foremost Forge* oder *Highbridge Box & Crate* – aber nur Nutter kam mich wirklich richtig besuchen und brachte gewöhnlich ein Bündel Zeitungen mit und ›Carl den Unermüdlichen‹, seinen fünfjährigen Knirps, und hatte immer eine – für mich – neue Anekdote aus seiner Zeit bei den St. Louis Browns auf Lager.

Mister JayMac besuchte mich sonntags um fünfzehn Uhr und blieb, wenn es hoch kam, fünfzehn Minuten. Er brachte nie die Sprache auf Miss Giselle, Darius oder Henry und beschränkte sich darauf, sich nach meinen Fortschritten zu erkundigen oder Entscheidungen des alliierten Kommandos in Italien oder auf den Salomon-Inseln zu kritisieren. Immerhin hatte er Mama Laurel angerufen und ihr meine Verletzungen geschildert, ohne etwas zu beschönigen und ohne die finanziellen Verpflichtungen des Vereins in Frage zu stellen – und das, obwohl mein Vertrag nichts über eine Versicherung gegen Verletzungen sagte, die ich mir – gleichgültig wie – beim Spielen zuziehen würde. Er hätte Mama Laurel die Fahrt nach Highbridge gezahlt, doch Ma hatte ihm bei einem anderen Telefonat unter Tränen erklärt, daß sie der Besuch im Hothlepoya-County-Hospital den Job kosten könne. Colonel Elshtain hatte *Deck Glider* zwar zu einem Rüstungsvertrag verholfen, schien aber ansonsten keinen Einfluß auf das Management der Tenkiller-Fabrik zu haben, und Ma konnte ihren Job nicht aufs Spiel setzen, indem sie um Sonderurlaub bat.

»Dann bleiben Sie nur zu Hause, Mrs. Boles«, hätte er zu Ma gesagt, sagte mir Mister JayMac. »Ich kümmere mich um Danny, als wär er mein eigener Sohn.«

Sie können sich vorstellen, wie dankbar ich war.

Immerhin konnte ich ab und zu mit Ma telefonieren. Ich riet ihr, bei ihrem Job zu bleiben und für mich zu beten. Meistens telefonierten wir sonntags, nach der faden Unterhaltung mit Mister JayMac, derweil er auf einem Stuhl an der Tür saß, einen Trauerflor am Ärmel und tiefgreifende Verwirrung im aufgedunsenen Gesicht. Manchmal unterhielten wir uns auch, Ma und ich, während Mister JayMac, der das Telefon mit hereingebracht hatte, ganz in zerdrücktem Schwarz und puterrot vor Kummer, direkt danebensaß.

»Ja, Mama, sie behandeln mich wirklich gut«, sagte ich. »Ja, Mama, er ist da.« Was hätte ich sonst sagen sollen? Erstens kam es der Wahrheit ziemlich nahe und zweitens hörte Mister JayMac mit.

Kein Mensch brachte mir einen *Highbridge Herald*, jedenfalls nicht vor meinem ersten Freitag im Hospital. Und als Nutter damit ins Zimmer kam, da war es nur die Sportseite, die er mitbrachte. Ein paar Ergebnistabellen von Major-Leagues und ein großer Artikel über einen Leichtathletikwettkampf der GIs in Camp Penticuff. Meine *Saturday Evening Posts* hatte ich schon von der ersten bis zur letzten Seite gelesen.

»Wo ist der Rest von dem Blatt? Kein Mensch will mir 'nen *Herald* geben, und du kommst mit diesem lumpigen Schnipsel.«

»Dachte, du interessierst dich doch nur für Sport«, sagte Nutter. »Was tut sich denn schon in dieser Stadt – vor allem nach der Baseballsaison?«

»Wie war das Begräbnis von Miss Giselle?«

»Gedenkgottesdienst. Das Übliche. Worte, Tränen, du weißt schon. Wie bei Charlie Snow. Der einzige Unterschied – danach hat Mister JayMac die Asche seiner Frau mit nach Hause genommen, in einer Urne.«

»Ah ja.« Ich wechselte das Thema. »Wo ist Henry? Er hat mich noch nicht einmal besucht, und hier in der Ergebnistabelle der Phillies« – ich schlug mit dem Handrücken an die Seite – »kommt er auch nicht vor. Wo hängt er aus?«

»Ich weiß nicht.«

»Ist er nicht nach Philadelphia?«

»Vielleicht sitzt er auf der Bank. Daß er nicht in der Tabelle steht, heißt nur, daß er nicht mitgespielt hat.«

Ich grübelte herum. »Warum kommt Hoey mich nicht besuchen? Das ist er mir schuldig, der Mistkerl.«

»Herrje, Boles, bist du ein sturer Bock. Hoey konnte dich noch nie ausstehen. *Und* es war – es ist ihm verdammt peinlich.«

»Bestimmt.«

»Hoey war noch nie einer von denen, die sich anschleichen und mit dem Hut in der Hand um Verzeihung bitten. Aber wem sag ich das.«

Am Samstag ergatterte ich eine Zeitung. Jemand hatte etwas aus der Titelseite geschnitten. Die diensthabende Schwester erklärte mir, ein Assistenzarzt habe einen Vetter in England, im Hauptquartier der Neunten Air Force; dieser, also der Arzt, habe den Artikel ausgeschnitten für eine Art Chronik, die er seinem Vetter zur Rückkehr aus Übersee schenken wolle. Und eine andere Zeitung war nicht aufzutreiben – das Hospital sei peinlich auf Ordnung und Sauberkeit bedacht und führe alle abgelegten Zeitungen umgehend der Altpapierverwertung zu. Ich glaubte der Mieze. Sie log wie ein Pressesprecher, aber damals wußte ich noch zu wenig, um das ganze Theater zu durchschauen.

Zwei Tage später, gegen fünf Uhr nachmittags, steckte eine andere Schwester den Kopf ins Zimmer. »Hier draußen ist ein Niggerjunge, der sagt, er will Sie besuchen. Soll ich ihn reinlassen?«

Das konnte nur Euclid sein. »Jawoll, Ma'am, lassen Sie ihn rein.«

Euclid kam ins Zimmer, den Blick niedergeschlagen, den Kopf in Armesünderhaltung. Er sah schmutziger aus denn je, verschwitzter und zerlumpter – so wie jeder andere hätte aussehen können, den man trotzdem ins Haus ließ. Die Schwester machte ein Gesicht, als habe sie eben ihre gute Tat für heute abgehakt.

»Was ist los, Euclid?«

»He, Danbo. Hab'n Brief für dich.«

»Wo?« Ich sah keinen Brief. Euclid trug die Hände überkreuz wie ein entlaufener und wieder eingefangener Sträfling in Handschellen.

»Hier.« Euclid zog ein flaches gelbbraunes Päckchen aus dem fleckigen Baumwollhemd und stieß mir beinah ins Auge damit. Ich nahm es ihm aus der Hand. Er blickte beiseite – an die Decke, in eine Ecke, auf das Fußende des Bettes.

»Von wem ist der?« Ich besah mir die Handschrift auf dem Manilapapier: *Daniel Boles.* Und wußte gleich, wer den Brief geschrieben hatte. »Henry«, sagte ich.

»Klaro. Mister Jumbo sagt, dir geben. Ich gekommen. Jetzt gehen. Bye.«

Euclid lief aus dem Zimmer. Ich machte das Päckchen auf und breitete die Seiten auf meinem Schoß aus.

57

Ich schreibe Dir unter erschwerten *Bedingungen, Daniel, denn ich muß mich sowohl um eine angemessene Ausdrucksweise bemühen als auch darum, Handlungen zu rechtfertigen, die andernfalls grotesk, wenn nicht monströs erscheinen würden. Doch in dem, was ich getan habe, erkenne ich, ungeachtet ihrer Mißgestalt und Entstellung, eher die Früchte meiner edleren Regungen – zu ihnen zählen Güte, Rücksichtnahme und Liebe – als die eines bloß destruktiven Egoismus. Indem ich zuließ, daß meine vornehmeren Neigungen in einem Fall durch brutale Gewalt entstellt wurden, habe ich schwer gefehlt. Doch in dem anderen Fall wollte ich lediglich der Gerechtigkeit und der bestehenden Gesellschaftsordnung dienen und nicht dem Unheil und seelischer Not Vorschub leisten.*

Als Dich die Ambulanz zum County Hospital brachte, Daniel, begab ich mich zu Fuß nach McKissic House und duschte. Von Musselwhite erfuhr ich, wie ernst Deine Verletzungen waren: Du würdest mich nicht nach Philadelphia begleiten – ja, Du würdest nie wieder professionellen Baseball spielen. Diese Nachricht erzeugte eine freudlose Lethargie in mir – den Blues, wie Darius meine seelische Verfassung bezeichnet hätte – und noch etwas: einen heftigen Zorn, den Nachfahren jener Wut, die ich als das zurückgewiesene Machwerk von Victor Frankenstein nur zu oft hatte erleben müssen.

Zwei Stunden lang hielt meine Mattigkeit meinen Ingrimm in Schach; dann, eingedenk Deiner so grausam enttäuschten Liebe zu unserem Sport, rief ich mir ins Gedächtnis zurück, daß Du – so wie Michelangelo gesagt haben soll: ›Ich bin nur guter Dinge, wenn ich einen Meißel in der

Hand habe‹ –, daß Du einmal behauptet hast, Du fühltest Dich erst lebendig, wenn Du einen Baseballhandschuh trägst oder ein Schlagholz in den Händen spürst.

Dieser Gedanke trieb mich aus dem Bett. Es ist gut möglich, daß ich wie ein Wolf geheult habe. Ich verließ die stille, heiße Mansarde von McKissic House. Ich mied die fragwürdige Orgie meiner Kameraden (Männer, die zum Teil mehr Begeisterung über unseren Sieg zeigten als Betroffenheit über Dein Schicksal) und lenkte meine Schritte durch das Zwielicht zur Cotton-Creek-Street und dem Schindelbrettheim von Linda Jane Hoey und ihren vier Kindern. Mir war eingefallen, daß Ligonier Hoey, im Gegensatz zu anderen Gendarmes, ein hiesiges Zuhause hatte, wohin er sich zurückziehen konnte. Dort würde ihn sein Weib erwarten und über die Niederlage im Kampf um den CVL-Wimpel hinwegtrösten und ihn unter Lachen und Küssen von jeglicher Mitschuld an Deiner Verkrüppelung lossprechen. Das Bild, das ich mir von dieser trauten Szene machte, die so zärtlich und so ungerecht war, häufte bündelweise Reisig auf meinen Zorn.

Während meine Füße ausholten, sprangen Hunde aller Art – Spaniels, Blueticks, Bastarde mit Nagetiergesichtern – von ihren Veranden, um ihre schäbigen Areale zu verteidigen und mir den Weg zu vergällen. Ich ging achtlos weiter und bereitete mich innerlich auf einen Mann-gegen-Mann-Kampf mit dem Schurken vor, der mir einmal Kamerad und Freund gewesen war. Als ein dunkelbrauner Jagdhund die Frechheit aufbrachte, nach meiner Ferse zu schnappen, riß ich ihn am Nackenfell vom Boden und schleuderte den Winselnden in ein Rudel gleichgesinnter Hunde, das mir entlang einer Phalanx aus Stechpalmen folgte. Der Köter landete mitten unter seinen Artgenossen, die knurrend und zähnefletschend auseinanderstoben. Er verkroch sich bäuchlings und lahm im Gebüsch. Ich setzte meinen Weg fort, unempfänglich für die Grausamkeit meines Tuns und den zerstörerischen Grad meiner Verfassung.

In den luftigen Grenzen des Alligator-Parks schritt ich

langsamer aus und gewahrte intuitiv einen Anflug dessen, was nicht nur meinem Opfer, sondern auch mir drohte. Ich sprach ein einziges Wort laut aus: »SÜHNE.« Die Schemen von Wippen, primitiven Geräten, die zur Belustigung dienten, besänftigten mich mit ihren schräggestellten Planken. Ich muß die Glut meines Zorns eindämmen, sagte ich mir; ich muß Hoey gegenübertreten wie ein vernünftiges und wohlmeinendes Wesen dem anderen. Als ich an seine Tür pochte, öffnete sein Jüngster – Dein Namensvetter, Daniel – und starrte zu mir empor wie aus einem Graben.

»Es ist Jumbo!« rief er. »Der größte Mann der Welt! Mit den allermeisten Home Runs aller Saisons!«

Linda Jane Hoey tauchte hinter Klein Daniel auf, in ihrer Miene stritten Nachsicht und Ärger miteinander, als sei das schwarze Schaf der Familie mitten in eine private Feier geplatzt. Ich war nicht gerade beliebt bei Mrs. Hoey; meine Größe und mein Gebaren bereiteten ihr großes Unbehagen. Bei Heimspielen hatte sie sich und die Kinder immer frostig von mir ferngehalten, vielleicht weil sie befürchtete, ich könnte mit ihren Sprößlingen, wenn sie mir in die Quere kämen, so umgehen, wie ich es eben mit diesem elenden Hund getan hatte. Noch ehe ich nach ihrem Gemahl fragen konnte, gewann ihr Ärger über mein ungebetenes Erscheinen die Oberhand.

»Buck gehört heute abend seiner Familie, Mr. Clerval, und seine Familie gehört ihm. Was wünschen Sie?«

»Nur auf ein Wort. Lassen Sie mich mit ihm reden, und ich werde sofort wieder gehen, wenn eine gewisse wichtige Angelegenheit zwischen ihrem Gatten und mir bereinigt ist.«

»Was für eine Angelegenheit?«

Woraufhin, ganz wie ein immaterielles Phantom, Ligonier Hoey zur Stelle war und Linda Jane und Klein Daniel von der Tür wegzog. Er stand barfuß vor mir, das Kinn vorgeschoben – wie durfte ich das verstehen?

»Was kann ich für dich tun, Clerval? Ziemlich spät für'n Freundschaftstreffen. Mir steht der Sinn nicht danach.«

»Das wundert mich nicht«, sagte ich. »Bei dem Versuch, unser abschließendes Doppelaus zu vereiteln, bist du übermäßig aggressiv vorgegangen. Ich fürchte, du WOLLTEST, *daß es zu diesen Verletzungen kam.«*

»Wollte er nicht!« sagte Klein Daniel laut. »Wollte er gar nicht!«

Hoey befahl seiner Frau, sich zusammen mit Klein Daniel zurückzuziehen. Als wir unter uns waren, sagte er: »Fick dich ins Knie, Jumbo. Mein Motto ist, geh aufs Ganze und mach dir nicht ins Hemd, wenn's in die Hose geht.«

»Bis heute hat das Motto nicht dazu geführt, daß du zeitlebens nicht mehr spielen kannst«, bemerkte ich.

»Sag mal, was willst du? Krokodilstränen? Eine schriftliche Entschuldigung?«

»Buck, dein Essen wird kalt!« rief Mrs. Hoey. »Könnt ihr euer Problem nicht später diskutieren?« Die vorwurfsvolle Anfrage galt, wie ich spürte, hauptsächlich mir.

»Für mich gibt es kein ›später‹ in Highbridge«, erklärte ich ihm. »Am Dienstag fahre ich nach Philadelphia.«

»Gratuliere«, sagte Hoey grob. »Reit nur drauf rum.«

»Was ich will, ist nicht bloß, daß du vor dein unglückliches Opfer trittst …«

»He, war Dumbo nicht schon unglücklich, lange bevor ich ihn umgenietet hab?«

»… und dich zu deinem Verbrechen bekennst, sondern auch, ja, eine schriftliche Entschuldigung im ›Herald‹ und eine finanzielle Wiedergutmachung für die ruinierte Karriere von Daniel Boles.«

»BUCK! BUCK, NUN KOMM ENDLICH!«

Der Schurke rief über die Schulter: »Um Himmels willen, Frau, gib Ruhe! Wir gehen an die frische Luft, um die Sache zu bereden!« Er ging mit mir auf die Veranda hinaus und riß die Tür ins Schloß, daß es nur so dröhnte. Ich fragte mich, ob seine Grobheit eher mir oder seiner Frau galt.

Wir gingen Seite an Seite in den Alligator-Park. Die Hunde, die mich zuvor belästigt hatten, mieden uns jetzt und bellten nur halbherzig. Hoey und ich erreichten den

Spielplatz, und die dunklen Schemen der Wippbretter hatten ihre besänftigende Wirkung auf mich nicht verloren. Einen Moment lang war ich überzeugt, Hoey und ich würden uns nicht bloß in der Schuldfrage, sondern auch auf eine Linderung Deiner Situation einigen. Wir standen neben einer Rutsche – ein Gerät zur Erquickung, das der Metallrequirierung entgangen war – und wogen unsere provisorischen Argumente gegeneinander ab.

»In einem Entscheidungskampf«, sagte Hoey, »setzt ein wirklicher Kämpfer alles auf eine Karte. Er kämpft um jeden Vorteil. Ich werde mich nicht dafür entschuldigen, Jumbo. Das kannst du nicht von mir verlangen – dazu hast du kein Recht.«

»Es gibt Grenzen«, sagte ich. »Und heute hast du, um deinen gekränkten Stolz zu beschwichtigen, Daniel Boles um jede Chance gebracht, den größten Wunsch seines Lebens zu verwirklichen.«

»Jesus, ich hab nicht gemerkt, daß du scharf drauf warst. Du hattest den von Sundog Billy abgestaubt, und dann hast du dich langgemacht wie Plastik Man, um Dumbos Ball zu kriegen.«

»Ich habe jedenfalls keinen Rivalen zum Krüppel gemacht. Mir ging es nie um eine Wunde, die schmerzhafter war als eine Niederlage.«

»Pferdescheiße.«

»Wie bitte?«

»Ich sagte, Pferdescheiße.«

»Deine beharrliche Weigerung, dich schuldig zu bekennen, geht mir auf den Geist. Wenn du so weitermachst, könnte ich sehr wohl auf die Idee kommen, dich zu verdreschen, bis dein Leben nur noch an einem seidenen Faden hängt.«

»Du möchtest mich verprügeln?«

»Du zeigst, daß du kein Gewissen hast.«

»Sieh mal einer an. Hank Clerval, der Pazifist, will Schlagsahne aus mir machen.«

»Worauf du dich verlassen kannst.«

Hoey ermunterte mich mit einem höhnischen Blick. »Tja, dann mach mal, du hochtrabender Turm aus Wackelpudding. Du Scheinheiliger. Du bist kein bißchen besser als ich, Jumbo, jedenfalls nicht da tief drinnen, wo die stinkenden Ratten des Neids nagen.«

»Ich leide mit Daniel, mit all den von Akne geplagten Soldaten. Ich verzweifle an ihrem Schicksal.«

»Verzweifle an deinem. Die Burschen in Philadelphia vertilgen einen Blödmann wie dich zum Nachtisch. Und du bist so häßlich – selbst wenn du Erfolg hast, heißt das noch lange nicht, daß du auch Anschluß findest. Bist du deshalb so sauer, daß ich Dumbo in die Eier gefahren bin? Weil du dir da oben 'nen neuen Girlfriend suchen mußt?«

»Sieh dich vor.«

»Oder war's andersrum? Du bist 'ne richtige Schatztruhe voller Geheimnisse. Der ganze Mist, den wir NICHT wissen, füllt bestimmt 'ne Enzyklopädie.«

Hoey ahnte weder das Ausmaß meiner Wut noch meinen Angriff. Meine Linke umspannte seinen Hals und drückte ihm den obersten Halswirbel gegen den Adamsapfel, so zerrte ich ihn über den Spielplatz zu zwei zottigen Platanen. Hoey wehrte sich, doch meine Hand klemmte ihm die Luft ab und erstickte seine Proteste und machte seine Anstrengungen zunichte. Stell Dir einen Leopard vor, der einen Springbock versteckt – so muß es ausgesehen haben, als ich in die größere der beiden Platanen kletterte und Hoey zwischen zwei Äste keilte. Mein Gewissen hatte mich verlassen und kehrte auch sobald nicht zurück.

»Du dämlicher Sch-Sch-Scheißer.« Hoeys Sprechweise weckte zuerst eine Erinnerung an Dein Stammeln, Daniel, und dann einen brillanten geistigen Film, der mir seinen verhaßten Angriff auf das Base zeigte. Um so besser für die Entschädigung, die ich ihm abpressen wollte, um so quälender für Deinen erbärmlichen Peiniger.

Ich rückte Hoey zurecht, nahm ihm den Gürtel ab und fesselte ihm die Hände auf den Rücken. Weil er Verwünschungen gegen mich ausstieß und mich zu beißen ver-

suchte, pfropfte ich ihm sein verschmutztes Taschentuch in den Mund. Wir schwankten gemeinsam hin und her, sechzehn Fuß über der verhärteten Erdschwelle, aus der die Platane emporragte. Ich hakte ein Bein um einen dicken Hauptast, packte Hoey bei den Schultern und stürzte ihn mit derselben Machtbefugnis aus dem Himmel wie Jehova Gott es mit Luzifer und dessengleichen getan hatte.

Die Knochen in Hoeys Beinen splitterten mit dem Prasseln eines Holzfeuers. Er krümmte sich am Boden wie ein Eichhörnchen mit gebrochenem Rückgrat. Unter einem heftigen Schwall aus Gas und Blut erbrach Hoey den Knebel, mit dem ich ihn mundtot gemacht hatte, und begann Verwünschungen gegen mich auszustoßen und um Hilfe zu schreien.

Ihn nicht getötet zu haben, gefiel mir. Ich schwang mich von einem Ast zum nächst tieferen, ließ los und landete rittlings auf dem Mann, der Dich während der ganzen Saison tyrannisiert hatte, auf demselben Kerl, der Deine Karriere heute nachmittag mutwillig beendet hatte. »Du d-dämlicher«, fluchte er weiter, »du d-d-dämlicher …« Auf seinen Lippen saßen Schaumtupfer; die Augen waren glühende Zehncentstücke. Meine Wut war noch nicht aufgezehrt, und sein reuloses Fluchen gab mir ganz und gar nicht das Gefühl, Dich, Daniel, schon ausreichend gerächt zu haben. Mit zwei Fingern nahm ich Hoeys Zunge und riß sie ihm blutig aus dem Mund. Seine Augäpfel quollen aus dem Kopf, sein Rücken warf sich, und aus seiner Kehle brach ein unartikuliertes Stöhnen. Ich nahm das Taschentuch vom Boden und stopfte es in diese garstige Höhle zurück – um die Blutungen und die wortlos geschrieenen Kränkungen zu stillen.

Die Zunge Deines Tyrannen in der Hand, stand ich auf und weidete mich an seiner Verstümmelung. »Fahr zur Hölle!« befahl ich der sich windenden Gestalt. »Fahr zur Hölle auf immerdar!« Die trübgelbe Lederhaut von Hoeys Augen wälzte sich in die Stirn, so daß die Blutgefäße darin wie ein makabres Spiegelbild der geäderten Blätter unseres totenstillen Baldachins erschienen. Wie ein Blitzschlag durchfuhr mich der Zweifel, und ich wich vor dem Ort des Geschehens zurück, floh den Ort wie in meinem ersten Leben die Orte meiner Verbrechen, die in schmerzlicher Klarheit vor meinem geistigen Auge erstanden.

Als ich den Alligator-Park verließ, Daniel, da gewahrte ich den Jagdhund, den ich vorhin in die Meute seiner Artgenossen geschleudert hatte. Er erkannte mich und hielt trotzdem Schritt mit mir. Sein Rückenhaar war gesträubt. Seine Augen blitzten wie die Leuchtfeuer der Orkney-Inseln. Trotz meiner Gemütsverfassung mußte ich seine Zähigkeit bewundern. Zum Zeichen meiner Anerkennung schmiß ich ihm die Zunge hin, und er fiel über sie her.*

Hinter McKissic House war in den letzten zehn oder fünfzehn Minuten meiner Abwesenheit ein Chaos ausgebrochen. Die hier einquartierten Spieler drängten sich aufgeregt am Wiesenufer des Hellbender-Weihers, derweil Reese Curriden und Lon Musselwhite in einem hölzernen Kahn auf etwas zuruderten, das in mittlerer Entfernung trieb und aussah wie ein loderndes Kaminfeuer.

»Geht nicht zu nah ran!« schrie jemand.

»Was, zum Teufel, haben die vor?« sagte ein anderer. »Mit dem Ruder Wasser drüber schlagen?«

»Was ist das? Was ist passiert?« flüsterte ich.

»Das ist Miss Giselle in deinem Lederkanu«, sagte Dunnagin. »Sie wollte eine kleine Spazierfahrt machen, und – WUSCH! – stand das Ding in Flammen.«

»Sie hat es mit Benzin getränkt«, sagte Trapdoor Evans. »Dabei ist das Zeug rationiert.«

Ich zog meine Boots aus und lief in das blutwarme Wasser. Die Flammen aus dem Kajak – tatsächlich aber aus Miss Giselles schrumpfendem Oberkörper – züngelten himmelwärts wie eine windgezauste Wand aus Ringelblumen, Salbei, Azaleen und Rotklee. Ich schwamm auf diese Wand zu. Wie das verwirbelte Eiweiß von tausend blutigen Eidottern ringelten sich die Reflexe der Flammen im Wasser. Daniel, ich schwamm, ohne zu denken, gebannt von dem brennenden Kajak, ohne jede Vorstellung, was ich tun würde, wenn ich es erreichte. Schließlich – ziemlich rasch sogar – holte ich den Kahn ein, in dem Muscles und Curriden hinausgerudert waren.

»Henry, nicht hinschwimmen!« rief Curriden.

Wie besessen behielt ich meinen australischen Kraulstil bei. Curriden stieß mir das Ruderblatt in die Seite in der Hoffnung, mich dadurch von meinem Vorhaben abzubringen (was immer das sein mochte). Als er wieder nach mir stieß und mir die Rippen schrammte, packte und verdrehte ich das Ruderblatt und ließ nicht locker, bis er mit einem gewaltigen Klatscher ins Wasser fiel. Er schlug um sich und rang nach Luft, konnte sich aber wieder ins Boot ziehen, ohne es zum Kentern zu bringen, derweil ich unbesonnen weiterschwamm.

Schon bald ging ich in die Hocke und trat auf der Stelle, denn die Hitze des schwimmenden Altars, auf dem Miss Giselle sich selbst geopfert hatte, schlug unbarmherzig zu; sie schien mir selbst jene Partien versengen zu wollen, die sich scheinbar gut geschützt unter Wasser befanden.

»Giselle!« schrie ich, als könne ihr junger Leichnam mich hören.

Muscles und Curriden – und die Kameraden am Ufer – forderten mich lautstark zur Rückkehr auf. Trotz der Hitze und meiner nachlassenden Kräfte schwamm ich näher an das Kajak heran, trat im lauwarmen Wasser auf der Stelle und fegte mit den Händen Fontäne um Fontäne gegen den entsetzlichen Anblick, der sich mir bot. Giselle saß in meinem Kanu wie eine tote, unvollständig eingeäscherte Braut, dann kippte sie wie eine abgelegte Marionette vornüber, und derweil die Flammen verzehrten, was es noch zu verzehren gab, ging sie mit dem Kajak unter, gebettet in einen Sitz aus längst verbrannter Grasmatte, und sank dem Schlick und Unrat am Boden des finsteren Weihers entgegen.

Daniel, ich holte tief Luft und tauchte. Der Sog des gefluteten Kajaks, während es träge ins Dunkel stürzte, nahm sich meiner an. Ich wurde mitgezogen wie ein Fliege im armseligen Mahlstrom eines Siphons. An welches Ziel würden mich die nassen Kräfte bringen?

Zum Glück hatte ich meine Lungen zuvor mit Luft gefüllt, und mein diesbezügliches Fassungsvermögen übertrifft das dem Menschen gemeinhin attestierte bei weitem. Die Nacht über mir und die trübe Düsternis des Mediums, das mich umgab, hatten sich verschworen, mich mit Blindheit zu schlagen. Und dennoch sah ich nicht bloß strähnige Vegetation und mit Faulschleim überzogene Zypressenwurzeln, sondern auch den verkohlten Leib meiner einstigen Geliebten und das fischbeinerne Skelett meines Kajaks. Ja, während ich hinabtrieb, sah ich im flüssigen Papyrusgespinst des Weihers sogar das geschwärzte Affengesicht und die zerbrechlichen Glieder von Miss Giselle. Zumindest bildete ich mir ein, sie zu sehen.

Wie diese Frau aus dem sinkenden Kajak befreien? Ich sah keine Möglichkeit. So sagte ich ihr beschämt Lebewohl und wandte mich von ihrem nassen Grab ab, um zur Welt zurückzufinden. In diesem Augenblick schlug die düstere Szene, ins Bild gesetzt womöglich durch meine reumütigen Wünsche und die Phosphoreszenz faulender Pflanzen- und Tierreste, jählings in schwärzeste Finsternis um.

Sollte ich mich diesem erstickenden Medium überantworten und für immer bei Giselle bleiben? Sie hatte sich das Leben genommen, um sich zu bestrafen. Sich und Mister JayMac und mich. Sich, weil sie einem nur flüchtigen Glück vertraut hatte, Mister JayMac, weil er ihr ein dauerhaftes verweigert hatte, und mich, weil ich ihren Schmeicheleien erlegen war, nur um meiner verwegenen Hingabe wieder abzuschwören, als mein Gewissen sich – zu spät – behauptet hatte. (In der Tat, indem ich ihr nachgegeben hatte, hatte ich vielleicht meinen Schöpfer im nachhinein zum Hahnrei machen wollen, denn bei jeder Vereinigung mit Giselle hatte ich das Antlitz von Elizabeth Lavenza, seiner Braut, vor Augen gehabt, die ich so grausam ermordet hatte.) Ich verdiente es nicht, bei Giselle zu sterben. Sie war nicht meine

Frau, und ich hatte sie zu kurz nur verehrt und geliebt, um in diesem nassen Mausoleum auf ewig an ihrer Seite zu schlafen.

Ich tauchte auf und schwamm ans Ufer zurück. Muscles und Curriden waren mir zuvorgekommen. Niemand hatte eine Ahnung, wo Mister JayMac war und was wir tun sollten. Evans hielt dafür, daß Mister JayMac sich ins Oglethorpe begeben hatte, um in den Armen einer schönen Frau nicht bloß unseren Sieg zu feiern, sondern auch Hoeys folgenschwere Attacke auf Daniel Boles zu vergessen. Mehrere schlossen sich dieser Spekulation an.

»Ist mir schnuppe, wo er ist«, sagte Muscles. »Die Leiche muß her. Heggie, geh und ruf die Feuerwehr. Sag auch den Cops Bescheid.«

»Jetzt doch nicht«, sagte Lamar Knowles. »Ist viel zu dunkel, um nach 'ner Leiche zu fischen.«

»Na ja, aber wenn Mister JayMac hier wär«, sagte Muscles, »dann würden Scheinwerfer aufgestellt und das Ganze wär in einer Stunde gegessen.«

»Ist er aber nicht«, sagte Lamar Knowles.

Euclid kam von der Herberge herunter. Er schlängelte sich durch bis zu mir. Er sah verängstigt drein, was wohl an meinem wilden und triefenden Anblick lag.

»Miz Hoey sagt, du weg mit Mr. Hoey. Sagt, Mr. Hoey noch nicht zurück. Weißt du, wo er steckt?«

»Nein, keine Ahnung.« Ich bahnte mir einen Weg durch die Menge, wohlwissend, daß Linda Jane Hoey und die hiesige Gendarmerie schon bald auf den schlimm zugerichteten Hoey stoßen und zu dem naheliegenden Schluß kommen würden, daß ich es war, der ihm die Beine gebrochen und die Zunge aus dem Mund gerissen hatte. Es schien, Daniel, daß die Zeitspanne meiner unseligen Freiheit unter Deinesgleichen zu Ende ging – dahin war die Hoffnung, in meinem zweiten Leben vermittels Baseball eine Erfüllung und damit einen Daseinszweck zu finden. Eine Woge von Bestürzung und Ratlosigkeit trug mich nach McKissic House, die Treppen hinauf und in unsere Dachstube.

Erstens, Daniel, hatte ich all meine Anstrengungen, die Ruchlosigkeit meines ersten Lebens zu sühnen, durch Zorn und Gewalt zunichte gemacht. Die Brutalität, mit der ich Hoey behandelt und die fatale Ignoranz, mit der ich die Tiefe von Giselles Schwermut verkannt hatte, hatte mich aus der unverbrieften Gesellschaft der menschlichen Heiligen vertrieben, als deren Mitglied ich mich bis dahin gewähnt hatte. Zweitens, Daniel, hatte ich meinem Wohltäter Jordan McKissic geschadet, indem ich Vertrauen mit Leichtsinn und Grausamkeit vergolten und seine Ehe durch eine Art indirekten Mord zerstört hatte. Und drittens hatte ich leichtfertig verspielt, was Hellbender und Phillies in mich investiert hatten, denn ich hatte nur noch die Wahl, mich den Behörden zu stellen oder in die Nacht zu entkommen.

Als ich mich in meinem Bereich des Zimmers umsah, mußte ich feststellen, daß Giselle ein paar Sachen von mir gestohlen hatte, unter anderem Notizbücher, Briefe, Kleidung und Andenken an die Ungpekmat. EINEN TEIL VON DIR NEHME ICH MIT, *stand auf dem Zettel auf meinem Bett. In der Tat, diese Dinge hatte sie boshafterweise – ja, und ergreifenderweise – in ihren Opfertod mit eingeschlossen. Sie waren vernichtet; die verkohlten Reste trieben zwischen Unrat und Bakterien oder lagen durchweicht und unauffindbar im schwarzen Bodenschlamm des Weihers. Ich rief mir das erdrückende Elend meiner schlimmsten Tage in Erinnerung, ob als konfuser und irregeleiteter Sproß Frankensteins oder als Keriaks verzweifelter Witwer.*

Ich weinte, Daniel. Weinend faltete ich jene Kleidungsstücke, die Giselle mir gelassen hatte, in den Koffer. Ich war auf dem Weg zur Treppe, als unten das Telefon klingelte. Ich hörte, wie jemand abhob und redete. Dieser Mann – Vito Mariani? – schrie im nächsten Augenblick den anderen im Clubraum zu: »Sie haben Hoey im Alligator-Park gefunden, aber er ist tot, Jungs! Der arme alte Buck ist tot!«

Ich eilte treppab und verließ leise das Haus. Ich floh durch die am spärlichsten bewohnten Regionen der Stadt – Schulhöfe, Gassen, Fichtengehölze – bis es so gut wie ausgeschlos-

sen schien, daß mich Kameraden oder Polizei noch stellen würden.

Aus all diesen Gründen, Daniel, habe ich Dich nicht besucht und mich auch nicht bei den Phillies in Philadelphia gemeldet. Während ich auf der Flucht bin, plagt mich unablässig mein Gewissen, am meisten quält mich der Mord, den ich begangen habe. Nein, es sind DIE Morde, die mich quälen. Nicht minder geißeln mich die abscheulichen Frevel, die ich an den Hoeys und an Dir, Daniel, meinem Mitstreiter, begangen habe. Hätte ich Dich doch gerächt, indem ich mich nach Kräften in den Major-Leagues eingesetzt hätte, anstatt den Mann hinzurichten, der Dich dieser Möglichkeit beraubt hat.

Ich bin auf der Flucht. Ein Leben im Verborgenen zu führen, ist mir durchaus vertraut. Vor vielen Jahren habe ich so in den Einöden von Alaska gelebt und wurde für die durchreisenden Weißen zur Legende. Aus mir ist wieder Injukutak geworden. In dieser Rolle, unbeschadet meiner Größe, bin ich zweimal nach Highbridge zurückgekehrt, um Linda Jane Hoey und ihren Kindern zu helfen, so wie ich in meinem ersten Leben den Hüttenbewohnern De Lacey geholfen hatte. Ich hinterlasse Dosenkonserven an der Türschwelle oder hinten am Haus einen Karton mit Kleinholz für Ofen und Herd. Solche kläglichen Gefälligkeiten wiegen nicht meinen Frevel auf und geben den Hoeys nicht ihren Ernährer zurück, doch ich selbst beziehe Trost aus ihnen.

In unseren Gedanken wie in unseren Taten ringen wir immer um Absolution. Ich glaube nicht an meinen Schöpfer, Daniel, weil er nicht an mich geglaubt hat. Und der Gott, den Du verehrst, ist für mich in unüberbrückbarer Ferne. Ich würde ihn um Vergebung bitten, doch so gerne ich es täte, ich kann mich weder als sein Kind noch als sein Mündel betrachten. Vaterlos und allein, wie ich bin, ersinne ich daher meine eigenen Erlösungsstrategien, ersinne eine geheime Selbstverteidigung, um mich von meinen Sünden loszusprechen. Im Mordfall Buck Hoey habe ich auf zwei mildernde Umstände plädiert, wobei der zweite zwingender ist als der erste. Wie, magst du fragen, ist er dem Diktat des Sechsten Gebots entschlüpft?

– Ich hatte nicht die Absicht, Ligonier Hoey zu töten.

– Strafe ist eine unheilige Pflicht, aber eine edlere als Rache.

Du mußt wissen, Daniel, indem ich tat, was ich getan habe, ging es mir nicht so sehr darum, Hoey zu schaden (wiewohl Buße angesagt war), als darum, Dich aufzurichten. Unseligerweise verwandelte der Mechanismus dieser Anwaltschaft wohlüberlegte Buße in unerwarteten Tod. Nie aber habe ich das so gewollt.

Hört sich meine Argumentation wie spitzfindige Selbsttäuschung an? Vielleicht ist sie das. Aber oh! Daniel, ich weiß, daß die Morde meiner ursprünglichen Inkarnation nur flüchtige Verirrungen eines sanften Charakters waren, den andere – vor allem mein engherziger Schöpfer – zu unmenschlicher Grausamkeit verbogen hatten. Dann, ausgestoßen und verachtet, habe ich fünfmal aus Rache getötet. In dieser meiner viel länger währenden Inkarnation, von vielen akzeptiert und von vielen bejubelt, habe ich bloß ein einziges Mal getötet, Daniel, und zwar, ohne es zu wollen, und aus Liebe. Beweist das nicht, daß ich eine Entwicklung durchgemacht habe, die Deine Beachtung verdient? Bin ich nicht Dein Freund?

Faithfully
Henry

PS
Diese Botschaft überbringt Dir mein Bote Euclid, den ich bei meinem jüngsten Besuch in Highbridge im Haus seiner Mutter angetroffen habe. Wenn Du meine Worte gelesen und ihre Tragweite verstanden hast, bitte ich Dich flehentlich, sie zu vernichten, vorzugsweise durch Verbrennen. Habe aber keine Angst, Daniel. Wir werden uns wiedersehen.

58

Wie jemand vom Katastrophenschutz, der durch die Verwüstungen streift, die ein Tornado hinterlassen hat, so las ich Henrys Brief ein zweites Mal. Obwohl Miss LaRaina mir Streichhölzer dagelassen hatte, und ein Abfalleimer so nah am Bett stand, daß ich das Päckchen hineinwerfen und verbrennen konnte, ohne gleich das Hospital in Brand zu stecken, faltete ich die Blätter in den Umschlag zurück und schob ihn unter die Matratze. Mit was für Lügen man mich abgefüttert hatte, mit was für aalglattem Gesäusel.

»Schwester!« brüllte ich. »SCHWES-TER!«

Zum Glück hatte dasselbe famose Schätzchen Dienst, das mir weisgemacht hatte, ein Arzt habe das Loch in die Samstagausgabe des *Herald* geschnippelt, um den Ausschnitt für seinen Army-Air-Corps-Vetter aufzuheben. Alles Mumpitz. Gutenachtgeschichten. Jedenfalls kam sie mit ihrem burschikos feschen Gehabe und ihrem cremefarbenen Poschmeichler von Kittel ins Zimmer – niedlich und gestreßt wie immer – und beäugte mich, als wär ich eine bettlägerische Baumwanze.

»Du brauchst nicht zu rufen, Danny. Drück einfach den Knopf.«

»Miss Giselle hat sich selbst verbrannt. Henry hat Buck Hoey vom Baum geschmissen. Hoey ist draufgegangen. Henry ist abgehauen. Alles hat im Herald gestanden, aber ihr habt das alles vertuscht vor mir.«

»Schatz, mit wem hast du gesprochen?«

»Warum, zum Teufel, durfte ich das nicht wissen?«

»Wenn du so weiterredest, muß ich dir deinen frechen Mund mit FiSoHex auspinseln.«

»Den Teufel wirst du. Du saugst Lügen auf wie ein Staubsauger den Dreck.«

Das brachte sie in Harnisch. »Ich tue nur, was man mir sagt.« Sie machte auf dem Absatz kehrt und stürmte ins Stationszimmer zurück.

Als Phoebe hereinkam, empfing ich sie genauso. Ich tobte und jammerte. Sie trank meinen Wortschwall mit Augen und Ohren und blinzelte mit spitzbübischer Skepsis.

»Hä?«

»Als du stumm warst, fand ich dich netter.«

»Und ich fand dich netter, als du noch ehrlich warst, geradeheraus und mit offenen Karten ...«

»K-K-K-Karten, meinst du.« Sie ratschte wie eine abgesprungene Fahrradkette. »Also beruhige dich mal. Onkel JayMac, tief getroffen, wie er war und immer noch ist, wollte dir nicht mehr aufladen, als du ohnehin zu tragen hast. Ist das ein Verbrechen?«

»Trotzdem, ihr habt mich alle *belogen!*«

»Wer hat gepetzt, Ichabod? Wer?«

Tja, ich tat gut daran, den Mund zu halten. Während ich auf dem Podest stand und die Lügner brandmarkte, tat ich gut daran, selbst zu lügen. »Da kam dieser Bursche mit dem *Herald* von Samstag an der Tür vorbeigehumpelt. Er hat m-m-mich mal reingucken lassen.«

Im September gab es zwei Nachoperationen, Physiotherapie mit Stützgeländer und Krücken (was mich an Henrys Anstrengungen in Missouri erinnerte, nachdem er selbst Hand an seine Größe gelegt hatte), ein paar Sitzungen mit einem aus Camp Penticuff importierten ›Nußlöffel‹ und mehr Zeit zum Grübeln und Trübsinnblasen als ein ganzes eingeschlossenes Frontregiment mit Schützengrabenfüßen. Ich füllte die Zeit mit Briefen an Mama Laurel auf und mit der Lektüre eines langen tragischen Romans über einen jungen britischen Arzt mit Klumpfuß.

Als ich auf Krücken herumhumpeln konnte, entließ mich Dr. Nesheim. Die beiden letzten Tage in Highbridge verbrachte ich auf ›unserer‹ alten Mansarde in McKissic House. Alles, was an Henry erinnert hätte, war fort: das Bett mit der Sperrholzverstärkung, das selbstgemachte Bücherregal, der aus Gras geflochtene Raumteiler, das stumpfe Foto der William-Blake-Zeichnung, einfach alles. Um mir das quälende Treppauf und Treppab zu ersparen, hatte Mister JayMac mir ein Quartier im Parterre geben wollen, doch ich hatte nach oben in die Mansarde gewollt, auch dann noch, als ich sah, wie fremd – nackt, ausgeweidet und *groß* – sie nach der Säuberungsaktion wirkte. Das mühsame Treppauf und Treppab, erklärte ich, sei die beste Therapie.

»Wir glauben, daß Clerval heimlich hier war, um sich die kleineren Sachen zu holen«, erklärte mir Mister JayMac am Montag. »Als ich mit Mr. Curriden in die Dachstube kam, um Bett und Regal abzubauen, da waren sie fort.« (Und war ein Hellbender einmal fort, stellte ich fest, dann war er kein ›Mister‹ mehr.)

»Henry hat seine eigenen Sachen geklaut?«

»Das ist ein begrifflicher Widerspruch, Mr. Boles. Wenn man allerdings bedenkt, daß er polizeilich gesucht wird und für Verpflegung und Unterkunft im Rückstand ist, war es ungesetzlich, sich die Sachen zu holen – eine Schläue, die er womöglich von Darius übernommen hat.«

»Er wollte Hoey nicht umbringen«, sagte ich. »Ich meine, jemanden töten ist einfach nicht Henrys Art.«

»Tja, das hätte ich ihm nicht mal verdenken können.

Am schlimmsten finde ich noch, daß er so kurz vor dem Ziel aufgegeben hat, diese Borniertheit, die ihn dazu getrieben hat.«

»Er mochte mich leiden«, sagte ich.

Ein Muskel neben Mister JayMacs Auge zuckte. »Weder Clerval noch sonst jemand hat Ihre Notizbücher angerührt. Alles ist so, wie Sie es zurückgelassen haben. Bis auf das Hellbender-Trikot und den Stapel Unterwäsche – Kizzy hat die Sachen gewaschen und gebügelt.«

Und woher wußte Mister JayMac von meinen Notizbüchern, die da in meinem mit Messer und Tinte tätowierten Schulpult schlummerten, wenn niemand sie angerührt hatte?

Mit einem Mal begriff ich, daß meine Notizbücher wahrscheinlich die weltweit einzige Kopie von *»Durch Reue zur Selbstachtung: Mein zweites Leben«* enthielten. Henrys Original war bei Miss Giselles Selbstmord zu Asche zerfallen. Ich fuhr mit den Fingern über die Eichenklappe, machte aber keine Anstalten, sie anzuheben und hineinzuspähen.

Mister JayMac ging ans Fenster, das auf die Feuertreppe hinausging. Sein Blick glitt über den Victory-Garten, den handgemähten Hang hinab und vorbei an seiner Sommerlaube auf den Hellbender-Weiher hinaus. Es war ein trockener September gewesen; das Korn war zu braunen papierenen Spindeln verkommen, und die Wiese zeigte gelbliche Hitzeringe unterschiedlicher Größe – verwunschene Feenreigen –, eingesengt ins Gras, einander überlappend oder als einsame Zirkel.

»Was meinst du, warum Giselle das getan hat, Danny?« Er stand mit dem Rücken zu mir. »Habe ich ihr denn so weh getan?«

Tja, ich habe wohl nur große Augen gemacht.

»Wieder die Zunge verschluckt, Mr. Boles?«

»Nein, Sir. Das ist keine leichte Frage.«

»Sie hat mich wirklich gern gehabt. Ich habe es nur nicht gemerkt.«

»Sie hat bestimmt viel Liebe gebraucht«, sagte ich. »Zuviel davon kann einen ganz schön mitnehmen.«

Mister JayMac drehte sich um. »Als wüßtest du einen Fliegenschiß davon.«

»Fliegenschiß – ich dachte, Sie hassen solche Reden.«

»Ich schicke Euclid mit einem Ventilator, dieser Schwitzkasten könnte einen brauchen«, sagte er und zog die Tür des Schwitzkastens hinter sich ins Schloß. Ich hörte ihn die Stufen zum nächsten Absatz hinuntertrapsen.

Etwa zwanzig Minuten später brachte Euclid einen Ventilator, der fünf Jahre älter war als das alte Modell von Henry.

»Als Henry dir den Brief gegeben hat, wo ist er dann hin? Wie hat er ausgesehen? Weiß noch jemand davon?«

»Nur Danbo.«

»Okay, okay. Das war nicht die einzige Frage.«

Euclid kam allmählich in die Pubertät. Seine Kinnlade war breiter geworden, der Brustkorb fülliger. Er trug ein fadenscheiniges Leinenhemd, blanke Kniehosen mit aufgesetzten Werkzeugtaschen und schwere Schuhe. Er setzte den Ventilator an den Boden und stopselte ihn ein.

»Kam wie Räuber, als Detta Rae kellnern war«, sagte er. »Sagt, Brief für Danbo. Dann wieder fort. Sah groß und schrecklich aus.«

»Wo kam er her? Wo ist er hin?«

»Woher wissen? Aus Hölle, Danbo. Dahin, wo Darius ist.«

»Dahin, wo Darius ist…?« Doch Euclid schaltete bloß den Ventilator ein, der ab da wie ein aufgedrehter Frosch am Boden herumschipperte, und ging. Schien so, als ob ihm Henrys nächtlicher Besuch noch in den Knochen saß.

Ich humpelte auf Krücken zu meinem Bett und

setzte mich. Ich hatte ein Ticket nach Oklahoma in der Tasche. Der Zug ging am Freitag. Am Freitag, dem ersten Oktober. Aber was sollte ich tun, wenn ich wieder in Tenkiller war? Vielleicht war es noch am einträglichsten, mich vor den Cherokee Feed Store zu stellen und die Zehncentstücke zu sammeln, die ich von Leuten bekam, die mich für einen Kriegsversehrten hielten …

59

EINE NACHT SPÄTER: REGEN. Er näßte das Gras, den Victory-Garten, das besessene Zirpen der Grillen. Früh am Abend hatte ich den Ventilator ans offene Fenster gestellt, und kurz nach Mitternacht ließ mich eine frische Brise nach einem Laken tasten – zum ersten Mal in diesem Sommer (abgesehen von Laken, die zuvor mit kaltem Wasser getränkt worden waren). Der Ventilator wirbelte Feuchtigkeit ins Zimmer, spie eiskalte Tröpfchen auf Gesicht und Kopfkissen.

Der Regen hatte sich verschärft und schwoll an. Er rasselte gegen das Blech des Mansardengiebels und platschte wie eine Art Terrassenkaskade die Feuertreppe hinunter. Die Rinnen unter den Dachtraufen gurgelten und liefen über.

Ich setzte mich auf. Eine Mistgabel aus Blitzen stach auf der Alabamaseite aus dem Himmel. Durch das Fenster konnte ich für eine Sekunde das gepeitschte Getreide im Victory-Garten, die gepeitschten Magnolien und Platanen am Weiher und das Gerippe der Sommerlaube sehen. Dann geräuschvolle Schwärze. Dann – sofort nach einem Kohlenschütten-Vibrato von Donner – packte wieder eine vielfingrige elektrische Klaue nach Getreide, Bäumen, Sommerlaube und Weiher. Mir war, als habe ich auf dem regengepeitschten Wasser eine Gestalt in einem Kanu gesehen, Miss Giselles Geist vielleicht oder eine treibende Astgabel, die der Sturm aus einem Pekanbaum gerissen hatte.

Der Ventilator hörte auf, auf dem Fensterbrett herumzupirschen, der Propeller kam fietschend zum Stehen. Der Sturm hatte die Stromversorgung gekappt. Um mich zu vergewissern, langte ich nach oben und tastete fröstelnd nach dem Schalter der Stehlampe.

Twick!

Die Dunkelheit entrollte sich wie ein endloses Trauertuch. McKissic House und womöglich halb Highbridge waren stromlos. Auweia. In der Stadt bekam man mit einem Fingerschnipsen Licht, aber jetzt – Sturzbäche gingen auf das Kopfsteinpflaster des Fabrikviertels nieder, auf die Erdnußfelder außerhalb und die Kasernen von Camp Penticuff – jetzt war da nichts als prasselnde Schwärze. Ich kauerte starr vor Angst auf meinem Bett.

Donner grollte, Blitz um Blitz barst aus dem Himmel: Gott persönlich schlug einen Home Run um den anderen über die Ränge am Rand des Universums. Die Menge die nach Art der Toten existierte – tobte. Der Regen und der Krach erschütterten mich bis ins Mark; winzige Stiche belagerten mein repariertes Knie, meine gequetschte Hüfte und die Narben am Oberschenkel. Ich betete zu Gott, dem Allmächtigen, und zu meiner nicht ganz so omnipotenten Mutter.

Ein schwankender Schemen wuchs über den obersten Absatz der Feuertreppe; er füllte das Rechteck des Fensters und beugte sich vor, eine Silhouette auf einer Kinoleinwand aus schwarzem Plastik. Ein Horror-Film. Als die Gestalt den Kopf ins Fenster schob und unbeabsichtigt den Ventilator vom Fensterbrett stieß, da erkannte ich Henry. Eine ganze Reihe sich verzweigender Blitzschläge – anzusehen wie phosphoreszierende Knollenwurzeln oder eine himmelweite Röntgenaufnahme von Nervenzellen – erhellte von beiden Seiten das unwegsame Gesicht. Er grinste auf seine finstere, lustig gemeinte Art.

Das fettige Haar klebte ihm am Kopf, als sei er Johnny Weissmuller* und komme eben von einem australischen Kraul durch die Dschungellagune. Die

Augen blinkten gelb. Die Haut glänzte gelb. Die Zähne hatten den Nikotinschimmer einer Raucherprothese.

Vielleicht war er ja – mal abgesehen von unserer Freundschaft und dem langen Brief – zurückgekommen, um *mich* zu töten – meine Belohnung dafür, daß ich Buck Hoey vom Short vertrieben, Hoey aus dem Team gedrängt und die Bedingungen geschaffen hatte, die Henry angestachelt hatten, Hoey aus einem Baum zu werfen und ihm dann die Zunge herauszureißen. Schließlich hatte ich das lange Comeback, das Henry nach seinem mehr als anderthalb Jahrhunderte zurückliegenden Alptraummarsch durch Europa bewerkstelligt hatte, gründlich vermasselt.

»Daniel« – flüsternd –, »Daniel, darf ich hereinkommen?«

»Klar. Wo bist du gewesen? Was machst du?«

Henrys Sonntagshemd und sein schmutziger Overall troffen vor Nässe, doch dessen ungeachtet kletterte er über die Fensterbank und trat auf den Ventilator, den er eben erst runtergestoßen hatte. Mitten im Zimmer spreizte er die Arme und ließ das Wasser aus seinen durchweichten Ärmeln zu schimmernden Lachen auf den Boden tropfen.

»Hab ich dir nicht versprochen, wir würden uns wiedersehen?« Die Leere unseres Zimmers – oder die von seiner Zimmerhälfte – ließ ihn verstummen, wiewohl er selbst dazu beigetragen hatte.

»Henry, was willst du? Hier wird man dich fangen, und du landest hinter Gittern.«

»Kein Gefängnis in Highbridge kann mich halten.«

»Warum mußtest du Hoey umbringen? Was Hoey getan hat, war schon schlimm genug.«

»Mein Brief … Ich wollte ihn nicht töten, ich wollte dich nur rächen. Als ich ihn verließ, war er stumm.«

»Ein nettes Wort für ›tot‹, Henry.«

»Komm mit – nicht für lange. Nur für ein paar Tage. Damit du siehst, wohin ich mich zurückgezogen habe.«

»Ich fahre nach Hause. Ich habe ein Ticket.«

»Manche haben so eine Fahrkarte. Manche nicht.«

Bei diesen Worten ging mir ein Licht auf. Henry hatte Hoey ›stumm‹ gemacht um meinetwillen, eine scheußliche Art ausgleichender Gerechtigkeit. Er war mein Zimmergenosse gewesen. Ich konnte ihn kaum sehen, er war ein triefnasser Schemen im Dunkeln, doch ich nahm meine Krücken und stakte zu ihm hin und umarmte ihn. Meine Hände gingen in den steinharten Mulden rechts und links von seinem Rückgrat vor Anker. Er war zu mager zum Knuddeln und zu knorrig zum Anlehnen, aber ich hängte mich trotzdem an ihn, die Krücken polterten zu Boden.

Die Glühbirne der Stehlampe machte *ping* und blendete unsere Augen. Der Ventilator, den Henry so gründlich mißhandelt hatte, begann am Boden herumzubaggern. Bei Licht sah Henry doppelt so groß aus, und der Ventilator machte zehnmal soviel Lärm wie sonst. Henry hielt mich mit einem Arm, zog den Stecker des Ventilators und löschte das Licht wieder.

»Komm, Daniel, laß uns fliehen.«

»Ich brauche nicht zu fliehen. Das ist nicht meine Zelle, und ich habe nichts verbrochen.«

Henry schien von meinem Einwand nicht beeindruckt. Sogar im Dunkeln fand er, was er suchte, und drückte mir den Seesack in die Hände. »Pack ein.« Er half mir, die Sachen aus dem Pappschrank aufs Bett zu stapeln. Fein säuberlich. Er mußte Eulenaugen haben, zwei eingebaute Nachtgläser. Ich fing an zu packen. »Vergiß nicht die Notizbücher. Sie gehören zuunterst, beschirmt und beschützt.« Also kramte ich sie aus dem Schulpult neben dem Bett. Mit einer einzigen zielsicheren Armbewegung nahm Henry mir den Packen ab und barg ihn am Grund der Tasche. Ich packte meine Klamotten hinterher und obenauf meine Baseballausrüstung und stand endlich vor ihm, eine Krücke in der Achsel und den Sack über die Schulter geworfen wie ein GI oder vielleicht Santa Claus (zu dem die Krücke allerdings nicht paßte).

»Aus dem Fenster, Daniel. Hinaus in den Regen und den Dschungel der Nacht.«

Bei dem Unsinn blieb mir die Spucke weg. Ich tat einen einbeinigen und krückengestützten Hüpfer in Richtung Fenster. Zu meinem Erstaunen wartete auf dem obersten Absatz der Feuertreppe ein triefnasser Euclid, um mein Gepäck in Empfang zu nehmen und über die schlüpfrige Treppe nach unten zu befördern.

»Euclid!«

»Dalli«, sagte er. »Dalli-dalli. Mund halten und los jetzt! Ich muß zurück, bevor hell ist.«

Auf leisen Sohlen – oder in meinem Fall mit klunkernden Krücken – und gebuckelt, als befürchteten wir, gesteinigt zu werden, ging es im aufgelösten Gänsemarsch die Feuertreppe hinunter und Hals über Kopf in einen blauen Studebaker, der nach Euclids Auskunft seiner Mama, Detta Rae Satterfield, gehörte. An der Windschutzscheibe steckte eine C-Zuteilung für Sprit (wie bei Colonel Elshtains Hudson Terraplane), nur daß ich nicht wußte, wieso, und auch nicht fragen wollte. Henry klabasterte mit meinem Seesack auf die Rückbank. Ich richtete mich vorne auf dem Diwan neben Euclid ein, der sich mit Hilfe eines Kissens so nah wie möglich ans Steuer staffierte.

Sie können sich vorstellen, daß ein vierzehn Jahre alter Chauffeur nicht dazu angetan war, meinem Vertrauen in Henrys Fluchtplan Auftrieb zu verleihen.

Euclid setzte rückwärts um McKissic House herum – nicht am Wagenschuppen vorbei, sondern andersherum – dann fuhr er geradewegs durch die Innenstadt auf den Brückenschlag aus Stahl und Beton zu, dessentwegen Highbridge Highbridge hieß. Zu meiner Überraschung machte Euclid seine Sache gut und schlingerte kaum. Er ließ sich von Henry sagen, wo er abbiegen und wie schnell er fahren sollte, und auf dem ganzen

Siebzig-und-ein-paar-gequetschte-Meilen-Trip ins östliche Alabama fuhren wir nie schneller als dreißig Meilen die Stunde.

Wegen des Platzregens und der kriegsbedingten Geschwindigkeitsbegrenzung dauerte es bis zu unserem Bestimmungsort – der nicht Henrys Zuhause, sondern sein Versteck und Schrein war – geschlagene drei Stunden. Euclid brauchte noch einmal so lange, um den Studebaker wieder bei seiner Mama abzusetzen. Und falls die Highway-Streife – eine ziemlich nervöse Crew angesichts der ganzen Verkehrsauflagen – ihn anhalten und nach dem Führerschein fragen sollte, fing er sich bestimmt eine Tracht Prügel ein, derzufolge sein knochiger brauner Hintern so violett wie eine Aubergine sein würde.

»Da!« bellte Henry nach gespenstischer und nierenerschütternder Fahrt. »Anhalten, Euclid!«

Euclid hielt an. Alles, was ich in dem nieselnden Drei-Uhr-dreißig-früh-Regen ausmachen konnte, war nasses Weideland, die eine oder andere Fichte und ein höckeriges Netz aus rötlichen Abzugsgräben zwischen der Straße und einem Feld voller Wildwuchs.

»Hübsch«, sagte Euclid. An diesem nicht eben vielversprechend aussehenden Straßenbuckel setzte er uns an die Luft. »Benehmt euch, klaro?«

60

Henry schlug sich ins Gebüsch am Straßenrand: Brombeerreben, Kermesbeeren, Mimosensämlinge, all die namenlosen stacheligen Sträucher, die an deinen Ärmeln zerren und kampfkeulenähnliche Kletten ausschicken, die sich als blinde Passagiere an deine Socken heften. Der Regen hatte gottlob nachgelassen, doch die Schuhe versanken – nicht selten mit einem vernehmlichen Schmatzer – in der tückischen Allianz aus Pflanzenmulch und dem schmierigen Nudelbrei-Lehm von Alabama. Ich hatte ja nicht alle Tassen im Schrank, mich mit Krücken auf dieses Schachbrett aus Pflanzenmus und ausgestochenen Wasserrinnen einzulassen. Ich hatte ein Eisenbahnticket nach Oklahoma in der Tasche – wieso also hatte ich mich von Henry in diese gottverlassene Gegend verschleppen lassen?

»Wo gehen wir hin, Henry? *Henry!*«

Er kämpfte sich bloß voran, ein getriebenes aufrechtes Bündel an urwüchsiger Energie – wie ein Bär oder ein Sasquatch oder eine verrückte halbmenschliche Ausgeburt dieses Fleckens Erde. Der Sprühregen vergraulte alle geflügelten Quälgeister, doch mir fehlte die Zeit, mich über ihre Abwesenheit zu freuen, weil ich ständig aufpassen mußte, nicht knöcheltief einzusinken.

»HENRY!«

Er sah über die Schulter. »Ein trockener Seitenkanal des Tholocco-Creek – unser Ziel. Wir sind fast da.«

Der ›trockene‹ Seitenkanal führte, wie sich herausstellte, Wasser – nicht soviel wie ein Wildbach, aber genug zum Wassertreten.

Jedenfalls platschten wir mit schmatzenden Schuhen am Grund dieser tiefgeschnittenen Rinne bis zu Henrys Versteck: einem Erdhaus in der Uferböschung eines ausgetrockneten Bachs. Wenn dieser Unterschlupf früher einmal eine kleine Höhle gewesen war, dann hatte Henry sie in den letzten zwei Jahren gründlich erweitert und mehrere Kammern in das rote Erdreich gegraben. Außerdem hatte er den bachseitigen Zugang mit wilder Azalee, Weißdorn und Fichtenzweigen getarnt. Weißdornkügelchen trieben auf der Oberflächenströmung davon. Wir wateten in den überfluteten Eingang und richteten das feuchte Laubwerk wieder, das wir beiseitegeschoben hatten. Eine zweite Kammer lag höher und trockener, und in ihr verbrachten wir beim Schein von Kaffeebüchsenlaternen fast die ganze restliche Nacht.

Henry saß mit dem Rücken an der Wand, die Knie bis unters Kinn gezogen. Ich saß, die Krücken quer vor meinen Füßen, fröstelnd auf dem Seesack.

»Warum habe ich dich hierher in diese naßkalte Abgeschiedenheit gebracht?« sagte Henry. »Ich würde mich nicht wundern, wenn du dich wunderst.«

Mein Blick wanderte über die flackernden Kaffeebüchsen, die Matten, die Baseballsachen, die den Raum schmückten, dann sagte ich: »Du hättest dem guten Bebout ein paar Tips geben können.«

»Habe ich getan.«

»Na ja, da hat er aber nicht zugehört.« Warum hatte Henry mich hierhergebracht? Auch wenn es hier einen Anflug von Wohnlichkeit gab, so gab es weit und breit keinen Hahn, der danach krähen würde, wenn Henry mir den Schädel knackte und mit bloßen Fingern mein Gehirn verschmauste – aber er war kein Fleischesser. Denn selbst im achtzehnten Jahrhundert, als er vom Irrtum regiert wurde, da hatte er sich lieber von Nüssen und Beeren ernährt als von tierischem Fleisch, und mehr als ein bißchen hatte seine vegetarische Lebensweise auch bei den Ungpekmat nicht gelitten. Hätte ich nicht so gefröstelt und wäre meine Kleidung nicht so klamm gewesen, hätte ich die Behaglichkeit von Henrys Kaninchenbau am Tholocco-Creek, die Blechkannenlichter und die Schatten, die sie warfen, und den fast unhörbaren Sprühregen draußen sogar genießen können.

»Unsere Väter haben uns im Stich gelassen, Daniel. Der deine hat sich von dir abgewendet und dich vergessen, der meine hat sich von mir abgewendet und wollte mich vergessen. Dein Erzeuger hat – wie der meine – auf jede Teilhabe an deinem Werdegang verzichtet und sich der Verpflichtung entzogen, dich zu erziehen.«

»Dick Boles hat mir beigebracht, wie man Baseball spielt.«

Henry schwieg. Er hatte sich zu wilden Vergleichen verstiegen, und mein Tribut verdutzte ihn. Er fing sich wieder. »Sicher keine Kleinigkeit. Ein Unterricht, den man nicht unterschätzen sollte.«

»Aber worauf wolltest du hinaus?«

»Vor kurzem ist dein Vater gestorben. Vielleicht hast du in den vergangenen Jahren einen unausgesprochenen Zorn genährt, aber du hast deinen Vater noch nicht betrauert – während ich schon früh in meinem zweiten Leben widerwillig Victor Frankenstein betrauert habe.«

»Und?«

»Du mußt diesen Prozeß noch durchmachen, Daniel, oder vieles von dem, was dir bevorsteht, oder was dir als Resultat deiner eigenen Initiative erscheint, wird dir am Gaumen gerinnen.«

»In Ordnung. Und wie macht man das?«

Die Frage traf ihn unvorbereitet. »Was?«

»Jemanden betrauern.«

»Oh«, sagte er. »Oh.« Er krabbelte von der Wand fort und deutete mit dem Kinn in eine entferntere Kammer.

»Folge mir.« Und dann ging es in Watschelhocke zu einer Art unterirdischem Kapellchen. Hier machte ich, als er den Kerzenhalter absetzte, einen absonderlichen menschlichen Schemen aus, der von Kopf bis Fuß in einer Art Zwangsjacke steckte und – wie ein ägyptischer Pharao – ausgestreckt auf der heruntergestutzten Frachtkiste eines Klaviers lag.

Als Henry die Kerze hochhielt, um mir die improvisierte Leichenbahre zu zeigen, sah ich, was auf der Lattenkiste vermerkt stand: *MENDELSSON / Ship to 486 Mims Street / Opp*, Ala.* Die Schablonenbuchstaben tanzten im Flackerschein der Kerze. Die Gestalt darüber sah aus wie eine Mumie. Das *war* eine Mumie. Und es war die merkwürdigste, die mir je unter die Augen gekommen war, selbst wenn mir noch nie eine unter die Augen gekommen war – was ja, wie auch der Dümmste weiß, zutraf. Ganz zu schweigen davon, daß in dieser Mumie die Überreste eines spinnerten Schweizer Chemikers steckten, der erst vor anderthalb Jahrhunderten das Zeitliche gesegnet hatte.

Ich hängte mich in die Krücken und langte aus, um den Leichnam – kaum fünfeinhalb Fuß vom Scheitel bis zur Sohle – zu berühren. Die Hülle bestand aus lauter glatten weißen Pferdelederflicken – Unmengen von Flicken, zusammengehalten von Tausenden von ›S‹-förmigen Nähten. Henry hatte den ganzen Schlafstrumpf aus gesäuberten, polierten und glattgestrichenen Lederhüllen ausgemusterter CVL-Bälle gestückelt. Manche der Lederstücke waren vom Infield-Boden verschmiert oder trugen Schlagnarben oder waren aufgerauht wie altes Veloursleder – doch im Schein von Henrys Kerzenlicht glänzte die Mumie wie Elfenbein. Das Schaurigschöne an diesem Anblick kraulte mir den Nacken.

»Von Alaska aus zog ich mit meinem toten Schöpfer auf der Schulter (nachdem ich ihn Meilen von Ungpek aus einer vulkanischen Höhle geholt hatte) in den Bundesstaat Washington. Daniel, ich sehe den Helden

Äneas vor mir, wie er seinen alten Vater Anchises aus den brennenden Trümmern Trojas trägt.« Henry schloß die Augen. »Hörst du, wie er singt?

Come then, dear father, up onto my back.
I will bear you on my shoulders – you will be
No burden to me at all, and whatever befall us,
One and the same peril will face us both,
And there will be one and the same salvation!«[1]

Er schlug die Augen wieder auf. »Freilich kam ich auf meinem Weg durch den amerikanischen Nordwesten allmählich in Tauwetter. Gliedmaßen, einst so hart wie Stein, verloren an Festigkeit und gingen in einen geschmeidigen und aromatischen Zustand von Verwesung über. Ich häutete einen toten Elch, an dem die Geier noch nicht gepickt hatten, und einen Bison, der verdurstet war, wickelte den Leichnam in die Häute und erneuerte Frankensteins Verpackung jedesmal, wenn ich weiterzog. Im Laufe der letzten Saison habe ich diesen Kokon angefertigt. Die Bälle zu schälen und ihre ledernen Schwingen in der geeigneten Weise zusammenzufügen war eine langwierige und mühselige Arbeit. Die Nadeln, die ich zerbrochen habe, sind Legion.«

Henry schenkte seinem Vater einen bewundernden Blick. »Meinst du nicht auch, er gibt einen hübschen, langen Schweinebraten ab, auch wenn es beim Augenschmaus bleibt?« Er schien zu erwarten, daß ich jetzt »Amen« sagte.

---

[1] Adaption: Komm also, geliebter Vater, auf meinen Rücken.
Ich will dich auf den Schultern tragen –
Du wirst mir überhaupt keine Bürde sein,
Und was immer uns bevorsteht,
Wir werden derselben Gefahr ins Auge blicken,
Und uns wird dieselbe Rettung zuteil.

»Bestimmt«, sagte ich. Und Henrys eingenähter Daddy machte wirklich was her.

»Knie dich da hin, Daniel.«

Ich gehorchte, hauptsächlich weil die Decke so tief herunterkam, daß mir das Hinknien selbst unter erschwerten Bedingungen leichtfiel. Ich stellte meine Krücke an die Klavierkiste.

»Nimm meinen Vater für den deinen, Daniel. Schmähe ihn für seine väterliche Untreue oder gräme dich im stillen um den bislang unbeweinten Verlust. Oder tue beides. Zuweilen müssen wir wüten, um zu erkennen, schmähen, um zu rechtfertigen.«

Wie ich so dakniete, tapste Henry leise aus der Kammer. Seinen Daddy für den meinen zu nehmen und ihm tüchtig die Leviten zu lesen, mag auf eine bestimmte Weise geholfen haben; auf eine andere schien es überhaupt nichts zu bewirken. Nach einer Weile hatte sich mein Hirn in eine glupschige Kugel aus Achsenschmiere verwandelt. Ich lehnte den Kopf an die Frachtkiste und versuchte, das ganze traurige Gewimmel aus meinem Innern herauszulassen.

Vergeblich.

Aus Freundlichkeit (oder Mitleid) blieb ich noch zwei Tage bei Henry. In einem Bunker zwei Dutzend Fuß von diesem in Pferdeleder eingenähten Daddy zu schlafen, war noch gruseliger als bei Henry einquartiert zu werden. Es wurmte mich, daß ich ein Eisenbahnticket nach Hause hatte, während er nur dieses Erdloch in der Uferböschung hatte, so einfallsreich es sein mochte, – und so gut wie keine Aussicht auf eine bessere Zukunft.

»Was hast du vor?« fragte ich ihn am Mittwochabend.

»Ich stehe weiterhin in der Schuld von Buck Hoeys Witwe und den Kindern.«

»Du kannst doch nicht um Highbridge herumschleichen, um ihnen jeden Tag einen Gefallen zu tun. Man wird dich verhaften.«

»Meine Tat – nenne sie ein Verbrechen oder eine angemessene Bestrafung – hat Leid über Hoeys Familie gebracht. Ich möchte meine Schuld abtragen.«

»Aber du *wolltest* ihn nicht töten.«

»Vielleicht doch. Ich wollte ... daß er büßte.«

»Tja, du bist mir vielleicht ein Held – reparierst Ketten von Hollywoodschaukeln, setzt Körbe mit Lebensmitteln ab, hackst Holz – aber so geht das nicht weiter, Henry.«

»Mein Rückfall verurteilt mich zur Höchststrafe.«

Diese Bemerkung – die Art, wie er dasaß, den Kopf in die Hände gestützt – machte mir Sorge. Ich sah schon, wie er das Handtuch warf und sich von einer Klippe stürzte – selbst wenn ihn das eher zum Krüppel machte, als daß es ihn umbrachte. Was für ein Kreuz. Er war lebensmüde, aber er konnte nicht sterben.

Ich wühlte in meinem Seesack und fand den Brief, den er mir geschrieben hatte. Ich las ihm daraus vor: *»In dieser meiner viel länger währenden Inkarnation, von vielen akzeptiert und von vielen bejubelt, habe ich bloß ein einziges Mal getötet, Daniel, und zwar ... aus Liebe.«*

Henry sah nicht einmal auf. »Nicht aus Rache, sagst du. Aus Liebe. *Entwicklung* nennst du es hier.«

»Haarspalterei. Fütterung der Raubtiere.«

»Also was wirst du tun?«

»Was ich muß.« Henry hob den Kopf. »Weitermachen. Immer so weitermachen.«

»Stelle dich der Polizei. Dann ist der Gerechtigkeit Genüge getan.«

»Gerechtigkeit? Ihrer zynischen und selbstherrlichen Verleugnung verdanke ich meine Existenz.«

»Es gibt Gerechtigkeit. Wir haben den Wimpel geholt, oder etwa nicht? Du und ich, wir wurden zu den Phillies gerufen.«

Henry starrte mich an, als hätte ich eben vorgeschlagen, den Krieg durch ein Telegramm zu beenden, das den Japsen das Hafermehlplätzchengeheimrezept meiner Mama verriet. Dann lächelte er – glaube ich – und schüttelte den Kopf.

»Daniel, der elektrische Stuhl würde mich bloß wiederaufladen. Deine Spezies hat mich mein erstes Leben lang verstoßen und gequält. Sie ist mir eines schuldig, findest du nicht?«

Er pickte sich Weißdornnüßchen aus einer Steingutschale. Ich knackte ein paar frühe, wilde Pekannüsse, die wir gesammelt hatten. Draußen hallte der Schrei einer schaudernden Zwergohreule über den leeren Kanal des Tholocco. Henry zog den linken Schuh aus und legte ihn mit der Sohle nach oben neben die Steingutschale.

Ich hob die Augenbrauen.

»Um Übel abzuwehren, die sich sonst unweigerlich einstellen«, sagte er. »Ich habe ein Recht auf meinen Aberglauben.«

Freitag früh stand ich mit Krücken auf der Straße, den Seesack zu Füßen, und Henry wartete in einem nahen Fichtengehölz. Es war hellichter Tag, und ich verstand sehr gut, daß er hier nicht den Sasquatch machen wollte. Ich wartete darauf, daß mich jemand nach Troy mitnahm. In Troy wollte ich den Zug von Highbridge abpassen und bis Memphis fahren, wo ich dann umsteigen mußte in den Zug, der mich durch Arkansas nach Oklahoma bringen würde.

Ich trug ein Pappschild mit TROY OR BUST[1] um den Hals und einen stoischen Ausdruck im blutjungen

[1] *Troy* (eines von etlichen *Trojas* in den USA) ist hier eine Stadt in Süd-Alabama; die Aufschrift heißt soviel wie *TROY ODER ÜBERFAHREN*.

Farmergesicht. Das Verbot von Vergnügungsfahrten und das rege Ausbleiben von Automobilen jeglicher Art ließen bei mir den Gedanken reifen, das Ziel auf Krücken und Schusters Rappen anzugehen, aber endlich kam aus Südost ein Lkw auf mich zugewalzt – vollgestapelt, wie mein Glück es wollte, mit Dutzenden von Lattenkisten, in denen es vor Küken wimmelte. Der Fahrer – ein Mann mittleren Alters – fuhr an den Straßenrand und winkte mich auf den Beifahrersitz. Er sah die Krücken und kletterte heraus, um mir behilflich zu sein.

»Bist du'n verwundeter Soldat, Kleiner?«

Sein Haar, das die Farbe frischer Donuts hatte, war zu einer fettigen Tolle hochgekämmt, und an dem schäbigen Nadelstreifenhemd fehlten die obersten zwei Knöpfe. Er hatte die Ärmel bis zu den Ellbogen hochgekrempelt, wo die umgeschlagenen Manchetten ein bißchen was von einem Raumanzug hatten. Ich wollte nicht lügen, also log ich, um nicht lügen zu müssen, wenn Sie wissen, was ich meine. Ich tippte an meinen Kehlkopf und hob eine Krücke auf Zwanzigvorzwölf.

»Okay, dann man rauf mit dir.«

Wir orgelten los, über uns hing wie ein unsichtbarer Baldachin der Gestank der zum Tode verurteilten Küken. Bald wußte ich, wie der Mann hieß, für wen er arbeitete, wie viele Kinder er hatte und wieviel Respekt vor jungen Burschen wie mir, die ihr Leben und ihre Knochen hinhielten im Kampf gegen die Nips und die Hunnen. Bis wir Troy erreichten, hatte er für mich eine Truppeneinheit erfunden sowie ein bis zwei romantische Feindberührungen und fünf oder sechs heroische Verwundungen und einen treuen Schatz zu Hause in … na ja, wo auch immer ich herkam.

Er fuhr mich anstandslos zum Bahnhof. Er half mir heraus, trug den Seesack hinein und schüttelte mir am Fahrkartenschalter feierlich und im Löschpumpen-

Takt die Hand. Als er losließ, klebte mir ein Dollar im Handteller.

»Keiner kann euch das gutmachen, Kleiner, aber das, na ja, nimm das als … *danke.* Okay?«

Ich nickte.

Die Züge von Troy nach Memphis und von Memphis nach Oklahoma wimmelten von jungen Burschen in Uniform. Ich trug Zivil, und alle an Bord nahmen natürlich an – was im wesentlichen auch stimmte – daß ich mich beim Schulbaseball verletzt hatte und nicht etwa in einem Trainingscamp von Georgia oder auf einem Schlachtfeld in Europa. Mithin ignorierten mich die Rekruten, und ich schätzte mich dessenthalben glücklich, ja geradezu privilegiert.

Mama Laurel, Miss Tulipa und Colonel Elshtain holten mich am Bahnhof in Tahlequah ab. Als Ma mich sah, brach sie gleich in Tränen aus. Sie packte mich und zog mich an sich, zum Teufel mit den Krücken. Sie hing wie eine Klette an mir, dann schob sie mich auf Armeslänge zurück und schenkte mir ein tränennasses Lächeln.

»Wenigstens brauchst du jetzt nicht in den Krieg«, sagte sie. »Wenigstens brauchst du nicht zu sterben.«

»Mama, ich hab beides schon hinter mir.«

Colonel Elshtain schniefte nur, doch Mama und Miss Tulipa nahmen mich in die Arme und badeten mich in ihren Gerüchen von Frauenschweiß, Prärierückständen und Gardenienwasser aus dem Drugstore.

Ich mochte das.

61

Am Ende der ’43er Saison wurde die CVL aufgelöst. Mister JayMac hat das nicht gewollt, doch nur drei von den acht Teams der Liga hatten in diesem Sommer einen Reinerlös erzielt – die Hellbender, die Gendarmes und die Orphans. Die anderen fünf Vereine hatten rote Zahlen geschrieben. Vielleicht hätte Mister JayMac trotzdem weitergemacht, aber daß er auf Hank Clerval und mich verzichten mußte und Darius sich in die Büsche geschlagen und Miss Giselle sich selbst eingeäschert hatte, all das hatte ihm das Herz gebrochen. Als die Aktionäre sich nach der Yankee-Card-World-Series in Highbridge trafen, stimmten sie fünf zu drei dafür, die CVL stillzulegen, bis der Krieg zu Ende war und es wieder vielversprechende Kandidaten für den Talent-Pool gab. Mister JayMacs Stimme wog zwar doppelt wenn nicht dreimal soviel wie die jedes anderen Aktionärs, doch man kann fünf kluge Männer nicht zwingen, sich freiwillig zur Ader zu lassen, und so hatte er sich dem Mehrheitsbeschluß zu fügen.

Den Winter über versuchten die Phillies, die Major-League-Holding der Hellbender, ihr Image wieder aufzupolieren (etwa als Elite der Profiversager von Philadelphia?) und schrieben einen Wettbewerb aus, der ihnen zu einem neuen Namen verhelfen sollte. (Was, zum Teufel, war denn auch ein Phillie?) Tausende schickten Vorschläge, und Mrs. John L. Crooks, die mit ihrem Gatten die örtliche Oddfellows-Großloge* verwaltete, gewann den Preis. Ihr Vorschlag hieß *Blue Jays*. Das war mehr als dreißig Jahre, bevor Toronto einen American-League-Verein gleichen Namens ins

Leben rief, und die Phillies sollten auch nur eine Saison lang unter diesem Namen spielen. Außerdem verloren sie in jenem Winter William Cox, ihren jungen, oberklugen Aktionär, der mit ungedeckten Schecks auf das eigene Team gewettet hatte und deswegen von Commissioner Landis aus dem Baseballgeschäft gefeuert wurde.

Und als Mister JayMac von der Namensänderung erfuhr, schrieb er Miss Tulipa einen Brief, in dem er Gott dankte, daß die CVL sich für die Auflösung entschieden hatte. *Ein Blue-Jay* – schrieb er – *ist kein Baseballspieler.*[1] *Ein Blue-Jay ist eine kackende, marodierende, kreischende Seuche in der täuschend bunten Larve eines Vogels, und ich bin froh, daß kein Spieler von mir diesen Schimpfnamen tragen muß und schon gar nicht das billige Trikot, das man wahrscheinlich entwerfen wird.* Mit dem Namen *Phillies* konnte er leben, auch wenn der so etwas Halbweiches wie, na ja, sagen wir mal *Menschenfreundlichkeit* bedeutete.[2]

Ich war also wieder daheim und fand Tenkiller ausgesprochen langweilig. Den größten Teil des Tages studierte ich zwei Texaco-Straßenkarten, die älter waren als der Krieg, und unterstrich Namen wie Muskogee, Eufala, Cherokee und ähnlich klingende in den Counties und Städten der CVL. Der Pfad der Tränen. Tja, ich hatte selbst ein paar Erfahrungen damit. Die meiste Zeit in diesem Herbst lag und humpelte ich herum und zog mir *Life Can Be Beautiful*, *Stella Dallas* und ähnlichen Mist herein, der tagsüber aus dem Radio kam.

Schließlich warf ich die Krücken in die Ecke, doch ich eierte herum wie jemand, der sich frisch in die Hosen geschissen hat. Ich hätte Heu packen oder Rindviechern die Hörner stutzen oder drüben in Stillwell

---

[1] *blue jay* = Blauhäher

[2] *Phillies* führt der Erzähler auf das griechische *philos* = *Freund* zurück.

bei den Probebohrungen mit anpacken können, aber niemand schien mich zu brauchen. Mama Laurel fand es abscheulich, wie ich herumlungerte. Auch das Tenkiller-Urgestein wußte um meinen Müßiggang; die Stadt war zu klein, als daß irgend jemand auf die Idee gekommen wäre, ich könnte ein armer GI sein, der sich mit den Folgen seiner Kriegsverletzung herumschlug. Ich wollte auch nicht so tun als ob. Ein paar von meinen Red-Stix-Kameraden waren Soldat geworden, und ich hatte viel zuviel Achtung vor ihrer Opferbereitschaft, um mich mit ihren Federn zu schmücken, wenn sie denn welche hatten.

Bis Dezember hatte mir ein Freund der Familie zu einem Job als Verkäufer im *Funderburke's Penny & Nickel Emporium* verholfen, einem Laden für Firlefanz und Papierwaren. Ich brauchte mich nicht schneller zu bewegen, als ich konnte und brauchte auch nicht schwer zu heben. *Deck Glider, Inc.* lief natürlich auf vollen Touren, hatte aber keinen Job, der nicht getan wurde, und für den die Anwärter nicht Schlange standen. Mein Wochenlohn bei *Funderburke's* lag zehn oder zwölf Dollar unter dem Mindestlohn eines Pförtners bei *Deck Glider*, aber ich hatte wenigstens einen Job und brauchte nicht mehr die mitleidigen oder spöttischen Blicke zu ertragen.

In jenem Herbst bekam ich zwei Briefe von Phoebe und zu Weihnachten eine selbstgemachte Weihnachtskarte. (Die Karte war aus Zeichenpapier und mit sorgfältig ausgeschnittenen Illustriertenfotos beklebt – Santa Claus draußen vor dem Stall in Bethlehem mit Miss Oveta Culp Hobby vom *Women's Army Corps*, Alan Ladd*, Franklin Delano Roosevelt und der '43er Mannschaft der Yankees.) Der zweite Brief las sich so:

Lieber Ichabody Beautiful (alias Daniel Boles)!
Wie geht's in Oklahoma? Ich hoffe, okay. Obs da noch Indianer gibt, wollte ich fragen, aber Du bist

ja selbst einer, ein bißchen wenigstens. Kaum hat die Schule angefangen, hab ich sie wieder satt. Mrs. Camson macht den Mund auf und zehn Sekunden später hab ich Sand in den Augen. Heute bin ich wieder eingeschlafen.

Mama ist noch immer auf dem Phad der Tugend. Gut, daß die Hellbender fast alle nach Haus sind. Gut ist auch, daß Daddy jetz öfter schreibt – ich hab ihm das vorgeschlagen. Wir kriegen jetzt fast jede Woche nen Brief, auch wenn irgend son Angeber im SOS (oder wie das heißt) immer wieder was rausschnippelt.

Hal Frank Kimball, ein Junge aus der obersten Klasse meint, das er mich gernhat. Seine Augenbrauen sind in der Mitte zusammengewachsen und er hat Hormon-Pickel. Meine Freundin Sunny Ruth Grimes sagt, er wär ein EWES – ein Wolf ein sumpfender. Wenn er angestreut kommt, hol ich die Kinder rein und mach die Kette vor. Nich daß Du vor Stolz oder Ärger platzt, Daniel, aber ich WARTE AUF DICH.

Keine voreiligen Schlüsse bitte. Ich bin NICHT in anderen Umständen. Rom wurde auch nicht an einem Tag erbaut. Andererseits möchte ich die fürchterliche Sache, die wir unerlaubt gemacht haben erst wieder mit Siegen und Segel machen – und zwar mit DIR!!! (Es muß natürlich Siege<u>l</u> und Sege<u>n</u> heißen!) Es kann nur besser werden, oder? Hoffentlich! Und bleib sauber, okay?

Onkel Jay hat zwei oder drei Monate Trübsaal geblasen. Schreib ihm eine Zeile. Und MIR einen Brief. Ich fang ihn ab, Ehrenwort.

Dein geduldiges Nüßchen
Phoebe

PS
Wenn Du mir jedes Quasselwort abkaufst, dann

tust du mir leid. Lies zwischen den Zeilen und halt dich an die, die zählen.

PPS Grüße von Homer.

Wir heirateten im Frühsommer 1947, in dem Jahr, als die CVL wieder aus der Versenkung geholt wurde. (Phoebes Daddy, längst heimgekehrt aus dem Krieg, war einverstanden.) In Georgia wurden die *Seminoles* aus Marble Springs durch die *Turpentiners* aus Blakely ersetzt und in Alabama die *Boll Weevils* aus Cottonton durch die *Rebs* aus Roanoke.

Aber eins nach dem anderen.

Der Frühling '44 sah mich jeden Nachmittag von *Funderburke's* zum Sportplatz hinken, wo die Red Stix spielten oder trainierten. Die Spieler, die von auswärts kamen, beobachtete ich genauso eingehend wie die Jungs aus meinem alten High-School-Team. Ich merkte mir, wer spurten konnte, einen unschlagbaren Dreh beim Werfen oder noch unausgeschöpfte Reserven hatte – Besonderheiten, die anderen Baseballeuten, einschließlich Coach Brandon und Miss Tulipa, entgingen, und ich schrieb Briefe an Mister JayMac, in denen ich ein halbes Dutzend Spieler benannte – zwei aus meiner Umgebung und vier unverdächtige von auswärts – die es Wert waren, daß man sich mit ihnen befaßte. Mister JayMac nahm die Witterung auf, und nach dem Krieg landeten drei von meinen ersten sechs Kandidaten als Voll- oder Teilzeitspieler in der National League, zwei bei den Phillies und einer bei Brooklyn.

Anfang Mai erfuhr Coach Brandon, daß man ein Tournee-Team mit schwarzer Starbesetzung, das sich *American-Afrique*-Soundso nannte, offiziell eingeladen hatte, gegen ein Infanterie-Team in Camp Gruber zu spielen, einem Ausbildungslager achtzehn Meilen südöstlich von Muskogee. Coach Brandon war mit einem Ausbilder befreundet, der uns für den Fall, daß wir Interesse hatten, einen Passierschein besorgen wollte. In meinem Kopf blitzten Erinnerungen an die *Splendid Dominican Touristers* auf – der alte Turtlemouth Clark auf dem Hügel – Tommy Christmas im Centerfield, wie er die weiten Flugbälle zur Strecke brachte – unser Charlie Snow, wie er mit dem Entscheidungsschlag von Oscar Wall im Handschuh über den Zaun stürzte und verblutete – und ich sagte zu Coach Brandon: »Na klar hab ich Interesse«, zumal das Spektakel auf einen Sonntag fiel, an dem ich naturgemäß nicht zur Arbeit brauchte.

Das Spiel an sich war der saublödeste Schaukampf, dem ich jemals beigewohnt habe. Die *American-Afrique-Zanies* – so hießen sie wirklich – kamen in Clownkostümen auf den Platz, alle mit Troddeln, angemalten Gesichtern, zu großen Schuhen und gottverbotenen Perücken. In diesem Outfit wärmten sie sich nicht bloß auf, nein, so *spielten* sie auch gegen die Army. Sie tänzelten und alberten herum wie Zirkusdarsteller. Aber trotz ihres Hokuspokus schlugen sie die Army-Jungs mit irgendwas in der Gegend von sechzehn zu null. Ein ungleicher Kampf. Der einzige Trost für uns Fans war, daß die GIs zugaben, daß die Freakies (wie einige die *Zanies* nannten) sie auch dann geschlagen hätten, wenn sie in Ritterrüstungen angetreten wären. Diese bescheidenen Rekruten retteten das Spiel. Sie zollten den *Zanies* freimütig ihre Anerkennung, ohne sich selbst aufzugeben oder zuzulassen, daß die Farbigen es auf zwanzig oder dreißig zu null brachten.[1]

Auch der PFC, der die Ansage machte, gefiel mir: »Jetzt wirft für die Zanies – *Whim-Wham? Dinkum-Do im Center?* Und am Short übernimmt – *Gumbo Giddyup?*«

---

[1] *zany* = Possenreißer, Narr

Nach drei Innings kriegte ich spitz, daß Cuffy, der rechte Infielder der Zanies, in Wahrheit Darius Satterfield hieß. Das Clownkostüm konnte die muskulöse Schlaksigkeit nicht verbergen. Die fettige weiße Schminke, die auf seinen Wangenknochen schmolz, und die grünviolette Perücke, die ihm wie ein Strahlenkranz aus gefärbtem Garn um den Kopf stand – na ja, dieser Mumpitz hatte mich zwei, drei Innings lang täuschen, aber auf Dauer nicht blindmachen können gegen die Geschmeidigkeit von Cuffys Spiel und seinen Schlag, der die Grazie einer knallenden Peitschenschnur hatte.

Ich wollte querbeet durch die unüberdachten Sitzreihen waten und Darius auf einen Plausch beiseitenehmen, doch ich kam nie näher als hundert Fuß an ihn heran – nicht bevor das Spiel zu Ende war. Er saß unter einer Markise des Kasernengebäudes, das den Zanies als Umkleideraum diente. Und während Coach Brandon sich mit seinem Freund, dem Ausbilder, unterhielt, hinkte ich in den Gesichtskreis von Darius. Als er mich erblickte, versetzten mir seine Augäpfel einen Stoß vor die Brust und seine Hand fuhr hoch, als wolle sie mich in Schach halten.

»Danl Boles. Sanftmütiger Jesus.«

»Was ist mit den Splendid Dominicans, Darius?«

Seine Augen musterten mich, als wollten sie mich in einen Kokon einspinnen. »Du siehst irgendwie krank aus, altes Haus. Was ist mit dir los?«

Ich schilderte kurz, was passiert war, und wiederholte meine Frage.

»Unseren Dominicans ging der Sprit aus. Die Coupons. Das Betriebskapital. Auch die Gunst des Publikums. Mister Cozy pfiff uns zum großen Palaver, aber wir hatten Gläubiger wie Sand am Meer und zerfielen zu Staub. Also bin ich hier und heute und vielleicht« – er breitete die puffärmeligen Arme aus – »auch morgen noch ein dusseliger alter American-Afrique-Zany.«

»Mister JayMac würde sich freuen, wenn du wieder nach Highbridge kämst.«

»Tja, er ist nicht so groß, um mich nicht wieder kleinzumachen, und ich bin nicht so groß, um's drauf ankommen zu lassen.« Er zog sich die Perücke herunter und verwischte damit die schweißgefurchte Schminke auf seinem Gesicht. »Tut mir leid, dein Rückschlag, Danl. Tut mir ganz verdammt leid.«

»Er ist dein Daddy, Darius. Du hast wenigstens einen. Miss Giselle ist tot, und er braucht dich.«

»Ich hab davon gehört. Arme Miss Giselle. Aber Mister JayMac braucht mich wie'n Zuchtköter 'ne neue Macke.«

»Du willst bei diesen … diesen Zanies bleiben?«

»Bestimmt nicht. Nein, ich mach Schluß damit und geh zur Army. Ein Mann kann im Krieg nicht Baseball spielen. Er wird woanders gebraucht, aber der Krieg hat zwei Gesichter und es ist ein beschissenes Spiel, was da abläuft. Du hast ja gesehen, wie die Truthähne balzen.«

»Die anderen waren die Clowns.«

»Amen.«

»Trotzdem, du solltest wieder nach Hause. Laß dir von Mister JayMac helfen, er hat Beziehungen zum Militär. Wie wär's denn …?«

»Danl, stopf deine geballte Weisheit in einen Sack mit Kuhscheiße und mach'n Leuchtfeuer draus, okay? War nett, dich noch mal zu sehn.«

Darius tigerte um die Ecke und verschwand im Gebäude. Ich wollte ihm folgen. Ein Militärpolizist mit Knüppel und einer Fünfundvierziger im geöffneten Halfter versperrte mir den Weg. »Nur für Zanies. Bist du ein Zany, Kleiner?«

Ich wollte warten, bis Darius sich umgezogen hatte und mit seinen Kameraden wieder herauskam, doch Coach Brandon gabelte mich auf und nahm mich mit nach Tenkiller, und ich habe Darius nie wiedergesehen. Soweit ich weiß, hat er nie integrierten Profi-Baseball gespielt[1], und manchmal denke ich, er hat sich gleich damals in Camp Gruber zum Militär gemeldet – unter falschem Namen – und ist in Übersee verblieben.

1 *integrierter* Baseball meint Baseball ohne Rassenschranken

62

Drei Jahre später erhielt ich einen eingeschriebenen Brief aus Seattle, Washington. Er enthielt Tickets für den Flug von Tulsa nach Seattle und zurück mit Zwischenlandungen in Denver, Salt Lake City und Spokane. Und andere Tickets von Seattle nach Juneau in Alaska und von Juneau nach Anchorage und von Anchorage nach Kodiak Island. Der Brief enthielt außerdem eine Zahlungsanweisung über zweihundert Dollar und folgende Zeilen:

Lieber Daniel,
auf der Insel Attu, dem westlichsten Ausläufer des Aleutischen Archipels, habe ich das Grab Deines Vaters gefunden. Nimm Dir zwei Wochen Zeit und begebe Dich auf die Wallfahrt zur letzten Ruhestatt Deines Erzeugers. Ich lege Geld und Tickets bei, die Dich nach Deiner Abschiedsreise wieder nach Oklahoma zurückbringen. Auf dem Flugplatz von Kodiak stoße ich zu Dir. Du wirst mich am Stengel eines wilden Sellerie erkennen, den ich als Willkommensgruß trage.

Faithfully
›J.‹ H. C.

Als ob ich irgendein kitschiges Zeichen brauchte. Es sei denn, er hatte sich auf die Größe eines Munchkin heruntergestutzt oder war seiner Fratze mit plastischer Chirurgie zu Leibe gerückt.

Wie dem auch sei, die Reise ging mir gegen den Strich. Ich war noch nie geflogen und fand die Entfernung und die Zwischenaufenthalte schrecklich. Ich besprach mich aber mit Ma und erklärte ihr, wer mir die Tickets geschickt hatte und daß ich vorhätte, sie zu benutzen. Sie kannte Henry von einem zerknitterten Mannschaftsfoto als ›diesen großen, häßlich-einfältigen Burschen im Hintergrund‹ und aus meinen Briefen als den netten, anständigen Zimmergenossen und aus den Stories, die gegen Ende der '43er Saison aus Highbridge kamen, als einen flüchtigen Mordverdächtigen.

Mir ging durch den Kopf, Ma könnte Miss Tulipa einweihen oder Bürgermeister Stone oder unseren neuen Bezirkssheriff, aber ich konnte nicht Tausende von Meilen weit fliegen, ohne das Risiko einzugehen, Ma ins Vertrauen zu ziehen.

»Dick Boles hat es nicht verdient, daß man sein Grab besucht«, sagte Mama Laurel. »Und du willst diese Strapaze auf dich nehmen, wo er dich so elend im Stich gelassen hat.«

»Und wenn schon, Mama, ich fliege.«

»Dann nimm die Brownie mit. Mach ein paar Bilder.«

... Auf der Reise, in all diesen Flughäfen und Flugzeugen, habe ich bestimmt eine ganze Stange – nein, *zwei* Stangen Zigaretten geraucht. Ich war zwanzig Jahre alt, vor dem Gesetz fast erwachsen, doch bei dem ganzen Auf und Ab, dem schlechten Essen und dem Mangel an Schlaf bekam meine Akne einen solchen Schub, daß ich mich erst recht an den Tabak klammerte. Bis das werweißwievielte Flugzeug – diesmal eine kleine Propellermaschine mit dem Schriftzug *Electra* – durch ein fetziges Nebelmeer tauchte und auf dem Rollfeld von Kodiak landete, hustete ich mir bereits die Lunge aus dem Leib.

Am Rand des Flugfelds war ein Parkplatz, und ganz in der Nähe stand Henry. Er wär auch dann nicht zu übersehen gewesen, wenn er sich zu den beiden Gruppen gesellt hätte, die ebenfalls da warteten. Als sicheres Erkennungszeichen hielt er dennoch den blaßgelben Stengel eines wilden Sellerie in der Faust. Mir fiel noch etwas auf, als ich zu ihm rüberhumpelte: daß sein Gesicht nämlich besonders häßlich und abstoßend wirkte an diesem Nachmittag – was höchstwahrscheinlich an den aus Elfenbein geschnitzten Hautpflöcken lag, die er an den Mundwinkeln trug (wo sonst nur diese wulstigen Inseln saßen). Bei näherem Hinsehen sahen sie aus wie kleine Eisbären.

»Viel Platz hier«, sagte ich.

Henrys Blick sprang an den Himmel und von da zu den nahen Bergen, soweit sie zwischen Wolken- und Nebelfetzen zu sehen waren. »Ja«, sagte er, »aber an klaren Tagen sieht man mehr davon.«

Ein russischer Aleute namens Dorofey Golodoff – Henry nannte ihn Fego – flog uns in seinem klapprigen Kleinflugzeug nach Nikolski, einem aleutischen Dorf auf Umnak, wo mein Vater im Krieg stationiert gewesen war. Fego wohnte in der Nähe von Nikolski in einem *Barabara*, einem halb unterirdischen und mit Grasnarbe gedeckten Haus, das mich gleich an Henrys Unterschlupf in jenem Seitenarm des Tholocco-Creek in Alabama erinnerte. Wir übernachteten bei Fego; er war ein stämmiger, asiatisch aussehender Mann mit breiter, eingedrückter Nase und langem pechschwarzem Haar. Ich war zwei Zoll größer als er, doch er war mindestens vierzig Pfund schwerer als ich, obgleich er sich so flink und behende wie ein Otter bewegte. Zum Abendessen bewirtete er uns mit dampfgegarten Muscheln, in Eierteig gebackenem Seepolyp und einem Salat aus Seetang, Wildzwiebeln und Fox-Islands-Sellerie.

Beim Essen sagte Fego: »Wenn das Wasser geht, ist der Tisch gedeckt.« Es kam nicht viel über seine Lippen, und von dem, was er sagte, ist mir nur dieses aleutische Sprichwort in Erinnerung geblieben, welches erklärt, wie diese abgehärteten Leute an so einem fürchterlichen Ort bestehen können. Fego bezog allerdings noch ein Salär von den Vereinigten Staaten für seine Funktion als Zollaufseher und Reserve-Postflieger, und am nächsten Tag flog er uns nach Attu, dem äußersten Zipfel der Inselkette; es blieb bei einer einzigen Zwischenlandung auf dem Marinestützpunkt der Insel Adak, nicht ganz in der Mitte zwischen Umnak und Attu, um etwas abzuliefern und aufzutanken.

Zum Glück, sonst wären wir nicht geflogen, war und blieb der Tag klar – keine Nebel oder Wirbelböen, wie sie aus dem Zusammentreffen des Beringmeers mit der wärmeren Kuroschio-Strömung entstehen konnten – nur ein leichter zinnfarbener Wellenschlag unter dem hohen Greinen von Fegos Propellermaschine.

Auf Attu ging es zu Fuß von der Massacre-Bay landeinwärts auf die Berge im Westen zu. Fego kam nicht mit. Die meiste Zeit marschierten wir durch feinen Nieselregen, der am späten Nachmittag in leichten Schneefall überging; meine Verletzungen meldeten sich mit einem nagenden Geschwader kleinerer und größerer Wehwehchen zu Wort und ließen mich mehr denn je humpeln.

In einer japanischen Baracke, die die vier Jahre zurückliegende US-Invasion heil überstanden hatte, suchten wir Schutz vor dem Schnee, der chronischen gespinstartigen Nebligkeit des Tages und den Schmerzen, die sich in meinen Beinen eingenistet hatten. Im Abfall der Baracke fand ich eine leere Sake-Flasche, ein halb verbranntes Tagebuch mit japanischen Schriftzeichen und zwei Paar von der Witterung verzogene kurze Skier. Wir aßen aus Büchsen, die wir im Rucksack mitgenommen hatten.

»Henry, was machst du an diesem gottverlassenen Flecken Erde?« fragte ich zwischen zwei Löffeln voll Schweinegulasch und Bohnen.

»Dich zum Grab deines Vaters führen.«

»Sonst, meine ich. Bist du hier wieder raufgekommen, weil du hier leben willst? Als der Eskimo-Mann, der sich versteckt, dieser …?«

»Injukutak.«

»Ja, dieser Injukutak. Willst du für immer der ›Mann, der sich versteckt‹, sein?«

»Ich bin kein Aleute. Für immer würde ich mich nur unter den Inuit auf dem Festland verstecken, nicht auf dieser vom Unwetter gebeutelten Inselkette.«

»Hast du das vor? Dich für immer verstecken?«

»Das ist ein vorübergehendes Exil, Daniel, nur eine Erholungsphase. Ich möchte mich erneuern. *So build we up the Being that we are,* um es mit Wordsworth* zu sagen. Doch ich verzweifle an der Authentizität meines Materials.« Er entfernte die Mundpflöcke und steckte sie fort, als könnten sie ihn morgen auf unserem Marsch stören. Von da an und für den Rest des Abends schwieg er beharrlich.

Am nächsten Tag erreichten wir einen Steilgipfel namens Sarana-Nose. Es hatte aufgehört zu schneien. Es hatte aufgehört zu nieseln. Sonnenstrahlen fielen durch den wirbelnden Nebel wie Lampenlicht durch ein Aquarium voller Wasserpflanzen. Wir gelangten an eine balkonartige Einfriedung an der Bergflanke, in der etliche kleine Steinhügel und eine Schar primitiver Holzkreuze aus dem Matsch ragten, um der Nachwelt zu zeigen, daß hier Menschen begraben lagen. Ein einziges Kreuz tat sich mit einer runden Gedenktafel hervor, auf der etwas in japanischen Pinselstrichzeichen geschrieben stand. Ich stand neben Henry in der frostigen Kälte, dem zerrenden Wind, klein wie ein Zwerg auf einem großen Vulkankegel mitten im Meer am Ende der Welt.

»Hier liegt dein Vater«, sagte Henry.

»Woher weißt du das?«

»Während der Säuberungsaktionen kam hier eine Abteilung der Elften Air Force herauf – als Menschenjäger, nicht bloß als Beobachter. Sie starben unter den

Kugeln oder Handgranaten von Scharfschützen. Die Scharfschützen haben sie hier begraben und ihres Opfertodes gedacht.«

»Woher weißt du das?« sagte ich wieder.

Henry übersetzte die handgeschriebene Inschrift: *»Sleeping here, five brave soldier heroes who forfeited youth and happiness for their motherland.«*

»Das soll ein Japs geschrieben haben?« sagte ich.

Henry schwieg.

»Ein Japs, den mein Daddy und seine Kameraden zur Strecke bringen und erschießen wollten?«

Henry sagte immer noch nichts.

»Woher weißt du, daß das die Gräber von Dick Boles und seinen Kameraden sind? Stehen da Namen auf der Tafel?«

»Ich fürchte, nein.«

»Woher weißt du es dann?«

»Sleeping here, five brave soldier heroes who forfeited youth and happiness for their motherland«, las Henry wieder.

»Das beantwortet nicht meine …«

»Schschsch …«, sagte Henry und hob den Fäustling an die Lippen, mitten zwischen die beiden häßlichen Narbeninseln, in denen gestern die Pflöcke gesteckt hatten. »An diesem Ort, Daniel, vor deines Vaters Grab und angesichts der ungewöhnlichen Rechtschaffenheit seiner Feinde, da solltest du in Demut verstummen.«

»A-Aber ich …«

»Schschsch …«

Ich neigte den Kopf. Erinnerungen stiegen hoch. Als ich wieder aufsah, gewahrte ich einen kahlköpfigen Adler, der sich eine Thermik zunutze machte und sich in den hohen gespinstartigen Himmel schraubte. Seine Klauen schnitten sich in meine Empfindungen wie die Windungen einer Schraube. Schließlich blickte ich Henry an, beinah blind vom scharfen Wind und der dünnen Wachsschicht aus Gram vor den Augen.

Henry langte in sein Marschgepäck und kramte einen

brandneuen Baseball der National-League hervor. Ich fing ihn mit beiden Händen auf, wie ein Amateur. Ich stand da und drehte und wendete den elfenbeinfarbenen Ball eine Minute lang zwischen den Fäustlingen, bis ich auf die Idee kam, ihn in eine natürliche Lücke des Steinhügels zu keilen, unter dem vielleicht mein Daddy lag. In dieser Lücke glänzte der Ball wie ein Leuchtturmfeuer, wie der Brennpunkt der ganzen Insel Attu, wie der Angelpunkt der ganzen Welt.

Ich nahm Mamas Brownie heraus und knipste ein Bild.

Da der Abend näherrückte, machten Henry und ich uns wieder auf den Weg zur Baracke. Der Schmerz im Knie hatte ein wenig nachgelassen, und mein Hinken schien weniger ausgeprägt. Ich fragte Henry, was denn aus *seinem* alten Herrn geworden sei. Er gab keine Antwort.

»Komm schon, Henry. Du hast ihn doch nicht in Alabama gelassen, oder?«

Er schüttelte den Kopf, ging beharrlich weiter und blieb nachdenklich.

»Was hast du *denn* mit ihm gemacht?«

»In einer Höhle auf einer der Islands-of-Four-Mountains südwestlich von Umnak liegen viele uralte Aleutenmumien. Zu diesen in Gras und Fell gewickelten Skeletten habe ich ihn gebracht. Dort soll niemand mehr seine Ruhe stören. Dort wird er ruhen, bis der Vulkanismus die Inseln wieder versenkt, die er einst geschaffen hat, oder, Daniel, bis die Welt in Feuer oder Eis vergeht. Ich habe mich damit abgefunden.«

Fego flog mich in seiner klapprigen Propellermaschine zurück nach Kodiak. Henry hatte nicht mitkommen wollen. Er hatte zwar vor, auf die Seward Peninsula* von Alaska zurückzukehren und Ungpek einen Besuch abzustatten, aber bis dahin brauche er noch die Einsamkeit, um sich in Ruhe Gedanken über seine Zukunft zu machen. Er hatte Fego einen kleinen Stapel US-Banknoten unterschiedlicher Nennwerte für unseren Flug nach Attu und meinen Rückflug nach Kodiak gegeben, von wo aus ich einen regulären Flug nach Anchorage nehmen sollte. Dann hatte er mich in die Arme geschlossen und war zum Rand der Rollbahn zurückgekehrt, von wo er zusah, wie wir unter einem streifigen Himmel und bei moderatem Seitenwind abhoben.

»Was halten Sie von diesem Henry-Burschen?« fragte mich Fego, als wir oben waren und über dem aschfahlen Wellenschlag des Beringmeers schaukelten.

Seine Frage überraschte mich, wo er doch so wortkarg war. Ich sagte: »Warum fragen Sie?«

»Er ist so komisch. Nicht nur, wie groß er ist – nein, da ist noch was anderes. Als hätte er ein paar Gefühle weniger. So groß, wie er ist, fehlt ihm vielleicht was.«

»Was?«

»Weiß nicht. Vielleicht ein Stück Seele. Ein Stück Geist.«

»Wie lange kennen Sie Henry?«

»Oh, ich kenn ihn ja gar nicht. Hab ihn erst letzten Winter getroffen. Manchmal arbeite ich für ihn, das ist alles.«

»Ach.«

»Er sagt, Sie hätten bei ihm gewohnt. Gut. Denn ich möchte die Leute, die ich fliege, besser kennen als diesen großen Henry-Burschen.«

»Ah ja.«

»Also was halten Sie von ihm?«

»Ich glaube, er arbeitet schwer an seiner Seele«, sagte ich. »Ich glaube, aus ihm wird mal eine wirkliche Person.«

* * *

Danny Boles, lange Jahre Scout für die *Philadelphia Phillies*, begann 1978 für die *Atlanta Braves* zu arbeiten und starb 1991 im Alter von 66 Jahren. Er starb am Eröffnungstag der Baseballsaison. In den frühen Achtzigern hatte man ihm die Stimmbänder entfernt, um seinen Kehlkopfkrebs zu zügeln. 1989 wurde die Krankheit wieder virulent und führte zu seinem Tod.

Schon immer ein berühmter Erzähler, lernte Boles mit Hilfe eines mikrophonähnlichen Verstärkers zu sprechen, den er sich an den Hals hielt. Und er verstand es, seine mechanisch klingende ›Roboter‹-Stimme mit Wärme und Leben zu erfüllen. Um das autobiographische Material zu gewinnen, das ich in *Brittle Innings* zusammengefügt habe, mußte ich nahezu vierzig Interviews mit Mr. Boles führen. Sie schwankten in ihrer Länge zwischen zwanzig Minuten und nahezu drei Stunden. Außerdem hatte ich Zugang zu den Tagebüchern von ›Henry Clerval‹, genauer gesagt, zu den handschriftlichen Kopien, die Mr. Boles gefertigt hatte. Aus diesen Quellen speist sich die bemerkenswerte Lektüre, die Sie in Händen halten.

Halten Sie nächstes Jahr nach meiner Sportbiographie *The Good Scout* Ausschau, in der ich die Karriere eines Mannes nachzeichne, der zu den fähigsten Baseballscouts des Nachkriegsamerika zählt. Es ist die Karriere von Mr. Boles. Das Buch wird Ihre Leichtgläubigkeit etwas weniger in Anspruch nehmen, als *Brittle Innings* es vermutlich getan hat, und ich halte es unbescheidenerweise für das beste Buch seiner Art seit Mark Winegardners *Prophet of the Sandlots*.

Gabriel Stewart
Columbus, Georgia, 21. August 1992

Ich habe nicht nur meiner Familie zu danken, sondern auch diesen Menschen: Howard Morhaim, meinem unermüdlichen Agenten; Lou Aronica, einem Herausgeber und Verleger, der Baseball genauso mag wie ich; Jennifer Hershey, die einfühlsam und sorgfältig meine Manuskripte redigierte; Eddie Hall, der mir ein dünnes Buch über Baseball im neunzehnten Jahrhundert besorgte; Diane Hughes, die mir von der Bluterkrankheit ihres Vaters erzählte; Joel Gotler, der die filmischen Möglichkeiten in diesem Material sah; John Kostmayer, der ein Drehbuch schrieb, das auf einer frühen Version dieser Story in Novellenlänge fußt; Mark Winegardner, Autor von *Prophet of the Sandlots*, einem Meisterstück der Sportliteratur, und nicht zuletzt Mary Wollstonecraft Shelley und den Machern jener *Frankenstein*-Universal-Pictures aus den Dreißigern.

Brittle Innings ist ein sprachlich sehr vielschichtiger Roman, insofern er in amerikanischem Englisch erzählt, dem Protagonisten ›Henry Clerval‹ britisches Englisch in den Mund legt und dessen umfangreiche Tagebuchauszüge in einem bis zu Mary Wollstonecraft Shelley zurückreichenden Britisch präsentiert, ganz zu schweigen von dem beinahe allgegenwärtigen Baseball-Slang und den vielen anderweitig gefärbten Dialogen.

Was den Baseball-Slang betrifft, so möchten wir es nicht versäumen, an dieser Stelle Klaus Fritsche, einem aktiven Baseball-Schiedsrichter, für die kommentierende und korrigierende Durchsicht unserer Übersetzung zu danken.

Was allerdings die vielen ›lauttreu‹ geschriebenen Formen vor allem des Südstaaten- und Black-Slangs betrifft, so mußten sie auf der Strecke bleiben. Für sie gibt es keine vernünftige Möglichkeit der Übertragung oder Substituierung. Schade.

Um diese literarische Besonderheit von *Brittle Innings* zu erfahren, muß man den Roman im Original lesen. Wir wollten sie nicht unterschlagen.

HENDRIK P. und MARIANNE LINCKENS
im Juni 1997

ANHANG

Alles, was Baseball betrifft, ist in einem gesonderten Verzeichnis im Anschluß an diesem aufgeführt.

Abbot und Costello *Bud Abbott* (1895–1974) und *Lou Costello* (1906–1959), amerikanisches Komikerpaar, von dessen Filmen nach dem 2. Weltkrieg mindestens achtzehn in unsere Kinos kamen

Adams (Brooks) Henry (1838–1918), amerikanischer Historiker, Schriftsteller und Lehrer

Addison Joseph (1672–1719), englischer Essayist und Dichter

Alan Ladd amerikanischer Filmschauspieler

Alcan-Highway oder *Alaska Highway*, erstreckt sich von Ost-British-Columbia in Kanada bis nach Fairbanks in Alaska, wurde 1942 als militärische Versorgungsroute gebaut

Aleuten Inselkette, die sich von Alaska aus bogenförmig etwa 2000 km nach Westen erstreckt und das Beringmeer vom Pazifik trennt (1867 mit Alaska an die USA verkauft)

Anzio italienische Hafenstadt

Ascot-Halstuch breites Seidentuch, wie es wohl zuerst in *Ascot* getragen wurde, einem Austragungsort für Pferderennen in der Nähe von London

Attu westlichste Insel der Aleuten, 1942/43 von den Japanern besetzt

Augusta Stadt in Ost-Georgia

Balata kautschukähnlicher Stoff aus dem Milchsaft des Balatabaums, weniger elastisch als Naturkautschuk und härter als Gummi

Barents-See Teil des Nordpolarmeeres zwischen europäischer Nordküste, Spitzbergen, Franz-Joseph-Land und Nowaja Semlja

Beifuß hier nordamerikanischer Beifuß (bes. *Artemisia tridentata*): vielarmiger, aromatischer, bis zu 3 m hoher Strauch mit keilförmigen, weißgrauen, haarigen und an der Spitze dreifach gezähnten Blättern und unscheinbaren grünlichen Blüten **(die Artemisien gelten als ›Unkraut‹ und besetzen vornehmlich trockene Gebiete)**

Bela Lugosi alias *Béla L. Blasko* (1884–1956), amerikanischer Schauspieler ungarischer Herkunft, erfolgreicher Dracula-Darsteller auf der Bühne und im Film

Ben Franklin Benjamin Franklin (1706–90), amerikanischer Politiker, Schriftsteller und Naturwissenschaftler, erfand den Blitzableiter und setzte sich ebenso unermüdlich für die Aufhebung der Sklaverei ein wie für das Wohl und die Eigenständigkeit der nordamerikanischen Kolonien. – Erst unterstützte er die britische Krone bei der Abwehr der französischen Bedrohung aus Kanada und schloß dann mit Frankreich ein Bündnis gegen die britische Krone; er war Mitverfasser und Mitunterzeichner der Unabhängigkeitserklärung und schloß 1783 als bevollmächtigter Minister der 13 vereinigten Staaten von Nordamerika in Versailles den Frieden mit England, durch den die Union für unabhängig erklärt wurde. (Berühmt wurde der in Frankreich auf ihn verfaßte Spruch: ***Er entriß dem Himmel den Blitz und den Tyrannen das Zepter.***)

Bette Davis Bette (alias Ruth Elisabeth) Davis (1908–1989), berühmte amerikanische Schauspielerin

Bible Belt Region der mittleren und südlichen USA, der puritanisches Christentum nachgesagt wird

Black Jack Pershing John Joseph (›Blackjack‹) Pershing (1860–1948), US-General, der die amerikanischen Expeditionsstreitkräfte im 1. Weltkrieg befehligte

Bluetick amerikanischer Jagdhund für die Fuchs- und Waschbärenjagd

B-movie ursprünglich Bei- oder Nebenfilm, heute als eigenständiges Genre betrachtet (hauptsächlich in den vierziger und fünfziger Jahren in Hollywood produziert)

Bobby Jones Robert Tyre (Bobby) Jones (geb. 1902), berühmter US-Golfspieler

Boomer-Sooner-Land Es gibt gleich zwei Spitznamen für Oklahoma: *Boomer State* und *Sooner State. Boomer* bedeutet, daß es in Oklahoma *boomt* – *Sooner*, daß die Menschen nicht abwarten, bis die Regierung das Land zur Besiedlung freigibt.

Brontë Die Geschwister *Anne Brontë* (1820–49), *Charlotte Brontë* (1816–55) und *Emily Jane Brontë* (1818–48) sind englische Schriftstellerinnen. Letztere schrieb u. a. den dreibändigen Roman *Wutheringshöhe*, in dem ›Motive des Schauerromans durch psychologische Charakteranalyse verfeinert wurden‹.

Brunswick Stadt in Süd-Ost-Georgia

Brunswick-Stew Eintopf (ursprünglich) aus Baumhörnchenfleisch, Zwiebeln und anderem Gemüse

Carhop Bedienung in einem Autorestaurant

Cascades gemeint ist der Gebirgszug *Cascade Range*, der sich von Nord-Kalifornien über Oregon und Washington bis nach West-Kanada erstreckt

Chihuahua mexikanischer Zwergterrier mit Fledermausohren und großen Augen

Christine de Pisan geboren um 1365, gestorben nach 1429, dichtete im zeitgenössischen höfischen Stil

Civilian Conservation Corps das frühere US-Bundesamt (1933–43), das zuständig war für Projekte zur Bewahrung der Naturschätze

Cleveland Stephen Grover Cleveland (1837–1908), 22. und 24. Präsident der USA (1885–89 und 1893–97)

Coffeyville Städtchen in Süd-Ost-Kansas

Conga afro-kubanischer Tanz, bei dem die Tänzer in einer langen Reihe mit einfachen und sich wiederholenden Schritten tanzen

Cracker-Jacks Mischung aus Erdnüssen und mit Karamel oder Schokolade überzogenem Popcorn in einer länglichen Schachtel, in der sich außerdem noch eine kleine Überraschung befindet

Dorsey-Brothers *Jimmy* und *Tommy* Dorsay (1904/5–1957/56), amerikanische Jazzmusiker

Dos-à-dos Tanzfigur u. a. im Square Dance, bei der sich zwei Tänzer so umeinanderbewegen, daß sie sich abwechselnd ansehen und einander den Rücken zukehren

Emily Post alias *Emily Price* (1873?–1960), amerikanische Schriftstellerin in Sachen Umgangsformen

Enid Kleinstadt in Nord-Oklahoma

FDR Franklin Delano Roosevelt (1882–1945), 32. Präsident der USA (von 1933–45)

Flammenkreuz nächtliches Symbol des Ku-Klux-Klan

Ford Henry Ford (1863–1947), amerikanischer Auto-Hersteller

(Die) Fünf Zivilisierten Nationen **Creeks, Cherokees, Choctaws, Chickasaws** und **Seminolen** schlossen sich nach ihrer Vertreibung in das Indianerterritorium in Oklahoma zu einer Konföderation nach dem Vorbild der damaligen amerikanischen Bundesregierung zusammen; die Konföderation *Five Civilized Tribes* bestand bis 1898.

(Rede von) Gettysburg die Rede, die Präsident Lincoln am 19. November 1863 während des Sezessionskrieges bei der Einweihung eines Soldaten-Friedhofs auf dem Schlachtfeld von Gettysburg hielt, und die heute (!) als rhetorisches Meisterstück gewürdigt wird

Grabenfüße Schützengrabenfüße: schmerzhafte Fußkrankheit durch zu langen Aufenthalt in kaltem Wasser oder Schlamm, bei der Hautpartien absterben und schwarz werden

Great Plains die Präriegebiete im Westen der USA

Greisenbart Art der Ananasgewächse (Tillandsia) in den wärmeren Gebieten Amerikas

Harpo Marx alias *Arthur Marx* (1893–1964), Mitglied der amerikanischen Komikergruppe *Marx Brothers*, deren Filme sich durch eine besondere Art von Slapstick auszeichnen

Harry Emerson Fosdick Henry Emerson Fosdick (geb. 1878), US-Prediger und Autor

Harry James (1916–1983), berühmter amerikanischer Jazz-Trompeter

Hat-Dance mexikanischer Volkstanz, bei dem der Mann um die Gunst einer Frau wirbt, indem er seinen Sombrero auf den Boden legt, und zwar in der Erwartung, daß die Frau auf der breiten Krempe tanzt und ihm hernach durch Aufsetzen des Hutes ihre Gunst bezeugt / ***zoot-suit:*** Anzug, wie er in den vierziger Jahren (langer Rock mit übertrieben wattierten Schultern, oben weite, unten ganz enge Hosen mit Bügelfalte) von männlichen Jugendlichen getragen wurde. ***Zoot-suiter*** ist derjenige, der einen solchen Anzug trägt. / **1943 gab es in Los Angeles die sogenannten *zoot-suit riots* (Zoot-Suit-Aufstände), bei denen sich Soldaten regelrechte Schlachten mit jungen Mexikanern lieferten.**

High-School Heutzutage umfaßt das allgemeinbildende Schulwesen in den USA zwölf Jahre. In der Regel folgen der sechsklassigen *elementary school* (Grundschule, Klassen 1 bis 6) eine dreijährige *junior high school* (Klassen 7 bis 9) und eine dreijährige *senior high school* (Klassen 10 bis 12); es gibt auch die vierjahrige *high school* im Anschluß an eine achtklassige *elementary school.* – Das *college* ist die anschließende Eingangsstufe des Hochschulwesens.

Jack Benny alias Benjamin Kubelsky (1894–1974), amerikanischer Komiker

Javasee die See zwischen Java und Borneo

JHVH ist eine Schreibweise des hebräischen Gottesnamens, *Jehovah* ist eine Vokalisation dieser Schreibweise. (Das hebräische Alphabet kennt nur Konsonanten, die Vokale werden nach bestimmten Regeln beim Lesen ergänzt.)

Jitterbuggery = *Zappelsodom* / Der *Jitterbug* (wörtl. Zappelwanze) wurde in den vierziger Jahren hauptsächlich zu Swingmusik getanzt.

John Hancock (1737–93), amerikanischer Staatsmann und erster Unterzeichner der Unabhängigkeitserklärung / Der Name ist ein saloppes Synonym für *Unterschrift* (ähnlich dem deutschen *Friedrich Wilhelm*).

John L. Lewis John Llewellyn Lewis (1880–1969), amerikanischer Gewerkschaftsführer

Johnny Weissmuller (1904–1984), amerikanischer Schwimmer und Filmschauspieler, bekannt vor allem als Tarzan-Darsteller

Jujube-Perlen eine Süßigkeit aus Gummiarabikum oder Gelatine mit Fruchtgeschmack

Karasee Randmeer des Nordpolarmeeres zwischen Sewernaja Semlja im Osten und Nowaja Semlja im Westen

Katzenminze aromatische Pflanze, deren Geruch für Katzen unwiderstehlich ist

Kirkcaldy schottischer Hafen

Kiska Insel der Aleuten

Kit Carson Kit (Christopher) Carson (1809–68), berühmter amerikanischer Trapper, Jäger und Indianerkenner

Konföderation (konföderiert) *Confederate States of America* = Zusammenschluß der 11 Südstaaten 1860/61 im amerikanischen Sezessionskrieg

Kotzebue-Sund Der Sund ist nach dem russischen Forschungsreisenden *Otto von Kotzebue* (1787–1846) benannt, der ihn 1816 entdeckte. – Otto von Kotzebue schrieb *Entdeckungsreisen in der Südsee in den Jahren 1814–15* (3 Bände, Weimar 1821) und *Neue Reise um die Welt in den Jahren 1823–26* (2 Bände, ebenda 1830).

Kudzu haarige, Hülsenfrüchte tragende Kletterpflanze aus Japan mit dreizähligen Blättern und purpurroten, duftenden Blüten

Lafayette *Marie Joseph Paul Yves Roch Gilbert du Motier, Marquis de Lafayette* (1757–1834), französischer General und Politiker, kämpfte ab 1777 im nordamerikanischen Unabhängigkeitskrieg gegen die Briten

LaGuardia Fiorello Henry La Guardia (1882–1947), amerikanischer Politiker, von 1934–45 Bürgermeister von New York

Landis Kenesaw Mountain Landis (1866–1944), amerikanischer Jurist und erster Dezernent für Baseball (1920–44)

Laryngitis Kehlkopfentzündung

LaSalle René Robert Cavelier de La Salle (1643–87), französischer Entdecker, der das Gebiet der Großen Seen und des Ohio erforschte und 1682 als erster Europäer den Mississippi bis zum Golf von Mexiko befuhr

Lincoln Memorial Denkmal in Washington, DC: sechs Meter hohe Statue in einer Art griechischem Tempel, enthüllt 1922

Listerin so etwas wie Jodtinktur, benannt nach dem Begründer der Antisepsis, dem englischen Chirurgen Lord *Lister* (1827–1912)

Lou Gehrig (Henry) Lou(is) Gehrig (1903–41), US-Baseballspieler

Marian Anderson (geb. 1908), amerikanische Kontra-Altistin

Marietta Stadt in der Umgebung von Atlanta, der Hauptstadt von Georgia

Mathew Brady (1823?–96), amerikanischer Fotograf, vor allem im Sezessionskrieg

Mercurochrome Desinfektionsmittel, rote organische Lösung mit Quecksilber und Brom

Miles Standish Myles (Miles) Standish (1584?–1656), militärisches Oberhaupt der *Pilgrim Fathers* in Plymouth, Neuengland

Missisloppy Der Staat *Mississippi* ist im Nordwesten und an der Küste ziemlich sumpfig *(sloppy).*

Mobile Stadt in Südwest-Alabama an der gleichnamigen Bucht des Golfs von Mexiko

Montgomery Sir Bernard Law Montgomery (1887–1976), *1st Viscount Montgomery of Alamein and Hindhead,* ›Monty‹, besiegte im 2. Weltkrieg als Oberbefehlshaber der 8. britischen Armee (1942/43) die deutschen Truppen bei Al Alamein und die italienischen Verbände bei Tunis

Mother Goose legendäre Verfasserin oder Sammlerin alter Kinderreime, die 1760 unter dem Titel *Mother Goose's Melodies* in London veröffentlicht wurden (später: *Mother Goose's Nursery Rhymes*)

Murmansk eisfreier Hafen im Norden der russischen Halbinsel Kola

Muskogee Stadt in Ost-Oklahoma, benannt nach einem Stamm der Creek-Indianer

Mutt und Jeff amerikanische Cartoonfiguren, der eine lang, der andere kurz, geschaffen von H. C. Fisher (1884–1954)

Neuengland Region im Nordosten der USA, die die sechs Bundesstaaten Maine, New Hampshire, Vermont, Massachusetts, Rhode Island und Connecticut umfaßt

Nijinski Waslaw Nijinski (1890–1950), russischer Balletttänzer und Choreograph

Norton-Sund Meerenge des Beringmeers vor Alaska

Octoron Mischling mit einem Achtel Negerblut

Oddfellows *The Independent Order of Oddfellows* ist ein den Freimaurern ähnlicher Geheimbund, der im 18. Jahrhundert in England gegründet wurde und sozialen und wohltätigen Zwecken dienen soll.

ODT **O**ffice of **D**efense **T**ransportation = Amt für Kriegstransportwesen

Okies und Arkies die Kids in Oklahoma und Arkansas

Okra eßbarer Eibisch *(Hibiscus esculentus)*

Opp Stadt in Süd-Alabama

Orkney-Inseln der Nordküste Schottlands vorgelagerte Inseln

OSI **O**ffice of **S**trategic **I**ntelligence (militärischer Geheimdienst)

Ostsibirische See Nebenmeer des Nordpolarmeeres zwischen der Wrangel-Insel und den Neusibirischen Inseln

Ozark Plateau Gruppe niedriger Berge in Süd-Missouri, Nord-Arkansas und Nordost-Oklahoma

Papist römischer Katholik

Patton George Smith Patton (1885–1945), US-General, nahm im 2. Weltkrieg (1942) Palermo, die Hauptstadt von Sizilien, ein.

Paul Bunyan ist eine Gestalt der amerikanischen Folklore, ein Holzfäller von unmenschlicher Größe und Stärke. Die Geschichten über seine Heldentaten kamen im frühen 20. Jahrhundert auf. Er konnte nicht nur in Windeseile Holzstaus auflösen, er konnte auch die Landschaft verändern, indem er Seen und Flüsse schuf; ja, er soll sogar den Grand Canyon gemacht haben …

PAY AS YOU GO meint die Bezahlung von Schulden oder Kosten, wenn sie entstehen; hier ist das daraus resultierende PAY AS YOU EARN (PAYE) = Lohnsteuersystem gemeint.

Pensacola Seehafen von Nordwest-Florida am Golf von Mexiko

PFC **P**rivate **f**irst **c**lass (militärischer Dienstgrad)

Pickaninni Neger- oder Mischlingskind

Piedmont-Plateau liegt zwischen der nordamerikanischen Ostküstenebene und den Appalachen

Post Exchange Kaufhaus für amerikanische Streitkräfte

Pullmanwagen komfortabler Salon- und Schlafwagen, gebaut von der *American Pullman Company* (nach dem Industriellen George M. Pullman, 1831–97)

Quartermaster Corps Zweig der US-Armee, der für alles verantwortlich ist, was mit Verpflegung, Kleidung und Ausrüstung zu tun hat

Reinhold Niebuhr (1892–1971), amerikanischer christlicher Theologe *(Wesen und Bestimmung des Menschen)*

Rorschach Hermann Rorschach (1884–1922), Schweizer Psychiater und Neurologe, der sich ein Diagnoseverfahren ausdachte, bei dem der Patient bestimmte standardisierte Tintenkleckse deuten muß

Saroyan William Saroyan (1908–1981), amerikanischer Schriftsteller, schrieb u. a. den Roman *Die menschliche Komödie* (1943)

Schwanensee Ballet des russischen Komponisten Tschaikowski

Sea-Island Inselkette vor der Atlantikküste von South-Carolina und Georgia

Seward-Peninsula Halbinsel an der Westküste Alaskas, die durch die Beringstraße von der Tschuktschen-Halbinsel getrennt ist

Shirley Temple (geb. 1928), US-Kinder-Filmstar – *Little Miss Marker* (1934), *Wee Willie Winkie* (1937), *Heidi* (1937) – wurde in ihrer zweiten Lebenshälfte US-Botschafterin in Ghana und dann in der ehemaligen Tschechoslowakei

Shishmaref ein der *Seward-Peninsula* nördlich vorgelagerter Flugplatz

Sikorsky Igor Sikorsky (1889–1972), amerikanischer Flugzeugkonstrukteur ukrainischer Herkunft, konstruierte 1913 das erste viermotorige Flugzeug für die russische Armee, emigrierte 1919 in die USA

Speedy meint hier wohl den amerikanischen Komiker *Harold Lloyd* (1893–1971) in seinem letzten Stummfilm (1928) gleichen Namens (deutscher Titel *Straßenjagd mit Speedy*)

Steppenhexe Fuchsschwanzgewächse, die sich im Spätsommer/Herbst von der Wurzel lösen und in leichten kugeligen Knäueln vom Wind umhergetrieben werden

The Wizard of Oz *Der Zauberer von Oz:* Film, USA 1939 · die kleine Dorothy (Judy Garland) erlebt im Wunderland der Zwerge, Hexen und Zauberer phantastische Abenteuer · nach dem Roman des Kinderbuchautors Frank Lyman Baum ›The Wonderful Wizard of Oz‹ (1900) nebst Fortsetzungen · deutscher Filmtitel *›Das zauberhafte Land‹* · der Film wurde 1984 unter neuer Besetzung mit *Return to Oz* fortgesetzt, deutscher Titel *Oz – eine fantastische Welt*

Tojo Hideki Tojo (1885–1948), japanischer General und Politiker, 1919–22 Militärattaché in Berlin, 1940/41 Kriegsminister, 1941–44 Ministerpräsident, nach dem 2. Weltkrieg vom alliierten Gerichtshof als Kriegsverbrecher zum Tode verurteilt

Tootsie Pop ein bestimmtes Eis am Stiel

Tschuktschensee (Chukchisee), Randmeer des Nordpolarmeeres zwischen der Tschuktschenhalbinsel und Alaska

Twinkie US-Markenname für einen Napfkuchen mit Cremefüllung

Umnak Insel der Aleuten

Uncle Sugar ›Kosename‹ für *Uncle Sam* (USA)

USO United **S**ervice **O**rganization(s) = organisierte Truppenbetreuung

Valdosta Stadt in Süd-Georgia

Varga-Girls Alberto Varga**s** (1896–1982), Maler, in Peru geboren, in Europa zur Schule gegangen, in New York geblieben, veröffentlichte seit 1940 im *Esquire* unter dem Namen *Varga*. – GIs verbreiteten die sogenannten *Varga-Girls* dann ›weltweit‹; später veröffentlichte er im *Playboy*, wo es nicht mehr *Varga*-, sondern *Vargas-Girls* hieß

Victory-Gärten Nutzgärten, wie sie in den USA während des 2. Weltkriegs angelegt wurden, um die Lebensmittelproduktion zu steigern

Vierter Juli Unabhängigkeitstag = Independence Day = amerikanischer Nationalfeiertag zur Erinnerung an die Unabhängigkeitserklärung vom 4. Juli 1776

Vlad der Pfähler *Vlad Ţepeş,* oder *Dracula* (Sohn des Dracul), Fürst der Walachei, rumänischer Nationalheld (1430/31–1476/77), berühmt durch seine Abwehr der osmanischen Bedrohung und die ausgesuchte Grausamkeit, mit der er seine Feinde umbringen ließ

von Arnim *Achim* oder *Ludwig Joachim von Arnim* (1781–1831), deutscher Dichter der Frühromantik, gab zusammen mit Clemens Brentano die Volksliedersammlung *Des Knaben Wunderhorn* heraus

WAAC **W**omen's **A**rmy **A**uxiliary **C**orps (gegründet im 2. Weltkrieg)

War Bond Kriegsschuldverschreibung, eine Art langfristiges, festverzinsliches Papier, das die Bürger vom Staat kaufen, um zur Kriegsfinanzierung beizutragen

War-Bond-Rally eine Versammlung, bei der es um den Verkauf bzw. Erwerb solcher Kriegsschuldverschreibungen geht

Waycross Stadt in Südost-Georgia

Weimaraner Jagdhund mit glattem grauem Fell, wie er ursprünglich in Weimar gezüchtet wurde

Wells-Fargo William Fargo gründete 1852 mit Henry Wells ein amerikanisches ›Expreß-Versandhaus‹, die sogenannte *Wells, Fargo and Company.*

Wendell L. Willkie Wendell Lewis Willkie (1892–1944), amerikanischer Rechtsanwalt und führender Politiker

Whippet Windhundrasse

Will Rogers Will(iam Penn Adair) Rogers (1879–1935), US-Schauspieler und -Humorist

William Blake (1757–1827), englischer Dichter, Kunststecher und Maler

William Godwin (1756–1836), englischer Schriftsteller – *An Enquiry Concerning Political Justice* (1793) – *The Adventures of Caleb Williams* (1794)

Wordsworth William Wordsworth (1770–1850), englischer Dichter

WPB War Production Board: amerikanische Behörde zur Überwachung der Kriegsproduktion (1942–45)

Yankee Doodle ein lustig-ausgelassenes amerikanisches Lied, das zur Zeit des Unabhängigkeitskrieges populär war

Zambo männlicher Mischling mit negridem und indianischem Elternteil

Zur näheren Information über Baseball sei auf das Buch von Fritsche/ Rosenstein **Baseball ... vom Hit zum Homerun,** *Verlag Weinmann, Berlin, verwiesen.*

Abtropfer (Bunt) Ball, der mit dem Schlagholz ohne Schwung angetippt wird, so daß er ins Spielfeld rollt

Babe Ruth *George Herman Ruth* alias *›Babe‹* (1895–1948), berühmter US-Baseballspieler

Balata(-Ball) kautschukähnlicher Stoff aus dem Milchsaft des Balatabaums, weniger elastisch als Naturkautschuk und härter als Gummi (Ball aus diesem Material)

***Ball* (englisch gesprochen)** Ball, der vom Pitcher (Werfer) nicht durch die *Schlagzone* geworfen und daher vom Schlagmann ignoriert wird

Base Es gibt vier Bases: First Base, Second Base, Third Base, Home Base (eigentlich Fourth Base). Am Home Base befindet sich die fünfeckige Home Plate, dahinter hockt der Catcher (Fänger) und daneben steht der Schlagmann. Um einen Punkt zu machen, muß der Runner (Läufer) über das First-, Second- und Third Base diese Home Plate erreichen.

Bat-Boy Junge, der sich u. a. um die Baseballschläger kümmert

Bench Jockey Spieler, Coach oder Manager, der von der Bank aus versucht, die Schiedsrichter oder gegnerischen Spieler zu irritieren

Bob Feller Robert William Andrew (Bob) Feller (geb. 1918), US-Baseballspieler

Box meint den markierten Standort des jeweiligen Coach am First- und Third Base. – Coach meint ein Mitglied des schlagenden Teams, das Runnern (Läufern) und Schlagmännern in Zeichen und Wort hilfreiche Tips gibt.

Box-Score tabellarischer Ergebnisbericht eines kompletten Spiels

Catcher Fänger, der hinter dem gegnerischen Schlagmann bzw. der Home Plate hockt

Catchernetz Netz hinter dem Fänger

Centerfield-Zaun Zaun hinter dem *Centerfield.* – Das *Outfield* gliedert sich in *Rightfield, Centerfield (Center)* und *Leftfield.* Entsprechend heißen die dort postierten Spieler *Rightfielder, Centerfielder* und *Leftfielder.* – Das *Infield* ist ein Quadrat, in dessen Ecken die vier *Bases* liegen; es zeigt mit der Spitze (Second Base) genau auf die Mitte des Centerfield-Zauns; die gedachte Linie *Home Base – Pitcherhügel – Second Base – Centerfield-Zaun* halbiert praktisch das gesamte Spielfeld.

Change-up langsamer Ball, der aber in Fast-Ball-Manier geworfen wird und vom Schlagmann schlecht einzuschätzen ist

Curve-Ball Ball, der von den Fingerkuppen des Pitchers eine Eigendrehung erhält, die ihn beim Langsamerwerden unvermutet abdrehen oder absinken läßt

Cut-Off meint einen Spieler, der bei größerer Wurfdistanz als ›Relaisstation‹ zwischen dem werfenden Verteidiger und dem Wurfziel fungiert.

DiMaggio Joseph Paul (Joe) DiMaggio (geb. 1914), berühmter US-Baseballspieler

Double Play Spieler des nicht schlagenden Teams nehmen den Bodenball des Schlagmanns auf und werfen auf geschickte Weise **zwei** Runner des schlagenden Teams ›aus‹.

Enos Country Slaughter Dieser Spieler bei den *St. Louis Cardinals* hatte eine Wurftechnik, mit der er die Gegner am First Base förmlich abschlachtete (›aus‹ warf).

ERA **e**arned **r**un **a**verage: Kennziffer, die etwas über die Güte eines Pitchers (Werfers) aussagt. – Ein ***earned run*** ist der gelungene Lauf eines gegnerischen Spielers, an dem weder ein Fehler des Pitchers, noch ein Fehler seiner Mitspieler, noch ein vom Catcher (Fänger) verpaßter Ball schuld ist. – Die Kennziffer berechnet sich wie folgt: Anzahl der *earned runs* geteilt durch die Anzahl der vom Pitcher geworfenen Innings mal der Standardanzahl von Innings (neun), ausgerechnet auf zwei Stellen hinter dem Komma bzw. Punkt. Ein Pitcher mit **drei** *earned runs* in **neun** Innings hat demnach einen ERA von $(3 : 9) \cdot 9 = 3.00$.

Ersatzpitcher löst den Haupt-Pitcher ab, wenn dessen Wurfkraft nachläßt

Extra-Base Hit Schlag, der es dem Schlagmann ermöglicht, mehr als ein Base zu erreichen

Extra-Inning zusätzliches Inning bei Gleichstand

Fast-Ball Wurfball, der bis zu 180 km/h schnell ist

First-Base-Mann First-, Second-, und Third-Base-Mann sind die Verteidiger am jeweiligen Base.

Fork-Ball Gabelball: Zeige- und Mittelfinger der Hand liegen gabelförmig entlang der Ballnähte, wodurch der Ball eine vertikale Längsdrehung erhält, die ihn plötzlich in die Schlagzone stürzen oder innerhalb der Zone jählings abdrehen läßt.

Foul Line First- und Third-Base Line (Base Lines bzw. Foul Lines) sind die Spielfeldlinien, die vom Home Base über das First- bzw. Third Base geradlinig bis zur Outfieldbegrenzung führen. Außerhalb dieser beiden Linien liegt das bespielbare *Foul Territory.*

Ground-out Ball, der durch Wurf zum First Base zu einem ›Aus‹ führt

Hit oder *Base Hit* meint einen Schlag, der es dem Schlagmann ermöglicht, das First Base zu erreichen.

Hitter = Batter = Schlagmann

Home Plate fünfeckige Platte vor dem Catcher (Fänger) – das Home- oder Fourth Base, das der Runner (Läufer) über das First-, Second- und Third Base erreichen und berühren muß, um einen Punkt zu erzielen

Home Run (auch *Homer*) ist ein Schlag, der es dem Schlagmann ermöglicht, in einem einzigen Lauf alle vier Bases in der Reihenfolge: First-, Second-, Third- und Home Base (Home Plate) zu berühren.

Home-Run-Batter Schlagmann, der Home Runs schlägt

Infield Das Infield ist ein Quadrat, in dessen Ecken die vier *Bases* liegen; es zeigt mit der Spitze (Second Base) genau auf die Mitte des Zauns hinter dem Outfield; die gedachte Linie *Home Base – Werferhügel – Second Base* halbiert praktisch das Infield und in ihrer Weiterführung das gesamte Spielfeld. Die im Infield postierten Spieler heißen Infielder.

Inning Phase des Spiels, nach der jeweils drei Spieler beider Teams geschlagen haben und durch den *Pitcher* (Werfer) oder/und durch Feldspieler der gegnerischen Mannschaft ›aus‹ gemacht wurden. – Ein Spiel besteht in der Regel aus mindestens neun Innings.

Jo-jo meint hier das taktierende Lösen vom und Zurückkehren zum Base eines Runners (Läufers).

Junk(-Ball) weich und langsam geworfener Ball, der plötzlich seine Flugbahn ändert oder plötzlich an Geschwindigkeit verliert und daher für den Schlagmann schlecht zu berechnen ist

Knuckle(-Ball) Der Fingerknöchelball zeichnet sich durch flatternden Flug aus. Die Fingernägel halten den Ball, während die Knöchel entlang der Quernaht des Balls angelegt werden.

Knute Rockne Knute (Kenneth) Rockne (1888–1931), US-Football-Trainer, gebürtiger Norweger, bekannt für seine trockenen, ›faulen‹ Kurzwitze

Korb-Fang meint den im Korb zwischen Daumen und Zeigefinger des Lederhandschuhs gefangenen Ball.

Landis Kenesaw Mountain Landis (1866–1944), amerikanischer Jurist und erster Dezernent für Baseball (1920–44)

Leftfielder Left- und Rightfielder = linker und rechter Außenfeldspieler (Outfielder)

Lefty Grove Robert Moses (›Lefty‹) Grove (geb. 1900), US-Baseballspieler

Liner Schlagball, der schnell und knapp über dem Boden fliegt

Little League Baseball-Liga, die aus Teams besteht, deren Spieler nicht älter als zwölf sind; die Little League hat naturgemäß eigene, abweichende Regeln.

Lou Gehrig (Henry) Lou(is) Gehrig (1903–41), US-Baseballspieler

Mays Willie (Howard) Mays, geboren 1931, US-Baseball-Spieler

MVP **M**ost **V**aluable **P**layer = Spieler mit den besten Durchschnittswerten

No-Hit-Pitcher Werfer, der keine geschlagenen Würfe zuläßt

Pepper Game Übung zum Aufwärmen, bei der ein Schlagmann in rascher Folge Bälle zurücktropfen läßt, die Feldspieler aus kurzer Distanz werfen

Pick-off meint den Spielvorgang, bei dem ein Runner (Läufer), der nicht mehr am Base ist, durch einen raschen Wurf des Pitchers oder Catchers ›aus‹ gemacht wird

Pitcher Der Pitcher (Werfer) wirft von einer leichten Erhöhung (dem Pitcherhügel) aus. Auf dem Pitcherhügel befindet sich die Pitcher Plate.

Pitchout ein Ball, den der Pitcher absichtlich so weit abseits wirft, daß der Batter ihn nicht schlagen kann; nach vier solchen Bällen bekommt der Schlagmann das First Base zugesprochen.

Pop-up hoher Flugball, der ins Innenfeld oder darüber hinaus geschlagen wurde und leicht zu fangen ist, bevor er den Boden berührt

RBI **R**uns **b**atted **i**n = vom Schlagmann ermöglichte Runs (Läufe) zum Home Base

Rogers Hornsby (1896–1963), US-Baseballspieler und -manager

Runner Spieler des schlagenden Teams, der sich an einem Base befindet oder versucht, von einem Base zum nächsten zu laufen

Sacrifice (Fly) Aufopferungs(flug)ball meint einen geschlagenen Ball, der den Schlagmann ›aus‹ macht, aber einen eigenen Runner (Läufer) weiterbringt

Safe Base ohne ›aus‹ erreicht

Sandsack markiert das Base

Save durch Einsatz des betreffenden Pitchers gewonnenes Spiel

Schlagkäfig Trainings- und Aufwärmkäfig für Batter (Schlagmänner)

Schlagschnitt Zahl der erfolgreichen Schläge dividiert durch die Zahl der Schlaggelegenheiten, berechnet auf drei Dezimalstellen (Punkt entspricht Komma)

Schlagzone meint ein rechteckiges gedachtes Fenster über der Home Plate; es ist so breit wie die Home Plate, beginnt in Kniehöhe des Schlagmannes und endet in Achselhöhe.

Scoreboard Wertungstafel

Screw-Ball (Scroogie) Wurfball mit einem ›schraubenden‹ Effet

Shortstop Infield-Verteidiger zwischen Second Base und Third Base (die *Position* heißt in der Übersetzung *Short*)

Shutout ein Spiel, bei dem eine von zwei Parteien keine Punkte macht

Sieganteil gewonnene Spiele geteilt durch die Summe der Spiele auf drei Dezimalstellen genau

Single Schlag, der einen Spieler ein Base weiterbringt

Slider gleitend geworfener Ball mit unsteter Richtung

Softball Abart des Baseball mit weicherem und größerem Ball

Spaldeen Ballsorte, die nach dem Sportartikelmillionär *Albert G. Spalding* benannt ist

Squeeze-Bunt Abtropfer, der einen Runner (meist) am Third Base noch zum Home Base ›quetscht‹

Stehlversuch meint den Versuch, auf ein Base vorzurücken, noch *während* der vom Pitcher geworfene Ball zum Schlagmann bzw. Catcher unterwegs ist

Stierpferch Trainings-und Aufwärmkäfig für Pitcher (Werfer)

Stockball Baseball, wie er auf Straßen und Schulhöfen mit einem *Spaldeen* und einem Besenstiel gespielt wird

Strike Fehlschlag oder mißlungener Schlagversuch

Strikeout ›Aus‹ für den Schlagmann durch drei Fehlschläge oder mißlungene Schlagversuche

Suspensorium Unterleibsschutz

Ted Williams Theodore Samuel (Ted) Williams (geb. 1918), US-Baseballspieler

Texas-Leaguer Ball, der so geschlagen wird, daß er zwischen Innen- und Außenfeldspieler niederfällt

Third Base Line First- und Third Base Line sind die Spielfeldlinien, die vom Home Base über das First- bzw. Third Base geradlinig bis zur Outfieldbegrenzung führen

Three-Base Hit Two-Base Hit (Three-Base Hit) meint einen Schlag, der es dem Schlagmann ermöglicht, das Second Base (Third Base) zu erreichen.

Tripel Three-Base Hit

Two-Bagger = Double = Two-Base Hit

Ty Cobb Ty(rus Raymond) Cobb (1886–1961), US-Baseballspieler

Vierer meint einen *Home Run* oder *Homer*, das ist ein Schlag, der es dem Schlagmann ermöglicht, in einem einzigen Lauf alle vier Bases in der Reihenfolge: First-, Second–, Third- und Home Base (Home Plate) zu berühren

Walk meint einen Spielvorgang, bei dem der Schlagmann nach vier schlecht geworfenen Bällen zum First Base gehen darf

Wind Sprint Übung, bei der man seinen Lauf jählings beschleunigt oder verzögert